情境×活用
朗讀 QR碼

1起來 就這樣
搶高分啦！

日檢
N1單字

吉松由美、田中陽子、西村惠子、千田晴夫、山田社日檢題庫小組　合著

SHAN TIAN SHE
-三田社文化-

前言

日檢搶高分好手，都這樣學，
N1 單字「情境分類」跟「動詞活用」一起來，
情境學習讓印象更久遠，
N1 非學不可的高頻動詞，給您飆速學習的效果！

以 情境分類，單字速記 NO.1！

新制日檢考試重視「活用在交流上」
在什麼場合，如何用詞造句？
本書配合 N1 要求，場景包羅廣泛，
這個場合，都是這麼說，
從「單字→單字成句→情境串連」式學習，
打好「聽說讀寫」總和能力基礎，
結果令人驚嘆，
史上最聰明的學習法！讓你快速取證、搶百萬千萬年薪！

高階日語學習者最重要的就是「活用」日語的能力，換句話說，學習到此階段的人，將擁有的能力是：

★（聽）聽懂日劇、綜藝節目等，演員對話內容，以及電台、公共場所的廣播。

★（說）在工作、考試等面試的場合，能在面試官前，完整表達出自己的學經歷、想法與抱負。能討論時事，並分析利弊。在不同的社交場合，能進行不同的對話。

★（讀）能夠閱讀貼近現實生活中，具知識性或一般性的文章，如報紙及最新流行雜誌報導等，能理解文章實際和抽象的含意，懂得從中擷取有用的訊息。

★（寫）能夠寫簡單的書信及 E-mail，發出訊息、陳述意見、報告事件、描述情境。

想要達到以上目標，您腦袋內的單字量絕對是決勝關鍵。史上最強的新日檢 N1 單字集，首先以情境分類，串連相關單字。而單字是根據日本國際交流基金（JAPAN FOUNDATION）舊制考試基準及新發表的「新日本語能力試驗相關概要」，加以編寫彙整而成的。除此之外，本書精心分析從 2010 年開始的新日檢考試內容，增加了過去未收錄的 N1 程度常用單字，加以調整了單字的程度，可說是內容最紮實的 N1 單字書。

無論是累積應考實力，或是考前迅速總複習，都能讓您考場上如虎添翼，金腦發威。精心編制過的內容，讓單字不再會是您的死穴，而是您得高分的最佳利器！

「背單字總是背了後面忘了前面！」「背得好好的單字，一上考場大腦就當機！」「背了單字，但一碰到日本人腦筋只剩一片空白鬧詞窮。」「單字只能硬

背好無聊，每次一開始衝勁十足，後面卻完全無力。」「我很貪心，我想要有主題分類，又有五十音順好查的單字書。」這些都是讀者的真實心聲！

您的心聲我們聽到了。本書的單字採用情境式主題分類，還有搭配金牌教師編著的實用例句，相信能讓您甩開對單字的陰霾，輕鬆啟動記憶單字的按鈕，提升學習興趣及成效！

▼ 內容包括：

1. 分類王——本書採用**情境式學習法**，由淺入深將單字分類成：時間、住房、衣服…動植物、氣象、機關單位…通訊、體育運動、藝術…經濟、政治、法律…心理、感情、思考等，不僅能一次把相關單字整串背起來，還方便運用在日常生活中，再搭配金牌教師編寫的實用短例句，讓您在腦內產生對單字的印象，應考時就能在瞬間理解單字，包您一目十行，絕對合格！

2. 單字王——高出題率單字全面強化記憶：根據新制規格，由日籍金牌教師群所精選高出題率單字。**每個單字所包含的詞性、意義、用法等等**，讓您精確瞭解單字各層面的字義，活用的領域更加廣泛，幫您全面強化學習記憶，分數更上一層樓。

3. 速攻王——掌握單字最準確：依照情境主題將單字分類串連，從「**單字→單字成句→情境串連**」式學習，幫助您快速將單字一串記下來，頭腦清晰再也不混淆。每一類別並以五十音順排列，方便您輕鬆找到您要的單字！中譯解釋的部份，去除冷門字義，並依照常用的解釋依序編寫而成。讓您在最短時間內，迅速掌握日語單字。

4. 例句王——活用單字的勝者學習法：要活用就需要「聽說讀寫」四種總和能力，怎麼活用呢？書中每個單字下面帶出一個例句，例句不僅配合情境，更精選該**單字常接續的詞彙、常使用的場合、常見的表現**，配合 N1 所需時事、職場、生活、旅遊等內容，貼近 N1 程度。從例句來記單字，加深了對單字的理解，對根據上下文選擇適切語彙的題型，更是大有幫助，同時也紮實了聽說讀寫的超強實力。

5. 聽力王——合格最短距離：新制日檢考試，把聽力的分數提高了，合格最短距離就是加強聽力學習。為此，書中還附贈光碟，幫助您熟悉日籍教師的標準發音及語調，**讓您累積聽力實力。**為打下堅實的基礎，建議您搭配《精修版 新制對應 絕對合格！日檢必背聽力 N1》來進一步加強練習。

本書本著利用「喝咖啡時間」，也能「倍增單字量」「提升日語實力」的意旨，附贈日語朗讀光碟，讓您不論是站在公車站牌前發呆，一個人喝咖啡，或等親朋好友，都能隨時隨地聽 MP3，無時無刻增進日語單字能力，讓您無論走到哪，都能學到哪！怎麼考，怎麼過！

P.S. 本書為《絕對合格！新制日檢 必勝 N1 情境分類單字》及《新制對應朗讀版日本語動詞活用辭典 N1 單字辭典》二書合一編輯而成的！

目錄

第 **1** 章
時間

1-1 時候、時間、時刻 ………… 12
1-2 季節、年、月、週、日 ………… 16
1-3 過去、現在、未來 ………… 17
1-4 期間、期限 ………… 19

第 **2** 章
住房

2-1 住家 ………… 21
2-2 住家的外側 ………… 22
2-3 房間、設備 ………… 23
2-4 居住 ………… 25

第 **3** 章
用餐

3-1 用餐、吃、味道 ………… 26
3-2 食物 ………… 28
3-3 調理、菜餚、烹調 ………… 30

第 **4** 章
衣服

4-1 衣服、西服、和服 ………… 32
4-2 穿戴、服飾用品 ………… 34

第 **5** 章
人體

5-1 身體、身體 ………… 36
5-2 臉 ………… 39
5-3 手腳 ………… 42
5-4 內臟、器官 ………… 45

第 **6** 章
生理（現象）

6-1 誕生、生命 ………… 46
6-2 老年、死亡 ………… 47
6-3 發育、健康 ………… 49
6-4 身體狀況、體質 ………… 50
6-5 痛疼 ………… 52
6-6 疾病、治療 ………… 53
6-7 身體器官功能 ………… 59

第 **7** 章
人物

7-1 人物 ………… 60
7-2 男女老少 ………… 61
7-3 各種人物的稱呼 ………… 62
7-4 各種人物相關團體的稱呼 ………… 67
7-5 姿容 ………… 68
7-6 態度、性格 ………… 70
7-7 人際關係 ………… 79
7-8 神佛、怪物 ………… 83

第 **8** 章
親屬

8-1 家族 ………… 85
8-2 夫婦 ………… 86
8-3 祖先、父母 ………… 86
8-4 孩子、子孫 ………… 87
8-5 指自己的稱呼 ………… 88

第 **9** 章
動物

9-1 動物類 ………… 89
9-2 動物的動作、部位 ………… 91

第 **10** 章

植物

10-1 植物類 ·············· 92
10-2 植物相關用語 ·············· 93

第 **11** 章

物質

11-1 物、物質 ·············· 95
11-2 能源、燃料 ·············· 98
11-3 原料、材料 ·············· 100

第 **12** 章

天體、氣象

12-1 天體 ·············· 101
12-2 氣象、天氣、氣候 ·············· 102
12-3 各種自然現象 ·············· 104

第 **13** 章

地理、地方

13-1 地理 ·············· 107
13-2 地方、空間 ·············· 110
13-3 地域、範圍 ·············· 112
13-4 方向、位置 ·············· 116

第 **14** 章

設施、機關單位

14-1 設施、機關單位 ·············· 122
14-2 各種設施 ·············· 123
14-3 醫院 ·············· 124
14-4 商店 ·············· 125
14-5 團體、公司行號 ·············· 126

第 **15** 章

交通

15-1 交通、運輸 ·············· 128
15-2 鐵路、船隻、飛機 ·············· 129
15-3 汽車、道路 ·············· 130

第 **16** 章

通訊、報導

16-1 通訊、電話、郵件 ·············· 132
16-2 傳達、告知、信息 ·············· 133
16-3 報導、廣播 ·············· 134

第 **17** 章

體育運動

17-1 體育運動 ·············· 136
17-2 比賽 ·············· 138
17-3 球類、田徑賽 ·············· 142

第 **18** 章

愛好、嗜好、娛樂 ·············· 144

第 **19** 章

藝術

19-1 藝術、繪畫、雕刻 ·············· 146
19-2 音樂 ·············· 148
19-3 戲劇、舞蹈、電影 ·············· 149

第 **20** 章

數量、圖形、色彩

20-1 數目 ·············· 151
20-2 計算 ·············· 152
20-3 量、容量、長度、面積、重量等 ··· 154
20-4 次數、順序 ·············· 157
20-5 圖形、花紋、色彩 ·············· 158

第 **21** 章

教育

21-1 教育、學習 ·············· 161
21-2 學校 ·············· 163
21-3 學生生活 ·············· 164

第 **22** 章

儀式活動、
一輩子會遇到的事情 ——— 144

第 **23** 章

工具

23-1 工具 ················ 170
23-2 傢俱、工作器具、文具 ········· 174
23-3 測量儀器、容器、器皿、衛生用具·· 175
23-4 燈光照明、光學儀器、音響、
信息器具 ·············· 176

第 **24** 章

職業、工作

24-1 工作、職場 ·········· 178
24-2 職業、事業 ·········· 184
24-3 地位職稱 ············ 187
24-4 家務 ··············· 188

第 **25** 章

生產、產業

25-1 生產、產業 ·········· 190
25-2 農業、漁業、林業 ········ 191
25-3 工業、礦業、商業 ········ 193

第 **26** 章

經濟

26-1 經濟 ··············· 195
26-2 交易 ··············· 197
26-3 買賣 ··············· 198
26-4 價格 ··············· 200
26-5 損益 ··············· 200
26-6 收支、工資報酬 ········ 202
26-7 借貸 ··············· 204
26-8 消費、費用 ·········· 205
26-9 財產、金錢 ·········· 207

26-10 貧富 ·············· 209

第 **27** 章

政治

27-1 政治 ··············· 211
27-2 行政、公務員 ········· 214
27-3 議會、選舉 ·········· 216
27-4 國際、外交 ·········· 218
27-5 軍事 ··············· 219

第 **28** 章

法律

28-1 規則 ··············· 223
28-2 法律 ··············· 226
28-3 犯罪 ··············· 226
28-4 判決、審判、刑罰 ······· 230

第 **29** 章

心理、感情

29-1 心、內心 ·········· 233
29-2 意志 ··············· 244
29-3 喜歡、討厭 ·········· 250
29-4 高興、笑 ············ 253
29-5 悲傷、痛苦 ·········· 253
29-6 驚懼、害怕、憤怒 ······· 256
29-7 感謝、悔恨 ·········· 259

第 **30** 章

思考、語言

30-1 思考 ··············· 261
30-2 判斷 ··············· 264
30-3 理解 ··············· 272
30-4 知識 ··············· 276
30-5 語言 ··············· 286
30-6 表達 ··············· 289
30-7 文章文書、出版物 ······· 300

詞性說明

詞性	定義	例（日文／中譯）
名詞	表示人事物、地點等名稱的詞。有活用。	門 /大門
形容詞	詞尾是い。說明客觀事物的性質、狀態或主觀感情、感覺的詞。有活用。	細い /細小的
形容動詞	詞尾是だ。具有形容詞和動詞的雙重性質。有活用。	静かだ /安静的
動詞	表示人或事物的存在、動作、行為和作用的詞。	言う /說
自動詞	表示的動作不直接涉及其他事物。只說明主語本身的動作、作用或狀態。	花が咲く /花開。
他動詞	表示的動作直接涉及其他事物。從動作的主體出發。	母が窓を開ける /母親打開窗戶。
五段活用	詞尾在ウ段或詞尾由「ア段＋る」組成的動詞。活用詞尾在「ア、イ、ウ、エ、オ」這五段上變化。	持つ /拿
上一段活用	「イ段＋る」或詞尾由「イ段＋る」組成的動詞。活用詞尾在イ段上變化。	見る /看 起きる /起床
下一段活用	「エ段＋る」或詞尾由「エ段＋る」組成的動詞。活用詞尾在エ段上變化。	寝る /睡覺 見せる /讓…看
變格活用	動詞的不規則變化。一般指カ行「来る」、サ行「する」兩種。	来る /到來 する /做
カ行變格活用	只有「来る」。活用時只在カ行上變化。	来る /到來
サ行變格活用	只有「する」。活用時只在サ行上變化。	する /做
連體詞	限定或修飾體言的詞。沒活用，無法當主詞。	どの /哪個
副詞	修飾用言的狀態和程度的詞。沒活用，無法當主詞。	余り /不太…
副助詞	接在體言或部分副詞、用言等之後，增添各種意義的助詞。	～も /也…

終助詞	接在句尾，表示說話者的感嘆、疑問、希望、主張等語氣。	か ／嗎
接續助詞	連接兩項陳述內容，表示前後兩項存在某種句法關係的詞。	ながら ／邊…邊…
接續詞	在段落、句子或詞彙之間，起承先啟後的作用。沒活用，無法當主詞。	しかし ／然而
接頭詞	詞的構成要素，不能單獨使用，只能接在其他詞的前面。	御<ruby>お</ruby>～ ／貴（表尊敬及美化）
接尾詞	詞的構成要素，不能單獨使用，只能接在其他詞的後面。	～枚<ruby>まい</ruby> ／…張（平面物品數量）
造語成份 （新創詞語）	構成復合詞的詞彙。	一昨年<ruby>いっさくねん</ruby> ／前年
漢語造語成份 （和製漢語）	日本自創的詞彙，或跟中文意義有別的漢語詞彙。	風呂<ruby>ふ ろ</ruby> ／澡盆
連語	由兩個以上的詞彙連在一起所構成，意思可以直接從字面上看出來。	赤い傘<ruby>あか かさ</ruby> ／紅色雨傘 足を洗う<ruby>あし あら</ruby> ／洗腳
慣用語	由兩個以上的詞彙因習慣用法而構成，意思無法直接從字面上看出來。常用來比喻。	足を洗う<ruby>あし あら</ruby> ／脫離黑社會
感嘆詞	用於表達各種感情的詞。沒活用，無法當主詞。	ああ ／啊（表驚訝等）
寒暄語	一般生活上常用的應對短句、問候語。	お願<ruby>ねが</ruby>いします ／麻煩…

其他略語

呈現	詞性	呈現	詞性
對	對義詞	近	文法部分的相近文法補充
類	類義詞	補	補充說明

新日本語能力試驗的考試內容

N1 題型分析

測驗科目 （測驗時間）			試題內容		
			題型	小題 題數 *	分析
語言知識、讀解	文字、語彙	1	漢字讀音 ◇	6	測驗漢字語彙的讀音。
		2	選擇文脈語彙 ○	7	測驗根據文脈選擇適切語彙。
		3	同義詞替換 ○	6	測驗根據試題的語彙或說法，選擇同義詞或同義說法。
		4	用法語彙 ○	6	測驗試題的語彙在文句裡的用法。
	文法	5	文句的文法1 （文法形式判斷） ○	10	測驗辨別哪種文法形式符合文句內容。
		6	文句的文法2 （文句組構） ◆	5	測驗是否能夠組織文法正確且文義通順的句子。
		7	文章段落的文法 ◆	5	測驗辨別該文句有無符合文脈。
	讀解 *	8	理解內容 （短文） ○	4	於讀完包含生活與工作之各種題材的說明文或指示文等，約200字左右的文章段落之後，測驗是否能夠理解其內容。
		9	理解內容 （中文） ○	9	於讀完包含評論、解說、散文等，約500字左右的文章段落之後，測驗是否能夠理解其因果關係或理由。
		10	理解內容 （長文） ○	4	於讀完包含解說、散文、小說等，約1000字左右的文章段落之後，測驗是否能夠理解其概要或作者的想法。

11	綜合理解	◆	3	於讀完幾段文章（合計600字左右）之後，測驗是否能夠將之綜合比較並且理解其內容。
12	理解想法（長文）	◇	4	於讀完包含抽象性與論理性的社論或評論等，約1000字左右的文章之後，測驗是否能夠掌握全文想表達的想法或意見。
13	釐整資訊	◆	2	測驗是否能夠從廣告、傳單、提供各類訊息的雜誌、商業文書等資訊題材（700字左右）中，找出所需的訊息。
聽解				
1	理解問題	◇	6	於聽取完整的會話段落之後，測驗是否能夠理解其內容（於聽完解決問題所需的具體訊息之後，測驗是否能夠理解應當採取的下一個適切步驟）。
2	理解重點	◇	7	於聽取完整的會話段落之後，測驗是否能夠理解其內容（依據剛才已聽過的提示，測驗是否能夠抓住應當聽取的重點）。
3	理解概要	◇	6	於聽取完整的會話段落之後，測驗是否能夠理解其內容（測驗是否能夠從整段會話中理解說話者的用意與想法）。
4	即時應答	◆	14	於聽完簡短的詢問之後，測驗是否能夠選擇適切的應答。
5	綜合理解	◇	4	於聽完較長的會話段落之後，測驗是否能夠將之綜合比較並且理解其內容。

＊「小題題數」為每次測驗的約略題數，與實際測驗時的題數可能未盡相同。此外，亦有可能會變更小題題數。

＊ 有時在「讀」科目中，同一段文章可能會有數道小題。

＊ 符號標示：「◆」舊制測驗沒有出現過的嶄新題型；「◇」沿襲舊制測驗的題型，但是更動部分形式；「○」與舊制測驗一樣的題型。

資料來源：《日本語能力試驗JLPT官方網站：分項成績‧合格判定‧合否結果通知》。2016年1月11日，取自：http://www.jlpt.jp/tw/guideline/results.html

必　　勝

N1

情境分類單字

時間

- 時間 -

1-1 時、時間、時刻 (1) /
時候、時間、時刻(1)

01 | あいま【合間】

⟨名⟩（事物中間的）空隙，空閒時間；餘暇

例 仕事の合間に小説を書く。

利用工作空檔寫小説。

02 | アワー【hour】

⟨名·造⟩ 時間；小時

例 ラッシュ・アワー。

尖峰時刻。

03 | いっきに【一気に】

⟨副⟩ 一口氣地

例 一気に飲み干す。

一口氣喝乾。

04 | いっこく【一刻】

⟨名·形動⟩ 一刻；片刻；頑固；愛生氣

例 一刻も早く会いたい。

迫不及待想早點相見。

05 | おくらす【遅らす】

⟨他五⟩ 延遲，拖延；（時間）調慢，調回

例 予定を遅らす。

延遲預定行程。

06 | おり【折】

⟨名⟩ 折，折疊；折縫，折疊物；紙盒小匣；
時候；機會，時機

例 折に詰める。

裝進紙盒裡。

07 | きっかり

⟨副⟩ 正，洽

例 きっかり一時半。

正好一點半。

08 | けいか【経過】

⟨名·自サ⟩（時間的）經過，流逝，度過；過
程，經過

例 経過は良好。

過程良好。

09 | ゴールデンタイム【(和)
golden ＋ time】

⟨名⟩ 黃金時段（晚上 7 到 10 點）

例 ゴールデンタイムのドラマ。

黃金時段的連續劇。

10 | こうりつ【効率】

⟨名⟩ 效率

例 効率が悪い。

效率差。

11 | さっきゅう・そうきゅう【早急】

名・形動 盡量快些，趕快，趕緊

例 早急に手配する。
趕緊安排。

12 | さっと

副（形容風雨突然到來）倏然，忽然；（形容非常迅速）忽然，一下子

例 さっと顔色が変わる。
臉色突然變了。

13 | じこくひょう【時刻表】

名 時間表

例 電車の時刻表を検索する。
上網搜尋電車時刻表。

14 | じさ【時差】

名 （各地標準時間的）時差；錯開時間

例 時差ボケする。
時差（而身體疲倦等）。

15 | じっくり

副 慢慢地，仔細地，不慌不忙

例 じっくり考える。
仔細考慮。

16 | しまい

名 完了，終止，結束；完蛋，絕望

例 しまいにお茶漬けにしよう。
最後來碗茶泡飯吧！

17 | しゅうし【終始】

副・自サ 末了和起首；從頭到尾，一貫

例 終始善戦した。
始終頑強抗爭。

18 | しょっちゅう

副 經常，總是

例 しょっちゅう喧嘩している。
總是在吵架。

19 | しろくじちゅう【四六時中】

名 一天到晚，一整天；經常，始終

例 四六時中気にしている。
始終耿耿於懷。

20 | じんそく【迅速】

名・形動 迅速

例 迅速に処理する。
迅速處理。

21 | すぎ【過ぎ】

接尾 超過；過度

例 ３時過ぎにお客さんが来た。
三點過後有來客。

22 | すばやい【素早い】

形 身體的動作與頭腦的思考很快；迅速，飛快

例 動作が素早い。
動作迅速。

23 | すみやか【速やか】

(形動) 做事敏捷的樣子，迅速

例 速やかに行動する。

迅速行動。

24 | スムーズ【smooth】

(名・形動) 圓滑，順利；流暢

例 話がスムーズに進む。

協商順利進行。

25 | ずるずる

(副・自サ) 拖拉貌；滑溜；拖拖拉拉

例 ずるずると返事を延ばす。

遲遲不回覆。

26 | ずれ

(名) (位置，時間意見等)不一致，分歧；偏離；背離，不吻合

例 ずれが生じる。

產生不一致。

27 | せかす【急かす】

(他五) 催促

例 仕事をせかす。

催促工作。

28 | せん【先】

(名) 先前，以前；先走的一方

例 先住民に敬意を払う。

對原住民表示敬意。

29 | そくざに【即座に】

(副) 立即，馬上

例 即座に返答する。

立刻回答。

30 | そくする【即する】

(自サ) 就，適應，符合，結合

例 実情に即して考える。

就實際情況來考量。

1-1 時、時間、時刻 (2) ／
時候、時間、時刻(2)

31 | タイト【tight】

(名・形動) 緊，緊貼(身)；緊身裙之略

例 タイトなスケジュールが懸念される。

緊湊的行程叫人擔憂。

32 | タイマー【timer】

(名) 秒錶，計時器；定時器

例 タイマーをセットする。

設定計時器。

33 | タイミング【timing】

(名) 計時，測時；調時，使同步；時機，事實

例 タイミングが合う。

合時宜。

34 | タイム【time】

(名) 時，時間；時代，時機；(體)比賽所需時間；(體)比賽暫停

例 タイムを計る。

計時。

35｜タイムリー【timely】

形動 及時，適合的時機

例 タイムリーな企画が好評だ。

切合時宜的企畫大受好評。

36｜たんしゅく【短縮】

名・他サ 縮短，縮減

例 時間を短縮する。

縮短時間。

37｜ついやす【費やす】

他五 用掉，耗費，花費；白費，浪費

例 歳月を費やす。

虛度光陰。

38｜つかのま【束の間】

名 一瞬間，轉眼間，轉瞬

例 束の間のできごと。

瞬間發生的事。

39｜ときおり【時折】

副 有時，偶爾

例 時折思い出す。

偶爾想起。

40｜とっさに

副 瞬間，一轉眼，轉眼之間

例 とっさに思い出す。

瞬間想了起來。

41｜ながなが（と）【長々（と）】

副 長長地；冗長；長久

例 長々と話す。

説話冗長。

42｜はやまる【早まる】

自五 倉促，輕率，貿然；過早，提前

例 予定が早まる。

預定提前。

43｜はやめる【速める・早める】

他下一 加速，加快；提前，提早

例 時刻を早める。

提早。

44｜ひび【日々】

名 天天，每天

例 日々の暮らしが楽しくなる。

對日常平淡的生活感到有趣。

45｜まちあわせ【待ち合わせ】

名（指定的時間地點）等候會見

例 待ち合わせに遅れる。

約好了卻遲到。

46｜まっき【末期】

名 末期，最後的時期，最後階段；臨終

例 末期癌の患者を担当する。

負責醫治癌症末期患者。

47｜まつ【末】

接尾・漢造 末，底；末尾；末期；末節

例 年末の行事を終わらせる。

完成年底的行程。

48｜めど【目途・目処】

名 目標；眉目，頭緒

例 目途が立たない。

無法解決。

49｜もちきり【持ち切り】

名 （某一段時期）始終談論一件事

例 その話題で持ち切りだ。

始終談論那個話題。

50｜よか【余暇】

名 閒暇，業餘時間

例 余暇を生かす。

利用餘暇。

51｜ルーズ【loose】

名・形動 鬆懈，鬆弛，散漫，吊兒郎當

例 ルーズな生活を送る。

過著散漫的生活。

● 1-2

1-2 季節、年、月、週、日 /
季節、年、月、週、日

01｜かくしゅう【隔週】

名 每隔一週，隔週

例 隔週で発刊される。

隔週發行。

02｜がんねん【元年】

名 元年

例 平成元年が始まる。

平成元年正式開始。

03｜こよみ【暦】

名 暦，暦書

例 暦をめくる。

翻閱日曆。

04｜サイクル【cycle】

名 周期，循環，一轉；自行車

例 サイクル・レースに参戦する。

參加自行車競賽。

05｜しゅうじつ【終日】

名 整天，終日

例 終日雨が降る。

下一整天的雨。

06｜スプリング【spring】

名 春天；彈簧；跳躍，彈跳

例 スプリングベッドが使われ始めた。

開始使用彈簧床。

07｜せつ【節】

名・漢造 季節，節令；時候，時期；節操；（物體的）節；（詩文歌等的）短句，段落

例 その節はよろしく。

那時請多關照。

08｜せんだって【先だって】

名 前幾天，前些日子，那一天；事先

例 先だってはありがとう。

前些日子謝謝了。

09 | つきなみ【月並み】

名 每月，按月；平凡，平庸；每月的
例會

例 月並みな考え。

平凡的想法。

10 | ねんごう【年号】

名 年號

例 年号が変わる。

改年號。

11 | ばんねん【晩年】

名 晩年，暮年

例 晩年を迎える。

邁入晚年。

12 | ひごろ【日頃】

名・副 平素，平日，平常

例 日頃の努力が実を結んだ。

平素的努力結了果。

13 | めざめる【目覚める】

自下一 醒，睡醒；覺悟，覺醒，發現

例 才能に目覚める。

激發出才能。

14 | ゆうぐれ【夕暮れ】

名 黄昏；傍晚

例 夕暮れの鐘が鳴る。

傍晚時分鐘聲響起。

15 | ゆうやけ【夕焼け】

名 晚霞

例 夕焼けを眺める。

欣賞晚霞。

16 | よふかし【夜更かし】

名・自サ 熬夜

例 夜更かしをする。

熬夜。

17 | よふけ【夜更け】

名 深夜，深更半夜

例 夜更けに尋ねる。

三更半夜來訪。

18 | れんきゅう【連休】

名 連假

例 連休明けに連絡します。

放完連假就聯絡。

19 | れんじつ【連日】

名 連日，接連幾天

例 連日の猛練習に励んでいる。

接連好幾天辛苦的練習。

🔊 1-3

1-3 過去、現在、未来 /
過去、現在、未來

01 | いきさつ【経緯】

名 原委，經過

例 事の経緯を説明する。

説明事情始末。

02 | いぜん【依然】

副・形動 依然，仍然，依舊
例 依然として不景気だ。
依然不景氣。

03 | いにしえ【古】

名 古代
例 古をしのぶ。
思古幽情。

04 | いまだ【未だ】

副 （文）未，還（沒），尚未（後多接否定語）
例 いまだに終わらない。
至今尚未結束。

05 | かつて

副 曾經，以前；（後接否定語）至今（未曾），從來（沒有）
例 かつての名選手。
昔日著名的選手。

06 | かねて

副 事先，早先，原先
例 かねての望みを達する。
達成宿願。

07 | がんらい【元来】

副 本來，原本，生來
例 これは元来外国の物だ。
這個原本是國外的東西喔。

08 | きげん【起源】

名 起源
例 起源を探る。
探究起源。

09 | けいい【経緯】

名 （事情的）經過，原委，細節；經度和緯度
例 経緯を話す。
說明原委。

10 | こだい【古代】

名 古代
例 古代文明を紹介する。
介紹古代文明。

11 | さきに【先に】

副 以前，以往
例 先に述べたように。
如同方才所述。

12 | じきに

副 很接近，就快了
例 じきに追いつくよ。
就快追上了喔。

13 | じゅうらい【従来】

名・副 以來，從來，直到現在
例 従来の考えが覆される。
過去的想法被加以推翻。

14 | せんこう【先行】

(名・自サ) 先走，走在前頭；領先，佔先；
優先施行，領先施行
例 時代に先行する。
走在時代的尖端。

15 | ぜんれい【前例】

(名) 前例，先例；前面舉的例子
例 前例がない。
沒有前例。

16 | でんらい【伝来】

(名・自サ) (從外國)傳來，傳入；祖傳，世
傳
例 先祖伝来の土地。
世代相傳的土地。

17 | ニュー【new】

(名・造語) 新，新式
例 ニューカップルが誕生する。
新情侶誕生了。

18 | ひさしい【久しい】

(形) 過了很久的時間，長久，好久
例 卒業して久しい。
畢業很久了。

19 | ひところ【一頃】

(名) 前些日子；曾有一時
例 一頃栄えた町が崩壊した。
曾經繁榮一時的城鎮已衰退。

20 | へんせん【変遷】

(名・自サ) 變遷
例 時代の変遷。
時代變遷。

21 | ぼうとう【冒頭】

(名) 起首，開頭
例 交渉が冒頭から難行する。
交渉一開始就不順利。

22 | みてい【未定】

(名・形動) 未定，未決定
例 日時は未定です。
日期未定。

23 | もはや

(副) (事到如今)已經
例 もはやこれまでだ。
事到如今只能這樣了。

24 | よ【世】

(名) 世上，人世；一生，一世；時代，年代；
世界
例 世も末だ。
世界末日了。

🔊 1-4

1-4 期間、期限 /
期間、期限

01 | うけつける【受け付ける】

(他下一) 受理，接受；容納(特指吃藥、東
西不嘔吐)
例 リクエストを受け付ける。
受理要求。

02｜おそくとも【遅くとも】

(副) 最晚，至遲

例 遅くとも9時には寝る。

最晚九點就寝。

03｜かぎりない【限りない】

(形) 無限，無止盡；無窮無盡；無比，非常

例 限りない悲しみ。

無盡的悲痛。

04｜かみつ【過密】

(名・形動) 過密，過於集中

例 過密スケジュール。

行程過於集中。

05｜きじつ【期日】

(名) 日期；期限

例 期日に遅れる。

過期。

06｜きり

(副助) 只，僅；一…(就…)；(結尾詞用法)只，全然

例 彼とはそれっきりだった。

跟他就只有那些。

07｜きり【切り】

(名) 切，切開；限度；段落；(能劇等的)煞尾

例 切りがない。

無止盡。

08｜しゅうき【周期】

(名) 周期

例 10年を周期として。

十年為週期。

09｜ひどり【日取り】

(名) 規定的日期；日程

例 日取りを決める。

決定日程。

10｜むこう【無効】

(名・形動) 無效，失效，作廢

例 割引券が無効になる。

折價券失效。

パート 2
第二章
住居
- 住房 -

🔊 2-1

2-1 家 /
住家

01 | いえで【家出】

(名・自サ) 逃出家門，逃家；出家為僧

例 娘が家出する。

女兒逃家。

02 | かまえる【構える】

(他下一) 修建，修築；（轉）自立門戶，住在（獨立的房屋）；採取某種姿勢，擺出姿態；準備好；假造，裝作，假托

例 店を構える。

開店。

03 | かまえ【構え】

(名)（房屋等的）架構，格局；（身體的）姿勢，架勢；（精神上的）準備

例 構えの大きな家に住んでいた。

住在格局大的房子。

04 | きしむ【軋む】

(自五)（兩物相摩擦）吱吱嘎嘎響

例 床がきしむ。

地板嘎吱作響。

05 | くら【蔵】

(名) 倉庫，庫房；穀倉，糧倉；財源

例 蔵にしまう。

收進倉庫裡。

06 | こうきょ【皇居】

(名) 皇居

例 皇居前広場。

皇居前廣場。

07 | こもる【籠もる】

(自五) 閉門不出；包含，含蓄；（煙氣等）停滯，充滿，（房間等）不通風

例 部屋にこもる。

閉門不出。

08 | じっか【実家】

(名) 娘家；親生父母家

例 実家に戻る。

回到娘家。

09 | しゃたく【社宅】

(名) 公司的員工住宅，職工宿舍

例 社宅から通勤する。

從員工宿舍去上班。

10│そうしょく【装飾】

名・他サ 装飾

例 店内を装飾する。

装飾店內。

11│つくり【作り・造り】

名 (建築物的)構造，樣式；製造(的樣式)；身材，體格；打扮，化妝

例 頑丈な作りの建物。

堅固結構的建物。

12│ていたく【邸宅】

名 宅邸，公館

例 大邸宅が並んでいる。

櫛比鱗次的大宅院並排著。

13│どうきょ【同居】

名・自サ 同居；同住，住在一起

例 三世代が同居する。

三代同堂。

14│とじまり【戸締まり】

名 關門窗，鎖門

例 戸締りを忘れる。

忘記鎖門。

15│のきなみ【軒並み】

名・副 屋簷節比，成排的屋簷；家家戶戶，每家；一律

例 軒並みの美しい町を揃えている。

屋簷櫛比的美麗街道整齊排列著。

16│べっきょ【別居】

名・自サ 分居

例 妻と別居する。

和太太分居。

17│ようふう【洋風】

名 西式，洋式；西洋風格

例 洋風のたたずまい。

西式外觀。

● 2-2

2-2 家の外側 /
住家的外側

01│インターホン【interphone】

名 (船、飛機、建築物等的)內部對講機

例 インターホンで確認する。

用對講機確認一下。

02│えんがわ【縁側】

名 迴廊，走廊

例 縁側に出る。

到走廊。

03│がいかん【外観】

名 外觀，外表，外型

例 外観を損なう。

外觀破損。

04│かだん【花壇】

名 花壇，花圃

例 花壇に花を植える。

在花圃上種花。

05 | ガレージ【garage】

名 車庫

例 車をガレージに入れる。

把車停入車庫。

06 | がんじょう【頑丈】

形動 (構造)堅固；(身體)健壯

例 頑丈な扉を設置した。

安裝堅固的門。

07 | かん【管】

名・漢造・接尾 管子；(接數助詞)支；圓管；筆管；管樂器

例 ガス管が破裂する。

瓦斯管破裂。

08 | さく【柵】

名 柵欄；城寨

例 柵で囲う。

用柵欄圍住。

09 | タイル【tile】

名 磁磚

例 タイル張りの床が少ない。

磁磚材質的地板較為稀少。

10 | だん【壇】

名・漢造 台，壇

例 花壇の草取りをする。

拔除花園裡的雜草。

11 | とびら【扉】

名 門，門扇；(印刷)扉頁

例 扉を開く。

開門。

12 | ブザー【buzzer】

名 鈴；信號器

例 ブザーを鳴らす。

鳴汽笛。

13 | ほうち【放置】

名・他サ 放置不理，置之不顧

例 駅前の放置自転車は減った。

車站前放置被人丟棄的自行車減少了。

14 | やしき【屋敷】

名 (房屋的)建築用地，宅地；宅邸，公館

例 お化け屋敷に入る。

進入鬼屋。

● 2-3

2-3 部屋、設備 /
房間、設備

01 | こなごな【粉々】

形動 粉碎，粉末

例 粉々に砕ける。

磨成粉末狀。

02 | すいせん【水洗】

名・他サ 水洗，水沖；用水沖洗

例 水洗式便所を使用する。

使用沖水馬桶。

03│すえつける【据え付ける】

(他下一) 安裝，安放，安設；裝配，配備；
固定，連接

例 電話を据え付ける。

裝配電話。

04│すえる【据える】

(他下一) 安放，設置；擺列，擺放；使坐
在…；使就…職位；沉著(不動)；針灸
治療；蓋章

例 社長に据える。

安排(他)當經理。

05│ちゃのま【茶の間】

(名) 茶室；(家裡的)餐廳

例 茶の間で食事をする。

在餐廳吃飯。

06│ながし【流し】

(名) 流，沖；流理台

例 流しに下げる。

收拾到流理台裡。

07│にゅうよく【入浴】

(名・自サ) 沐浴，入浴，洗澡

例 入浴剤を入れる。

加入入浴劑。

08│はいすい【排水】

(名・自サ) 排水

例 排水工事をする。

做排水工程。

09│はいち【配置】

(名・他サ) 配置，安置，部署，配備；分派點

例 配置を変更する。

變更配置。

10│バス【bath】

(名) 浴室

例 ジャグジーバスに入る。

進按摩浴缸泡澡。

11│ぼうか【防火】

(名) 防火

例 防火訓練を行う。

進行防火演練。

12│ユニットバス【(和)unit + bath】

(名) (包含浴缸、洗手台與馬桶的)一體
成形的衛浴設備

例 最新のユニットバスが取り付け
られている。

附有最新型的衛浴設備。

13│ようしき【洋式】

(名) 西式，洋式，西洋式

例 洋式トイレにリフォームする。

改裝西式廁所。

14│よくしつ【浴室】

(名) 浴室

例 サウナを完備した浴室。

三溫暖設備齊全的浴室。

15 | わしき【和式】

(名) 日本式

例 和式(わしき)のトイレ。

和式廁所。

● 2-4

2-4 住む / 居住

01 | アットホーム【at home】

(形動) 舒適自在，無拘無束

例 アットホームな雰囲気(ふんいき)。

舒適的氣氛。

02 | いじゅう【移住】

(名・自サ) 移居；(候鳥)定期遷徙

例 外国(がいこく)に移住(いじゅう)する。

移居國外。

03 | きょじゅう【居住】

(名・自サ) 居住；住址，住處

例 居住(きょじゅう)地域(ちいき)。

居住地區。

04 | じゅう【住】

(名・漢造) 居住，住處；停住；住宿；住持

例 衣食住(いしょくじゅう)に事欠(ことか)く。

食衣住樣樣貧困。

05 | てんきょ【転居】

(名・自サ) 搬家，遷居

例 転居先(てんきょさき)に転送(てんそう)する。

轉寄到遷居地。

06 | ふざい【不在】

(名) 不在，不在家

例 不在通知(ふざいつうち)を受(う)け取(と)る。

收到郵件招領通知。

🔊 3-1

3-1 食事、食べる、味 /
用餐、吃、味道

01 | あじわい【味わい】

名 味，味道；趣味，妙處

例 味わいのある言葉。

富饒趣味的言語。

02 | あっさり

副・自サ（口味）輕淡；（樣式）樸素，不花俏；（個性）坦率，淡泊；簡單，輕鬆

例 お金にあっさりしている。

對金錢淡泊。

03 | あまくち【甘口】

名 帶甜味的；好吃甜食的人；（騙人的）花言巧語，甜言蜜語

例 甘口の酒を飲む。

喝帶甜味的酒。

04 | あわせ【合わせ】

名（當造語成分用）合在一起；對照；比賽；（猛拉釣絲）鉤住魚

例 刺身の盛り合わせを頼む。

叫生魚片拼盤。

05 | えんぶん【塩分】

名 鹽分，鹽濃度

例 塩分を取り除く。

除去鹽分。

06 | かけ【掛け】

接尾・造語（前接動詞連用形）表示動作已開始而還沒結束，或是中途停了下來；（表示掛東西用的）掛

例 食べかけの饅頭。

吃到一半的豆沙包。

07 | かみきる【噛み切る】

他五 咬斷，咬破

例 肉を噛み切る。

咬斷肉。

08 | かみ【加味】

名・他サ 調味，添加調味料；添加，放進，採納

例 スパイスを加味する。

添加辛香料。

09 | きょう【供】

漢造 供給，供應，提供

例 食事を供する。

供膳。

10 | ぐっと

副 使勁；一口氣地；更加；啞口無言；(俗)深受感動

例 ぐっと飲む。

一口氣喝完。

---

11 | しゅしょく【主食】

名 主食（品）

例 米を主食とする。

以米飯為主食。

---

12 | ていしょく【定食】

名 客飯，套餐

例 定食を注文する。

點套餐。

---

13 | なまぐさい【生臭い】

形 發出生魚或生肉的氣味；腥

例 生臭い匂いがする。

發出腥臭味。

---

14 | なめる

他下一 舐；嚐；經歷；小看，輕視；(比喻火)燒，吞沒

例 辛酸をなめる。

飽嚐辛酸。

---

15 | のみこむ【飲み込む】

他五 咽下，吞下；領會，熟悉

例 コツを飲み込む。

掌握要領。

---

16 | ひるめし【昼飯】

名 午飯

例 昼飯を食う。

吃午餐。

---

17 | ふくれる【膨れる・脹れる】

自下一 脹，腫，鼓起來

例 お腹が膨れる。

肚子脹起來。

---

18 | まずい【不味い】

形 難吃；笨拙，拙劣；難看；不妙

例 空腹にまずい物なし。

餓肚子時沒有不好吃的東西。

---

19 | まちまち【区々】

名・形動 形形色色，各式各樣

例 噂がまちまちだ。

傳説不一。

---

20 | みかく【味覚】

名 味覺

例 味覚が鋭い。

味覺敏鋭。

---

21 | みずみずしい【瑞瑞しい】

形 水嫩，嬌嫩；新鮮

例 みずみずしい果物が旬を迎えます。

新鮮的水果正當季好吃。

22 | み【味】

漢造 （舌的感覺）味道；事物的內容；鑑賞，玩味；（助數詞用法）（食品、藥品、調味料的）種類

例 旨味がある。

（食物）好滋味。

23 | めす【召す】

他五 （敬語）召見，召喚；吃；喝；穿；乘；入浴；感冒；買

例 お召しになりますか。

您要嚐一下嗎。

● 3-2

3-2 食べ物 /
食物

01 | うめぼし【梅干し】

名 鹹梅，醃的梅子

例 梅干しを漬ける。

醃製酸梅。

02 | おせちりょうり【お節料理】

名 年菜

例 お節料理を作る。

煮年菜。

03 | かいとう【解凍】

名・他サ 解凍

例 解凍してから焼く。

先解凍後烤。

04 | カクテル【cocktail】

名 雞尾酒

例 カクテルを飲む。

喝雞尾酒。

05 | かしら【頭】

名 頭，腦袋；頭髮；首領，首腦人物；頭一名，頂端，最初

例 お頭つきの鯛を買った。

買了頭尾俱全的鯛魚。

06 | こうしんりょう【香辛料】

名 香辣調味料（薑，胡椒等）

例 香辛料を入れる。

加入香辣調味料。

07 | ゼリー【jelly】

名 果凍；膠狀物

例 ゼリー状から液状になっていく。

從膠狀變成液狀。

08 | ぜん【膳】

名・接尾・漢造 （吃飯時放飯菜的）方盤，食案，小飯桌；擺在食案上的飯菜；（助數詞用法）（飯等的）碗數；一雙（筷子）；飯菜等

例 お膳にお椀を並べる。

在飯桌上擺放碗筷。

09 | ぞうに【雑煮】

名 日式年糕湯

例 うちのお雑煮は醤油味だ。

我們家的年糕湯是醬油風味。

10 | そえる【添える】

他下一 添，加，附加，配上；伴隨，陪同

例 口を添える。

替人美言。

---

11 | とろける

自下一 溶化，溶解；心盪神馳

例 とろけるチーズ。

入口即化的起司。

---

12 | ねつりょう【熱量】

名 熱量

例 熱量を測る。

計算熱量。

---

13 | はいきゅう【配給】

名・他サ 配給，配售，定量供應

例 配給制度に移行する。

更換為配給制度。

---

14 | はごたえ【歯応え】

名 咬勁，嚼勁；有幹勁

例 この煎餅は歯応えがある。

這個煎餅咬起來很脆。

---

15 | はちみつ【蜂蜜】

名 蜂蜜

例 蜂蜜を塗る。

塗蜂蜜。

---

16 | ぶっし【物資】

名 物資

例 救援物資を送る。

運送救援物資。

---

17 | ふんまつ【粉末】

名 粉末

例 粉末状にする。

弄成粉末狀。

---

18 | ほし【干し】

造語 乾，晒乾

例 干しあわびを食べる。

吃乾鮑魚。

---

19 | もちこむ【持ち込む】

他五 攜入，帶入；提出(意見，建議，問題)

例 飲食物をホテルに持ち込む。

將外食攜入飯店。

---

20 | ゆ【油】

漢造 …油

例 ラー油をたらす。

淋上辣油。

---

21 | ライス【rice】

名 米飯

例 ライスを注文する。

點米飯。

22 | れいぞう【冷蔵】

(名・他サ) 冷藏，冷凍

例 肉を冷蔵する。

冷藏肉。

23 | わふう【和風】

(名) 日式風格，日本風俗；和風，微風

例 和風だしで料理する。

用和風高湯烹調。

3-3 調理、料理、クッキング /
調理、菜餚、烹調

01 | いためる【炒める】

(他下一) 炒（菜、飯等）

例 にんにくを炒める。

爆炒蒜瓣。

02 | うでまえ【腕前】

(名) 能力，本事，才幹，手藝

例 腕前を披露する。

展現才能。

03 | かきまわす【掻き回す】

(他五) 攪和，攪拌，混合；亂翻，翻弄，翻攪；攪亂，擾亂，胡作非為

例 お湯をかき回す。

攪拌熱水。

04 | きれめ【切れ目】

(名) 間斷處，裂縫；間斷，中斷；段落；結束

例 文の切れ目をつける。

標出文章的段落來。

05 | けむる【煙る】

(自五) 冒煙；模糊不清，朦朧

例 部屋が煙る。

房間煙霧瀰漫。

06 | こす

(他五) 過濾，濾

例 濾紙で濾す。

用濾紙過濾。

07 | しあげ【仕上げ】

(名・他サ) 做完，完成；做出的結果；最後加工，潤飾

例 みごとな仕上げだ。

成果很棒。

08 | したあじ【下味】

(名) 預先調味，底味

例 下味をつける。

事先調好底味。

09 | しみる【滲みる】

(自上一) 滲透，浸透

例 水がしみる。

水滲透進去。

10 | すくう【掬う】

(他五) 抄取，撈取，掬取，舀，捧；抄起對方的腳使跌倒

例 匙ですくう。

用湯匙舀。

11 | せいほう【製法】

名 製法，作法

例 独特の製法を用いる。

使用獨特的製造方法。

12 | だいよう【代用】

名・他サ 代用

例 ご飯粒を糊の代用にする。

以飯粒代替糨糊使用。

13 | ちょうり【調理】

名・他サ 烹調，作菜；調理，整理，管理

例 魚を調理する。

烹調魚肉。

14 | ちょうわ【調和】

名・自サ 調和，(顔色，聲音等)和諧，(關係)協調

例 調和を取る。

取得和諧。

15 | てがる【手軽】

名・形動 簡便；輕易；簡單

例 手軽にできる。

容易做到。

16 | デコレーション【decoration】

名 装潢，装飾

例 デコレーションケーキ。

花式蛋糕。

17 | ねっとう【熱湯】

名 熱水，開水

例 熱湯を注ぐ。

注入熱水。

18 | はぐ【剥ぐ】

他五 剥下；強行扒下，揭掉；剥奪

例 皮を剥ぐ。

剥皮。

19 | ひたす【浸す】

他五 浸，泡

例 水に浸す。

浸水。

20 | ほおん【保温】

名・自サ 保温

例 保温効果がある。

有保溫效果。

21 | みずけ【水気】

名 水分

例 水気をふき取る。

拭去水分。

衣服

- 衣服 -

🔊 4-1

4-1 衣服、洋服、和服 /
衣服、西服、和服

01 | いしょう【衣装】

图 衣服,(外出或典禮用的)盛裝;(戲)戲服,劇裝

例 衣装をつけた俳優たちが役に入る。

穿上戲服的演員開始入戲。

02 | いりょう【衣料】

图 衣服;衣料

例 衣料品を購入する。

購買衣物。

03 | いるい【衣類】

图 衣服,衣裳

例 衣類をまとめる。

整理衣物。

04 | おりもの【織物】

图 紡織品,織品

例 織物の腕を磨く。

磨練紡織手藝。

05 | サイズ【size】

图 (服裝,鞋,帽等)尺寸,大小;尺碼,號碼;(婦女的)身材

例 サイズが大きい。

尺寸很大。

06 | さける【裂ける】

自下一 裂,裂開,破裂

例 袋が裂ける。

袋子破了。

07 | しける【湿気る】

自五 潮濕,帶潮氣,受潮

例 洗濯物が湿気る。

換洗衣物受潮。

08 | しゃれる【洒落る】

自下一 漂亮打扮,打扮得漂亮;說俏皮話,詼諧;別緻,風趣,狂妄,自傲

例 洒落た格好で外出する。

打扮得漂漂亮亮的出門。

09 | ジャンパー【jumper】

图 工作服,運動服;夾克,短上衣

例 ジャンパー姿で散歩する。

穿運動服散步。

10 | スラックス【slacks】

名 西裝褲，寬鬆長褲；女褲

例 スラックスをはく。
穿長褲。

11 | そろい【揃い】

名·接尾 成套，成組，一樣；(多數人)聚在一起，齊全；(助數詞用法)套，副，組

例 娘とお揃いの着物を着た。
與女兒穿上成套一樣的衣服。

12 | たけ【丈】

名 身高，高度；尺寸，長度；罄其所有，毫無保留

例 丈を３センチつめた。
長度縮短三公分。

13 | だぶだぶ

副·自サ (衣服等)寬大，肥大；(人)肥胖，肌肉鬆弛；(液體)滿，盈

例 だぶだぶのズボンを買った。
買了一件寬鬆的褲子。

14 | たるみ

名 鬆弛，鬆懈，遲緩

例 靴下のたるみ。
襪子的鬆緊。

15 | ハイネック【high-necked】

名 高領

例 ハイネックのセーターが欲しかった。
想要高領的毛衣。

16 | パジャマ【pajamas】

名 (分上下身的)西式睡衣

例 パジャマを着る。
穿睡衣。

17 | ハンガー【hanger】

名 衣架

例 ハンガーに掛ける。
掛在衣架上。

18 | ひっかける【引っ掛ける】

他下一 掛起來；披上；欺騙

例 コートを洋服掛けに引っ掛ける。
將外套掛在衣架上。

19 | ほころびる

自上一 (逢接處線斷開)開線，開綻；微笑，露出笑容

例 ズボンの裾が綻びる。
褲子的下擺開線了。

20 | ほしもの【干し物】

名 曬乾物；(洗後)晾曬的衣服

例 干し物をする。
曬衣服。

21 | ユニフォーム【uniform】

名 制服；(統一的)運動服，工作服

例 ユニフォームを着用する。
穿制服。

22 | りゅうこう【流行】

名 流行

例 流行を追う。

趕流行。

23 | レース【lace】

名 花邊，蕾絲

例 レース使いがかわいい。

蕾絲花邊很可愛。

🔊 4-2

4-2 着る、装身具 /
穿戴、服飾用品

01 | きかざる【着飾る】

他五 盛裝，打扮

例 派手に着飾る。

盛裝打扮。

02 | キャップ【cap】

名 運動帽，棒球帽；筆蓋

例 万年筆のキャップ。

鋼筆筆蓋。

03 | くびかざり【首飾り】

名 項錬

例 花の首飾りを渡す。

遞給花做的項錬。

04 | ジーパン【(和)jeans+pants 之略】

名 牛仔褲

例 ジーパンを履く。

穿牛仔褲。

05 | せいそう【盛装】

名・自サ 盛裝，華麗的裝束

例 盛装で出かける。

盛裝外出。

06 | ねじれる

自下一 彎曲，歪扭；(個性)乖僻，彆扭

例 ネクタイがねじれる。

領帶扭歪了。

07 | はえる【映える】

自下一 照，映照；(顯得)好看；顯眼，奪目

例 スーツに映えるネクタイ。

襯托西裝的領帶。

08 | はげる【剥げる】

自下一 剝落；褪色

例 塗装が剥げる。

噴漆剝落。

09 | ブーツ【boots】

名 長筒鞋，長筒靴，馬鞋

例 ブーツを履く。

穿靴子。

10 | ぶかぶか

副・自サ (帽、褲)太大不合身；漂浮貌；(人)肥胖貌；(笛子、喇叭等)大吹特吹貌

例 ぶかぶかの靴を履く。

穿著太大的鞋子。

11 | ほどける【解ける】

自下一 解開，鬆開

例 帯<ruby>帯<rt>おび</rt></ruby>がほどける。

鬆開和服腰帶。

---

12 | ゆるめる【緩める】

他下一 放鬆，使鬆懈；鬆弛；放慢速度

例 ベルトを緩<ruby>緩<rt>ゆる</rt></ruby>める。

放鬆皮帶。

⏺ 5-1

5-1 身体、体 /
胴體、身體

01 | あおむけ【仰向け】
名 向上仰
例 仰向けに寝る。
仰著睡。

02 | あか【垢】
名（皮膚分泌的）污垢；水鏽，水漬，污點
例 垢を落とす。
除掉汙垢。

03 | うつぶせ【俯せ】
名 臉朝下趴著，俯臥
例 うつぶせに倒れる。
臉朝下跌倒，摔了個狗吃屎。

04 | うるおう【潤う】
自五 潤濕；手頭寬裕；受惠，沾光
例 肌が潤う。
肌膚潤澤。

05 | おおがら【大柄】
名・形動 身材大，骨架大；大花樣
例 大柄な女が騒ぎ出した。
身材高大的女人大鬧起來。

06 | かする
他五 掠過，擦過；揩油，剝削；（書法中）寫出飛白；（容器中東西過少）見底
例 弾が耳をかする。
砲彈擦過耳際。

07 | がっしり
副・自サ 健壯，堅實；嚴密，緊密
例 がっしりとした体格を生かした。
運用健壯的體格。

08 | からだつき【体付き】
名 體格，體型，姿態
例 体付きがよい。
體格很好。

09 | きたえる【鍛える】
他下一 鍛，錘鍊；鍛鍊
例 体を鍛える。
鍛鍊身體。

10 | きゃしゃ【華奢】

(形動) 身體或容姿纖細，高雅，柔弱；東西做得不堅固，容易壞；纖細，苗條；嬌嫩，不結實

(例) 華奢な体で可愛らしい。

纖瘦的體格真是小巧玲瓏。

11 | くぐる

(他五) 通過，走過；潛水；猜測

(例) 暖簾をくぐる。

從門簾底下走過。

12 | けっかん【血管】

(名) 血管

(例) 血管が詰まる。

血管栓塞。

13 | こがら【小柄】

(名・形動) 身體短小；(布料、裝飾等的)小花樣，小碎花

(例) 小柄な女性が好まれる。

小個子的女性比較受歡迎。

14 | じんたい【人体】

(名) 人體，人的身體

(例) 人体に害がある。

對人體有害。

15 | スリーサイズ【(和) three ＋ size】

(名)(女性的)三圍

(例) スリーサイズを計る。

測量三圍。

16 | たいかく【体格】

(名) 體格；(詩的)風格

(例) 体格がよい。

體格很好。

17 | だっしゅつ【脱出】

(名・自サ) 逃出，逃脫，逃亡

(例) 危険から脱出する。

逃離危險。

18 | つかる【浸かる】

(自五) 淹，泡；泡在(浴盆裡)洗澡

(例) お風呂につかる。

洗澡。

19 | つやつや

(副・自サ) 光潤，光亮，晶瑩剔透

(例) 肌がつやつやと光る。

皮膚晶瑩剔透。

20 | でっぱる【出っ張る】

(自五)(向外面)突出

(例) 腹が出っ張る。

肚子突出。

21 | デブ

(名)(俗)胖子，肥子

(例) ずいぶんデブだな。

好一個大胖子啊。

22 | どう【胴】

② (去除頭部和四肢的)軀體;腹部;(物體的)中間部分

例 胴まわりがかなり大きい。

腰圍頗大。

---

23 | なまみ【生身】

② 肉身,活人,活生生;生魚,生肉

例 生身の人間。

活生生的人。

---

24 | にくたい【肉体】

② 肉體

例 肉体労働を強いる。

強迫身體勞動。

---

25 | ひやけ【日焼け】

②·自サ (皮膚)曬黑;(因為天旱田裡的水被)曬乾

例 日焼けした肌が元に戻る。

讓曬黑的皮膚白回來。

---

26 | ふるわす【震わす】

他五 使哆嗦,發抖,震動

例 肩を震わして泣く。

哭得渾身顫抖。

---

27 | ふるわせる【震わせる】

他下一 使震驚(哆嗦、發抖)

例 怒りに声を震わせる。

因憤怒而聲音顫抖。

---

28 | ふれあう【触れ合う】

自五 相互接觸,相互靠著

例 人ごみで、体が触れ合う。

在人群中身體相互擦擠。

---

29 | また【股】

② 開襠,褲襠

例 大股で歩く。

大步走路。

---

30 | まるまる【丸々】

名·副 雙圈;(指隱密的事物)某某;全部,完整,整個;胖嘟嘟

例 丸々と太った豚を喰う。

大啖圓胖肥美的豬肉。

---

31 | みがる【身軽】

名·形動 身體輕鬆,輕便;身體靈活,靈巧

例 その身軽な動作に驚いた。

對那敏捷的動作感到驚歎不已。

---

32 | みぶり【身振り】

② (表示意志、感情的)姿態;(身體的)動作

例 身振り手振りで示す。

比手劃腳地示意。

---

33 | もがく

自五 (痛苦時)掙扎,折騰;焦急,著急,掙扎

例 水におぼれてもがく。

溺水不斷掙扎著。

34 | やせっぽち

名 (俗)瘦小(的人)，瘦皮猴

例 やせっぽちの少年。

瘦小的少年。

35 | よりかかる【寄り掛かる】

自五 倚，靠；依賴，依靠

例 壁に寄り掛かる。

倚靠著牆壁。

● 5-2 (1)

5-2 顔 (1) /
臉 (1)

01 | あおぐ【仰ぐ】

他五 仰，抬頭；尊敬；仰賴，依靠；請，求；服用

例 空を仰ぐ。

仰望天空。

02 | いちべつ【一瞥】

名・サ変 一瞥，看一眼

例 一瞥もくれない。

一眼也不看。

03 | いちもく【一目】

名・自サ 一隻眼睛；一看，一目；(項目)一項，一款

例 一目してそれと分かる。

一眼就看出。

04 | いっけん【一見】

名・副・他サ 看一次，一看；一瞥，看一眼；乍看，初看

例 百聞は一見に如かず。

百聞不如一見。

05 | うつむく【俯く】

自五 低頭，臉朝下；垂下來，向下彎

例 恥ずかしそうにうつむく。

害羞地低下頭。

06 | かおつき【顔付き】

名 相貌，臉龐；表情，神色

例 顔付きが変わる。

改變相貌。

07 | かたむける【傾ける】

他下一 使…傾斜，使…歪偏；飲(酒)等；傾注；傾，敗(家)，使(國家)滅亡

例 耳を傾ける。

傾聽。

08 | がんきゅう【眼球】

名 眼球

例 眼球が痛い。

眼球疼痛。

09 | くちずさむ【口ずさむ】

他五 (隨興之所致)吟，詠，誦

例 歌を口ずさむ。

哼著歌。

10 | くっきり

副・自サ 特別鮮明，清楚

例 富士山がくっきり見える。

清楚看到富士山。

---

11 | コンタクト【contact lens之略】

名 隱形眼鏡

例 相手とコンタクトをとる。

與對方取得連繫。

---

12 | しかく【視覚】

名 視覺

例 視覚に訴える。

訴諸視覺。

---

13 | したじ【下地】

名 準備，基礎，底子；素質，資質；真心；布等的底色

例 化粧下地を塗る。

擦上粉底霜。

---

14 | すます【澄ます・清ます】

自五・他五・接尾 澄清（液體）；使晶瑩，使清澈；洗淨；平心靜氣；集中注意力；裝模作樣，假正經，擺架子；裝作若無其事；（接在其他動詞連用形下面）表示完全成為…

例 耳を澄まして聞く。

注意聆聽。

---

15 | そらす【反らす】

他五 向後仰，（把東西）弄彎

例 体をそらす。

身體向後仰。

---

16 | そらす【逸らす】

他五 （把視線、方向）移開，離開，轉向別方；佚失，錯過；岔開（話題、注意力）

例 視線をそらす。

移開視線。

---

17 | だんりょく【弾力】

名 彈力，彈性

例 計画に弾力を持たせる。

讓計劃保有彈性空間。

---

18 | ちょうかく【聴覚】

名 聽覺

例 聴覚が鋭い。

聽覺很敏銳。

---

19 | ちらっと

副 一閃，一晃；隱約，斷斷續續

例 ちらっと見る。

稍微看了一下。

---

20 | つば【唾】

名 唾液，口水

例 手に唾する。

躍躍欲試。

---

21 | つぶやき【呟き】

名 牢騷，嘟囔；自言自語的聲音

例 呟きをもらす。

發牢騷。

5-2 顔 (2) /
臉 (2)

22 | つぶやく【呟く】

(自五) 喃喃自語，嘟囔

例 ぶつぶつと呟く。

喃喃自語發牢騷。

23 | つぶら

(形動) 圓而可愛的；圓圓的

例 つぶらな目が可愛い。

圓溜溜的眼睛可愛極了。

24 | つぶる

(他五)（把眼睛）閉上

例 目をつぶる。

閉上眼睛；對於缺點、過失裝作沒看見。

25 | できもの【でき物】

(名) 疙瘩，腫塊；出色的人

例 足に出来物ができた。

腳上長了疙瘩。

26 | なめらか

(形動) 物體的表面滑溜溜的；光滑，光潤；
流暢的像流水一樣；順利，流暢

例 滑らかな肌触りに仕上げた。

打造出光滑細緻的觸感。

27 | にきび

(名) 青春痘，粉刺

例 ニキビを潰す。

擠破青春痘。

28 | はつみみ【初耳】

(名) 初聞，初次聽到，前所未聞

例 その話は初耳だ。

第一次聽到這件事。

29 | はり【張り】

(名・接尾) 當力，拉力；緊張而有力；勁頭，
信心

例 張りのある肌。

有彈力的肌膚。

30 | ひといき【一息】

(名) 一口氣；喘口氣；一把勁

例 一息入れる。

喘一口氣；稍事休息。

31 | ほっぺた【頬っぺた】

(名) 面頰，臉蛋

例 ほっぺたをたたく。

甩耳光。

32 | ぼつぼつ

(名・副) 小斑點；漸漸，一點一點地

例 腕にぼつぼつができた。

手臂長了一點一點的疹子。

33 | ぼやける

(自下一)（物體的形狀或顏色）模糊，不清楚

例 視界がぼやける。

視線模糊不清。

34│まばたき・またたき【瞬き】
（名・自サ）瞬，眨眼

例 瞬きもせずに見つめる。

不眨眼地盯著看。

35│まゆ【眉】
（名）眉毛，眼眉

例 眉をひそめる。

皺眉。

36│みとどける【見届ける】
（他下一）看到，看清；看到最後；預見

例 成長を見届ける。

見證其成長。

37│みのがす【見逃す】
（他五）看漏；饒過，放過；錯過；沒看成

例 決定的瞬間を見逃す。

錯過決定性的瞬間。

38│みはらし【見晴らし】
（名）眺望，遠望；景致

例 見晴らしのいい展望台。

景致美麗的瞭望台。

39│みわたす【見渡す】
（他五）瞭望，遠望；看一遍，環視

例 見渡す限りの青空。

一望無際的藍天。

40│めつき【目付き】
（名）眼神

例 目付きが悪い。

眼神兇狠。

41│もうてん【盲点】
（名）（眼球中的）盲點，暗點；空白點，漏洞

例 敵の盲点をつく。

乘敵之虛，攻其不備。

42│よそみ【余所見】
（名・自サ）往旁處看；給他人看見的樣子

例 よそみ運転する。

左顧右盼的開車。

🔊 5-3

5-3 手足 /
手腳

01│あゆみ【歩み】
（名）步行，走；腳步，步調；進度，發展

例 歩みが止まる。

停下腳步。

02│あゆむ【歩む】
（自五）行走；向前進，邁進

例 苦難の道を歩む。

在艱難的道路上前進。

03│おしこむ【押し込む】
（自五）闖入，硬擠；闖進去行搶 （他五）塞進，硬往裡塞

例 トランクに押し込む。

硬塞進行李箱裡。

---

04 | おてあげ【お手上げ】

名 束手無策，毫無辦法，沒輒

例 お手上げの状態になった。

變成束手無策的狀況。

05 | かけあし【駆け足】

名·自サ 快跑，快步；跑步似的，急急忙忙；策馬飛奔

例 駆け足で回る。

走馬看花。

06 | さす【指す】

他五 （用手）指，指示；點名指名；指向；下棋；告密

例 指で指す。

用手指指出。

07 | しのびよる【忍び寄る】

自五 偷偷接近，悄悄地靠近

例 すりが忍び寄る。

扒手偷偷接近。

08 | しもん【指紋】

名 指紋

例 指紋押なつが廃止される。

捺按指紋制度被廢止。

09 | ジャンプ【jump】

名·自サ （體）跳躍；（商）物價暴漲

例 ジャンプしてボールを取る。

跳起來接球。

10 | しょじ【所持】

名·他サ 所持，所有；攜帶

例 証明書を所持する。

持有證明文件。

11 | たちさる【立ち去る】

自五 走開，離去

例 黙って立ち去る。

默默離去。

12 | たばねる【束ねる】

他下一 包，捆，扎，束；管理，整飭，整頓

例 札を束ねる。

把紙鈔捆成一束。

13 | ちゃくしゅ【着手】

名·自サ 著手，動手，下手；（法）（罪行的）開始

例 制作に着手する。

開始進行製作。

14 | つまむ【摘む】

他五 （用手指尖）捏，撮；（用手指尖或筷子）夾，捏

例 キツネにつままれる。

被狐狸迷住了。

15 | つむ【摘む】

他五 夾取，摘，採，掐；（用剪刀等）剪，剪齊

例 花を摘む。

摘花。

16 | てすう【手数】

(名) 費事；費心；麻煩

例 <ruby>手数<rt>て すう</rt></ruby>をかける。

費功夫。

17 | てはず【手筈】

(名) 程序，步驟；(事前的)準備

例 <ruby>手<rt>て</rt></ruby>はずを<ruby>整<rt>ととの</rt></ruby>える。

準備好了。

18 | とほ【徒歩】

(名・自サ) 步行，徒步

例 <ruby>徒歩<rt>と ほ</rt></ruby>で<ruby>行<rt>い</rt></ruby>く。

步行前往。

19 | とりもどす【取り戻す】

(他五) 拿回，取回，恢復，挽回

例 <ruby>元気<rt>げん き</rt></ruby>を<ruby>取<rt>と</rt></ruby>り<ruby>戻<rt>もど</rt></ruby>す。

恢復精神。

20 | はたく

(他五) 撢；拍打；傾囊，花掉所有的金錢

例 <ruby>布団<rt>ふ とん</rt></ruby>をはたく。

拍打棉被。

21 | はだし【裸足】

(名) 赤腳，赤足，光著腳；敵不過

例 <ruby>裸足<rt>は だし</rt></ruby>で<ruby>歩<rt>ある</rt></ruby>く。

赤腳走路。

22 | ひっかく【引っ掻く】

(他五) 搔

例 <ruby>引<rt>ひ</rt></ruby>っ<ruby>掻<rt>か</rt></ruby>き<ruby>傷<rt>きず</rt></ruby>をつくる。

被抓傷。

23 | ふみこむ【踏み込む】

(自五) 陷入，走進，跨進，闖入，擅自進入

例 <ruby>一歩<rt>いっ ぽ</rt></ruby><ruby>踏<rt>ふ</rt></ruby>み<ruby>込<rt>こ</rt></ruby>む<ruby>勇気<rt>ゆう き</rt></ruby>に<ruby>期待<rt>き たい</rt></ruby>する。

對向前跨進的勇氣寄予期望。

24 | ほうりこむ【放り込む】

(他五) 扔進，抛入

例 ごみをごみ<ruby>箱<rt>ばこ</rt></ruby>に<ruby>放<rt>ほう</rt></ruby>り<ruby>込<rt>こ</rt></ruby>む。

把垃圾扔進垃圾桶。

25 | むしる【毟る】

(他五) 揪，拔；撕，剔（骨頭）；也寫作「拗る」

例 <ruby>草<rt>くさ</rt></ruby>をむしる。

拔草。

26 | ゆびさす【指差す】

(他五)（用手指）指

例 <ruby>犯人<rt>はん にん</rt></ruby>を<ruby>指差<rt>ゆび さ</rt></ruby>す。

指出犯人。

5-4 内臓、器官 /
内臓、器官

01 | かんじん【肝心・肝腎】
(名・形動) 肝臓與心臓；首要，重要，要緊；感激
例 肝心要なとき。
關鍵時刻。

02 | きかん【器官】
(名) 器官
例 消化器官を休息させる。
讓消化器官休息。

03 | こつ【骨】
(名・漢造) 骨；遺骨，骨灰；要領，祕訣；品質；身體
例 こつを覚える。
掌握竅門。

04 | じんぞう【腎臓】
(名) 腎臓
例 腎臓移植が行われる。
進行腎臓移植。

05 | ちょう【腸】
(名・漢造) 腸，腸子
例 胃腸が弱い。
胃腸虛弱。

06 | ないぞう【内臓】
(名) 內臟
例 内臓脂肪が増える。
內臟脂肪增加。

07 | のう【脳】
(名・漢造) 脳；頭脳，脳筋，脳力，記憶力；主要的東西
例 脳を働かせる。
讓腦活動。

08 | はい【肺】
(名・漢造) 肺；肺腑
例 肺ガンになる。
得到肺癌。

09 | はれつ【破裂】
(名・自サ) 破裂
例 内臓が破裂する。
內臟破裂。

生理

- 生理（現象）-

🔊 6-1

6-1 誕生、生命 /
誕生、生命

01 | いかす【生かす】
(他五) 留活口；弄活，救活；活用，利用；
恢復；讓食物變美味；使變生動
例 腕を生かす。
發揮本領。

02 | いきがい【生き甲斐】
(名) 生存的意義，生活的價值，活得起勁
例 生き甲斐を持つ。
有生活目標。

03 | うまれつき【生まれつき】
(名・副) 天性；天生，生來
例 生まれつきの才能に恵まれている。
擁有天生的才能。

04 | うんめい【運命】
(名) 命，命運；將來
例 運命に導かれる。
受命運的牽引。

05 | おさん【お産】
(名) 生孩子，分娩
例 お産の準備が整った。
分娩的準備已準備妥當。

06 | おないどし【同い年】
(名) 同年齡，同歲
例 同い年の子供が 3 人いる。
有三個同齡的小孩。

07 | しゅくめい【宿命】
(名) 宿命，注定的命運
例 宿命のライバルに出会った。
遇到宿命的敵手。

08 | しゅっさん【出産】
(名・自他サ) 生育，生產，分娩
例 男児を出産した。
生了個男孩。

09 | しゅっしょう・しゅっせい【出生】
(名・自サ) 出生，誕生；出生地
例 出生率が低下する。
出生率降低。

10 | しんぴ【神秘】

名・形動 神秘，奥秘

例 生命の神秘を探る。

摸索生命的奥秘。

---

11 | セックス【sex】

名 性，性別；性慾；性交

例 セックスに目覚める。

情竇初開。

---

12 | ちぢまる【縮まる】

自五 縮短，縮小；慌恐，捲曲

例 命が縮まる。

壽命縮短。

---

13 | にんしん【妊娠】

名・自サ 懷孕

例 安定期は妊娠 6 ヶ月が目安だ。

安定期約在懷孕六個月時。

---

14 | はんしょく【繁殖】

名・自サ 繁殖；滋生

例 細菌が繁殖する。

滋生細菌。

⏺ 6-2

6-2 老い、死 /
老年、死亡

01 | あんぴ【安否】

名 平安與否；起居

例 安否を気遣う。

擔心是否平安。

---

02 | いしきふめい【意識不明】

名 失去意識，意識不清

例 意識不明になる。

昏迷不醒。

---

03 | おいる【老いる】

自上一 老，上年紀；衰老；(雅)(季節)將盡

例 老いた母。

年邁的母親。

---

04 | おとろえる【衰える】

自下一 衰落，衰退

例 体力が衰える。

體力衰退。

---

05 | かいご【介護】

名・他サ 照顧病人或老人

例 親を介護する。

看護照顧父母。

---

06 | くちる【朽ちる】

自上一 腐朽，腐爛，腐壞；默默無聞而終，埋沒一生；(轉)衰敗，衰亡

例 朽ち果てる。

默默無聞而終。

---

07 | けんぜん【健全】

形動 (身心)健康，健全；(運動、制度等)健全，穩固

例 健全に発達する。

健全的發育。

08 | こ【故】

漢造 陳舊，故；本來；死去；有來由的事；特意

例 故人を弔う。

追悼故人。

09 | しいん【死因】

名 死因

例 死因は心臓発作だ。

死因是心臟病發作。

10 | し【死】

名 死亡；死罪；無生氣，無活力；殊死，拼命

例 死を恐れる。

恐懼死亡。

11 | しょうがい【生涯】

名 一生，終生，畢生；（一生中的）某一階段，生活

例 生涯にわたる。

終其一生。

12 | せいし【生死】

名 生死；死活

例 生死にかかわる問題が起きる 。

發生了攸關生死的問題。

13 | たえる【絶える】

自下一 斷絕，終了，停止，滅絕，消失

例 消息が絶える。

音信斷絕。

14 | とだえる【途絶える】

自下一 斷絕，杜絕，中斷

例 息が途絶える。

呼吸中斷。

15 | としごろ【年頃】

名・副 大約的年齡；妙齡，成人年齡；幾年來，多年來

例 年頃の女の子が４人集まる。

聚集了四位妙齡女子。

16 | はてる【果てる】

自下一 完畢，終，終；死　　接尾 （接在特定動詞連用形後）達到極點

例 力が朽ち果てる。

力量用盡。

17 | ぼける【惚ける】

自下一 （上了年紀）遲鈍；（形象或顏色等）褪色，模糊

例 年とともにぼけてきた。

年紀越長越遲鈍了。

18 | ろうすい【老衰】

名・自サ 衰老

例 老衰で亡くなる。

衰老而死去。

6-3 発育、健康 /
發育、健康

01 | きがい【危害】
名 危害，禍害；災害，災禍
例 危害を加える。
施加危害。

02 | ししゅんき【思春期】
名 青春期
例 思春期の少女の心を描く。
描繪青春期的少女心。

03 | すこやか【健やか】
形動 身心健康；健全，健壯
例 健やかな精神が宿る。
富有健全的身心。

04 | せいいく【生育・成育】
名・自他サ 生育，成長，發育，繁殖(寫「生育」主要用於植物，寫「成育」則用於動物)
例 作物が生育する。
農作物生長。
例 稚魚が成育する。
魚苗成長。

05 | せいしゅん【青春】
名 春季；青春，歲月
例 青春を楽しむ。
享受青春。

06 | せいじゅく【成熟】
名・自サ (果實的)成熟；(植)發育成樹；(人的)發育成熟
例 心身ともに成熟する。
身心都發育成熟。

07 | せいり【生理】
名 生理；月經
例 生理的現象。
生理現象。

08 | そだち【育ち】
名 發育，生長；長進，成長
例 育ちが早い。
長得快。

09 | たくましい【逞しい】
形 身體結實，健壯的樣子，強壯；充滿力量的樣子，茁壯，旺盛，迅猛
例 たくましく成長する。
茁壯地成長。

10 | たっしゃ【達者】
名・形動 精通，熟練；健康；精明，圓滑
例 達者で暮らす。
健康地生活著。

11 | たもつ【保つ】
自五・他五 保持不變，保存住；保持，維持；保，保住，支持
例 面目を保つ。
保住面子。

6 生理（現象）

12 | ちち【乳】

名 奶水，乳汁；乳房

例 乳を与える。

餵奶。

13 | ねぐるしい【寝苦しい】

他下一 難以入睡

例 暑くて寝苦しい。

熱得難以入睡。

14 | ほきゅう【補給】

名・他サ 補給，補充，供應

例 カルシウムを補給する。

補充鈣質。

15 | みだれ【乱れ】

名 亂；錯亂；混亂

例 食生活の乱れ。

飲食不正常。

16 | みなもと【源】

名 水源，發源地；(事物的)起源，根源

例 水は命の源だ。

水是生命之源。

● 6-4

6-4 体調、体質 /
身體狀況、體質

01 | うたたね【うたた寝】

名・自サ 打瞌睡，假寐

例 ソファーでうたた寝する。

在沙發上假寐。

02 | かぶれる

自下一 (由於漆、膏藥等的過敏與中毒而)發炎，起疹子；(受某種影響而)熱中，著迷

例 肌がかぶれる。

皮膚起疹子。

03 | かろう【過労】

名 勞累過度

例 過労死する。

過勞死。

04 | くうふく【空腹】

名 空腹，空肚子，餓

例 空腹を満たす。

填飽肚子。

05 | ぐったり

副・自サ 虛軟無力，虛脱

例 ぐったりと横たわる。

虛脱躺平。

06 | こうしょきょうふしょう【高所恐怖症】

名 懼高症

例 高所恐怖症なので観覧車には乗りたくない。

我有懼高症所以不想搭摩天輪。

07 | ぜんかい【全快】

名・自サ 痊癒，病全好

例 全快祝いの手紙を贈る。

寄出祝賀痊癒的信。

08 | ぞうしん【増進】

名·自他サ （體力，能力）増進，増加

例 食欲を増進させる。

増加食慾。

09 | だるい

形 因生病或疲勞而身子沉重不想動；懶；酸

例 体がだるい。

身體疲憊。

10 | ちくせき【蓄積】

名·他サ 積蓄，積累，儲蓄，儲備

例 これまでの蓄積。

至今的積蓄。

11 | ちっそく【窒息】

名·自サ 窒息

例 酸欠で窒息する。

缺乏氧氣而窒息。

12 | デリケート【delicate】

形動 美味，鮮美；精緻，精密；微妙；纖弱；纖細，敏感

例 デリケートな問題に触れられた。

被提到敏感問題。

13 | ひとねむり【一眠り】

名·自サ 睡一會兒，打個盹

例 車中で一眠りする。

在車上打了個盹。

14 | ひろう【疲労】

名·自サ 疲勞，疲乏

例 疲労感がぬけない。

無法去除疲勞感。

15 | ひんじゃく【貧弱】

名·形動 軟弱，瘦弱；貧乏，欠缺；遜色

例 貧弱な体が逞しくなった。

瘦弱的身體變得強壯結實。

16 | ふしん【不振】

名·形動 （成績）不好，不興旺，蕭條，（形勢）不利

例 最近食欲不振だ。

最近感到食慾不振。

17 | ふちょう【不調】

名·形動 （談判等）破裂，失敗；不順利，萎靡

例 体の不調を訴える。

訴說身體不適的狀況。

18 | ふらふら

名·自サ·形動 蹣跚，搖晃；（心情）遊蕩不定，悠悠蕩蕩；恍惚，神不守己；蹓躂

例 体がふらふらする。

身體搖搖晃晃。

19 | べんぴ【便秘】

名·自サ 便秘，大便不通

例 生活が不規則で便秘しがちだ。

因為生活不規律有點便秘的傾向。

20 | まんせい【慢性】

名 慢性

例 慢性的な症状がある。

有慢性的症狀。

21 | むかむか

副・自サ 噁心，作嘔；怒上心頭，火冒三丈

例 胸がむかむかする。

感到噁心。

22 | むくむ

自五 浮腫，虛腫

例 むくんだ足が軽くなる。

浮腫的腳消腫了。

23 | むせる

自下一 噎，嗆

例 煙が立ってむせてしようがない。

直冒煙，嗆得厲害。

24 | やすめる【休める】

他下一 （活動等）使休息，使停歇；（身心等）使休息，使安靜

例 体を休める。

讓身體休息。

● 6-5

6-5 痛み /
痛疼

01 | あざ【痣】

名 痣；（被打出來的）青斑，紫斑

例 全身あざだらけになる。

全身上下青一塊紫一塊。

02 | がんがん

副・自サ 噹噹，震耳的鐘聲；強烈的頭痛或耳鳴聲；喋喋不休的責備貌

例 風邪で頭ががんがんする。

因感冒而頭痛欲裂。

03 | さする

他五 摩，擦，搓，撫摸，摩挲

例 腰をさする。

撫摸腰部。

04 | しみる【染みる】

自上一 染上，沾染，感染；刺，殺，痛；銘刻（在心），痛（感）

例 身に染みる。

感銘在心。

05 | すれる【擦れる】

自下一 摩擦；久經世故，（失去純真）變得油滑；磨損，磨破

例 葉の擦れる音が聞こえた。

聽到樹葉沙沙作響。

06 | だぼく【打撲】

名・他サ 打，碰撞

例 手を打撲した。

手部挫傷。

07 | つねる

他五 掐，掐住

例 ほっぺたをつねる。

掐臉頰。

08 | とりのぞく【取り除く】

(他五) 除掉，清除；拆除

例 異物を取り除く。

清除異物。

09 | ふかい【不快】

(名・形動) 不愉快；不舒服

例 のどの不快感が残っている。

留下喉嚨的不適感。

10 | やわらげる【和らげる】

(他下一) 緩和；使明白

例 痛みを和らげる薬。

緩和疼痛的藥。

● 6-6(1)

6-6 病気、治療 (1) /
疾病、治療(1)

01 | あっか【悪化】

(名・自サ) 惡化，變壞

例 急速に悪化する。

急速惡化。

02 | あっぱく【圧迫】

(名・他サ) 壓力；壓迫

例 圧迫を受ける。

受壓迫。

03 | アトピーせいひふえん【atopy性皮膚炎】

(名) 過敏性皮膚炎

例 アトピー性皮膚炎を改善する。

改善過敏性皮膚炎。

04 | アフターケア【aftercare】

(名) 病後調養

例 アフターケアを怠る。

疏於病後調養。

05 | アルツハイマーびょう・アルツハイマーがたにんちしょう【alzheimer 病・alzheimer 型認知症】

(名) 阿茲海默症

例 アルツハイマー病を防ぐ。

預防阿茲海默症。

06 | あんせい【安静】

(名・形動) 安靜；靜養

例 心身の安静を保つ。

保持心身的平靜安穩。

07 | うつびょう【鬱病】

(名) 憂鬱症

例 うつ病を治す。

治療憂鬱症。

08 | がいする【害する】

(他サ) 損害，危害，傷害；殺害

例 環境を害する。

破壞環境。

09 | かいほう【介抱】

(名・他サ) 護理，服侍，照顧(病人、老人等)

例 酔っ払いを介抱する。

照顧醉酒人士。

10 | かんせん【感染】

(名・自サ) 感染；受影響

例 感染症にかかる。

罹患傳染病。

11 | がん【癌】

(名)(醫)癌；癥結

例 癌を患う。

罹患癌症。

12 | きかんしえん【気管支炎】

(名)(醫)支氣管炎

例 気管支炎になる。

得支氣管炎。

13 | ききめ【効き目】

(名)効力，効果，靈驗

例 効き目が速い。

效果迅速。

14 | きんがん【近眼】

(名)(俗)近視眼；目光短淺

例 近眼のメガネ。

近視眼鏡。

15 | きんきゅう【緊急】

(名・形動)緊急，急迫，迫不及待

例 緊急地震速報が流れる。

發出緊急地震快報。

16 | きんし【近視】

(名)近視，近視眼

例 近視を矯正する。

矯正近視。

17 | きん【菌】

(名・漢造)細菌，病菌，霉菌；蘑菇

例 サルモネラ菌。

沙門氏菌。

18 | けっかく【結核】

(名)結核，結核病

例 結核に罹る。

罹患肺結核。

19 | げっそり

(副・自サ)突然減少；突然消瘦很多；(突然)
灰心，無精打采

例 げっそりと痩せる。

突然爆瘦。

20 | けつぼう【欠乏】

(名・自サ)缺乏，不足

例 ビタミンが欠乏する。

欠缺維他命。

21 | げり【下痢】

(名・自サ)(醫)瀉肚子，腹瀉

例 下痢をする。

腹瀉。

22 | げんかく【幻覚】

(名) 幻覺，錯覺

(例) 幻覚を見る。

產生幻覺。

23 | こうせいぶっしつ【抗生物質】

(名) 抗生素

(例) 抗生物質を投与する。

投藥抗生素。

24 | こじらせる【拗らせる】

(他下一) 搞壞，使複雜，使麻煩；使加重，使惡化，弄糟

(例) 問題をこじらせる。

使問題複雜化。

25 | さいきん【細菌】

(名) 細菌

(例) 細菌を培養する。

培養細菌。

26 | さいはつ【再発】

(名・他サ)（疾病）復發，（事故等）又發生；（毛髮）再生

(例) 再発を防止する。

預防再次發生。

27 | さいぼう【細胞】

(名)（生）細胞；（黨的）基層組織，成員

(例) 細胞分裂を繰り返す。

不斷的進行細胞分裂。

28 | さむけ【寒気】

(名) 寒冷，風寒，發冷；憎惡，厭惡感，極不愉快感覺

(例) 寒気がする。

發冷。

29 | じかく【自覚】

(名・他サ) 自覺，自知，認識；覺悟；自我意識

(例) 自覚症状がある。

有自覺症狀。

30 | しっしん【湿疹】

(名) 濕疹

(例) 湿疹がでる。

長濕疹。

31 | しっちょう【失調】

(名) 失衡，不調和；不平衡，失常

(例) 栄養失調で亡くなった。

因營養失調而死亡。

32 | しゃぜつ【謝絶】

(名・他サ) 謝絕，拒絕

(例) 面会謝絶にする。

現在謝絕會客。

33 | しょう【症】

(漢造) 病症

(例) 炎症を起こす。

造成發炎。

6-6 病気、治療 (2) /
疾病、治療 (2)

34 | しょち【処置】

(名・他サ) 處理，處置，措施；(傷、病的)治療

例 応急処置をする。
緊急處置。

35 | しんこう【進行】

(名・自他サ) 前進，行進；進展；(病情等)發展，惡化

例 進行が速い。
進展迅速。

36 | しんぞうまひ【心臓麻痺】

(名) 心臓麻痺

例 心臓麻痺で亡くなる。
心臓麻痺死亡。

37 | じんましん【蕁麻疹】

(名) 蕁麻疹

例 じんましんが出る。
出蕁麻疹。

38 | せっかい【切開】

(名・他サ) (醫) 切開，開刀

例 帝王切開を受ける。
接受剖腹生產。

39 | ぜんそく【喘息】

(名) (醫) 喘息，哮喘

例 喘息を改善する。
改善哮喘病。

40 | せんてんてき【先天的】

(形動) 先天(的)，與生俱來(的)

例 先天的な病気がある。
患有先天的疾病。

41 | だっすい【脱水】

(名・自サ) 脱水；(醫)脱水

例 脱水してから干す。
脱水之後曬乾。

42 | ちゅうどく【中毒】

(名・自サ) 中毒

例 ガス中毒。
瓦斯中毒 。

43 | つきそう【付き添う】

(自五) 跟隨左右，照料，管照，服侍，護理

例 病人に付き添う。
照料病人。

44 | つきる【尽きる】

(自上一) 盡，光，沒了；到頭，窮盡

例 力が尽きる。
力量耗盡。

45 | つぐ【接ぐ】

他五 縫補；接在一起

例 骨を接ぐ。

接骨。

---

46 | ておくれ【手遅れ】

名 為時已晚，耽誤

例 措置が手遅れになる。

處理延誤了。

---

47 | どわすれ【度忘れ】

名・自サ 一時記不起來，一時忘記

例 ど忘れが激しい。

常常會一時記不起來。

---

48 | にんちしょう【認知症】

名 老人癡呆症

例 アルツハイマー型認知症が起こる。

引起阿茲海默型老人癡呆症。

---

49 | ねっちゅうしょう【熱中症】

名 中暑

例 熱中症を予防する。

預防中暑。

---

50 | ねんざ【捻挫】

名・他サ 扭傷、挫傷

例 足を捻挫する。

扭傷腳。

---

51 | ノイローゼ【(德) Neurose】

名 精神官能症，神經病；神經衰竭；神經崩潰

例 ノイローゼになる。

精神崩潰。

---

52 | はいえん【肺炎】

名 肺炎

例 肺炎を起こす。

引起肺炎。

---

53 | はつびょう【発病】

名・自サ 病發，得病

例 ガンが発病する。

癌症病發。

---

54 | ばてる

自下一 (俗)精疲力倦，累到不行

例 暑さでばてる。

熱到疲憊不堪。

---

55 | はれる【腫れる】

自下一 腫，脹

例 顔が腫れる。

臉腫脹。

---

56 | ひふえん【皮膚炎】

名 皮炎

例 皮膚炎を治す。

治好皮膚炎。

57 | ふしょう【負傷】

(名・自サ) 負傷，受傷

例 手足を負傷する。

手腳受傷。

58 | ほっさ【発作】

(名・自サ)（醫）發作

例 発作を起こす。

發作。

59 | ほよう【保養】

(名・自サ) 保養，（病後）修養，療養；（身心的）修養；消遣

例 保養施設で過ごす。

住在療養中心。

60 | ますい【麻酔】

(名) 麻醉，昏迷，不省人事

例 麻酔をかける。

施打麻醉。

61 | まひ【麻痺】

(名・自サ) 麻痺，麻木；癱瘓

例 交通マヒに陥る。

交通陷入癱瘓。

62 | めんえき【免疫】

(名) 免疫；習以為常

例 免疫を高める。

增強免疫。

63 | やまい【病】

(名) 病；毛病；怪癖

例 病に倒れる。

病倒。

64 | よわる【弱る】

(自五) 衰弱，軟弱；困窘，為難

例 体が弱る。

身體虛弱。

65 | リハビリ【rehabilitation 之略】

(名)（為使身障人士與長期休養者能回到正常生活與工作能力的）醫療照護，心理指導，職業訓練

例 彼は今リハビリ中だ。

他現在正復健中。

66 | りょうこう【良好】

(名・形動) 良好，優秀

例 日当たり良好が嬉しい。

日照良好真叫人高興。

67 | レントゲン【roentgen】

(名) Ｘ光線

例 レントゲンを撮る。

照Ｘ光。

6-7 体の器官の働き /
身體器官功能

01 | いきぐるしい【息苦しい】
形 呼吸困難；苦悶，令人窒息
例 息苦しく感じる。
感到沈悶。

02 | いびき
名 鼾聲
例 いびきをかく。
打呼。

03 | かんしょく【感触】
名 觸感，觸覺；（外界給予的）感觸，感受
例 感触が伝わる。
傳達出內心的感受。

04 | けむたい【煙たい】
形 煙氣嗆人，煙霧瀰漫；（因為自己理虧覺得對方）難以親近，使人不舒服
例 たき火が煙たい。
篝火的火堆煙氣嗆人。

05 | しにょう【屎尿】
名 屎尿，大小便
例 し尿処理が滞る。
大小便的處理難以進行。

06 | しゅっけつ【出血】
名・自サ 出血；（戰時士兵的）傷亡，死亡；虧本，犧牲血本
例 出血大サービスのチラシを見る。
看到跳樓大拍賣的傳單。

07 | だいべん【大便】
名 大便，糞便
例 大便が臭い。
大便很臭。

08 | にょう【尿】
名 尿，小便
例 尿検査をする。
進行尿液檢查。

09 | ひだりきき【左利き】
名 左撇子；愛好喝酒的人
例 左利きをなおす。
改正左撇子。

10 | ひんけつ【貧血】
名・自サ （醫）貧血
例 貧血に効く。
對改善貧血有效。

11 | みゃく【脈】
名・漢造 脈，血管；脈搏；（山脈、礦脈、葉脈等）脈；（表面上看不出的）關連
例 脈をとる。
看脈。

人物

- 人物 -

7-1 人物 /
人物

01 | あかのたにん【赤の他人】

(連語) 毫無關係的人；陌生人
例 赤の他人になる。
變為陌生人。

02 | あがり【上がり】

(名・接尾) …出身；剛
例 彼は役人上がりだ。
他剛剛成為公務員。

03 | うごき【動き】

(名) 活動，動作；變化，動向；調動，更動
例 動きを止める。
停止動作。

04 | えいゆう【英雄】

(名) 英雄
例 彼は国民的英雄だ。
他是人民的英雄。

05 | かんろく【貫録】

(名) 尊嚴，威嚴；威信；身份
例 貫禄がある。
有威嚴。

06 | けいれき【経歴】

(名) 經歷，履歷；經過，體驗；周遊
例 経歴を詐称する。
經歷造假。

07 | こんけつ【混血】

(名・自サ) 混血
例 混血児が生まれる。
生了混血兒。

08 | しょうたい【正体】

(名) 原形，真面目；意識，神志
例 正体をあらわす。
現出原形。

09 | たしゃ【他者】

(名) 別人，其他人
例 他者の言うことに惑わされる。
被他人之言所迷惑。

10 | ただのひと【ただの人】

(連語) 平凡人，平常人，普通人
例 一度別れてしまえば、ただの人になる。
一旦分手之後，就變成了一介普通的人。

11 | てきせい【適性】

(名) 適合某人的性質，資質，才能；適應性

例 適性がある。

有…的條件。

12 | てんさい【天才】

(名) 天才

例 天才的な技を繰り出す。

渾身解數展現出天才般的手藝。

13 | ひとかげ【人影】

(名) 人影；人

例 人影もまばらだ。

連人影也少見。

14 | ひとけ【人気】

(名) 人的氣息

例 人気の無い場所に行かない。

不到人跡罕至的地方。

15 | まるめる【丸める】

(他下一) 弄圓，糅成團；攏絡，拉攏；剃成光頭；出家

例 頭を丸める。

剃光頭。

16 | みじゅく【未熟】

(名・形動) 未熟，生；不成熟，不熟練

例 未熟児が生まれる。

生下早産兒。

17 | みのうえ【身の上】

(名) 境遇，身世，經歷；命運，運氣

例 身の上話をする。

談論身世境遇。

18 | みもと【身元】

(名) (個人的)出身，來歷，經歷；身份，身世

例 身元保証人を引き受ける。

答應當保證人。

19 | むのう【無能】

(名・形動) 無能，無才，無用

例 無能な連中を追い出す。

把無能之輩攆出去。

20 | りれき【履歴】

(名) 履歷，經歷

例 履歴書を送る。

寄送履歷。

21 | わるもの【悪者】

(名) 壞人，壞傢伙，惡棍

例 悪者を懲らしめる。

懲治惡人。

● 7-2

7-2 老若男女 /
男女老少

01 | いせい【異性】

(名) 異性；不同性質

例 異性関係を持つ。

有男女關係。

02 | しんし【紳士】

名 紳士；（泛指）男人

例 紳士靴を履く。

穿上男士鞋。

03 | じ【児】

漢造 幼兒；兒子；人；可愛的年輕人

例 新生児を抱く。

抱新生兒。

04 | せいねん【成年】

名 成年（日本現行法律為二十歲）

例 成年に達する。

達到成年。

05 | ミセス【Mrs.】

名 女士，太太，夫人；已婚婦女，主婦

例 ミセス向けの服。

適合仕女的服裝。

06 | ヤング【young】

名・造語 年輕人，年輕一代；年輕的

例 ヤングとアダルトに分かれる。

分開年輕人與成年人。

07 | レディー【lady】

名 貴婦人；淑女；婦女

例 レディーファースト。

女士優先。

7-3 いろいろな人を表すことば (1) /

各種人物的稱呼 (1)

01 | いちいん【一員】

名 一員；一份子

例 あなたも家族の一員だ。

你也是家族的一份子。

02 | いみん【移民】

名・自サ 移民；（移往外國的）僑民

例 ブラジルへ移民する。

移民到巴西。

03 | エリート【(法) elite】

名 菁英，傑出人物

例 エリート意識が強い。

優越感特別強烈。

04 | がくし【学士】

名 學者；（大學）學士畢業生

例 学士の学位が授与される。

授予學士學位。

05 | かん【官】

名・漢造 （國家、政府的）官，官吏；國家機關，政府；官職，職位

例 官職に就く。

就任官職。

06 | きぞく【貴族】

名 貴族

例 独身貴族を貫く。

堅持走單身貴族的路線。

07 | ぎょうしゃ【業者】

名 工商業者
例 業者を集める。
召集同業者。

08 | くろうと【玄人】

名 內行，專家
例 玄人の腕前。
專家的本事。

09 | ゲスト【guest】

名 客人，旅客；客串演員
例 ゲストに招く。
邀請客人。

10 | こじん【故人】

名 故人，舊友；死者，亡人
例 故人を偲ぶ。
緬懷故人。

11 | さむらい【侍】

名 (古代公卿貴族的)近衛；古代的武士；有骨氣，行動果決的人
例 侍ジャパンが勝ち越す。
日本武士領先。

12 | サンタクロース【Santa Claus】

名 聖誕老人
例 サンタクロースがやってくる。
聖誕老人來了。

13 | じつぎょうか【実業家】

名 實業鉅子
例 青年実業家を目指す。
以成為年輕實業家為目標。

14 | じぬし【地主】

名 地主，領主
例 因業な地主に取り上げられた。
被殘忍的地主給剝奪了。

15 | じゅうぎょういん【従業員】

名 工作人員，員工，職工
例 従業員組合が組織される。
組織工會。

16 | しゅうし【修士】

名 碩士；修道士
例 修士の学位が授与される。
頒授碩士學位。

17 | しゅ【主】

名・漢造 主人；主君；首領；主體，中心；居首者；東道主
例 主イエスキリストを信じる。
信奉主耶穌基督。

18 | しようにん【使用人】

名 佣人，雇工
例 使用人を雇う。
雇用備人。

19 | しょうにん【証人】

名 （法）證人；保人，保證人

例 証人に立てる。

成為證人。

20 | じょう【嬢】

名・漢造 姑娘，少女；（敬）小姐，女士

例 財閥のご令嬢と婚約する。

與財團千金訂婚。

21 | しょくいん【職員】

名 職員，員工

例 大学の職員を採用する。

錄用大學職員。

22 | じょしこうせい【女子高生】

名 女高中生

例 今どきの女子高生を集めてみた。

嘗試集結了時下的女高中生。

23 | じょし【女史】

名・代・接尾 （敬語）女士，女史

例 山田女史が独自に開発した。

山田女士所獨自開發的。

24 | しんいり【新入り】

名 新參加（的人），新手；新入獄（者）

例 新入りをいじめる。

欺負新人。

25 | しんじゃ【信者】

名 信徒；…迷，崇拜者，愛好者

例 仏教信者を擁護する。

擁護佛教徒。

26 | しんじん【新人】

名 新手，新人；新思想的人，新一代的人

例 新人が活躍する。

新人大顯身手。

27 | し【士】

漢造 人（多指男性），人士；武士；士宦；軍人；（日本自衛隊中最低的一級）士；有某種資格的人；對男子的美稱

例 消防士になる。

當消防員。

28 | し【師】

名 軍隊；（軍事編制單位）師；老師；從事專業技術的人

例 師を敬う。

尊敬師長。

29 | セレブ【celeb】

名 名人，名媛，著名人士

例 セレブな私生活に憧れる。

嚮往貴婦般的私生活。

30 | せんぽう【先方】

名 對方；那方面，那裡，目的地

例 先方の言い分にも一理ある。

對方也有一番道理。

7-3 いろいろな人を表すことば (2) /
各種人物的稱呼 (2)

31 | たいか【大家】

㊂ 大房子；專家，權威者；名門，富豪，大戶人家

例 音楽の大家が奏でる。

音樂大師進行演奏。

32 | タイピスト【typist】

㊂ 打字員

例 タイピストになる。

成為打字員。

33 | たんしん【単身】

㊂ 單身，隻身

例 単身赴任する。

隻身赴任。

34 | ちょめい【著名】

㊂・形動 著名，有名

例 著名な観光地を訪れる。

遊覽知名的觀光地區。

35 | どうし【同志】

㊂ 同一政黨的人；同志，同夥，伙伴

例 同志を募る。

招募同志。

36 | とうにん【当人】

㊂ 當事人，本人

例 当人を調べる。

調查當事者。

37 | どくしゃ【読者】

㊂ 讀者

例 読者アンケートに答える。

回答讀者問卷。

38 | とのさま【殿様】

㊂ (對貴族、主君的敬稱)老爺，大人

例 殿様に謁見する。

謁見大人。

39 | ドライバー【driver】

㊂ (電車、汽車的)司機

例 ドライバーを雇う。

雇用司機。

40 | なこうど【仲人】

㊂ 媒人，婚姻介紹人

例 仲人を立てる。

當媒人。

41 | ぬし【主】

㊂・代・接尾 (一家人的)主人，物主；丈夫；(敬稱)您；者，人

例 世帯主は父です。

戶長是父親。

42 | ばんにん【万人】

㊂ 萬人，眾人

例 万人受けする。

老少咸宜，萬眾喜愛。

43｜ひ【被】

漢造 被…，蒙受；被動

例 被保険者になる。

成為被保險人。

44｜ファン【fan】

名 電扇，風扇；（運動，戲劇，電影等）影歌迷，愛好者

例 ファンに感謝する。

感謝影（歌）迷。

45｜ふごう【富豪】

名 富豪，百萬富翁

例 大富豪の邸宅に忍び込んだ。

悄悄潛入大富豪的宅邸。

46｜ペーパードライバー【（和）paper＋driver】

名 有駕照卻沒開過車的駕駛

例 ペーパードライバーから脱出する。

脫離紙上駕駛身份。

47｜へいし【兵士】

名 兵士，戰士

例 兵士を率いる。

率領士兵。

48｜ぼくし【牧師】

名 牧師

例 牧師から洗礼を受ける。

請牧師為我們受洗。

49｜ほりょ【捕虜】

名 俘虜

例 捕虜を捕らえる。

捕捉俘虜。

50｜マニア【mania】

名・造語 狂熱，癖好；瘋子，愛好者，…迷，…癖

例 カメラマニア。

相機迷。

51｜やつ【奴】

名・代 （蔑）人，傢伙；（粗魯的）指某物，某事情或某狀況；（蔑）他，那小子

例 おまえみたいな奴はもう知らない。

我再也不管你這傢伙了。

52｜よそのひと【よその人】

名 旁人，閒雜人等

例 よその人に慣れさせる。

讓…習慣旁人。

53｜りょきゃく・りょかく【旅客】

名 旅客，乘客

例 旅客機に乗る。

搭乘民航機。

7-4 人の集まりを表すことば /
各種人物相關團體的稱呼

01 | いちどう【一同】
(名) 大家，全體
例 一同が立ち上がる。
全體都站起來。

02 | かんしゅう【観衆】
(名) 觀眾
例 観衆が沸く。
觀眾情緒沸騰。

03 | ぐんしゅう【群集】
(名・自サ) 群集，聚集；人群，群
例 アリの群集を観察する。
仔細觀察螞蟻群。

04 | ぐんしゅう【群衆】
(名) 群眾，人群
例 群衆が押し寄せる。
人群一擁而上。

05 | ぐん【群】
(名) 群，類；成群的；數量多的
例 群を抜く。
出類拔萃。

06 | げきだん【劇団】
(名) 劇團
例 劇団に入る。
加入劇團。

07 | けっせい【結成】
(名・他サ) 結成，組成
例 劇団を結成する。
組劇團。

08 | げんじゅうみん【原住民】
(名) 原住民
例 アメリカ原住民。
美國原住民。

09 | しゅう【衆】
(名・漢造) 眾多，眾人；一夥人
例 烏合の衆で危機を乗り越える。
烏合之眾化解危機。

10 | しょくん【諸君】
(名・代)（一般為男性用語，對長輩不用）
各位，諸君
例 諸君によろしく。
向大家問好。

11 | しょみん【庶民】
(名) 庶民，百姓，群眾
例 庶民階級が台頭する。
庶民階級勢力抬頭。

12 | じんみん【人民】
(名) 人民
例 人民の福祉を追求する。
追求人民的福利。

13 | じん【陣】

(名・漢造) 陣勢；陣地；行列；戰鬥，戰役

例 背水の陣が意志力を高める。

背水一戰讓意志力更為高漲。

14 | たいしゅう【大衆】

(名) 大眾，群眾；眾生

例 大衆に訴える。

訴諸民眾。

15 | たい【隊】

(名・漢造) 隊，隊伍，集體組織；（有共同目標的）幫派或及集團

例 隊を組んで進む。

排隊前進。

16 | どうし【同士】

(名・接尾)（意見、目的、理想、愛好相同者）同好；（彼此關係、性質相同的人）彼此，伙伴，們

例 気の合う者同士が友達になる。

交到志同道合的好友。

17 | ペア【pair】

(名) 一雙，一對，兩個一組，一隊

例 2名様ペアでご招待。

兩名一組給予招待。

18 | ぼうりょくだん【暴力団】

(名) 暴力組織

例 暴力団の資金源を断つ。

斷絕暴力組織的資金來源。

19 | みんぞく【民俗】

(名) 民俗，民間風俗

例 民俗学を研究する。

研究民俗學。

20 | みんぞく【民族】

(名) 民族

例 少数民族に出会う。

遇見少數民族。

21 | れんちゅう【連中】

(名) 伙伴，一群人，同夥；（演藝團體的）成員們

例 とんでもない連中だ。

亂七八糟的一群傢伙。

7-5

7-5 容姿 / 姿容

01 | エレガント【elegant】

(形動) 雅致(的)，優美(的)，漂亮(的)

例 エレガントな身のこなし。

優雅的姿態。

02 | かび【華美】

(名・形動) 華美，華麗

例 華美な服装で参列する。

穿著華麗的衣服觀禮。

03 | きひん【気品】

(名)（人的容貌、藝術作品的）品格，氣派

例 気品が高い。

風度高雅。

04 | きらびやか

形動 鮮豔美麗到耀眼的程度；絢麗，華麗

例 きらびやかな装い。

華麗的裝扮。

05 | こうしょう【高尚】

形動 高尚；（程度）高深

例 高尚な趣味を持つ。

擁有高雅的趣味。

06 | しこう【志向】

名・他サ 志向；意向

例 高い志向をもつ。

有很大的志向。

07 | シック【（法）chic】

形動 時髦，漂亮；精緻

例 シックに着こなす。

衣著時髦。

08 | チェンジ【change】

名・自他サ 交換，兌換；變化；（網球，排球等）交換場地

例 イメージチェンジ。

改變形象。

09 | ひらたい【平たい】

形 沒有多少深度或廣度，少凹凸而橫向擴展；平，扁，平坦；容易，淺顯易懂

例 平たい顔が多い。

有許多扁平臉的人。

10 | ふくめん【覆面】

名・自サ 蒙上臉；不出面，不露面

例 覆面強盗が民家に押し入る。

蒙面強盜闖入民宅。

11 | ぶさいく【不細工】

名・形動 （技巧，動作）笨拙，不靈巧；難看，醜

例 不細工な顔が歪んでいる。

難看的臉扭曲著。

12 | ポーズ【pose】

名 （人在繪畫、舞蹈等）姿勢；擺樣子，擺姿勢

例 ポーズをとる。

擺姿勢。

13 | みすぼらしい

形 外表看起來很貧窮的樣子；寒酸；難看

例 みすぼらしい格好が嫌いだ。

不喜歡衣衫襤褸。

14 | みちがえる【見違える】

他下一 看錯

例 見違えるほど変わった。

變得都認不出來了。

15 | みなり【身なり】

名 服飾，裝束，打扮

例 身なりに構わない。

不修邊幅。

16 | ゆうび【優美】

名・形動 優美

例 優美なアーチを描く。

描繪優美的拱門。

17 | りりしい【凛凛しい】

形 凛凛，威嚴可敬

例 りりしいすがたに成長した。

長成威風凛凛的相貌。

● 7-6 ⑴

7-6 態度、性格 ⑴ /
態度、性格 ⑴

01 | あいそう・あいそ【愛想】

名 （接待客人的態度、表情等）親切；接待，款待；（在飲食店）算帳，客人付的錢

例 愛想がいい。

和藹可親。

02 | あからむ【赤らむ】

自五 變紅，變紅了起來；臉紅

例 顔が赤らむ。

臉紅了起來。

03 | あからめる【赤らめる】

他下一 使…變紅

例 顔を赤らめる。

漲紅了臉。

04 | あさましい【浅ましい】

形 （情形等悲慘而可憐的樣子）慘，悲慘；（作法或想法卑劣而下流）卑鄙，卑劣

例 浅ましい行為を重ねる。

一次又一次的做出卑鄙的行為。

05 | あっとう【圧倒】

名・他サ 壓倒；勝過；超過

例 相手の勢いに圧倒される。

被對方的氣勢壓倒。

06 | あらっぽい【荒っぽい】

形 性情、語言行為等粗暴、粗野；對工作等粗糙，草率

例 行動が荒っぽい。

行動粗野。

07 | いいかげん【いい加減】

連語・形動・副 適當；不認真；敷衍，馬虎；牽強，靠不住；相當，十分

例 いい加減にしろ。

你給我差不多一點。

08 | いき【粋】

名・形動 漂亮，瀟灑，俏皮，風流

例 粋な服装をしている。

穿著漂亮。

09 | いさぎよい【潔い】

形 勇敢，果斷，乾脆，毫不留戀，痛痛快快

例 潔く罪を認める。

痛快地認罪。

10 | いっそ

副 索性，倒不如，乾脆就

例 いっそ歩いて行く。

乾脆走路去。

11 | いっぺん【一変】

名・自他サ 一變，完全改變；突然改變

例 病勢が一変する。

病情急變。

12 | いやらしい【嫌らしい】

形 使人產生不愉快的心情，令人討厭；令人不愉快，不正經，不規矩

例 いやらしい目つきで見る。

用令人不愉快的眼神看。

13 | いんき【陰気】

名・形動 鬱悶，不開心；陰暗，陰森；陰鬱之氣

例 陰気な顔つきをしている。

一副愁眉苦臉的樣子。

14 | インテリ【(俄)intelligentsiya之略】

名 知識份子，知識階層

例 インテリの集まり。

人才濟濟。

15 | おおまか【大まか】

形動 不拘小節的樣子，大方；粗略的樣子，概略，大略

例 大まかに見積もる。

粗略估計。

16 | おおらか【大らか】

形動 落落大方，胸襟開闊，豁達

例 おおらかな性格になりたい。

我希望自己能落落大方的待人接物。

17 | おくびょう【臆病】

名・形動 戰戰兢兢的；膽怯，怯懦

例 臆病者と呼ばれる。

被稱做膽小鬼。

18 | おごそか【厳か】

形動 威嚴而莊重的樣子；莊嚴，嚴肅

例 厳かに行われる。

嚴肅的舉行。

19 | おせっかい

名・形動 愛管閒事，多事

例 おせっかいを焼く。

好管他人閒事。

20 | おちつき【落ち着き】

名 鎮靜，沉著，安詳；(器物等)穩當，放得穩；穩妥，協調

例 落ち着きを取り戻す。

恢復鎮靜。

21 | おつかい【お使い】

名 被打發出去辦事，跑腿

例 お使いを頼む。

受指派外出辦事。

22 | おっちょこちょい

(名・形動) 輕浮，冒失，不穩重；輕浮的人，
輕佻的人

例 おっちょこちょいなところがある。
有冒失之處。

23 | おどおど

(副・自サ) 提心吊膽，忐忑不安
例 人前ではいつもおどおどしている。
在人面前總是提心吊膽。

24 | おんわ【温和】

(名・形動)（氣候等）溫和，溫暖；（性情、
意見等）柔和，溫和
例 温和な性格。
溫和的個性。

25 | かって【勝手】

(名・形動) 廚房；情況；任意
例 勝手にしろ。
隨便你啦。

26 | かっぱつ【活発】

(形動) 動作或言談充滿活力；活潑，活躍
例 取引が活発である。
交易活絡。

27 | がんこ【頑固】

(名・形動) 頑固，固執；久治不癒的病，痼疾
例 頑固親父が出演した。
由頑固老爹來扮演演出。

28 | かんにさわる【癪に障る】

(慣) 觸怒，令人生氣
例 あの話し方が癪に障る。
那種說話方式真令人生氣。

29 | かんよう【寛容】

(名・形動・他サ) 容許，寬容，容忍
例 寛容な態度で向き合う。
以寬宏的態度對待。

30 | きがきく【気が利く】

(慣) 機伶，敏慧
例 新人なのに気が利く。
雖是新人但做事機敏。

31 | きさく【気さく】

(形動) 坦率，直爽，隨和
例 気さくな人柄。
隨和的性格。

● 7-6 (2)

7-6 態度、性格 (2) /
態度、性格 (2)

32 | きざ【気障】

(形動) 裝模作樣，做作；令人生厭，刺眼
例 気障な男が現れる。
出現了一位裝模作樣的男人。

33 | きしつ【気質】

(名) 氣質，脾氣；風格
例 気質が優しい。
性情溫柔。

34 | きだて【気立て】

名 性情，性格，脾氣

例 気立てが優しい。

性情溫和。

35 | きちょうめん【几帳面】

名・形動 規規矩矩，一絲不苟；（自律）嚴格，（注意）周到

例 几帳面な性格。

一絲不苟的個性。

36 | きなが【気長】

名・形動 緩慢，慢性；耐心，耐性

例 気長に待つ。

耐心等待。

37 | きふう【気風】

名 風氣，習氣；特性，氣質；風度，氣派

例 関西人の気風。

關西人的習性。

38 | きまぐれ【気紛れ】

名・形動 反覆不定，忽三忽四；反復不定，變化無常

例 気まぐれな性格を直す。

改善反復無常的個性。

39 | きまじめ【生真面目】

名・形動 一本正經，非常認真；過於耿直

例 生真面目な性格から脱却する。

改掉一本正經的性格。

40 | きょう【強】

名・漢造 強者；（接尾詞用法）強，有餘；強，有力；加強；硬是，勉強

例 強弱をつける。

區分強弱。

41 | きょよう【許容】

名・他サ 容許，允許，寬容

例 許容範囲が広い。

允許範圍非常廣泛。

42 | きんべん【勤勉】

名・形動 勤勞，勤奮

例 勤勉な学生。

勤勞的學生。

43 | くっせつ【屈折】

名・自サ 彎曲，曲折；歪曲，不正常，不自然

例 光が屈折する。

光線折射。

44 | けいせい【形成】

名・他サ 形成

例 人格を形成する。

人格形成。

45 | けいそつ【軽率】

名・形動 輕率，草率，馬虎

例 軽率な発言は控えたい。

發言草率希望能加以節制。

46 | けんめい【賢明】

(名・形動) 賢明，英明，高明

例 賢明な行い。
高明的作法。

47 | こうい【行為】

(名) 行為，行動，舉止

例 親切な行為を行う。
施行舉止親切之禮節。

48 | こせい【個性】

(名) 個性，特性

例 個性を出す。
凸出特色。

49 | こだわる【拘る】

(自五) 拘泥；妨礙，阻礙，抵觸

例 学歴にこだわる。
拘泥於學歷。

50 | こつこつ

(副) 孜孜不倦，堅持不懈，勤奮；(硬物相敲擊)咚咚聲

例 こつこつと勉強する。
孜孜不倦的讀書。

51 | こまやか【細やか】

(形動) 深深關懷對方的樣子；深切，深厚

例 細やかな気配りができる。
能得到深切的關注。

52 | ざつ【雑】

(名・形動) 雜類；(不單純的)混雜；摻雜；(非主要的)雜項；粗雜；粗糙；粗枝大葉

例 雑に扱う。
隨便處理。

53 | ざんこく【残酷】

(形動) 殘酷，殘忍

例 残酷な仕打ちをする。
殘酷對待。

54 | じが【自我】

(名) 我，自己，自我；(哲)意識主體

例 自我が芽生える。
萌生主體意識。

55 | しっとり

(副・サ変) 寧靜，沈靜；濕潤，潤澤

例 しっとりした感じの女性の方が良い。
我比較喜歡文靜的女子。

56 | しとやか

(形動) 說話與動作安靜文雅；文靜

例 しとやかな女性に惹かれる。
被舉止優雅，文靜的女子所吸引。

57 | しぶとい

(形) 對痛苦或逆境不屈服，倔強，頑強

例 しぶとい人間が勝つ。
頑強的人將獲勝。

58 | じゃく【弱】

名・接尾・漢造 （文）弱，弱者；不足；年輕

例 弱肉強食が露骨になっている。

弱肉強食顯得毫不留情。

59 | しゃこう【社交】

名 社交，交際

例 社交的な人と言われる。

被認為是善於社交的人。

60 | じょうねつ【情熱】

名 熱情，激情

例 情熱にあふれる。

熱情洋溢。

61 | じんかく【人格】

名 人格，人品；（獨立自主的）個人

例 人格が優れる。

人品出眾。

⊙ 7-6 (3)

7-6 態度、性格 (3) /
態度、性格 (3)

62 | すねる【拗ねる】

自下一 乖戾，鬧彆扭，任性撒野

例 世をすねる。

玩世不恭；憤世嫉俗。

63 | せいじつ【誠実】

名・形動 誠實，真誠

例 誠実な人柄を表している。

呈現出誠實的人格特質。

64 | せいじゅん【清純】

名・形動 清純，純真，清秀

例 清純な少女を絵に描いた。

描繪著清純可人的少女。

65 | ぜんりょう【善良】

名・形動 善良，正直

例 善良な風俗に反する。

違反善良風俗。

66 | そうたい【相対】

名 對面，相對

例 空間的な相対関係を用いた。

使用空間上的相對關係。

67 | そっけない【素っ気ない】

形 不表示興趣與關心；冷淡的

例 素っ気なく断る。

冷淡地拒絕。

68 | ぞんざい

形動 粗率，潦草，馬虎；不禮貌，粗魯

例 ぞんざいな扱いを受ける。

受到粗魯無禮的對待。

69 | だいたん【大胆】

名・形動 大膽，有勇氣，無畏；厚顔，膽大妄為

例 大胆な行動を取る。

採取大膽的行動。

70｜だらだら

副・自サ 滴滴答答地，冗長，磨磨蹭蹭的；斜度小而長

例 汗がだらだらと流れる。

汗流夾背。

71｜たんき【短気】

名・形動 性情急躁，沒耐性，性急

例 短気を起こす。

犯急躁。

72｜ちかよりがたい【近寄りがたい】

形 難以接近

例 近寄りがたい人。

難以親近的人。

73｜ちっぽけ

名 （俗）極小

例 ちっぽけな悩みがぶっ飛んだ。

小小的煩惱被吹走了。

74｜チャーミング【charming】

形動 有魅力，迷人，可愛

例 チャーミングな目をする。

有迷人的眼睛。

75｜つつしむ【慎む・謹む】

他五 謹慎，慎重；控制，節制；恭，恭敬

例 お酒を慎む。

節制飲酒。

76｜つよい【強い】

形 強，強勁；強壯，健壯；強烈，有害；堅強，堅決；對…強，有抵抗力；（在某方面）擅長

例 意志が強い。

意志堅強。

77｜つよがる【強がる】

自五 逞強，裝硬漢

例 弱い者に限って強がる。

唯有弱者愛逞強。

78｜でかい

形 （俗）大的

例 態度がでかい。

態度傲慢。

79｜どうどう【堂々】

形動・副 （儀表等）堂堂；威風凜凜；冠冕堂皇，光明正大；無所顧忌，勇往直前

例 堂々と行進する。

威風凜凜的前進。

80｜どきょう【度胸】

名 膽子，氣魄

例 度胸がある。

有膽識。

81｜ドライ【dry】

名・形動 乾燥，乾旱；乾巴巴，枯燥無味；（處事）理智，冷冰冰；禁酒，（宴會上）不提供酒

例 ドライな性格を直したい。

想改掉鐵面無私的性格。

82 | なごむ【和む】

(自五) 平靜下來，溫和起來

例 心が和む。

心情平靜下來。

---

83 | なまぬるい【生ぬるい】

(形) 還沒熱到熟的程度，該冰的東西尚未冷卻；溫和；不嚴格，馬馬虎虎；姑息

例 生ぬるい考えにイライラした。

被優柔寡斷的想法弄得情緒焦躁。

---

84 | なれなれしい

(形) 非常親近，完全不客氣的態度；親近，親密無間

例 馴れ馴れしい態度が嫌い。

不喜歡過份親暱的態度。

---

85 | ネガティブ・ネガ【negative】

(名・形動)（照相）軟片，底片；否定的，消極的

例 ネガティブな思考に陥る。

陷入負面思考。

---

86 | はいりょ【配慮】

(名・他サ) 關懷，照料，照顧，關照

例 住民に配慮する。

關懷居民。

---

87 | びしょう【微笑】

(名・自サ) 微笑

例 微笑を浮かべる。

浮上微笑。

---

88 | ひとがら【人柄】

(名・形動) 人品，人格，品質；人品好

例 人柄がいい。

人品好。

---

89 | ファザコン【（和）father ＋ complex 之略】

(名) 戀父情結

例 彼女はファザコンだ。

她有戀父情結。

---

90 | ぶれい【無礼】

(名・形動) 沒禮貌，不恭敬，失禮

例 無礼な奴に絡まれる。

被無禮的傢伙糾纏住。

---

91 | ほうりだす【放り出す】

(他五)（胡亂）扔出去，拋出去；擱置，丟開，扔下

例 仕事を途中で放り出す。

把做到一半工作丟開。

● 7-6 (4)

92 | ほしゅ【保守】

(名・他サ) 保守；保養

例 保守主義を導入する。

導入保守主義。

---

93 | まえむき【前向き】

(名) 面像前方，面向正面；向前看，積極

例 前向きに考える。

積極檢討。

94 | まけずぎらい【負けず嫌い】

(名・形動) 不服輸，好強

例 負けず嫌いな人。

不服輸的人。

95 | マザコン【(和)mother + complex 之略】

(名) 戀母情結

例 あいつはマザコンなんだ。

那傢伙有戀母情結。

96 | みえっぱり【見栄っ張り】

(名) 虛飾外表(的人)

例 見栄っ張りなやつ。

追求虛榮的人。

97 | みくだす【見下す】

(他五) 輕視，藐視，看不起；往下看，俯視

例 人を見下した態度。

輕視別人的態度。

98 | みならう【見習う】

(他五) 學習，見習，熟習；模仿

例 見習うべき手本を残した。

留下值得學習的範本。

99 | むくち【無口】

(名・形動) 沈默寡言，不愛説話

例 無口な青年を誘惑する。

引誘沈默寡言的年輕人。

100 | むじゃき【無邪気】

(名・形動) 天真爛漫，思想單純，幼稚

例 無邪気な子供。

天真爛漫的孩子。

101 | むちゃくちゃ【無茶苦茶】

(名・形動) 毫無道理，豈有此理；混亂，亂七八糟；亂哄哄

例 無茶苦茶忙しい日々を過ごす。

過著忙亂的生活。

102 | むちゃ【無茶】

(名・形動) 毫無道理，豈有此理；胡亂，亂來；格外，過分

例 それは無茶というものです。

這簡直是胡來。

103 | めいろう【明朗】

(形動) 明朗；清明，公正，光明正大，不隱諱

例 健康で明朗な少年。

健康開朗的少年。

104 | もはん【模範】

(名) 模範，榜樣，典型

例 模範を示す。

作為典範。

105 | よくぼう【欲望】

(名) 慾望；欲求

例 欲望を満たす。

滿足慾望。

106 | らっかん【楽観】

名・他サ 樂觀

例 <ruby>楽観<rt>らっかんてき</rt></ruby>的な<ruby>性格<rt>せいかく</rt></ruby>。

樂觀的個性。

107 | れいこく【冷酷】

名・形動 冷酷無情

例 <ruby>彼<rt>かれ</rt></ruby>は<ruby>冷酷<rt>れいこく</rt></ruby>な<ruby>人間<rt>にんげん</rt></ruby>だ。

他是個冷酷無情的人。

108 | れいたん【冷淡】

名・形動 冷淡，冷漠，不熱心；不熱情，不親熱

例 <ruby>冷淡<rt>れいたん</rt></ruby>な<ruby>態度<rt>たいど</rt></ruby>をとる。

採冷淡的態度。

109 | ろこつ【露骨】

名・形動 露骨，坦率，明顯；毫不客氣，毫無顧忌；赤裸裸

例 <ruby>露骨<rt>ろこつ</rt></ruby>に<ruby>悪口<rt>わるくち</rt></ruby>を<ruby>言<rt>い</rt></ruby>う。

毫不留情的罵。

110 | ワンパターン【(和)one + pattern】

名・形動 一成不變，同樣的

例 ワンパターンな<ruby>人間<rt>にんげん</rt></ruby>になる。

成為一成不變的人。

7-7 人間関係 (1) /
人際關係 (1)

01 | あいだがら【間柄】

名 (親屬、親戚等的)關係；來往關係，交情

例 <ruby>親子<rt>おやこ</rt></ruby>の<ruby>間柄<rt>あいだがら</rt></ruby>。

親子關係。

02 | あらかじめ【予め】

副 預先，先

例 あらかじめアポをとる。

事先預約。

03 | えん【縁】

名 廊子；關係，因緣；血緣，姻緣；邊緣；緣分，機緣

例 <ruby>縁<rt>えん</rt></ruby>がある。

有緣份。

04 | おとも【お供】

名・自サ 陪伴，陪同，跟隨；陪同的人，隨員

例 <ruby>社長<rt>しゃちょう</rt></ruby>にお<ruby>供<rt>とも</rt></ruby>する。

陪同社長。

05 | かたとき【片時】

名 片刻

例 <ruby>片時<rt>かたとき</rt></ruby>も<ruby>忘<rt>わす</rt></ruby>れられない。

片刻難忘。

06 | かわるがわる【代わる代わる】

(副) 輪流，輪換，輪班

例 代る代る看病する。

輪流看護。

07 | かんしょう【干渉】

(名・自サ) 干預，參與，干涉；(理)(音波，
光波的)干擾

例 他人に干渉する。

干涉他人。

08 | がっちり

(副・自サ) 嚴密吻合

例 がっちりと組む。

牢牢裝在一起。

09 | きずく【築く】

(他五) 築，建築，修建；構成，(逐步)形
成，累積

例 キャリアを築く。

累積工作經驗。

10 | きゅうち【旧知】

(名) 故知，老友

例 旧知を訪ねる。

拜訪老友。

11 | きゅうゆう【旧友】

(名) 老朋友

例 旧友と再会する。

和老友重聚。

12 | きょうちょう【協調】

(名・自サ) 協調；合作

例 協調性がある。

具有協調性。

13 | こうご【交互】

(名) 互相，交替

例 交互に使う。

交替使用。

14 | こじれる【拗れる】

(自下一) 彆扭，執拗；(事物)複雜化，惡化，
(病)纏綿不癒

例 風邪が拗れる。

感冒越來越嚴重。

15 | コネ【connection 之略】

(名) 關係，門路

例 コネを頼って就職する。

利用關係找工作。

16 | さいかい【再会】

(名・自サ) 重逢，再次見面

例 再会を約束する。

約定再會。

17 | したしまれる【親しまれる】

(自五) (「親しむ」的受身形)被喜歡

例 子供に親しまれる。

被小孩所喜歡。

18 | したしむ【親しむ】

[自五] 親近，親密，接近；愛好，喜愛

例 親しみやすい人には笑顔が多い。

容易接近的人經常笑容滿面。

19 | しょたいめん【初対面】

[名] 初次見面，第一次見面

例 初対面の挨拶を交わした。

初次見面相互寒暄致意。

20 | すくい【救い】

[名] 救，救援；挽救，彌補；（宗）靈魂的拯救

例 救いの手をさしのべる。

伸出援手。

21 | すれちがい【擦れ違い】

[名] 交錯，錯過去，差開

例 擦れ違いの夫婦が増えていった。

沒有交集的夫妻增多。

● 7-7 (2)

7-7 人間関係 (2) /
人際關係 (2)

22 | たいとう【対等】

[形動] 對等，同等，平等

例 対等な立場が理想だ。

對等的立場是最為理想的。

23 | たいめん【対面】

[名・自サ] 會面，見面

例 初対面が苦手だ。

初次見面時最為尷尬。

24 | たすけ【助け】

[名] 幫助，援助；救濟，救助；救命

例 なんの助けにもならない。

一點幫助也沒有。

25 | ちゅうしょう【中傷】

[名・他サ] 重傷，毀謗，污衊

例 人を中傷する。

中傷別人。

26 | つかえる【仕える】

[自下一] 服侍，侍候，侍奉；（在官署等）當官

例 神に仕える。

侍奉神佛。

27 | どうちょう【同調】

[名・自他サ] 調整音調；同調，同一步調，同意

例 相手に同調する。

贊同對方。

28 | とも【供】

[名]（長輩、貴人等的）隨從，從者；伴侶；夥伴，同伴

例 供に分かち合う。

與伙伴共同分享。

29 | にあい【似合い】

[名] 相配，合適

例 似合いのカップル。

登對的情侶。

30 ┃ はしわたし【橋渡し】

㊂ 架橋；當中間人，當介紹人

㋑ 橋渡し役になる。

扮演介紹人的角色。

31 ┃ ひきたてる【引き立てる】

㊦ 提拔，關照，穀粒；使…顯眼；(強行)拉走，帶走；關門(拉門)

㋑ 後輩を引き立てる。

提拔晚輩。

32 ┃ ふさわしい

㊒ 顯得均衡，使人感到相稱；適合，合適；相稱，相配

㋑ ふさわしい服装に仕上げる。

完成了一件合身的衣服。

33 ┃ ペアルック【(和)pair＋look】

㊂ 情侶裝，夫妻裝

㋑ 恋人とペアルック。

與情人穿情侶裝。

34 ┃ ほうかい【崩壊】

㊂·㊣ 崩潰，垮台；(理)衰變，蛻變

㋑ 家庭が崩壊する。

家庭瓦解。

35 ┃ まじえる【交える】

㊦ 夾雜，摻雜；(使細長的東西)交叉；互相接觸，交

㋑ 私情を交える。

參雜私人情感。

36 ┃ みせもの【見せ物】

㊂ 雜耍(指雜技團、馬戲團、魔術等)；被眾人耍弄的對象

㋑ 見せ物にされる。

被當作耍弄的對象。

37 ┃ みっせつ【密接】

㊂·㊣·㊕ 密接，緊連；密切

㋑ 密接な関係にある。

有密切的關係。

38 ┃ ムード【mood】

㊂ 心情，情緒；氣氛；(語)語氣；情趣；樣式，方式

㋑ ムードをぶち壊す。

破壞氣氛。

39 ┃ むすびつき【結び付き】

㊂ 聯繫，聯合，關係

㋑ 結び付きが強い。

結合得很堅固。

40 ┃ むすびつける【結び付ける】

㊦ 繋上，拴上；結合，聯繫

㋑ 運命が彼らを結び付ける。

命運把他們結合在一起。

41 ┃ めんかい【面会】

㊂·㊣ 會見，會面

㋑ 面会謝絶になる。

謝絕會面。

42 | もてなす【持て成す】

他五 接待，招待，款待；(請吃飯)宴請，招待

例 お客様を持て成す。

宴請客人。

43 | ゆうずう【融通】

名・他サ 暢通(錢款)，通融；腦筋靈活，臨機應變

例 融通がきく。

善於臨機應變。

44 | ライバル【rival】

名 競爭對手；情敵

例 よきライバルを見つける。

找到好的對手。

🔊 7-8

7-8 神仏、化け物 /
神佛、怪物

01 | おみや【お宮】

名 神社

例 お宮参りをする。

去參拜神社；孩子出生後第一次參拜神社。

02 | かいじゅう【怪獣】

名 怪獸

例 怪獣が火を噴く。

怪獸噴火。

03 | ごくらく【極楽】

名 極樂世界；安定的境界，天堂

例 極楽浄土に往生する。

往生極樂世界。

04 | ささげる【捧げる】

他下一 雙手抱拳，捧拳；供，供奉，敬獻；獻出，貢獻

例 神様に捧げる。

供奉給神明。

05 | じごく【地獄】

名 地獄；苦難；受苦的地方；(火山的)噴火口

例 地獄耳が聞き逃す。

耳朵靈竟漏聽了。

06 | しゅう【宗】

名 (宗)宗派；宗旨

例 日蓮宗の宗徒が柱を寄付する。

日蓮宗的門徒捐贈柱子。

07 | しんせい【神聖】

名・形動 神聖

例 神聖な山が鎮座している。

聖山在此坐鎮。

08 | しんでん【神殿】

名 神殿，神社的正殿

例 神殿を営造する。

修建神殿。

09 | すうはい【崇拝】

名・他サ 崇拜；信仰

例 個人崇拝が批判された。

個人崇拜受到批判。

10｜せいしょ【聖書】

名 （基督教的）聖經；古聖人的著述，聖典

例 新約聖書を研究する。

研究新約聖經。

11｜せんきょう【宣教】

名・自サ 傳教，佈道

例 宣教師を希望する。

希望成為傳教士。

12｜ぜん【禅】

漢造 （佛）禪，靜坐默唸；禪宗的簡稱

例 座禅を組む。

坐禪。

13｜たてまつる【奉る】

他五・補動・五型 奉，獻上；恭維，捧；（文）（接動詞連用型）表示謙遜或恭敬

例 会長に奉る。

抬舉（他）做會長。

14｜たましい【魂】

名 靈魂；魂魄；精神，精力，心魂

例 魂を入れる。

注入靈魂。

15｜つりがね【釣鐘】

名 （寺院等的）吊鐘

例 釣鐘をつき鳴らす。

敲鐘。

16｜てんごく【天国】

名 天國，天堂；理想境界，樂園

例 歩行者天国を守る。

守住步行天國制度。

17｜でんせつ【伝説】

名 傳說，口傳

例 伝説が伝わる。

傳說流傳。

18｜とりい【鳥居】

名 （神社入口處的）牌坊

例 鳥居をくぐる。

穿過牌坊。

19｜ばける【化ける】

自下一 變成，化成；喬裝，扮裝；突然變成

例 白蛇が美しい娘に化ける。

白蛇變成一個美麗的姑娘。

20｜ぶつぞう【仏像】

名 佛像

例 仏像を拝む。

參拜佛像。

21｜ぶつだん【仏壇】

名 佛龕

例 仏壇に手を合わせる。

對著佛龕膜拜。

22｜ゆうれい【幽霊】

名 幽靈，鬼魂，亡魂；有名無實的事物

例 幽霊が出る屋敷。

鬼魂出沒的屋子。

パート 8 第八章 親族

- 親屬 -

🔊 8-1

8-1 家族 /
家族

01 | きょうぐう【境遇】
名 境遇，處境，遭境，環境
例 恵まれた境遇に生まれた。
生長在得天獨厚的環境下。

02 | ぎり【義理】
名 (交往上應盡的)情意，禮節，人情；
緣由，道理
例 義理の兄弟。
大伯，小叔，姊夫，妹夫。

03 | せたい【世帯】
名 家庭，戶
例 三世帯住宅に建て替える。
翻蓋為三代同堂的住宅。

04 | ふよう【扶養】
名・他サ 扶養，撫育
例 扶養控除の対象にならない。
無法成為受撫養減稅的對象。

05 | みうち【身内】
名 身體內部，全身；親屬；(俠客、賭
徒等的)自家人，師兄弟
例 身内だけで晩ご飯を食べる。
只有親屬共進晚餐。

06 | むこ【婿】
名 女婿；新郎
例 婿養子をもらう。
招贅。

07 | やしなう【養う】
他五 (子女)養育，撫育；養活，扶養；
餵養；培養；保養，休養
例 妻と子を養う。
撫養妻子與小孩。

08 | ゆらぐ【揺らぐ】
自五 搖動，搖晃；意志動搖；搖搖欲墜，
岌岌可危
例 決心が揺らぐ。
決心產生動搖。

09 | よりそう【寄り添う】
自五 挨近，貼近，靠近
例 母に寄り添う。
靠在母親身上。

8-2 夫婦 /
夫婦

01 | えんまん【円満】
形動 圓滿，美滿，完美
例 円満な夫婦。
幸福美滿的夫妻。

02 | だんな【旦那】
名 主人；特稱別人丈夫；老公；先生，老爺
例 お宅の旦那が悪い。
是您的丈夫不對。

03 | なれそめ【馴れ初め】
名（男女）相互親近的開端，產生戀愛的開端
例 なれそめのことを懐かしく思い出す。
想起兩人相戀的契機。

04 | にかよう【似通う】
自五 類似，相似
例 似通った感じ。
類似的感覺。

05 | はいぐうしゃ【配偶者】
名 配偶；夫婦當中的一方
例 配偶者有無の欄に書く。
填在配偶有無的欄位上。

8-3 先祖、親 /
祖先、父母

01 | おふくろ【お袋】
名（俗；男性用語）母親，媽媽
例 お袋に孝行する。
孝順媽媽。

02 | おやじ【親父】
名（俗；男性用語）父親，我爸爸；老頭子
例 厳格な親父に育てられた。
在父親嚴格的教管下成長。

03 | けんざい【健在】
名・形動 健在
例 両親は健在です。
雙親健在。

04 | せんだい【先代】
名 上一輩，上一代的主人；以前的時代；前代（的藝人）
例 先代の社長が倒れた。
前任社長病倒了。

05 | にくしん【肉親】
名 親骨肉，親人
例 肉親を探す。
尋找親人。

06 | パパ【papa】
名（兒）爸爸
例 パパに懐く。
很黏爸爸。

8-4 子、子孫 /
孩子、子孫

01 | おんぶ
(名・他サ)（幼兒語）背，背負；（俗）讓他人負擔費用，依靠別人
例 子供をおんぶする。
背小孩。

02 | こじ【孤児】
(名) 孤兒；沒有伴兒的人，孤獨的人
例 震災孤児を支援する。
支援地震孤兒。

03 | こもりうた【子守歌・子守唄】
(名) 搖籃曲
例 子守唄を聞く。
聽搖籃曲。

04 | しそく【子息】
(名) 兒子(指他人的)，令郎
例 ご子息が後を継ぐ。
令郎將繼承衣缽。

05 | せがれ【倅】
(名)（對人謙稱自己的兒子）犬子；（對他人兒子，晚輩的蔑稱）小傢伙，小子
例 私のせがれです。
（這是）犬子。

06 | だっこ【抱っこ】
(名・他サ) 抱
例 赤ちゃんを抱っこする。
抱起嬰兒。

07 | ねかす【寝かす】
(他五) 使睡覺
例 赤ん坊を寝かす。
哄嬰兒睡覺。

08 | ねかせる【寝かせる】
(他下一) 使睡覺，使躺下；使平倒；存放著，賣不出去；使發酵
例 子供を寝かせる。
哄孩子睡覺。

09 | ねんちょう【年長】
(名・形動) 年長，年歲大，年長的人
例 年長者を敬う。
尊敬年長者。

10 | はいはい
(名・自サ)（幼兒語）爬行
例 はいはいができるようになった。
小孩會爬行了。

11 | はんえい【繁栄】
(名・自サ) 繁榮，昌盛，興旺
例 子孫が繁栄する。
子孫興旺。

12 | ようし【養子】
(名) 養子；繼子
例 弟の子を養子にもらう。
領養弟弟的小孩。

8-5 自分を指して言うことば /
指自己的稱呼

01 | おれ【俺】

代 （男性用語）（對平輩・晚輩的自稱）我,俺

例 <ruby>俺様<rt>おれさま</rt></ruby>とは<ruby>何様<rt>なにさま</rt></ruby>のつもりだ。

你以為你是誰啊！

---

02 | じこ【自己】

名 自己，自我

例 <ruby>自己催眠<rt>じ こ さいみん</rt></ruby>をかける。

自我催眠。

---

03 | どくじ【独自】

形動 獨自，獨特，個人

例 <ruby>独自<rt>どくじ</rt></ruby>に<ruby>編<rt>あ</rt></ruby>み<ruby>出<rt>だ</rt></ruby>す。

獨創。

---

04 | マイ【my】

造語 我的（只用在「自家用、自己專用」時）

例 マイホームを<ruby>購入<rt>こうにゅう</rt></ruby>する。

買了自己的房子。

---

05 | われ【我】

名・代 自我，自己，本身；我，吾，我方

例 <ruby>我<rt>われ</rt></ruby>を<ruby>忘<rt>わす</rt></ruby>れる。

忘我。

9-1 動物の仲間 /
動物類

01 | えもの【獲物】

名 獵物；掠奪物，戰利品

例 獲物を仕留める。

射死獵物。

02 | おす【雄】

名 （動物的）雄性，公；牡

例 雄の闘争心。

雄性的鬥爭心。

03 | かえる【蛙】

名 青蛙

例 蛙が鳴く。

蛙鳴。

04 | かり【狩り】

名 打獵；採集；遊看，觀賞；搜查，拘捕

例 狩りに出る。

去打獵。

05 | くびわ【首輪】

名 狗，貓等的脖圈

例 首輪をはめる。

戴上項圈。

06 | けだもの【獣】

名 獣；畜生，野獸

例 この獣め。

這個畜生。

07 | けもの【獣】

名 獣；野獸

例 獣に遭遇する。

遇到野獸。

08 | こんちゅう【昆虫】

名 昆蟲

例 昆虫類は苦手だ。

我最怕昆蟲類了。

09 | しかけ【仕掛け】

名 開始做，著手；製作中，做到中途；找碴，挑釁；裝置，結構，規模；陷阱

例 自動的に閉まる仕掛け。

自動開關裝置。

10 | しんか【進化】

名・自サ 進化，進步

例 進化を妨げる。

妨礙進步。

11 | ぜんめつ【全滅】

(名・自他サ) 全滅，徹底消滅

例 害虫を全滅させる。

徹底消滅害蟲。

12 | たいか【退化】

(名・自サ) (生)退化；退步，倒退

例 文明の退化が凄まじい。

文明嚴重倒退。

13 | ちょう【蝶】

(名) 蝴蝶

例 蝶々結びにする。

打蝴蝶結。

14 | つの【角】

(名) (牛、羊等的)角，犄角；(蝸牛等的)觸角；角狀物

例 しかの角を川で拾った。

在河裡撿到鹿角。

15 | でくわす【出くわす】

(自五) 碰上，碰見

例 森で熊に出くわす。

在森林裡遇到熊。

16 | とうみん【冬眠】

(名・自サ) 冬眠；停頓

例 冬眠する動物は長寿である。

冬眠的動物較為長壽。

17 | なつく

(自五) 親近；喜歡；馴(服)

例 犬が懐く。

狗和人親近。

18 | ならす【馴らす】

(他五) 馴養，調馴

例 怒りの虎を飼い馴らすに至った。

馴服了憤怒咆哮的老虎。

19 | はなしがい【放し飼い】

(名) 放養，放牧

例 猫を放し飼いにする。

將貓放養。

20 | ひな【雛】

(名・接頭) 雛鳥，雛雞；古裝偶人；(冠於某名詞上)表小巧玲瓏

例 ヒナを育てる。

飼養幼鳥。

21 | ほご【保護】

(名・他サ) 保護

例 自然を保護する。

保護自然。

22 | めす【雌】

(名) 雌，母；(罵)女人

例 雌に求愛する。

向雌性求愛。

23 | やせい【野生】

(名・自サ・代) 野生；鄙人

例 野生動物を保護する。

保護野生動物。

24 | わたりどり【渡り鳥】

(名) 候鳥；到處奔走謀生的人

例 渡り鳥が旅立つ。

候鳥開始旅行了。

9-2 動物の動作、部位 /
動物的動作、部位

01 | お【尾】

(名) (動物的)尾巴；(事物的)尾部；山腳

例 尾を引く。

留下影響。

02 | くちばし【嘴】

(名) (動)鳥嘴，嘴，喙

例 くちばしでつつく。

用鳥嘴啄。

03 | さえずる

(自五) (小鳥)婉轉地叫，嘰嘰喳喳地叫，歌唱

例 小鳥がさえずる。

小鳥歌唱。

04 | ぴんぴん

(副・自サ) 用力跳躍的樣子；健壯的樣子

例 魚がぴんぴん (と) はねる。

魚活蹦亂跳。

05 | むらがる【群がる】

(自五) 聚集，群集，密集，林立

例 アリが群がる。

螞蟻群聚。

植物
- 植物 -

🔊 10-1

10-1 植物の仲間 /
植物類

01 | かふん【花粉】
名 （植）花粉
例 花粉症になる。
得了花粉症。

02 | きゅうこん【球根】
名 （植）球根，鱗茎
例 球根を植える。
種植球根。

03 | くき【茎】
名 茎；梗；柄；稈
例 茎が折れる。
折斷花莖。

04 | こずえ【梢】
名 樹梢，樹枝
例 梢を切り落とす。
剪去樹枝。

05 | しば【芝】
名 （植）（鋪草坪用的）矮草，短草
例 芝を刈り込む。
剪草坪。

06 | じゅもく【樹木】
名 樹木
例 樹木に囲まれる。
四周被樹木環繞。

07 | しゅ【種】
名・漢造 種類；（生物）種；種植；種子
例 種子植物を分類する。
將種子植物加以分類。

08 | ぞうき【雑木】
名 雑樹，不成材的樹木
例 雑木林が見えてきた。
看得到雜木林了。

09 | つぼみ【蕾】
名 花蕾，花苞；（前途有為而）未成年的人
例 つぼみが付く。
長花苞。

10 | とげ【棘・刺】
名 （植物的）刺；（扎在身上的）刺；（轉）講話尖酸，話中帶刺
例 とげが刺さる。
被刺刺到。

11 | なえ【苗】

名 苗，秧子，稻秧

例 野菜の苗を植えた。

種植菜苗。

---

12 | ねんりん【年輪】

名 （樹）年輪；技藝經驗；經年累月的歷史

例 年輪を重ねる。

累積經驗。

---

13 | はす【蓮】

名 蓮花

例 蓮の花が見頃だ。

現在正是賞蓮的時節。

---

14 | はなびら【花びら】

名 花瓣

例 花びらが舞う。

花瓣飛舞。

---

15 | ほ【穂】

名 （植）稻穗；（物的）尖端

例 稲穂が稔る。

稻穗結實。

---

16 | みき【幹】

名 樹幹；事物的主要部分

例 木の幹と枝が絡んでいる。

樹幹與樹枝纏在一起。

17 | わら【藁】

名 稻草，麥桿

例 藁を束ねる。

綁稻草成束。

10-2 植物関連のことば /
植物相關用語

---

01 | おちば【落ち葉】

名 落葉

例 落ち葉を掃く。

打掃落葉。

---

02 | かれる【涸れる・枯れる】

自下一 （水分）乾涸；（能力、才能等）涸竭；（草木）凋零，枯萎，枯死（木材）乾燥；（修養、藝術等）純熟，老練；（身體等）枯瘦，乾癟，（機能等）衰萎

例 涙が涸れる。

涙水乾涸。

---

03 | しなびる【萎びる】

自上一 枯萎，乾癟

例 野菜が萎びる。

青菜枯萎了。

---

04 | はつが【発芽】

名・自サ 發芽

例 種が発芽する。

種子發芽。

05 | ひりょう【肥料】

(名) 肥料

(例) 肥料を与える。

施肥。

06 | ひんしゅ【品種】

(名) 種類；(農)品種

(例) 品種改良する。

改良品種。

07 | ほうさく【豊作】

(名) 豊收

(例) 豊作を祝う。

慶祝豐收。

🔊 11-1

01 | アルカリ【alkali】

名 鹼；強鹼

例 純アルカリソーダ。

純鹼蘇打。

02 | アルミ【aluminium】

名 鋁（「アルミニウム」的縮寫）

例 アルミ製品を一通り揃えた。

鋁製品全部都備齊了。

03 | えき【液】

名·漢造 汁液，液體

例 液状化現象を起こした。

引起液態化現象。

04 | おうごん【黄金】

名 黃金；金錢

例 黄金の仏像。

黃金佛像。

05 | かごう【化合】

名·自サ （化）化合

例 化合物が検出された。

被檢驗出含有化合物。

06 | かせき【化石】

名·自サ （地）化石；變成石頭

例 アンモナイトの化石。

鸚鵡螺化石。

07 | がんせき【岩石】

名 岩石

例 岩石を採取する。

採集岩石。

08 | けつごう【結合】

名·自他サ 結合；黏接

例 分子が結合する。

結合分子。

09 | けっしょう【結晶】

名·自サ 結晶；（事物的）成果，結晶

例 雪の結晶を撮影する。

拍攝雪的結晶。

10 | げんけい【原形】

名 原形，舊觀，原來的形狀

例 原形を留めていない。

沒有留下舊貌。

11 | げんし【原子】

名 (理)原子；原子核

例 原子爆弾を投下する。

投下原子彈。

12 | げんそ【元素】

名 (化)元素；要素

例 元素記号を覚える。

背誦元素符號。

13 | ごうせい【合成】

名・他サ (由兩種以上的東西合成)合成(一個東西)；(化)(元素或化合物)合成(化合物)

例 合成着色料を用いる。

使用化學色素。

14 | さんか【酸化】

名・自サ (化)氧化

例 鉄が酸化する。

鐵氧化。

15 | さん【酸】

名 酸味；辛酸，痛苦；(化)酸

例 アミノ酸飲料を飲む。

喝氨基酸飲料。

16 | じき【磁器】

名 瓷器

例 磁器と陶器を焼き合わせた。

瓷器與陶器混在一起燒。

17 | じき【磁気】

名 (理)磁性，磁力

例 磁気で治療する。

用磁力治療。

18 | しずく【滴】

名 水滴，水點

例 しずくが落ちる。

水滴滴落。

19 | じゃり【砂利】

名 沙礫，碎石子

例 道路に砂利を敷く。

在路上鋪碎石子。

20 | じょうりゅう【蒸留】

名・他サ 蒸餾

例 海水を蒸留する。

蒸餾海水。

21 | しんじゅ【真珠】

名 珍珠

例 真珠を採取する。

採集珍珠。

22 | せいてつ【製鉄】

名 煉鐵，製鐵

例 製鉄所を新たに建設する。

建設新的煉鐵廠。

23 | たれる【垂れる】

(自下一・他下一) 懸垂，掛拉；滴，流，滴答；
垂，使下垂，懸掛；垂飾

例 しずくが垂れる。

水滴滴落。

24 | たんそ【炭素】

(名) (化)碳

例 二酸化炭素が使用される。

使用二氧化碳。

25 | ちゅうわ【中和】

(名・自サ) 中正溫和；(理・化)中和，平衡

例 酸とアルカリが中和する。

酸鹼中和。

26 | ちんでん【沈澱】

(名・自サ) 沈澱

例 沈殿物を生成する。

產生沈澱物。

27 | なまり【鉛】

(名) (化)鉛

例 鉛を含む。

含鉛。

28 | はる【張る】

(自他五) 伸展；覆蓋；膨脹，(負擔)過重，
(價格)過高；拉；設置；盛滿(液體等)

例 湖に氷が張った。

湖面結冰。

29 | びりょう【微量】

(名) 微量，少量

例 微量の毒物が検出される。

檢驗出少量毒物。

30 | ぶったい【物体】

(名) 物體，物質

例 未確認飛行物体が見られる。

可以看到未知飛行物體(UFO)。

31 | ふっとう【沸騰】

(名・自サ) 沸騰；群情激昂，情緒高漲

例 お湯が沸騰する。

熱水沸騰。

32 | ぶんし【分子】

(名) (理・化・數)分子；…份子

例 分子を発見する。

發現分子。

33 | ほうわ【飽和】

(名・自サ) (理)飽和；最大限度，極限

例 飽和状態に陥る。

陷入飽和狀態。

34 | まく【膜】

(名・漢造) 膜；(表面)薄膜，薄皮

例 膜が張る。

貼上薄膜。

35 | まやく【麻薬】

(名) 麻藥，毒品
例 麻薬中毒を治療する。
治療毒癮。

36 | やく【薬】

(名・漢造) 藥；化學藥品
例 弾薬を詰める。
裝彈藥。

37 | ようえき【溶液】

(名) (理、化)溶液
例 溶液の濃度を測定する。
測量溶液的濃度。

11-2 エネルギー、燃料 /
能源、燃料

01 | げんばく【原爆】

(名) 原子彈
例 原爆を投下する。
投下原子彈。

02 | げんゆ【原油】

(名) 原油
例 原油価格が高騰する。
石油價格居高不下。

03 | こう【光】

(漢造) 光亮；光；風光；時光；榮譽；
例 太陽光で発電する。
以太陽能發電。

04 | さかる【盛る】

(自五) 旺盛；繁榮；(動物)發情
例 火が盛る。
火勢旺盛。

05 | さよう【作用】

(名・自サ) 作用；起作用
例 薬の副作用が心配だ。
擔心藥物的副作用。

06 | ソーラーシステム【the solar system】

(名) 太陽系；太陽能發電設備
例 ソーラーシステムを設置する。
裝設太陽能發電設備。

07 | たきび【たき火】

(名) 爐火，灶火；(用火)燒落葉
例 焚き火をする。
點篝火。

08 | てんか【点火】

(名・自サ) 點火
例 ろうそくに点火する。
點蠟燭。

09 | どうりょく【動力】

(名) 動力，原動力
例 動力を供給する。
供給動力。

10 | ねんしょう【燃焼】

名・自サ 燃燒；竭盡全力

例 石油が燃焼する。

燃燒石油。

11 | ねんりょう【燃料】

名 燃料

例 燃料をくう。

耗費燃料。

12 | ばくは【爆破】

名・他サ 爆破，炸毀

例 建物を爆破する。

炸毀建築物。

13 | はんしゃ【反射】

名・自他サ（光、電波等）折射，反射；（生理上的）反射（機能）

例 条件反射する。

條件反射。

14 | ひばな【火花】

名 火星；（電）火花

例 火花が散る。

迸出火星。

15 | ふりょく【浮力】

名（理）浮力

例 浮力が作用する。

浮力起作用。

16 | ほうしゃせん【放射線】

名（理）放射線

例 放射線を浴びる。

暴露在放射線之下。

17 | ほうしゃのう【放射能】

名（理）放射線

例 放射能は怖い。

輻射很可怕。

18 | ほうしゃ【放射】

名・他サ 放射，輻射

例 放射性物質を垂れ流す。

流放出放射性物質。

19 | ほうしゅつ【放出】

名・他サ 放出，排出，噴出；（政府）發放，投放

例 熱を放出する。

放出熱能。

20 | まんタン【満 tank】

名（俗）油加滿

例 ガソリンを満タンにする。

加滿了油。

21 | りょうしつ【良質】

名・形動 質量良好，上等

例 良質のタンパク質を摂る。

攝取良好的蛋白質。

11-3 原料、材料 /
原料、材料

01 | エコ【ecology 之略】
(名・接頭) 環保
例 エコグッズを活用する。
活用環保商品。

02 | かいしゅう【回収】
(名・他サ) 回收，收回
例 資源回収を実施する。
施行資源回收。

03 | かせん【化繊】
(名) 化學纖維
例 化繊の肌着。
化學纖維材質的內衣。

04 | さいくつ【採掘】
(名・他サ) 採掘，開採，採礦
例 金山を採掘する。
開採金礦。

05 | しぼう【脂肪】
(名) 脂肪
例 脂肪を取る。
去除脂肪。

06 | せんい【繊維】
(名) 纖維
例 化学繊維が生産される。
生產化學纖維。

07 | そざい【素材】
(名) 素材，原材料；題材
例 素材の味を生かした料理。
發揮食材原味的料理。

08 | たんぱくしつ【蛋白質】
(名) (生化)蛋白質
例 タンパク質を取る。
攝取蛋白質。

09 | はいき【廃棄】
(名・他サ) 廢除
例 廃棄処分する。
廢棄處理。

10 | ひんしつ【品質】
(名) 品質，質量
例 品質を疑う。
對品質有疑慮。

🔊 12-1

12-1 天体 / 天體

01 | うず【渦】

名 漩渦，漩渦狀；混亂狀態，難以脱身的處境

例 渦を巻く。

打轉；呈現混亂狀態。

02 | えいせい【衛星】

名 （天）衛星；人造衛星

例 人工衛星を打ち上げる。

發射人造衛星。

03 | かせい【火星】

名 （天）火星

例 火星人と出会いました。

遇到了火星人。

04 | じてん【自転】

名・自サ （地球等的）自轉；自行轉動

例 地球の自転を証明した。

證明地球是自轉的。

05 | せいざ【星座】

名 星座

例 星座占いを学ぶ。

學占星術。

06 | てんたい【天体】

名 （天）天象，天體

例 天体観測会が開かれた。

舉辦觀察天象大會。

07 | てん【天】

名・漢造 天，天空；天國；天理；太空；上天；天然

例 天を仰ぐ。

仰望天空。

08 | ともる

自五 （燈火）亮，點著

例 明かりがともる。

燈亮了。

09 | にしび【西日】

名 夕陽；西照的陽光，午後的陽光

例 西日がまぶしい。

夕陽炫目。

10 | ひなた【日向】

名 向陽處，陽光照到的地方；處於順境的人

例 日向ぼっこをする。

曬太陽；做日光浴。

11 | まんげつ【満月】

(名) 満月，圓月

(例) 満月の夜が好きだ。

我喜歡望月之夜。

12 | わくせい【惑星】

(名) (天)行星；前途不可限量的人

(例) 惑星に探査機を送り込んだ。

送上行星探測器。

● 12-2

12-2 気象、天気、気候 /
氣象、天氣、氣候

01 | あつくるしい【暑苦しい】

(形) 悶熱的

(例) 暑苦しい部屋が涼しくなった。

悶熱的房間變得涼爽了。

02 | あまぐ【雨具】

(名) 防雨的用具(雨衣、雨傘、雨鞋等)

(例) 雨具の用意がない 。

沒有準備雨具。

03 | あられ【霰】

(名) (較冰雹小的)霰；切成小碎塊的年糕

(例) あられが降る。

下冰霰。

04 | いなびかり【稲光】

(名) 閃電，閃光

(例) 稲光がする。

出現閃電。

05 | うてん【雨天】

(名) 雨天

(例) 雨天でも決行する。

風雨無阻。

06 | かいじょ【解除】

(名・他サ) 解除；廢除

(例) 警報を解除する。

解除警報。

07 | かすむ【霞む】

(自五) 有霞，有薄霧，雲霧朦朧

(例) 霞んだ空が幻想的だった。

雲霧朦朧的天空如同幻夢世界一般。

08 | かんき【寒気】

(名) 寒冷，寒氣

(例) 寒気がきびしい。

酷冷。

09 | きざし【兆し】

(名) 預兆，徵兆，跡象；萌芽，頭緒，端倪

(例) 兆しが見える。

看得到徵兆。

10 | きしょう【気象】

(名) 氣象；天性，秉性，脾氣

(例) 気象情報を放送する。

播放氣象資訊。

11 | きょうれつ【強烈】

形動 強烈

例 強烈な光を放つ。

放出刺眼的光線。

12 | きりゅう【気流】

名 氣流

例 気流に乗る。

乘著氣流。

13 | こうすい【降水】

名 （氣）降水（指雪雨等的）

例 降水量が多い。

降雨量很高。

14 | ざあざあ

副 （大雨）嘩啦嘩啦聲；（電視等）雜音

例 雨がざあざあ降っている。

雨嘩啦嘩啦地下。

15 | じょうしょう【上昇】

名・自サ 上升，上漲，提高

例 気温が上昇する。

氣溫上升。

16 | ずぶぬれ【ずぶ濡れ】

名 全身濕透

例 ずぶぬれの着物が張り付いてしまった。

濕透了的衣服緊貼在身上。

17 | せいてん【晴天】

名 晴天

例 晴天に恵まれる。

遇上晴天。

18 | つゆ【露】

名・副 露水；淚；短暫，無常；（下接否定）一點也不…

例 露にぬれる。

被露水打濕。

19 | てりかえす【照り返す】

他五 反射

例 西日が照り返す。

夕陽反射。

20 | とつじょ【突如】

副・形動 突如其來，突然

例 突如爆発する。

突然爆發。

21 | ふじゅん【不順】

名・形動 不順，不調，異常

例 天候不順が続く。

氣候異常持續不斷。

22 | もる【漏る】

自五 （液體、氣體、光等）漏，漏出

例 雨が漏る。

漏雨。

23 | よける

(他下一) 躲避；防備

例 雨をよける。

避雨。

12-3 さまざまな自然現象 /
各種自然現象

01 | あいつぐ【相次ぐ・相継ぐ】

(自五)（文）接二連三，連續不斷

例 相次ぐ災難に見舞われる。

遭受接二連三的天災人禍。

02 | おおみず【大水】

(名) 大水，洪水

例 大水が出る。

發生大洪水。

03 | おさまる【治まる】

(自五) 安定，平息

例 嵐が治まる。

暴風雨平息。

04 | おしよせる【押し寄せる】

(自下一) 湧進來；蜂擁而來 (他下一) 挪到一旁

例 津波が押し寄せる。

海嘯席捲而來。

05 | おそう【襲う】

(他五) 襲擊，侵襲；繼承，沿襲；衝到，闖到

例 人を襲う。

襲擊他人。

06 | きょくげん【局限】

(名・他サ) 侷限，限定

例 一部に局限される。

侷限於其中一部份。

07 | けいかい【警戒】

(名・他サ) 警戒，預防，防範；警惕，小心

例 警戒態勢をとる。

採取警戒狀態。

08 | こうずい【洪水】

(名) 洪水，淹大水；洪流

例 洪水が起こる。

引發洪水。

09 | さいがい【災害】

(名) 災害，災難，天災

例 災害を予防する。

防災。

10 | しずめる【沈める】

(他下一) 把…沉入水中，使沉沒

例 ソファに身を沈める。

癱坐在沙發上。

11 | しんどう【振動】

(名・自他サ) 搖動，振動；擺動

例 窓ガラスが振動する。

窗戶玻璃震動。

12 | じょうりく【上陸】

(名・自サ) 登陸，上岸

例 無事に上陸する。

平安登陸。

13 | せいりょく【勢力】

(名) 勢力，權勢，威力，實力；(理)力，能

例 勢力を伸ばす。

擴大勢力。

14 | そうなん【遭難】

(名・自サ) 罹難，遇險

例 遭難現場に駆けつけた。

急忙趕到遇難地點。

15 | ただよう【漂う】

(自五) 漂流，飄蕩；洋溢，充滿；露出

例 水面に花びらが漂う。

花瓣漂在水面上。

16 | たつまき【竜巻】

(名) 龍捲風

例 竜巻が起きる。

發生龍捲風。

17 | つなみ【津波】

(名) 海嘯

例 津波が発生する。

發生海嘯。

18 | てんさい【天災】

(名) 天災，自然災害

例 天災に見舞われる。

遭受天災。

19 | どしゃ【土砂】

(名) 土和沙，沙土

例 土砂災害が多発した。

經常發生山崩災難。

20 | なだれ【雪崩】

(名) 雪崩；傾斜，斜坡；雪崩一般，蜂擁

例 雪崩を打って敗走する。

一群人落荒而逃。

21 | はっせい【発生】

(名・自サ) 發生；(生物等)出現，蔓延

例 問題が発生する。

發生問題。

22 | はんらん【氾濫】

(名・自サ) 氾濫；充斥，過多

例 川が氾濫する。

河川氾濫。

23 | ひなん【避難】

(名・自サ) 避難

例 避難訓練をする。

執行避難訓練。

24 | ふんしゅつ【噴出】

(名・自他サ) 噴出，射出

例 マグマが噴出する。

炎漿噴出。

25 | ぼうふう【暴風】

(名) 暴風

例 暴風雨になる。

變成暴風雨。

26 | もうれつ【猛烈】

(形動) 氣勢或程度非常大的樣子，猛烈；
特別；厲害

例 猛烈に後悔する。

非常後悔。

27 | よしん【余震】

(名) 餘震

例 余震が続く。

餘震不斷。

28 | らっか【落下】

(名・自サ) 下降，落下；從高處落下

例 落下物に注意する。

小心掉落物。

地理、場所

- 地理、地方 -

13-1 地理 /
地理

01 | あ【亜】

接頭 亞，次；（化）亞（表示無機酸中氧原子較少）；用在外語的音譯；亞細亞，亞洲

例 台湾の北は亜熱帯気候だ。

台灣的北邊是亞熱帶氣候。

02 | えんがん【沿岸】

名 沿岸

例 地中海沿岸は風が強い。

地中海沿岸風勢很強。

03 | おおぞら【大空】

名 太空，天空

例 晴れ渡る大空。

萬里晴空。

04 | かいがら【貝殻】

名 貝殻

例 貝殻を拾う。

撿拾貝殼。

05 | かいきょう【海峡】

名 海峡

例 海峡を越える。

越過海峽。

06 | かいぞく【海賊】

名 海盜

例 海賊に襲われる。

被海盜襲擊。

07 | かいりゅう【海流】

名 海流

例 海流に乗る。

乘著海流。

08 | かい【海】

漢造 海；廣大

例 日本海を眺める。

眺望日本海。

09 | がけ【崖】

名 斷崖，懸崖

例 崖から落ちる。

從懸崖上落下。

10 | かせん【河川】

名 河川

例 河川が氾濫する。

河川氾濫。

11 | ききょう【帰京】

名・自サ 回首都，回東京

例 来月帰京する。

下個月回東京。

12 | きふく【起伏】

(名·自サ) 起伏，凹凸；榮枯，盛衰，波瀾，起落

例 起伏が激しい。

起伏劇烈。

13 | きょうそん・きょうぞん【共存】

(名·自サ) 共處，共存

例 自然と共存する。

與自然共存。

14 | けいしゃ【傾斜】

(名·自サ) 傾斜，傾斜度；傾向

例 後方へ傾斜する。

向後傾斜。

15 | こうげん【高原】

(名) (地)高原

例 チベット高原。

西藏高原。

16 | こくさん【国産】

(名) 國産

例 国産自動車。

國產汽車。

17 | さんがく【山岳】

(名) 山岳

例 山岳地帯に住む。

住在山區。

18 | さんみゃく【山脈】

(名) 山脈

例 山脈を越える。

越過山脈。

19 | しお【潮】

(名) 海潮；海水，海流；時機，機會

例 潮の満ち引き。

潮氣潮落。

20 | ジャングル【jungle】

(名) 叢林

例 ジャングルを探検する。

進到叢林探險。

21 | じょうくう【上空】

(名) 高空，天空；(某地點的)上空

例 上空を横切る。

橫越上空。

22 | すいげん【水源】

(名) 水源

例 水源を探す。

尋找水源。

23 | そびえる【聳える】

(自下一) 聳立，峙立

例 雲に聳える塔。

高聳入雲的高塔。

24 | たどる【辿る】

他五 沿路前進，邊走邊找；走難行的路，走艱難的路；追尋，追溯，探索；(事物向某方向)發展，走向

例 記憶をたどる。

追尋記憶。

25 | ちけい【地形】

名 地形，地勢，地貌

例 地形が盆地だから夏は暑い。

盆地地形所以夏天很熱。

26 | つらなる【連なる】

自五 連，連接；列，參加

例 山が連なる。

山脈連綿。

27 | てんぼう【展望】

名・他サ 展望；眺望，瞭望

例 展望が開ける。

視野開闊。

28 | とおまわり【遠回り】

名・自サ・形動 使其繞道，繞遠路

例 遠回りして帰る。

繞遠路回家。

29 | ないりく【内陸】

名 內陸，內地

例 内陸性気候に属する。

屬於大陸性氣候。

30 | なぎさ【渚】

名 水濱，岸邊，海濱

例 渚を駆ける。

在海邊奔跑。

31 | ぬま【沼】

名 池塘，池沼，沼澤

例 底無し沼につく。

探到無底深淵的底部。

32 | はま【浜】

名 海濱，河岸

例 浜に打ち上げられる。

被海水打上岸邊。

33 | はらっぱ【原っぱ】

名 雜草叢生的曠野；空地

例 原っぱを駆ける。

在曠野奔跑。

34 | みかい【未開】

名 不開化，未開化；未開墾；野蠻

例 未開の地に踏み入る。

進入未開墾的土地。

35 | ゆるやか【緩やか】

形動 坡度或彎度平緩；緩慢

例 緩やかな坂に注意しよう。

走慢坡要多加小心。

13-2 場所、空間 /
地方、空間

01│あらす【荒らす】
他五 破壞，毀掉，損傷，糟蹋；擾亂；
偷竊，行搶
例 トラックが道を荒らす。
卡車毀壞道路。

02│いただき【頂】
名 (物體的)頂部；頂峰，樹尖
例 山の頂に立つ。
站在山頂上。

03│いち【市】
名 市場，集市；市街
例 蚤の市を開く。
舉辦跳蚤市場。

04│かいどう【街道】
名 大道，大街
例 裏街道を歩む。
走上邪道。

05│がいとう【街頭】
名 街頭，大街上
例 街頭演説が開かれる。
開始街頭演講。

06│きゅうくつ【窮屈】
名・形動 (房屋等)窄小，狹窄，(衣服等)緊；
感覺拘束，不自由；死板
例 窮屈な部屋に住む。
住在狹窄的房間。

07│きょう【橋】
名・漢造 (解)腦橋；橋
例 歩道橋を渡る。
走過天橋。

08│くうかん【空間】
名 空間，空隙
例 快適な空間を提案する。
就舒適的空間提出議案。

09│げんち【現地】
名 現場，發生事故的地點；當地
例 現地に向かう。
前往現場。

10│コーナー【corner】
名 小賣店，專櫃；角，拐角；(棒、足球)
角球
例 特産品コーナーを設ける。
設置特産品專櫃。

11│こてい【固定】
名・自他サ 固定
例 足場を固定する。
站穩腳步。

12│さんばし【桟橋】
名 碼頭；跳板
例 桟橋を渡る。
走過碼頭。

13｜さんぷく【山腹】

名 山腰，山腹

例 山腹を歩く。

行走山腰。

14｜しがい【市街】

名 城鎮，市街，繁華街道

例 市街地に住む。

住在繁華地段。

15｜しょざい【所在】

名 (人的)住處，所在；(建築物的)地址；(物品的)下落

例 所在がわかる。

知道所在處。

16｜スペース【space】

名 空間，空地；(特指)宇宙空間；紙面的空白，行間寬度

例 スペースを取る。

留出空白。

17｜たちよる【立ち寄る】

自五 靠近，走進；順便到，中途落腳

例 本屋に立ち寄る。

順便去書店。

18｜たどりつく【辿り着く】

自五 好不容易走到，摸索找到，掙扎走到；到達(目的)地

例 頂上にたどり着く。

終於到達山頂。

19｜たまり【溜まり】

名 積存，積存處；休息室；聚集的地方

例 溜まり場ができた。

有一個聚會地。

20｜ちゅうふく【中腹】

名 半山腰

例 山の中腹。

半山腰。

21｜でんえん【田園】

名 田園；田地

例 のどかな田園風景。

悠閒恬靜的田園風光。

22｜どて【土手】

名 (防風、浪的)堤防

例 土手を築く。

築提防。

23｜どぶ

名 水溝，深坑，下水道，陰溝

例 金を溝に捨てる。

把錢丟到水溝裡。

24｜ぼち【墓地】

名 墓地，墳地

例 墓地にお参りする。

去基地上香祭拜。

25 | よち【余地】

(名) 空地；容地，餘地

(例) 考える余地を与える。

給人思考的空間。

13-3 地域、範囲 (1) /
地域、範圍 (1)

01 | アラブ【Arab】

(名) 阿拉伯，阿拉伯人

(例) ドバイのアラブ人と結婚した。

跟杜拜的阿拉伯人結婚。

02 | いちぶぶん【一部分】

(名) 一冊，一份，一套；一部份

(例) 一部分だけ切り取る。

只切除一部分。

03 | いったい【一帯】

(名) 一帶；一片；一條

(例) 付近一帯がお花畑になる。

這附近將會變成一片花海。

04 | おいだす【追い出す】

(他五) 趕出，驅逐；解雇

(例) 家を追い出す。

趕出家門。

05 | および【及び】

(接續) 和，與，以及

(例) 生徒及び保護者。

學生與家長。

06 | およぶ【及ぶ】

(自五) 到，到達；趕上，及

(例) 被害が及ぶ。

遭受災害。

07 | かい【界】

(漢造) 界限；各界；(地層的)界

(例) 芸能界に入る。

進入演藝圈。

08 | がい【街】

(漢造) 街道，大街

(例) 商店街で買い物をする。

在商店街購物。

09 | きぼ【規模】

(名) 規模；範圍；榜樣，典型

(例) 規模が大きい。

規模龐大。

10 | きょうど【郷土】

(名) 故鄉，鄉土；鄉間，地方

(例) 郷土料理を食べる。

吃有鄉土風味的料理。

11 | きょうり【郷里】

(名) 故鄉，鄉里

(例) 郷里を離れる。

離鄉背井。

12｜ぎょそん【漁村】

名 漁村
例 漁村の漁師。
漁村的漁夫。

13｜きんこう【近郊】

名 郊區，近郊
例 東京近郊に住む。
住在東京近郊。

14｜くかく【区画】

名 區劃，劃區；(劃分的)區域，地區
例 土地を区画する。
劃分土地。

15｜くかん【区間】

名 區間，段
例 区間快速に乗る。
搭乘區間快速列車。

16｜く【区】

名 地區，區域；區
例 東京23区を比較してみた。
嘗試比較了東京23區。

17｜けん【圏】

漢造 圓圈；區域，範圍
例 首都圏で雪が舞う。
整個首都雪花飛舞。

18｜こうはい【荒廃】

名・自サ 荒廢，荒蕪；(房屋)失修；(精神)頹廢，散漫
例 荒廃した大地。
荒廢了的土地。

19｜こゆう【固有】

名 固有，特有，天生
例 固有の文化を繁栄させる。
使特有文化興盛繁榮。

20｜さしかかる【差し掛かる】

自五 來到，路過(某處)，靠近；(日期等)臨近，逼近，緊迫；垂掛，籠罩在…之上
例 分岐点に差し掛かる。
來到分歧點。

21｜じもと【地元】

名 當地，本地；自己居住的地方，故鄉
例 地元に帰る。
回到家鄉。

22｜じょうか【城下】

名 城下；(以諸侯的居城為中心發展起來的)城市，城邑
例 城下の盟をする。
訂城下之盟。

23｜ずらっと

副 (俗)一大排，成排地
例 ずらっと並べる。
排成一列。

24 | そうだい【壮大】

形動 雄壯，宏大

例 壮大な建築物に圧倒された。

對雄偉的建築物讚嘆不已。

25 | そこら【其処ら】

代 那一代，那裡；普通，一般；那樣，那種程度，大約

例 そこら中にある。

到處都有。

26 | その【園】

名 園，花園

例 エデンの園を追い出される。

被逐出伊甸園。

27 | たい【帯】

漢造 帶，帶子；佩帶；具有；地區；地層

例 火山帯を形成する。

形成火山帶。

● 13-3 (2)

13-3 地域、範囲 (2) /
地域、範圍 (2)

28 | とおざかる【遠ざかる】

自五 遠離；疏遠；不碰，節制，克制

例 危機が遠ざかる。

遠離危機。

29 | とくゆう【特有】

形動 特有

例 日本人特有の性質。

日本人特有性格。

30 | ないぶ【内部】

名 內部，裡面；內情，內幕

例 内部を窺う。

詢問內情。

31 | はてしない【果てしない】

形 無止境的，無邊無際的

例 果てしない大宇宙。

無邊無際的大宇宙。

32 | はて【果て】

名 邊際，盡頭，最後，結局，下場；結果

例 果てのない道が広がる。

無邊無際的道路展現在眼前。

33 | はまべ【浜辺】

名 海濱，湖濱

例 浜辺を歩く。

步行在海邊。

34 | はみだす【はみ出す】

自五 溢出；超出範圍

例 引き出しからはみ出す。

滿出抽屜外。

35 | ふうしゅう【風習】

名 風俗，習慣，風尚

例 風習に従う。

遵從風俗習慣。

36 | ふうど【風土】

名 風土，水土

例 風土になれる。

服水土。

37 | ベッドタウン【（和）bed ＋ town】

名 衛星都市，郊區都市

例 ベッドタウン計画を実現する。

實現衛星都市計畫。

38 | ぼこく【母国】

名 祖國

例 母国に帰りたい。

想回到祖國。

39 | ほとり【辺】

名 邊，畔，旁邊

例 池のほとりに佇む。

在池畔駐足。

40 | ほんごく【本国】

名 本國，祖國；老家，故鄉

例 本国に戻る。

回到祖國。

41 | ほんば【本場】

名 原產地，正宗產地；發源地，本地

例 本場の料理を食べる。

食用道地的菜餚。

42 | みぢか【身近】

名·形動 切身；身邊，身旁

例 危険が身近に迫る。

危險臨到眼前。

43 | みね【峰】

名 山峰；刀背；東西突起部分

例 峰打ちする。

用刀背砍。

44 | みのまわり【身の回り】

名 身邊衣物（指衣履、攜帶品等）；日常生活；（工作或交際上）應由自己處裡的事情

例 身の回りを整頓する。

整頓日常生活。

45 | めいさん【名産】

名 名產

例 台湾の名産を買う。

購買台灣名產。

46 | もう【網】

漢造 網；網狀物；聯絡網

例 連絡網を作成する。

制作聯絡網。

47 | やがい【野外】

名 野外，郊外，原野；戶外，室外

例 野外活動をする。

從事郊外活動。

48 | やみ【闇】

⒜（夜間的）黑暗；（心中）辨別不清，不知所措；黑暗；黑市

⒤ 闇^{やみ}をさまよう。

在黑暗中迷失方向。

49 | よう【洋】

⒜·漢造 東洋和西洋；西方，西式；海洋；大而寬廣

⒤ 洋画^{ようが}を見^みる。

欣賞西畫。

50 | りょういき【領域】

⒜ 領域，範圍

⒤ 領域^{りょういき}が狭^{せば}まる。

範圍狹窄。

51 | りょうかい【領海】

⒜（法）領海

⒤ 領海侵犯^{りょうかいしんぱん}に反発^{はんぱつ}する。

反抗侵犯領海。

52 | りょうち【領地】

⒜ 領土；（封建主的）領土，領地

⒤ 領地^{りょうち}を保有^{ほゆう}する。

保有領土。

53 | りょうど【領土】

⒜ 領土

⒤ 北方領土問題^{ほっぽうりょうどもんだい}に関心^{かんしん}をもつ。

對北方領土問題感興趣。

54 | わく【枠】

⒜ 框；（書的）邊線；範圍，界線，框線

⒤ 枠^{わく}にはまった表現^{ひょうげん}。

拘泥於框框的表現。

● 13-4 (1)

13-4 方向、位置 (1) ／
方向、位置 (1)

01 | いちめん【一面】

⒜ 一面；另一面；全體，滿；（報紙的）頭版

⒤ 一面^{いちめん}の記事^{きじ}が掲載^{けいさい}された。

被刊登在頭版新聞上。

02 | うらがえし【裏返し】

⒜ 表裡相反，翻裡作面

⒤ 裏返^{うらがえ}しにして使^{つか}う。

裡外顛倒使用。

03 | えんぽう【遠方】

⒜ 遠方，遠處

⒤ 遠方^{えんぽう}へ赴^{おもむ}く。

遠行。

04 | おもてむき【表向き】

⒜·副 表面（上），外表（上）

⒤ 表向^{おもてむ}きは知^しらんぷりをする。

表面上裝作不知情。

05 | おもむく【赴く】

⒥五 赴，往，前往；趨向，趨於

⒤ 現場^{げんば}に赴^{おもむ}く。

前往現場。

06 | おりかえす【折り返す】

(他五・自五) 折回；翻回；反覆；折回去

例 折り返し連絡する。
再跟你聯絡。

07 | かく【核】

(名・漢造)(生)(細胞)核；(植)核，果核；
要害；核(武器)

例 戦争に核兵器が使われた。
戰爭中使用核武器。

08 | かたわら【傍ら】

(名) 旁邊；在…同時還…，一邊…一邊…

例 家事の傍ら小説を書く。
打理家務的同時還邊寫小説。

09 | かた【片】

(漢造)(表示一對中的)一個，一方；表示
遠離中心而偏向一方；表示不完全；表
示極少

例 片足で立つ。
單腳站立。

10 | きてん【起点】

(名) 起點，出發點

例 Ａ点を起点とする。
以 Ａ 點為起點。

11 | げんてん【原点】

(名)(丈量土地等的)基準點，原點；出
發點

例 原点に戻る。
回到原點。

12 | こみあげる【込み上げる】

(自下一) 往上湧，油然而生

例 涙がこみあげる。
淚水盈眶。

13 | さき【先】

(名) 尖端，末稍；前面，前方；事先，先；
優先，首先；將來，未來；後來(的情況)；
以前，過去；目的地；對方

例 目と鼻の先に岸壁がある。
碼頭近在眼前。

14 | さなか【最中】

(名) 最盛期，正當中，最高

例 忙しい最中に友達が訪ねて来た。
正忙著的時候朋友來了。

15 | ざひょう【座標】

(名)(數)座標；標準，基準

例 座標で示す。
用座標表示。

16 | すすみ【進み】

(名) 進，進展，進度；前進，進步；嚮往，
心願

例 進みが遅い。
進展速度緩慢。

17 | ぜんと【前途】

(名) 前途，將來；(旅途的)前程，去路

例 前途が開ける。
前程似錦。

18 | そう【沿う】

（自五）沿著，順著；按照

例 方針に沿う。

按照方針的指示。

19 | そくめん【側面】

（名）側面，旁邊；（具有複雜內容事物的）一面，另一面

例 側面から援助する。

從側面協助。

20 | そっぽ【外方】

（名）一邊，外邊，別處

例 そっぽを向く。

把頭轉向一邊；恍若未聞。

21 | そる【反る】

（自五）（向背或向外）彎曲，捲曲，翹；身子向後彎，挺起胸膛

例 本の表紙が反る。

書的封面翹起。

22 | たほう【他方】

（名・副）另一方面；其他方面

例 他方から見ると、～。

從另一方面來看…。

23 | だんめん【断面】

（名）斷面，剖面；側面

例 社会の断面が見事に描かれた。

精彩地描繪出社會的一個縮影。

24 | ちゅうすう【中枢】

（名）中樞，中心；樞組，關鍵

例 神経中枢を刺激する。

刺激神經中樞。

25 | ちゅうりつ【中立】

（名・自サ）中立

例 中立を守る。

保持中立。

26 | ちょくれつ【直列】

（名）（電）串聯

例 直列に接続する。

串聯。

27 | てぢか【手近】

（形動）手邊，身旁，左近；近人皆知，常見

例 手近な問題を無視された。

眼前的問題遭到忽視。

28 | てっぺん

（名）頂，頂峰；頭頂上；（事物的）最高峰，頂點

例 幸福のてっぺんにある。

在幸福的頂點。

29 | でむく【出向く】

（自五）前往，前去

例 こちらから出向きます。

由我到您那裡去。

30｜てんかい【転回】

（名・自他サ）回轉，轉變

例 180度転回する。

180度迴轉。

● 13-4 (2)

13-4 方向、位置 (2) /
方向、位置 (2)

31｜てんじる【転じる】

（自他上一）轉變，轉換，改變；遷居，搬家
（自他サ）轉變

例 攻勢に転じる。

轉為攻勢。

32｜てんずる【転ずる】

（自五・他下一）改變（方向、狀態）；遷居；
調職

例 話題を転ずる。

轉移話題。

33｜てんち【天地】

（名）天和地；天地，世界；宇宙，上下

例 天地ほどの差がある。

天壤之別。

34｜とうたつ【到達】

（名・自サ）到達，達到

例 山頂に到達する。

到達山頂。

35｜とりまく【取り巻く】

（他五）圍住，圍繞；奉承，奉迎

例 群集に取り巻かれる。

被群眾包圍。

36｜なかほど【中程】

（名）（場所、距離的）中間；（程度）中等；
（時間、事物進行的）途中，半途

例 来月の中程までに。

到下個月中旬為止。

37｜はいご【背後】

（名）背後；暗地，背地，幕後

例 背後に立つ。

站在背後。

38｜はるか【遥か】

（副・形動）（時間、空間、程度上）遠，遙遠

例 遥かに富士山を望む。

遙望富士山。

39｜ふち【縁】

（名）邊；緣；框

例 ハンカチの縁取りがピンク色だった。

手帕的鑲邊是粉紅色的。

40｜ふりかえる【振り返る】

（他五）回頭看，向後看；回顧

例 過去を振り返る。

回顧過去。

41｜ふりだし【振り出し】

（名）出發點；開始，開端；（經）開出（支
票、匯票等）

例 振り出しに戻る。

回到出發點。

42 | へいこう【並行】

名・自サ 並行；並進，同時舉行

例 線路に並行して歩く。

與鐵路並行走路。

43 | へり【縁】

名 (河岸、懸崖、桌子等)邊緣；帽簷；鑲邊

例 縁を取る。

鑲邊。

44 | まうえ【真上】

名 正上方，正當頭

例 真上を仰ぐ。

仰望頭頂上方。

45 | ました【真下】

名 正下方，正下面

例 机の真下に潜る。

躲在書桌正下方。

46 | まじわる【交わる】

自五 (線狀物)交，交叉；(與人)交往，交際

例 線が交わる。

線條交叉。

47 | まと【的】

名 標的，靶子；目標；要害，要點

例 的を外す。

沒中目標；沒中要害。

48 | みぎて【右手】

名 右手，右邊，右面

例 右手に見えるのが公園です。

右邊可看到的是公園。

49 | みちばた【道端】

名 道旁，路邊

例 道端で喧嘩をする。

在路邊吵架。

50 | めさき【目先】

名 目前，眼前；當前，現在；遇見；外觀，外貌，當場的風趣

例 目先の利益にとらわれる。

只著重眼前利益。

51 | めんする【面する】

自サ (某物)面向，面對著，對著；(事件等)面對

例 道路に面する。

面對著道路。

52 | もろに

副 全面，迎面，沒有不…

例 もろにぶつかる。

直接撞上。

53 | ユーターン【U-turn】

名・自サ (汽車的)U字形轉彎，180度迴轉

例 この道路ではUターン禁止だ。

這條路禁止迴轉。

54 | より【寄り】

名 偏，靠；聚會，集會

例 最寄りの駅を選ぶ。

選擇最近的車站。

----

55 | りょうきょく【両極】

名 兩極，南北極，陰陽極；兩端，兩個極端

例 磁石の両極に擬えられる。

比喻為磁鐵的兩極。

施設、機関

- 設施、機關單位 -

🔊 14-1

14-1 施設、機関 /
設施、機關單位

01 | うんえい【運営】

(名・他サ) 領導(組織或機構使其發揮作用)，經營，管理

例 運営資金を借りた。
借營運資金。

02 | きこう【機構】

(名) 機構，組織；(人體、機械等)結構，構造

例 機構を改革する。
機構改革。

03 | しせつ【施設】

(名・他サ) 設施，設備；(兒童，老人的)福利設施

例 施設に入る。
進入孤兒院。

04 | しゅうよう【収容】

(名・他サ) 收容，容納；拘留

例 被災者を収容する。
收容災民。

05 | すたれる【廃れる】

(自下一) 成為廢物，變成無用，廢除；過時，不再流行；衰微，衰弱，被淘汰

例 廃れた風習が田舎に残されている。
已廢棄的風俗在鄉下被流傳了下來。

06 | せっち【設置】

(名・他サ) 設置，安裝；設立

例 クーラーを設置する。
安裝冷氣。

07 | せつりつ【設立】

(名・他サ) 設立，成立

例 学校を設立する。
設立學校。

08 | そうりつ【創立】

(名・他サ) 創立，創建，創辦

例 専門学校を創立する。
創辦職業學校。

09 | どだい【土台】

(名・副) (建)地基，底座；基礎；本來，根本，壓根兒

例 土台を固める。
穩固基礎。

10 | とりあつかう【取り扱う】

(他五) 對待，接待；(用手)操縱，使用；
處理；管理，經辦

例 高級品を取り扱う。

經辦高級商品。

11 | ふくごう【複合】

(名・自他サ) 複合，合成

例 複合施設を建設する。

建設複合設施。

● 14-2

14-2 いろいろな施設 / 各種設施

01 | いせき【遺跡】

(名) 故址，遺跡，古蹟

例 遺跡を発見する。

發現遺跡。

02 | きゅうでん【宮殿】

(名) 宮殿；祭神殿

例 バッキンガム宮殿。

白金漢宮。

03 | しきじょう【式場】

(名) 舉行儀式的場所，會場，禮堂

例 式場を予約する。

預約禮堂。

04 | スタジオ【studio】

(名) 藝術家工作室；攝影棚，照相館；
播音室，錄音室

例 スタジオで撮影する。

在攝影棚錄影。

05 | タワー【tower】

(名) 塔

例 コントロールタワー。

塔台。

06 | ひ【碑】

(漢造) 碑

例 記念碑を建てる。

建立紀念碑。

07 | ふうしゃ【風車】

(名) 風車

例 風車を回す。

風車運轉。

08 | ほんかん【本館】

(名) (對別館、新館而言)原本的建築物，
主要的樓房；此樓，本樓，本館

例 本館と別館に分かれる。

分為本館與分館。

09 | みんしゅく【民宿】

(名・自サ) (觀光地的)民宿，家庭旅店；(旅
客)在民家投宿

例 民宿に泊まる。

住在民宿。

10 | モーテル【motel】

(名) 汽車旅館，附車庫的簡易旅館

例 モーテルに泊まる。

留宿在汽車旅館。

14-3 病院 /
醫院

01 | いいん【医院】
名 醫院，診療所
例 医院の院長を務める。
就任醫院的院長。

02 | うけいれる【受け入れる】
他下一 收，收下；收容，接納；採納，接受
例 要求を受け入れる。
接受要求。

03 | うけいれ【受け入れ】
名 (新成員或移民等的)接受，收容；(物品或材料等的)收進，收入；答應，承認
例 受け入れ計画書を作成する。
製作接收計畫書。

04 | おうきゅう【応急】
名 應急，救急
例 応急処置をする。
進行緊急處置。

05 | おうしん【往診】
名·自サ (醫生的)出診
例 週一回の往診を頼む。
請大夫一週一次出診。

06 | ガーゼ【(德) Gaze】
名 紗布，藥布
例 ガーゼを傷口に当てる。
把紗布蓋在傷口上。

07 | かいぼう【解剖】
名·他サ (醫)解剖；(事物、語法等)分析
例 カエルを解剖する。
解剖青蛙。

08 | がいらい【外来】
名 外來，舶來；(醫院的)門診
例 外来種が繁殖する。
繁殖外來品種。

09 | カルテ【(德) Karte】
名 病歷
例 カルテに記載する。
記載在病歷裡。

10 | がんか【眼科】
名 (醫)眼科
例 眼科を受診する。
看眼科。

11 | きょうせい【矯正】
名·他サ 矯正，糾正
例 悪癖を矯正する。
糾正惡習。

12 | さんふじんか【産婦人科】
名 (醫)婦產科
例 産婦人科を受診する。
到婦產科就診。

13 | しか【歯科】

② (醫)牙科，齒科
例 歯科検診を受ける。
去牙醫檢查。

14 | じびか【耳鼻科】

② 耳鼻科
例 耳鼻科医にかかる。
去看耳鼻喉科醫生。

15 | しょうにか【小児科】

② 小兒科，兒科
例 小児科病院に支援物資を送った。
送支援物資到小兒科醫院。

16 | しょほうせん【処方箋】

② 處方籤
例 処方箋をもらう。
領取處方籤。

17 | しんりょう【診療】

②・他サ 診療，診察治療
例 診療を受ける。
接受治療。

18 | ばいきん【ばい菌】

② 細菌，微生物
例 ばい菌を退治する。
去除霉菌。

14-4 店 / 商店

01 | あつかい【扱い】

② 使用，操作；接待，待遇；(當作…) 對待；處理，調停
例 客の扱いが丁寧だ。
待客周到。

02 | アフターサービス【(和) after + service】

② 售後服務
例 アフターサービスがいい。
售後服務良好。

03 | ざいこ【在庫】

② 庫存，存貨；儲存
例 在庫が切れる。
沒有庫存。

04 | セール【sale】

② 拍賣，大減價
例 閉店セールを開催する。
舉辦歇業大拍賣。

05 | ちめいど【知名度】

② 知名度，名望
例 知名度が高い。
知名度很高。

06 | ちんれつ【陳列】

②・他サ 陳列
例 棚に陳列する。
陳列在架子上。

07 | てがける【手掛ける】

他下一 親自動手，親手

例 工事を手掛ける。

親自施工。

---

08 | ドライブイン【drive-in】

名 免下車餐廳（銀行、郵局、加油站）；
快餐車道

例 ドライブインに入る。

開進快餐車道。

---

09 | とりかえ【取り替え】

名 調換，交換；退換，更換

例 取り替え時期が来る。

換季的時期到來。

---

10 | にぎわう【賑わう】

自五 熱鬧，擁擠；繁榮，興盛

例 商店街が賑わう。

商店街很繁榮。

---

11 | バー【bar】

名 （鐵、木的）條，桿，棒；小酒吧，酒館

例 バーで飲む。

在酒吧喝酒。

---

12 | まねき【招き】

名 招待，邀請，聘請；（招攬顧客的）
招牌，裝飾物

例 招き猫を飾る。

用招財貓裝飾。

14-5 団体、会社 /
團體、公司行號

---

01 | がっぺい【合併】

名・自他サ 合併

例 二社が合併する。

兩家公司合併。

---

02 | かんゆう【勧誘】

名・他サ 勧誘，勧説；邀請

例 入会を勧誘する。

勸人加入會員。

---

03 | きょうかい【協会】

名 協會

例 協会を設立する。

成立協會。

---

04 | じちたい【自治体】

名 自治團體

例 自治体の権限を強化する。

強化自治團體的權限。

---

05 | しょうちょう【象徴】

名・他サ 象徴

例 平和の象徴をモチーフにした。

以和平的象徵為創作靈感。

---

06 | しょうれい【奨励】

名・他サ 獎勵，鼓勵

例 貯蓄を奨励する。

獎勵儲蓄。

---

07 | つぐ【継ぐ】

他五 繼承，承接，承襲；添，加，續

例 家業を継ぐ。

繼承家業。

08 | ていけい【提携】

名・自サ 提攜，攜手；協力，合作

例 業務提携を結ぶ。

締結業務合作協議。

09 | ぬけだす【抜け出す】

自五 溜走，逃脱，擺脱；(髮、牙)開始
脱落，掉落

例 迷路から抜け出す。

從迷宮中找到出路(找到對的路)。

10 | ふどうさんや【不動産屋】

名 房地產公司

例 不動産屋でアパートを探す。

透過房地產公司找公寓。

11 | へいしゃ【弊社】

名 敝公司

例 弊社の商品が紹介される。

介紹敝公司的產品。

🔊 15-1

15-1 交通、運輸 /
交通、運輸

01 | うんそう【運送】

(名・他サ) 運送，運輸，搬運

例 救援物資を運送する。

運送救援物資。

02 | うんゆ【運輸】

(名) 運輸，運送，搬運

例 海上運輸を担った。

負責海上運輸。

03 | かいそう【回送】

(名・他サ)（接人、裝貨等）空車調回；轉送，轉遞；運送

例 回送車。

空車返回總站。

04 | きりかえる【切り替える】

(他下一) 轉換，改換，掉換；兌換

例 レバーを切り替える。

切換變速裝置。

05 | きりかえ【切り替え】

(名) 轉換，切換；兌換；（農）開闢森林成田地（過幾年後再種樹）

例 運転免許の切替。

更換駕照。

06 | けいろ【経路】

(名) 路徑，路線

例 経路を変える。

改變路線。

07 | さえぎる【遮る】

(他五) 遮擋，遮住，遮蔽；遮斷，遮攔，阻擋

例 日差しを遮る。

遮住陽光。

08 | せっしょく【接触】

(名・自サ) 接觸；交往，交際

例 接触を断つ。

斷絕來往。

09 | せんよう【専用】

(名・他サ) 專用，獨佔，壟斷，專門使用

例 婦人専用車両に乗る。

搭乘女性專用車輛。

10 | ふうさ【封鎖】

(名・他サ) 封鎖；凍結

例 国境を封鎖する。

封鎖國界。

11 | ゆうせん【優先】

名・自サ 優先

例 優先席に座る。
ゆうせんせき すわ

坐博愛座。

● 15-2

15-2 鉄道、船、飛行機 /
鐵路、船隻、飛機

01 | えんせん【沿線】

名 沿線

例 鉄道沿線の住民。
てつどうえんせん じゅうみん

鐵路沿線的居民。

02 | かいろ【海路】

名 海路

例 帰りは海路をとる。
かえ かい ろ

回程走海路。

03 | きせん【汽船】

名 輪船，蒸汽船

例 汽船で行く。
き せん い

坐輪船前去。

04 | ぎょせん【漁船】

名 漁船

例 マグロ漁船。
ぎょせん

捕鮪船。

05 | ぐんかん【軍艦】

名 軍艦

例 軍艦を派遣する。
ぐんかん は けん

派遣軍艦。

06 | こうかい【航海】

名・自サ 航海

例 航海に出る。
こうかい で

出海航行。

07 | シート【seat】

名 座位，議席；防水布

例 シートベルトを着用しよう。
ちゃくよう

請繫上安全帶吧！

08 | しはつ【始発】

名 （最先）出發；始發（車，站）；第一
班車

例 始発電車に乗る。
し はつでんしゃ の

搭乘首班車。

09 | じゅんきゅう【準急】

名 （鐵）平快車，快速列車

例 準急に乗る。
じゅんきゅう の

搭乘快速列車。

10 | せんぱく【船舶】

名 船舶，船隻

例 船舶無線局が閉鎖する。
せんぱく む せんきょく へい さ

關閉船隻無線電台。

11 | そうじゅう【操縦】

名・他サ 駕駛；操縱，駕馭，支配

例 飛行機を操縦する。
ひ こう き そうじゅう

駕駛飛機。

12 | ちゃくりく【着陸】

名・自サ (空)降落，著陸

例 飛行機が着陸する。

飛機降落。

13 | ちんぼつ【沈没】

名・自サ 沈没；醉得不省人事；(東西)進了當鋪

例 船が沈没する。

船沈沒。

14 | ついらく【墜落】

名・自サ 墜落，掉下

例 飛行機が墜落する。

飛機墜落。

15 | つりかわ【つり革】

名 (電車等的)吊環，吊帶

例 つり革につかまる。

抓住吊環。

16 | のりこむ【乗り込む】

自五 坐進，乘上(車)；開進，進入；(和大家)一起搭乘；(軍隊)開入；(劇團、體育團體等)到達

例 船に乗り込む。

上船。

17 | フェリー【ferry】

名 渡口，渡船(フェリーボート 之略)

例 フェリーが出航する。

渡船出航。

18 | ふっきゅう【復旧】

名・自他サ 恢復原狀；修復

例 電力が復旧する。

恢復電力。

19 | みうごき【身動き】

名 (下多接否定形)轉動(活動)身體；自由行動

例 満員で身動きもできない。

人滿為患，擠得動彈不得。

20 | ロープウェー【ropeway】

名 空中纜車，登山纜車

例 ロープウェーで山を登る。

搭乘空中纜車上山。

🔊 15-3

15-3 自動車、道路 / 汽車、道路

01 | アクセル【accelerator 之略】

名 (汽車的)加速器

例 アクセルを踏む。

踩油門。

02 | いかれる

自下一 破舊，(機能)衰退

例 エンジンがいかれる。

引擎破舊。

03 | インターチェンジ【interchange】

名 高速公路的出入口；交流道

例 インターチェンジが閉鎖される。

交流道被封鎖。

04 | オートマチック【automatic】

(名・形動・造) 自動装置，自動機械；自動装置的，自動式的

例 オートマチックな仕掛け。

自動化設備。

05 | かんせん【幹線】

(名) 主要線路，幹線

例 幹線道路を走る。

走主要幹線。

06 | じゅうじろ【十字路】

(名) 十字路，岐路

例 十字路に立つ。

站在十字路口；不知所向。

07 | じょこう【徐行】

(名・自サ) (電車，汽車等) 慢行，徐行

例 自動車が徐行する。

汽車慢慢行駛。

08 | スポーツカー【sports car】

(名) 跑車

例 スポーツカーを買う。

買跑車。

09 | そうこう【走行】

(名・自サ) (汽車等) 行車，行駛

例 走行距離が短い。

行車距離過短。

10 | たまつき【玉突き】

(名) 撞球；連環 (車禍)

例 玉突き事故が起きた。

引起連環車禍。

11 | ダンプ【dump】

(名) 傾卸卡車、翻斗車的簡稱 (ダンプカー之略)

例 ダンプを運転する。

駕駛傾卸卡車。

12 | みち【道】

(名) 道路；道義，道德；方法，手段；路程；專門，領域

例 道を譲る。

讓路。

13 | レンタカー【rent-a-car】

(名) 出租汽車

例 レンタカーを運転する。

開租來的車。

通信、報道

- 通訊、報導 -

🔘 16-1

16-1 通信、電話、郵便／
通訊、電話、郵件

01｜あてる【宛てる】
(他下一) 寄給
例 兄にあてたはがきを出す。
寄明信片給哥哥。

02｜あて【宛】
(造語)（寄、送）給…；每（平分、平均）
例 社長あての手紙。
寄給社長的信。

03｜エアメール【airmail】
(名) 航空郵件，航空信
例 エアメールを送る。
寄送航空郵件。

04｜オンライン【on-line】
(名)（球）落在線上，壓線；（電‧計）在線上
例 オンラインで検索する。
在線上搜尋。

05｜さしだす【差し出す】
(他五)（向前）伸出，探出；（把信件等）寄出，發出；提出，交出，獻出；派出，派遣，打發
例 ハンカチを差し出す。
拿出手帕。

06｜しゅうはすう【周波数】
(名) 頻率
例 ラジオの周波数が合う。
調準無線電廣播的頻率。

07｜つうわ【通話】
(名‧自サ)（電話）通話
例 通話時間が長い。
通話時間很長。

08｜といあわせる【問い合わせる】
(他下一) 打聽，詢問
例 発売元に問い合わせる。
洽詢經銷商。

09｜どうふう【同封】
(名‧他サ) 隨信附寄，附在信中
例 同封のはがきで返事をする。
用附在信中的明信片回覆。

10｜とぎれる【途切れる】
(自下一) 中斷，間斷
例 連絡が途切れる。
聯絡中斷。

11 | とりつぐ【取り次ぐ】

(他五) 傳達；(在門口)通報，傳遞；經銷，代購，代辦；轉交

例 電話を取り次ぐ。

轉接電話。

12 | ふう【封】

(名・漢造) 封口，封上；封條；封疆；封閉

例 手紙に封をする。

封上信封。

13 | ぼうがい【妨害】

(名・他サ) 妨礙，干擾

例 妨害電波を出す。

發出干擾電波。

14 | むせん【無線】

(名) 無線，不用電線；無線電

例 無線機で話す。

用無線電說話。

● 16-2

16-2 伝達、通知、情報 /
傳達、告知、信息

01 | インフォメーション【information】

(名) 通知，情報，消息；傳達室，服務台；見聞

例 インフォメーションセンターに問い合わせる。

詢問服務中心。

02 | かいらん【回覧】

(名・他サ) 傳閱；巡視，巡覽

例 回覧板を回す。

傳閱通知。

03 | かくさん【拡散】

(名・自サ) 擴散；(理)漫射

例 核拡散防止条約。

禁止擴張核武條約。

04 | かんこく【勧告】

(名・他サ) 勸告，說服

例 社員に辞職を勧告する。

勸員工辭職。

05 | こうかい【公開】

(名・他サ) 公開，開放

例 一般に公開する。

全面公開。

06 | こくち【告知】

(名・他サ) 通知，告訴

例 患者に病名を告知する。

告知患者疾病名稱。

07 | ことづける【言付ける】

(他下一) 託付，帶口信 (自下一) 假託，藉口

例 月曜日来てもらうように言づける。

捎個口信說請星期一來一趟。

08 | ことづて【言伝】

㉝ 傳聞；帶口信

例 言伝に聞く。

傳聞。

---

09 | コマーシャル【commercial】

㉝ 商業(的)，商務(的)；商業廣告

例 コマーシャルに出る。

在廣告中出現。

---

10 | しょうそく【消息】

㉝ 消息，信息；動靜，情況

例 消息をつかむ。

掌握消息。

---

11 | つげる【告げる】

他下一 通知，告訴，宣布，宣告

例 別れを告げる。

告別。

---

12 | テレックス【telex】

㉝ 電報，電傳

例 テレックスを使用する。

使用電報。

---

13 | てんそう【転送】

名·他サ 轉寄

例 Eメールを転送する。

轉寄 e-mail。

---

14 | はりがみ【張り紙】

㉝ 貼紙；廣告，標語

例 張り紙をする。

張貼廣告紙。

● 16-3

16-3 報道、放送 /
報導、廣播

---

01 | えいぞう【映像】

㉝ 映像，影像；(留在腦海中的)形象，印象

例 映像を映し出す。

放映出影像。

---

02 | おおやけ【公】

㉝ 政府機關，公家，集體組織；公共，公有；公開

例 公の場で披露した。

在公開的場合宣布。

---

03 | かいけん【会見】

名·自サ 會見，會面，接見

例 会見を開く。

召開會面。

---

04 | さんじょう【参上】

名·自サ 拜訪，造訪

例 参上いたします。

登門拜訪。

05 | しゅざい【取材】

名・自他サ （藝術作品等）取材；（記者）採訪

例 現場で取材する。

在現場採訪。

06 | たんぱ【短波】

名 短波

例 短波放送が受信できない。

無法收聽短波廣播。

07 | チャンネル【channel】

名 （電視，廣播的）頻道

例 チャンネルを合わせる。

調整頻道。

08 | ちゅうけい【中継】

名・他サ 中繼站，轉播站；轉播

例 生中継。

現場轉播。

09 | とくしゅう【特集】

名・他サ 特輯，專輯

例 核問題を特集する。

專題介紹核能問題。

10 | はんきょう【反響】

名・自サ 迴響，回音；反應，反響

例 反響を呼ぶ。

引起迴響。

11 | ほうじる【報じる】

他上一 通知，告訴，告知，報導；報答，報復

例 ニュースの報じるところによると。

根據電視新聞報導。

12 | ほうずる【報ずる】

自他サ 通知，告訴，告知，報導；報答，報復

例 新聞が報ずる内容。

報紙報導的內容。

13 | ほうどう【報道】

名・他サ 報導

例 報道機関向けに提供する。

提供給新聞媒體。

14 | メディア【media】

名 手段，媒體，媒介

例 マスメディアが発する。

宣傳媒體發出訊息。

🔊 17-1

17-1 スポーツ /
體育運動

01 | あがく

(自五) 掙扎;手腳亂動

例 水中であがく。

在水裡掙扎。

02 | きわめる【極める】

(他下一) 查究;到達極限

例 山頂を極める。

攻頂。

03 | けっそく【結束】

(名・自他サ) 捆綁,捆束;團結;準備行裝,穿戴(衣服或盔甲)

例 結束して戦う。

團結抗戰。

04 | さかだち【逆立ち】

(名・自サ) (體操等)倒立,倒豎;顛倒

例 逆立ちで歩く。

倒立行走。

05 | さらなる【更なる】

(連體) 更

例 更なるご活躍をお祈りします。

預祝您有更好的發展。

06 | しゅぎょう【修行】

(名・自サ) 修(學),練(武),學習(技藝)

例 剣道を修行する。

修行劍道。

07 | じっとり

(副) 濕漉漉,濕淋淋

例 じっとりと汗をかく。

汗流夾背。

08 | すばしっこい

(形) 動作精確迅速,敏捷,靈敏

例 すばしっこく動き回る。

靈活地四處活動。

09 | ちゅうがえり【宙返り】

(名・自サ) (在空中)旋轉,翻筋斗

例 宙返り飛行を楽しむ。

享受飛機的花式飛行。

10 | ついほう【追放】

(名・他サ) 流逐,驅逐(出境);肅清,流放;洗清,開除

例 国外に追放する。

驅逐出境。

11 | てつぼう【鉄棒】

名 鐵棒，鐵棍；(體)單槓

例 鉄棒運動を始めた。

開始做單槓運動。

12 | どうじょう【道場】

名 道場，修行的地方；教授武藝的場所，練武場

例 柔道の道場が建設された。

修建柔道的道場。

13 | どひょう【土俵】

名 (相撲)比賽場，摔角場；緊要關頭

例 土俵に上がる。

(相撲選手)上場。

14 | ひきずる【引きずる】

自·他五 拖，拉；硬拉著走；拖延

例 過去を引きずる。

耽溺於過去。

15 | びっしょり

副 溼透

例 汗びっしょりになる。

汗濕。

16 | フォーム【form】

名 形式，樣式；(體育運動的)姿勢；月台，站台

例 フォームが崩れる。

動作姿勢不對。

17 | ふっかつ【復活】

名·自他サ 復活，再生；恢復，復興，復辟

例 敗者復活戦が開催される。

進行敗部復活戰。

18 | まかす【負かす】

他五 打敗，戰勝

例 議論で相手を負かす。

憑辯論駁倒對方。

19 | またがる【跨がる】

自五 (分開兩腿)騎，跨；跨越，橫跨

例 馬にまたがる。

騎馬。

20 | みうしなう【見失う】

他五 迷失，看不見，看丟

例 目標を見失う。

迷失目標。

21 | みちびく【導く】

他五 引路，導遊；指導，引導；導致，導向

例 勝利に導く。

引向勝利。

22 | めいちゅう【命中】

名·自サ 命中

例 彼女のハートに命中する。

命中她的心，得到她的心。

23│よこづな【横綱】

名 （相撲）冠軍選手繫在腰間標示身份的粗繩；（相撲冠軍選手稱號）橫綱；手屈一指

例 横綱に昇進する。
晉級為橫綱。

● 17-2 (1)

17-2 試合 (1) ／
比賽 (1)

01│あっけない【呆気ない】

形 因為太簡單而不過癮；沒意思；簡單；草草

例 あっけなく終わる。
草草結束。

02│かんせい【歓声】

名 歡呼聲
例 歓声を上げる。
發出歡呼聲。

03│きけん【棄権】

名・他サ 棄權
例 試合を棄権する。
比賽棄權。

04│ぎゃくてん【逆転】

名・自他サ 倒轉，逆轉；反過來；惡化，倒退
例 逆転勝利で初戦を飾る。
以逆轉勝讓初賽增添光彩。

05│きゅうせん【休戦】

名・自サ 休戰，停戰
例 一時休戦する。
暫時休兵。

06│けいせい【形勢】

名 形勢，局勢，趨勢
例 形勢が逆転する。
形勢逆轉。

07│けっしょう【決勝】

名 （比賽等）決賽，決勝負
例 決勝戦に出る。
參加決賽。

08│ゴールイン【(和) goal＋in】

名・自サ 抵達終點，跑到終點；（足球）射門；結婚
例 ゴールインして夫婦になる。
抵達愛情的終點，而結婚了。

09│さくせん【作戦】

名 作戰，作戰策略，戰術；軍事行動，戰役
例 作戦を練る。
反覆思考作戰策略。

10│しかける【仕掛ける】

他下一 開始做，著手；做到途中；主動地作；挑釁，尋釁；裝置，設置，布置；準備，預備
例 わなを仕掛ける。
裝設陷阱。

11 | じたい【辞退】

名・他サ 辭退，謝絕

例 彼はその賞を辞退した。

他謝絕了那個獎。

12 | しっかく【失格】

名・自サ 失去資格

例 失格して退場する。

失去參賽資格而退場。

13 | じょうい【上位】

名 上位，上座

例 上位を占める。

居於上位。

14 | しょうり【勝利】

名・自サ 勝利

例 勝利をあげる。

獲勝。

15 | しんてい【進呈】

名・他サ 贈送，奉送

例 見本を進呈する。

奉送樣本。

16 | せいし【静止】

名・自サ 靜止

例 静止状態に保つ。

保持靜止狀態。

17 | せんじゅつ【戦術】

名 （戰爭或鬥爭的）戰術；策略；方法

例 戦術を練る。

在戰術上下功夫。

18 | ぜんせい【全盛】

名 全盛，極盛

例 全盛を極める。

盛極一時。

19 | せんて【先手】

名 （圍棋）先下；先下手

例 先手を取る。

先發制人。

20 | せんりょく【戦力】

名 軍事力量，戰鬥力，戰爭潛力；工作能力強的人

例 戦力を増強する。

加強戰鬥力。

21 | そうごう【総合】

名・他サ 綜合，總合，集合

例 総合ビタミンを摂る。

攝取綜合維他命。

22 | たいこう【対抗】

名・自サ 對抗，抵抗，相爭，對立

例 侵略に対抗する。

抵抗侵略。

23 | たっせい【達成】

名·他サ 達成，成就，完成

例 目標を達成する。

達成目標。

● 17-2 (2)

17-2 試合 (2) /
比賽 (2)

24 | だんけつ【団結】

名·自サ 團結

例 団結を図る。

謀求團結。

25 | ちゅうせん【抽選】

名·自サ 抽籤

例 抽選に当たる。

（抽籤）被抽中。

26 | ちゅうだん【中断】

名·自他サ 中斷，中輟

例 会議を中断する。

使會議暫停。

27 | てんさ【点差】

名 （比賽時）分數之差

例 点差が縮まる。

縮小比數的差距。

28 | どうてき【動的】

形動 動的，變動的，動態的；生動的，
活潑的，積極的

例 動的な描写が見事だ。

生動的描繪真是精彩。

29 | とくてん【得点】

名 （學藝、競賽等的）得分

例 得点を稼ぐ。

爭取得分。

30 | トロフィー【trophy】

名 獎盃

例 栄光のトロフィーを守る。

守住無限殊榮的獎盃。

31 | ナイター【(和) night ＋ er】

名 棒球夜場賽

例 ナイター中継を観る。

觀看棒球夜場賽轉播。

32 | にゅうしょう【入賞】

名·自サ 得獎，受賞

例 入賞を果たす。

完成得獎心願。

33 | のぞむ【臨む】

自五 面臨，面對；瀕臨；遭逢；蒞臨；
君臨，統治

例 本番に臨む。

正式上場。

34 | はいせん【敗戦】

名·自サ 戰敗

例 日本が敗戦する。

日本戰敗。

35 | はい・ぱい【敗】

名·漢造 輸；失敗；腐敗；戰敗

例 1勝1敗になった。
最後一勝一敗。

36 | はいぼく【敗北】

名·自サ （戰爭或比賽）敗北，戰敗；被擊敗；敗逃

例 敗北を喫する。
吃敗仗。

37 | はんげき【反撃】

名·自サ 反擊，反攻，還擊

例 反擊をくらう。
遭受反擊。

38 | ハンディ【handicap 之略】

名 讓步（給實力強者的不利條件，以使勝負機會均等的一種競賽）；障礙

例 ハンディがもらえる。
取得讓步。

39 | ふんとう【奮闘】

名·自サ 奮鬥；奮戰

例 君の孤軍奮闘に声援を送る。
給孤軍奮鬥的你熱烈的聲援。

40 | まさる【勝る】

自五 勝於，優於，強於

例 勝るとも劣らない。
有過之而無不及。

41 | まとまり【纏まり】

名 解決，結束，歸結；一貫，連貫；統一，一致

例 このクラスはまとまりがある。
這個班級很團結。

42 | もてる【持てる】

自下一 受歡迎；能維持；能有

例 持てる力を出し切る。
發揮所有的力量。

43 | やっつける

他下一 （俗）幹完；（狠狠的）教訓一頓，整一頓；打敗，擊敗

例 相手チームをやっつける。
擊敗對方隊伍。

44 | ゆうせい【優勢】

名·形動 優勢

例 優勢に立つ。
處於優勢。

45 | よせあつめる【寄せ集める】

他下一 收集，匯集，聚集，拼湊

例 素人を寄せ集めたチーム。
外行人組成的隊伍。

46 | レース【race】

名 速度比賽，競速（賽車、游泳、遊艇及車輛比賽等）；競賽；競選

例 F1のレースを見る。
看F1賽車比賽。

47 | レギュラー【regular】

(名・造語) 正式成員；正規兵；正規的，正式的；有規律的

例 レギュラーで番組に出る。

以正式成員出席電視節目。

🔊 17-3

17-3 球技、陸上競技 /
球類、田徑賽

01 | うけとめる【受け止める】

(他下一) 接住，擋下；阻止，防止；理解，認識

例 忠告を受け止める。

接受忠告。

02 | キャッチ【catch】

(名・他サ) 捕捉，抓住；(棒球)接球

例 ボールをキャッチする。

接住球。

03 | けいかい【軽快】

(形動) 輕快；輕鬆愉快；輕便；(病情)好轉

例 軽快な身のこなし。

一身輕裝。

04 | けとばす【蹴飛ばす】

(他五) 踢；踢開，踢散，踢倒；拒絕

例 布団を蹴飛ばす。

踢被子。

05 | コントロール【control】

(名・他サ) 支配，控制，節制，調節

例 感情をコントロールする。

控制情感。

06 | しゅび【守備】

(名・他サ) 守備，守衛；(棒球)防守

例 守備に就く。

擔任防守。

07 | せめ【攻め】

(名) 進攻，圍攻

例 攻めのチームを作っていく。

組成一個善於進攻的隊伍。

08 | だげき【打撃】

(名) 打擊，衝擊

例 打撃を与える。

給予打擊。

09 | チームワーク【teamwork】

(名) (隊員間的)團隊精神，合作，配合，默契

例 チームワークがいい。

團隊合作良好。

10 | てもと【手元】

(名) 手邊，手頭；膝下，身邊；生計；手法，技巧

例 手元に置く。

放在手邊。

11 | にぶる【鈍る】

(自五) 不利，變鈍；變遲鈍，減弱

例 腕が鈍る。

技巧生疏。

12 | ぬかす【抜かす】

(他五) 遺漏，跳過，省略

例 腰を抜かす。

閃了腰；嚇呆了。

13 | バット【bat】

(名) 球棒

例 バットを振る。

揮球棒。

14 | バトンタッチ【(和)baton ＋ touch】

(名・他サ)(接力賽跑中)交接接力棒;(工作、職位)交接

例 次の選手にバトンタッチする。

交給下一個選手。

15 | びり

(名) 最後，末尾，倒數第一名

例 びりになる。

拿到最後一名。

趣味、娯楽

- 愛好、嗜好、娯樂 -

01 | あいこ　　　　　　　🔊 18
(名) 不分勝負，不相上下

例 あいこになる。
不分勝負。

02 | アダルトサイト【adult site】
(名) 成人網站

例 アダルトサイトを抜く。
去除成人網站。

03 | いじる【弄る】
(他五) (俗)(毫無目的地)玩弄，擺弄；(做為娛樂消遣)玩弄，玩賞；隨便調動，改動(機構)

例 髪をいじる。
玩弄頭髮。

04 | おとずれる【訪れる】
(自下一) 拜訪，訪問；來臨；通信問候

例 チャンスが訪れる。
機會降臨。

05 | ガイドブック【guidebook】
(名) 指南，入門書；旅遊指南手冊

例 ガイドブックを見る。
閱讀導覽書。

06 | かけっこ【駆けっこ】
(名・自サ) 賽跑

例 かけっこで勝つ。
賽跑跑贏。

07 | かける【賭ける】
(他下一) 打賭，賭輸贏

例 お金を賭ける。
賭錢。

08 | かけ【賭け】
(名) 打賭；賭(財物)

例 賭けに勝つ。
賭贏。

09 | かざぐるま【風車】
(名) (動力、玩具)風車

例 風車を回す。
轉動風車。

10 | かんらん【観覧】
(名・他サ) 觀覽，參觀

例 観覧車に乗る。
坐摩天輪。

11 | くうぜん【空前】

名 空前

例 空前の大ブーム。

空前盛況。

12 | くじびき【籤引き】

名・自サ 抽籤

例 くじ引きで当たる。

抽籤抽中。

13 | ごばん【碁盤】

名 圍棋盤

例 道が碁盤の目のように走っている。

道路如棋盤般延伸。

14 | にづくり【荷造り】

名・自他サ 準備行李，捆行李，包裝

例 引っ越しの荷造り。

搬家的行李。

15 | パチンコ

名 柏青哥，小鋼珠

例 パチンコで負ける。

玩小鋼珠輸了。

16 | ひきとる【引き取る】

自五 退出，退下；離開，回去 他五 取回，領取；收購；領來照顧

例 荷物を引き取る。

領回行李。

17 | マッサージ【massage】

名・他サ 按摩，指壓，推拿

例 マッサージをする。

按摩。

18 | まり【鞠】

名 （用橡膠、皮革、布等做的）球

例 蹴鞠に熱中していた。

熱中於（平安末期以後貴族的）踢球遊戲。

19 | よきょう【余興】

名 餘興

例 宴会の余興に大ウケした。

宴會的餘興節目大受歡迎。

20 | りょけん【旅券】

名 護照

例 旅券を申請する。

申請護照。

芸術
- 藝術 -

🔊 19-1

19-1 芸術、絵画、彫刻 /
藝術、繪畫、雕刻

01 | あぶらえ【油絵】
② 油畫
例 油絵を描く。
畫油畫。

02 | いける【生ける】
(他下一) 把鮮花，樹枝等插到容器裡；種植物
例 花を生ける。
插花。

03 | がくげい【学芸】
② 學術和藝術；文藝
例 学芸会を開く。
舉辦發表會。

04 | カット【cut】
(名・他サ) 切，削掉，刪除；剪頭髮；插圖
例 給料をカットする。
減薪。

05 | が【画】
(漢造) 畫；電影，影片；(讀做「かく」)策劃，筆畫
例 洋画を見る。
看西部片。

06 | げい【芸】
② 武藝，技能；演技；曲藝，雜技；藝術，遊藝
例 芸を磨く。
磨練技能。

07 | こっとうひん【骨董品】
② 古董
例 骨董品を集める。
收集古董。

08 | コンテスト【contest】
② 比賽；比賽會
例 コンテストに参加する。
參加競賽。

09 | さいく【細工】
(名・自他サ) 精細的手藝(品)，工藝品；耍花招，玩弄技巧，搞鬼
例 細工を施す。
施展精巧的手藝。

10 | さく【作】
② 著作，作品；耕種，耕作；收成；振作；動作
例 ピカソ作の絵画が保管されている。
保管著畢卡索的畫作。

11 | しあげる【仕上げる】

他下一 做完，完成，(最後)加工，潤飾，做出成就

例 作品を仕上げる。
完成作品。

12 | しゅっぴん【出品】

名・自サ 展出作品，展出產品

例 展覧会に出品する。
在展覽會上展出。

13 | しゅほう【手法】

名 (藝術或文學表現的)手法

例 新しい手法を取り入れる。
採取新的手法。

14 | ショー【show】

名 展覽，展覽會；(表演藝術)演出，表演；展覽品

例 ショールームを巡る。
巡游陳列室。

15 | すい【粋】

名・漢造 精粹，精華；通曉人情世故，圓通；瀟灑，風流；純粹

例 技術の粋を集める。
集中技術的精華。

16 | せいこう【精巧】

名・形動 精巧，精密

例 精巧な細工を施した。
以精巧的手工製作而成。

17 | せいてき【静的】

形動 靜的，靜態的

例 静的に描写する。
靜態描寫。

18 | せんこう【選考】

名・他サ 選拔，權衡

例 作品を選考する。
評選作品。

19 | ぞう【像】

名・漢造 相，像；形象，影像

例 像を建てる。
立(銅)像。

20 | ちゃのゆ【茶の湯】

名 茶道，品茗會；沏茶用的開水

例 茶の湯を習う。
學習茶道。

21 | デッサン【(法) dessin】

名 (繪畫、雕刻的)草圖，素描

例 木炭でデッサンする。
用炭筆素描。

22 | てんじ【展示】

名・他サ 展示，展出，陳列

例 見本を展示する。
展示樣品。

23 | どくそう【独創】

名·他サ 獨創

例 独創性にあふれる。

充滿獨創性。

24 | はいけい【背景】

名 背景；(舞台上的)布景；後盾，靠山

例 背景を描く。

描繪背景。

25 | はんが【版画】

名 版畫，木刻

例 版画を彫る。

雕刻版畫。

26 | びょうしゃ【描写】

名·他サ 描寫，描繪，描述

例 情景を描写する。

描寫情境。

27 | ひろう【披露】

名·他サ 披露；公布；發表

例 腕前を披露する。

大展身手。

28 | び【美】

漢造 美麗；美好；讚美

例 美を演出する。

詮釋美麗。

29 | ぶんかざい【文化財】

名 文物，文化遺產，文化財富

例 文化財に指定する。

指定為文化遺產。

30 | わざ【技】

名 技術，技能；本領，手藝；(柔道、劍術、拳擊、摔角等)招數

例 技を磨く。

磨練技能。

🔊 19-2

19-2 音楽 /
音樂

01 | アンコール【encore】

名·自サ (要求)重演，再來(演，唱)一次；呼聲

例 アンコールを求める。

安可。

02 | がくふ【楽譜】

名 (樂)譜，樂譜

例 楽譜を読む。

看樂譜。

03 | しき【指揮】

名·他サ 指揮

例 指揮をとる。

指揮。

04 | しゃみせん【三味線】

名 三弦

例 三味線を弾く。

彈三弦琴；説廢話來掩飾真心。

05 | ジャンル【(法) genre】

名 種類，部類；（文藝作品的）風格，體裁，流派

例 ジャンル別に探す。

以類別來搜尋。

06 | すいそう【吹奏】

名・他サ 吹奏

例 行進曲を吹奏する。

吹奏進行曲。

07 | たんか【短歌】

名 短歌（日本傳統和歌，由五七五七七形式組成，共三十一音）

例 短歌を嗜む。

喜愛短歌。

08 | トーン【tone】

名 調子，音調；色調

例 トーンを変える。

變調。

09 | ねいろ【音色】

名 音色

例 きれいな音色を出す。

發出優美的音色。

10 | ね【音】

名 聲音，音響，音色；哭聲

例 音を上げる。

叫苦，發出哀鳴。

11 | ミュージック【music】

名 音樂，樂曲

例 ポップミュージックを聴く。

聽流行音樂。

12 | メロディー【melody】

名 （樂）旋律，曲調；美麗的音樂

例 メロディーを奏でる。

演奏音樂。

13 | もれる【漏れる】

自下一 （液體、氣體、光等）漏，漏出；（秘密等）洩漏；落選，被淘汰

例 声が漏れる。

聲音傳出。

19-3 演劇、舞踊、映画／
戲劇、舞蹈、電影

01 | えいしゃ【映写】

名・他サ 放映（影片、幻燈片等）

例 アニメを映写する。

播放卡通片。

02 | えんしゅつ【演出】

名・他サ （劇）演出，上演；導演

例 演出家が指導する。

舞台劇導演給予指導。

03 | えんじる【演じる】

他上一 扮演，演；做出

例 ヒロインを演じる。

扮演主角。

04 | ぎきょく【戯曲】

名 劇本，脚本；戲劇

例 シェイクスピアの戯曲。

莎士比亞的劇本。

05 | きげき【喜劇】

名 喜劇，滑稽劇；滑稽的事情

例 吉本新喜劇。

吉本新喜劇。

06 | きゃくほん【脚本】

名 （戯劇、電影、廣播等）劇本；脚本

例 脚本を書く。

寫劇本。

07 | げんさく【原作】

名 原作，原著，原文

例 原作者が語る。

原作者進行談話。

08 | こうえん【公演】

名・自他サ 公演，演出

例 初公演を行う。

舉辦首演。

09 | シナリオ【scenario】

名 電影劇本，脚本；劇情説明書；走向

例 シナリオを書く。

寫電影劇本。

10 | しゅえん【主演】

名・自サ 主演，主角

例 映画に主演する。

電影的主角。

11 | しゅじんこう【主人公】

名 （小説等的）主人公，主角

例 物語の主人公が立ち上がる。

故事的主人翁發奮圖強。

12 | しゅつえん【出演】

名・自サ 演出，登台

例 芝居に出演する。

登台演戲。

13 | じょうえん【上演】

名・他サ 上演

例 桃太郎を上演する。

上演《桃太郎》。

14 | ソロ【solo】

名 （樂）獨唱；獨奏；單獨表演

例 ソロで踊る。

單獨跳舞。

15 | だいほん【台本】

名 （電影，戲劇，廣播等）脚本，劇本

例 台本どおりに物事が運ぶ。

事情如劇本般的進展。

🔊 20-1

20-1 数 / 數目

01 | ここ【個々】

名 每個，各個，各自

例 個々に相談する。

個別談話。

02 | こべつ【個別】

名 個別

例 個別に指導する。

個別指導。

03 | こ【戸】

漢造 戸

例 この地区は約 100 戸ある。

這地區約有一百戸。

04 | じゃっかん【若干】

名 若干；少許，一些

例 若干不審な点がある。

多少有些可疑的地方。

05 | ダース【dozen】

名・接尾 （一）打，十二個

例 えんぴつ 1 ダースを買う。

購買一打鉛筆。

06 | だいたすう【大多數】

名 大多數，大部分

例 大多数の意見が反映される。

反應出多數人的意見。

07 | たすうけつ【多數決】

名 多數決定，多數表決

例 多数決で決める。

以少數服從多數來決定。

08 | たんいつ【單一】

名 單一，單獨；單純；（構造）簡單

例 単一の行動を取る。

採取統一的行動。

09 | たん【單】

漢造 單一；單調；單位；單薄；（網球、乒乓球的）單打比賽

例 単位が取れる。

得到學分。

10 | ちょう【超】

漢造 超過；超脱；（俗）最，極

例 超大型の巨人が現れる。

出現了超大型巨人。

11 | つい【対】

(名・接尾) 成雙，成對；對句；(作助數詞用)
一對，一雙

例 対の着物。

成對的和服。

12 | とう【棟】

(漢造) 棟梁；(建築物等)棟，一座房子

例 子ども病棟を訪れる。

探訪兒童醫院大樓。

13 | とっぱ【突破】

(名・他サ) 突破；超過

例 難関を突破する。

突破難關。

14 | ないし【乃至】

(接) 至，乃至；或是，或者

例 5名ないし8名。

5人至8人。

15 | のべ【延べ】

(名) (金銀等)金屬壓延(的東西)；延長；
共計

例 延べ人数が1000名を突破した。

合計人數突破1000名。

16 | まっぷたつ【真っ二つ】

(名) 兩半

例 真っ二つに裂ける。

分裂成兩半。

17 | ワット【watt】

(名) 瓦特，瓦(電力單位)

例 100ワットの電球に交換したい。

想換一百瓦的燈泡。

● 20-2

20-2 計算 /
計算

01 | あわす【合わす】

(他五) 合在一起，合併；總加起來；混合，
配在一起；配合，使適應；對照，核對

例 力を合わす。

合力。

02 | あんざん【暗算】

(名・他サ) 心算

例 暗算が苦手だ。

不善於心算。

03 | かく【欠く】

(他五) 缺，缺乏，缺少；弄壞，少(一部分)；
欠，欠缺，怠慢

例 転んで前歯を欠く。

跌倒弄壞了門牙。

04 | かんさん【換算】

(名・他サ) 換算，折合

例 日本円に換算する。

折合成日圓。

05 | きっちり

(副・自サ) 正好，恰好

例 期限にきっちりと借金を返す。

期限到來前還清借款，一分也不少。

06 | きんこう【均衡】

(名・自サ) 均衡，平衡，平均

例 均衡を保つ。

保持平衡。

07 | げんしょう【減少】

(名・自他サ) 減少

例 減少傾向にある。

有減少的傾向。

08 | さくげん【削減】

(名・自他サ) 削減，縮減；削弱，使減色

例 給料5パーセント削減。

薪水縮減百分之五。

09 | しゅうけい【集計】

(名・他サ) 合計，總計

例 売上げを集計する。

合計營業額。

10 | ダウン【down】

(名・自他サ) 下，倒下，向下，落下；下降，減退；(棒)出局；(拳擊)擊倒

例 コストダウンが進まない。

降低成本無法推展。

11 | ばいりつ【倍率】

(名) 倍率，放大率；(入學考試的)競爭率

例 倍率が高い。

放大倍率。

12 | ぴたり (と)

(副) 突然停止貌；緊貼的樣子；恰合，正對

例 計算がぴたりと合う。

計算恰好符合。

13 | ひりつ【比率】

(名) 比率，比

例 比率を変える。

改變比率。

14 | ひれい【比例】

(名・自サ) (數)比例；均衡，相稱，成比例關係

例 比例して大きくなる。

依照比例放大。

15 | ぶんぼ【分母】

(名) (數)分母

例 分子を分母で割る。

分子除以分母。

16 | マイナス【minus】

(名) (數)減，減號；(數)負號；(電)負，陰極；(溫度)零下；虧損，不足；不利

例 彼の将来にとってマイナスだ。

對他的將來不利。

20-3 量、長さ、広さ、重さ など /
量、容量、長度、面積、重量等

01 | いくた【幾多】
(副) 許多，多數
例 幾多の困難を乗り越える。
克服無數困難。

02 | いっさい【一切】
(名・副) 一切，全部；(下接否定)完全，都
例 家財の一切を失う。
失去所有財產。

03 | おおかた【大方】
(名・副) 大部分，多半，大體；一般人，大家，諸位
例 大方の読者が望んでいる。
大部分的讀者都期待著。

04 | おおはば【大幅】
(名・形動) 寬幅(的布)；大幅度，廣泛
例 支出を大幅に削減する。
大幅減少支出。

05 | おおむね【概ね】
(名・副) 大概，大致，大部分
例 おおむね分かった。
大致上明白了。

06 | おびただしい【夥しい】
(形) 數量很多，極多，眾多；程度很大，厲害的，激烈的
例 おびただしい量の水が噴き出した。
噴出極大量水。

07 | おもい【重い】
(形) 重；(心情)沈重，(腳步，行動等)遲鈍；(情況，程度等)嚴重
例 何だか気が重い。
不知為何心情沈重。

08 | かいばつ【海抜】
(名) 海拔
例 海抜 3 メートル以上ある。
有海拔三公尺以上。

09 | かくしゅ【各種】
(名) 各種，各樣，每一種
例 各種取り揃える。
各樣齊備。

10 | かさばる【かさ張る】
(自五) (體積、數量等)增大，體積大，增多
例 荷物がかさばる。
行李龐大。

11 | かさむ
(自五) (體積、數量等)增多
例 経費がかさむ。
經費增加。

12 | かすか【微か】

形動 微弱，些許；微暗，朦朧；貧窮，可憐

例 かすかなにおい。
些微氣味。

13 | かそ【過疎】

名 （人口）過稀，過少

例 過疎現象が起きている。
發生人口過稀現象。

14 | げんてい【限定】

名・他サ 限定，限制（數量，範圍等）

例 100 名限定で招待する。
限定招待一百人。

15 | ことごとく

副 所有，一切，全部

例 ことごとく否定する。
全部否定。

16 | しゃめん【斜面】

名 斜面，傾斜面，斜坡

例 丘の斜面に畑を作る。
在山坡的斜面種田。

17 | ジャンボ【jumbo】

名・造 巨大的

例 ジャンボサイズを販売する(jumbo size) 。
銷售超大尺寸。

18 | しゅじゅ【種々】

名・副 種種，各種，多種，多方

例 種々様々ずらっと並ぶ。
各種各樣排成一排。

19 | そこそこ

副・接尾 草草了事，慌慌張張；大約，左右

例 二十歳そこそこの青年。
二十歲上下的青年。

20 | たかが【高が】

副 （程度、數量等）不成問題，僅僅，不過是…罷了

例 たかが 5,000 円くらいにくよくよするな。
不過是五千日幣而已不要放在心上啦。

21 | だけ

副助 （只限於某範圍）只，僅僅；（可能的程度或限度）盡量，儘可能；（以「…ば…だけ」等的形式，表示相應關係）越…越…；（以「…だけに」的形式）正因為…更加…；（以「…(のこと)あって」的形式）不愧，值得

例 できるだけ。
盡力而為…。

22 | ダブル【double】

名 雙重，雙人用；二倍，加倍；雙人床；夫婦，一對

例 ダブルパンチを食らう。
遭到雙重的打擊。

23 | たよう【多様】

(名・形動) 各式各様，多種多様

例 多様な問題が含まれている。

隱含各式各様的問題。

24 | ちょうだい【長大】

(名・形動) 長大；高大；寬大

例 長大なアマゾン川。

壯闊的亞馬遜河。

25 | はんぱ【半端】

(名・形動) 零頭，零星；不徹底；零數，尾數；無用的人

例 半端な意見に左右される。

被模稜兩可的意見所影響。

26 | ひじゅう【比重】

(名) 比重，(所占的)比例

例 比重が増大する。

增加比重。

27 | ひってき【匹敵】

(名・自サ) 匹敵，比得上

例 彼に匹敵する者はない。

沒有人比得上他。

28 | ふんだん

(形動) 很多，大量

例 ふんだんに使う。

大量使用。

29 | へいほう【平方】

(名) (數)平方，自乘；(面積單位)平方

例 平方メートル。

平方公尺。

30 | ほどほど【程程】

(副) 適當的，恰如其分的；過得去

例 酒はほどほどに飲むのがよい。

喝酒要適度。

31 | まみれ【塗れ】

(接尾) 沾污，沾滿

例 泥まみれで遊ぶ。

玩得滿身是泥。

32 | まるごと【丸ごと】

(副) 完整，完全，全部地，整個(不切開)

例 丸ごと食べる。

整個直接吃。

33 | みじん【微塵】

(名) 微塵；微小(物)，極小(物)；一點，少許；切碎，碎末

例 反省の色が微塵もない。

完全沒有反省的樣子。

34 | みたす【満たす】

(他五) 裝滿，填滿，倒滿；滿足

例 需要を満たす。

滿足需要。

35 | みっしゅう【密集】

[名・自サ] 密集，雲集

[例] 保育園は住宅密集地帯にある。

育幼院住宅密集地區。

36 | みつど【密度】

[名] 密度

[例] 人口密度が高い。

人口密度高。

37 | めかた【目方】

[名] 重量，分量

[例] 目方を量る。

秤重。

38 | やたら (と)

[副] (俗)胡亂，隨便，不分好歹，沒有差別；過份，非常，大量

[例] やたらと長い映画。

冗長的電影。

39 | りっぽう【立方】

[名] (數)立方

[例] 立方体の箱に入れる。

放進立體的箱子裡。

● 20-4

20-4 回数、順番 /
次數、順序

01 | あべこべ

[名・形動] (順序、位置、關係等)顛倒，相反

[例] あべこべに着る。

穿反。

02 | うわまわる【上回る】

[自五] 超過，超出；(能力)優越

[例] 記録を上回る。

打破記錄。

03 | おつ【乙】

[名・形動] (天干第二位)乙；第二(位)，乙

[例] 甲乙つけがたい。

難分軒輊。

04 | かい【下位】

[名] 低的地位；次級的地位

[例] 下位分類。

下層分類。

05 | こう【甲】

[名] 甲冑，鎧甲；甲殼；手腳的表面；(天干的第一位)甲；第一名

[例] 契約書の甲と乙。

契約書上的甲乙雙方。

06 | したまわる【下回る】

[自五] 低於，達不到

[例] 平年を下回る気温。

低於常年的溫度。

07 | せんちゃく【先着】

[名・自サ] 先到達，先來到

[例] 先着順でご利用いただけます。

請按到達的先後順序取用。

08 | ちょうふく・じゅうふく【重複】

名・自サ 重複

例 内容が重複している。

內容是重複的。

09 | ちょくちょく

副 (俗)往往,時常

例 ちょくちょく遊びにいく。

時常去玩耍。

10 | つらねる【連ねる】

他下一 排列,連接；聯,列

例 名を連ねる。

聯名。

11 | てじゅん【手順】

名 (工作的)次序,步驟,程序

例 手順に従う。

按照順序。

12 | はいれつ【配列】

名・他サ 排列

例 五十音順に配列する。

依照五十音順排列。

13 | はつ【初】

名 最初；首次

例 初の海外旅行にわくわくする。

第一次出國旅行真叫人欣喜雀躍。

14 | ひんぱん【頻繁】

名・形動 頻繁,屢次

例 頻繁に出入りする。

出入頻繁。

15 | へいれつ【並列】

名・自他サ 並列,並排

例 同じレベルの単語を並列する。

把同一程度的單字並列在一起。

16 | ゆうい【優位】

名 優勢；優越地位

例 優位に立つ。

處於優勢。

● 20-5

20-5 図形、模様、色彩 /
圖形、花紋、色彩

01 | あざやか【鮮やか】

形動 顏色或形象鮮明美麗,鮮豔；技術或動作精彩的樣子,出色

例 鮮やかな対照をなす。

形成鮮明的對比。

02 | あせる【褪せる】

自下一 褪色,掉色

例 色が褪せる。

褪色。

03 | あわい【淡い】

形 顏色或味道等清淡；感覺不這麼強烈,淡薄,微小；物體或光線隱約可見

例 淡いピンクのバラが好きだ。

我喜歡淺粉紅色的玫瑰。

04 | いろちがい【色違い】

(名) 一款多色

例 色違いのブラウスを買う。

購買一款多色的襯衫。

05 | かく【角】

(名・漢造) 角；隅角；四方形，四角形；稜角，
四方；競賽

例 大根を5cm角に切る。

把白蘿蔔切成五公分左右的四方形。

06 | くみあわせる【組み合わせる】

(他下一) 編在一起，交叉在一起，搭在一起；
配合，編組

例 色を組み合わせる。

搭配顏色。

07 | グレー【gray】

(名) 灰色；銀髮

例 グレーゾーンになる。

成為灰色地帶。

08 | こうたく【光沢】

(名) 光澤

例 光沢がある。

有光澤。

09 | こげちゃ【焦げ茶】

(名) 濃茶色，深棕色，古銅色

例 焦げ茶色が絶妙でした。

深棕色真是精彩絕妙。

10 | コントラスト【contrast】

(名) 對比，對照；(光)反差，對比度

例 画像のコントラストを上げる。

提高影像的對比度。

11 | しきさい【色彩】

(名) 彩色，色彩；性質，傾向，特色

例 色彩感覚に優れる。

色彩的敏感度非常好。

12 | ずあん【図案】

(名) 圖案，設計，設計圖

例 図案を募集する。

徵求設計圖。

13 | そまる【染まる】

(自五) 染上；受(壞)影響

例 血に染まる。

被血染紅。

14 | そめる【染める】

(他下一) 染顏色；塗上(映上)顏色；(轉)
沾染，著手

例 黒に染める。

染成黑色。

15 | ちゃくしょく【着色】

(名・自サ) 著色，塗顏色

例 人工着色料を使用する。

使用人工染料。

16｜てんせん【点線】

名 點線，虛線

例 点線のところから切り取る。

從虛線處剪下。

17｜ブルー【blue】

名 青，藍色；情緒低落

例 ブルーの瞳に目を奪われる。

深深被藍色眼睛吸引住。

18｜りったい【立体】

名 （數）立體

例 立体的な画像を作成できる。

製作立體畫面。

パート
21
第二十一章

教育
- 教育 -

🔊 21-1

21-1 教育、学習 /
教育、學習

01 | いくせい【育成】
(名・他サ) 培養，培育，扶植，扶育
例 エンジニアを育成する。
培育工程師。

02 | がくせつ【学説】
(名) 學說
例 学説を立てる。
建立學說。

03 | きょうざい【教材】
(名) 教材
例 教材を作る。
編寫教材。

04 | きょうしゅう【教習】
(名・他サ) 訓練，教習
例 教習を受ける。
接受訓練。

05 | こうがく【工学】
(名) 工學，工程學
例 工学製図を履修する。
學工程繪圖課程。

06 | こうこがく【考古学】
(名) 考古學
例 考古学博士。
考古學博士。

07 | こうさく【工作】
(名・他サ)（機器等）製作；（土木工程等）修理工程；（小學生的）手工；（暗中計畫性的）活動
例 工作の時間。
製作時間。

08 | ざだんかい【座談会】
(名) 座談會
例 座談会を開く。
召開座談會。

09 | しつける【躾ける】
(他下一) 教育，培養，管教，教養（子女）
例 子供をしつける。
管教小孩。

10 | しつけ【躾】
(名)（對孩子在禮貌上的）教養，管教，訓練；習慣
例 しつけに厳しい母だったが、優しい人だった。
母親雖管教嚴格，但非常慈愛。

11 | しゅうとく【習得】

名·他サ 學習，學會

例 日本語を習得する。

學會日語。

12 | じゅく【塾】

名·漢造 補習班；私塾

例 塾を開く。

開私塾；開補習班。

13 | しんど【進度】

名 進度

例 進度が速い。

進度快。

14 | せっきょう【説教】

名·自サ 説教；教誨

例 先生に説教される。

被老師説教。

15 | てびき【手引き】

名·他サ （輔導）初學者，啟蒙；入門，初級；推薦，介紹；引路，導向

例 独学の手引き。

自學輔導。

16 | てほん【手本】

名 字帖，畫帖；模範，榜樣；標準，示範

例 手本を示す。

做出榜樣。

17 | ドリル【drill】

名 鑽頭；訓練，練習

例 算数のドリルをやる。

做算數的練習題。

18 | ひこう【非行】

名 不正當行為，違背道德規範的行為

例 非行に走る。

鋌而走險。

19 | ほいく【保育】

名·他サ 保育

例 保育園に通う。

上幼稚園。

20 | ほうがく【法学】

名 法學，法律學

例 法学を学ぶ。

學法學。

21 | ゆうぼう【有望】

形動 有希望，有前途

例 将来有望な学生たちを支援する。

對前途有望的學生加以支援。

22 | ようせい【養成】

名·他サ 培養，培訓；造就

例 技術者を養成する。

培訓技師。

23 | レッスン【lesson】

名 一課；課程，課業；學習

例 レッスンを受ける。

上課。

21-2 學校 /
學校

01 | うけもち【受け持ち】

名 擔任，主管；主管人，主管的事情

例 受け持ちの先生。

負責的老師。

02 | かがい【課外】

名 課外

例 課外活動に参加する。

參加課外活動。

03 | がんしょ【願書】

名 申請書

例 願書を出す。

提出申請書。

04 | きぞう【寄贈】

名・他サ 捐贈，贈送

例 本を図書館に寄贈する。

把書捐贈給圖書館。

05 | きょうがく【共学】

名 (男女或黑白人種)同校，同班(學習)

例 男女共学を推奨する。

獎勵男女共學。

06 | こうりつ【公立】

名 公立(不包含國立)

例 公立の学校に通う。

上公立學校。

07 | さずける【授ける】

他下一 授予，賦予，賜給；教授，傳授

例 学位を授ける。

授予學位。

08 | しぼう【志望】

名・他サ 志願，希望

例 進学を志望する。

志願要升學。

09 | しゅうがく【就学】

名・自サ 學習，求學，修學

例 就学年齢に達する。

達到就學年齡。

10 | とうこう【登校】

名・自サ (學生)上學校，到校

例 8時前に登校する。

八點前上學。

11 | へいさ【閉鎖】

名・自他サ 封閉，關閉，封鎖

例 学級閉鎖になった。

將年級加以隔離(防止疾病蔓延，該年級學生自行在家隔離)。

12 | ぼこう【母校】

名 母校

例 母校を訪ねる。

拜訪母校。

13 | めんじょ【免除】

名・他サ 免除（義務、責任等）

例 学費を免除する。

免除學費。

21-3 学生生活 /
學生生活

01 | いいんかい【委員会】

名 委員會

例 学級委員会に出る。

出席班聯會。

02 | うかる【受かる】

自五 考上，及格，上榜

例 入学試験に受かる。

入學考試及格。

03 | オリエンテーション【orientation】

名 定向，定位，確定方針；新人教育，事前説明會

例 オリエンテーションに参加する。

參加新人教育。

04 | カンニング【cunning】

名・自サ （考試時的）作弊

例 カンニングペーパーを隠し持つ。

暗藏小抄。

05 | ききとり【聞き取り】

名 聽見，聽懂，聽後記住；（外語的）聽力

例 聞き取りのテスト。

聽力考試。

06 | きじゅつ【記述】

名・他サ 描述，記述；闡明

例 記述式のテスト。

申論題考試。

07 | きまつ【期末】

名 期末

例 期末テストが始まります。

開始期末考。

08 | きゅうがく【休学】

名・自サ 休學

例 大学を休学する。

大學休學。

09 | きゅうしょく【給食】

名・自サ （學校、工廠等）供餐，供給飲食

例 給食が出る。

有供餐。

10 | きょうか【教科】

名 教科，學科，課程

例 教科書が見つからない。

找不到教科書。

11 | げんてん【減点】

(名・他サ) 扣分；減少的分數

例 減点の対象となる。

成為扣分的依據。

12 | こうしゅう【講習】

(名・他サ) 講習，學習

例 講習を受ける。

聽講。

13 | サボる【sabotage 之略】

(他五)（俗）怠工；偷懶，逃（學），曠（課）

例 授業をサボる。

蹺課。

14 | しゅうりょう【修了】

(名・他サ) 學完(一定的課程)

例 課程を修了する。

學完課程。

15 | しゅつだい【出題】

(名・自サ)（考試、詩歌）出題

例 試験を出題する。

出試題。

16 | しょう【証】

(名・漢造) 證明；證據；證明書；證件

例 学生証を紛失した。

遺失學生證了。

17 | しょぞく【所属】

(名・自サ) 所屬；附屬

例 サッカー部に所属する。

隸屬於足球部。

18 | しんにゅうせい【新入生】

(名) 新生

例 小学校の新入生を迎える。

迎接小學新生。

19 | せいれつ【整列】

(名・自他サ) 整隊，排隊，排列

例 一列に整列する。

排成一列。

20 | せんしゅう【専修】

(名・他サ) 主修，專攻

例 芸術を専修する。

主修藝術。

21 | そうかい【総会】

(名) 總會，全體大會

例 生徒総会の準備をする。

進行學生大會的籌備工作。

22 | たいがく【退学】

(名・自サ) 退學

例 退学を決意した。

決定休學。

23 | ちょうこう【聴講】

名・他サ 聴講，聴課；旁聽

例 聴講生に限る。

只限旁聽生。

24 | てんこう【転校】

名・自サ 轉校，轉學

例 町の学校に転校する。

轉學到鄉鎮的學校。

25 | どうきゅう【同級】

名 同等級，等級相同；同班，同年級

例 同級生が結婚した。

同學結婚了。

26 | はん【班】

名・漢造 班，組；集團，行列；分配；席位，
班次

例 班に分かれる。

分班。

27 | ひっしゅう【必修】

名 必修

例 必修科目になる。

變成必修科目。

28 | ヒント【hint】

名 啟示，暗示，提示

例 ヒントを与える。

給予提示。

29 | ほそく【補足】

名・他サ 補足，補充

例 資料を補足する。

補足資料。

30 | ぼっしゅう【没収】

名・他サ （法）（司法處分的）沒收，查抄，
充公

例 タバコを没収された。

香菸被沒收了。

31 | ゆう【優】

名・漢造 （成績五分四級制的）優秀；優美，
雅致；優異，優厚；演員；悠然自得

例 優の成績を残す。

留下優異的成績。

32 | よこく【予告】

名・他サ 預告，事先通知

例 テストを予告する。

預告考期。

行事、一生の出来事

- 儀式活動、一輩子會遇到的事情 -

01 | いんきょ【隠居】　● 22

（名・自サ）隠居，退休，閒居；(閒居的)老人

例 郊外に隠居する。

隱居郊外。

02 | うちあげる【打ち上げる】

（他下一）(往高處)打上去，發射

例 花火を打ち上げる。

放煙火。

03 | えんだん【縁談】

（名）親事，提親，説媒

例 縁談がまとまる。

親事談成了。

04 | かいさい【開催】

（名・他サ）開會，召開；舉辦

例 オリンピックを開催する。

舉辦奧林匹克運動會。

05 | かんれき【還暦】

（名）花甲，滿 60 周歲的別稱

例 還暦を迎える。

迎接花甲之年。

06 | きこん【既婚】

（名）已婚

例 既婚者を見分ける。

如何分辨已婚者。

07 | きたる【来る】

（自五・連體）來，到來；引起，發生；下次的

例 来る 1 日に開く。

下次的一號召開。

08 | さいこん【再婚】

（名・自サ）再婚，改嫁

例 父は再婚した。

父親再婚了。

09 | さんご【産後】

（名）(婦女)分娩之後

例 産後の肥立ちが悪い。

產後發福恢復狀況不佳。

10 | しゅくが【祝賀】

（名・他サ）祝賀，慶祝

例 祝賀を受ける。

接受祝賀。

11 | しゅさい【主催】

名・他サ 主辦，舉辦

例 新聞社が主催する座談会。

由報社舉辦的座談會。

12 | しんこん【新婚】

名 新婚（的人）

例 新婚生活が羨ましい。

欣羨新婚生活。

13 | せいだい【盛大】

形動 盛大，規模宏大；隆重

例 盛大に祝う。

盛大慶祝。

14 | セレモニー【ceremony】

名 典禮，儀式

例 セレモニーに参加する。

參加典禮。

15 | ていねん【定年】

名 退休年齡

例 定年になる。

到了退休年齡。

16 | ねんが【年賀】

名 賀年，拜年

例 年賀はがきを買う。

買賀年明信片。

17 | はき【破棄】

名・他サ （文件、契約、合同等）廢棄，廢除，撕毀

例 婚約を破棄する。

解除婚約。

18 | バツイチ

名 （俗）離過一次婚

例 バツイチになった。

離了一次婚。

19 | ひなまつり【雛祭り】

名 女兒節，桃花節，偶人節

例 ひな祭りパーティーをする。

開女兒節慶祝派對。

20 | みあい【見合い】

名 （結婚前的）相親；相抵，平衡，相稱

例 見合い結婚する。

相親結婚。

21 | みこん【未婚】

名 未婚

例 未婚の母になる。

成為未婚媽媽。

22 | もよおす【催す】

他五 舉行，舉辦；產生，引起

例 イベントを催す。

舉辦活動。

23 ｜ も【喪】

(名) 服喪；喪事，葬禮

例 喪に服す。

服喪。

---

24 ｜ らいじょう【来場】

(名・自サ) 到場，出席

例 お車でのご来場はご遠慮下さい。

請勿開車前來會場。

道具
- 工具 -

🔊 23-1

23-1 道具 /
工具

01 | あみ【網】
② （用繩、線、鐵絲等編的）網；法網
例 網にかかった魚を引き上げた。
打撈起落網之魚。

02 | あやつる【操る】
他五 操控，操縱，駕駛，駕馭；掌握，精通（語言）
例 機械を操る。
操作機器。

03 | うちわ【団扇】
② 團扇；（相撲）裁判扇
例 うちわで扇ぐ。
用團扇搧風。

04 | え【柄】
② 柄，把
例 傘の柄を持つ。
拿著傘把。

05 | がんぐ【玩具】
② 玩具
例 玩具メーカーが集結している。
集合了玩具製造商。

06 | クレーン【crane】
② 吊車，起重機
例 クレーンで引き上げる。
用起重機吊起。

07 | げんけい【原型】
② 原型，模型
例 原型を作る。
製作模型。

08 | けんよう【兼用】
名・他サ 兼用，兩用
例 晴雨兼用の傘。
晴雨兩用傘。

09 | さお【竿】
② 竿子，竹竿；釣竿；船篙；（助數詞用法）杆，根
例 物干し竿を替える。
換了曬衣杆。

10 | ざっか【雑貨】
② 生活雜貨
例 アジアン雑貨の店が沢山ある。
有許多亞洲風的雜貨店。

11 | じく【軸】

(名・接尾・漢造) 車軸；畫軸；(助數詞用法)書，畫的軸；(理)運動的中心線

例 チームの軸となって活躍する。

成為隊上的中心人物而大顯身手。

12 | じぞく【持続】

(名・自他サ) 持續，繼續，堅持

例 効果を持続させる。

讓效果持續。

13 | じゅうばこ【重箱】

(名) 多層方木盒，套盒

例 お節料理を重箱に詰める。

將年菜裝入多層木盒中。

14 | スチーム【steam】

(名) 蒸汽，水蒸氣；暖氣(設備)

例 部屋にスチームヒーターを設置する。

房間裡裝設暖氣。

15 | ストロー【straw】

(名) 吸管

例 ストローで飲む。

用吸管喝。

16 | そなえつける【備え付ける】

(他下一) 設置，備置，裝置，安置，配置

例 消火器を備え付ける。

設置滅火器。

17 | そり【橇】

(名) 雪橇

例 そりを引く。

拉雪橇。

18 | たて【盾】

(名) 盾，擋箭牌；後盾

例 盾に取る。

當擋箭牌。

19 | たんか【担架】

(名) 擔架

例 担架で運ぶ。

用擔架搬運。

20 | ちょうしんき【聴診器】

(名) (醫)聽診器

例 聴診器を胸に当てる。

把聽診器貼在胸口上。

21 | ちょうほう【重宝】

(名・形動・他サ) 珍寶，至寶；便利，方便；珍視，愛惜

例 重宝な道具を手にする。

將珍愛的工具歸為己有。

22 | ちりとり【塵取り】

(名) 畚箕

例 ほうきとちり取りセット。

掃把與畚斗組。

23 | つえ【杖】

名 枴杖，手杖；依靠，靠山

例 杖を突く。

拄拐杖。

24 | つかいみち【使い道】

名 用法；用途，用處

例 使い道を考える。

思考如何使用。

25 | つつ【筒】

名 筒，管；炮筒，槍管

例 竹の筒を手で揺らす。

用手搖動竹筒。

26 | つぼ【壺】

名 罐，壺，甕；要點，關鍵所在

例 茶壺を取り出した。

取出茶葉罐。

27 | ティッシュペーパー【tissue paper】

名 衛生紙

例 ティッシュペーパーで拭き取る。

用衛生紙擦拭。

28 | でんげん【電源】

名 電力資源；（供電的）電源

例 電源を切る。

切斷電源。

29 | とうき【陶器】

名 陶器

例 陶器の花瓶が可愛らしい。

陶瓷器花瓶小巧玲瓏。

30 | とって【取っ手】

名 把手

例 取っ手を握る。

握把手。

31 | とりあつかい【取り扱い】

名 對待，待遇；（物品的）處理，使用，（機器的）操作；（事務、工作的）處理，辦理

例 取り扱いに注意する。

請小心處理。

32 | とりつける【取り付ける】

他下一 安裝（機器等）；經常光顧；（商）擠兌；取得

例 アンテナを取り付ける。

安裝天線。

33 | に【荷】

名 （攜帶、運輸的）行李，貨物；負擔，累贅

例 肩の荷が下りる。

如釋重負。

34 | はた【機】

名 織布機

例 機を織る。

織布。

35 | バッジ【badge】

名 徽章
例 弁護士バッジをつける。
戴上律師徽章。

36 | バッテリー【battery】

名 電池，蓄電池
例 バッテリーがあがる。
電池耗盡。

37 | フィルター【filter】

名 過濾網，濾紙；濾波器，濾光器
例 フィルターを取り替える。
換濾紙。

38 | ホース【(荷)hoos】

名 (灑水用的)塑膠管，水管
例 ホースを巻く。
捲起塑膠水管。

39 | ポンプ【(荷)pomp】

名 抽水機，汲筒
例 ポンプで水を汲む。
用抽水機汲水。

40 | もけい【模型】

名 (用於展覽、實驗、研究的實物或抽象的)模型
例 模型を組み立てる。
組裝模型。

41 | もの【物】

名・接頭・造語 (有形或無形的)物品，事情；所有物；加強語氣用；表回憶或希望；不由得…；值得…的東西
例 忘れ物をする。
遺失物品。

42 | や【矢】

名 箭；楔子；指針
例 白羽の矢が立つ。
雀屏中選。

43 | ゆみ【弓】

名 弓；弓形物
例 弓を引く。
拉弓。

44 | ようひん【用品】

名 用品，用具
例 スポーツ用品を買う。
購買運動用品。

45 | ロープ【rope】

名 繩索，纜繩
例 洗濯ロープをかける。
掛起洗衣繩。

23-2 家具、工具、文房具 /
傢俱、工作器具、文具

01 | いんかん【印鑑】
㊂ 印，圖章；印鑑
例 印鑑が必要だ。
需要印章。

02 | こたつ【炬燵】
㊂（架上蓋著被，用以取暖的）被爐，暖爐
例 こたつに入る。
坐進被爐。

03 | コンパス【(荷)kompas】
㊂ 圓規；羅盤，指南針；腿(的長度)，腳步(的幅度)
例 コンパスで円を描く。
用圓規畫圓。

04 | ちゃくせき【着席】
㊂・㊒ 就坐，入座，入席
例 順番に着席する。
依序入座。

05 | とぐ【研ぐ・磨ぐ】
㊔ 磨；擦亮，磨光；淘(米等)
例 包丁を研ぐ。
研磨菜刀。

06 | ドライバー【driver】
㊂（「screwdriver」之略稱）螺絲起子
例 ドライバー1本で組み立てられる。
用一支螺絲起子組裝完成。

07 | にじむ【滲む】
㊙（顏色等）滲出，滲入；(汗水、眼淚、血等)慢慢滲出來
例 インクがにじむ。
墨水滲出。

08 | ねじまわし【ねじ回し】
㊂ 螺絲起子
例 ねじ回しでねじを締める。
用螺絲起子拴螺絲。

09 | ばらす
㊂（把完整的東西）弄得七零八落；(俗)殺死，殺掉，賣掉，推銷出去；揭穿，洩漏(秘密等)
例 機械をばらして修理する。
把機器拆得七零八落來修理。

10 | ばんのう【万能】
㊂ 萬能，全能，全才
例 万能包丁が一番好まれる。
(一般家庭使用的)萬用菜刀最愛不釋手。

11 | はん【判】
㊂・漢造 圖章，印鑑；判斷，判定；判讀，判明；審判
例 判をつく。
蓋圖章。

12 | は【刃】
㊂ 刀刃
例 刃を研ぐ。
磨刀。

13 | ボルト【bolt】

㊂ 螺栓，螺絲

㊸ ボルトで締める。

拴上螺絲。

14 | やぐ【夜具】

㊂ 寝具，臥具，被褥

㊸ 夜具を揃える。

寢具齊備。

15 | ようし【用紙】

㊂ （特定用途的）紙張，規定用紙

㊸ コピー用紙を補充する。

補充影印紙。

16 | レンジ【range】

㊂ 微波爐（「電子レンジ」之略稱）；範圍；射程；有效距離

㊸ おかずをレンジで温める。

菜餚用微波爐加熱。

● 23-3

23-3 計器、容器、入れ物、衛生器具 /
測量儀器、容器、器皿、衛生用具

01 | うつわ【器】

㊂ 容器，器具；才能，人才；器量

㊸ 器が大きい。

器量大。

02 | おさまる【収まる・納まる】

㊐五 容納；（被）繳納；解決，結束；滿意，泰然自若；復原

㊸ 事態が収まる。

事情平息。

03 | おむつ

㊂ 尿布

㊸ おむつを変える。

換尿布。

04 | けいき【計器】

㊂ 測量儀器，測量儀表

㊸ 計器を取り付ける。

裝設測量儀器。

05 | ナプキン【napkin】

㊂ 餐巾；擦嘴布；衛生綿

㊸ ナプキンを置く。

擺放餐巾。

06 | さかずき【杯】

㊂ 酒杯；推杯換盞，酒宴；飲酒為盟

㊸ 杯を交わす。

觥籌交錯。

07 | はじく【弾く】

㊂他五 彈；打算盤；防抗，排斥

㊸ そろばんを弾く。

打算盤。

08 | ふきん【布巾】

名 抹布

例 布巾を除菌する。

將抹布做殺菌處理。

09 | ヘルスメーター【(和)health＋meter】

名 (家庭用的)體重計，磅秤

例 様々な機能のヘルスメーターが並ぶ。

整排都是多功能的體重計。

10 | ほじゅう【補充】

名・他サ 補充

例 調味料を補充する。

補充調味料。

11 | ポット【pot】

名 壺；熱水瓶

例 電動ポットでお湯を沸かす。

用電熱水瓶燒開水。

12 | めもり【目盛・目盛り】

名 (量表上的)度數，刻度

例 目盛りを読む。

看(計器的)刻度。

23-4 照明、光学機器、音響、情報機器 /
燈光照明、光學儀器、音響、信息器具

01 | かいぞうど【解像度】

名 解析度

例 解像度が高い。

解析度很高。

02 | かいろ【回路】

名 (電)回路，線路

例 電気回路を学ぶ。

學習電路。

03 | こうこう(と)【煌々(と)】

副 (文)光亮，通亮

例 煌々と輝く。

光輝閃耀。

04 | ストロボ【strobe】

名 閃光燈

例 ストロボがまぶしい。

閃光燈很刺目。

05 | トランジスタ【transistor】

名 電晶體；(俗)小型

例 コンピューターのトランジスタ。

電腦的電晶體。

06 | ぶれる

自下一 (攝)按快門時(照相機)彈動

例 カメラがぶれて撮れない。

相機晃動無法拍照。

07 | モニター【monitor】

(名) 監聽器，監視器；監聽員；評論員

例 モニターで監視する。

以監視器監控著。

---

08 | ランプ【(荷・英) lamp】

(名) 燈，煤油燈；電燈

例 ランプに火を灯す。

點煤油燈。

---

09 | げんぞう【現像】

(名・他サ) 顯影，顯像，沖洗

例 フィルムを現像する。

洗照片。

---

10 | さいせい【再生】

(名・自他サ) 重生，再生，死而復生；新生，(得到)改造；(利用廢物加工，成為新產品)再生；(已錄下的聲音影像)重新播放

例 再生ボタンを押す。

按下播放鍵。

---

11 | ないぞう【内蔵】

(名・他サ) 裡面包藏，內部裝有；內庫，宮中的府庫

例 カメラが内蔵されている。

內部裝有攝影機。

---

12 | バージョンアップ【version up】

(名) 版本升級

例 バージョン アップができる。

版本可以升級。

職業、仕事
- 職業、工作 -

🔘 24-1 (1)

24-1 仕事、職場 (1) /
工作、職場(1)

01 | あっせん【斡旋】
(名・他サ) 幫助；關照；居中調解，斡旋；介紹
例 就職の斡旋を頼む。
請求幫助找工作。

02 | いっきょに【一挙に】
(副) 一下子；一次
例 問題を一挙に解決する。
一口氣解決問題。

03 | いどう【異動】
(名・自他サ) 異動，變動，調動
例 人事異動を行う。
進行人事調動。

04 | おう【負う】
(他五) 負責；背負，遭受；多虧，借重；背
例 責任を負う。
負起責任。

05 | おびる【帯びる】
(他上一) 帶，佩帶；承擔，負擔；帶有，帶著
例 重い任務を帯びる。
身負重任。

06 | カムバック【comeback】
(名・自サ) （名聲、地位等）重新恢復，重回政壇；東山再起
例 芸能界にカムバックする。
重回演藝圈。

07 | かんご【看護】
(名・他サ) 護理（病人），看護，看病
例 病人を看護する。
看護病人。

08 | きどう【軌道】
(名) （鐵路、機械、人造衛星、天體等的）軌道；正軌
例 軌道に乗る。
步上正軌。

09 | キャリア【career】
(名) 履歷，經歷；生涯，職業；（高級公務員考試及格的）公務員
例 キャリアを積む。
累積經歷。

10 | ぎょうむ【業務】
(名) 業務，工作
例 業務用スーパーへ行く。
前往業務超市。

11 | きんむ【勤務】

名・自サ 工作，勤務，職務

例 勤務形態が変わる。

職務型態有了變化。

12 | きんろう【勤労】

名・自サ 勤勞，勞動（狹意指體力勞動）

例 勤労学生が対象になる。

以勤勞的學生為對象。

13 | くぎり【区切り】

名 句讀；文章的段落；工作的階段

例 区切りをつける。

使（工作）告一段落。

14 | くみこむ【組み込む】

他五 編入；入伙；（印）排入

例 予定に組み込む。

排入預定行程中。

15 | こうぼ【公募】

名・他サ 公開招聘，公開募集

例 作品を公募する。

公開徵求作品。

16 | ごえい【護衛】

名・他サ 護衛，保衛，警衛（員）

例 首相を護衛する。

護衛首相。

17 | こよう【雇用】

名・他サ 雇用；就業

例 終身雇用制度が揺らぎはじめる。

終身雇用制開始動搖。

18 | さいよう【採用】

名・他サ 採用（意見），採取；錄用（人員）

例 採用試験を受ける。

參加錄用考試。

19 | さしず【指図】

名・自サ 指示，吩咐，派遣，發號施令；指定，指明；圖面，設計圖

例 指図を受けない。

不接受命令。

20 | さしつかえる【差し支える】

自下一 （對工作等）妨礙，妨害，有壞影響；感到不方便，發生故障，出問題

例 仕事に差し支える。

妨礙工作。

21 | さんきゅう【産休】

名 產假

例 産休に入る。

休產假。

22 | じしょく【辞職】

名・自他サ 辭職

例 辞職を余儀なくされる。

不得不辭職。

23 | システム【system】

名 組織；體系，系統；制度

例 システムを変える。

改變體系。

24 | しめい【使命】

名 使命，任務

例 使命を果たす。

完成使命。

25 | しゅうぎょう【就業】

名・自サ 開始工作，上班；就業（有一定職業），有工作

例 農業就業人口が減少する。

農業就業人口減少。

🔊 24-1 (2)

24-1 仕事、職場 (2) /
工作、職場 (2)

26 | じゅうじ【従事】

名・自サ 作，從事

例 研究に従事する人が多い。

從事研究的人增多。

27 | しゅえい【守衛】

名 （機關等的）警衛，守衛；（國會的）警備員

例 守衛を置く。

設置守衛。

28 | しゅっしゃ【出社】

名・自サ 到公司上班

例 8時に出社する。

八點到公司上班。

29 | しゅつどう【出動】

名・自サ （消防隊、警察等）出動

例 警官が出動する。

警察出動。

30 | しょうしん【昇進】

名・自サ 升遷，晉升，高昇

例 昇進が早い。

晉升快速。

31 | しよう【私用】

名・他サ 私事；私用，個人使用；私自使用，盜用

例 私用に供する。

提供給私人使用。

32 | しょくむ【職務】

名 職務，任務

例 職務に就く。

就任…職務。

33 | しょむ【庶務】

名 總務，庶務，雜物

例 庶務課が所管する。

總務課所管轄。

34 | じんざい【人材】

名 人才

例 人材がそろう。

人才濟濟。

35 | しんにゅう【新入】

名 新加入，新來(的人)

例 新入社員が入社する。
しんにゅうしゃいん にゅうしゃ

新進員工正式上班。

36 | スト【strike 之略】

名 罷工

例 電車がストで参った。
でんしゃ まい

電車罷工，真受不了。

37 | ストライキ【strike】

名・自サ 罷工；(學生)罷課

例 ストライキを打つ。

斷然舉行罷工。

38 | せきむ【責務】

名 職責，任務

例 国家に対する責務。
こっか たい せきむ

對國家的責任。

39 | セクション【section】

名 部分，區劃，段，區域；節，項，科；(報紙的)欄

例 セクション別に分ける。
べつ わ

依據部門來劃分。

40 | たぼう【多忙】

名・形動 百忙，繁忙，忙碌

例 多忙を極める。
た ぼう きわ

繁忙至極。

41 | つとまる【務まる】

自五 勝任

例 議長の役が務まる。
ぎちょう やく つと

勝任議長的職務。

42 | つとまる【勤まる】

自五 勝任，能擔任

例 私には勤まりません。
わたし つと

我無法勝任。

43 | つとめさき【勤め先】

名 工作地點，工作單位

例 勤め先を訪ねる。
つと さき たず

到工作地點拜訪。

44 | デモンストレーション・デモ【demonstration】

名 示威活動；(運動會上正式比賽項目以外的)公開表演

例 デモンストレーションを見せる。
み

示範表演。

45 | てわけ【手分け】

名・自サ 分頭做，分工

例 手分けして作業する。
て わ さぎょう

分工作業。

46 | てんきん【転勤】

名・自サ 調職，調動工作

例 北京へ転勤する。
ぺきん てんきん

調職到北京。

47 ｜ てんにん【転任】

(名・自サ) 轉任，調職，調動工作

例 地方支店に転任する。

調職到地方的分店。

48 ｜ とくは【特派】

(名・他サ) 特派，特別派遣

例 パリ駐在の特派員に申し込んだ。

提出駐巴黎特派記者的申請。

49 ｜ ともかせぎ【共稼ぎ】

(名・自サ) 夫妻都上班

例 共稼ぎで頑張る。

夫妻共同努力工作。

50 ｜ ともなう【伴う】

(自他五) 隨同，伴隨；隨著；相符

例 リスクを伴う。

伴隨著危險。

● 24-1 (3)

24-1 仕事、職場 (3) ／
工作、職場 (3)

51 ｜ ともばたらき【共働き】

(名・自サ) 夫妻都工作

例 夫婦共働きの方が多い。

雙薪家庭佔較多數。

52 ｜ トラブル【trouble】

(名) 糾紛，糾葛，麻煩；故障

例 トラブルを解決する。

解決麻煩。

53 ｜ とりこむ【取り込む】

(自他五) (因喪事或意外而)忙碌；拿進來；
騙取，侵吞；拉攏，籠絡

例 突然の不幸で取り込んでいる。

因突如其來的不幸而忙碌著。

54 ｜ になう【担う】

(他五) 擔，挑；承擔，肩負

例 責任を担う。

負責。

55 ｜ にんむ【任務】

(名) 任務，職責

例 任務を果たす。

達成任務。

56 ｜ ねまわし【根回し】

(名) (為移栽或使果樹增產的)修根，砍
掉一部份樹根；事先協調，打下基礎，
醞釀

例 根回しが上手い。

擅長事先協調。

57 ｜ はいふ【配布】

(名・他サ) 散發

例 資料を配布する。

分發資料。

58 ｜ はかどる

(自五) (工作、工程等)有進展

例 仕事がはかどる。

工作進展。

59 | はけん【派遣】

名・他サ 派遣；派出

例 派遣社員として働く。

以派遣員工的身份工作。

60 | はっくつ【発掘】

名・他サ 發掘，挖掘；發現

例 遺跡を発掘する。

發掘了遺跡。

61 | ひとまかせ【人任せ】

名 委託別人，託付他人

例 人任せにできない性分。

事必躬親的個性。

62 | ふくぎょう【副業】

名 副業

例 民芸品作りを副業としている。

以做手工藝品為副業。

63 | ふくし【福祉】

名 福利，福祉

例 福祉が遅れている。

福祉政策落後。

64 | ぶしょ【部署】

名 工作崗位，職守

例 部署に付く。

各就各位。

65 | ふにん【赴任】

名・自サ 赴任，上任

例 単身赴任する。

隻身上任。

66 | ぶもん【部門】

名 部門，部類，方面

例 部門別に分ける。

依部門分別。

67 | ぶらぶら

副・自サ （懸空的東西）晃動，搖晃；蹓躂；沒工作；（病）拖長，纏綿

例 街をぶらぶらする。

在街上溜達。

68 | ブレイク【break】

名・サ変 （拳擊）抱持後分開；休息；突破，爆紅

例 ティーブレイクにしましょう。

稍事休息吧。

69 | フロント【front】

名 正面，前面；（軍）前線，戰線；櫃臺

例 フロントに電話する。

打電話給服務台。

70 | ぶんぎょう【分業】

名・他サ 分工；專業分工

例 仕事を分業する。

分工作業。

71 | ほうし【奉仕】

(名・自サ)（不計報酬而）效勞，服務；廉價賣貨

例 奉仕活動に専念する。

專心於服務活動。

72 | まかす【任す】

(他五) 委託，託付

例 仕事を任す。

託付工作。

73 | むすびつく【結び付く】

(自五) 連接，結合，繫；密切相關，有聯繫，有關連

例 成功に結び付く。

成功結合。

74 | むすび【結び】

(名) 繫，連結，打結；結束，結尾；飯糰

例 話の結びを変える。

改變故事的結局。

75 | ようご【養護】

(名・他サ) 護養；扶養；保育

例 特別養護老人ホームに入る。

進入特殊老人照護中心。

76 | ラフ【rough】

(形動) 粗略，大致；粗糙，毛躁；輕毛紙；簡樸的大花案

例 仕事ぶりがラフだ。

工作做得很粗糙。

77 | リストラ【restructuring 之略】

(名) 重建，改組，調整；裁員

例 リストラで首になった。

在重建之中遭到裁員了。

78 | りょうりつ【両立】

(名・自サ) 兩立，並存

例 家事と仕事を両立させる。

家事與工作相調和。

79 | れんたい【連帯】

(名・自サ) 團結，協同合作；（法）連帶，共同負責

例 連帯責任を負う。

負連帶責任。

80 | ろうりょく【労力】

(名) （經）勞動力，勞力；費力，出力

例 労力を費やす。

耗費勞力。

🔊 24-2

24-2 職業、事業 /
職業、事業

01 | あとつぎ【跡継ぎ】

(名) 後繼者，接班人；後代，後嗣

例 家業の跡継ぎになる。

繼承家業。

02 | うけつぐ【受け継ぐ】

(他五) 繼承，後繼

例 事業を受け継ぐ。

繼承事業。

03 | かぎょう【家業】

名 家業；祖業；(謀生的)職業，行業

例 家業を継ぐ。

繼承家業。

04 | ガイド【guide】

名・他サ 導遊；指南，入門書；引導，導航

例 ガイドを務める。

擔任導遊。

05 | ぎせい【犠牲】

名 犠牲；(為某事業付出的)代價

例 犠牲を出す。

付出代價。

06 | きゅうじ【給仕】

名・自サ 伺候(吃飯)；服務生

例 ホテルの給仕。

旅館的服務生。

07 | きょうしょく【教職】

名 教師的職務；(宗)教導信徒的職務

例 教職に就く。

擔任教師一職。

08 | けいぶ【警部】

名 警部(日本警察職稱之一)

例 警視庁警部を任命される。

被任命為警視廳警部。

09 | けらい【家来】

名 (效忠於君主或主人的)家臣，臣下；僕人

例 家来になる。

成為家臣。

10 | サイドビジネス【(和)side＋business】

名 副業，兼職

例 サイドビジネスを始める。

開始兼職副業。

11 | じぎょう【事業】

名 事業；(經)企業；功業，業績

例 事業を始める。

開創事業。

12 | じつぎょう【実業】

名 產業，實業

例 実業に従事する。

從事買賣。

13 | じにん【辞任】

名・自サ 辭職

例 大臣を辞任する。

請辭大臣職務。

14 | しんこう【振興】

名・自他サ 振興(使事物更為興盛)

例 産業を振興する。

振興產業。

15 | しんしゅつ【進出】

名·自サ 進入，打入，擠進，參加；向⋯發展

例 映画界に進出する。

向電影界發展。

16 | しんてん【進展】

名·自サ 發展，進展

例 事業を進展させる。

發展事業。

17 | そう【僧】

漢造 僧侶，出家人

例 僧侶を目指す。

以成為僧侶為目標。

18 | たずさわる【携わる】

自五 參與，參加，從事，有關係

例 農業に携わる。

從事農業。

19 | だったい【脱退】

名·自サ 退出，脫離

例 グループを脱退する。

退出團體。

20 | タレント【talent】

名 （藝術，學術上的）才能；演出者，播音員；藝人

例 タレントが人気を博す。

藝人廣受歡迎。

21 | たんてい【探偵】

名·他サ 偵探；偵查

例 探偵を雇う。

雇用偵探。

22 | とうごう【統合】

名·他サ 統一，綜合，合併，集中

例 力を統合する。

匯集力量。

23 | とっきょ【特許】

名·他サ （法）（政府的）特別許可；專利特許，專利權

例 特許を申請する。

申請專利。

24 | ひしょ【秘書】

名 祕書；祕藏的書籍

例 秘書を目指す。

以秘書為終生職志。

25 | ほうさく【方策】

名 方策

例 方策を立てる。

制訂對策。

26 | ほっそく【発足】

名·自サ 出發，動身；（團體、會議等）開始活動

例 新プロジェクトが発足する。

新企畫開始進行。

27 | ゆうびんやさん【郵便屋さん】

名（口語）郵差

例 郵便屋さんが配達に来る。

郵差來送信。

● 24-3

24-3 地位 /
地位職稱

01 | かいきゅう【階級】

名（軍隊）級別；階級；（身份的）等級；
階層

例 階級制度を廃止する。

廢除階級制度。

02 | かく【格】

名・漢造 格調，資格，等級；規則，格式，
規格

例 格が違う。

等級不同。

03 | かんぶ【幹部】

名 主要部分；幹部（特指領導幹部）

例 幹部候補に選抜される。

被選為候補幹部。

04 | けんい【権威】

名 權勢，權威，勢力；（具説服力的）
權威，專家

例 親の権威。

父母的權威。

05 | けんげん【権限】

名 權限，職權範圍

例 権限がない。

沒有權限。

06 | しゅっせ【出世】

名・自サ 下凡；出家，入佛門；出生；出息，
成功，發跡

例 出世を願う。

祈求出人頭地。

07 | しゅにん【主任】

名 主任

例 会計主任が押印する。

會計主任蓋上印章。

08 | しりぞく【退く】

自五 後退；離開；退位

例 第一線から退く。

從第一線退下。

09 | とうきゅう【等級】

名 等級，等位

例 等級をつける。

訂出等級。

10 | どうとう【同等】

名 同等（級）；同樣資格，相等

例 男女を同等に扱う。

男女平等對待。

11 | ひく【引く】

(自五) 後退；辭退；(潮)退，平息
例 身を引く。
引退。

12 | ぶか【部下】

(名) 部下，屬下
例 部下を褒める。
稱讚屬下。

13 | ポジション【position】

(名) 地位，職位；(棒)守備位置
例 ポジションに就く。
就任…位置。

14 | やくしょく【役職】

(名) 官職，職務；要職
例 役職に就く。
就任要職。

15 | らんよう【濫用】

(名・他サ) 濫用，亂用
例 職権を濫用する。
濫用職權。

🔊 24-4

24-4 家事 /
家務

01 | あつらえる

(他下一) 點，訂做
例 スーツをあつらえる。
訂作西裝。

02 | オーダーメイド【(和)order ＋made】

(名) 訂做的貨，訂做的西服
例 この服はオーダーメイドだ。
這件西服是訂做的。

03 | おる【織る】

(他五) 織；編
例 機を織る。
織布。

04 | からむ【絡む】

(自五) 纏在…上；糾纏，無理取鬧，找碴；密切相關，緊密糾纏
例 糸が絡む。
線纏繞在一起。

05 | きちっと

(副) 整潔，乾乾淨淨；恰當；準時；好好地
例 きちっと入れる。
整齊放入。

06 | ごしごし

(副) 使力的，使勁的
例 床をごしごし拭く。
使勁地擦洗地板。

07 | しあがり【仕上がり】

(名) 做完，完成；(迎接比賽)做好準備
例 仕上がりがいい。
做得很好。

08 | ししゅう【刺繡】

名·他サ 刺繡

例 刺繡を施す。
刺繡加工。

09 | したてる【仕立てる】

他下一 縫紉，製作（衣服）；培養，訓練；
準備，預備；喬裝，裝扮

例 洋服を仕立てる。
縫製洋裝。

10 | しゅげい【手芸】

名 手工藝（刺繡、編織等）

例 手芸を習う。
學習手工藝。

11 | すすぐ

他五 （用水）刷，洗滌；漱口

例 口をすすぐ。
漱口。

12 | たがいちがい【互い違い】

形動 交互，交錯，交替

例 白黒互い違いに編む。
黑白交錯編織。

13 | ちり【塵】

名 灰塵，垃圾；微小，微不足道；少許，
絲毫；世俗，塵世；污點，骯髒

例 ちりも積もれば山となる。
積少成多。

14 | つぎめ【継ぎ目】

名 接頭，接繼；家業的繼承人；骨頭
的關節

例 糸の継ぎ目。
線的接頭。

15 | つくろう【繕う】

他五 修補，修繕；修飾，裝飾，擺；掩飾，
遮掩

例 屋根を繕う。
修補屋頂。

16 | ドライクリーニング【dry cleaning】

名 乾洗

例 ドライクリーニングする。
乾洗。

17 | はそん【破損】

名·自他サ 破損，損壞

例 破損箇所を修復する。
修補破損處。

18 | ゆすぐ【濯ぐ】

他五 洗滌，刷洗，洗濯；漱

例 口をゆすぐ。
漱口。

19 | よごれ【汚れ】

名 污穢，污物，骯髒之處

例 汚れが目立つ。
污漬顯眼。

生産、産業
- 生産、産業 -

🔊 25-1

25-1 生産、産業 /
生産、産業

01 | あたいする【値する】
自サ 値，相當於；值得，有…的價值
例 議論に値しない。
不值得討論下去。

02 | かくしん【革新】
名・他サ 革新
例 技術革新を支える。
支持技術革新。

03 | かこう【加工】
名・他サ 加工
例 食品を加工する。
加工食品。

04 | きかく【規格】
名 規格，標準，規範
例 規格に合う。
符合規定。

05 | グレードアップ【grade-up】
名 提高水準
例 商品のグレードアップを図る。
訴求提高商品的水準。

06 | こうぎょう【興業】
名 振興工業，發展事業
例 殖産興業。
振興産業。

07 | さんしゅつ【産出】
名・他サ 生産；出産
例 石油を産出する。
產出石油。

08 | さんぶつ【産物】
名 （某地方的）產品，產物，物產；（某種行為的結果所產生的）產物
例 時代の産物を主題にした。
以時代下的產物為主題。

09 | ていたい【停滞】
名・自サ 停滯，停頓；（貨物的）滯銷
例 生産が停滞する。
生產停滯。

10 | どうにゅう【導入】
名・他サ 引進，引入，輸入；（為了解決懸案）引用（材料、證據）
例 新技術の導入が必要だ。
引進新科技是必須的。

11 | とくさん【特産】

名 特産，土産

例 地方の特産品を買う。

購買地方特産。

12 | バイオ【biotechnology 之略】

名 生物技術，生物工程學

例 バイオテクノロジーを用いる。

運用生命科學。

13 | ハイテク【high-tech】

名 (ハイテクノロジー之略)高科技

例 ハイテク産業が集中している。

匯集著高科技產業。

14 | へんかく【変革】

名・自他サ 變革，改革

例 技術上の新しい変革は何もなかった。

沒有任何技術上的改革。

15 | メーカー【maker】

名 製造商，製造廠，廠商

例 一流のメーカー。

一流廠商。

16 | むら【斑】

名 (顏色)不均匀，有斑點；(事物)不齊，不定；忽三忽四，(性情)易變

例 製品の出来に斑がある。

成品參差不齊。

25-2 農業、漁業、林業 /
農業、漁業、林業

01 | かいりょう【改良】

名・他サ 改良，改善

例 品種改良が試みられる。

嘗試進行品種改良。

02 | かちく【家畜】

名 家畜

例 家畜を飼育する。

飼養家畜。

03 | かんがい【灌漑】

名・他サ 灌漑

例 灌漑水が供給される。

供應灌漑用水。

04 | きょうさく【凶作】

名 災荒，欠收

例 作物が凶作だ。

農作物欠收。

05 | けんぎょう【兼業】

名・他サ 兼營，兼業

例 兼業農家の生活をスタートした。

開始兼做務農的生活。

06 | こうさく【耕作】

名・他サ 耕種

例 田畑を耕作する。

下田耕種。

07 | さいばい【栽培】

（名・他サ）栽培，種植

例 野菜を栽培する。

種植蔬菜。

08 | しいく【飼育】

（名・他サ）飼養（家畜）

例 家畜を飼育する。

飼養家畜。

09 | すいでん【水田】

（名）水田，稻田

例 畑を水田にする。

旱田改為水田。

10 | ちくさん【畜産】

（名）（農）家畜；畜産

例 畜産業に携わる。

從事畜產業。

11 | のうこう【農耕】

（名）農耕，耕作，種田

例 農耕生活を送る。

過著農耕生活。

12 | のうじょう【農場】

（名）農場

例 農場を経営する。

經營農場。

13 | のうち【農地】

（名）農地，耕地

例 農地を開拓する。

開發農耕地。

14 | ほげい【捕鯨】

（名）掠捕鯨魚

例 捕鯨を非難する。

批評掠捕鯨魚。

15 | ゆうき【有機】

（名）（化）有機；有生命力

例 有機栽培の野菜。

有機蔬菜。

16 | ゆうぼく【遊牧】

（名・自サ）游牧

例 遊牧民の生活を体験している。

體驗游牧民族的生活。

17 | らくのう【酪農】

（名）（農）（飼養奶牛、奶羊生產乳製品的）酪農業

例 酪農を経営する。

經營酪農業。

18 | りんぎょう【林業】

（名）林業

例 林業が盛んである。

林業興盛。

25-3 工業、鉱業、商業 /
工業、礦業、商業

01 | うめたてる【埋め立てる】
(他下一) 填拓（海，河），填海（河）造地
例 海を埋め立てる。
填海造地。

02 | かいうん【海運】
(名) 海運，航運
例 海運業界に興味がある。
對航運業深感興趣。

03 | かいしゅう【改修】
(名・他サ) 修理，修復；修訂
例 改修工事を行う。
進行修復工程。

04 | かいたく【開拓】
(名・他サ) 開墾，開荒；開闢
例 市場を開拓する。
開拓市場。

05 | かいはつ【開発】
(名・他サ) 開發，開墾；啟發；（經過研究而）實用化；開創，發展
例 新商品の開発に力を注ぐ。
傾力開發新商品。

06 | こうぎょう【鉱業】
(名) 礦業
例 鉱業権を得る。
取得採礦權。

07 | こうざん【鉱山】
(名) 礦山
例 鉱山の採掘。
採掘礦山。

08 | さいけん【再建】
(名・他サ) 重新建築，重新建造；重新建設
例 焼けた校舎を再建する。
重建燒毀的校舍。

09 | しんちく【新築】
(名・他サ) 新建，新蓋；新建的房屋
例 事務所を新築する。
新建辦公室。

10 | ゼネコン【general contractor 之略】
(名) 承包商
例 大手ゼネコンから依頼される。
來自大承包商的委託。

11 | ちゃっこう【着工】
(名・自サ) 開工，動工
例 工事は来月着工する。
下個月動工。

12 | ていぼう【堤防】
(名) 堤防
例 堤防が決壊する。
提防決口。

13 | どぼく【土木】

名 土木；土木工程

例 土木工事をする。

進行土木工程。

14 | とんや【問屋】

名 批發商

例 そうは問屋が卸さない。

事情不會那麼稱心如意。

15 | ど【土】

名·漢造 土地，地方；(五行之一)土；土壤；地區；(國)土

例 土に帰す。

歸土；死亡。

16 | ぼうせき【紡績】

名 紡織，紡紗

例 紡績工場で働く。

在紡織工廠工作。

17 | ほきょう【補強】

名·他サ 補強，增強，強化

例 補強工事を行う。

進行強化工程。

パート 26 第二十六章
経済
- 經濟 -

🔊 26-1

01 | いとなむ【営む】
他五 舉辦，從事；經營；準備；建造
例 生活を営む。
營生。

02 | インフレ【inflation 之略】
名 (經)通貨膨脹
例 インフレを引き起こす。
引發通貨膨脹。

03 | うわむく【上向く】
自五 (臉)朝上，仰；(行市等)上漲
例 景気が上向く。
景氣回升。

04 | えい【営】
漢造 經營；軍營
例 私の父は自営業だ。
父親是獨資開業的。

05 | オーバー【over】
名·自他サ 超過，超越；外套
例 予算をオーバーする。
超過預算。

06 | オイルショック【(和)oil ＋ shock】
名 石油危機
例 オイルショックの与えた影響。
石油危機帶來的影響。

07 | かけい【家計】
名 家計，家庭經濟狀況
例 家計を支える。
支援家庭經濟。

08 | けいき【契機】
名 契機；轉機，動機，起因
例 失敗を契機にする。
把危機化為轉機。

09 | こうきょう【好況】
名 (經)繁榮，景氣，興旺
例 景気が好況に向かう。
景氣逐漸回升。

10 | こうたい【後退】
名·自サ 後退，倒退
例 景気が後退する。
景氣衰退。

11 | ざいせい【財政】

^名 財政；（個人）經濟情況

^例 財政が破綻する。

財政出現困難。

12 | しじょう【市場】

^名 菜市場，集市；銷路，銷售範圍，市場；交易所

^例 市場調査する。

進行市場調查。

13 | したび【下火】

^名 火勢漸弱，火將熄滅；（流行，勢力的）衰退；底火

^例 人気が下火になる。

人氣減弱。

14 | せいけい【生計】

^名 謀生，生計，生活

^例 生計に困る。

為生計所苦。

15 | そうば【相場】

^名 行情，市價；投機買賣，買空賣空；常例，老規矩；評價

^例 外国為替相場に変動がない。

國外匯兌行情沒有變動。

16 | だっする【脱する】

^{自他サ} 逃出，逃脱；脱離，離開；脱落，漏掉；脱稿；去掉，除掉

^例 危機を脱する。

解除危機。

17 | どうこう【動向】

^名 （社會、人心等）動向，趨勢

^例 景気の動向がわかる。

得知景氣動向。

18 | とうにゅう【投入】

^{名・他サ} 投入，扔進去；投入（資本、勞力等）

^例 資金を投入する。

投入資金。

19 | はっそく・ほっそく【発足】

^{名・自サ} 開始（活動），成立

^例 新プロジェクトが発足する。

開始進行新企畫。

20 | バブル【bubble】

^名 泡泡，泡沫；泡沫經濟的簡稱

^例 バブルの崩壊が始まる。

泡沫經濟開始崩解了。

21 | はんじょう【繁盛】

^{名・自サ} 繁榮昌茂，興隆，興旺

^例 商売が繁盛する。

生意興隆。

22 | ビジネス【business】

^名 事務，工作；商業，生意，實務

^例 ビジネスマンが集まる。

匯集了許多公司職員。

23 | ブーム【boom】

名 (經)突然出現的景氣，繁榮；高潮，熱潮

例 ブームが去る。

熱潮消退。

24 | ふきょう【不況】

名 (經)不景氣，蕭條

例 不況に陥る。

陷入景氣不佳的境地。

25 | ふけいき【不景気】

名・形動 不景氣，經濟停滯，蕭條；沒精神，憂鬱

例 不景気な顔に写っちゃった。

拍到灰溜溜的表情。

26 | ぼうちょう【膨張】

名・自サ (理)膨脹；增大，增加，擴大發展

例 予算が膨張する。

預算增大。

27 | ほけん【保険】

名 保險；(對於損害的)保證

例 生命保険をかける。

投保人壽險。

28 | みつもり【見積もり】

名 估計，估量

例 見積もりを出す。

提交估價單。

29 | みつもる【見積もる】

他五 估計

例 予算を見積もる。

估計預算。

30 | りゅうつう【流通】

名・自サ (貨幣、商品的)流通，物流

例 流通を促す。

促進流通。

● 26-2

26-2 取り引き / 交易

01 | いたく【委託】

名・他サ 委託，託付；(法)委託，代理人

例 任務を代理人に委託する。

把任務委託給代理人。

02 | うちきる【打ち切る】

他五 (「切る」的強調説法)砍，切；停止，截止，中止；(圍棋)下完一局

例 交渉を打ち切る。

停止談判。

03 | オファー【offer】

名・他サ 提出，提供；開價，報價

例 オファーが来る。

報價單來了。

04 | こうえき【交易】

名・自サ 交易，貿易；交流

例 外国と交易する。

國際貿易。

05 | こうしょう【交渉】

(名・自サ) 交渉，談判；關係，聯繫

例 交渉が成立する。

交渉成立。

06 | こきゃく【顧客】

(名) 顧客

例 顧客名簿を管理する。

保管顧客名冊。

07 | じょうほ【譲歩】

(名・自サ) 讓步

例 一歩も譲歩しない。

寸步不讓。

08 | そうきん【送金】

(名・自他サ) 匯款，寄錢

例 大学生の息子に送金する。

寄錢給唸大學的兒子。

09 | とりひき【取引】

(名・自サ) 交易，貿易

例 取引が成立する。

交易成立。

10 | なりたつ【成り立つ】

(自五) 成立；談妥，達成協議；划得來，有利可圖；能維持；(古)成長

例 契約が成り立つ。

契約成立。

11 | はいぶん【配分】

(名・他サ) 分配，分割

例 利益を配分する。

分紅。

12 | ボイコット【boycott】

(名) 聯合抵制，拒絕交易(某貨物)，聯合排斥(某勢力)

例 ボイコットする。

聯合抵制。

● 26-3

26-3 売買 / 買賣

01 | うりだし【売り出し】

(名) 開始出售；減價出售，賤賣；出名，嶄露頭角

例 売り出し中の歌手を招く。

邀請開始嶄露頭角的歌手。

02 | うりだす【売り出す】

(他五) 上市，出售；出名，紅起來

例 新商品を売り出す。

新品上市。

03 | おまけ【お負け】

(名・他サ) (作為贈品)另外贈送；另外附加(的東西)；算便宜

例 100円おまけしてくれた。

算我便宜一百日圓。

04 | おろしうり【卸売・卸売り】

(名) 批發

おろしうりぎょうしゃ おろしね か
例 卸売業者から卸値で買う。

向批發商以批發價購買。

05 | かいこむ【買い込む】

(他五) （大量）買進，購買

しょくりょう か こ
例 食糧を買い込む。

大量購買食物。

06 | かにゅう【加入】

(名・自サ) 加上，參加

ほ けん か にゅう
例 保険に加入する。

加入保險。

07 | こうにゅう【購入】

(名・他サ) 購入，買進，購置，採購

にちようひん こうにゅう
例 日用品を購入する。

採買日用品。

08 | こうばい【購買】

(名・他サ) 買，購買

こうばい い よく
例 購買意欲。

購買欲。

09 | こうり【小売り】

(名・他サ) 零售，小賣

こ う てん おろ
例 小売り店に卸す。

供貨給零售店。

10 | しいれる【仕入れる】

(他下一) 購入，買進，採購（商品或原料）；（喻）由他處取得，獲得

しょうひん し い
例 商品を仕入れる。

採購商品。

11 | したどり【下取り】

(名・他サ) （把舊物）折價貼錢換取新物

くるま した ど だ
例 車を下取りに出す。

車子舊換新。

12 | そくしん【促進】

(名・他サ) 促進

はんばいそくしんかつどう
例 販売促進活動をサポートする。

支援特賣會。

13 | とうし【投資】

(名・他サ) 投資

しん じ ぎょう とう し
例 新事業に投資する。

投資新事業。

14 | どくせん【独占】

(名・他サ) 獨占，獨斷；壟斷，專營

どくせんはんばい
例 独占販売する。

獨家販賣。

15 | まえうり【前売り】

(名・他サ) 預售

まえう けん か
例 前売り券を買う。

買預售券。

16 | りょうしゅうしょ【領収書】

(名) 收據

例 領収書をもらう。

拿收據。

● 26-4

26-4 価格 /
價格

01 | あたい【値】

(名) 價值；價錢；(數)值

例 値がある。

值得(做)…。

02 | さがく【差額】

(名) 差額

例 差額を返金する。

退還差額。

03 | たんか【単価】

(名) 單價

例 単価は 100 円。

單價為一百日圓。

04 | ねうち【値打ち】

(名) 估價，定價；價錢；價值；聲價，品格

例 値打ちがある。

有價值。

05 | ひきあげる【引き上げる】

(他下一) 吊起；打撈；撤走；提拔；提高(物價)；收回 (自下一) 歸還，返回

例 税金を引き上げる。

提高税金。

06 | ひきさげる【引き下げる】

(他下一) 降低；使後退；撤回

例 コストを引き下げる。

降低成本。

07 | へんどう【変動】

(名・自サ) 變動，改變，變化

例 物価が変動する。

物價變動。

08 | やすっぽい【安っぽい】

(形) 很像便宜貨，品質差的樣子，廉價，不值錢；沒有品味，低俗，俗氣；沒有價值，沒有內容，不足取

例 安っぽい服を着ている。

穿著廉價的衣服。

● 26-5

26-5 損得 /
損益

01 | あかじ【赤字】

(名) 赤字，入不敷出；(校稿時寫的)紅字，校正的字

例 赤字を埋める。

彌補虧空。

02 | かくとく【獲得】

(名・他サ) 獲得，取得，爭得

例 賞金を獲得する。

獲得獎金。

03 | かんげん【還元】

(名・自他サ)(事物的)歸還，回復原樣；(化)還元

例 利益の一部を社会に還元する。

把一部份的利益還原給社會。

04 | きょうじゅ【享受】

(名・他サ) 享受；享有

例 恩恵を享受する。

享受恩惠。

05 | ぎょうせき【業績】

(名)(工作、事業等)成就，業績

例 業績を伸ばす。

提高業績。

06 | きんり【金利】

(名) 利息；利率

例 金利を引き下げる。

降低利息。

07 | くろじ【黒字】

(名) 黑色的字；(經)盈餘，賺錢

例 黒字に転じる。

轉虧為盈。

08 | ゲット【get】

(名・他サ)(籃球、兵上曲棍球等)得分；(俗)取得，獲得

例 欲しいものをゲットする。

取得想要的東西。

09 | けんしょう【懸賞】

(名) 懸賞；賞金，獎品

例 懸賞に当たる。

得獎。

10 | しゅうえき【収益】

(名) 收益

例 収益が上がる。

獲得利益。

11 | しょとく【所得】

(名) 所得，收入；(納稅時所報的)純收入；所有物

例 所得税を払う。

支付所得稅。

12 | そこなう【損なう】

(他五・接尾) 損壞，破損；傷害妨害(健康、感情等)；損傷，死傷；(接在其他動詞連用形下)沒成功，失敗，錯誤；失掉時機，耽誤；差一點，險些

例 健康を損なう。

有害健康。

13 | たまわる【賜る】

(他五) 蒙受賞賜；賜，賜予，賞賜

例 賞を賜る。

給我賞賜。

14 | つぐない【償い】

(名) 補償；賠償；贖罪

例 事故の償いをする。

事故賠償。

15 | てんらく【転落】

名·自サ 掉落，滾下；墜落，淪落；暴跌，
突然下降

例 第五位に転落する。

突然降到第五名。

16 | とりぶん【取り分】

名 應得的份額

例 取り分のお金が入ってくる。

取得應得的份額。

17 | にゅうしゅ【入手】

名·他サ 得到，到手，取得

例 入手困難が予想された。

估計很難取得。

18 | ねびき【値引き】

名·他サ 打折，減價

例 在庫品を値引きする。

庫存品打折販售。

19 | ふんしつ【紛失】

名·自他サ 遺失，丟失，失落

例 カードを紛失する。

弄丟信用卡。

20 | べんしょう【弁償】

名·他サ 賠償

例 弁償させられる。

被要求賠償。

21 | ほうび【褒美】

名 褒獎，獎勵；獎品，獎賞

例 褒美をいただく。

領獎賞。

22 | ほしょう【補償】

名·他サ 補償，賠償

例 補償が受けられる。

接受賠償。

23 | ゆうえき【有益】

名·形動 有益，有意義，有好處

例 有益な情報を得る。

獲得有益的情報。

24 | りじゅん【利潤】

名 利潤，紅利

例 利潤を追求する。

追求利潤。

25 | りそく【利息】

名 利息

例 利息を支払う。

支付利息。

🔊 26-6

26-6 収支、賃金 /
收支、工資報酬

01 | かくほ【確保】

名·他サ 牢牢保住，確保

例 食料を確保する。

確保糧食。

02 | かせぎ【稼ぎ】

③ 做工；工資；職業

例 稼ぎが少ない。

賺得很少。

03 | ギャラ【guarantee 之略】

③（預約的）演出費，契約費

例 ギャラを支払う。

支付演出費。

04 | けっさん【決算】

③・自他サ 結帳；清算

例 決算セール。

清倉大拍賣。

05 | げっぷ【月賦】

③ 月賦，按月分配；按月分期付款

例 月賦で支払う。

按月支付。

06 | さいさん【採算】

③（收支的）核算，核算盈虧

例 採算が合う。

合算，有利潤。

07 | さしひき【差し引き】

③・自他サ 扣除，減去；（相抵的）餘額，結算（的結果）；（潮水的）漲落，（體溫的）升降

例 差し引き 10000 円です。

餘額一萬日圓。

08 | しゅうし【収支】

③ 收支

例 収支を合計する。

統計收支。

09 | たいぐう【待遇】

③・他サ・接尾 接待，對待，服務；工資，報酬

例 待遇を改善する。

改善待遇，提高工資。

10 | ちょうしゅう【徴収】

③・他サ 徴收，收費

例 税金を徴収する。

徵稅。

11 | ちんぎん【賃金】

③ 租金；工資

例 賃金を支払う。

付租金。

12 | てどり【手取り】

③（相撲）技巧巧妙（的人；）（除去稅金與其他費用的）實收款，淨收入

例 手取りが少ない。

實收款很少。

13 | にっとう【日当】

③ 日薪

例 日当をもらう。

領日薪。

14 | プラスアルファ【(和)plus ＋(希臘)alpha】

(名) 加上若干，(工會與資方談判提高工資時)資方在協定外可自由支配的部分；工資附加部分，紅利

例 本給にプラスアルファの手当てがつく。

在本薪外加發紅利。

15 | ほうしゅう【報酬】

(名) 報酬；收益

例 報酬を支払う。

支付報酬。

16 | みいり【実入り】

(名) (五穀)節食；收入

例 実入りがいい。

收入好。

🔊 26-7

26-7 貸借 /
借貸

01 | かり【借り】

(名) 借，借入；借的東西；欠人情；怨恨，仇恨

例 借りを返す。

報恩，報怨。

02 | せいさん【精算】

(名・他サ) 計算，精算；結算；清理財產；結束

例 料金を精算する。

細算費用。

03 | たいのう【滞納】

(名・他サ) (稅款，會費等)滯納，拖欠，逾期未繳

例 会費を滞納する。

拖欠會費。

04 | たてかえる【立て替える】

(他下一) 墊付，代付

例 電車賃を立て替える。

代墊電車車資。

05 | とどこおる【滞る】

(自五) 拖延，耽擱，遲延；拖欠

例 支払いが滞る。

拖延付款。

06 | とりたてる【取り立てる】

(他下一) 催繳，索取；提拔

例 借金を取り立てる。

討債。

07 | はいしゃく【拝借】

(名・他サ) (謙)拜借

例 お手を拝借。

請求幫忙。

08 | ふさい【負債】

(名) 負債，欠債；飢荒

例 負債を背負う。

背負債務。

09 | へんかん【返還】

(名・他サ) 退還，歸還（原主）

例 土地を返還する。

歸還土地。

10 | へんきゃく【返却】

(副・他サ) 還，歸還

例 本を返却する。

還書。

11 | へんさい【返済】

(名・他サ) 償還，還債

例 返済を迫る。

催促償還。

12 | まえがり【前借り】

(名・他サ) 借，預支

例 給料を前借りする。

預支工錢。

13 | ゆうし【融資】

(名・自サ) （經）通融資金，貸款

例 融資を受ける。

接受貸款。

14 | りし【利子】

(名) （經）利息，利錢

例 利子が付く。

有利息。

26-8 消費、費用 /
消費、費用

01 | いっかつ【一括】

(名・他サ) 總括起來，全部

例 一括して購入する。

全部買下。

02 | うちわけ【内訳】

(名) 細目，明細，詳細內容

例 内訳を示す。

出示明細。

03 | かんぜい【関税】

(名) 關稅，海關稅

例 関税がかかる。

課徵關稅。

04 | けいげん【軽減】

(名・自他サ) 減輕

例 負担を軽減する。

減輕負擔。

05 | けいひ【経費】

(名) 經費，開銷，費用

例 経費を削減する。

削減經費。

06 | げっしゃ【月謝】

(名) （每月的）學費，月酬

例 月謝を支払う。

支付每月費用。

07 | けんやく【倹約】

(名・他サ) 節省，節約，儉省

例 倹約家の奥さんに支えられてきた。

我得到了克勤克儉的妻子的支持。

08 | こうじょ【控除】

(名・他サ) 扣除

例 扶養控除に入る。

加入扶養扣除。

09 | ざんきん【残金】

(名) 餘款，餘額；尾欠，差額

例 残金を支払う。

支付尾款。

10 | じっぴ【実費】

(名) 實際所需費用；成本

例 実費で売る。

按成本出售。

11 | しゅっぴ【出費】

(名・自サ) 費用，出支，開銷

例 出費を節約する。

節省開銷。

12 | てあて【手当て】

(名・他サ) 準備，預備；津貼；生活福利；醫療，治療；小費

例 手当てがつく。

有補助費。

13 | とりよせる【取り寄せる】

(他下一) 請(遠方)送來，寄來；訂貨；函購

例 品物を取り寄せる。

訂購商品。

14 | のうにゅう【納入】

(名・他サ) 繳納，交納

例 納入期限を守る。

遵守繳納期限。

15 | ばらまく【ばら撒く】

(他五) 撒播，撒；到處花錢，散財

例 お金をばら撒く。

散財。

16 | まえばらい【前払い】

(名・他サ) 預付

例 工事費の一部を前払いする。

預付一部份的施工費。

17 | むだづかい【無駄遣い】

(名・自サ) 浪費，亂花錢

例 税金の無駄遣いをしている。

浪費稅金。

18 | ろうひ【浪費】

(名・他サ) 浪費；糟蹋

例 時間の浪費を招く。

造成時間的浪費。

26-9 財產、金錢 /
財產、金錢

01 | がいか【外貨】
㊂ 外幣，外匯
例 外貨準備高。
外匯存底。

02 | かけ【掛け】
㊂ 賒帳；帳款，欠賬；重量
例 掛けにする。
記在帳上。

03 | かぶしき【株式】
㊂（商）股份；股票；股權
例 株式会社を設立する。
設立股份公司。

04 | かへい【貨幣】
㊂（經）貨幣
例 貨幣経済。
貨幣經濟。

05 | カンパ【(俄) kampanija】
㊂・他サ（「カンパニア」之略）勸募，募
集的款項募集金；應募捐款
例 救援資金をカンパする。
募集救援資金。

06 | ききん【基金】
㊂ 基金
例 基金を募る。
募集基金。

07 | こぎって【小切手】
㊂ 支票
例 小切手を切る。
開支票。

08 | ざいげん【財源】
㊂ 財源
例 財源を求める。
尋求財源。

09 | ざい【財】
㊂ 財產，錢財；財寶，商品，物資
例 巨額の財を築く。
累積巨額的財富。

10 | ざんだか【残高】
㊂ 餘額
例 残高を確認する。
確認餘額。

11 | しきん【資金】
㊂ 資金，資本
例 資金が底をつく。
資金見底。

12 | しさん【資産】
㊂ 資產，財產；（法）資產
例 資産を運用する。
運用財產。

13 | しぶつ【私物】

(名) 個人私有物件

例 会社の物品を私物化する。

把公司的物品佔為己有。

14 | じゅうほう【重宝】

(名) 貴重寶物

例 重宝を保管する。

保管寶物。

15 | しゆう【私有】

(名・他サ) 私有

例 私有地に入ってはいけない。

請勿進入私有地。

16 | しょゆう【所有】

(名・他サ) 所有

例 土地を所有する。

擁有土地。

17 | ふどうさん【不動産】

(名) 不動産

例 不動産を売買する。

買賣不動產。

18 | ぶんぱい【分配】

(名・他サ) 分配，分給，配給

例 財産の分配が行われる。

進行財產分配。

19 | ほかん【保管】

(名・他サ) 保管

例 金庫に保管する。

放在保險櫃裡保管。

20 | ぼきん【募金】

(名・自サ) 募捐

例 募金活動を行う。

進行募款活動。

21 | ほじょ【補助】

(名・他サ) 補助

例 生活費を補助する。

補助生活費。

22 | まいぞう【埋蔵】

(名・他サ) 埋藏，蘊藏

例 埋蔵金を探す。

尋找寶藏。

23 | ゆうする【有する】

(他サ) 有，擁有

例 広大な土地を有する。

擁有莫大的土地。

24 | よきん【預金】

(名・自他サ) 存款

例 預金を下ろす。

提領存款。

25│わりあてる【割り当てる】

㊎ 分配，分擔，分配額；分派，分擔(的任務)

例 費用を等分に割り当てる。
費用均等分配。

● 26-10

26-10 貧富 /
貧富

01│いやしい【卑しい】

㊍ 地位低下；非常貧窮，寒酸；下流，低級；貪婪

例 卑しい身なりをする。
寒酸的打扮。

02│かいそう【階層】

㊎ (社會)階層；(建築物的)樓層

例 富裕な階層をますます豊かにする。
富裕階層越來越富裕。

03│かくさ【格差】

㊎ (商品的)級別差別，差價，質量差別；資格差別

例 格差をつける。
劃定級別。

04│かんそ【簡素】

㊎·㊌ 簡單樸素，簡樸

例 簡素な結婚式。
簡單的婚禮。

05│きゅうさい【救済】

㊎·他サ 救濟

例 救済を受ける。
接受救濟。

06│きゅうぼう【窮乏】

㊎·自サ 貧窮，貧困

例 生活が窮乏する。
生活窮困。

07│しっそ【質素】

㊎·㊌ 素淡的，質樸的，簡陋的，樸素的

例 質素な家が並んでいる。
街上整排都是簡陋的房屋。

08│とぼしい【乏しい】

㊍ 不充分，不夠，缺乏，缺少；生活貧困，貧窮

例 知識が乏しい。
缺乏知識。

09│とみ【富】

㊎ 財富，資產，錢財；資源，富源；彩券

例 富を生む。
生財致富。

10│とむ【富む】

㊐五 有錢，富裕；豐富

例 バラエティーに富む。
有豐富的綜藝節目。

11 | ひんこん【貧困】

(名・形動) 貧困，貧窮；（知識、思想等的）
貧乏，極度缺乏

例 貧困に耐える。

忍受貧困。

---

12 | びんぼう【貧乏】

(名・形動・自サ) 貧窮，貧苦

例 貧乏は厭だ。

討厭貧窮。

---

13 | ぼつらく【没落】

(名・自サ) 没落，衰敗；破産

例 没落した貴族を幽閉する。

幽禁没落的貴族。

---

14 | ほどこす【施す】

(他五) 施，施捨，施予；施行，實施；添加；
露，顯露

例 食糧を施す。

周濟食糧。

パート 27 政治
第二十七章
- 政治 -

🔊 27-1

27-1 政治 /
政治

01 | きき【危機】
名 危機，險關
例 危機を脱する。
解除危機。

02 | きょうわ【共和】
名 共和
例 共和国を崩壊させた。
讓共和國倒台。

03 | くんしゅ【君主】
名 君主，國王，皇帝
例 君主に背く。
背叛國王。

04 | けんりょく【権力】
名 權力
例 権力を誇示する。
炫耀權力。

05 | こうしん【行進】
名・自サ （列隊）進行，前進
例 デモ行進を行った。
舉行遊行示威。

06 | こうぜん【公然】
副・形動 公然，公開
例 公然の秘密が公になる。
公開的秘密被公開了。

07 | こうにん【公認】
名・他サ 公認，國家機關或政黨正式承認
例 公認会計士になる。
成為有執照的會計師。

08 | こうよう【公用】
名 公用；公務，公事；國家或公共集團的費用
例 公用文の書き方。
公務文書的寫法。

09 | しっきゃく【失脚】
名・自サ 失足（落水、跌跤）；喪失立足地，下台；賠錢
例 大統領が失脚する。
總統下台。

10 | しほう【司法】
名 司法
例 司法官が決定を下す。
法官作出決定。

11 | じゅりつ【樹立】

名・自他サ 樹立，建立

例 新党を樹立する。

建立新黨。

12 | じょうせい【情勢】

名 形勢，情勢

例 情勢が悪化する。

情勢惡化。

13 | せいけん【政権】

名 政權；參政權

例 政権を失う。

喪失政權。

14 | せいさく【政策】

名 政策，策略

例 政策を実施する。

實施政策。

15 | せいふく【征服】

名・他サ 征服，克服，戰勝

例 敵国を征服する。

征服敵國。

16 | せっちゅう【折衷】

名・他サ 折中，折衷

例 両案を折衷する。

折衷兩個方案。

17 | そうどう【騒動】

名・自サ 騷動，風潮，鬧事，暴亂

例 騒動が起こる。

掀起風波。

18 | ちょうかん【長官】

名 長官，機關首長；（都道府縣的）知事

例 文化庁長官。

文化廳廳長。

19 | てんか【天下】

名 天底下，全國，世間，宇內；（幕府的）將軍

例 天下を取る。

奪取政權。

20 | とうち【統治】

名・他サ 統治

例 国を統治する。

統治國家。

21 | どくさい【独裁】

名・自サ 獨斷，獨行；獨裁，專政

例 独裁政治をする。

施行獨裁政治。

22 | はくがい【迫害】

名・他サ 迫害，虐待

例 異民族を迫害する。

迫害異族。

23 | は【派】

名·漢造 派，派流；衍生；派出

例 反対派と推進派。
はんたい は　すいしん は

反對派與促進派。

---

24 | ひきいる【率いる】

他上一 帶領；率領

例 部下を率いる。
ぶ か　ひき

率領部下。

---

25 | ふはい【腐敗】

名·自サ 腐敗，腐壞；墮落

例 腐敗が進む。
ふ はい　すす

腐敗日趨嚴重。

---

26 | ぶんり【分離】

名·自他サ 分離，分開

例 政教分離制度が成立した。
せいきょうぶん り せい ど　せいりつ

政治宗教分離制通過了。

---

27 | ほうけん【封建】

名 封建

例 封建的な考え方が多い。
ほうけんてき　かんが　かた　おお

許多人思想很封建。

---

28 | ぼうどう【暴動】

名 暴動

例 暴動を起こす。
ぼうどう　お

發生暴動。

---

29 | ほうむる【葬る】

他五 葬，埋葬；隱瞞，掩蓋；葬送，拋棄

例 世間から葬られる。
せ けん　ほうむ

被世人遺忘。

---

30 | もっか【目下】

名·副 當前，當下，目前

例 目下の急務になる。
もっか　きゅうむ

成為當前緊急任務。

---

31 | やとう【野党】

名 在野黨

例 野党が不信任決議案を提出する。
や とう　ふ しんにんけつ ぎ あん　ていしゅつ

在野黨提出不信任案。

---

32 | ようせい【要請】

名·他サ 要求，請求

例 救助を要請する。
きゅうじょ　ようせい

請求幫助。

---

33 | よとう【与党】

名 執政黨；志同道合的伙伴

例 与党と野党の意見が分かれた。
よ とう　や とう　い けん　わ

執政黨與在野黨的意見分歧了。

---

34 | りゃくだつ【略奪】

名·他サ 掠奪，搶奪，搶劫

例 資源を略奪する。
し げん　りゃくだつ

掠奪資源。

35 | れんぽう【連邦】

② 聯邦，聯合國家

例 アラブ首長国連邦を結成した。

組成阿拉伯聯合大公國。

27-2 行政、公務員 /
行政、公務員

01 | がいしょう【外相】

② 外交大臣，外交部長，外相

例 外相と会談する。

與外交部長會談。

02 | かいにゅう【介入】

②・自サ 介入，干預，參與，染指

例 政府が介入する。

政府介入。

03 | かんりょう【官僚】

② 官僚，官吏

例 高級官僚に憧れる。

嚮往高級官員的官場世界。

04 | ぎょうせい【行政】

② （相對於立法、司法而言的）行政；（行政機關執行的）政務

例 行政改革に取り組む。

專心致志從事行政改革。

05 | げんしゅ【元首】

② （國家的）元首（總統、國王、國家主席等）

例 一国の元首。

國家元首。

06 | こうふ【交付】

②・他サ 交付，交給，發給

例 免許証を交付する。

發給駕照。

07 | こくてい【国定】

② 國家制訂，國家規定

例 国定公園。

國家公園。

08 | こくど【国土】

② 國土，領土，國家的土地；故鄉

例 国土計画。

（日本）國土開發計畫。

09 | こくゆう【国有】

② 國有

例 国有企業を民営化する。

國營事業民營化。 。

10 | こせき【戸籍】

② 戶籍，戶口

例 戸籍に入れる。

列入戶口。

11 | さかえる【栄える】

自下一 繁榮，興盛，昌盛；榮華，顯赫

例 町が栄える。

城鎮繁榮。

12 | しさつ【視察】

名・他サ 視察，考察
例 工場を視察する。
視察工廠。

13 | しゅのう【首脳】

名 首脳，領導人
例 首脳会談は明日開かれる。
明天舉辦首腦會議。

14 | しんこく【申告】

名・他サ 申報，報告
例 税関に申告する。
向海關申報。

15 | ぜいむしょ【税務署】

名 税務局
例 税務署に連絡する。
聯絡稅捐處。

16 | そち【措置】

名・他サ 措施，處理，處理方法
例 万全の措置を取る。
採取萬全措施。

17 | たいじ【退治】

名・他サ 打退，討伐，征服；消滅，肅清；治療
例 悪者を退治する。
懲治惡人。

18 | つかさどる【司る】

他五 管理，掌管，擔任
例 会計を司る。
擔任會計。

19 | とうせい【統制】

名・他サ 統治，統歸，統一管理；控制能力
例 言論を統制する。
限制言論自由。

20 | とっけん【特権】

名 特權
例 特権を与える。
給予特權。

21 | とどけ【届け】

名 （提交機關、工作單位、學校等）申報書，申請書
例 届けを出す。
提出申請書。

22 | にんめい【任命】

名・他サ 任命
例 大臣に任命する。
任命為大臣。

23 | ひのまる【日の丸】

名 （日本國旗）太陽旗；太陽形
例 日の丸を揚げる。
升起太陽旗。

24 | ふっこう【復興】

名・自他サ 復興，恢復原狀；重建

例 復興の目途が立たない。

無法設立重建的目標。

25 | ぶんれつ【分裂】

名・自サ 分裂，裂變，裂開

例 細胞分裂を繰り返す。

細胞不斷地分裂。

26 | やくば【役場】

名 (町、村)鄉公所；辦事處

例 役場に届けを出す。

向區公所提出申請。

⏺ 27-3

27-3 議会、選挙 /
議會、選舉

01 | いちれん【一連】

名 一連串，一系列；(用細繩串著的)
一串

例 一連の措置をとる。

採一連串措施。

02 | ぎあん【議案】

名 議案

例 議案を提出する。

提出議案。

03 | ぎけつ【議決】

名・他サ 議決，表決

例 満場一致で議決する。

全場一致通過。

04 | ぎじどう【議事堂】

名 國會大廈；會議廳

例 国会議事堂。

國會大廈。

05 | ぎだい【議題】

名 議題，討論題目

例 議題にする。

作為議題。

06 | きょうぎ【協議】

名・他サ 協議，協商，磋商

例 協議がまとまる。

達成協議。

07 | けつぎ【決議】

名・他サ 決議，決定；議決

例 決議案を採択する。

採納決議案。

08 | けつ【決】

名 決定，表決；(提防)決堤；決然，毅然；
(最後)決心，決定

例 多数決で決める。

以多數決來表決。

09 | ごうぎ【合議】

名・自他サ 協議，協商，集議

例 合議のうえで決める。

協商之後再決定。

10 | さいけつ【採決】

名·自サ 表決
例 採決に従う。
遵守裁決。

11 | さいたく【採択】

名·他サ 採納，通過；選定，選擇
例 決議が採択される。
決議被採納。

12 | さんぎいん【参議院】

名 参議院，参院（日本國會的上院）
例 参議院の選挙に参加した。
角逐参議院選舉。

13 | しじ【支持】

名·他サ 支撐；支持，擁護，贊成
例 内閣を支持する。
擁護內閣。

14 | しゅうぎいん【衆議院】

名 （日本國會的）衆議院
例 衆議院議員に当選する。
當選眾議院議員。

15 | しりぞける【退ける】

他五 斥退；擊退；拒絕；撤銷
例 案を退ける。
撤銷法案。

16 | しんぎ【審議】

名·他サ 審議
例 審議を打ち切る。
停止審議。

17 | とうぎ【討議】

名·自他サ 討論，共同研討
例 討議に入る。
開始討論。

18 | とうせん【当選】

名·自サ 當選，中選
例 当選の見込みがある。
有當選希望。

19 | ないかく【内閣】

名 內閣，政府
例 内閣総理大臣に指名される。
被提名為首相。

20 | はかる【諮る】

他五 商量，協商；諮詢
例 会議に諮る。
在會議上商討。

21 | ばらばら

副 分散貌；凌亂的樣子，支離破碎的樣子；（雨點，子彈等）帶著聲響落下或飛過
例 意見がばらばらに割れる。
意見紛歧。

22 | ひけつ【否決】

名·他サ 否決
例 議会で否決される。
ぎ かい　　ひ けつ
在會議上被否決了。

23 | ひょう【票】

名·漢造 票，選票；（用作憑證的）票；表
決的票
例 票を投じる。
ひょう　とう
投票。

24 | ほうあん【法案】

名 法案，法律草案
例 法案が可決される。
ほうあん　か けつ
通過法案。

25 | まんじょう【満場】

名 全場，滿場，滿堂
例 満場一致で可決される。
まんじょういっ ち　　か けつ
全場一致贊成通過。

26 | ゆうりょく【有力】

形動 有勢力，有權威；有希望；有努力；
有效力
例 有力者に近づく。
ゆうりょくしゃ　ちか
接近有勢力者。

27-4 国際、外交 /
國際、外交

01 | インターナショナル【international】

名·形動 國際；國際歌；國際間的
例 インターナショナルフォーラム
を開催する。
かいさい
舉辦國際論壇。

02 | きょうてい【協定】

名·他サ 協定
例 協定を結ぶ。
きょうてい　むす
締結協定。

03 | こくれん【国連】

名 聯合國
例 国連の大使。
こくれん　たい し
聯合國大使。

04 | こっこう【国交】

名 國交，邦交
例 国交を回復する。
こっこう　かいふく
恢復邦交。

05 | しんぜん【親善】

名 親善，友好
例 親善訪問が始まった。
しんぜんほうもん　はじ
友好訪問開始進行。

06 | たいがい【対外】

② 對外（國）；對外（部）

例 対外政策を討論する。
たいがいせいさく　とうろん

討論外交政策。

---

07 | たつ【断つ】

他五 切，斷；絕，斷絕；消滅；截斷

例 外交関係を断つ。
がいこうかんけい　た

斷絕外交關係。

---

08 | ちょういん【調印】

名・自サ 簽字，蓋章，簽署

例 条約に調印する。
じょうやく　ちょういん

在契約書上蓋章。

---

09 | どうめい【同盟】

名・自サ 同盟，聯盟，聯合

例 軍事同盟を結ぶ。
ぐんじどうめい　むす

結為軍事同盟。

---

10 | ほうべい【訪米】

名・自サ 訪美

例 首相が訪米する。
しゅしょう　ほうべい

首相出訪美國。

---

11 | れんめい【連盟】

② 聯盟；聯合會

例 連盟に加わる。
れんめい　くわ

加入聯盟。

01 | あらそい【争い】

② 爭吵，糾紛，不合；爭奪

例 争いが起こる。
あらそ　お

發生糾紛。

---

02 | いくさ【戦】

② 戰爭

例 長い戦となる。
なが　いくさ

演變為久戰。

---

03 | かくめい【革命】

② 革命；（某制度等的）大革新，大變革

例 革命を起こす。
かくめい　お

掀起革命。

---

04 | きゅうえん【救援】

名・他サ 救援；救濟

例 救援活動が開始された。
きゅうえんかつどう　かいし

開始進行救援活動。

---

05 | きょうこう【強行】

名・他サ 強行，硬幹

例 強行突破を図る。
きょうこうとっぱ　はか

企圖強行突破。

---

06 | ぐんじ【軍事】

② 軍事，軍務

例 軍事機密を漏らす。
ぐんじきみつ　も

泄漏軍事機密。

07 | ぐんび【軍備】

(名) 軍備，軍事設備；戰爭準備，備戰

例 軍備が整う。

已做好備戰準備。

08 | ぐんぷく【軍服】

(名) 軍服，軍裝

例 軍服を着用する。

穿軍服。

09 | こうそう【抗争】

(名・自サ) 抗爭，對抗，反抗

例 内部抗争が起こる。

引起內部的對立。

10 | こうふく【降伏】

(名・自サ) 降服，投降

例 無条件降伏する。

無條件投降。

11 | こくぼう【国防】

(名) 國防

例 国防会議を開く。

召開國防會議。

12 | しゅうげき【襲撃】

(名・他サ) 襲擊

例 襲撃を受ける。

受到攻擊。

13 | しょくみんち【植民地】

(名) 殖民地

例 植民地を開発する。

開發殖民地。

14 | しんりゃく【侵略】

(名・他サ) 侵略

例 侵略に抵抗する。

抵禦侵略。

15 | せんさい【戦災】

(名) 戰爭災害，戰禍

例 戦災孤児を救う。

拯救戰爭孤兒。

16 | せんとう【戦闘】

(名・自サ) 戰鬥

例 戦闘に参加する。

參加戰鬥。

17 | せんにゅう【潜入】

(名・自サ) 潛入，溜進；打進

例 スパイの潜入を防ぐ。

防間諜潛入。

18 | せんりょう【占領】

(名・他サ) (軍)武力佔領；佔據

例 敵の占領下におかれる。

在敵人的佔領之下。

19 | ぞうきょう【増強】

(名・他サ)（人員，設備的）増強，加強

例 兵力を増強する。
へいりょく　ぞうきょう

増強兵力。

20 | そうび【装備】

(名・他サ) 装備，配備

例 装備を整える。
そう び　　ととの

準備齊全。

21 | たいせい【態勢】

(名) 姿態，様子，陣式，狀態

例 緊急態勢に入る。
きんきゅうたいせい　はい

進入緊急情勢。

22 | ちあん【治安】

(名) 治安

例 治安を維持する。
ち あん　　い じ

維持治安。

23 | どういん【動員】

(名・他サ) 動員，調動，發動

例 軍隊を動員する。
ぐんたい　　どういん

動員軍隊。

24 | とうそつ【統率】

(名・他サ) 統率

例 一軍を統率する。
いちぐん　　とうそつ

統帥一軍。

25 | ないらん【内乱】

(名) 內亂，叛亂

例 内乱が起こる。
ないらん　お

起內亂。

26 | ばくだん【爆弾】

(名) 炸彈

例 爆弾を仕掛ける。
ばくだん　し か

裝設炸彈。

27 | はんらん【反乱】

(名) 叛亂，反亂，反叛

例 反乱を起こす。
はんらん　お

掀起叛亂。

28 | ぶそう【武装】

(名・自サ) 武裝，軍事裝備

例 武装兵が待機する。
ぶ そうへい　　たい き

武裝兵整裝待發。

29 | ぶたい【部隊】

(名) 部隊；一群人

例 陸軍第一部隊が攻撃してきた。
りくぐんだいいち ぶ たい　　こうげき

陸軍第一部隊攻過來了。

30 | ぶりょく【武力】

(名) 武力，兵力

例 武力を行使する。
ぶ りょく　　こう し

行使武力。

31 | ふんそう【紛争】

名・自サ 紛争，糾紛

例 紛争が起こる。

引起紛爭。

---

32 | ベース【base】

名 基礎，基本；基地（特指軍事基地），根據地

例 二塁ベースが空いている。

二壘壘上無人。

---

33 | へいき【兵器】

名 兵器，武器，軍火

例 核兵器を保有する。

持有核子武器。

---

34 | ぼうえい【防衛】

名・他サ 防衛，保衛

例 防衛本能がはたらく。

發揮防衛本能。

---

35 | ほろびる【滅びる】

自上一 滅亡，淪亡，消亡

例 国が滅びる。

國家滅亡。

---

36 | ほろぶ【滅ぶ】

自五 滅亡，滅絕

例 人類もいつかは滅ぶ。

人類終究會滅亡。

---

37 | ほろぼす【滅ぼす】

他五 消滅，毀滅

例 一族を滅ぼす。

全族滅亡。

---

38 | めつぼう【滅亡】

名・自サ 滅亡

例 滅亡に瀕する。

瀕於滅亡。

パート 28 法律
第二十八章 - 法律 -

🔊 28-1

28-1 規則 /
規則

01 | あやまち【過ち】
名 錯誤，失敗；過錯，過失
例 過ちを犯す。
犯下過錯。

02 | あらたまる【改まる】
自五 改變；更新；革新，一本正經，故裝嚴肅，鄭重其事
例 規則が改まる。
改變規則。

03 | いこう【移行】
名・自サ 轉變，移位，過渡
例 新制度に移行する。
改行新制度。

04 | おかす【犯す】
他五 犯錯；冒犯；汙辱
例 犯罪を犯す。
犯罪。

05 | かいあく【改悪】
名・他サ 危害，壞影響，毒害
例 憲法を改悪する。
把憲法改壞。

06 | かいてい【改定】
名・他サ 重新規定
例 明日から運賃が改定される。
明天開始調整運費。

07 | かいてい【改訂】
名・他サ 修訂
例 改訂版が発行された。
發行修訂版。

08 | かんこう【慣行】
名 例行，習慣行為；慣例，習俗
例 慣行に従う。
遵從慣例。

09 | かんしゅう【慣習】
名 習慣，慣例
例 慣習を破る。
打破慣例。

10 | かんれい【慣例】
名 慣例，老規矩，老習慣
例 慣例に従う。
遵照慣例。

11 | かんわ【緩和】

名・自他サ 緩和，放寬
例 規制を緩和する。
きせい　　かんわ
放寬限制。

12 | きせい【規制】

名・他サ 規定（章則），規章；限制，控制
例 昨年、飲酒運転に対する規制が
さくねん　　いんしゅうんてん　　たい　　きせい
強化された。
きょうか
去年開始針對酒後駕駛嚴格取締。

13 | きてい【規定】

名・他サ 規則，規定
例 規定の書式。
きてい　　しょしき
規定的格式。

14 | きはん【規範】

名 規範，模範
例 社会生活の規範。
しゃかいせいかつ　　きはん
社會生活的規範。

15 | きやく【規約】

名 規則，規章，章程
例 規約に違反する。
きやく　　いはん
違反規則。

16 | きょうせい【強制】

名・他サ 強制，強迫
例 参加を強制する。
さんか　　きょうせい
強制參加。

17 | きんもつ【禁物】

名 嚴禁的事物；忌諱的事物
例 油断は禁物。
ゆだん　　きんもつ
大意是禁忌。

18 | げんこう【現行】

名 現行，正在實行
例 現行犯で捕まる。
げんこうはん　　つか
以現行犯逮捕。

19 | げんそく【原則】

名 原則
例 原則から外れる。
げんそく　　はず
偏離原則。

20 | さだまる【定まる】

自五 決定，規定；安定，穩定，固定；
確定，明確；（文）安靜
例 目標が定まる。
もくひょう　　さだ
確立目標。

21 | さだめる【定める】

他下一 規定，決定，制定；平定，鎮定；
奠定；評定，論定
例 憲法を定める。
けんぽう　　さだ
制定憲法。

22 | しこう・せこう【施行】

名・他サ 施行，實施；實行
例 法律を施行する。
ほうりつ　　しこう
施行法律。

23 | じこう【事項】

② 事項，項目

例 注意事項を説明する。
<ruby>注<rt>ちゅう</rt></ruby><ruby>意<rt>い</rt></ruby><ruby>事<rt>じ</rt></ruby><ruby>項<rt>こう</rt></ruby>を<ruby>説明<rt>せつめい</rt></ruby>する。

説明注意事項。

24 | しゅけん【主権】

② （法）主権

例 主権を確立する。
<ruby>主権<rt>しゅけん</rt></ruby>を<ruby>確立<rt>かくりつ</rt></ruby>する。

確立主權。

25 | じゅんじる・じゅんずる【準じる・準ずる】

自上一 以…為標準，按照；當作…看待

例 先例に準じる。
<ruby>先例<rt>せんれい</rt></ruby>に<ruby>準<rt>じゅん</rt></ruby>じる。

參照先例（處理）。

26 | しょてい【所定】

② 所定，規定

例 所定の時間を超えた。
<ruby>所定<rt>しょてい</rt></ruby>の<ruby>時間<rt>じかん</rt></ruby>を<ruby>超<rt>こ</rt></ruby>えた。

超過規定的時間。

27 | しょぶん【処分】

名·他サ 處理，處置；賣掉，丟掉；懲處，處罰

例 処分を与える。
<ruby>処分<rt>しょぶん</rt></ruby>を<ruby>与<rt>あた</rt></ruby>える。

作出懲處。

28 | せい【制】

名·漢造 （古）封建帝王的命令；限制；制度；支配；製造

例 ４年制大学を卒業する。
４<ruby>年制大学<rt>ねんせいだいがく</rt></ruby>を<ruby>卒業<rt>そつぎょう</rt></ruby>する。

畢業於四年制大學。

29 | せいき【正規】

② 正規，正式規定；（機）正常，標準；道義；正確的意思

例 正規の教育を受ける。
<ruby>正規<rt>せいき</rt></ruby>の<ruby>教育<rt>きょういく</rt></ruby>を<ruby>受<rt>う</rt></ruby>ける。

接受正規教育。

30 | せいやく【制約】

名·他サ （必要的）條件，規定；限制，制約

例 制約を受ける。
<ruby>制約<rt>せいやく</rt></ruby>を<ruby>受<rt>う</rt></ruby>ける。

受制約。

31 | せってい【設定】

名·他サ 制定，設立，確定

例 規則を設定する。
<ruby>規則<rt>きそく</rt></ruby>を<ruby>設定<rt>せってい</rt></ruby>する。

訂定規則。

32 | ちつじょ【秩序】

② 秩序，次序

例 秩序が乱れる。
<ruby>秩序<rt>ちつじょ</rt></ruby>が<ruby>乱<rt>みだ</rt></ruby>れる。

秩序混亂。

33 | ノルマ【（俄）norma】

② 基準，定額

例 ノルマを果たす。
ノルマを<ruby>果<rt>は</rt></ruby>たす。

完成銷售定額。

34 | もうける【設ける】

他下一 預備，準備；設立，設置，制定

例 規則を設ける。
<ruby>規則<rt>きそく</rt></ruby>を<ruby>設<rt>もう</rt></ruby>ける。

訂立規則。

28-2 法律 /
法律

01 | きんじる【禁じる】

他上一 禁止，不准；禁忌，戒除；抑制，控制
例 私語を禁じる。
禁止竊竊私語。

02 | じょうやく【条約】

名（法）條約
例 条約を締結する。
締結條約。

03 | じょう【条】

名・接助・接尾 項，款；由於，所以；（計算細長物）行，條
例 条を追って討議する。
逐條討論。

04 | せいてい【制定】

名・他サ 制定
例 法律を制定する。
制訂法律。

05 | そむく【背く】

自五 背著，背向；違背，不遵守；背叛，辜負；抛棄，背離（家）
例 命令に背く。
違抗命令。

06 | とりしまり【取り締まり】

名 管理，管束；控制，取締；監督
例 取り締まりを強化する。
加強取締。

07 | とりしまる【取り締まる】

他五 管束，監督，取締
例 犯罪を取り締まる。
取締犯罪。

08 | はいし【廃止】

名・他サ 廢止，廢除，作廢
例 制度を廃止する。
廢除制度。

09 | ほしょう【保障】

名・他サ 保障
例 自由が保障される。
自由受到保障。

10 | りっぽう【立法】

名 立法
例 立法府で審議する。
經立法院審議。

28-3 犯罪 (1) /
犯罪 (1)

01 | あく【悪】

名・接頭 惡，壞；壞人；（道德上的）惡，壞；（性質）惡劣，醜惡
例 悪を懲らす。
懲惡。

02 | ありさま【有様】

名 樣子，光景，情況，狀態
例 事件の有様を語る。
敘述事情發生的情況。

03 | あんさつ【暗殺】

(名・他サ) 暗殺，行刺
例 <ruby>暗殺<rt>あんさつ</rt></ruby>を<ruby>謀<rt>はか</rt></ruby>る。
圖謀暗殺。

04 | いっそう【一掃】

(名・他サ) 掃盡，清除
例 <ruby>暴力<rt>ぼうりょく</rt></ruby>を<ruby>一掃<rt>いっそう</rt></ruby>する。
肅清暴力。

05 | おおごと【大事】

(名) 重大事件，重要的事情
例 それは<ruby>大事<rt>おおごと</rt></ruby>だ。
那事情很重要。

06 | おかす【侵す】

(他五) 侵犯，侵害；侵襲；患，得（病）
例 <ruby>病魔<rt>びょうま</rt></ruby>に<ruby>侵<rt>おか</rt></ruby>される。
遭病魔侵襲。

07 | かんし【監視】

(名・他サ) 監視；監視人
例 <ruby>監視<rt>かんし</rt></ruby>カメラを<ruby>設置<rt>せっち</rt></ruby>する。
安裝監視攝影機。

08 | かんよ【関与】

(名・自サ) 干與，參與
例 <ruby>事件<rt>じけん</rt></ruby>に<ruby>関与<rt>かんよ</rt></ruby>する。
參與事件。

09 | ぎぞう【偽造】

(名・他サ) 偽造，假造
例 パスポートを<ruby>偽造<rt>ぎぞう</rt></ruby>する。
偽造護照。

10 | きょうはく【脅迫】

(名・他サ) 脅迫，威脅，恐嚇
例 <ruby>脅迫状<rt>きょうはくじょう</rt></ruby>を<ruby>書<rt>か</rt></ruby>く。
寫恐嚇信。

11 | きょう【共】

(漢造) 共同，一起
例 <ruby>共犯者<rt>きょうはんしゃ</rt></ruby>は<ruby>別<rt>べつ</rt></ruby>の<ruby>男<rt>おとこ</rt></ruby>だ。
共犯是另一位男性。

12 | こうそく【拘束】

(名・他サ) 約束，束縛，限制；截止
例 <ruby>身<rt>み</rt></ruby>がらを<ruby>拘束<rt>こうそく</rt></ruby>する。
限制人身自由。

13 | さぎ【詐欺】

(名) 詐欺，欺騙，詐騙
例 <ruby>詐欺<rt>さぎ</rt></ruby>に<ruby>遭<rt>あ</rt></ruby>う。
遭到詐騙。

14 | さらう

(他五) 攫，奪取，拐走；（把當場所有的全部）拿走，取得，贏走
例 <ruby>子供<rt>こども</rt></ruby>をさらう。
誘拐小孩。

15 | じしゅ【自首】

名・自サ （法）自首

例 警察に自首する。

向警察自首。

16 | セキュリティー【security】

名 安全，防盗；擔保

例 セキュリティーシステムを備えた。

設置防盗裝置。

17 | ぜんか【前科】

名 （法）前科，以前服過刑

例 前科一犯が知られた。

被知道犯有前科。

18 | セクハラ【sexual harassment 之略】

名 性騷擾

例 セクハラで訴える。

以性騷擾提出告訴。

19 | そうさく【捜索】

名・他サ 尋找，搜；（法）捜查（犯人、罪狀等）

例 家宅捜索を受ける。

接受強行進入住宅捜查。

20 | そうさ【捜査】

名・他サ 捜查（犯人、罪狀等）；查訪，查找

例 捜査を開始する。

開始捜查。

21 | ついせき【追跡】

名・他サ 追蹤，追緝，追趕

例 追跡調査を依頼する。

委託跟蹤調查。

22 | つきとばす【突き飛ばす】

他五 用力撞倒，撞出很遠

例 老人を突き飛ばす。

撞飛老人。

● 28-3 (2)

28-3 犯罪 (2) /
犯罪 (2)

23 | つながる【繋がる】

自五 連接，聯繫；（人）列隊，排列；牽連，有關係；（精神）連接在一起；被繫在…上，連成一排

例 事件につながる容疑者。

與事件有關的嫌疑犯。

24 | てがかり【手掛かり】

名 下手處，著力處；線索

例 手掛かりをつかむ。

掌握線索。

25 | てぐち【手口】

名 （做壞事等常用的）手段，手法

例 使い古した手口。

故技，老招式。

26 | てじょう【手錠】

名 手銬

例 手錠をかける。

帶手銬。

27 | てはい【手配】

名·自他サ 籌備，安排；（警察逮捕犯人的）部署，布置

例 犯人を指名手配する。

指名通緝犯人。

28 | どうき【動機】

名 動機；直接原因

例 犯行の動機を調べる。

審問犯罪動機。

29 | とうそう【逃走】

名·自サ 逃走，逃跑

例 逃走経路が判明した。

弄清了逃亡路線。

30 | とうぼう【逃亡】

名·自サ 逃走，逃跑，逃遁；亡命

例 外国へ逃亡する。

亡命於國外。

31 | なぐる【殴る】

他五 毆打，揍；（接某些動詞下面成複合動詞）草草了事

例 横面を殴る。

呼巴掌。

32 | にげだす【逃げ出す】

自五 逃出，溜掉；拔腿就跑，開始逃跑

例 試練から逃げ出す。

從考驗中逃脫。

33 | ぬすみ【盗み】

名 偷盜，竊盜

例 盗みを働く。

行竊。

34 | のがす【逃す】

他五 錯過，放過；（接尾詞用法）放過，漏掉

例 犯人を逃す。

讓犯人跑掉。

35 | のがれる【逃れる】

自下一 逃跑，逃脫；逃避，避免，躲避

例 責任を逃れる。

逃避責任。

36 | のっとる【乗っ取る】

他五 （「のりとる」的音便）侵占，奪取，劫持

例 会社を乗っ取られる。

奪取公司。

37 | パトカー【patrolcar】

名 警車（「パトロールカー之略」）

例 パトカーに追われる。

被警車追逐。

38 | ひきおこす【引き起こす】

他五 引起，引發；扶起，拉起

例 事件を引き起こす。

引發事件。

39 | ひとじち【人質】

(名) 人質
例 人質になる。
成為人質。

40 | まぬがれる【免れる】

(他下一) 免，避免，擺脫
例 責任を免れようとする。
想推卸責任。

41 | もほう【模倣】

(名・他サ) 模仿，仿照，仿效
例 模倣犯を防ぐ。
防止模仿犯罪。

42 | ゆうかい【誘拐】

(名・他サ) 拐騙，誘拐，綁架
例 子供を誘拐する。
拐騙兒童。

43 | ゆうどう【誘導】

(名・他サ) 引導，誘導；導航
例 誘導尋問を受ける。
接受誘導問話。

44 | らち【拉致】

(名・他サ) 擄人劫持，強行帶走
例 社長が拉致される。
社長被綁架。

28-4 裁判、刑罰 /
判決、審判、刑罰

01 | いぎ【異議】

(名) 異議，不同的意見
例 異議を申し立てる。
提出異議。

02 | かんい【簡易】

(名・形動) 簡易，簡單，簡便
例 簡易裁判所。
簡便法庭。

03 | けいばつ【刑罰】

(名) 刑罰
例 刑罰を与える。
判刑。

04 | けい【刑】

(名) 徒刑，刑罰
例 刑に服す。
服刑。

05 | けんじ【検事】

(名)（法）檢察官
例 検事長を務める。
擔任檢察長。

06 | さつじん【殺人】

(名) 殺人，兇殺
例 殺人を犯す。
犯下殺人罪。

07 | さばく【裁く】

(他五) 裁判，審判；排解，從中調停，評理

例 罪人を裁く。

審判罪犯。

08 | しけい【死刑】

(名) 死刑，死罪

例 死刑を執行する。

執行死刑。

09 | しっこう【執行】

(名・他サ) 執行

例 死刑を執行する。

執行死刑。

10 | しょうこ【証拠】

(名) 證據，證明

例 証拠が見つかる。

找到證據。

11 | しょばつ【処罰】

(名・他サ) 處罰，懲罰，處分

例 厳重に処罰する。

嚴重處罰。

12 | せいさい【制裁】

(名・他サ) 制裁，懲治

例 制裁を加える。

加以制裁。

13 | そしょう【訴訟】

(名・自サ) 訴訟，起訴

例 訴訟を起こす。

起訴。

14 | たいけつ【対決】

(名・自サ) 對證，對質；較量，對抗

例 対決を避ける。

避免交鋒。

15 | ちょうてい【調停】

(名・他サ) 調停

例 いさかいを調停する。

調停爭論。

16 | とりしらべる【取り調べる】

(他下一) 調查，偵查

例 容疑者を取り調べる。

對嫌疑犯進行調查。

17 | ばいしょう【賠償】

(名・他サ) 賠償

例 賠償請求する。

請求賠償。

18 | はんけつ【判決】

(名・他サ) (法)判決；(是非直曲的)判斷，鑑定，評價

例 判決が出る。

做出判決。

19 | べんご【弁護】

(名・他サ) 辯護，辯解；(法)辯護

例 弁護を依頼する。

請求辯護。

---

20 | ほうてい【法廷】

(名) (法)法庭

例 法廷で審理する。

在法院審理。

🔊 29-1 (1)

29-1 心 (1) /
心、内心 (1)

01 | あくどい
(形)（顔色）太濃艷；（味道）太膩；（行為）太過份讓人討厭，惡毒

例 あくどいやり方。
惡毒的作法。

02 | あせる【焦る】
(自五) 急躁，著急，匆忙

例 焦って失敗する。
因急躁而失敗。

03 | あんじ【暗示】
(名·他サ) 暗示，示意，提示

例 暗示をかける。
得到暗示。

04 | いきちがい・ゆきちがい【行き違い】
(名) 走岔開；（聯繫）弄錯，感情失和，不睦

例 行き違いになる。
走岔開，沒遇上。

05 | いじ【意地】
(名)（不好的）心術，用心；固執，倔強，意氣用事；志氣，逞強心

例 意地を張る。
堅持己見。

06 | いたわる【労る】
(他五) 照顧，關懷；功勞；慰勞，安慰；（文）患病

例 やさしい言葉で病人をいたわる。
用溫柔的話語安慰病人。

07 | いっしんに【一心に】
(副) 專心，一心一意

例 一心に神に祈る。
一心一意向上天祈求。

08 | いっしん【一新】
(名·自他サ) 刷新，革新

例 気分を一新する。
轉換心情。

09 | うけみ【受け身】
(名) 被動，守勢，招架；（語法）被動式

例 受け身にまわる。
轉為被動。

10 | うちあける【打ち明ける】

(他下一) 吐露，坦白，老實説
例 秘密を打ち明ける。
吐露秘密。

11 | うわき【浮気】

(名・自サ・形動) 見異思遷，心猿意馬；外遇
例 浮気がばれる。
外遇被發現。

12 | うわのそら【上の空】

(名・形動) 心不在焉，漫不經心
例 上の空でいる。
發呆，心不在焉。

13 | うんざり

(副・形動・自サ) 厭膩，厭煩，(興趣)索性
例 うんざりする仕事はもう嫌だ。
令人煩厭的工作，我已經受不了了。

14 | えぐる

(他五) 挖；深挖，追究；(喻)挖苦，刺痛；絞割
例 心をえぐる。
心如刀絞。

15 | おいこむ【追い込む】

(他五) 趕進；逼到，迫陷入；緊要，最後關頭加把勁；緊排，縮排(文字)；讓(病毒等)內攻
例 窮地に追い込まれる。
被逼到絕境。

16 | おだてる

(他下一) 慫恿，搧動；高捧，拍
例 おだてても無駄だ。
拍馬屁也沒用。

17 | おもいつめる【思い詰める】

(他下一) 想不開，鑽牛角尖
例 あまり思い詰めないで。
別想不開。

18 | かばう【庇う】

(他五) 庇護，袒護，保護
例 子供をかばう。
袒護孩子。

19 | かんがい【感慨】

(名) 感慨
例 感慨深い。
感觸很深。

20 | かんど【感度】

(名) 敏感程度，靈敏性
例 感度がよい。
敏銳度高。

21 | きあい【気合い】

(名) 運氣，運氣時的聲音，吶喊；(聚精會神時的)氣勢；呼吸；情緒，性情
例 気合いを入れる。
施加危害。

22 | きがおもい【気が重い】

慣 心情沉重

例 試験のことで気が重い。

因考試而心情沉重。

23 | きがきでない【気が気でない】

慣 焦慮，坐立不安

例 彼女のことを思うと気が気でない。

一想到她就坐立難安。

24 | きがすむ【気が済む】

慣 滿意，心情舒暢

例 謝られて気が済んだ。

得到道歉後就不氣了。

25 | きがね【気兼ね】

名・自サ 多心，客氣，拘束

例 隣近所に気兼ねする。

敦親睦鄰。

26 | きがむく【気が向く】

慣 心血來潮；有心

例 気が向いたら来てください。

等你有意願時請過來。

27 | きがる【気軽】

形動 坦率，不受拘束；爽快；隨便

例 気軽に話しかける。

隨性地搭話。

28 | きごころ【気心】

名 性情，脾氣

例 気心の知れた友人。

知心朋友。

29 | きっぱり

副・自サ 乾脆，斬釘截鐵；清楚，明確

例 きっぱり断る。

斬釘截鐵地拒絕。

30 | きまりわるい【きまり悪い】

形 趕不上的意思；不好意思，拉不下臉，難為情，害羞，尷尬

例 きまり悪そうな顔。

尷尬的表情。

● 29-1 (2)

29-1 心 (2) /
心、內心 (2)

31 | きょうかん【共感】

名・自サ 同感，同情，共鳴

例 共感を覚える。

產生共鳴。

32 | きょうしゅう【郷愁】

名 鄉愁，想念故鄉；懷念，思念

例 郷愁を覚える。

思念故鄉。

33 | きよらか【清らか】

形動 沒有污垢；清澈秀麗；清澈

例 清らかな小川。

清澈的小河。

34 | ここち【心地】

名 心情，感覺
例 心地よい風。
ここ ち　　　かぜ

舒服的涼風。

35 | こころえ【心得】

名 知識，經驗，體會；規章制度，須知；
（下級代行上級職務）代理，暫代
例 接客の心得を学ぶ。
せっきゃく　こころ え　　まな

學習待人接客的應對之道。

36 | こころがける【心掛ける】

他下一 留心，注意，記在心裡
例 健康を心掛ける。
けんこう　　こころ が

注意健康。

37 | こころがけ【心掛け】

名 留心，注意；努力，用心；人品，
風格
例 心掛けがよい。
こころ が

心地善良。

38 | こころぐるしい【心苦しい】

形 感到不安，過意不去，擔心
例 辛い思いをさせて心苦しいんだ。
つら　おも　　　　　　こころぐる

讓您吃苦了，真過意不去。

39 | こころづかい【心遣い】

名 關照，關心，照料
例 温かい心遣い。
あたた　こころづか

熱情關照。

40 | こころづよい【心強い】

形 因為有可依靠的對象而感到安心；
有信心，有把握
例 心強い話が嬉しい。
こころづよ　はなし　うれ

鼓舞人心的消息真叫人開心。

41 | こめる【込める】

他下一 裝填；包括在內，計算在內；集
中（精力），貫注（全神）
例 気持ちを込める。
きも　　こ

用心。

42 | さっかく【錯覚】

名·自サ 錯覺；錯誤的觀念；誤會，誤認為
例 錯覚を起こす。
さっかく　お

產生錯覺。

43 | さわる【障る】

自五 妨礙，阻礙，障礙；有壞影響，有害
例 気に障る。
き　さわ

影響好心情。

44 | じざい【自在】

名 自在，自如
例 自在に操る。
じ ざい　あやつ

自由操縱。

45 | じぜん【慈善】

名 慈善
例 慈善団体が資金を受ける。
じ ぜんだんたい　し きん　　う

慈善團體接受資金的贈與。

46 | じそんしん【自尊心】

名 自尊心
例 自尊心が強い。
自尊心很強。

47 | したごころ【下心】

名 內心，本心；別有用心，企圖，(特指)壞心腸
例 下心が見え見えだ。
明顯的別有居心。

48 | しゅうちゃく【執着】

名・自サ 迷戀，留戀，不肯捨棄，固執
例 生に執着する。
貪生。

49 | じょうちょ【情緒】

名 情緒，情趣，風趣
例 情緒不安定になりやすい。
容易導致情緒不穩定。

50 | じょう【情】

名・漢造 情，情感；同情；心情；表情；情慾
例 情に厚い。
感情深厚。

51 | じりつ【自立】

名・自サ 自立，獨立
例 自立して働く。
憑自己的力量工作。

52 | しんじょう【心情】

名 心情
例 心情を述べる。
描述心情。

53 | しん【心】

名・漢造 心臟；內心；(燈、蠟燭的)芯；(鉛筆的)芯；(水果的)核心；(身心的)深處；精神，意識；核心
例 義侠心にかられる。
激發俠義精神。

54 | すがすがしい【清清しい】

形 清爽，心情舒暢；爽快
例 すがすがしい気持ちになる。
感到神清氣爽。

55 | せつじつ【切実】

形動 切實，迫切
例 切実な願いを込めた。
懷著殷切的期望。

56 | そう【添う】

自五 增添，加上，添上；緊跟，不離地跟隨；結成夫妻一起生活，結婚
例 ご要望に添いかねます。
無法滿足您的願望。

57 | そうかい【爽快】

名・形動 爽快
例 気分が爽快になる。
精神爽快。

58 | たるむ

(自五) 鬆，鬆弛；彎曲，下沉；（精神）不振，鬆懈

例 気持ちがたるむ。

情緒鬆懈。

59 | たんちょう【単調】

(名・形動) 單調，平庸，無變化

例 単調な生活が始まる。

開始過著單調的生活。

60 | ちやほや

(副・他サ) 溺愛，嬌寵；捧，奉承

例 ちやほやされていい気になる。

一吹捧就翹屁股了。

● 29-1 (3)

61 | ちょっかん【直感】

(名・他サ) 直覺，直感；直接觀察到

例 直感が働く。

依靠直覺。

62 | つうかん【痛感】

(名・他サ) 痛感；深切地感受到

例 力の差を痛感する。

深切感到力量差距之大。

63 | つくづく

(副) 仔細；痛切，深切；（古）呆呆，呆然

例 つくづくと眺める。

仔細地看。

64 | つっぱる【突っ張る】

(自他五) 堅持，固執；（用手）推頂；繃緊，板起；抽筋，劇痛

例 欲の皮が突っ張っている。

得寸進尺。

65 | つのる【募る】

(自他五) 加重，加劇；募集，招募，徵集

例 思いが募る。

心事重重。

66 | てんかん【転換】

(名・自他サ) 轉換，轉變，調換

例 気分転換に釣りに行く。

為轉換心情去釣魚。

67 | テンション【tension】

(名) 緊張，激動緊張

例 テンションがあがる。

心情興奮。

68 | どうかん【同感】

(名・自サ) 同感，同意，贊同，同一見解

例 全く同感です。

完全同意。

69 | どうじょう【同情】

(名・自サ) 同情

例 同情を寄せる。

寄予同情。

70 | とうてい【到底】

副（下接否定，語氣強）無論如何也，怎麼也

例 到底間に合わない。

無論如何也趕不上。

71 | とうとい【尊い】

形價值高的，珍貴的，寶貴的，可貴的

例 尊い犠牲を払う。

付出極大犠牲。

72 | とうとぶ【尊ぶ】

他五尊敬，尊重；重視，珍重

例 神仏を尊ぶ。

敬奉神佛。

73 | とがる【尖る】

自五尖；（神經）緊張；不高興，冒火

例 神経をとがらせる。

神經過敏。

74 | トラウマ【trauma】

名 精神性上的創傷，感情創傷，情緒創傷

例 トラウマを克服したい。

想克服感情創傷。

75 | どんかん【鈍感】

名・形動對事情的感覺或反應遲鈍；反應慢；遲鈍

例 鈍感な男はモテない。

遲鈍的男人不受歡迎。

76 | ないしょ【内緒】

名 瞞著別人，秘密

例 内緒話をする。

講秘密。

77 | ないしん【内心】

名・副 內心，心中

例 内心ほっとする。

心中放下一塊大石頭。

78 | なごり【名残】

名（臨別時）難分難捨的心情，依戀；臨別紀念；殘餘，遺跡

例 名残を惜しむ。

依依不捨。

79 | なさけぶかい【情け深い】

形 對人熱情，有同情心的樣子；熱心腸；仁慈

例 情け深い人が多い。

富有同情心的人相當多。

80 | なさけ【情け】

名 仁慈，同情；人情，情義；（男女）戀情，愛情

例 情けをかける。

同情。

81 | なれ【慣れ】

名 習慣，熟習

例 慣れからくる油断。

因習慣過頭而疏於防備。

82 | なんだかんだ

連語 這樣那樣；這個那個

例 なんだかんだ言って。

説東説西的。

83 | なんでもかんでも【何でもかんでも】

連語 一切，什麼都…，全部…；無論如何，務必

例 何でもかんでもすぐに欲しがる。

全部都想要。

84 | にんじょう【人情】

名 人情味，同情心；愛情

例 人情の厚い人が多く住んでいる。

住著許多富有人情濃厚的居民。

85 | ねつい【熱意】

名 熱情，熱忱

例 熱意を示す。

展現熱情。

86 | ねんいり【念入り】

名 精心、用心

例 念入りに掃除する。

用心打掃。

87 | のどか

形動 安靜悠閒；舒適，閒適；天氣晴朗，氣溫適中；和煦

例 のどかな気分が満ちあふれている。

洋溢著悠閒寧靜的氣氛。

88 | はじらう【恥じらう】

他五 害羞，羞澀

例 恥じらう姿が可愛らしい。

害羞的樣子真是可愛。

89 | はじる【恥じる】

自上一 害羞；慚愧

例 失態を恥じる。

恥於自己的失態。

90 | はじ【恥】

名 恥辱，羞恥，丟臉

例 恥をかく。

丟臉。

● 29-1 (4)

29-1 心 (4) /
心、內心 (4)

91 | はんのう【反応】

名・自サ （化學）反應；（對刺激的）反應；反響，效果

例 反応をうかがう。

觀察反應。

92 | びんかん【敏感】

名・形動 敏感，感覺敏銳

例 敏感な肌が合わない。

不適合敏感的皮膚。

93 | ファイト【fight】

名 戰鬥，搏鬥，鬥爭；鬥志，戰鬥精神

例 ファイト！

大喊「加油！」。

94 | ふい【不意】

(名・形動) 意外，突然，想不到，出其不意

例 不意をつかれる。

冷不防被襲擊。

95 | ふきつ【不吉】

(名・形動) 不吉利，不吉祥

例 不吉な予感がする。

有不祥的預感。

96 | ふける【耽る】

(自五) 沉溺，耽於；埋頭，專心

例 読書に耽る。

埋頭讀書。

97 | ふじゅん【不純】

(名・形動) 不純，不純真

例 不純な動機が隠れている。

隱藏著不單純的動機。

98 | ふたん【負担】

(名・他サ) 背負；負擔

例 負担を軽減する。

減輕負擔。

99 | ぶなん【無難】

(名・形動) 無災無難，平安；無可非議，説得過去

例 無難な日を送る。

過著差強人意的日子。

100 | プレッシャー【pressure】

(名) 壓強，壓力，強制，緊迫

例 プレッシャーがかかる。

有壓力。

101 | へいじょう【平常】

(名) 普通；平常，平素，往常

例 平常心を失う。

失去平常心。

102 | へいぜん【平然】

(形動) 沉著，冷靜；不在乎；坦然

例 平然としている。

漫不在乎。

103 | ぼうぜん【呆然】

(形動) 茫然，呆然，呆呆地

例 呆然と立ち尽くす。

茫然地呆站著。

104 | ほろにがい【ほろ苦い】

(形) 稍苦的

例 ほろ苦い思い出。

略為苦澀的回憶。

105 | ほんき【本気】

(名・形動) 真的，真實；認真

例 本気になって働く。

認真工作。

106 | ほんね【本音】

㊁ 真正的音色；真話，真心話

囫 <ruby>本<rt>ほん</rt></ruby><ruby>音<rt>ね</rt></ruby>で<ruby>話<rt>はな</rt></ruby>す。

推心置腹的説話。

107 | ほんのう【本能】

㊁ 本能

囫 <ruby>本<rt>ほん</rt></ruby><ruby>能<rt>のう</rt></ruby>で<ruby>動<rt>うご</rt></ruby>く。

依本能行動。

108 | まごころ【真心】

㊁ 真心，誠心，誠意

囫 <ruby>真<rt>ま</rt></ruby><ruby>心<rt>ごころ</rt></ruby>を<ruby>込<rt>こ</rt></ruby>めて<ruby>働<rt>はたら</rt></ruby>く。

忠心耿耿地工作。

109 | まごつく

㊀五 慌張，驚慌失措，不知所措；徘徊，傍徨

囫 <ruby>初<rt>はじ</rt></ruby>めてのことでまごついた。

因為是第一次所以慌了手腳。

110 | まめ

㊁·㊕ 勤快，勤肯；忠實，認真，表裡一致，誠懇

囫 まめに<ruby>働<rt>はたら</rt></ruby>く。

認真工作。

● 29-1 (5)

29-1 心 (5) /
心、內心 (5)

111 | マンネリ【mannerism 之略】

㊁ 因循守舊，墨守成規，千篇一律，老套

囫 マンネリに<ruby>陥<rt>おちい</rt></ruby>る。

落入俗套。

112 | みだす【乱す】

㊌五 弄亂，攪亂

囫 <ruby>秩<rt>ちつ</rt></ruby><ruby>序<rt>じょ</rt></ruby>を<ruby>乱<rt>みだ</rt></ruby>す。

弄亂秩序。

113 | みだれる【乱れる】

㊀下一 亂，凌亂；紊亂，混亂

囫 <ruby>服<rt>ふく</rt></ruby><ruby>装<rt>そう</rt></ruby>が<ruby>乱<rt>みだ</rt></ruby>れる。

服裝凌亂。

114 | みれん【未練】

㊁·㊕ 不熟練，不成熟；依戀，戀戀不捨；不乾脆，怯懦

囫 <ruby>未<rt>み</rt></ruby><ruby>練<rt>れん</rt></ruby>が<ruby>残<rt>のこ</rt></ruby>る。

留戀。

115 | むかんしん【無関心】

㊁·㊕ 不關心；不感興趣

囫 <ruby>無<rt>む</rt></ruby><ruby>関<rt>かん</rt></ruby><ruby>心<rt>しん</rt></ruby>を<ruby>装<rt>よそお</rt></ruby>う。

裝作沒興趣。

116 | ものたりない【物足りない】

㊕ 感覺缺少什麼而不滿足；有缺憾，不完美；美中不足

囫 <ruby>物<rt>もの</rt></ruby><ruby>足<rt>た</rt></ruby>りない<ruby>説<rt>せつ</rt></ruby><ruby>明<rt>めい</rt></ruby>。

説明不夠充分。

117 | もりあがる【盛り上がる】

㊀五 （向上或向外）鼓起，隆起；（情緒、要求等）沸騰，高漲

囫 <ruby>話<rt>はなし</rt></ruby>が<ruby>盛<rt>も</rt></ruby>り<ruby>上<rt>あ</rt></ruby>がる。

聊得很開心。

118│やけに

(副)（俗）非常，很，特別

例 表がやけに騒がしい。

外面非常吵鬧。

119│やしん【野心】

(名) 野心，雄心；陰謀

例 野心に燃える。

野心勃勃。

120│やわらぐ【和らぐ】

(自五) 變柔和，和緩起來

例 怒りが和らぐ。

讓憤怒的心情平靜下來。

121│ゆうえつ【優越】

(名・自サ) 優越

例 優越感に浸る。

沈浸在優越感中。

122│ゆうかん【勇敢】

(名・形動) 勇敢

例 勇敢に立ち向かう。

勇敢前行。

123│ゆうわく【誘惑】

(名・他サ) 誘惑；引誘

例 甘い誘惑に克つ。

戰勝甜美的誘惑。

124│ゆさぶる【揺さぶる】

(他五) 搖晃；震撼

例 心が揺さぶられる。

內心動搖。

125│ゆとり

(名) 餘地，寬裕

例 ゆとりのある生活。

寬裕的生活。

126│ゆるむ【緩む】

(自五) 鬆散，緩和，鬆弛

例 緊張感が緩む。

緩和緊張感。

127│ようじんぶかい【用心深い】

(形) 十分小心，十分謹慎

例 用心深く行動する。

小心行事。

128│りせい【理性】

(名) 理性

例 理性を失う。

失去理性。

129│りょうしん【良心】

(名) 良心

例 良心の呵責に耐えない。

無法承受良心的苛責。

130 | ロマンチック【romantic】

形動 浪漫的，傳奇的，風流的，神祕的

例 ロマンチックな考え。

浪漫的想法。

● 29-2 (1)

29-2 意志 (1) /
意志 (1)

01 | あきらめ【諦め】

名 斷念，死心，達觀，想得開

例 あきらめがつかない。

不死心。

02 | あとまわし【後回し】

名 往後推，緩辦，延遲

例 それは後回しにしよう。

那件事稍後再辦吧。

03 | いこう【意向】

名 打算，意圖，意向

例 意向を確かめる。

弄清(某人的)意圖。

04 | いざ

感 (文)喂，來吧，好啦(表示催促、勸誘他人)；一旦(表示自己決心做某件事)

例 いざとなれば、やるしかない。

一旦發生問題，也只有硬著頭皮幹了。

05 | いし【意思】

名 意思，想法，打算

例 意思が通じる。

互相了解對方的意思。

06 | いどむ【挑む】

自他五 挑戰；找碴；打破紀錄，征服；挑逗，調情

例 試合に挑む。

挑戰比賽。

07 | いと【意図】

名・他サ 心意，主意，企圖，打算

例 意図を隠す。

隱瞞企圖。

08 | いのり【祈り】

名 祈禱，禱告

例 祈りを捧げる。

祈禱。

09 | いよく【意欲】

名 意志，熱情

例 意欲を燃やす。

激起熱情。

10 | うちこむ【打ち込む】

他五 打進，釘進；射進，扣殺；用力扔到；猛撲，(圍棋)攻入對方陣地；灌水泥 自五 熱衷，埋頭努力；迷戀

例 受験勉強に打ち込む。

埋頭準備升學考試。

11 | おかす【冒す】

他五 冒著，不顧；冒充

例 危険を冒す。

冒著危險。

12 | おしきる【押し切る】

他五 切斷；排除（困難、反對）

例 押し切ってやる。
大膽地做。

13 | おもいきる【思い切る】

他五 斷念，死心

例 思い切ってやってみる。
狠下心做看看。

14 | おろそか【疎か】

形動 將該做的事放置不管的樣子；忽略；草率

例 仕事をおろそかにする。
工作草率。

15 | かためる【固める】

他下一 （使物質等）凝固，堅硬；堆集到一處；堅定，使鞏固；加強防守；使安定，使走上正軌；組成

例 守備を固める。
加強防守。

16 | かなえる【叶える】

他下一 使…達到（目的），滿足…的願望

例 夢をかなえる。
讓夢想成真。

17 | きよ【寄与】

名・自サ 貢獻，奉獻，有助於…

例 世界平和に寄与する。
為世界和平奉獻。

18 | げきれい【激励】

名・他サ 激勵，鼓勵，鞭策

例 叱咤激励。
大大地激勵。

19 | けしさる【消し去る】

他五 消滅，消除

例 記憶を消し去る。
消除記憶。

20 | けつい【決意】

名・自他サ 決心，決意；下決心

例 決意を表明する。
表明決心。

21 | けっこう【決行】

名・他サ 斷然實行，決定實行

例 雨天決行を提言する。
提議風雨無阻。

22 | こうじょう【向上】

名・自サ 向上，進步，提高

例 向上心が強い。
很有上進心。

23 | こうちょう【好調】

名・形動 順利，情況良好

例 絶好調だ。
非常順利。

24｜こころざし【志】

㊟ 志願，志向，意圖；厚意，盛情；
表達心意的禮物；略表心意

㊐ 志 が高い。

志向高。

25｜こころざす【志す】

㊐ 立志，志向，志願

㊐ 医者を志す。

立志成為醫生。

26｜こんき【根気】

㊟ 耐性，毅力，精力

㊐ 根気のいる仕事を始める。

著手開始進行需要毅力的工作。

27｜しいて【強いて】

㊐ 強迫；勉強；一定…

㊐ 強いて言えば彼を好きだと思う。

如果硬要說的話我覺得我喜歡他。

28｜しいる【強いる】

㊐ 強迫，強使

㊐ 苦戦を強いられる。

陷入苦戰。

29｜じっせん【実践】

㊐ 實踐，自己實行

㊐ 実践に移す。

付諸實踐。

30｜しのぐ【凌ぐ】

㊐ 忍耐，忍受，抵禦；躲避，排除；
闖過，擺脫，應付，冒著，凌駕，超過

㊐ 寒さをしのぐ。

熬過寒冬。

31｜しゅどう【主導】

㊐ 主導；主動

㊐ 主導性を発揮する。

發揮主導性。

32｜しょうきょ【消去】

㊐ 消失，消去，塗掉；(數)消去法

㊐ 文字を消去する。

刪除文字。

33｜しんぼう【辛抱】

㊐ 忍耐，忍受；(在同一處)耐，耐
心工作

㊐ 辛抱が足りない。

耐性不足。

34｜すんなり（と）

㊐ 苗條，細長，柔軟又有彈力；順
利，容易，不費力

㊐ 議案がすんなりと通る。

議案順利通過。

35｜せいいっぱい【精一杯】

㊐ 竭盡全力

㊐ 精一杯頑張る。

拚了老命努力。

29-2 意志 (2) /
意志 (2)

36｜たいぼう【待望】

(名・他サ) 期待，渴望，等待

例 待望の雨が降った。

期待已久的雨終於降落。

37｜たえる【耐える】

(自下一) 忍耐，忍受，容忍；擔負，禁得住；(堪える)(不)值得，(不)堪

例 苦痛に耐える。

忍受痛苦。

38｜たんとうちょくにゅう【単刀直入】

(名・形動) 一人揮刀衝入敵陣；直截了當

例 単刀直入に言う。

開門見山地説。

39｜ちゃくもく【着目】

(名・自サ) 著眼，注目；著眼點

例 未来に着目する。

著眼於未來。

40｜ちゅうとはんぱ【中途半端】

(名・形動) 半途而廢，沒有完成，不夠徹底

例 中途半端なやり方。

模稜兩可的做法。

41｜ちょうせん【挑戦】

(名・自サ) 挑戦

例 挑戦に応じる。

面對挑戰。

42｜ちょくめん【直面】

(名・自サ) 面對，面臨

例 危機に直面する。

面臨危機。

43｜つくす【尽くす】

(他五) 盡，竭盡；盡力

例 力を尽くす。

盡力。

44｜つとめて【努めて】

(副) 盡力，盡可能，竭力；努力，特別注意

例 努めて元気を出す。

盡量打起精神。

45｜つらぬく【貫く】

(他五) 穿，穿透，穿過，貫穿；貫徹，達到

例 一生を貫く。

貫穿一生。

46｜でなおし【出直し】

(名) 回去再來，重新再來

例 原点から出直しする。

從原點重新再來。

29

心理、感情

47｜とどめる

他下一 停住；阻止；留下，遺留；止於(某限度)

例 心にとどめる。

遺留在心中。

48｜なげだす【投げ出す】

他五 抛出，扔下；抛棄，放棄；拿出，豁出，獻出

例 仕事を投げ出す。

扔下工作。

49｜にんたい【忍耐】

名 忍耐

例 忍耐強いが恨みも忘れない。

會忍耐但也會記仇。

50｜ねばり【粘り】

名 黏性，黏度；堅韌頑強

例 粘りをみせる。

展現韌性。

51｜ねばる【粘る】

自五 黏；有耐性，堅持

例 最後まで粘る。

堅持到底。

52｜ねんがん【念願】

名・他サ 願望，心願

例 長年の念願が叶う。

實現多年來的心願。

53｜のぞましい【望ましい】

形 所希望的；希望那樣；理想的；最好的…

例 望ましい環境が整った。

理想的環境完備到位了。

54｜はいじょ【排除】

名・他サ 排除，消除

例 よそ者を排除する。

排除外來者。

55｜はかい【破壊】

名・自他サ 破壊

例 環境を破壊する。

破壞環境。

56｜はげます【励ます】

他五 鼓勵，勉勵；激發；提高嗓門，聲音，厲聲

例 子供を励ます。

鼓勵孩子。

57｜はげむ【励む】

自五 努力，勤勉

例 勉学に励む。

努力唸書。

58｜はたす【果たす】

他五 完成，實現，履行；(接在動詞連用形後)表示完了，全部等；(宗)還願；(舊)結束生命

例 使い果たす。

全部用完。

59 | はんする【反する】

(自サ) 違反；相反；造反

例 予期に反する。

與預期相反。

60 | ひたすら

(副) 只願，一味

例 ひたすら描き続ける。

一心一意作畫。

61 | ひとくろう【一苦労】

(名・自サ) 費一些力氣，費一些力氣，操一些心

例 説得するのに一苦労する。

費了一番功夫説服。

62 | まちどおしい【待ち遠しい】

(形) 盼望能盡早實現而等待的樣子；期盼已久的

例 会える日が待ち遠しい。

期盼已久的會面日。

63 | まちのぞむ【待ち望む】

(他五) 期待，盼望

例 待ち望んだマイホームが完成した。

期盼已久的新家終於落成了

64 | みこみ【見込み】

(名) 希望；可能性；預料，估計，預定

例 見込みが薄い。

希望不大。

65 | もたらす【齎す】

(他五) 帶來；造成；帶來(好處)

例 幸福をもたらす。

帶來幸福。

66 | やりとおす【遣り通す】

(他五) 做完，完成

例 最後までやり通す。

做到最後。

67 | やりとげる【遣り遂げる】

(他下一) 徹底做到完，進行到底，完成

例 目標を遣り遂げる。

徹底完成目標。

68 | ようぼう【要望】

(名・他サ) 要求，迫切希望

例 要望がかなう。

如願以償。

69 | よくぶかい【欲深い】

(形) 貪而無厭，貪心不足的樣子

例 欲深い頼み。

貪而無厭的要求。

70 | よく【欲】

(名・漢造) 慾望，貪心；希求

例 欲の皮が突っ張る。

得寸進尺。

29-3 好き、嫌い /
喜歡、討厭

01 | あこがれ【憧れ】

（名）憧憬，嚮往

例 憧れの人に会えた。

見到了仰慕已久的人。

---

02 | あざわらう【嘲笑う】

（他五）嘲笑

例 人の失敗を嘲笑う。

嘲笑他人的失敗。

---

03 | あまえる【甘える】

（自下一）撒嬌；利用…的機會，既然…就順從

例 お母さんに甘える。

跟媽媽撒嬌。

---

04 | いやいや

（名・副）（小孩子搖頭表示不願意）搖頭；勉勉強強，不得已而…

例 赤ん坊がいやいやをする。

小嬰兒搖頭（表示不願意）。

---

05 | いや（に）【嫌（に）】

（形動・副）不喜歡；厭煩；不愉快；（俗）太；非常；離奇

例 今日はいやに暑い。

今天真是熱。

---

06 | うぬぼれ【自惚れ】

（名）自滿，自負，自大

例 うぬぼれが強い。

過於自大。

---

07 | かたおもい【片思い】

（名）單戀，單相思

例 片思いをする。

單相思。

---

08 | きずつける【傷付ける】

（他下一）弄傷；弄出瑕疵，缺陷，毛病，傷痕，損害，損傷；敗壞

例 人を傷つける。

傷害他人。

---

09 | きにくわない【気に食わない】

（慣）不稱心；看不順眼

例 気に食わない奴だ。

我看他不順眼。

---

10 | くわずぎらい【食わず嫌い】

（名）沒嘗過就先説討厭，（有成見而）不喜歡；故意討厭

例 夫のジャズ嫌いは食わず嫌いだ。

我丈夫對爵士樂抱有成見。

---

11 | けいべつ【軽蔑】

（名・他サ）輕視，藐視，看不起

例 軽蔑の眼差し。

輕蔑的眼神。

12 | けがす【汚す】

他五 弄髒；拌和

例 名誉を汚す。

敗壞名聲。

13 | けがらわしい【汚らわしい】

形 好像對方的污穢要感染到自己身上一樣骯髒，討厭，卑鄙

例 汚らわしい金なんて使いたくない。

不義之財我才不用。

14 | けがれる【汚れる】

自下一 髒

例 汚れた金。

髒錢。

15 | こいする【恋する】

自他サ 戀愛，愛

例 恋する乙女がかわいらしい。

戀愛中的少女真是可愛迷人。

16 | こうい【好意】

名 好意，善意，美意

例 好意を抱く。

懷有好感。

17 | こうひょう【好評】

名 好評，稱讚

例 好評発売中。

好評發售中。

18 | このましい【好ましい】

形 因為符合心中的愛好與期望而喜歡；理想的，滿意的

例 好ましい状態を目指す。

以理想狀態為目標。

19 | しこう【嗜好】

名・他サ 嗜好，愛好，興趣

例 酒やタバコなどの嗜好品。

酒或香煙等愛好品。

20 | したう【慕う】

他五 愛慕，懷念，思慕；敬慕，敬仰，景仰；追隨，跟隨

例 先生を慕う。

仰慕老師。

21 | しっと【嫉妬】

名・他サ 嫉妒

例 嫉妬深い性格。

善妒的性格。

22 | しぶい【渋い】

形 澀的；不高興或沒興致，悶悶不樂，陰沉；吝嗇的；厚重深沉，渾厚，雅致

例 好みが渋い。

興趣很典雅。

23 | たんどく【単独】

名 單獨行動，獨自

例 単独行動が好きだ。

喜歡單獨行動。

24｜つつく

（他五）捅，叉，叼，啄；指責，挑毛病

例　人の欠点をつつく。

挑人毛病。

25｜にくしみ【憎しみ】

（名）憎恨，憎惡

例　憎しみを消し去る。

消除憎恨。

26｜ねたむ【妬む】

（他五）忌妒，吃醋；妒恨

例　他人の幸せを妬む。

嫉妒他人幸福。

27｜はまる

（他五）吻合，嵌入；剛好合適；中計，掉進；陷入；（俗）沉迷

例　ツボにはまる。

正中下懷。

28｜はんかん【反感】

（名）反感

例　反感をかう。

引起反感。

29｜ひとめぼれ【一目惚れ】

（名・自サ）（俗）一見鍾情

例　受付嬢に一目惚れする。

對櫃臺小姐一見鍾情。

30｜ぶじょく【侮辱】

（名・他サ）侮辱，凌辱

例　侮辱的な言動に激怒した。

對屈辱人的言行感到極為憤怒。

31｜みぐるしい【見苦しい】

（形）令人看不下去的；不好看，不體面；難看

例　見苦しい言い訳をする。

丟人現眼的藉口。

32｜むかつく

（自五）噁心，反胃；生氣，發怒

例　彼をみるとむかつく。

一看到他就生氣。

33｜ものずき【物好き】

（名・形動）從事或觀看古怪東西；也指喜歡這樣的人；好奇

例　物好きな人がいる。

有好事之徒。

34｜もめる【揉める】

（自下一）發生糾紛，擔心

例　兄弟間でもめる。

兄弟鬩牆。

35｜れんあい【恋愛】

（名・自サ）戀愛

例　職場恋愛に陥る。

陷入辦公室戀情。

29-4 喜び、笑い /
高興、笑

01 | かんむりょう【感無量】

名・形動(同「感慨無量」)感慨無量

例 感無量な面持ち。

感慨萬千的神情。

02 | きょうじる【興じる】

自上一(同「興ずる」)感覺有趣，愉快，以…自娛，取樂

例 遊びに興じる。

玩得很起勁。

03 | くすぐったい

形 被搔癢到想發笑的感覺；發癢，癢癢的

例 首がくすぐったい。

脖子發癢。

04 | こころよい【快い】

形 高興，愉快，爽快；(病情)良好

例 快い環境を創出する。

創造出愉快的環境來。

05 | こっけい【滑稽】

形動 滑稽，可笑；詼諧

例 滑稽な格好をする。

打扮滑稽的模樣。

06 | じゅうじつ【充実】

名・自サ 充實，充沛

例 充実した内容が盛り込まれている。

加入充實的內容。

07 | なごやか【和やか】

形動 心情愉快，氣氛和諧；和睦

例 和やかな雰囲気。

和諧的氣氛。

08 | はずむ【弾む】

自五 跳，蹦；(情緒)高漲；提高(聲音)；(呼吸)急促 他五(狠下心來)花大筆錢買

例 心が弾む。

心情雀躍。

09 | ふく【福】

名・漢造 福，幸福，幸運

例 笑う門には福来る。

笑口常開有福報。

29-5 悲しみ、苦しみ /
悲傷、痛苦

01 | あつりょく【圧力】

名 (理)壓力；制伏力

例 圧力を感じる。

備感壓力。

02 | いたいめ【痛い目】

名 痛苦的經驗

例 痛い目に遭う。

難堪；倒楣。

03 | うざい

(俗語) 陰鬱，鬱悶（「うざったい」之略）

例 うざい天気が続きます。

接連不斷的陰霾天氣。

04 | うずめる【埋める】

(他下一) 掩埋，填上；充滿，擠滿

例 彼の胸に顔をうずめて泣く。

臉埋在他的胸前哭了。

05 | うつろ

(名・形動) 空，空心，空洞；空虛，發呆

例 うつろな目で見つめた。

以空洞的眼神注視著。

06 | おちこむ【落ち込む】

(自五) 掉進，陷入；下陷；（成績、行情）下跌；得到，落到手裡

例 景気が落ち込む。

景氣下滑。

07 | かかえこむ【抱え込む】

(他五) 雙手抱

例 悩みを抱え込む。

懷抱著煩惱。

08 | がっくり

(副・自サ) 頹喪，突然無力地

例 がっくりと首を垂れる。

沮喪地垂下頭。

09 | きずつく【傷付く】

(自五) 受傷，負傷；弄出瑕疵，缺陷，毛病(威信、名聲等)遭受損害或敗壞，(精神)受到創傷

例 心が傷つく。

精神受到創傷。

10 | ぐち【愚痴】

(名) （無用的，於事無補的）牢騷，抱怨

例 愚痴をこぼす。

發牢騷。

11 | くよくよ

(副・自サ) 鬧彆扭；放在心上，想不開，煩惱

例 小さいことにくよくよするな。

別為小事想不開。

12 | く【苦】

(名・漢造) 苦(味)；痛苦；苦惱；辛苦

例 苦になる。

為…而苦惱。

13 | こころぼそい【心細い】

(形) 因為沒有依靠而感到不安；沒有把握

例 心細い思いをする。

感到不安害怕。

14 | こどく【孤独】

(名・形動) 孤獨，孤單

例 孤独な人生。

孤獨的人生。

15 | こりつ【孤立】

名・自サ 孤立

例 周辺から孤立する。

被周遭孤立。

16 | せつない【切ない】

形 因傷心或眷戀而心中煩悶；難受；苦惱，苦悶

例 切ない思いを描く。

描繪痛苦郁悶的心情。

17 | ぜつぼう【絶望】

名・自サ 絕望，無望

例 絶望のどん底から這い上がった。

從絕望的深淵中爬出來。

18 | だいなし【台無し】

名 弄壞，毀損，糟蹋，完蛋

例 計画が台無しになる。

破壞了計畫。

19 | つうせつ【痛切】

形動 痛切，深切，迫切

例 痛切に実感する。

深切的感受到。

20 | とまどい【戸惑い】

名・自サ 困惑，不知所措

例 戸惑いを隠せない。

掩不住困惑。

21 | とまどう【戸惑う】

自五 （夜裡醒來）迷迷糊糊，不辨方向；找不到門；不知所措，困惑

例 急に質問されて戸惑う。

突然被問不知如何回答。

22 | なげく【嘆く】

自五 嘆氣；悲嘆；嘆惋，慨嘆

例 悲運を嘆く。

感嘆命運的悲哀。

23 | なさけない【情けない】

形 無情，沒有仁慈心；可憐，悲慘；可恥，令人遺憾

例 情け無いことが書かれている。

羞恥的事情被拿來做文章。

24 | なやましい【悩ましい】

形 因疾病或心中有苦處而難過，難受；特指性慾受刺激而情緒不安定；煩惱，惱

例 悩ましい日々を送る。

過著苦難的日子。

25 | なやます【悩ます】

他五 使煩惱，煩擾，折磨；惱人，迷人

例 頭を悩ます。

傷惱筋。

26 | なやみ【悩み】

名 煩惱，苦惱，痛苦；病，患病

例 悩みを相談する。

商談苦惱。

27 | なん【難】

(名・漢造) 困難；災，苦難；責難，問難

例 食糧難に陥る。

陥入糧荒。

28 | はかない

(形) 不確定，不可靠，渺茫；易變的，無法長久的，無常

例 人の命ははかない。

人的生命無常。

29 | ひさん【悲惨】

(名・形動) 悲惨，悽惨

例 悲惨な情景が目に浮かぶ。

悲惨的情景浮現在眼前。

30 | むなしい【空しい・虚しい】

(形) 沒有內容，空的，空洞的；付出努力卻無成果，徒然的，無效的（名詞形為「空しさ」）

例 むなしい一生を送っていた。

度過虛幻的一生。

31 | もろい【脆い】

(形) 易碎的，容易壞的，脆的；容易動感情的，心軟，感情脆弱；容易屈服，軟弱，窩囊

例 涙にもろい人。

心軟愛掉淚的人。

32 | ゆううつ【憂鬱】

(名・形動) 憂鬱，鬱悶；愁悶

例 憂鬱な気分になる。

心情憂鬱。

29-6 驚き、恐れ、怒り /
驚懼、害怕、憤怒

01 | あざむく【欺く】

(他五) 欺騙；混淆，勝似

例 甘言をもって欺く。

用甜言蜜語騙人。

02 | いかり【怒り】

(名) 憤怒，生氣

例 怒りがこみ上げる。

怒上心頭。

03 | うっとうしい

(形) 天氣，心情等陰鬱不明朗；煩厭的，不痛快的

例 前髪がうっとうしい。

瀏海很惱人。

04 | おそれいる【恐れ入る】

(自五) 真對不起；非常感激；佩服，認輸；感到意外；吃不消，為難

例 恐れ入ります。

不好意思。

05 | おそれ【恐れ】

(名) 害怕，恐懼；擔心，擔憂，疑慮

例 失敗の恐れがある。

恐怕會失敗。

06 | おっかない

形（俗）可怕的，令人害怕的，令人提心吊膽的

例 おっかない客が店長を呼べって。

令人提心吊膽的顧客粗聲説:「叫店長來」。

---

07 | おどす【脅す・威す】

他五 威嚇，恐嚇，嚇唬

例 刃物で脅す。

拿刀威嚇。

---

08 | おどろき【驚き】

名 驚恐，吃驚，驚愕，震驚

例 驚きを隠せない。

掩不住心中的驚訝。

---

09 | おびえる【怯える】

自下一 害怕，懼怕；做惡夢感到害怕

例 恐怖に怯える。

恐懼害怕。

---

10 | おびやかす【脅かす】

他五 威脅；威嚇，嚇唬；危及，威脅到

例 安全を脅かす。

威脅到安全。

---

11 | かんかん

副·形動 硬物相撞聲；火、陽光等炙熱強烈貌；大發脾氣

例 父はかんかんになって怒った。

父親批哩啪啦地大發雷霆。

---

12 | きょうい【驚異】

名 驚異，奇事，驚人的事

例 大自然の驚異。

大自然的奇觀。

---

13 | キレる

自下一（俗）突然生氣，發怒

例 キレる子供たち。

暴怒的孩子們。

---

14 | こりる【懲りる】

自上一（因為吃過苦頭）不敢再嘗試

例 失敗して懲りた。

一朝被蛇咬，十年怕草繩。

---

15 | しょうげき【衝撃】

名（精神的）打撃，衝撃；（理）衝撞

例 衝撃を与える。

給予打撃。

---

16 | たいまん【怠慢】

名·形動 怠慢，玩忽職守，鬆懈；不注意

例 職務怠慢が挙げられる。

被檢舉疏忽職守。

---

17 | ちくしょう【畜生】

名 牲畜，畜生，動物；（罵人）畜生，混帳

例 失敗した、畜生！

混帳！失敗了。

18 | どうよう【動揺】

（名・自他サ）動搖，搖動，搖擺；（心神）不安，不平靜；異動

例 人心が動揺する。

人心動搖。

19 | とぼける【惚ける・恍ける】

（自下一）（腦筋）遲鈍，發呆；裝糊塗，裝傻；出洋相，做滑稽愚蠢的言行

例 とぼけた顔をする。

裝出一臉糊塗樣。

20 | なじる【詰る】

（他五）責備，責問

例 部下をなじる。

責備部下。

21 | なんと

（副）怎麼，怎樣

例 なんと立派な庭だ。

多棒的庭院啊。

22 | ののしる【罵る】

（自五）大聲吵鬧　（他五）罵，説壞話

例 人を罵る。

罵人。

23 | ばかばかしい【馬鹿馬鹿しい】

（形）毫無意義與價值，十分無聊，非常愚蠢

例 馬鹿馬鹿しいことをいう。

説蠢話。

24 | はらだち【腹立ち】

（名）憤怒，生氣

例 腹立ちを抑える。

壓抑憤怒。

25 | はらはら

（副・自サ）（樹葉、眼淚、水滴等）飄落或是簌簌落下貌；非常擔心的樣子

例 はらはらドキドキする。

心頭噗通噗通地跳。

26 | はんぱつ【反発】

（名・自他サ）排斥，彈回；抗拒，不接受；反抗；（行情）回升

例 反発を招く。

遭到反抗。

27 | ひめい【悲鳴】

（名）悲鳴，哀鳴；驚叫，叫喊聲；叫苦，感到束手無策

例 悲鳴を上げる。

慘叫。

28 | ぶきみ【不気味】

（形動）（不由得）令人毛骨悚然，令人害怕

例 不気味な笑い声が聞こえてくる。

聽到令人毛骨悚然的笑聲。

29 | ふふく【不服】

（名・形動）不服從；抗議，異議；不滿意，不心服

例 不服を申し立てる。

提出異議。

30 | ふんがい【憤慨】

(名・自サ) 憤慨，氣憤

例 ひどく憤慨する。

非常氣憤。

---

31 | へいこう【閉口】

(名・自サ) 閉口(無言)；為難，受不了；認輸

例 彼の喋りには閉口する。

他的喋喋不休叫人吃不消。

---

32 | へきえき【辟易】

(名・自サ) 畏縮，退縮，屈服；感到為難，感到束手無策

例 彼のわがままに辟易する。

對他的任性感到束手無策。

---

33 | めざましい【目覚ましい】

(形) 好到令人吃驚的；驚人；突出

例 目覚しい発展を遂げる。

取得了驚人的發展。

---

34 | やばい

(形)(俗)(對作案犯法的人警察將進行逮捕)不妙，危險

例 見つかったらやばいぞ。

如果被發現就不好了啦。

---

35 | よくあつ【抑圧】

(名・他サ) 壓制，壓迫

例 抑圧を受ける。

受壓迫。

---

36 | わずらわしい【煩わしい】

(形) 複雑紛亂，非常麻煩；繁雑，繁複

例 煩わしい人間関係は面倒だ。

複雑的人際關係真是麻煩。

29-7 感謝、後悔 / 感謝、悔恨

---

01 | あしからず【悪しからず】

(連語・副) 不要見怪；原諒

例 あしからずご了承願います。

請予原諒。

---

02 | おおめ【大目】

(名) 寬恕，饒恕，容忍

例 大目に見る。

寬恕，不追究。

---

03 | おしむ【惜しむ】

(他五) 吝惜，捨不得；惋惜，可惜

例 努力を惜しまない。

努力不懈。

---

04 | かなう【叶う】

(自五) 適合，符合，合乎；能，能做到；(希望等)能實現，能如願以償

例 望みがかなう。

實現願望。

---

05 | かんべん【勘弁】

(名・他サ) 饒恕，原諒，容忍；明辨是非

例 勘弁してください。

請饒了我吧。

06 | こうかい【後悔】

(名・他サ) 後悔，懊悔

例 後悔先に立たず。
後悔莫及。

07 | サンキュー【thank you】

(感) 謝謝

例 サンキューカードを出す。
寄出感謝卡。

08 | しゃざい【謝罪】

(名・自他サ) 謝罪；賠禮

例 失礼を謝罪する。
為失禮而賠不是。

09 | たまう

(他五・補動・五型) (敬)給，賜予；(接在動詞連用形下)表示對長上動作的敬意

例 お言葉を賜う。
拜賜良言。

10 | どげざ【土下座】

(名・自サ) 跪在地上；低姿態

例 土下座して謝る。
下跪道歉。

11 | むねん【無念】

(名・形動) 什麼也不想，無所牽掛；懊悔，悔恨，遺憾

例 無念な死に方。
遺憾的死法。

12 | めいよ【名誉】

(名・造語) 名譽，榮譽，光榮；體面；名譽頭銜

例 名誉教授になる。
當上榮譽教授。

13 | めぐみ【恵み】

(名) 恩惠，恩澤；周濟，施捨

例 恵みの雨が降る。
降下恩澤之雨。

14 | めぐむ【恵む】

(他五) 同情，憐憫；施捨，周濟

例 恵まれた環境にいる。
生在得天獨厚的環境裡。

15 | めんぼく・めんもく【面目】

(名) 臉面，面目；名譽，威信，體面

例 面目が立たない。
丟臉。

パート 30
第三十章

思考、言語
- 思考、語言 -

🔊 30-1

30-1 思考 /
思考

01 | あやぶむ【危ぶむ】
他五 操心，擔心；認為靠不住，有風險
例 事業の成功を危ぶむ。
擔心事業是否能成功。

02 | ありふれる
自下一 常有，不稀奇
例 それはありふれた考えだ。
那是大家都想得到的普通想法。

03 | い【意】
名 心意，心情；想法；意思，意義
例 哀悼の意を表す。
表達哀悼之意。

04 | いまさら【今更】
副 現在才…；(後常接否定語)現在開始；(後常接否定語)現在重新…；(後常接否定語)事到如今，已到了這種地步
例 いまさら言うまでもない。
事到如今也不用再提了。

05 | いそん・いぞん【依存】
名・自サ 依存，依靠，賴以生存
例 人民の力に依存する。
依靠人民的力量。

06 | おこない【行い】
名 行為，形動；舉止，品行
例 行いを改める。
改正言行舉止。

07 | おもいつき【思いつき】
名 想起，(未經深思)隨便想；主意
例 思い付きでものを言う。
到什麼就說什麼。

08 | かえりみる【省みる】
他上一 反省，反躬，自問
例 自らを省みる。
自我反省。

09 | かえりみる【顧みる】
他上一 往回看，回頭看；回顧；顧慮；關心，照顧
例 家庭を顧みる。
照顧家庭。

10 | かっきてき【画期的】
形動 劃時代的
例 画期的な発明。
劃時代的發明。

11 | かなわない

連語 (「かなう」的未然形＋ない)不是對手，敵不過，趕不上的

例 暑くてかなわない。

熱得受不了。

12 | がる

接尾 覺得…；自以為…

例 面白がる。

覺得好玩。

13 | かろうじて【辛うじて】

副 好不容易才…，勉勉強強地…

例 かろうじて間に合う。

好不容易才趕上。

14 | きょくたん【極端】

名・形動 極端；頂端

例 極端な例。

極端的例子。

15 | くいちがう【食い違う】

自五 不一致，有分歧；交錯，錯位

例 意見が食い違う。

意見紛歧。

16 | けんち【見地】

名 觀點，立場；(到建築預定地等)勘查土地

例 教育的な見地に立つ。

站在教育的立場上。

17 | こうそう【構想】

名・他サ (方案、計畫等)設想；(作品、文章等)構思

例 構想を練る。

推敲構思。

18 | こらす【凝らす】

他五 凝集，集中

例 目を凝らす。

凝視。

19 | さえる【冴える】

自下一 寒冷，冷峭；清澈，鮮明；(心情、目光等)清醒，清爽；(頭腦、手腕等)靈敏，精巧，純熟

例 今日は気分が冴えない。

今天精神狀況不佳。

20 | さく【策】

名 計策，策略，手段；鞭策；手杖

例 解決策を見出す。

找出解決的方法。

21 | しこう【思考】

名・自他サ 思考，考慮；思維

例 思考を巡らせる。

多方思考。

22 | じゅうなん【柔軟】

形動 柔軟；頭腦靈活

例 柔軟な考え方が身につく。

學會靈活的思考。

23 | たてまえ【建前】

名 主義，方針，主張；外表；(建)上樑儀式

例 本音と建前。
真心話與場面話。

24 | どうい【同意】

名・自サ 同義；同一意見，意見相同；同意，贊成

例 同意を求める。
徵求同意。

25 | とって

提助・接助 (助詞「とて」添加促音)(表示不應視為例外)就是，甚至；(表示把所説的事物做為對象加以提示)所謂；説是；即使説是；(常用「…こととて」表示不得已的原因)由於，因為

例 私にとって一大事だ。
對於我來説是件大事。

26 | とんだ

連體 意想不到的(災難)；意外的(事故)；無法挽回的

例 とんだ勘違いをする。
意想不到地會錯意了。

27 | ネタ

名 (俗)材料；證據

例 小説のネタを考える。
思考小説的題材。

28 | ねる【練る】

他五 (用灰汁、肥皂等)熬成熟絲，熟絹；推敲，錘鍊(詩文等)；修養，鍛鍊
自五 成隊遊行

例 策略を練る。
推敲策略。

29 | ねん【念】

名・漢造 念頭，心情，觀念；宿願；用心；思念，考慮

例 念を押す。
反覆確認。

30 | はくじゃく【薄弱】

形動 (身體)軟弱，孱弱；(意志)不堅定，不強；不足

例 意思が薄弱だ。
意志薄弱。

31 | ひそか【密か】

形動 悄悄地不讓人知道的樣子；祕密，暗中；悄悄，偷偷

例 密かに進める。
暗中進行。

32 | ひとちがい【人違い】

名・自他サ 認錯人，弄錯人

例 後ろ姿がそっくりなので人違いする。
因為背影相似所以認錯人。

33｜もうしぶん【申し分】

㊃ 可挑剔之處，缺點；申辯的理由，意見

㋝ 申し分ない。

無可挑剔。

🔊 30-2 (1)

30-2 判斷 (1) /
判斷 (1)

01｜あえて【敢えて】

㊑ 敢；硬是，勉強；（下接否定）毫(不)，不見得

㋝ あえて危険を冒す。

鋌而走險。

02｜あかし【証】

㊃ 證據，證明

㋝ 身の証を立てる。

證明自身清白。

03｜あて【当て】

㊃ 目的，目標；期待，依賴；撞，擊；墊敷物，墊布

㋝ 当てのない旅に出た。

出發進行一場沒有目的地的旅行。

04｜あやふや

㊙ 態度不明確的；靠不住的樣子；含混的；曖昧的

㋝ あやふやな返事をする。

含糊其詞的回答。

05｜あんのじょう【案の定】

㊑ 果然，不出所料

㋝ 案の定失敗した。

果然失敗了。

06｜イエス【yes】

㊃·㊟ 是，對；同意

㋝ イエス・マンになった。

變成唯唯諾諾的人。

07｜いかなる

㊕ 如何的，怎樣的，什麼樣的

㋝ いかなる危険も恐れない。

不怕任何危險。

08｜いかに

㊑·㊟ 如何，怎麼樣；（後面多接「ても」）無論怎樣也；怎麼樣；怎麼回事；(古)喂

㋝ いかにすべきかわからない。

不知如何是好。

09｜いかにも

㊑ 的的確確，完全；實在；果然，的確

㋝ いかにもそうだ。

的確是那樣。

10｜いずれも【何れも】

㊞ 無論哪一個都，全都

㋝ いずれも優れた短編を集める。

集結所有傑出的短篇。

11│うちけし【打ち消し】

名 消除，否認，否定；（語法）否定

例 打ち消し合う。

相互否定。

12│かくしん【確信】

名·他サ 確信，堅信，有把握

例 確信を持つ。

有信心。

13│かくてい【確定】

名·自他サ 確定，決定

例 当選確定のメールが来た。

收到確定當選電子郵件。

14│かくりつ【確立】

名·自他サ 確立，確定

例 信頼関係を確立する。

確立互信關係。

15│かりに【仮に】

副 暫時；姑且；假設；即使

例 仮に定める。

暫定。

16│かり【仮】

名 暫時，暫且；假；假說

例 仮契約を作る。

製作臨時契約。

17│きょくげん【極限】

名 極限

例 極限を超える。

超過極限。

18│きょぜつ【拒絶】

名·他サ 拒絶

例 拒絶反応を抑える。

（醫）抑制抗拒反應。

19│きょひ【拒否】

名·他サ 拒絶，否決

例 受け取り拒否。

拒絶領取。

20│ぎわく【疑惑】

名 疑惑，疑心，疑慮

例 疑惑が晴れる。

解除疑惑。

21│きわめて【極めて】

副 極，非常

例 極めて難しい。

非常困難。

22│くつがえす【覆す】

他五 打翻，弄翻，翻轉；（將政權、國家）推翻，打倒；徹底改變，推翻（學說等）

例 常識を覆す。

顛覆常識。

23 | げんみつ【厳密】

形動 嚴密；嚴格

例 厳密に言う。

嚴格來説。

24 | ごうい【合意】

名·自サ 同意，達成協議，意見一致

例 合意に達する。

達成協議。

25 | ことによると

副 可能，説不定，或許

例 ことによると病気かもしれない。

也許是生病了也説不定。

26 | こんどう【混同】

名·自他サ 混同，混淆，混為一談

例 公私を混同する。

公私混淆。

27 | さぞ

副 想必，一定是

例 さぞ疲れたことでしょう。

想必一定很累了吧。

28 | さぞかし

副 （「さぞ」的強調）想必，一定

例 さぞかし喜ぶでしょう。

想必很開心吧。

29 | さっする【察する】

他サ 推測，觀察，判斷，想像；體諒，諒察

例 気持ちを察する。

理解對方的感受。

30 | さほど

副 （後多接否定語）並(不是)，並(不像)，也(不是)

例 さほど問題ではない。

問題沒有多嚴重。

🔊 30-2 (2)

30-2 判斷 (2) /
判斷 (2)

31 | さも

副 （從一旁看來）非常，真是；那樣，好像

例 さもうれしそうな顔をする。

神情看起來似乎非常開心。

32 | じしゅ【自主】

名 自由，自主，獨立

例 自主トレーニングを行った。

進行自由練習。

33 | したしらべ【下調べ】

名·他サ 預先調查，事前考察；預習

例 下調べを怠る。

預習偷懶。

34 | しまつ【始末】

(名・他サ)（事情的）始末，原委；情況，狀況；處理，應付；儉省，節約

例 始末がつく。

得以解決。

35 | しんさ【審査】

(名・他サ) 審査

例 応募者を審査する。

審查應徵者。

36 | しんにん【信任】

(名・他サ) 信任

例 信任が厚い。

深受信任。

37 | すいそく【推測】

(名・他サ) 推測，猜測，估計

例 推測が当たる。

猜對了。

38 | すいり【推理】

(名・他サ) 推理，推論，推斷

例 推理小説が流行している。

推理小説正流行。

39 | せいする【制する】

(他サ) 制止，壓制，控制；制定

例 はやる気持ちを制する。

抑止焦急的心情。

40 | せいみつ【精密】

(名・形動) 精密，精確，細緻

例 精密な検査を受ける。

接受精密的檢查。

41 | ぜせい【是正】

(名・他サ) 更正，糾正，訂正，矯正

例 格差を是正する。

修正差價。

42 | そうおう【相応】

(名・自サ・形動) 適合，相稱，適宜

例 身分相応な暮らしをする。

過著與身份相符的生活。

43 | そくばく【束縛】

(名・他サ) 束縛，限制

例 時間に束縛される。

受時間限制。

44 | そし【阻止】

(名・他サ) 阻止，擋住，阻塞

例 反対派の入場を阻止する。

阻止反對派的進場。

45 | それゆえ【それ故】

(連語・接續) 因為那個，所以，正因為如此

例 それ故申請を却下する。

因此駁回申請。

46 | たいおう【対応】

(名・自サ) 對應，相對，對立；調和，均衡；適應，應付

例 対応策を検討する。

商討對策。

47 | たいがい【大概】

(名・副) 大概，大略，大部分；差不多，不過份

例 ふざけるのも大概にしろ。

開玩笑也該適可而止。

48 | たいしょ【対処】

(名・自サ) 妥善處置，應付，應對

例 新情勢に対処する。

應付新情勢。

49 | だきょう【妥協】

(名・自サ) 妥協，和解

例 妥協をはかる。

謀求妥協。

50 | だけつ【妥結】

(名・自サ) 妥協，談妥

例 交渉が妥結する。

談判達成協議。

51 | だったら

(接續) 這樣的話，那樣的話

例 だったら明日にしよう。

這樣的話，明天再做吧。

52 | だと

(格助)(表示假定條件或確定條件)如果是…的話…

例 毎日が日曜日だといいな。

如果每天都是星期天就好了。

53 | だんげん【断言】

(名・他サ) 斷言，斷定，肯定

例 失敗はないと断言する。

斷言絕不失敗。

54 | だんぜん【断然】

(副・形動タルト) 斷然；顯然，確實；堅決；(後接否定語)絕(不)

例 断然認めない。

絕不承認。

55 | てまわし【手回し】

(名) 準備，安排，預先籌畫；用手搖動

例 手回しがいい。

準備周到。

56 | てきぎ【適宜】

(副・形動) 適當，適宜；斟酌；隨意

例 適宜に指示を与える。

適當給予意見。

57 | どうにか

(副) 想點法子；(經過一些曲折)總算，好歹，勉勉強強

例 どうにかなるだろう。

總會有辦法的。

58 | とかく

副・自サ 種種，這樣那樣(流言、風聞等)；動不動，總是；不知不覺就，沒一會就

例 とかく日本人の口には合わない。

總之，不合日本人的胃口。

59 | とがめる【咎める】

他下一 責備，挑剔；盤問 **自下一** (傷口等)發炎，紅腫

例 罪を咎める。

問罪。

60 | とりあえず【取りあえず】

副 匆忙，急忙；(姑且)首先，暫且先

例 取るものもとりあえず。

急急忙忙。

● 30-2 (3)

30-2 判斷 (3) /
判斷 (3)

61 | とりまぜる【取り混ぜる】

他下一 攙混，混在一起

例 大小取り混ぜる。

(尺寸)大小混在一起。

62 | なおさら

副 更加，越，更

例 なおさらよくない。

更加不好了。

63 | なるたけ

副 盡量，儘可能

例 なるたけ早く来てください。

請盡可能早點前來。

64 | なんだか【何だか】

連語 是什麼；(不知道為什麼)總覺得，不由得

例 何だかとても眠い。

不知道為什麼很睏。

65 | にんしき【認識】

名・他サ 認識，理解

例 認識を深める。

加深理解。

66 | はかる【図る・謀る】

他五 圖謀，策劃；謀算，欺騙；意料；謀求

例 自殺を図る。

意圖自殺。

67 | はばむ【阻む】

他五 阻礙，阻止

例 行く手を阻む。

妨礙將來。

68 | はんてい【判定】

名・他サ 判定，判斷，判決

例 判定で負ける。

被判定輸了比賽。

69 | ひかえる【控える】

自下一 在旁等候，待命 **他下一** 拉住，勒住；控制，抑制；節制；暫時不…；面臨，靠近；(備忘)記下；(言行)保守，穩健

例 支出を控える。

節制支出。

70 | ひつぜん【必然】

（名）必然

例 その必然性を問う。
追究其必然性。

---

71 | ふかけつ【不可欠】

（名・形動）不可缺，必需

例 これは不可欠の要素だ。
這是必不可欠缺的條件。

---

72 | ふしん【不審】

（名・形動）懷疑，疑惑；不清楚，可疑

例 不審な人物を見掛ける。
發現可疑人物。

---

73 | ベスト【best】

（名）最好，最上等，最善，全力

例 ベストを尽くす。
盡全力。

---

74 | べんぎ【便宜】

（名・形動）方便，便利；權宜

例 便宜を図る。
謀求方便。

---

75 | ほうき【放棄】

（名・他サ）放棄，喪失

例 権利を放棄する。
放棄權利。

---

76 | まぎれる【紛れる】

（自下一）混入，混進；（因受某事物吸引）注意力分散，暫時忘掉，消解

例 人混みに紛れて見失った。
混入人群看不見了。

---

77 | まして

（副）何況，況且；（古）更加

例 ましてや私にできるわけがない。
何況我不可能做得來的。

---

78 | みあわせる【見合わせる】

（他下一）（面面）相視；暫停，暫不進行；對照

例 予定を見合わせる。
預定計畫暫緩。

---

79 | みとおし【見通し】

（名）一直看下去；（對前景等的）預料，推測

例 見通しが甘かった。
預想得太樂觀。

---

80 | みなす【見なす】

（他五）視為，認為，看成；當作

例 正解と見なす。
當作是正確答案。

---

81 | みはからう【見計らう】

（他五）斟酌，看著辦，選擇

例 タイミングを見計らう。
斟酌時機。

---

82 | むだん【無断】

(名) 擅自，私自，事前未經允許，自作主張

例 無断欠勤する。
擅自缺席。

83 | むやみ (に)【無闇 (に)】

(名・形動) (不加思索的)胡亂，輕率；過度，不必要

例 むやみにお金を使う。
胡亂花錢。

84 | むよう【無用】

(名) 不起作用，無用處；無需，沒必要

例 心配無用です。
無須擔心。

85 | もくろむ【目論む】

(他五) 計畫，籌畫，企圖，圖謀

例 大事業をもくろむ。
籌畫一項大事業。

86 | もしくは

(接續) (文)或，或者

例 火曜日もしくは木曜日に。
在週二或週四。

87 | もっぱら【専ら】

(副) 專門，主要，淨；(文)專擅，獨攬

例 専ら練習に励む。
專心致志努力練習。

88 | ゆえ (に)【故 (に)】

(接續・接助) 理由，緣故；(某)情況；(前皆體言表示原因)因為

例 ユダヤ人であるが故に迫害された。
因為是猶太人因此遭到迫害。

89 | ようする【要する】

(他サ) 需要；埋伏；摘要，歸納

例 長い時間を要する。
需要很長的時間。

90 | よくせい【抑制】

(名・他サ) 抑制，制止

例 感情を抑制する。
抑制情感。

91 | よし【良し】

(形) (「よい」的文語形式)好，行，可以

例 終わりよければすべて良し。
結果好就是好的。

92 | よしあし【善し悪し】

(名) 善惡，好壞；有利有弊，善惡難明

例 善し悪しを見分ける。
分辨是非。

93 | るいすい【類推】

(名・他サ) 類推；類比推理

例 類推して問題を解決する。
以此類推解決問題。

94 | ろく

(名・形動・副)（物體的形狀）端正，平正；正常，普通；像樣的，令人滿意的；好的；正經的，好好的，認真的；（下接否定）很好地，令人滿意地，正經地

例 ろくな話をしない。

不說正經話。

95 | わざわざ

(副) 特意，特地；故意地

例 わざわざ出かける。

特地出門。

● 30-3 (1)

30-3 理解 (1) /
理解 (1)

01 | アプローチ【approach】

(名・自サ) 接近，靠近；探討，研究

例 科学的なアプローチで作られた。

以科學的探討程序製作而成。

02 | オプション【option】

(名) 選擇，取捨

例 オプション機能を追加する。

增加選項的功能。

03 | がいとう【該当】

(名・自サ) 相當，適合，符合（某規定、條件等）

例 該当する項目にチェックする。

核對符合的項目。

04 | かいめい【解明】

(名・他サ) 解釋清楚

例 真実を解明する。

解開真相。

05 | がたい【難い】

(接尾) 上接動詞連用形，表示「很難（做）…」的意思

例 忘れ難い。

難忘。

06 | がっち【合致】

(名・自サ) 一致，符合，吻合

例 事実に合致する。

與事實相符。

07 | カテゴリ (ー)【(德) Kategorie】

(名) 種類，部屬；範疇

例 カテゴリー別に分ける。

依類別區分。

08 | ぎんみ【吟味】

(名・他サ)（吟頌詩歌）仔細體會，玩味；（仔細）斟酌，考慮

例 食材を吟味する。

仔細斟酌食材。

09 | けいせき【形跡】

(名) 形跡，痕跡

例 形跡を残す。

留下痕跡。

10 | けいたい【形態】

（名）型態，形狀，樣子

例 新しい政治形態を受け入れる。

接受新的政治形態。

11 | けい【系】

（漢造）系統；系列；系別；（地層的年代區分）系

例 ヴィジュアル系。

視覺系。

12 | けん【件】

（名）事情，事件；（助數詞用法）件

例 その件について。

關於那件事。

13 | こころみる【試みる】

（他上一）試試，試驗一下

例 あれこれ試みる。

多方嘗試。

14 | こころみ【試み】

（名）試，嘗試

例 最初の試みが上手くいかなかった。

第一次嘗試並不順利。

15 | ことがら【事柄】

（名）事情，情況，事態

例 重要な事柄。

重要的事情。

16 | さいしゅう【採集】

（名・他サ）採集，搜集

例 植物採集に出掛ける。

出門採集植物標本。

17 | さい【差異】

（名）差異，差別

例 差異がない。

沒有差別。

18 | さとる【悟る】

（他五）醒悟，覺悟，理解，認識；察覺，發覺，看破；（佛）悟道，了悟

例 真理を悟る。

領悟真理。

19 | しきる【仕切る】

（他五・自五）隔開，間隔開，區分開；結帳，清帳；完結，了結

例 カーテンで部屋を仕切る。

用窗簾把房間隔開。

20 | しゅうしゅう【収集】

（名・他サ）收集，蒐集

例 資料を収集する。

收集資料。

21 | しゅつげん【出現】

（名・自サ）出現

例 新しい問題が出現した。

出現了新問題。

22 | しょうごう【照合】

名・他サ 對照，校對，核對（帳目等）

例 書類を照合する。

核對文件。

---

23 | しょうだく【承諾】

名・他サ 承諾，應允，允許

例 承諾を得る。

得到承諾。

---

24 | しらべ【調べ】

名 調查；審問；檢查；（音樂的）演奏；調音；（音樂、詩歌）音調

例 調べを受ける。

接受調查。

---

25 | せいぜん【整然】

形動 整齊，井然，有條不紊

例 整然と並ぶ。

排得整整齊齊。

---

26 | せいだく【清濁】

名 清濁；（人的）正邪，善惡；清音和濁音

例 水の清濁を試験する。

檢驗水的清濁。

---

27 | そなわる【具わる・備わる】

自五 具有，設有，具備

例 必要なものが備わった。

必需品都已備齊。

---

28 | だいたい【大体】

名・副 大抵，概要，輪廓；大致，大部分；本來，根本

例 話は大体わかった。

大概了解說話的內容。

---

29 | たいひ【対比】

名・他サ 對比，對照

例 両者を対比する。

對照兩者。

---

30 | だかい【打開】

名・他サ 打開，開闢（途徑），解決（問題）

例 現状を打開する。

突破現狀。

🔊 30-3 (2)

30-3 理解 (2) /
理解 (2)

31 | たんけん【探検】

名・他サ 探險，探查

例 探検隊に参加する。

加入探險隊。

---

32 | ついきゅう【追及】

名・他サ 追上，趕上；追究

例 真相を追究する。

探究真相。

---

33 | つじつま【辻褄】

名 邏輯，條理，道理；前後，首尾

例 つじつまを合わせる。

使其順理成章。

34 | てきおう【適応】

名·自サ 適應，適合，順應

例 事態に適応した処置。

順應事情的狀態來處置。

35 | てんけん【点検】

名·他サ 檢點，檢查

例 戸締まりを点検する。

檢查門窗。

36 | とげる【遂げる】

他下一 完成，實現，達到；終於

例 急成長を遂げる。

實現快速成長的目標。

37 | ととのえる【整える・調える】

他下一 整理，整頓；準備；達成協議，談妥

例 支度を整える。

準備就緒。

38 | とりくむ【取り組む】

自五 （相撲）互相扭住；和…交手；開（匯票）；簽訂（合約）；埋頭研究

例 研究に取り組む。

埋首於研究。

39 | とりわけ【取り分け】

名·副 分成份；（相撲）平局，平手；特別，格外，分外

例 今日はとりわけ暑い。

今天特別地熱。

40 | なんか

副助 （推一個例子意指其餘）之類，等等，什麼的

例 お前なんかにわかるもんか。

像你這種人能懂什麼。

41 | ばくぜん【漠然】

形動 含糊，籠統，曖昧，不明確

例 漠然とした考え。

籠統的想法。

42 | ぶんさん【分散】

名·自サ 分散，開散

例 負荷を分散する。

分散負荷。

43 | ぶんべつ【分別】

名·他サ 分別，區別，分類

例 ごみの分別作業。

垃圾的分類作業。

44 | まるっきり

副 （「まるきり」的強調形式，後接否定語）完全，簡直，根本

例 まるっきり知らない。

完全不知道。

45 | めいはく【明白】

名·形動 明白，明顯

例 結果は明白だ。

結果顯而易見。

46 | めいりょう【明瞭】

形動 明白，明瞭，明確

例 それは明瞭な事実だ。

那是一樁明顯的事實。

47 | もさく【模索】

名·自サ 摸索；探尋

例 方法を模索する。

探詢方法。

48 | よういん【要因】

名 主要原因，主要因素

例 要因を探る。

探詢主要原因。

49 | ようそう【様相】

名 樣子，情況，形勢；模樣

例 田舎は様相を一変した。

農村完全改變了面貌。

50 | よし【由】

名 (文)緣故，理由；方法手段；線索；(所講的事情的)內容，情況；(以「…のよし」的形式)聽說

例 知る由もない。

無從得知。

51 | よみとる【読み取る】

自五 領會，讀懂，看明白，理解

例 真意を読み取る。

理解真正的涵意。

52 | りょうかい【了解】

名·他サ 了解，理解；領會，明白；諒解

例 了解しました。

明白了。

53 | るいじ【類似】

名·自サ 類似，相似

例 類似点がある。

有相似之處。

54 | るい【類】

名·接尾·漢造 種類，類型，同類；類似

例 類は友を呼ぶ。

物以類聚。

● 30-4 (1)

30-4 知識 (1) /
知識 (1)

01 | あんじる【案じる】

他上一 掛念，擔心；(文)思索

例 父の健康を案じる。

擔心父親的身體健康。

02 | いざしらず【いざ知らず】

慣 姑且不談；還情有可原

例 そのことはいざ知らず。

那件事先姑且不談。

03 | いたって【至って】

副·連語 (文)很，極，甚；(用「に至って」的形式)至，至於

例 至って健康だ。

非常健康。

04 | いちがいに【一概に】

(副) 一概，一律，沒有例外地（常和否定詞相應）

例 一概に論じられない。

無法一概而論。

05 | いちじるしい【著しい】

(形) 非常明顯；顯著地突出；顯然

例 著しい差異がある。

有很大差別。

06 | いちよう【一様】

(名・形動) 一樣；平常；平等

例 一様に取り扱う。

同樣對待。

07 | いちりつ【一律】

(名) 同樣的音律；一樣，一律，千篇一律

例 すべてを一律に扱う。

全部一視同仁。

08 | いろん【異論】

(名) 異議，不同意見

例 異論を唱える。

提出不同意見。

09 | い【異】

(名・形動) 差異，不同；奇異，奇怪；別的，別處的

例 異を唱える。

提出異議。

10 | うそつき【嘘つき】

(名) 說謊；說謊的人；吹牛的廣告

例 嘘つきは泥棒の始まり。

小錯不改，大錯難改。

11 | おおすじ【大筋】

(名) 內容提要，主要內容，要點，梗概

例 事件の大筋。

事件的概要。

12 | おのずから【自ずから】

(副) 自然而然地，自然就

例 おのずから明らかになる。

真相自然得以大白。

13 | おのずと【自ずと】

(副) 自然而然地

例 おのずと分かってくる。

自然會明白。

14 | おぼえ【覚え】

(名) 記憶，記憶力；體驗，經驗；自信，信心；信任，器重；記事

例 覚えがない。

不記得；想不起。

15 | おもむき【趣】

(名) 旨趣，大意；風趣，雅趣；風格，韻味，景象；局面，情形

例 景色に趣がある。

景色雅緻優美。

16 | おもんじる・おもんずる【重んじる・重んずる】

(他上一・他サ) 注重，重視；尊重，器重，敬重

例 名誉を重んじる。

注重名譽。

17 | おろか【愚か】

(形動) 智力或思考能力不足的樣子；不聰明；愚蠢，愚昧，糊塗

例 愚かな行い。

愚蠢的行為。

18 | がいせつ【概説】

(名・他サ) 概説，概述，概論

例 内容を概説する。

概述內容。

19 | がいねん【概念】

(名) (哲)概念；概念的理解

例 概念をつかむ。

掌握概念。

20 | がいりゃく【概略】

(名・副) 概略，梗概，概要；大致，大體

例 概略を話す。

講述概要。

21 | かんけつ【簡潔】

(名・形動) 簡潔

例 簡潔に述べる。

簡潔陳述。

22 | かんてん【観点】

(名) 觀點，看法，見解

例 観点を変える。

改變觀點。

23 | ぎのう【技能】

(名) 技能，本領

例 技能を身に付ける。

有一技之長。

24 | きゃっかん【客観】

(名) 客觀

例 客観的に言う。

客觀地説。

25 | きゅうきょく【究極】

(名・自サ) 畢竟，究竟，最終

例 究極の選択を迫られた。

被迫做出最終的選擇。

26 | きょうくん【教訓】

(名・他サ) 教訓，規戒

例 教訓を得る。

得到教訓。

27 | けがれ【汚れ】

(名) 污垢

例 汚れを洗い流す。

洗淨髒污。

28｜こうみょう【巧妙】

形動 巧妙

例 巧妙な手口ですり抜けられた。

被巧妙的手法給蒙混過去。

29｜ごさ【誤差】

名 誤差；差錯

例 誤差が生じる。

産生誤差。

30｜こつ

名 訣竅，技巧，要訣

例 コツをつかむ。

掌握要領。

● 30-4 (2)

30-4 知識 (2) ／
知識 (2)

31｜ことに【殊に】

副 特別，格外

例 殊に重要である。

格外重要。

32｜ごもっとも【御尤も】

形動 對，正確；肯定

例 おっしゃることはごもっともです。

您説得沒錯。

33｜こんきょ【根拠】

名 根據

例 根拠にとぼしい。

缺乏根據。

34｜こんてい【根底】

名 根底，基礎

例 常識を根底から覆す。

徹底推翻常識。

35｜こんぽん【根本】

名 根本，根源，基礎

例 根本的な問題を解決する。

解決根本的問題。

36｜さいぜん【最善】

名 最善，最好；全力

例 最善を尽くす。

盡最大努力。

37｜さくご【錯誤】

名 錯誤；（主觀認識與客觀實際的）不相符，謬誤

例 時代錯誤も甚だしい。

極度不符合時代精神。

38｜しくみ【仕組み】

名 結構，構造；（戲劇，小説等）結構，劇情；企畫，計畫

例 仕組みを理解する。

瞭解計畫。

39｜しかしながら

接続 (「しかし」的強調) 可是，然而；完全

例 しかしながら彼はまだ若い。

但是他還很年輕。

40 | じっしつ【実質】

⑧ 實質，本質，實際的內容

例 彼が実質的なリーダーだ。

他才是真正的領導者。

---

41 | じつじょう【実情】

⑧ 實情，真情；實際情況

例 実情を知る。

明白實情。

---

42 | じったい【実態】

⑧ 實際狀態，實情

例 実態を調べる。

調查實際情況。

---

43 | じつ【実】

⑧·漢造 實際，真實；忠實，誠意；實質，實體；實的；籽

例 実の兄と再会する。

與親哥哥重逢。

---

44 | してん【視点】

⑧ (畫)(遠近法的)視點；視線集中點；觀點

例 視点を変える。

改變觀點。

---

45 | しや【視野】

⑧ 視野；(觀察事物的)見識，眼界，眼光

例 視野を広げる。

擴大視野。

---

46 | しゅかん【主観】

⑧ (哲)主觀

例 主観に走る。

過於主觀。

---

47 | しゅし【趣旨】

⑧ 宗旨，趣旨；(文章、説話的)主要內容，意思

例 趣旨に沿う。

符合主旨。

---

48 | しゅたい【主体】

⑧ (行為，作用的)主體；事物的主要部分，核心；有意識的人

例 主体的な行動を促す。

促進主要的行動。

---

49 | しよう【仕様】

⑧ 方法，辦法，作法

例 仕様がない。

沒有辦法。

---

50 | しんじつ【真実】

⑧·形動·副 真實，事實，實在；實在地

例 真実がわかる。

明白事實。

---

51 | しんそう【真相】

⑧ (事件的)真相

例 真相を解明する。

弄清真相。

---

52 | しんり【真理】

名 道理；合理；真理，正確的道理

例 真理を探究する。

探求真理。

53 | ずばり

副 鋒利貌，喀嚓；（説話）一語道破，擊中要害，一針見血

例 ずばりと言い当てる。

一語道破。

54 | せいかい【正解】

名・他サ 正確的理解，正確答案

例 この問題の正解を求めよ。

請解出此題的正確答案。

55 | せいか【成果】

名 成果，結果，成績

例 成果を挙げる。

取得成果。

56 | せいぎ【正義】

名 正義，道義；正確的意思

例 正義の味方を求めている。

找尋正義的使者。

57 | せいじょう【正常】

名・形動 正常

例 正常な状態を保つ。

正常的狀態。

58 | せいとうか【正当化】

名・他サ 使正當化，使合法化

例 自分の行動を正当化する。

把自己的行為合理化。

59 | せいとう【正当】

名・形動 正當，合理，合法，公正

例 正当に評価する。

公正的評價。

60 | ぜんあく【善悪】

名 善惡，好壞，良否

例 善悪を判断する。

判斷善惡。

● 30-4 (3)

30-4 知識 (3) /
知識 (3)

61 | センス【sense】

名 感覺，官能，靈機；觀念；理性，理智；判斷力，見識，品味

例 センスがない。

沒品味。

62 | ぜんてい【前提】

名 前提，前提條件

例 〜を前提として。

以…為前提。

63 | たくみ【巧み】

名・形動 技巧，技術；取巧，矯揉造作；詭計，陰謀；巧妙，精巧

例 巧みな手口に騙された。

被陰謀詭計給矇騙了。

64 | たやすい

㊟ 不難，容易做到，輕而易舉

例 たやすくできる。

容易做到。

65 | ちがえる【違える】

㊟下一 使不同，改變；弄錯，錯誤；扭到（筋骨）

例 順序を違える。

順序錯誤。

66 | ちせい【知性】

㊟ 智力，理智，才智，才能

例 知性にあふれる。

才氣洋溢。

67 | ちてき【知的】

㊟動 智慧的；理性的

例 知的財産権。

智慧財產權。

68 | つうじょう【通常】

㊟ 通常，平常，普通

例 通常どおり営業する。

如往常般營業。

69 | ていぎ【定義】

㊟・他サ 定義

例 敬語の用法を定義する。

給敬語用法下定義。

70 | てぎわ【手際】

㊟ （處理事情的）手法，技巧；手腕，本領；做出的結果

例 手際がいい。

手腕高明。

71 | とくぎ【特技】

㊟ 特別技能（技術）

例 特技を活かす。

發揮特殊技能。

72 | なだかい【名高い】

㊟ 有名，著名；出名

例 研究者として名高い。

以研究員的身份而聞名。

73 | なまなましい【生々しい】

㊟ 生動的；鮮明的；非常新的

例 生々しい体験談を語る。

講述彷彿令人身歷其境的經驗談。

74 | なみ【並・並み】

㊟・造語 普通，一般，平常；排列；同樣；每

例 並の人間には計算できない。

一般人是無法計算出來的。

75 | にかよう【似通う】

㊟五 類似，相似

例 似通った感じ。

類似的感覺。

76 | にせもの【にせ物】

名 假冒者，冒充者，假冒的東西

例 偽物にまんまとだまされた。

不知道是假貨就這樣乖乖的受騙。

77 | にもかかわらず

連語・接續 雖然…可是；儘管…還是；儘管…可是

例 休日にもかかわらず店内は閑散としている。

儘管是休假日店內也很冷清。

78 | はあく【把握】

名・他サ 掌握，充分理解，抓住

例 状況を把握する。

充分理解狀況。

79 | ばっちり

副 完美地，充分地

例 準備はばっちりだ。

準備很充分。

80 | ひかん【悲観】

名・自他サ 悲觀

例 将来を悲観する。

對將來感到悲觀。

81 | ひずみ【歪み】

名 歪斜，曲翹；（喻）不良影響；（理）形變

例 政策のひずみを是正する。

導正政策的失調。

82 | ひずむ

自五 變形，歪斜

例 心が歪む。

心態不正。

83 | ひとなみ【人並み】

名・形動 普通，一般

例 人並みの暮らしがしたい。

想過普通人的生活。

84 | ぶつぎ【物議】

名 群眾的批評

例 物議を醸す。

引起群眾的批評。

85 | ふへん【普遍】

名 普遍；（哲）共性

例 普遍的な真理になるのだ。

成為普遍的真理。

86 | ふまえる【踏まえる】

他下一 踏，踩；根據，依據

例 要点を踏まえる。

根據重點。

87 | ふめい【不明】

名 不詳，不清楚；見識少，無能；盲目，沒有眼光

例 意識不明に陥る。

陷入意識不明的狀態。

88 | へんけん【偏見】

(名) 偏見，偏執
例 偏見を持つ。
持有偏見。

89 | ポイント【point】

(名) 點，句點；小數點；重點；地點；(體)得分
例 ポイントを押さえる。
抓住要點。

30-4 知識 (4) /
知識 (4)

90 | ほうしき【方式】

(名) 方式；手續；方法
例 方式を変える。
改變方式。

91 | ほんかく【本格】

(名) 正式
例 本格的なフランス料理。
道地的法國料理。

92 | ほんしつ【本質】

(名) 本質
例 本質を見抜く。
看破本質。

93 | ほんたい【本体】

(名) 真相，本來面目；(哲)實體，本質；本體，主要部份
例 計略の本体を明かす。
揭露陰謀的真相。

94 | まこと【誠】

(名・副) 真實，事實；誠意，真誠，誠心；誠然，的確，非常
例 嘘か真かを評する。
評判是真還是假？

95 | まさしく

(副) 的確，沒錯；正是
例 これぞまさしく日本の夏だ。
這才是正宗的日本夏天啊。

96 | みおとす【見落とす】

(他五) 看漏，忽略，漏掉
例 間違いを見落とす。
漏看錯誤之處。

97 | みしらぬ【見知らぬ】

(連體) 未見過的
例 見知らぬ人に声をかけられた。
被陌生人搭話。

98 | みち【未知】

(名) 未定，不知道，未決定
例 未知の世界に飛び込む。
闖入未知的世界。

99 | むいみ【無意味】

(名・形動) 無意義，沒意思，沒價值，無聊
例 無意味な行動をする。
做無謂的行動。

100 | むち【無知】

名 沒知識，無智慧，愚笨

例 相手の無知につけ込む。
あいて　　むち

抓住對手的弱點。

101 | もくろみ【目論見】

名 計畫，意圖，企圖

例 もくろみが外れる。
はず

計畫落空。

102 | ややこしい

形 錯綜複雜，弄不明白的樣子，費解，繁雜

例 ややこしい問題を解く。
もんだい　と

解開錯綜複雜的問題。

103 | ゆがむ【歪む】

自五 歪斜，歪扭；(性格等)乖僻，扭曲

例 顔がゆがむ。
かお

臉扭曲。

104 | ようしき【様式】

名 樣式，方式；一定的形式，格式；(詩、建築等)風格

例 様式にこだわる。
ようしき

嚴格要求格式。

105 | ようほう【用法】

名 用法

例 用法を把握する。
ようほう　は あく

掌握用法。

106 | よかん【予感】

名・他サ 預感，先知，預兆

例 いやな予感がする。
よ かん

有不祥的預感。

107 | よって

接續 因此，所以

例 これによって無罪とする。
む ざい

因此獲判無罪。

108 | よほど【余程】

副 頗，很，相當，在很大程度上；很想…，差一點就…

例 よほどの技術がないと無理だ。
ぎ じゅつ　　　む り

沒有相當技術是辦不到的。

109 | りくつ【理屈】

名 理由，道理；(為堅持己見而捏造的)歪理，藉口

例 理屈をこねる。
り くつ

強詞奪理。

110 | りてん【利点】

名 優點，長處

例 利点を活かす。
り てん　い

活用長處。

111 | りょうしき【良識】

名 正確的見識，健全的判斷力

例 良識を疑う。
りょうしき　うたが

懷疑是否有健全的判斷力。

112 | りろん【理論】

名 理論

例 理論を述べる。

闡述理論。

113 | ろんり【論理】

名 邏輯；道理，規律；情理

例 論理性を欠く。

欠缺邏輯性。

● 30-5 (1)

30-5 言語 (1) /
語言 (1)

01 | あてじ【当て字】

名 借用字，假借字；別字

例 当て字を書く。

寫假借字。

02 | いちじちがい【一字違い】

名 錯一個字

例 一字違いで大違い。

錯一個字便大不同。

03 | かく【画】

名 （漢字的）筆劃

例 11 画の漢字を使う。

使用 11 劃的漢字。

04 | かたこと【片言】

名 （幼兒，外國人的）不完全的詞語，隻字片語，單字羅列；一面之詞

例 片言の日本語。

隻字片語的日語。

05 | かんご【漢語】

名 中國話；音讀漢字

例 漢語を用いる。

使用漢語。

06 | かんよう【慣用】

名・他サ 慣用，慣例

例 慣用的な表現。

慣用的表現方式。

07 | げんぶん【原文】

名 （未經刪文或翻譯的）原文

例 原文を翻訳する。

翻譯原文。

08 | ごい【語彙】

名 詞彙，單字

例 語彙を増やす。

增加單字量。

09 | ごく【語句】

名 語句，詞句

例 よく使う語句を登録する。

收錄經常使用的語句。

10 | ごげん【語源】

名 語源，詞源

例 語源を調べる。

查詢詞彙來源。

11 | じたい【字体】

名 字體；字形
例 字体を変える。
變換字體。

12 | じどうし【自動詞】

名 (語法)自動詞
例 自動詞の活用を覚える。
記住自動詞的活用。

13 | しゅうしょく【修飾】

名・他サ 修飾，裝飾；(文法)修飾
例 名詞を修飾する。
修飾名詞。

14 | じょし【助詞】

名 (語法)助詞
例 助詞を間違える。
弄錯助詞。

15 | じょどうし【助動詞】

名 (語法)助動詞
例 助動詞の役割を担う。
起助動詞的作用。

16 | すうし【数詞】

名 數詞
例 数詞をつける。
加上數詞。

17 | せいめい【姓名】

名 姓名
例 姓名を名乗る。
自報姓名。

18 | せつぞくし【接続詞】

名 接續詞，連接詞
例 接続詞を間違える。
接續詞錯誤。

19 | だいする【題する】

他サ 題名，標題，命名；題字，題詞
例 「資本論」と題する著作。
以「資本論」為題的著作。

20 | だいべん【代弁】

名・他サ 替人辯解，代言
例 友人の代弁をする。
替朋友辯解。

21 | たどうし【他動詞】

名 他動詞，及物動詞
例 他動詞は目的語を取る。
他動詞必須有受詞。

30-5 言語 (2) /
語言 (2)

22 | ちょくやく【直訳】

(名・他サ) 直譯

例 英語の文を直訳する。

直譯英文的文章。

23 | つかいこなす【使いこなす】

(他五) 運用自如，掌握純熟

例 日本語を使いこなす。

日語能運用自如。

24 | つづり【綴り】

(名) 裝訂成冊；拼字，拼音

例 書類の綴りを出した。

取出裝訂成冊的文件。

25 | ていせい【訂正】

(名・他サ) 訂正，改正，修訂

例 内容を訂正する。

修訂內容。

26 | と

(格助・並助)（接在助動詞「う、よう、まい」之後，表示逆接假定前題）不管…也，即使…也；（表示幾個事物並列）和

例 なんと言われようと構わない。

不管誰說什麼都不在乎。

27 | どうじょう【同上】

(名) 同上，同上所述

例 同上の理由により。

基於同上的理由。

28 | とくめい【匿名】

(名) 匿名

例 匿名の手紙が届いた。

收到匿名信。

29 | なづけおや【名付け親】

(名)（給小孩）取名的人；（某名稱）第一個使用的人

例 新製品の名付け親は娘だ。

新商品的命名者是女兒。

30 | なづける【名付ける】

(他下一) 命名；叫做，稱呼為

例 子供に名付ける。

給孩子取名字。

31 | なふだ【名札】

(名)（掛在門口的、行李上的）姓名牌，（掛在胸前的）名牌

例 名札をつける。

戴名牌。

32 | ならす【慣らす】

(他五) 使習慣，使適應

例 体を慣らす。

使身體習慣。

33 | ならびに【並びに】

接續 (文)和，以及
例 氏名並びに電話番号。
姓名與電話號碼。

34 | ぶんご【文語】

名 文言；文章語言，書寫語言
例 文語を使う。
使用文言文。

35 | ほんみょう【本名】

名 本名，真名
例 本名を名乗る。
報上真名。

36 | マーク【mark】

名・他サ (劃)記號，符號，標記；商標；標籤，標示，徽章
例 マークを付ける。
作上記號。

37 | まえおき【前置き】

名 前言，引言，序語，開場白
例 前置きが長い。
開場白冗長。

38 | めいしょう【名称】

名 名稱(一般指對事物的稱呼)
例 名称を変える。
改變名稱。

39 | よびすて【呼び捨て】

名 光叫姓名(不加「様」、「さん」、「君」等敬稱)
例 人を呼び捨てにする。
直呼別人的名(姓)。

40 | りゃくご【略語】

名 略語；簡語
例 略語を濫用する。
濫用略語。

41 | ろうどく【朗読】

名・他サ 朗讀，朗誦
例 詩を朗読する。
朗讀詩句。

42 | わぶん【和文】

名 日語文章，日文
例 和文英訳の仕事を依頼する。
委托日翻英的工作。

30-6 表現 (1) / 表達(1)

01 | あかす【明かす】

他五 説出來；揭露；過夜，通宵；證明
例 秘密を明かす。
揭露祕密。

02 | ありのまま

名・形動・副 據實；事實上，實事求是
例 ありのままを話す。
説出實情。

表達 (1) | **289**

03 | いいはる【言い張る】

(他五) 堅持主張，固執己見

例 知らないと言い張る。

堅稱不知情。

04 | いいわけ【言い訳】

(名・自サ) 辯解，分辯；道歉，賠不是；語言用法上的分別

例 知らなかったと言い訳する。

辯説不知情。

05 | いきごむ【意気込む】

(自五) 振奮，幹勁十足，踴躍

例 意気込んで参加する。

鼓足幹勁參加。

06 | うったえ【訴え】

(名) 訴訟，控告；訴苦，申訴

例 訴えを退ける。

撤銷訴訟。

07 | うながす【促す】

(他五) 促使，促進

例 注意を促す。

提醒注意。

08 | エスカレート【escalate】

(名・自他サ) 逐步上升，逐步升級

例 紛争がエスカレートする。

衝突與日俱增。

09 | えんかつ【円滑】

(名・形動) 圓滑；順利

例 運営が円滑に進む。

順利經營。

10 | えんきょく【婉曲】

(形動) 婉轉，委婉

例 婉曲に断る。

委婉拒絕。

11 | オーケー【OK】

(名・自サ・感) 好，行，對，可以；同意

例 先方のオーケーを取る。

取得對方的同意。

12 | おおい

(感)(在遠方要叫住他人)喂，嗨(亦可用「おい」)

例 おおい、ここだ。

喂！在這裡啦。

13 | おおげさ

(形動) 做得或説得比實際誇張的樣子；誇張，誇大

例 おおげさに言う。

誇大其詞。

14 | おせじ【お世辞】

(名) 恭維(話)，奉承(話)，獻殷勤的(話)

例 お世辞を言う。

説客套話。

15 ｜ かいだん【会談】

名・自サ 面談，會談；（特指外交等）談判

例 会談を打ち切る。

中止會談。

16 ｜ かかげる【掲げる】

他下一 懸，掛，升起；舉起，打著；挑，掀起，撩起；刊登，刊載；提出，揭出，指出

例 目標を掲げる。

高舉目標。

17 ｜ かきとる【書き取る】

他五 （把文章字句等）記下來，紀錄，抄錄

例 要点を書き取る。

記錄下要點。

18 ｜ かわす【交わす】

他五 交，交換；交結，交叉，互相…

例 言葉を交わす。

交談。

19 ｜ きかく【企画】

名・他サ 規劃，計畫

例 旅行を企画する。

計畫去旅行。

20 ｜ きさい【記載】

名・他サ 刊載，寫上，刊登

例 結果を記載する。

記錄結果。

21 ｜ きめい【記名】

名・自サ 記名，簽名

例 無記名で提出する。

以不記名方式提出。

22 ｜ きゃくしょく【脚色】

名・他サ （小説等）改編成電影或戲劇；添枝加葉，誇大其詞

例 話を映画に脚色する。

把故事改編成電影。

23 ｜ きょうめい【共鳴】

名・自サ （理）共鳴，共振；共鳴，同感，同情

例 共鳴を呼ぶ。

引起共鳴。

24 ｜ ぐちゃぐちゃ

副 （因飽含水分）濕透；出聲咀嚼；抱怨，發牢騷的樣子

例 ぐちゃぐちゃと文句を言う。

不斷抱怨。

25 ｜ けなす【貶す】

他五 譏笑，貶低，排斥

例 他社商品をけなす。

貶低其他公司的商品。

26 ｜ げんろん【言論】

名 言論

例 言論の自由を保障する。

保障言論自由。

27 | こうぎ【抗議】

(名・自サ) 抗議

例 審判に抗議する。

對判決提出抗議。

28 | こうとう【口頭】

(名) 口頭

例 口頭で説明する。

口頭説明。

29 | こくはく【告白】

(名・他サ) 坦白，自白；懺悔；坦白自己的感情

例 好きな人に告白する。

向喜歡的人告白。

30 | ございます

(自・特殊型) 有；在；來；去

例 お探しの商品はこちらにございます。

您要的商品在這邊。

🔊 30-6 (2)

30-6 表現 (2) /
表達 (2)

31 | こちょう【誇張】

(名・他サ) 誇張，誇大

例 誇張して表現する。

表現誇張。

32 | ごまかす

(他五) 欺騙，欺瞞，蒙混，愚弄；蒙蔽，掩蓋，搪塞，敷衍；作假，搞鬼，舞弊，侵吞（金錢等）

例 年をごまかす。

年齡作假。

33 | コメント【comment】

(名・自サ) 評語，解説，註釋

例 ノーコメントを貫いてきた。

堅持一切均無可奉告。

34 | ごらんなさい【御覧なさい】

(敬) 看，觀賞

例 お手本をよくご覧なさい。

請仔細看範本。

35 | さ

(終助) 向對方強調自己的主張，説法較隨便；（接疑問詞後）表示抗議、追問的語氣；（插在句中）表示輕微的叮嚀

例 僕だってできるさ。

我也會做啊。

36 | さいげん【再現】

(名・自他サ) 再現，再次出現，重新出現

例 事件の状況を再現する。

重現案發現場。

37 | さけび【叫び】

(名) 喊叫，尖叫，呼喊

例 叫び声が聞こえた。

聽到尖叫聲。

38 | ざつだん【雑談】

名・自サ 閒談，説閒話，閒聊天

例 雑談にふける。

聊得很起勁。

39 | さんび【賛美】

名・他サ 讚美，讚揚，歌頌

例 口をそろえて賛美する。

異口同聲稱讚。

40 | しつぎ【質疑】

名・自サ 質疑，疑問，提問

例 論文の質疑応答は英語により行う。

以英語回答對論文的質疑。

41 | してき【指摘】

名・他サ 指出，指摘，揭示

例 弱点を指摘する。

指出弱點。

42 | しょうげん【証言】

名・他サ 證言，證詞，作證

例 法廷で証言する。

出庭作證。

43 | しょうさい【詳細】

名・形動 詳細

例 詳細に述べる。

詳細描述。

44 | しょうする【称する】

他サ 稱做名字叫…；假稱，偽稱；稱讚

例 病気と称して会社を休む。

謊稱生病向公司請假。

45 | じょげん【助言】

名・自サ 建議，忠告；從旁教導，出主意

例 助言を与える。

給予勸告。

46 | しるす【記す】

他五 寫，書寫；記述，記載；記住，銘記

例 氏名を記す。

寫上姓名。

47 | しれい【指令】

名・他サ 指令，指示，通知，命令

例 指令が下る。

下達命令。

48 | すいしん【推進】

名・他サ 推進，推動

例 積極的に推進する。

大力推動。

49 | すすめ【勧め】

名 規勸，勸告，勸誡；鼓勵；推薦

例 医者の勧めに従う。

聽從醫師的勸告。

50 | すべる【滑る】

（自五）滑行；滑溜，打滑；(俗)不及格，落榜；失去地位，讓位；說溜嘴，失言

例 言葉が滑る。

說錯話。

51 | すらすら

（副）痛快的，流利的，流暢的，順利的

例 日本語ですらすらと話す。

用日文流利的說話。

52 | せいめい【声明】

（名・自サ）聲明

例 声明を発表する。

發表聲明。

53 | せじ【世辞】

（名）奉承，恭維，巴結

例 （お）世辞がうまい。

善於奉承。

54 | せっとく【説得】

（名・他サ）說服，勸導

例 説得に負ける。

被說服。

55 | せんげん【宣言】

（名・他サ）宣言，宣布，宣告

例 独立を宣言する。

宣佈獨立。

56 | たいけん【体験】

（名・他サ）體驗，體會，(親身)經驗

例 体験を生かす。

活用經驗。

57 | たいだん【対談】

（名・自サ）對談，交談，對話

例 対談中、笑いが止まらなかった。

面談中笑聲不斷。

58 | たいわ【対話】

（名・自サ）談話，對話，會話

例 対話がうまい。

善於交談。

59 | たとえ

（名・副）比喻，譬喻；常言，寓言；(相似的)例子

例 例えを引く。

舉例。

60 | だまりこむ【黙り込む】

（自五）沉默，緘默

例 急に黙り込んだ。

突然安靜下來。

30-6 表現 (3) /
表達 (3)

61 | ちゅうこく【忠告】

名・自サ 忠告，勸告
例 忠告を聞き入れる。
接受忠告。

62 | ちゅうじつ【忠実】

名・形動 忠實，忠誠；如實，照原樣
例 忠実に再現する。
如實呈現。

63 | ちんもく【沈黙】

名・自サ 沈默，默不作聲，沈寂
例 沈黙を破る。
打破沈默。

64 | つげぐち【告げ口】

名・他サ 嚼舌根，告密，搬弄是非
例 先生に告げ口をする。
向老師打小報告。

65 | つづる【綴る】

他五 縫上，連綴；裝訂成冊；(文)寫，寫作；拼字，拼音
例 着物の破れを綴る。
縫補和服的破洞。

66 | ていきょう【提供】

名・他サ 提供，供給
例 情報を提供する。
提供情報。

67 | ていさい【体裁】

名 外表，樣式，外貌；體面，體統；(應有的)形式，局面
例 体裁を繕う。
裝飾門面。

68 | ていじ【提示】

名・他サ 提示，出示
例 証明書を提示する。
提出證明。

69 | でんたつ【伝達】

名・他サ 傳達，轉達
例 伝達事項をお知らせします。
傳遞轉達事項。

70 | てんで

副 (後接否定或消極語)絲毫，完全，根本；(俗)非常，很
例 話しがてんで違う。
內容完全不同。

71 | どうやら

副 好歹，好不容易才…；彷彿，大概
例 どうやら明日も雨らしい。
明天大概會下雨。

72 | とうろん【討論】

名・自サ 討論
例 討論に加わる。
參與討論。

73 | とう【問う】

(他五) 問，打聽；問候；徵詢；做為問題（多用否定形）；追究；問罪

例 選挙で民意を問う。

以選舉徵詢民意。

74 | とく【説く】

(他五) 説明；説服，勧；宣導，提倡

例 説法を説く。

説明道理。

75 | どころか

(接續・接助) 然而，可是，不過；（用「…たところが」的形式）一…，剛要…

例 他人どころか家族さえも～。

不用説是旁人了，就連家人也…。

76 | となえる【唱える】

(他下一) 唸，頌；高喊；提倡；提出，聲明；喊價，報價

例 スローガンを唱える。

高喊口號。

77 | とりいそぎ【取り急ぎ】

(副)（書信用語）急速，立即，趕緊

例 取り急ぎご返事申し上げます。

謹此奉覆。

78 | なにげない【何気ない】

(形) 沒什麼明確目的或意圖而行動的樣子；漫不經心的；無意的

例 何気ない一言。

無心的一句話。

79 | なにとぞ【何とぞ】

(副)（文）請；設法，想辦法

例 何卒宜しくお願いします。

務必請您多多指教。

80 | なにより【何より】

(連語・副) 沒有比這更…；最好

例 お元気で何よりです。

您能身體健康比什麼都重要。

81 | ナンセンス【nonsense】

(名・形動) 無意義的，荒謬的，愚蠢的

例 ナンセンスなことを言う。

廢話。

82 | なんなり（と）

(連語・副) 無論什麼，不管什麼

例 なんなりとお申し付け下さい。

無論什麼事您儘管吩咐。

83 | ニュアンス【（法）nuance】

(名) 神韻，語氣；色調，音調；（意義、感情等）微妙差別，（表達上的）細膩

例 言葉のニュアンスが違う。

詞義有細微的差別。

84 | ねだる

(他五) 賴著要求；勒索，纏著，強求

例 小遣いをねだる。

鬧著要零用錢。

85 | はくじょう【白状】

(名·他サ) 坦白，招供，招認，認罪

例 犯人が白状する。

嫌犯招供了。

86 | ばくろ【暴露】

(名·自他サ) 曝曬，風吹日曬；暴露，揭露，洩漏

例 秘密を暴露する。

洩漏秘密。

87 | はつげん【発言】

(名·自サ) 發言

例 発言を求める。

要求發言。

88 | はなはだ【甚だ】

(副) 很，甚，非常

例 成績が甚だ悪い。

成績非常差。

89 | ばれる

(自下一) (俗)暴露，散露；破裂

例 うそがばれる。

揭穿謊言。

90 | ひいては

(副) 進而

例 国のため、ひいては世界のために。

為了國家，進而為了世界。

30-6 表現 (4) /
表達 (4)

91 | ひなん【非難】

(名·他サ) 責備，譴責，責難

例 非難を浴びる。

遭到責備。

92 | ひやかす【冷やかす】

(他五) 冰鎮，冷卻，使變涼；嘲笑，開玩笑；只問價錢不買

例 そう冷やかすなよ。

不要那麼挖苦。

93 | ひょっと

(副) 突然，偶然

例 ひょっと口に出す。

不經意說出口。

94 | ひょっとして

(連語·副) 該不會是，萬一， 一旦，如果

例 ひょっとして道に迷ったら大変だ。

萬一迷路就糟糕了。

95 | ひょっとすると

(連語·副) 也許，或許，有可能

例 ひょっとするとあの人が犯人かもしれない。

那個人也許就是犯人。

96｜ふこく【布告】

名·他サ 佈告，公告；宣告，宣布

例 宣戦を布告する。

宣戦。

97｜ふひょう【不評】

名 聲譽不佳，名譽壞，評價低

例 不評を買う。

獲得不好的評價。

98｜プレゼン【presentation 之略】

名 簡報；（對音樂等的）詮釋

例 新企画のプレゼンをする。

進行新企畫的簡報。

99｜ぺこぺこ

名·自サ·形動副 癟，不鼓；空腹；諂媚

例 ぺこぺこして謝る。

叩頭作揖地道歉。

100｜へりくだる

自五 謙虛，謙遜，謙卑

例 へりくだった表現。

謙虛的表現。

101｜べんかい【弁解】

名·自他サ 辯解，分辯，辯明

例 弁解の余地が無い。

沒有辯解的餘地。

102｜へんとう【返答】

名·他サ 回答，回信，回話

例 返答に困る。

不知道如何回答。

103｜べんろん【弁論】

名·自サ 辯論；（法）辯護

例 弁論大会に出場する。

參加辯論大會。

104｜ぼやく

自他五 發牢騷

例 安い給料をぼやく。

抱怨薪水低。

105｜まぎらわしい【紛らわしい】

形 因為相像而容易混淆；以假亂真的

例 紛らわしいことをする。

以假亂真。

106｜まことに【誠に】

副 真，誠然，實在

例 誠に申し訳ございません。

實在非常抱歉。

107｜みせびらかす【見せびらかす】

他五 炫耀，賣弄，顯示

例 見せびらかして自慢する。

驕傲的炫耀。

108 | むごん【無言】

名 無言，不説話，沈黙

例 無言でうなずく。

默默地點頭。

---

109 | むろん【無論】

副 當然，不用説

例 無論心配は要りません。

當然無須擔心。

---

110 | もうしいれる【申し入れる】

他下一 提議，（正式）提出

例 援助を申し入れる。

申請援助。

---

111 | もうしこみ【申し込み】

名 提議，提出要求；申請，應徵，報名；預約

例 申し込みの締め切り。

報名期限。

---

112 | もうしでる【申し出る】

他下一 提出，申述，申請

例 申し出てください。

請提出申請。

---

113 | もうしで【申し出】

名 建議，提出，聲明，要求；（法）申訴

例 申し出の順に処理する。

依申請順序處理。

---

114 | もらす【漏らす】

他五 （液體、氣體、光等）漏，漏出；（秘密等）洩漏；遺漏；發洩；尿褲子

例 秘密を漏らす。

洩漏秘密。

---

115 | ユニーク【unique】

形動 獨特而與其他東西無雷同之處；獨到的，獨自的

例 ユニークな発想をする。

獨到的想法。

---

116 | ようけん【用件】

名 （應辦的）事情；要緊的事情；事情的內容

例 用件を述べる。

陳述事情內容。

---

117 | よっぽど

副 （俗）很，頗，大量；在很大程度上；（以「よっぽど…ようと思った」形式）很想…，差一點就…

例 よっぽど好きだね。

你真的很喜歡呢。

---

118 | よびとめる【呼び止める】

他下一 叫住

例 警察に呼び止められる。

被警察叫住。

---

119 | よみあげる【読み上げる】

他下一 朗讀；讀完

例 判決文を読み上げる。

朗讀判決書。

---

120 | よろん・せろん【世論・世論】

㊔ 興論

例 世論を無視する。

無視於興論。

---

121 | リップサービス【lip service】

㊔ 口惠，口頭上說好聽的話

例 リップサービスが上手だ。

擅於說好聽的話。

---

122 | りょうしょう【了承】

㊔・他サ 知道，曉得，諒解，體察

例 ご了承下さい。

請您見諒。

---

123 | ろんぎ【論議】

㊔・他サ 議論，討論，辯論，爭論

例 論議が盛んだ。

激烈爭辯。

---

124 | わるいけど【悪いけど】

㊥ 不好意思，但…，抱歉，但是…

例 悪いけど、金貸して。

不好意思，借錢給我。

30-7 文書、出版物 /
文章文書、出版物

01 | うつし【写し】

㊔ 拍照，攝影；抄本，摹本，複製品

例 住民票の写しを持参する。

帶上戶籍謄本影本。

---

02 | うわがき【上書き】

㊔・自サ 寫在（信件等）上（的文字）；（電腦用語）數據覆蓋

例 荷物の上書きを確かめる。

核對貨物上的收件人姓名及地址。

---

03 | えいじ【英字】

㊔ 英語文字（羅馬字）；英國文學

例 毎朝英字新聞を読む。

每天閱讀英文報。

---

04 | えつらん【閲覧】

㊔・他サ 閱覽；查閱

例 新聞を閲覧する。

閱覽報紙。

---

05 | おうぼ【応募】

㊔・自サ 報名參加；認購（公債，股票等），認捐；投稿應徵

例 求人に応募する。

應徵求才職缺。

06 | かじょうがき【箇条書き】

名 逐條地寫，引舉，列舉
例 箇条書きで記す。
逐條記錄。

07 | かんこう【刊行】

名・他サ 刊行；出版，發行
例 雑誌を刊行する。
發行雜誌。

08 | きかん【季刊】

名 季刊
例 季刊誌。
季刊。

09 | けいぐ【敬具】

名 （文）敬啟，謹具
例 拝啓と敬具。
敬啟與謹具。

10 | けいさい【掲載】

名・他サ 刊登，登載
例 雑誌に掲載する。
刊登在雜誌上。

11 | げんしょ【原書】

名 原書，原版本；（外語的）原文書
例 英語の原書を読む。
閱讀英文原文書。

12 | げんてん【原典】

名 （被引證，翻譯的）原著，原典，原來的文獻
例 原典を引用する。
引用原著。

13 | こうどく【講読】

名・他サ 講解（文章）
例 源氏物語を講読する。
講解源氏物語。

14 | こうどく【購読】

名・他サ 訂閱，購閱
例 雑誌を購読する。
訂閱雜誌。

15 | さんしょう【参照】

名・他サ 參照，參看，參閱
例 別紙を参照して下さい。
請參閱其他文件。

16 | しゅだい【主題】

名 （文章、作品、樂曲的）主題，中心思想
例 映画の主題歌を書き下ろす。
新寫電影的主題曲。

17 | しょはん【初版】

名 （印刷物，書籍的）初版，第一版
例 初版を発行する。
發行書籍。

18｜しょひょう【書評】

⊗ 書評（特指對新刊的評論）

例 書評を書く。

撰寫書評。

19｜しょ【書】

名・漢造 書，書籍；書法；書信；書寫；字述；五經之一

例 書を習う。

學習書法。

20｜ぜっぱん【絶版】

⊗ 絶版

例 絶版にする。

不再出版。

21｜そうかん【創刊】

名・他サ 創刊

例 創刊号が書店に並ぶ。

書店陳列著創刊號。

22｜ださく【駄作】

⊗ 拙劣的作品，無價值的作品

例 駄作映画がヒットした。

拙劣的電影竟然大賣。

23｜ちょうへん【長編】

⊗ 長篇；長篇小説

例 長編小説に挑む。

挑戰撰寫長篇小説。

24｜ちょしょ【著書】

⊗ 著書，著作

例 著書を出す。

發表著作。

25｜ちょ【著】

名・漢造 著作，寫作；顯著

例 著名な音楽家を招く。

邀請赫赫有名的音樂家。

26｜でんき【伝記】

⊗ 傳記

例 伝記を書く。

寫傳記。

27｜とじる【綴じる】

他上一 訂起來，訂綴；（把衣的裡和面）縫在一起

例 資料を綴じる。

裝訂資料。

28｜ねんかん【年鑑】

⊗ 年鑑

例 年鑑を発行する。

發行年鑑。

29｜はいけい【拝啓】

⊗ （寫在書信開頭的）敬啟者

例 「拝啓」と「敬具」。

「敬啟者」與「謹具」。

30 | はん・ばん【版】
(名・漢造) 版；版本，出版；版圖
例 保存版にする。
作為保存版。

31 | ふろく【付録】
(名・他サ) 附錄；臨時增刊
例 付録をつける。
附加附錄。

32 | ぶんしょ【文書】
(名) 文書，公文，文件，公函
例 文書を校正する。
校對文件。

33 | ベストセラー【bestseller】
(名) (某一時期的)暢銷書
例 ベストセラーになる。
成為暢銷書。

34 | ほんぶん【本文】
(名) 本文，正文
例 本文を参照せよ。
請參看正文。

35 | まとめ【纏め】
(名) 總結，歸納；匯集；解決，有結果；達成協議；調解(動詞為「纏める」)
例 一年間の総まとめ。
一年的總結。

36 | ミスプリント【misprint】
(名) 印刷錯誤，印錯的字
例 ミスプリントを訂正する。
訂正印刷錯誤。

37 | めいぼ【名簿】
(名) 名簿，名冊
例 同窓会名簿が届いた。
收到同學會名冊。

38 | もくろく【目録】
(名) (書籍目錄的)目次；(圖書、財產、商品的)目錄；(禮品的)清單
例 目録を進呈する。
呈上目錄。

MEMO

網羅新日本語能力試驗文法必考範圍

日本語
動詞活用
辭典

NIHONGO BUNPOO · DOUSI KATSUYOU ZITEN

N1單字辭典

【吉松由美・田中陽子 合著】

前言

「動詞」就是日文的神經和血液，

有了神經和血液——動詞，才能讓您的日文活起來！才能讓您的表達更確實有張力！日檢得高分！

因此，紮實並強化日文，就要確實學會動詞，先和它和它成為好朋友！

一眼搞懂！N1 動詞　14 種活用，完全圖表

3 個公式、14 種變化

五段動詞、上一段・下一段動詞、カ變・サ變動詞

辭書形、ない形、ます形、ば形、させる形、命令形、う形…共 14 種活用

日檢、上課、上班天天派上用場，順利揮別卡卡日文！

　　日語動詞活用是日語的一大特色，它的規則類似英語動詞，語尾也有原形、現在形、過去形、過去分詞、現在分詞等變化。

　　日語動詞活用就像是動詞的兄弟，這裡將介紹動詞的這 14 個兄弟（14 種活用變化）。兄弟本是同根生，但由於他們後面可以自由地連接助動詞或語尾變化，使得各兄弟們都有著鮮明的個性，他們時常高喊「我們不一樣」，大搞特色。請看：

正義正直的老大 → 書く	書寫	（表示語尾）
小心謹慎的老2 → 開かない	打不開	（表示否定）
悲觀失意的老3 → 休まなかった	過去沒有休息	（表示過去否定）
彬彬有禮的老4 → 渡します	交給	（表示鄭重）
外向開朗的老5 → 弾いて	彈奏	（表示連接等）
快言快語的老6 → 話した	説了	（表示過去）
聰明好學的老7 → 入ったら	進去的話	（表示條件）
情緒多變的老8 → 寝たり	又是睡	（表示列舉）
實事求是的老9 → 登れば	攀登的話	（表示條件）
暴躁善變的老10 → 飲ませる	叫…喝	（表示使役）
追求刺激的老11 → 遊ばれる	被玩弄	（表示被動）
豪放不羈的老12 → 脱げ	快脱	（表示命令）
勇敢正義的老13 → 点けられる	可以點燃	（表示可能）
異想天開的老14 → 食べよう	吃吧	（表示意志）

　本書利用完全圖表，再配合三個公式，讓您一眼搞懂各具特色的日檢 N1 動詞 14 種活用變化！讓您考日檢、上課、上班天天派上用場。順利揮別卡卡日文！

目録

N1
活用動詞

あ行 10
か行 50
さ行 80
た行 113
な行 159
は行 175
ま行 207
や行 233
わ行 244
サ変動詞 244

日語動詞
變化規律

1 日語動詞三個公式

　表示人或事物的存在、動作、行為和作用的詞叫動詞。日語動詞可以分為三大類（三個公式），有：

分類		ます形	辭書形	中文
一般動詞	上一段動詞	おきます すぎます おちます います	おきる すぎる おちる いる	起來 超過 掉下 在
	下一段動詞	たべます うけます おしえます ねます	たべる うける おしえる ねる	吃 接受 教授 睡覺
五段動詞		かいます かきます はなします しります かえります はしります おわります	かう かく はなす しる かえる はしる おわる	購買 書寫 說 知道 回來 跑 結束
不規則動詞	サ變動詞	します	する	做
	カ變動詞	きます	くる	來

② 動詞有5種

按形態和變化規律，可以分為：

❶ 上一段動詞

動詞的活用詞尾，在五十音圖的「い段」上變化的叫上一段動詞。一般由有動作意義的漢字，後面加兩個平假名構成。最後一個假名為「る」。「る」前面的假名一定在「い段」上。例如：

◆ い段音「い、き、し、ち、に、ひ、み、り」
　　　　　 i　ki　shi　chi　ni　hi　mi　ri

　起きる（おきる）

　過ぎる（すぎる）

　落ちる（おちる）

❷ 下一段動詞

動詞的活用詞尾在五十音圖的「え段」上變化的叫下一段動詞。一般由一個有動作意義的漢字，後面加兩個平假名構成。最後一個假名為「る」。「る」前面的假名一定在「え段」上。例如：

◆ え段音「え、け、せ、て、ね、へ、め、れ」
　　　　　 e　ke　se　te　ne　he　me　re

　食べる（たべる）

　受ける（うける）

　教える（おしえる）

只是，也有「る」前面不夾進其他假名的。但這個漢字讀音一般也在「い段」或「え段」上。如：

▶居る（いる）

▶寝る（ねる）

▶見る（みる）

❸ 五段動詞

　　動詞的活用詞尾在五十音圖的「あ、い、う、え、お」五段上變化的叫五段動詞。一般由一個或兩個有動作意義的漢字，後面加一個（兩個）平假名構成。

(1) 五段動詞的詞尾都是由「う段」假名構成。其中除去「る」以外，凡是「う、く、す、つ、ぬ、ふ、む」結尾的動詞，都是五段動詞。例如：

　　▸買う（かう）　　　▸待つ（まつ）
　　▸書く（かく）　　　▸飛ぶ（とぶ）
　　▸話す（はなす）　　▸読む（よむ）

(2)「漢字＋る」的動詞一般為五段動詞。也就是漢字後面只加一個「る」，「る」跟漢字之間不夾有任何假名的，95% 以上的動詞為五段動詞。例如：

　　▸売る（うる）　　　▸走る（はしる）
　　▸知る（しる）　　　▸要る（いる）
　　▸帰る（かえる）

(3) 個別的五段動詞在漢字與「る」之間又加進一個假名。但這個假名不在「い段」和「え段」上，所以，不是一段動詞，而是五段動詞。例如：

　　▸始まる（はじまる）　　　▸終わる（おわる）

❹ サ變動詞

　　サ變動詞只有一個詞「する」。活用時詞尾變化都在「サ行」上，稱為サ變動詞。另有一些動作性質的名詞＋する構成的複合詞，也稱サ變動詞。例如：

　　▸結婚する（けっこんする）　　　▸勉強する（べんきょうする）

❺ カ變動詞

　　只有一個動詞「来る」。因為詞尾變化在カ行，所以叫做カ變動詞，由「く＋る」構成。它的詞幹和詞尾不能分開，也就是「く」既是詞幹，又是詞尾。

動詞單字
N1

あいつぐ【相次ぐ・相継ぐ】

（文）接二連三・連續・連續不斷・持續不中斷 　自五　グループ1

相次ぐ・相次ぎます

辞書形(基本形) 連續	あいつぐ	たり形 又是連續	あいついだり
ない形 (否定形) 沒連續	あいつがない	ば形 (條件形) 連續的話	あいつげば
なかった形 (過去否定形) 過去沒連續	あいつがなかった	させる形 (使役形) 使連續	あいつがせる
ます形 (連用形) 連續	あいつぎます	られる形 (被動形) 被連續	あいつがれる
て形 連續	あいついで	命令形 快串連	あいつげ
た形 (過去形) 連續了	あいついだ	可能形	———
たら形 (條件形) 連續的話	あいついだら	う形 (意向形) 連續吧	あいつごう

△今年は相次ぐ災難に見舞われた。／今年遭逢接二連三的天災人禍。

あおぐ【仰ぐ】

仰・抬頭；尊敬；仰賴・依靠；請・求；飲・服用 　他五　グループ1

仰ぐ・仰ぎます

辞書形(基本形) 依靠	あおぐ	たり形 又是依靠	あおいだり
ない形 (否定形) 沒依靠	あおがない	ば形 (條件形) 依靠的話	あおげば
なかった形 (過去否定形) 過去沒依靠	あおがなかった	させる形 (使役形) 使依靠	あおがせる
ます形 (連用形) 依靠	あおぎます	られる形 (被動形) 被依靠	あおがれる
て形 依靠	あおいで	命令形 快依靠	あおげ
た形 (過去形) 依靠了	あおいだ	可能形 可以依靠	あおげる
たら形 (條件形) 依靠的話	あおいだら	う形 (意向形) 依靠吧	あおごう

△彼は困ったときに空を仰ぐ癖がある。／
他在不知所措時，總會習慣性地抬頭仰望天空。

あがく　掙扎；手腳亂動；刨地　

あがく・あがきます

辞書形(基本形) 掙扎	あがく	たり形 又是掙扎	あがいたり
ない形（否定形） 沒掙扎	あがない	ば形（條件形） 掙扎的話	あがけば
なかった形（過去否定形） 過去沒掙扎	あがなかった	させる形（使役形） 使掙扎	あがかせる
ます形（連用形） 掙扎	あがきます	られる形（被動形） 被掙脫而出	あがかれる
て形 掙扎	あがいて	命令形 快掙扎	あがけ
た形（過去形） 掙扎了	あがいた	可能形 可以掙扎	あがける
たら形（條件形） 掙扎的話	あがいたら	う形（意向形） 掙扎吧	あがこう

△水中で必死にあがいて、何とか助かった。／在水裡拚命掙扎，總算得救了。

あかす【明かす】　說出來；揭露；過夜、通宵；證明　

明かす・明かします

辞書形(基本形) 揭露	あかす	たり形 又是揭露	あかしたり
ない形（否定形） 沒揭露	あかさない	ば形（條件形） 揭露的話	あかせば
なかった形（過去否定形） 過去沒揭露	あかさなかった	させる形（使役形） 使揭露	あかさせる
ます形（連用形） 揭露	あかします	られる形（被動形） 被揭露	あかされる
て形 揭露	あかして	命令形 快揭露	あかせ
た形（過去形） 揭露了	あかした	可能形 可以揭露	あかせる
たら形（條件形） 揭露的話	あかしたら	う形（意向形） 揭露吧	あかそう

△記者会見で新たな離婚の理由が明かされた。／
在記者會上揭露了新的離婚的原因。

あからむ【赤らむ】 變紅・發紅・變紅了起來；臉紅 　自五 グループ1

赤_{あか}らむ・赤_{あか}らみます

辭書形(基本形) 發紅	あからむ	たり形 又是發紅	あからんだり
ない形（否定形） 沒發紅	あからまない	ば形（條件形） 發紅的話	あからめば
なかった形（過去否定形） 過去沒發紅	あからまなかった	させる形（使役形） 使發紅	あからませる
ます形（連用形） 發紅	あからみます	られる形（被動形） 迫使臉紅	あからまれる
て形 發紅	あからんで	命令形 快發紅	あからめ
た形（過去形） 發紅了	あからんだ	可能形	———
たら形（條件形） 發紅的話	あからんだら	う形（意向形） 發紅吧	あからもう

△恥_はずかしさに、彼女_{かのじょ}の頬_{ほほ}がさっと赤_{あか}らんだ。／她因為難為情而臉頰倏然變紅。

あからめる【赤らめる】 使…變紅・發紅；染紅 　他下一 グループ2

赤_{あか}らめる・赤_{あか}らめます

辭書形(基本形) 發紅	あからめる	たり形 又是發紅	あからめたり
ない形（否定形） 沒發紅	あからめない	ば形（條件形） 發紅的話	あからめれば
なかった形（過去否定形） 過去沒發紅	あからめなかった	させる形（使役形） 使發紅	あかめさせる
ます形（連用形） 發紅	あからめます	られる形（被動形） 被染紅	あかめられる
て形 發紅	あからめて	命令形 快染紅	あかめろ
た形（過去形） 發紅了	あからめた	可能形 可以染紅	あかめられる
たら形（條件形） 發紅的話	あからめたら	う形（意向形） 染紅吧	あかめよう

△顔_{かお}を赤_{あか}らめる。／漲紅了臉。

あざむく【欺く】 欺騙；混淆；誘惑

あざむ・欺きます

辞書形(基本形) 誘惑	あざむく	たり形 又是誘惑	あざむいたり
ない形（否定形） 沒誘惑	あざむかない	ば形（條件形） 誘惑的話	あざむけば
なかった形（過去否定形） 過去沒誘惑	あざむかなかった	させる形（使役形） 使誘惑	あざむかせる
ます形（連用形） 誘惑	あざむきます	られる形（被動形） 被誘惑	あざむかれる
て形 誘惑	あざむいて	命令形 快誘惑	あざむけ
た形（過去形） 誘惑了	あざむいた	可能形 可以誘惑	あざむける
たら形（條件形） 誘惑的話	あざむいたら	う形（意向形） 誘惑吧	あざむこう

 △彼の巧みな話術にまんまと欺かれた。／完全被他那三寸不爛之舌給騙了。

あざわらう【嘲笑う】 嘲笑・譏笑

他五　グループ1

あざわら・嘲笑います

辞書形(基本形) 譏笑	あざわらう	たり形 又是譏笑	あざわらったり
ない形（否定形） 沒譏笑	あざわらわない	ば形（條件形） 譏笑的話	あざわらえば
なかった形（過去否定形） 過去沒譏笑	あざわらわなかった	させる形（使役形） 使譏笑	あざわらわせる
ます形（連用形） 譏笑	あざわらいます	られる形（被動形） 被譏笑	あざわらわれる
て形 譏笑	あざわらって	命令形 快譏笑	あざわらえ
た形（過去形） 譏笑了	あざわらった	可能形 可以譏笑	あざわらえる
たら形（條件形） 譏笑的話	あざわらったら	う形（意向形） 譏笑吧	あざわらおう

 △彼の格好を見てみんなあざ笑った。／看到他的模樣，惹來大家一陣訕笑。

あせる【焦る】 急躁・著急・匆忙

自五 **グループ1**

焦る・焦ります

辞書形(基本形) 著急	あせる	たり形 又是著急	あせったり
ない形 (否定形) 沒著急	あせらない	ば形 (條件形) 著急的話	あせれば
なかった形 (過去否定形) 過去沒著急	あせらなかった	させる形 (使役形) 使著急	あせらせる
ます形 (連用形) 著急	あせります	られる形 (被動形) 在著急下	あせられる
て形 著急	あせって	命令形 快著急	あせれ
た形 (過去形) 著急了	あせった	可能形	———
たら形 (條件形) 著急的話	あせったら	う形 (意向形) 著急吧	あせろう

△あなたが焦りすぎたからこのような結果になったのです。／
都是因為你太過躁進了，才會導致這樣的結果。

あせる【褪せる】 褪色・掉色；減弱・衰退

自下一 **グループ2**

褪せる・褪せます

辞書形(基本形) 褪色	あせる	たり形 又是褪色	あせたり
ない形 (否定形) 沒褪色	あせない	ば形 (條件形) 褪色的話	あせれば
なかった形 (過去否定形) 過去沒褪色	あせなかった	させる形 (使役形) 使褪色	あせさせる
ます形 (連用形) 褪色	あせます	られる形 (被動形) 被減弱	あせられる
て形 褪色	あせて	命令形 快減弱	あせろ
た形 (過去形) 褪色了	あせた	可能形	———
たら形 (條件形) 褪色的話	あせたら	う形 (意向形) 減弱吧	あせよう

△どこ製の服か分からないから、すぐに色が褪せても仕方がない。／
不知道是哪裡製的服裝，會馬上褪色也是沒辦法的。

あつらえる【誂える】 點・訂做

誂える・誂えます

辞書形(基本形) 訂做	あつらえる	たり形 又是訂做	あつらえたり
ない形（否定形） 沒訂做	あつらえない	ば形（條件形） 訂做的話	あつらえれば
なかった形（過去否定形） 過去沒訂做	あつらえなかった	させる形（使役形） 使訂做	あつらえさせる
ます形（連用形） 訂做	あつらえます	られる形（被動形） 被訂做	あつらえられる
て形 訂做	あつらえて	命令形 快訂做	あつらえろ
た形（過去形） 訂做了	あつらえた	可能形 可以訂做	あつらえられる
たら形（條件形） 訂做的話	あつらえたら	う形（意向形） 訂做吧	あつらえよう

△父がこのスーツをあつらえてくれた。／父親為我訂做了這套西裝。

あてる【宛てる】 寄・寄給

宛てる・宛てます

辞書形(基本形) 寄	あてる	たり形 又是寄	あてたり
ない形（否定形） 沒寄	あてない	ば形（條件形） 寄的話	あてれば
なかった形（過去否定形） 過去沒寄	あてなかった	させる形（使役形） 使寄	あてさせる
ます形（連用形） 寄	あてます	られる形（被動形） 被寄	あてられる
て形 寄	あてて	命令形 快寄	あてろ
た形（過去形） 寄了	あてた	可能形 可以寄	あてられる
たら形（條件形） 寄的話	あてたら	う形（意向形） 寄吧	あてよう

△以前の上司に宛ててお歳暮を送りました。／
寄了一份年節禮物給以前的上司。

あまえる【甘える】 撒嬌；利用…的機會，既然…就順從 　自下一　グループ2

甘える・甘えます

辞書形(基本形) 撒嬌	あまえる	たり形 又是撒嬌	あまえたり
ない形（否定形） 沒撒嬌	あまえない	ば形（條件形） 撒嬌的話	あまえれば
なかった形（過去否定形） 過去沒撒嬌	あまえなかった	させる形（使役形） 任憑撒嬌	あまえさせる
ます形（連用形） 撒嬌	あまえます	られる形（被動形） 被撒嬌	あまえられる
て形 撒嬌	あまえて	命令形 快撒嬌	あまえろ
た形（過去形） 撒嬌了	あまえた	可能形 可以撒嬌	あまえられる
たら形（條件形） 撒嬌的話	あまえたら	う形（意向形） 撒嬌吧	あまえよう

 △子どもは甘えるように母親にすり寄った。／孩子依近媽媽的身邊撒嬌。

あやつる【操る】 操控，操縱；駕駛，駕馭；掌握，精通（語言）　他五　グループ1

操る・操ります

辞書形(基本形) 操縱	あやつる	たり形 又是操縱	あやつったり
ない形（否定形） 沒操縱	あやつらない	ば形（條件形） 操縱的話	あやつれば
なかった形（過去否定形） 過去沒操縱	あやつらなかった	させる形（使役形） 使操縱	あやつらせる
ます形（連用形） 操縱	あやつります	られる形（被動形） 被操縱	あやつられる
て形 操縱	あやつって	命令形 快操縱	あやつれ
た形（過去形） 操縱了	あやつった	可能形 可以操縱	あやつれる
たら形（條件形） 操縱的話	あやつったら	う形（意向形） 操縱吧	あやつろう

 △あの大きな機械を操るには三人の大人がいる。／
必須要有三位成年人共同操作那部大型機器才能運作。

あやぶむ【危ぶむ】 擔心；認為靠不住，有風險；懷疑 他五 グループ1

危ぶむ・危ぶみます

辭書形(基本形) 懷疑	あやぶむ	たり形 又是懷疑	あやぶんだり
ない形 (否定形) 沒懷疑	あやぶまない	ば形 (條件形) 懷疑的話	あやぶまれば
なかった形 (過去否定形) 過去沒懷疑	あやぶまなかった	させる形 (使役形) 使懷疑	あやぶませる
ます形 (連用形) 懷疑	あやぶみます	られる形 (被動形) 被懷疑	あやぶまれる
て形 懷疑	あやぶんで	命令形 快懷疑	あやぶめ
た形 (過去形) 懷疑了	あやぶんだ	可能形 可以懷疑	あやぶめる
たら形 (條件形) 懷疑的話	あやぶんだら	う形 (意向形) 懷疑吧	あやぶもう

△オリンピックの開催を危ぶむ声があったのも事実です。／
有人認為舉辦奧林匹克是有風險的，這也是事實。

あゆむ【歩む】 行走；向前進，邁進 自五 グループ1

歩む・歩みます

辭書形(基本形) 行走	あゆむ	たり形 又是行走	あゆんだり
ない形 (否定形) 沒行走	あゆまない	ば形 (條件形) 行走的話	あゆめば
なかった形 (過去否定形) 過去沒行走	あゆまなかった	させる形 (使役形) 使前進	あゆませる
ます形 (連用形) 行走	あゆみます	られる形 (被動形) 被走進	あゆまれる
て形 行走	あゆんで	命令形 快行走	あゆめ
た形 (過去形) 行走了	あゆんだ	可能形 可以行走	あゆめる
たら形 (條件形) 行走的話	あゆんだら	う形 (意向形) 行走吧	あゆもう

△核兵器が地球上からなくなるその日まで、我々はこの険しい道を歩み続ける。／
直到核武從地球上消失的那一天，我們仍須在這條艱險的路上繼續邁進。

あらす【荒らす】

破壊・毀掉；損傷・糟蹋；擾亂；偷竊・行搶　他五　グループ1

荒らす・荒らします

辞書形(基本形) 破壊	あらす	たり形 又是破壊	あらしたり
ない形 (否定形) 沒破壊	あらさない	ば形 (條件形) 破壊的話	あらせば
なかった形 (過去否定形) 過去沒破壊	あらさなかった	させる形 (使役形) 使破壊	あらさせる
ます形 (連用形) 破壊	あらします	られる形 (被動形) 被破壊	あらされる
て形 破壊	あらして	命令形 快破壊	あらせ
た形 (過去形) 破壊了	あらした	可能形 可以破壊	あらせる
たら形 (條件形) 破壊的話	あらしたら	う形 (意向形) 破壊吧	あらそう

△酔っ払いが店内を荒らした。／醉漢搗毀了店裡的裝潢陳設。

あらたまる【改まる】

改變；更新；革新，一本正經，故裝嚴肅，鄭重其事　自五　グループ1

改まる・改まります

辞書形(基本形) 改變	あらたまる	たり形 又是改變	あらたまったり
ない形 (否定形) 沒改變	あらたまらない	ば形 (條件形) 改變的話	あらたまれば
なかった形 (過去否定形) 過去沒改變	あらたまらなかった	させる形 (使役形) 使改變	あらたまらせる
ます形 (連用形) 改變	あらたまります	られる形 (被動形) 被改變	あらたまられる
て形 改變	あらたまって	命令形 快改變	あらたまれ
た形 (過去形) 改變了	あらたまった	可能形	———
たら形 (條件形) 改變的話	あらたまったら	う形 (意向形) 改變吧	あらたまろう

△1989年、年号が改まり平成と称されるようになった。／
在1989年，年號改為「平成」了。

ありふれる 常有・不稀奇・平凡的・司空見慣的；普遍 自下一 グループ2

ありふれる・ありふれます

辭書形(基本形) 平凡的	ありふれる	たり形 又是平凡的	ありふれたり
ない形（否定形） 沒平凡的	ありふれない	ば形（條件形） 平凡的話	ありふれれば
なかった形（過去否定形） 過去沒平凡的	ありふれなかった	させる形（使役形） 使常見	ありふれさせる
ます形（連用形） 平凡的	ありふれます	られる形（被動形） 被司空見慣	ありふれられる
て形 平凡的	ありふれて	命令形 快普及	ありふれろ
た形（過去形） 不稀奇了	ありふれた	可能形	———
たら形（條件形） 平凡的話	ありふれたら	う形（意向形） 平凡的吧	ありふれよう

△君の企画はありふれたものばかりだ。／
你提出的企畫案淨是些平淡無奇的主意。

あわす【合わす】 合在一起・合併；總加起來；混合・配在一起；
配合，使適應；對照・核對 他五 グループ1

合わす・合わします

辭書形(基本形) 混合	あわす	たり形 又是混合	あわしたり
ない形（否定形） 沒混合	あわさない	ば形（條件形） 混合的話	あわせば
なかった形（過去否定形） 過去沒混合	あわさなかった	させる形（使役形） 使混合	あわさせる
ます形（連用形） 混合	あわします	られる形（被動形） 被混合	あわされる
て形 混合	あわして	命令形 快混合	あわせ
た形（過去形） 混合了	あわした	可能形 可以混合	あわせられる
たら形（條件形） 混合的話	あわしたら	う形（意向形） 混合吧	あわそう

△ラジオの周波数を合わす。／調準收音機的收聽頻道。

あんじる【案じる】 掛念・擔心；(文)思索・思考 他上一 グループ2

案_{あん}じる・案_{あん}じます

辞書形(基本形) 掛念	あんじる	たり形 又是掛念	あんじたり
ない形 (否定形) 沒掛念	あんじない	ば形 (條件形) 掛念的話	あんじれば
なかった形 (過去否定形) 過去沒掛念	あんじなかった	させる形 (使役形) 使掛念	あんじさせる
ます形 (連用形) 掛念	あんじます	られる形 (被動形) 被掛念	あんじられる
て形 掛念	あんじて	命令形 快思考	あんじろ
た形 (過去形) 掛念了	あんじた	可能形	———
たら形 (條件形) 掛念的話	あんじたら	う形 (意向形) 思考吧	あんじよう

△娘_{むすめ}はいつも父_{ちち}の健康_{けんこう}を案_{あん}じている。／女兒心中總是掛念著父親的身體健康。

いいはる【言い張る】 咬定・堅持主張・固執己見 他五 グループ1

言_いい張_はる・言_いい張_はります

辞書形(基本形) 咬定	いいはる	たり形 又是咬定	いいはったり
ない形 (否定形) 沒咬定	いいはらない	ば形 (條件形) 咬定的話	いいはれば
なかった形 (過去否定形) 過去沒咬定	いいはらなかった	させる形 (使役形) 使咬定	いいはらせる
ます形 (連用形) 咬定	いいはります	られる形 (被動形) 被咬定	いいはられる
て形 咬定	いいはって	命令形 快咬定	いいはれ
た形 (過去形) 咬定了	いいはった	可能形 可以咬定	いいはれる
たら形 (條件形) 咬定的話	いいはったら	う形 (意向形) 咬定吧	いいはろう

△防犯_{ぼうはん}カメラにしっかり写_{うつ}っているのに、盗_{ぬす}んだのは自分_{じぶん}じゃないと言_いい張_はっている。／監控攝影機分明拍得一清二楚，還是堅持不是他偷的。

いかす【生かす】

留活口；弄活，救活；活用，利用；恢復；
讓食物變美味；使變生動

生かす・生かします

辞書形(基本形) 活用	いかす	たり形 又是活用	いかしたり
ない形（否定形） 沒活用	いかさない	ば形（條件形） 活用的話	いかせば
なかった形（過去否定形） 過去沒活用	いかさなかった	させる形（使役形） 使活用	いかさせる
ます形（連用形） 活用	いかします	られる形（被動形） 被活用	いかされる
て形 活用	いかして	命令形 快活用	いかせ
た形（過去形） 活用了	いかした	可能形 可以活用	いかせる
たら形（條件形） 活用的話	いかしたら	う形（意向形） 活用吧	いかそう

 △あんなやつを生かしておけるもんか。／那種傢伙豈可留他活口！

いかれる

破舊・（機能）衰退，不正常；輸

いかれる・いかれます

辞書形(基本形) 衰退	いかれる	たり形 又是衰退	いかれたり
ない形（否定形） 沒衰退	いかれない	ば形（條件形） 衰退的話	いかれれば
なかった形（過去否定形） 過去沒衰退	いかれなかった	させる形（使役形） 使衰退	いかれさせる
ます形（連用形） 衰退	いかれます	られる形（被動形） 被打敗	いかれられる
て形 衰退	いかれて	命令形 快衰退	いかれろ
た形（過去形） 衰退了	いかれた	可能形	——
たら形（條件形） 衰退的話	いかれたら	う形（意向形） 衰退吧	いかれよう

 △エンジンがいかれる。／引擎破舊。

いきごむ【意気込む】 振奮・幹勁十足・踴躍　　自五　グループ1

意気込む・意気込みます

辞書形（基本形）振奮	いきごむ	たり形 又是振奮	いきごんだり
ない形（否定形）没振奮	いきごまない	ば形（條件形）振奮的話	いきごめば
なかった形（過去否定形）過去没振奮	いきごまなかった	させる形（使役形）使振奮	いきごませる
ます形（連用形）振奮	いきごみます	られる形（被動形）被鼓起幹勁	いきごまれる
て形 振奮	いきごんで	命令形 快振奮	いきごめ
た形（過去形）振奮了	いきごんだ	可能形 可以振奮	いきごめる
たら形（條件形）振奮的話	いきごんだら	う形（意向形）振奮吧	いきごもう

△今年こそ全国大会で優勝するぞと、チーム全員意気込んでいる。／
全體隊員都信心滿滿地誓言今年一定要奪得全國大賽的冠軍。

いける【生ける】 插花・把鮮花、樹枝等插到容器裡；栽種　　他下一　グループ2

生ける・生けます

辞書形（基本形）栽種	いける	たり形 又是栽種	いけたり
ない形（否定形）没栽種	いけない	ば形（條件形）栽種的話	いければ
なかった形（過去否定形）過去没栽種	いけなかった	させる形（使役形）使栽種	いけさせる
ます形（連用形）栽種	いけます	られる形（被動形）被栽種	いけられる
て形 栽種	いけて	命令形 快栽種	いけろ
た形（過去形）栽種了	いけた	可能形 可以栽種	いけられる
たら形（條件形）栽種的話	いけたら	う形（意向形）栽種吧	いけよう

△床の間に花を生ける。／在壁龕處插花裝飾。

いじる【弄る】

（俗）（毫無目的地）玩弄，擺弄；（做為娛樂消遣）玩弄，玩賞；隨便調動，改動（機構）

他五　グループ1

弄る・弄ります

辭書形(基本形) 玩弄	いじる	たり形 又是玩弄	いじったり
ない形 (否定形) 沒玩弄	いじらない	ば形 (條件形) 玩弄的話	いじれば
なかった形 (過去否定形) 過去沒玩弄	いじらなかった	させる形 (使役形) 使玩弄	いじらせる
ます形 (連用形) 玩弄	いじります	られる形 (被動形) 被玩弄	いじられる
て形 玩弄	いじって	命令形 快玩弄	いじれ
た形 (過去形) 玩弄了	いじった	可能形 可以玩弄	いじれる
たら形 (條件形) 玩弄的話	いじったら	う形 (意向形) 玩弄吧	いじろう

　△髪をいじらないの！／不要玩弄頭髪了！

いためる【炒める】

炒（菜、飯等）；油炸

他下一　グループ2

炒める・炒めます

辭書形(基本形) 炒	いためる	たり形 又是炒	いためたり
ない形 (否定形) 沒炒	いためない	ば形 (條件形) 炒的話	いためれば
なかった形 (過去否定形) 過去沒炒	いためなかった	させる形 (使役形) 使炒	いためさせる
ます形 (連用形) 炒	いためます	られる形 (被動形) 被炒	いためられる
て形 炒	いためて	命令形 快炒	いためろ
た形 (過去形) 炒了	いためた	可能形 可以炒	いためられる
たら形 (條件形) 炒的話	いためたら	う形 (意向形) 炒吧	いためよう

　△中華料理を作る際は、強火で手早く炒めることが大切だ。／
做中國菜時，重要的訣竅是大火快炒。

いたわる【労る】 照顧・關懷；功勞；慰勞・安慰；（文）患病 他五 グループ1

労る・労ります

辞書形(基本形)		たり形	
安慰	いたわる	又是安慰	いたわったり
ない形（否定形） 沒安慰	いたわらない	ば形（條件形） 安慰的話	いたわれば
なかった形（過去否定形） 過去沒安慰	いたわらなかった	させる形（使役形） 使慰勞	いたわらせる
ます形（連用形） 安慰	いたわります	られる形（被動形） 被安慰	いたわられる
て形 安慰	いたわって	命令形 快安慰	いたわれ
た形（過去形） 安慰了	いたわった	可能形 可以安慰	いたわれる
たら形（條件形） 安慰的話	いたわったら	う形（意向形） 安慰吧	いたわろう

△心と体をいたわるレシピ本が発行された。／
已經出版了一本身體保健與療癒心靈的飲食指南書。

いとなむ【営む】 舉辦・從事；經營；準備；建造 他五 グループ1

営む・営みます

辞書形(基本形)		たり形	
經營	いとなむ	又是經營	いとなんだり
ない形（否定形） 沒經營	いとなまない	ば形（條件形） 經營的話	いとなめば
なかった形（過去否定形） 過去沒經營	いとなまなかった	させる形（使役形） 使經營	いとなませる
ます形（連用形） 經營	いとなみます	られる形（被動形） 被經營	いとなまれる
て形 經營	いとなんで	命令形 快經營	いとなめ
た形（過去形） 經營了	いとなんだ	可能形 可以經營	いとなめる
たら形（條件形） 經營的話	いとなんだら	う形（意向形） 經營吧	いとなもう

△山田家は、代々この地で大きな呉服屋を営む名家だった。／
山田家在當地曾是歷代經營和服店的名門。

いどむ【挑む】 挑戰；找碴；打破紀錄・征服；挑逗・調情

挑む・挑みます

辞書形(基本形) 征服	いどむ	たり形 又是征服	いどんだり
ない形(否定形) 沒征服	いどまない	ば形(條件形) 征服的話	いどめば
なかった形(過去否定形) 過去沒征服	いどまなかった	させる形(使役形) 使征服	いどませる
ます形(連用形) 征服	いどみます	られる形(被動形) 被征服	いどまれる
て形 征服	いどんで	命令形 快征服	いどめ
た形(過去形) 征服了	いどんだ	可能形 可以征服	いどめる
たら形(條件形) 征服的話	いどんだら	う形(意向形) 征服吧	いどもう

△日本男児たる者、この難関に挑まないでなんとする。／
身為日本男兒，豈可不迎戰這道難關呢！

うかる【受かる】 考上・及格・上榜

受かる・受かります

辞書形(基本形) 考上	うかる	たり形 又是考上	うかったり
ない形(否定形) 沒考上	うからない	ば形(條件形) 考上的話	うかれば
なかった形(過去否定形) 過去沒考上	うからなかった	させる形(使役形) 使考上	うからせる
ます形(連用形) 考上	うかります	られる形(被動形) 被考上	うかられる
て形 考上	うかって	命令形 快考上	うかれ
た形(過去形) 考上了	うかった	可能形	——
たら形(條件形) 考上的話	うかったら	う形(意向形) 考上吧	うかろう

△今年こそN1に受かってみせる。／今年一定要通過N1級測驗給你看！

うけいれる【受け入れる】 収・収下；収容，接納；採納，接受　他下一　グループ2

受け入れる・受け入れます

辞書形(基本形) 接受	うけいれる	たり形 又是接受	うけいれたり
ない形 (否定形) 沒接受	うけいれない	ば形 (條件形) 接受的話	うけいれれば
なかった形 (過去否定形) 過去沒接受	うけいれなかった	させる形 (使役形) 使接受	うけいれさせる
ます形 (連用形) 接受	うけいれます	られる形 (被動形) 被接受	うけいれられる
て形 接受	うけいれて	命令形 快接受	うけいれろ
た形 (過去形) 接受了	うけいれた	可能形 可以接受	うけいれられる
たら形 (條件形) 接受的話	うけいれたら	う形 (意向形) 接受吧	うけいれよう

 △会社は従業員の要求を受け入れた。／公司接受了員工的要求。

うけつぐ【受け継ぐ】 繼承・後繼　他五　グループ1

受け継ぐ・受け継ぎます

辞書形(基本形) 繼承	うけつぐ	たり形 又是繼承	うけついだり
ない形 (否定形) 沒繼承	うけつがない	ば形 (條件形) 繼承的話	うけつげば
なかった形 (過去否定形) 過去沒繼承	うけつがなかった	させる形 (使役形) 使繼承	うけつがせる
ます形 (連用形) 繼承	うけつぎます	られる形 (被動形) 被繼承	うけつがれる
て形 繼承	うけついで	命令形 快繼承	うけつげ
た形 (過去形) 繼承了	うけついだ	可能形 可以繼承	うけつげる
たら形 (條件形) 繼承的話	うけついだら	う形 (意向形) 繼承吧	うけつごう

 △卒業したら、父の事業を受け継ぐつもりだ。／
我計畫在畢業之後接掌父親的事業。

うけつける【受け付ける】

受理・接受；容納（特指吃藥、東西不嘔吐）

他下一 グループ2

受け付ける・受け付けます

辞書形（基本形） 接受	うけつける	たり形 又是接受	うけつけたり
ない形（否定形） 沒接受	うけつけない	ば形（條件形） 接受的話	うけつければ
なかった形（過去否定形） 過去沒接受	うけつけなかった	させる形（使役形） 使接受	うけつけさせる
ます形（連用形） 接受	うけつけます	られる形（被動形） 被接受	うけつけられる
て形 接受	うけつけて	命令形 快接受	うけつけろ
た形（過去形） 接受了	うけつけた	可能形 可以接受	うけつけられる
たら形（條件形） 接受的話	うけつけたら	う形（意向形） 接受吧	うけつけよう

△願書は2月1日から受け付ける。／從二月一日起受理申請。

うけとめる【受け止める】

接住・擋下；阻止・防止；理解，認識

他下一 グループ2

受け止める・受け止めます

辞書形（基本形） 理解	うけとめる	たり形 又是理解	うけとめたり
ない形（否定形） 沒理解	うけとめない	ば形（條件形） 理解的話	うけとめれば
なかった形（過去否定形） 過去沒理解	うけとめなかった	させる形（使役形） 使理解	うけとめさせる
ます形（連用形） 理解	うけとめます	られる形（被動形） 被理解	うけとめられる
て形 理解	うけとめて	命令形 快理解	うけとめろ
た形（過去形） 理解了	うけとめた	可能形 可以理解	うけとめられる
たら形（條件形） 理解的話	うけとめたら	う形（意向形） 理解吧	うけとめよう

△彼はボールを片手で受け止めた。／他以單手接住了球。

うずめる【埋める】 掩埋・填上；充滿・擠滿 他下一 グループ2

埋める・埋めます

辞書形(基本形) 掩埋	うずめる	たり形 又是掩埋	うずめたり
ない形（否定形） 沒掩埋	うずめない	ば形（條件形） 掩埋的話	うずめれば
なかった形（過去否定形） 過去沒掩埋	うずめなかった	させる形（使役形） 使充滿	うずめさせる
ます形（連用形） 掩埋	うずめます	られる形（被動形） 被掩埋	うずめられる
て形 掩埋	うずめて	命令形 快掩埋	うずめろ
た形（過去形） 掩埋了	うずめた	可能形 可以掩埋	うずめられる
たら形（條件形） 掩埋的話	うずめたら	う形（意向形） 掩埋吧	うずめよう

△彼女は私の胸に顔を埋めた。／她將臉埋進了我的胸膛。

うちあける【打ち明ける】 吐露・坦白・老實說 他下一 グループ2

打ち明ける・打ち明けます

辞書形(基本形) 坦白	うちあける	たり形 又是坦白	うちあけたり
ない形（否定形） 沒坦白	うちあけない	ば形（條件形） 坦白的話	うちあければ
なかった形（過去否定形） 過去沒坦白	うちあけなかった	させる形（使役形） 使坦白	うちあけさせる
ます形（連用形） 坦白	うちあけます	られる形（被動形） 被開誠布公說出	うちあけられる
て形 坦白	うちあけて	命令形 快坦白	うちあけろ
た形（過去形） 坦白了	うちあけた	可能形 可以坦白	うちあけられる
たら形（條件形） 坦白的話	うちあけたら	う形（意向形） 坦白吧	うちあけよう

△彼は私に秘密を打ち明けた。／他向我坦承了秘密。

N1
う
うずめる・うちあける

うちあげる【打ち上げる】 （往高處）打上去・發射

打ち上げる・打ち上げます

辞書形（基本形） 發射	うちあげる	たり形 又是發射	うちあげたり
ない形（否定形） 沒發射	うちあげない	ば形（條件形） 發射的話	うちあげれば
なかった形（過去否定形） 過去沒發射	うちあげなかった	させる形（使役形） 予以發射	うちあげさせる
ます形（連用形） 發射	うちあげます	られる形（被動形） 被發射	うちあげられる
て形 發射	うちあげて	命令形 快發射	うちあげろ
た形（過去形） 發射了	うちあげた	可能形 可以發射	うちあげられる
たら形（條件形） 發射的話	うちあげたら	う形（意向形） 發射吧	うちあげよう

△今年の夏祭りでは、花火を1万発打ち上げる。／
今年的夏日祭典將會發射一萬發焰火。

うちきる【打ち切る】 （「切る」的強調說法）砍・切；停止・截止・中止；（圍棋）下完一局

打ち切る・打ち切ります

辞書形（基本形） 中止	うちきる	たり形 又是中止	うちきったり
ない形（否定形） 沒中止	うちきらない	ば形（條件形） 中止的話	うちきれば
なかった形（過去否定形） 過去沒中止	うちきらなかった	させる形（使役形） 使中止	うちきらせる
ます形（連用形） 中止	うちきります	られる形（被動形） 被中止	うちきられる
て形 中止	うちきって	命令形 快中止	うちきれ
た形（過去形） 中止了	うちきった	可能形 可以中止	うちきれる
たら形（條件形） 中止的話	うちきったら	う形（意向形） 中止吧	うちきろう

△安売りは正午で打ち切られた。／大拍賣到中午就結束了。

うちこむ【打ち込む】 他五 打進・釘進；射進・扣殺；用力扔到；猛撲・（圍棋）攻入對方陣地；灌水泥 自五 熱衷・埋頭努力；迷戀 グループ1

打ち込む・打ち込みます

辞書形（基本形） 打進	うちこむ	たり形 又是打進	うちこんだり
ない形（否定形） 沒打進	うちこまない	ば形（條件形） 打進的話	うちこめば
なかった形（過去否定形） 過去沒打進	うちこまなかった	させる形（使役形） 今打進	うちこませる
ます形（連用形） 打進	うちこみます	られる形（被動形） 被打進	うちこまれる
て形 打進	うちこんで	命令形 快打進	うちこめ
た形（過去形） 打進了	うちこんだ	可能形 可以打進	うちこめる
たら形（條件形） 打進的話	うちこんだら	う形（意向形） 打進吧	うちこもう

 △工事のため、地面に杭を打ち込んだ。／在地面施工打樁。

うつむく【俯く】 低頭・臉朝下；垂下來・向下彎 自五 グループ1

俯く・俯きます

辞書形（基本形） 臉朝下	うつむく	たり形 又是臉朝下	うつむいたり
ない形（否定形） 沒臉朝下	うつむかない	ば形（條件形） 臉朝下的話	うつむけば
なかった形（過去否定形） 過去沒臉朝下	うつむかなかった	させる形（使役形） 使臉朝下	うつむかせる
ます形（連用形） 臉朝下	うつむきます	られる形（被動形） 被迫臉朝下	うつむかれる
て形 臉朝下	うつむいて	命令形 臉快朝下	うつむけ
た形（過去形） 臉朝下了	うつむいた	可能形 臉可以朝下	うつむける
たら形（條件形） 臉朝下的話	うつむいたら	う形（意向形） 臉朝下吧	うつむこう

 △少女は恥ずかしそうにうつむいた。／那位少女害羞地低下了頭。

N1
う
うちこむ・うつむく

うながす【促す】 促使・促進

促す・促します

辞書形（基本形） 促進	うながす	たり形 又是促進	うながしたり
ない形（否定形） 沒促進	うながさない	ば形（條件形） 促進的話	うながせば
なかった形（過去否定形） 過去沒促進	うながさなかった	させる形（使役形） 使促進	うながさせる
ます形（連用形） 促進	うながします	られる形（被動形） 被促進	うながされる
て形 促進	うながして	命令形 快促進	うながせ
た形（過去形） 促進了	うながした	可能形 可以促進	うながせる
たら形（條件形） 促進的話	うながしたら	う形（意向形） 促進吧	うながそう

△父に促されて私は部屋を出た。／在家父催促促下，我走出了房間。

うめたてる【埋め立てる】 填拓(海・河)・填海(河)造地

埋め立てる・埋め立てます

辞書形（基本形） 填拓	うめたてる	たり形 又是填拓	うめたてたり
ない形（否定形） 沒填拓	うめたてない	ば形（條件形） 填拓的話	うめたてれば
なかった形（過去否定形） 過去沒填拓	うめたてなかった	させる形（使役形） 使填拓	うめたてさせる
ます形（連用形） 填拓	うめたてます	られる形（被動形） 被填拓	うめたてられる
て形 填拓	うめたてて	命令形 快填拓	うめたてろ
た形（過去形） 填拓了	うめたてた	可能形 可以填拓	うめたてられる
たら形（條件形） 填拓的話	うめたてたら	う形（意向形） 填拓吧	うめたてよう

△東京の「夢の島」は、もともと海をごみで埋め立ててできた人工の島だ。／東京的「夢之島」其實是用垃圾填海所造出來的人工島嶼。

うりだす【売り出す】 上市・出售；出名・紅起來 他五 グループ1

うれ だ　う だ
売り出す・売り出します

辞書形(基本形) 上市	うりだす	たり形 又是上市	うりだしたり
ない形（否定形） 沒上市	うりださない	ば形（條件形） 上市的話	うりだせば
なかった形（過去否定形） 過去沒上市	うりださなかった	させる形（使役形） 使上市	うりださせる
ます形（連用形） 上市	うりだします	られる形（被動形） 被出售	うりだされる
て形 上市	うりだして	命令形 快上市	うりだせ
た形（過去形） 上市了	うりだした	可能形 可以上市	うりだせる
たら形（條件形） 上市的話	うりだしたら	う形（意向形） 上市吧	うりだそう

 △あの会社は建て売り住宅を売り出す予定だ。／那家公司準備出售新成屋。

うるおう【潤う】 潤濕；手頭寬裕；受惠・沾光 自五 グループ1

うるお　うるお
潤う・潤います

辞書形(基本形) 沾光	うるおう	たり形 又是沾光	うるおったり
ない形（否定形） 沒沾光	うるおわない	ば形（條件形） 沾光的話	うるおえば
なかった形（過去否定形） 過去沒沾光	うるおわなかった	させる形（使役形） 使沾光	うるおわせる
ます形（連用形） 沾光	うるおいます	られる形（被動形） 被滋潤	うるおわれる
て形 沾光	うるおって	命令形 快沾光	うるおえ
た形（過去形） 沾光了	うるおった	可能形	———
たら形（條件形） 沾光的話	うるおったら	う形（意向形） 沾光吧	うるおおう

 ひさびさ　あめ　くさき　うるお
△久々の雨に草木も潤った。／期盼已久的一場大雨使花草樹木也得到了滋潤。

うわまわる【上回る】 超過・超出；（能力）優越 自五 グループ1

^{うわまわ}上回る・^{うわまわ}上回ります

辞書形(基本形) 超過	うわまわる	たり形 又是超過	うわまわったり
ない形（否定形） 沒超過	うわまわらない	ば形（條件形） 超過的話	うわまわれば
なかった形（過去否定形） 過去沒超過	うわまわら なかった	させる形（使役形） 予以超過	うわまわらせる
ます形（連用形） 超過	うわまわります	られる形（被動形） 被超過	うわまわられる
て形 超過	うわまわって	命令形 快超過	うわまわれ
た形（過去形） 超過了	うわまわった	可能形 可以超過	うわまわれる
たら形（條件形） 超過的話	うわまわったら	う形（意向形） 超過吧	うわまわろう

△ここ^{すうねん}数年、^{しゅっせいりつ}出生率が^{しぼうりつ}死亡率を^{うわまわ}上回っている。／近幾年之出生率超過死亡率。

うわむく【上向く】 （臉）朝上・仰；（行市等）上漲・高漲 自五 グループ1

^{うわむ}上向く・^{うわむ}上向きます

辞書形(基本形) 高漲	うわむく	たり形 又是高漲	うわむいたり
ない形（否定形） 沒高漲	うわむかない	ば形（條件形） 高漲的話	うわむけば
なかった形（過去否定形） 過去沒高漲	うわむかなかった	させる形（使役形） 使高漲	うわむかせる
ます形（連用形） 高漲	うわむきます	られる形（被動形） 被迫朝上	うわむかれる
て形 高漲	うわむいて	命令形 快高漲	うわむけ
た形（過去形） 高漲了	うわむいた	可能形 可以高漲	うわむける
たら形（條件形） 高漲的話	うわむいたら	う形（意向形） 高漲吧	うわむこう

△^{けいき}景気が^{うわむ}上向くとスカート^{たけ}丈が^{みじか}短くなると言われている。／
據說景氣愈好，裙子的長度就愈短。

えぐる【抉る】 挖；深挖・追究；（喻）挖苦，刺痛；絞割

他五 グループ1

抉る・抉ります

辭書形(基本形)		たり形	
追究	えぐる	又是追究	えぐったり
ない形（否定形）		ば形（條件形）	
沒追究	えぐらない	追究的話	えぐれば
なかった形（過去否定形）		させる形（使役形）	
過去沒追究	えぐらなかった	予以追究	えぐらせる
ます形（連用形）		られる形（被動形）	
追究	えぐります	被追究	えぐられる
て形		命令形	
追究	えぐって	快追究	えぐれ
た形（過去形）		可能形	
追究了	えぐった	可以追究	えぐれる
たら形（條件形）		う形（意向形）	
追究的話	えぐったら	追究吧	えぐろう

△彼は決して抉る口調ではなかったが、その一言には心をえぐられた。／
他的語氣中絕對不帶有責備，但那句話卻刺傷了對方的心。

えんじる【演じる】 扮演・演出；做出

他上一 グループ2

演じる・演じます

辭書形(基本形)		たり形	
演出	えんじる	又是演出	えんじたり
ない形（否定形）		ば形（條件形）	
沒演出	えんじない	演出的話	えんじれば
なかった形（過去否定形）		させる形（使役形）	
過去沒演出	えんじなかった	准許演出	えんじさせる
ます形（連用形）		られる形（被動形）	
演出	えんじます	被演出	えんじられる
て形		命令形	
演出	えんじて	快演出	えんじろ
た形（過去形）		可能形	
演出了	えんじた	可以演出	えんじられる
たら形（條件形）		う形（意向形）	
演出的話	えんじたら	演出吧	えんじよう

△彼はハムレットを演じた。／他扮演了哈姆雷特。

おいこむ【追い込む】

趕進；逼到・迫陷入；緊要・最後關頭加把勁；緊排・縮排（文字）；讓（病毒等）內攻

他五　グループ1

追い込む・追い込みます

辞書形（基本形） 逼到	おいこむ	たり形 又是逼到	おいこんだり
ない形（否定形） 沒逼到	おいこまない	ば形（條件形） 逼到的話	おいこめば
なかった形（過去否定形） 過去沒逼到	おいこまなかった	させる形（使役形） 任憑逼到	おいこませる
ます形（連用形） 逼到	おいこみます	られる形（被動形） 被逼到	おいこまれる
て形 逼到	おいこんで	命令形 快加把勁	おいこめ
た形（過去形） 逼到了	おいこんだ	可能形 可以加把勁	おいこめる
たら形（條件形） 逼到的話	おいこんだら	う形（意向形） 加把勁吧	おいこもう

 △牛を囲いに追い込んだ。／將牛隻趕進柵欄裡。

おいだす【追い出す】

趕出・驅逐；解雇

他五　グループ1

追い出す・追い出します

辞書形（基本形） 解雇	おいだす	たり形 又是解雇	おいだしたり
ない形（否定形） 沒解雇	おいださない	ば形（條件形） 解雇的話	おいだせば
なかった形（過去否定形） 過去沒解雇	おいださなかった	させる形（使役形） 予以解雇	おいださせる
ます形（連用形） 解雇	おいだします	られる形（被動形） 被解雇	おいだされる
て形 解雇	おいだして	命令形 快解雇	おいだせ
た形（過去形） 解雇了	おいだした	可能形 可以解雇	おいだせる
たら形（條件形） 解雇的話	おいだしたら	う形（意向形） 解雇吧	おいだそう

 △猫を家から追い出した。／將貓兒逐出家門。

おいる【老いる】 老・上年紀；衰老；（雅）（季節）將盡

老いる・老います

辞書形（基本形） 衰老	おいる	たり形 又是衰老	おいたり
ない形（否定形） 沒衰老	おいない	ば形（條件形） 衰老的話	おいれば
なかった形（過去否定形） 過去沒衰老	おいなかった	させる形（使役形） 使衰老	おいさせる
ます形（連用形） 衰老	おいます	られる形（被動形） 在衰老下	おいられる
て形 衰老	おいて	命令形 快衰老	おいろ
た形（過去形） 衰老了	おいた	可能形	———
たら形（條件形） 衰老的話	おいたら	う形（意向形） 衰老吧	おいられよう

 △彼は老いてますます盛んだ。／他真是老當益壯呀！

おう【負う】 負責；背負・遭受；多虧・借重

負う・負います

辞書形（基本形） 借重	おう	たり形 又是借重	おったり
ない形（否定形） 沒借重	おわない	ば形（條件形） 借重的話	おえば
なかった形（過去否定形） 過去沒借重	おわなかった	させる形（使役形） 使借重	おわせる
ます形（連用形） 借重	おいます	られる形（被動形） 被借重	おわれる
て形 借重	おって	命令形 快借重	おえ
た形（過去形） 借重了	おった	可能形 可以借重	おえる
たら形（條件形） 借重的話	おったら	う形（意向形） 借重吧	おおう

△この責任は、ひとり松本君のみならず、我々全員が負うべきものだ。／
這件事的責任，不單屬於松本一個人，而是我們全體都必須共同承擔。

おかす【犯す】 犯錯；冒犯；汙辱

犯^{おか}す・犯^{おか}します

辞書形（基本形） 冒犯	おかす	たり形 又是冒犯	おかしたり
ない形（否定形） 沒冒犯	おかさない	ば形（條件形） 冒犯的話	おかせば
なかった形（過去否定形） 過去沒冒犯	おかさなかった	させる形（使役形） 使冒犯	おかさせる
ます形（連用形） 冒犯	おかします	られる形（被動形） 被冒犯	おかされる
て形 冒犯	おかして	命令形 快冒犯	おかせ
た形（過去形） 冒犯了	おかした	可能形 可以冒犯	おかせる
たら形（條件形） 冒犯的話	おかしたら	う形（意向形） 冒犯吧	おかそう

△僕^{ぼく}は取^とり返^{かえ}しのつかない過^{あやま}ちを犯^{おか}してしまった。／
我犯下了無法挽回的嚴重錯誤。

おかす【侵す】 侵犯·侵害；侵襲；患·得（病）

他五　グループ1

侵^{おか}す・侵^{おか}します

辞書形（基本形） 侵犯	おかす	たり形 又是侵犯	おかしたり
ない形（否定形） 沒侵犯	おかさない	ば形（條件形） 侵犯的話	おかせば
なかった形（過去否定形） 過去沒侵犯	おかさなかった	させる形（使役形） 使侵犯	おかさせる
ます形（連用形） 侵犯	おかします	られる形（被動形） 被侵犯	おかされる
て形 侵犯	おかして	命令形 快侵犯	おかせ
た形（過去形） 侵犯了	おかした	可能形 可以侵犯	おかせる
たら形（條件形） 侵犯的話	おかしたら	う形（意向形） 侵犯吧	おかそう

△国籍^{こくせき}不明^{ふめい}の航空機^{こうくうき}がわが国^{くに}の領空^{りょうくう}を侵^{おか}した。／
國籍不明的飛機侵犯了我國的領空。

おかす【冒す】 冒著・不顧；冒充 他五 グループ1

冒す・冒します

辞書形(基本形) 冒充	おかす	たり形 又是冒充	おかしたり
ない形（否定形）没冒充	おかさない	ば形（條件形）冒充的話	おかせば
なかった形（過去否定形）過去沒冒充	おかさなかった	させる形（使役形）予以冒充	おかさせる
ます形（連用形）冒充	おかします	られる形（被動形）被冒充	おかされる
て形 冒充	おかして	命令形 快冒充	おかせ
た形（過去形）冒充了	おかした	可能形 可以冒充	おかせる
たら形（條件形）冒充的話	おかしたら	う形（意向形）冒充吧	おかそう

△それは命の危険を冒してもする価値のあることか。／
那件事值得冒著生命危險去做嗎？

おくらす【遅らす】 延遲・拖延；（時間）調慢・調回 他五 グループ1

遅らす・遅らせます

辞書形(基本形) 拖延	おくらす	たり形 又是拖延	おくらせたり
ない形（否定形）没拖延	おくらせない	ば形（條件形）拖延的話	おくらせれば
なかった形（過去否定形）過去沒拖延	おくらせなかった	させる形（使役形）任憑拖延	おくらせさせる
ます形（連用形）拖延	おくらせます	られる形（被動形）被拖延	おくらせられる
て形 拖延	おくらせて	命令形 快拖延	おくらせろ
た形（過去形）拖延了	おくらせた	可能形 可以拖延	おくらせられる
たら形（條件形）拖延的話	おくらせたら	う形（意向形）拖延吧	おくらせよう

△来週の会議を一日ほど遅らしていただけないでしょうか。／
請問下週的會議可否順延一天舉行呢？

おさまる【治まる】 安定・平息

自五　グループ1

治まる・治まります

辞書形（基本形） 平息	おさまる	たり形 又是平息	おさまったり
ない形（否定形） 沒平息	おさまらない	ば形（條件形） 平息的話	おさまれば
なかった形（過去否定形） 過去沒平息	おさまらなかった	させる形（使役形） 使平息	おさまらせる
ます形（連用形） 平息	おさまります	られる形（被動形） 被平息	おさまられる
て形 平息	おさまって	命令形 快平息	おさまれ
た形（過去形） 平息了	おさまった	可能形 可以平息	おさまれる
たら形（條件形） 平息的話	おさまったら	う形（意向形） 平息吧	おさまろう

△インフラの整備なくして、国が治まることはない。／
沒有做好基礎建設，根本不用談治理國家了。

おさまる【収まる・納まる】 容納；（被）繳納；解決，結束；滿意・泰然自若；復原

自五　グループ1

収まる・収まります

辞書形（基本形） 滿意	おさまる	たり形 又是滿意	おさまったり
ない形（否定形） 沒滿意	おさまらない	ば形（條件形） 滿意的話	おさまれば
なかった形（過去否定形） 過去沒滿意	おさまらなかった	させる形（使役形） 使滿意	おさまらせる
ます形（連用形） 滿意	おさまります	られる形（被動形） 被滿意	おさまられる
て形 滿意	おさまって	命令形 快滿意	おさまれ
た形（過去形） 滿意了	おさまった	可能形 可以滿意	おさまれる
たら形（條件形） 滿意的話	おさまったら	う形（意向形） 滿意吧	おさまろう

△本は全部この箱に収まるだろう。／所有的書應該都能收得進這個箱子裡吧！

おしきる【押し切る】 切断；排除（困難、反對） 他五 グループ1

押し切る・押し切ります

辞書形(基本形) 排除	おしきる	たり形 又是排除	おしきったり
ない形（否定形） 沒排除	おしきらない	ば形（條件形） 排除的話	おしきれば
なかった形（過去否定形） 過去沒排除	おしきらなかった	させる形（使役形） 使排除	おしきらせる
ます形（連用形） 排除	おしきります	られる形（被動形） 被排除	おしきられる
て形 排除	おしきって	命令形 快排除	おしきれ
た形（過去形） 排除了	おしきった	可能形 可以排除	おしきれる
たら形（條件形） 排除的話	おしきったら	う形（意向形） 排除吧	おしきろう

 △親の反対を押し切って、彼と結婚した。／她不顧父母的反對，與他結婚了。

おしこむ【押し込む】 自五 闖入・硬擠；闖進去行搶 他五 塞進・硬往裡塞 グループ1

押し込む・押し込みます

辞書形(基本形) 闖入	おしこむ	たり形 又是闖入	おしこんだり
ない形（否定形） 沒闖入	おしこまない	ば形（條件形） 闖入的話	おしこめば
なかった形（過去否定形） 過去沒闖入	おしこまなかった	させる形（使役形） 任憑闖入	おしこませる
ます形（連用形） 闖入	おしこみます	られる形（被動形） 被闖入	おしこまれる
て形 闖入	おしこんで	命令形 快闖入	おしこめ
た形（過去形） 闖入了	おしこんだ	可能形 可以闖入	おしこめる
たら形（條件形） 闖入的話	おしこんだら	う形（意向形） 闖入吧	おしこもう

 △駅員が満員電車に乗客を押し込んでいる。／火車站的站務人員，硬把乘客往擁擠的火車中塞。

おしむ【惜しむ】 吝惜・捨不得；惋惜・可惜

惜しむ・惜しみます

辞書形 (基本形) 惋惜	おしむ	たり形 又是惋惜	おしんだり
ない形 (否定形) 沒惋惜	おしまない	ば形 (條件形) 惋惜的話	おしめば
なかった形 (過去否定形) 過去沒惋惜	おしまなかった	させる形 (使役形) 今…惋惜	おしませる
ます形 (連用形) 惋惜	おしみます	られる形 (被動形) 被惋惜	おしまれる
て形 惋惜	おしんで	命令形 快惋惜	おしめ
た形 (過去形) 惋惜了	おしんだ	可能形 可以惋惜	おしめる
たら形 (條件形) 惋惜的話	おしんだら	う形 (意向形) 惋惜吧	おしもう

△彼との別れを惜しんで、たくさんの人が集まった。／
由於捨不得跟他離別，聚集了許多人（來跟他送行）。

おしよせる【押し寄せる】 自下一 湧進來；蜂擁而來 他下一 挪到一旁 グループ2

押し寄せる・押し寄せます

辞書形(基本形) 蜂擁而來	おしよせる	たり形 又是蜂擁而來	おしよせたり
ない形 (否定形) 沒蜂擁而來	おしよせない	ば形 (條件形) 蜂擁而來的話	おしよせれば
なかった形 (過去否定形) 過去沒蜂擁而來	おしよせなかった	させる形 (使役形) 任憑蜂擁而來	おしよせさせる
ます形 (連用形) 蜂擁而來	おしよせます	られる形 (被動形) 被湧入	おしよせられる
て形 蜂擁而來	おしよせて	命令形 快蜂擁而來	おしよせろ
た形 (過去形) 蜂擁而來了	おしよせた	可能形 可以蜂擁而來	おしよせられる
たら形 (條件形) 蜂擁而來的話	おしよせたら	う形 (意向形) 蜂擁而來吧	おしよせよう

△津波が海岸に押し寄せてきた。／海嘯洶湧撲至岸邊。

おそう【襲う】 襲撃・侵襲；繼承・沿襲；衝到・闖到

他五 グループ1

襲う・襲います

辭書形(基本形) 侵襲	おそう	たり形 又是侵襲	おそったり
ない形（否定形） 沒侵襲	おそわない	ば形（條件形） 侵襲的話	おそえば
なかった形（過去否定形） 過去沒侵襲	おそわなかった	させる形（使役形） 予以侵襲	おそわせる
ます形（連用形） 侵襲	おそいます	られる形（被動形） 被侵襲	おそわれる
て形 侵襲	おそって	命令形 快侵襲	おそえ
た形（過去形） 侵襲了	おそった	可能形 可以侵襲	おそえる
たら形（條件形） 侵襲的話	おそったら	う形（意向形） 侵襲吧	おそおう

△恐ろしい伝染病が町を襲った。／可怕的傳染病侵襲了全村。

おそれいる【恐れ入る】 真對不起；非常感激；佩服・認輸；感到意外；吃不消，為難

自五 グループ1

恐れ入る・恐れ入ります

辭書形(基本形) 為難	おそれいる	たり形 又是為難	おそれいったり
ない形（否定形） 沒為難	おそれいらない	ば形（條件形） 為難的話	おそれいれば
なかった形（過去否定形） 過去沒為難	おそれいらなかった	させる形（使役形） 讓…為難	おそれいらせる
ます形（連用形） 為難	おそれいります	られる形（被動形） 被為難	おそれいられる
て形 為難	おそれいって	命令形 快為難	おそれいれ
た形（過去形） 為難了	おそれいった	可能形	———
たら形（條件形） 為難的話	おそれいったら	う形（意向形） 為難吧	おそれいろう

△たびたびの電話で大変恐れ入ります。／多次跟您打電話，深感惶恐。

おだてる　慫慂・搧動；高捧・拍　他下一　グループ2

おだてる・おだてます

辞書形(基本形) 搧動	おだてる	たり形 又是搧動	おだてたり
ない形(否定形) 沒搧動	おだてない	ば形(條件形) 搧動的話	おだてれば
なかった形(過去否定形) 過去沒搧動	おだてなかった	させる形(使役形) 予以搧動	おだてさせる
ます形(連用形) 搧動	おだてます	られる形(被動形) 被搧動	おだてられる
て形 搧動	おだてて	命令形 快搧動	おだてろ
た形(過去形) 搧動了	おだてた	可能形 可以搧動	おだてられる
たら形(條件形) 搧動的話	おだてたら	う形(意向形) 搧動吧	おだてよう

△おだてたって駄目よ。何もでないから。／
就算你拍馬屁也沒有用，你得不到什麼好處的。

おちこむ【落ち込む】　掉進・陷入；下陷；（成績、行情）　自五　グループ1
下跌；落到手裡

落ち込む・落ち込みます

辞書形(基本形) 陷入	おちこむ	たり形 又是陷入	おちこんだり
ない形(否定形) 沒陷入	おちこまない	ば形(條件形) 陷入的話	おちこめば
なかった形(過去否定形) 過去沒陷入	おちこまなかった	させる形(使役形) 使陷入	おちこませる
ます形(連用形) 陷入	おちこみます	られる形(被動形) 被陷入	おちこまれる
て形 陷入	おちこんで	命令形 快陷入	おちこめ
た形(過去形) 陷入了	おちこんだ	可能形	———
たら形(條件形) 陷入的話	おちこんだら	う形(意向形) 陷入吧	おちこもう

△昨日の地震で地盤が落ち込んだ。／昨天的那場地震造成地表下陷。

おどす【脅す・威す】 威嚇・恐嚇・嚇唬　　他五　グループ1

脅す・脅します

辭書形(基本形) 恐嚇	おどす	たり形 又是恐嚇	おどしたり
ない形（否定形） 沒恐嚇	おどさない	ば形（條件形） 恐嚇的話	おどせば
なかった形（過去否定形） 過去沒恐嚇	おどさなかった	させる形（使役形） 予以恐嚇	おどさせる
ます形（連用形） 恐嚇	おどします	られる形（被動形） 被恐嚇	おどされる
て形 恐嚇	おどして	命令形 快恐嚇	おどせ
た形（過去形） 恐嚇了	おどした	可能形 可以恐嚇	おどせる
たら形（條件形） 恐嚇的話	おどしたら	う形（意向形） 恐嚇吧	おどそう

△殺すぞと脅されて金を出した。／對方威脅要宰了他，逼他交出了錢財。

おとずれる【訪れる】 拜訪・訪問；來臨；通信問候　　自下一　グループ2

訪れる・訪れます

辭書形(基本形) 訪問	おとずれる	たり形 又是訪問	おとずれたり
ない形（否定形） 沒訪問	おとずれない	ば形（條件形） 訪問的話	おとずれれば
なかった形（過去否定形） 過去沒訪問	おとずれなかった	させる形（使役形） 准許訪問	おとずれさせる
ます形（連用形） 訪問	おとずれます	られる形（被動形） 被訪問	おとずれられる
て形 訪問	おとずれて	命令形 快訪問	おとずれろ
た形（過去形） 訪問了	おとずれた	可能形 可以訪問	おとずれられる
たら形（條件形） 訪問的話	おとずれたら	う形（意向形） 訪問吧	おとずれよう

△チャンスが訪れるのを待ってるだけではだめですよ。／
只有等待機會的來臨，是不行的。

おとろえる【衰える】 衰落・衰退；削弱 自下一 グループ2

衰える・衰えます

辞書形(基本形)		たり形	
衰退	おとろえる	又是衰退	おとろえたり
ない形（否定形）沒衰退	おとろえない	ば形（條件形）衰退的話	おとろえれば
なかった形（過去否定形）過去沒衰退	おとろえなかった	させる形（使役形）使衰退	おとろえさせる
ます形（連用形）衰退	おとろえます	られる形（被動形）遭受削弱	おとろえられる
て形衰退	おとろえて	命令形快衰退	おとろえろ
た形（過去形）衰退了	おとろえた	可能形	———
たら形（條件形）衰退的話	おとろえたら	う形（意向形）衰退吧	おとろえよう

 △どうもここ2年間、体力がめっきり衰えたようだ。／
覺得這兩年來，體力明顯地衰退。

おびえる【怯える】 害怕・懼怕；做惡夢感到害怕 自下一 グループ2

怯える・怯えます

辞書形(基本形)		たり形	
懼怕	おびえる	又是懼怕	おびえたり
ない形（否定形）沒懼怕	おびえない	ば形（條件形）懼怕的話	おびえれば
なかった形（過去否定形）過去沒懼怕	おびえなかった	させる形（使役形）使恐懼	おびえさせる
ます形（連用形）懼怕	おびえます	られる形（被動形）被…魔住	おびえられる
て形懼怕	おびえて	命令形快懼怕	おびえろ
た形（過去形）懼怕了	おびえた	可能形	———
たら形（條件形）懼怕的話	おびえたら	う形（意向形）懼怕吧	おびえよう

 △子どもはその光景におびえた。／小孩子看到那幅景象感到十分害怕。

おびやかす【脅かす】 威脅；威嚇・嚇唬；危及・威脅到　他五 グループ1

脅かす・脅かします

辭書形(基本形) 威脅	おびやかす	たり形 又是威脅	おびやかしたり
ない形（否定形） 沒威脅	おびやかさない	ば形（條件形） 威脅的話	おびやかせば
なかった形（過去否定形） 過去沒威脅	おびやかさ なかった	させる形（使役形） 任憑威脅	おびやかさせる
ます形（連用形） 威脅	おびやかします	られる形（被動形） 被威脅	おびやかされる
て形 威脅	おびやかして	命令形 快威脅	おびやかせ
た形（過去形） 威脅了	おびやかした	可能形 可以威脅	おびやかせる
たら形（條件形） 威脅的話	おびやかしたら	う形（意向形） 威脅吧	おびやかそう

△あの法律が通れば、表現の自由が脅かされる恐れがある。／
那個法律通過的話，恐怕會威脅到表現的自由。

おびる【帯びる】 帶・佩帶；承擔・負擔；帶有・帶著　他上一 グループ2

帯びる・帯びます

辭書形(基本形) 承擔	おびる	たり形 又是承擔	おびたり
ない形（否定形） 沒承擔	おびない	ば形（條件形） 承擔的話	おびれば
なかった形（過去否定形） 過去沒承擔	おびなかった	させる形（使役形） 使承擔	おびさせる
ます形（連用形） 承擔	おびます	られる形（被動形） 被迫承擔	おびられる
て形 承擔	おびて	命令形 快承擔	おびろ
た形（過去形） 承擔了	おびた	可能形	———
たら形（條件形） 承擔的話	おびたら	う形（意向形） 承擔吧	おびよう

△夢のような計画だったが、ついに現実味を帯びてきた。／
如夢般的計畫，終於有實現的可能了。

おもいきる【思い切る】 断念・死心 他五 グループ1

思い切る・思い切ります

辞書形（基本形）断念	おもいきる	たり形 又是断念	おもいきったり
ない形（否定形）没断念	おもいきらない	ば形（条件形）断念的話	おもいきれば
なかった形（過去否定形）過去没断念	おもいきらなかった	させる形（使役形）使断念	おもいきらせる
ます形（連用形）断念	おもいきります	られる形（被動形）被迫死心	おもいきられる
て形 断念	おもいきって	命令形 快断念	おもいきれ
た形（過去形）断念了	おもいきった	可能形 可以断念	おもいきれる
たら形（條件形）断念的話	おもいきったら	う形（意向形）断念吧	おもいきろう

 △いい加減思い切ればいいものを、いつまでもうじうじして。／
乾脆死了心就沒事了，卻還是一直無法割捨。

おもいつめる【思い詰める】 想不開・鑽牛角尖・過度思考 他下一 グループ2

思い詰める・思い詰めます

辞書形（基本形）過度思考	おもいつめる	たり形 又是過度思考	おもいつめたり
ない形（否定形）没過度思考	おもいつめない	ば形（条件形）過度思考的話	おもいつめれば
なかった形（過去否定形）過去没過度思考	おもいつめなかった	させる形（使役形）使過度思考	おもいつめさせる
ます形（連用形）過度思考	おもいつめます	られる形（被動形）被迫鑽牛角尖	おもいつめられる
て形 過度思考	おもいつめて	命令形 快過度思考	おもいつめろ
た形（過去形）過度思考了	おもいつめた	可能形 可以過度思考	おもいつめられる
たら形（條件形）過度思考的話	おもいつめたら	う形（意向形）過度思考吧	おもいつめよう

 △あまり思い詰めないで。／別想不開。

おもむく【赴く】 赴・往・前往；趨向・趨於　自五 グループ1

赴く・赴きます

辞書形(基本形) 前往	おもむく	たり形 又是前往	おもむいたり
ない形（否定形） 沒前往	おもむかない	ば形（條件形） 前往的話	おもむけば
なかった形（過去否定形） 過去沒前往	おもむかなかった	させる形（使役形） 使前往	おもむかせる
ます形（連用形） 前往	おもむきます	られる形（被動形） 被令前往	おもむかれる
て形 前往	おもむいて	命令形 快前往	おもむけ
た形（過去形） 前往了	おもむいた	可能形 可以前往	おもむける
たら形（條件形） 前往的話	おもむいたら	う形（意向形） 前往吧	おもむこう

△彼はただちに任地に赴いた。／他隨即走馬上任。

おもんじる・おもんずる【重んじる・重んずる】 注重・重視；尊重・器重・敬重　他上一 他サ グループ2

重んじる・重んじます

辞書形(基本形) 器重	おもんじる	たり形 又是器重	おもんじたり
ない形（否定形） 沒器重	おもんじない	ば形（條件形） 器重的話	おもんじれば
なかった形（過去否定形） 過去沒器重	おもんじなかった	させる形（使役形） 使器重	おもんじさせる
ます形（連用形） 器重	おもんじます	られる形（被動形） 被器重	おもんじられる
て形 器重	おもんじて	命令形 快器重	おもんじろ
た形（過去形） 器重了	おもんじた	可能形 可以器重	おもんじられる
たら形（條件形） 器重的話	おもんじたら	う形（意向形） 器重吧	おもんじよう

△お見合い結婚では、家柄や学歴が重んじられることが多い。／
透過相親方式的婚姻，通常相當重視雙方的家境與學歷。

およぶ【及ぶ】 到・到達；趕上・及於

自五　グループ1

及ぶ・及びます

辞書形(基本形) 趕上	およぶ	たり形 又是趕上	およんだり
ない形（否定形) 沒趕上	およばない	ば形（條件形) 趕上的話	およべば
なかった形（過去否定形) 過去沒趕上	およばなかった	させる形（使役形) 予以趕上	およばせる
ます形（連用形) 趕上	およびます	られる形（被動形) 被趕上	およばれる
て形 趕上	およんで	命令形 快趕上	およべ
た形（過去形) 趕上了	およんだ	可能形	———
たら形（條件形) 趕上的話	およんだら	う形（意向形) 趕上吧	およぼう

 △家の建て替え費用は1億円にも及んだ。／重建自宅的費用高達一億日圓。

おりかえす【折り返す】 折回；翻回；反覆；折回去

自他五　グループ1

折り返す・折り返します

辞書形(基本形) 折回	おりかえす	たり形 又是折回	おりかえしたり
ない形（否定形) 沒折回	おりかえさない	ば形（條件形) 折回的話	おりかえせば
なかった形（過去否定形) 過去沒折回	おりかえさ なかった	させる形（使役形) 使折回	おりかえさせる
ます形（連用形) 折回	おりかえします	られる形（被動形) 被折返	おりかえされる
て形 折回	おりかえして	命令形 快折回	おりかえせ
た形（過去形) 折回了	おりかえした	可能形 可以折回	おりかえせる
たら形（條件形) 折回的話	おりかえしたら	う形（意向形) 折回吧	おりかえそう

 △5分後に、折り返しお電話差し上げます。／五分鐘後，再回您電話。

おる【織る】 織・編・編織；組合・交織 他五 グループ1

織る・織ります

辞書形(基本形) 組合	おる	たり形 又是組合	おったり
ない形（否定形） 沒組合	おらない	ば形（條件形） 組合的話	おれば
なかった形（過去否定形） 過去沒組合	おらなかった	させる形（使役形） 予以編織	おらせる
ます形（連用形） 組合	おります	られる形（被動形） 被組合	おられる
て形 組合	おって	命令形 快組合	おれ
た形（過去形） 組合了	おった	可能形 可以組合	おれる
たら形（條件形） 組合的話	おったら	う形（意向形） 組合吧	おろう

△絹糸で布地を織る。／以絹絲織成布料。

かいこむ【買い込む】 (大量)買進・購買 他五 グループ1

買い込む・買い込みます

辞書形(基本形) 購買	かいこむ	たり形 又是購買	かいこんだり
ない形（否定形） 沒購買	かいこまない	ば形（條件形） 購買的話	かいこめば
なかった形（過去否定形） 過去沒購買	かいこまなかった	させる形（使役形） 予以購買	かいこませる
ます形（連用形） 購買	かいこみます	られる形（被動形） 被購買	かいこまれる
て形 購買	かいこんで	命令形 快購買	かいこめ
た形（過去形） 購買了	かいこんだ	可能形	———
たら形（條件形） 購買的話	かいこんだら	う形（意向形） 購買吧	かいこもう

△正月の準備で食糧を買い込んだ。／為了過新年而採買了大量的糧食。

がいする【害する】 損害・危害・傷害；殺害

害する・害します

辞書形(基本形) 殺害	がいする	たり形 又是殺害	がいしたり
ない形（否定形） 沒殺害	がいさない	ば形（條件形） 殺害的話	がいせば
なかった形（過去否定形） 過去沒殺害	がいさなかった	させる形（使役形） 任憑殺害	がいさせる
ます形（連用形） 殺害	がいします	られる形（被動形） 被殺害	がいされる
て形 殺害	がいして	命令形 快殺害	がいせ
た形（過去形） 殺害了	がいした	可能形 可以殺害	がいせる
たら形（條件形） 殺害的話	がいしたら	う形（意向形） 殺害吧	がいそう

 △新人の店員が失礼をしてしまい、お客様はご気分を害して帰ってしまわれた。／新進店員做了失禮的舉動，使得客人很不高興地回去了。

かえりみる【省みる】 反省・反躬・自問

省みる・省みます

辞書形(基本形) 反省	かえりみる	たり形 又是反省	かえりみたり
ない形（否定形） 沒反省	かえりみない	ば形（條件形） 反省的話	かえりみれば
なかった形（過去否定形） 過去沒反省	かえりみなかった	させる形（使役形） 使反省	かえりみさせる
ます形（連用形） 反省	かえりみます	られる形（被動形） 被迫反省	かえりみられる
て形 反省	かえりみて	命令形 快反省	かえりみろ
た形（過去形） 反省了	かえりみた	可能形 可以反省	かえりみられる
たら形（條件形） 反省的話	かえりみたら	う形（意向形） 反省吧	かえりみよう

 △自己を省みることなくして、成長することはない。／不自我反省就無法成長。

かえりみる【顧みる】 往回看・回頭看；回顧；顧慮；關心；照顧 他上一 グループ2

顧みる・顧みます

辞書形(基本形) 回顧	かえりみる	たり形 又是回顧	かえりみたり
ない形（否定形） 沒回顧	かえりみない	ば形（條件形） 回顧的話	かえりみれば
なかった形（過去否定形） 過去沒回顧	かえりみなかった	させる形（使役形） 使回顧	かえりみさせる
ます形（連用形） 回顧	かえりみます	られる形（被動形） 被回顧	かえりみられる
て形 回顧	かえりみて	命令形 快回顧	かえりみろ
た形（過去形） 回顧了	かえりみた	可能形 可以回顧	かえりみられる
たら形（條件形） 回顧的話	かえりみたら	う形（意向形） 回顧吧	かえりみよう

△夫は仕事が趣味で、全然家庭を顧みない。／
我先生只喜歡工作，完全不照顧家人。

かかえこむ【抱え込む】 雙手抱・抱入；過度負擔 他五 グループ1

抱え込む・抱え込みます

辞書形(基本形) 過度負擔	かかえこむ	たり形 又是過度負擔	かかえこんだり
ない形（否定形） 沒過度負擔	かかえこまない	ば形（條件形） 過度負擔的話	かかえこめば
なかった形（過去否定形） 過去沒過度負擔	かかえこま なかった	させる形（使役形） 使過度負擔	かかえこませる
ます形（連用形） 過度負擔	かかえこみます	られる形（被動形） 被抱入	かかえこまれる
て形 過度負擔	かかえこんで	命令形 快過度負擔	かかえこめ
た形（過去形） 過度負擔了	かかえこんだ	可能形	———
たら形（條件形） 過度負擔的話	かかえこんだら	う形（意向形） 過度負擔吧	かかえこもう

△悩みを一人で抱え込む。／一個人獨自懷抱著煩惱。

かかげる【掲げる】

懸・掛・升起；舉起・打著・挑・掀起・撩起；刊登・刊載；提出・揭出・指出

掲げる・掲げます

辞書形(基本形) 舉起	かかげる	たり形 又是舉起	かかげたり
ない形（否定形） 沒舉起	かかげない	ば形（條件形） 舉起的話	かかげれば
なかった形（過去否定形） 過去沒舉起	かかげなかった	させる形（使役形） 使舉起	かかげさせる
ます形（連用形） 舉起	かかげます	られる形（被動形） 被舉起	かかげられる
て形 舉起	かかげて	命令形 快舉起	かかげろ
た形（過去形） 舉起了	かかげた	可能形 可以舉起	かかげられる
たら形（條件形） 舉起的話	かかげたら	う形（意向形） 舉起吧	かかげよう

△掲げられた公約が必ずしも実行されるとは限らない。／
已經宣布的公約，未必就能付諸實行。

かきとる【書き取る】

（把文章字句等）記下來・紀錄・抄錄

他五　グループ1

書き取る・書き取ります

辞書形(基本形) 紀錄	かきとる	たり形 又是紀錄	かきとったり
ない形（否定形） 沒紀錄	かきとらない	ば形（條件形） 紀錄的話	かきとれば
なかった形（過去否定形） 過去沒紀錄	かきとらなかった	させる形（使役形） 予以紀錄	かきとらせる
ます形（連用形） 紀錄	かきとります	られる形（被動形） 被紀錄	かきとられる
て形 紀錄	かきとって	命令形 快紀錄	かきとれ
た形（過去形） 紀錄了	かきとった	可能形 可以紀錄	かきとれる
たら形（條件形） 紀錄的話	かきとったら	う形（意向形） 紀錄吧	かきとろう

△発言を一言も漏らさず書き取ります。／將發言一字不漏地完整記錄。

かきまわす【掻き回す】

攪和・攪拌・混合；亂翻・翻弄・翻攪；攪亂・擾亂・胡作非為

掻き回す・掻き回します

辞書形(基本形) 翻弄	かきまわす	たり形 又是翻弄	かきまわしたり
ない形（否定形） 沒翻弄	かきまわさない	ば形（條件形） 翻弄的話	かきまわせば
なかった形（過去否定形） 過去沒翻弄	かきまわさ なかった	させる形（使役形） 任憑翻弄	かきまわさせる
ます形（連用形） 翻弄	かきまわします	られる形（被動形） 被翻弄	かきまわされる
て形 翻弄	かきまわして	命令形 快翻弄	かきまわせ
た形（過去形） 翻弄了	かきまわした	可能形 可以翻弄	かきまわせる
たら形（條件形） 翻弄的話	かきまわしたら	う形（意向形） 翻弄吧	かきまわそう

△変な新入社員に社内をかき回されて、迷惑千万だ。／
奇怪的新進員工在公司裡到處攪亂，讓人困擾極了。

かく【欠く】

缺・缺乏・缺少；弄壞・少（一部分）；欠・欠缺・怠慢

欠く・欠きます

辞書形(基本形) 怠慢	かく	たり形 又是怠慢	かいたり
ない形（否定形） 沒怠慢	かかない	ば形（條件形） 怠慢的話	かけば
なかった形（過去否定形） 過去沒怠慢	かかなかった	させる形（使役形） 放任怠慢	かかせる
ます形（連用形） 怠慢	かきます	られる形（被動形） 被怠慢	かかれる
て形 怠慢	かいて	命令形 快怠慢	かけ
た形（過去形） 怠慢了	かいた	可能形	———
たら形（條件形） 怠慢的話	かいたら	う形（意向形） 怠慢吧	かこう

△彼はこのプロジェクトに欠くべからざる人物だ。／
他是這項企劃案中不可或缺的人物！

かける【賭ける】 打賭・賭輸贏

賭ける・賭けます

辞書形(基本形) 打賭	かける	たり形 又是打賭	かけたり
ない形（否定形） 沒打賭	かけない	ば形（條件形） 打賭的話	かければ
なかった形（過去否定形） 過去沒打賭	かけなかった	させる形（使役形） 讓打賭	かけさせる
ます形（連用形） 打賭	かけます	られる形（被動形） 被賭上	かけられる
て形 打賭	かけて	命令形 快打賭	かけろ
た形（過去形） 打賭了	かけた	可能形 可以打賭	かけられる
たら形（條件形） 打賭的話	かけたら	う形（意向形） 打賭吧	かけよう

 △私は君が勝つ方に賭けます。／我賭你會贏。

かさばる【かさ張る】 （體積、數量等）增大・體積大・增多 自五 グループ1

かさ張る・かさ張ります

辞書形(基本形) 增大	かさばる	たり形 又是增大	かさばったり
ない形（否定形） 沒增大	かさばらない	ば形（條件形） 增大的話	かさばれば
なかった形（過去否定形） 過去沒增大	かさばらなかった	させる形（使役形） 予以增大	かさばらせる
ます形（連用形） 增大	かさばります	られる形（被動形） 被擴大	かさばられる
て形 增大	かさばって	命令形 快增大	かさばれ
た形（過去形） 增大了	かさばった	可能形	———
たら形（條件形） 增大的話	かさばったら	う形（意向形） 增大吧	かさばろう

 △冬の服はかさばるので収納しにくい。／冬天的衣物膨鬆而佔空間，不容易收納。

かさむ （體積、數量等）増多

自五 グループ1

かさむ・かさみます

辞書形(基本形) 増多	かさむ	たり形 又是増多	かさんだり
ない形（否定形） 沒増多	かさまない	ば形（條件形） 増多的話	かさめば
なかった形（過去否定形） 過去沒増多	かさまなかった	させる形（使役形） 使増多	かさませる
ます形（連用形） 増多	かさみます	られる形（被動形） 被増加	かさまれる
て形 増多	かさんで	命令形 快増多	かさめ
た形（過去形） 増多了	かさんだ	可能形	———
たら形（條件形） 増多的話	かさんだら	う形（意向形） 増多吧	かさもう

△今月は洗濯機やパソコンが壊れたので、修理で出費がかさんだ。／
由於洗衣機及電腦故障，本月份的修繕費用大増。

かすむ【霞む】 有霞・有薄霧・雲霧朦朧・朦朧・看不清

自五 グループ1

霞む・霞みます

辞書形(基本形) 看不清	かすむ	たり形 又是看不清	かすんだり
ない形（否定形） 沒看不清	かすまない	ば形（條件形） 看不清的話	かすめば
なかった形（過去否定形） 過去沒看不清	かすまなかった	させる形（使役形） 使看不清	かすませる
ます形（連用形） 看不清	かすみます	られる形（被動形） 被混淆	かすまれる
て形 看不清	かすんで	命令形 快看不清	かすめ
た形（過去形） 看不清了	かすんだ	可能形 可以看不清	———
たら形（條件形） 看不清的話	かすんだら	う形（意向形） 看不清吧	かすもう

△霧で霞んで運転しにくい。／雲霧瀰漫導致視線不清，有礙行車安全。

56

かする

掠過・擦過；揩油・剝削；（書法中）寫出飛白；暗示

かする・かすります

辞書形(基本形) 擦過	かする	たり形 又是擦過	かすったり
ない形（否定形） 沒擦過	かすらない	ば形（條件形） 擦過的話	かすれば
なかった形（過去否定形） 過去沒擦過	かすらなかった	させる形（使役形） 使擦過	かすらせる
ます形（連用形） 擦過	かすります	られる形（被動形） 被擦過	かすられる
て形 擦過	かすって	命令形 快擦過	かすれ
た形（過去形） 擦過了	かすった	可能形 可以擦過	かすれる
たら形（條件形） 擦過的話	かすったら	う形（意向形） 擦過吧	かすろう

△ちょっとかすっただけで、たいした怪我（けが）ではない。／
只不過稍微擦傷罷了，不是什麼嚴重的傷勢。

かたむける【傾ける】

使…傾斜・使…歪偏；飲（酒）等；傾注；倒空；敗（家）・使（國家）滅亡

傾（かたむ）ける・傾（かたむ）けます

辞書形(基本形) 傾注	かたむける	たり形 又是傾注	かたむけたり
ない形（否定形） 沒傾注	かたむけない	ば形（條件形） 傾注的話	かたむければ
なかった形（過去否定形） 過去沒傾注	かたむけなかった	させる形（使役形） 使滅亡	かたむけさせる
ます形（連用形） 傾注	かたむけます	られる形（被動形） 被倒空	かたむけられる
て形 傾注	かたむけて	命令形 快傾注	かたむけろ
た形（過去形） 傾注了	かたむけた	可能形 可以傾注	かたむけられる
たら形（條件形） 傾注的話	かたむけたら	う形（意向形） 傾注吧	かたむけよう

△有権者（ゆうけんしゃ）あっての政治家（せいじか）なのだから、有権者（ゆうけんしゃ）の声（こえ）に耳（みみ）を傾（かたむ）けるべきだ。／
有投票者才能產生政治家，所以應當聆聽投票人的心聲才是。

かためる【固める】
（使物質等）凝固・堅硬；堆集到一處；堅定・使鞏固；加強防守；使安定・使走上正軌；組成

他下一 グループ2

かた・かた
固める・固めます

辞書形(基本形) 堅定	かためる	たり形 又是堅定	かためたり
ない形（否定形） 沒堅定	かためない	ば形（條件形） 堅定的話	かためれば
なかった形（過去否定形） 過去沒堅定	かためなかった	させる形（使役形） 使堅定	かためさせる
ます形（連用形） 堅定	かためます	られる形（被動形） 被奠定	かためられる
て形 堅定	かためて	命令形 快奠定	かためろ
た形（過去形） 堅定了	かためた	可能形 可以奠定	かためられる
たら形（條件形） 堅定的話	かためたら	う形（意向形） 奠定吧	かためよう

△基礎をしっかり固めてから応用問題に取り組んだ方がいい。／
先打好穩固的基礎，再挑戰應用問題較為恰當。

かなう【叶う】
適合・符合・合乎；能・能做到；（希望等）能實現・能如願以償

自五 グループ1

かな・かな
叶う・叶います

辞書形(基本形) 符合	かなう	たり形 又是符合	かなったり
ない形（否定形） 沒符合	かなわない	ば形（條件形） 符合的話	かなえば
なかった形（過去否定形） 過去沒符合	かなわなかった	させる形（使役形） 使符合	かなわせる
ます形（連用形） 符合	かないます	られる形（被動形） 被實現	かなわれる
て形 符合	かなって	命令形 快符合	かなえ
た形（過去形） 符合了	かなった	可能形	——
たら形（條件形） 符合的話	かなったら	う形（意向形） 符合吧	かなおう

△夢が叶おうが叶うまいが、夢があるだけすばらしい。／
無論夢想能否實現，心裡有夢就很美了。

かなえる【叶える】 使…達到（目的），滿足…的願望

叶える・叶えます

辞書形（基本形） 滿足…的願望	かなえる	たり形 又是滿足…的願望	かなえたり
ない形（否定形） 沒滿足…的願望	かなえない	ば形（條件形） 滿足…的願望的話	かなえれば
なかった形（過去否定形） 過去沒滿足…的願望	かなえなかった	させる形（使役形） 使滿足…的願望	かなえさせる
ます形（連用形） 滿足…的願望	かなえます	られる形（被動形） 被滿足…的願望	かなえられる
て形 滿足…的願望	かなえて	命令形 快滿足…的願望	かなえろ
た形（過去形） 滿足…的願望了	かなえた	可能形 可以滿足…的願望	かなえられる
たら形（條件形） 滿足…的願望的話	かなえたら	う形（意向形） 滿足…的願望吧	かなえよう

△夢を叶えるためとあれば、どんな努力も惜しまない。／
若為實現夢想，不惜付出任何努力。

かばう【庇う】 庇護・袒護・保護

庇う・庇います

辞書形（基本形） 庇護	かばう	たり形 又是庇護	かばったり
ない形（否定形） 沒庇護	かばわない	ば形（條件形） 庇護的話	かばえば
なかった形（過去否定形） 過去沒庇護	かばわなかった	させる形（使役形） 予以庇護	かばわせる
ます形（連用形） 庇護	かばいます	られる形（被動形） 受到庇護	かばわれる
て形 庇護	かばって	命令形 快庇護	かばえ
た形（過去形） 庇護了	かばった	可能形 可以庇護	かばえる
たら形（條件形） 庇護的話	かばったら	う形（意向形） 庇護吧	かばおう

△左足を怪我したので、かばいながらしか歩けない。／
由於左腳受傷，只能小心翼翼地走路。

かぶれる【気触れる】

（由於漆、膏藥等的過敏與中毒而）發炎、起疹子；（受某種影響而）熱中、著迷

他下一 グループ2

気触れる・気触れます

辭書形(基本形) 著迷	かぶれる	たり形 又是著迷	かぶれたり
ない形（否定形） 沒著迷	かぶれない	ば形（條件形） 著迷的話	かぶれれば
なかった形（過去否定形） 過去沒著迷	かぶれなかった	させる形（使役形） 使著迷	かぶれさせる
ます形（連用形） 著迷	かぶれます	られる形（被動形） 被熱中	かぶれられる
て形 著迷	かぶれて	命令形 快著迷	かぶれろ
た形（過去形） 著迷了	かぶれた	可能形	———
たら形（條件形） 著迷的話	かぶれたら	う形（意向形） 著迷吧	かぶれよう

△新しいシャンプーでかぶれた。肌に合わないみたい。／
對新的洗髮精過敏了，看來不適合我的皮膚。

かまえる【構える】

修建、修築；（轉）自立門戶、住在（獨立的房屋）；採取某種姿勢、擺出姿態；準備好；假造、裝作、假托

他下一 グループ2

構える・構えます

辭書形(基本形) 修建	かまえる	たり形 又是修建	かまえたり
ない形（否定形） 沒修建	かまえない	ば形（條件形） 修建的話	かまえれば
なかった形（過去否定形） 過去沒修建	かまえなかった	させる形（使役形） 予以修建	かまえさせる
ます形（連用形） 修建	かまえます	られる形（被動形） 得到修建	かまえられる
て形 修建	かまえて	命令形 快修建	かまえろ
た形（過去形） 修建了	かまえた	可能形 可以修建	かまえられる
たら形（條件形） 修建的話	かまえたら	う形（意向形） 修建吧	かまえよう

△彼女は何事も構えすぎるきらいがある。／
她對任何事情總是有些防範過度。

かみきる【噛み切る】 咬斷・咬破

噛み切る・噛み切ります

辞書形（基本形） 咬斷	かみきる	たり形 又是咬斷	かみきったり
ない形（否定形） 沒咬斷	かみきらない	ば形（條件形） 咬斷的話	かみきれば
なかった形（過去否定形） 過去沒咬斷	かみきらなかった	させる形（使役形） 使咬斷	かみきらせる
ます形（連用形） 咬斷	かみきります	られる形（被動形） 被咬斷	かみきられる
て形 咬斷	かみきって	命令形 快咬斷	かみきれ
た形（過去形） 咬斷了	かみきった	可能形 可以咬斷	かみきれる
たら形（條件形） 咬斷的話	かみきったら	う形（意向形） 咬斷吧	かみきろう

△この肉、硬くてかみ切れないよ。／這塊肉好硬，根本咬不斷嘛！

からむ【絡む】 纏在…上；糾纏・無理取鬧・找碴；密切相關・緊密糾纏

絡む・絡みます

辞書形（基本形） 糾纏	からむ	たり形 又是糾纏	からんだり
ない形（否定形） 沒糾纏	からまない	ば形（條件形） 糾纏的話	からめば
なかった形（過去否定形） 過去沒糾纏	からまなかった	させる形（使役形） 任憑糾纏	からませる
ます形（連用形） 糾纏	からみます	られる形（被動形） 被糾纏	からまれる
て形 糾纏	からんで	命令形 快糾纏	からめ
た形（過去形） 糾纏了	からんだ	可能形 可以糾纏	からめる
たら形（條件形） 糾纏的話	からんだら	う形（意向形） 糾纏吧	からもう

△贈収賄事件に絡んだ人が相次いで摘発された。／
與賄賂事件有所牽連的人士，一個接著一個遭到舉發。

かれる【枯れる・涸れる】 (水分)乾涸;(能力・才能等)涸竭;(草木) 自下一 グループ2

涸零・枯萎・枯死(木材)乾燥;(修養・藝術等)純熟・老練;(身體等)枯瘦・乾癟・(機能等)衰萎

枯れる・枯れます

辭書形(基本形) 涸零	かれる	たり形 又是涸零	かれたり
ない形(否定形) 沒涸零	かれない	ば形(條件形) 涸零的話	かれれば
なかった形(過去否定形) 過去沒涸零	かれなかった	させる形(使役形) 使涸零	かれさせる
ます形(連用形) 涸零	かれます	られる形(被動形) 被涸竭	かれられる
て形 涸零	かれて	命令形 快涸零	かれろ
た形(過去形) 涸零了	かれた	可能形	———
たら形(條件形) 涸零的話	かれたら	う形(意向形) 涸零吧	かれよう

 △井戸の水が涸れ果ててしまった。／井裡的水已經乾涸了。

かわす【交わす】 交・交換;交結・交叉・互相… 他五 グループ1

交わす・交わします

辭書形(基本形) 交換	かわす	たり形 又是交換	かわしたり
ない形(否定形) 沒交換	かわさない	ば形(條件形) 交換的話	かわせば
なかった形(過去否定形) 過去沒交換	かわさなかった	させる形(使役形) 予以交換	かわさせる
ます形(連用形) 交換	かわします	られる形(被動形) 被交換	かわされる
て形 交換	かわして	命令形 快交換	かわせ
た形(過去形) 交換了	かわした	可能形 可以交換	かわせる
たら形(條件形) 交換的話	かわしたら	う形(意向形) 交換吧	かわそう

 △二人はいつも視線を交わして合図を送り合っている。／
他們兩人總是四目相交、眉目傳情。

きかざる【着飾る】 盛装・打扮

着飾る・着飾ります

辞書形（基本形）打扮	きかざる	たり形 又是打扮	きかざったり
ない形（否定形）沒打扮	きかざります	ば形（條件形）打扮的話	きかざれば
なかった形（過去否定形）過去沒打扮	きかざらない	させる形（使役形）讓打扮	きかざらせる
ます形（連用形）打扮	きかざらなかった	られる形（被動形）被打扮	きかざられる
て形 打扮	きかざって	命令形 快打扮	きかざれ
た形（過去形）打扮了	きかざった	可能形 可以打扮	きかざれる
たら形（條件形）打扮的話	きかざったら	う形（意向形）打扮吧	きかざろう

△どんなに着飾ろうが、人間中身は変えられない。／
不管再怎麼裝扮，人的內在都是沒辦法改變的。

きしむ【軋む】（兩物相摩擦）吱吱嘎嘎響，發澀

軋む・軋みます

辞書形（基本形）發澀	きしむ	たり形 又是發澀	きしんだり
ない形（否定形）沒發澀	きしまない	ば形（條件形）發澀的話	きしめば
なかった形（過去否定形）過去沒發澀	きしまなかった	させる形（使役形）任憑發澀	きしませる
ます形（連用形）發澀	きしみます	られる形（被動形）在發澀之下	きしまれる
て形 發澀	きしんで	命令形 快發澀	きしめ
た形（過去形）發澀了	きしんだ	可能形	———
たら形（條件形）發澀的話	きしんだら	う形（意向形）發澀吧	きしもう

△この家は古いので、床がきしんで音がする。／
這間房子的屋齡已久，在屋內踏走時，地板會發出嘎吱聲響。

きずく【築く】 築・建築・修建；構成・（逐步）形成・累積 他五 グループ1

築く・築きます

辭書形（基本形） 累積	きずく	たり形 又是累積	きずいたり
ない形（否定形） 沒累積	きずかない	ば形（條件形） 累積的話	きずけば
なかった形（過去否定形） 過去沒累積	きずかなかった	させる形（使役形） 予以累積	きずかせる
ます形（連用形） 累積	きずきます	られる形（被動形） 被累積	きずかれる
て形 累積	きずいて	命令形 快累積	きずけ
た形（過去形） 累積了	きずいた	可能形 可以累積	きずける
たら形（條件形） 累積的話	きずいたら	う形（意向形） 累積吧	きずこう

△同僚といい関係を築けば、より良い仕事ができるでしょう。／
如果能建立良好的同事情誼，應該可以提昇工作成效吧！

きずつく【傷つく】 受傷・負傷；弄出瑕疵・缺陷・毛病（威信、名聲等）遭受損害或敗壞，（精神）受到創傷 自五 グループ1

傷つく・傷つきます

辭書形（基本形） 負傷	きずつく	たり形 又是負傷	きずついたり
ない形（否定形） 沒負傷	きずつかない	ば形（條件形） 負傷的話	きずつけば
なかった形（過去否定形） 過去沒負傷	きずつかなかった	させる形（使役形） 使負傷	きずつかせる
ます形（連用形） 負傷	きずつきます	られる形（被動形） 遭受創傷	きずつかれる
て形 負傷	きずついて	命令形 快負傷	きずつけ
た形（過去形） 負傷了	きずついた	可能形	———
たら形（條件形） 負傷的話	きずついたら	う形（意向形） 負傷吧	きずつこう

△相手が傷つこうが、言わなければならないことは言います。／
即使會讓對方受傷，該說的話還是要說。

きずつける【傷つける】

弄傷；弄出瑕疵·缺陷·毛病，傷痕·損害·損傷；敗壞

他下一 グループ2

傷つける・傷つけます

辞書形(基本形) 損害	きずつける	たり形 又是損害	きずつけたり
ない形 (否定形) 沒損害	きずつけない	ば形 (條件形) 損害的話	きずつければ
なかった形 (過去否定形) 過去沒損害	きずつけなかった	させる形 (使役形) 任憑損害	きずつけさせる
ます形 (連用形) 損害	きずつけます	られる形 (被動形) 被弄傷	きずつけられる
て形 損害	きずつけて	命令形 快損害	きずつけろ
た形 (過去形) 損害了	きずつけた	可能形 可以損害	きずつけられる
たら形 (條件形) 損害的話	きずつけたら	う形 (意向形) 損害吧	きずつけよう

△子どもは知らず知らずのうちに相手を傷つけてしまうことがある。／
小孩子或許會在不自覺的狀況下，傷害到其他同伴。

きたえる【鍛える】

鍛·錘鍊；鍛鍊

他下一 グループ2

鍛える・鍛えます

辞書形(基本形) 鍛鍊	きたえる	たり形 又是鍛鍊	きたえたり
ない形 (否定形) 沒鍛鍊	きたえない	ば形 (條件形) 鍛鍊的話	きたえれば
なかった形 (過去否定形) 過去沒鍛鍊	きたえなかった	させる形 (使役形) 予以鍛鍊	きたえさせる
ます形 (連用形) 鍛鍊	きたえます	られる形 (被動形) 被鍛鍊	きたえられる
て形 鍛鍊	きたえて	命令形 快鍛鍊	きたえろ
た形 (過去形) 鍛鍊了	きたえた	可能形 可以鍛鍊	きたえられる
たら形 (條件形) 鍛鍊的話	きたえたら	う形 (意向形) 鍛鍊吧	きたえよう

△ふだんどれだけ体を鍛えていようが、風邪をひくときはひく。／
無論平常再怎麼鍛鍊身體，還是沒法避免感冒。

きょうじる【興じる】 (同「興ずる」) 感覺有趣・愉快・以‥自娛・取樂 自上一 グループ2

きょう きょう
興じる・興じます

辭書形(基本形) 感覺有趣	きょうじる	たり形 又是感覺有趣	きょうじたり
ない形（否定形） 沒感覺有趣	きょうじない	ば形（條件形） 感覺有趣的話	きょうじれば
なかった形（過去否定形） 過去沒感覺有趣	きょうじなかった	させる形（使役形） 使感覺有趣	きょうじさせる
ます形（連用形） 感覺有趣	きょうじます	られる形（被動形） 被以…自娛	きょうじられる
て形 感覺有趣	きょうじて	命令形 快感覺有趣	きょうじろ
た形（過去形） 感覺有趣了	きょうじた	可能形 可以感覺有趣	きょうじられる
たら形（條件形） 感覺有趣的話	きょうじたら	う形（意向形） 感覺有趣吧	きょうじよう

しゅみ きょう ぜんぜん かてい かえり
△趣味に興じるばかりで、全然家庭を顧みない。／
一直沈迷於自己的興趣，完全不顧家庭。

きりかえる【切り替える】 轉換・改換・掉換；兌換 他下一 グループ2

き か き か
切り替える・切り替えます

辭書形(基本形) 掉換	きりかえる	たり形 又是掉換	きりかえたり
ない形（否定形） 沒掉換	きりかえない	ば形（條件形） 掉換的話	きりかえれば
なかった形（過去否定形） 過去沒掉換	きりかえなかった	させる形（使役形） 使掉換	きりかえさせる
ます形（連用形） 掉換	きりかえます	られる形（被動形） 被掉換	きりかえられる
て形 掉換	きりかえて	命令形 快掉換	きりかえろ
た形（過去形） 掉換了	きりかえた	可能形 可以掉換	きりかえられる
たら形（條件形） 掉換的話	きりかえたら	う形（意向形） 掉換吧	きりかえよう

しごと じかん き か ほう
△仕事とプライベートの時間は切り替えた方がいい。／
工作的時間與私人的時間都要適度調配轉換比較好。

キレる （俗）突然生氣・發怒

自下一 グループ2

キレる・キレます

辞書形（基本形） 突然生氣	キレる	たり形 又是突然生氣	キレたり
ない形（否定形） 沒突然生氣	キレない	ば形（條件形） 突然生氣的話	キレれば
なかった形（過去否定形） 過去沒突然生氣	キレなかった	させる形（使役形） 使突然生氣	キレさせる
ます形（連用形） 突然生氣	キレます	られる形（被動形） 被叱責	キレられる
て形 突然生氣	キレて	命令形 快生氣	キレろ
た形（過去形） 突然生氣了	キレた	可能形	———
たら形（條件形） 突然生氣的話	キレたら	う形（意向形） 生氣吧	キレよう

△大人、とりわけ親の問題なくして、子供がキレることはない。／
如果大人都沒有問題，尤其是父母沒有問題，孩子就不會出現暴怒的情緒。

きわめる【極める】 查究；到達極限

他下一 グループ2

極める・極めます

辞書形（基本形） 查究	きわめる	たり形 又是查究	きわめたり
ない形（否定形） 沒查究	きわめない	ば形（條件形） 查究的話	きわめれば
なかった形（過去否定形） 過去沒查究	きわめなかった	させる形（使役形） 使查究	きわめさせる
ます形（連用形） 查究	きわめます	られる形（被動形） 被查究	きわめられる
て形 查究	きわめて	命令形 快查究	きわめろ
た形（過去形） 查究了	きわめた	可能形 可以查究	きわめられる
たら形（條件形） 查究的話	きわめたら	う形（意向形） 查究吧	きわめよう

△道を極めた達人の言葉だけに、重みがある。／
追求極致這句話出自專家的口中，尤其具有權威性。

きんじる【禁じる】 禁止・不准；禁忌・戒除；抑制・控制 他上一 グループ2

禁じる・禁じます

辞書形(基本形) 禁止	きんじる	たり形 又是禁止	きんじたり
ない形 (否定形) 沒禁止	きんじない	ば形 (條件形) 禁止的話	きんじれば
なかった形 (過去否定形) 過去沒禁止	きんじなかった	させる形 (使役形) 使禁止	きんじさせる
ます形 (連用形) 禁止	きんじます	られる形 (被動形) 被禁止	きんじられる
て形 禁止	きんじて	命令形 快禁止	きんじろ
た形 (過去形) 禁止了	きんじた	可能形 可以禁止	きんじられる
たら形 (條件形) 禁止的話	きんじたら	う形 (意向形) 禁止吧	きんじよう

 △機内での喫煙は禁じられています。／禁止在飛機機内吸菸。

くいちがう【食い違う】 不一致・有分歧；交錯・錯位 自五 グループ1

食い違う・食い違います

辞書形(基本形) 交錯	くいちがう	たり形 又是交錯	くいちがったり
ない形 (否定形) 沒交錯	くいちがわない	ば形 (條件形) 交錯的話	くいちがえば
なかった形 (過去否定形) 過去沒交錯	くいちがわなかった	させる形 (使役形) 使矛盾	くいちがわせる
ます形 (連用形) 交錯	くいちがいます	られる形 (被動形) 被交叉	くいちがわれる
て形 交錯	くいちがって	命令形 快交錯	くいちがえ
た形 (過去形) 交錯了	くいちがった	可能形	———
たら形 (條件形) 交錯的話	くいちがったら	う形 (意向形) 交錯吧	くいちがおう

 △ただその一点のみ、双方の意見が食い違っている。／
雙方的意見僅就那一點相左。

くぐる【潜る】 通過・走過；潛水；猜測 他五 グループ1

潜る・潜ります

辞書形（基本形） 通過	くぐる	たり形 又是通過	くぐったり
ない形（否定形） 沒通過	くぐらない	ば形（條件形） 通過的話	くぐれば
なかった形（過去否定形） 過去沒通過	くぐらなかった	させる形（使役形） 使通過	くぐらせる
ます形（連用形） 通過	くぐります	られる形（被動形） 被通過	くぐられる
て形 通過	くぐって	命令形 快通過	くぐれ
た形（過去形） 通過了	くぐった	可能形 可以通過	くぐれる
たら形（條件形） 通過的話	くぐったら	う形（意向形） 通過吧	くぐろう

△門をくぐると、宿の女将さんが出迎えてくれた。／
走進旅館大門後，老闆娘迎上前來歡迎我們。

くちずさむ【口ずさむ】（隨興之所致）吟・詠・誦・吟詠 他五 グループ1

口ずさむ・口ずさみます

辞書形（基本形） 吟詠	くちずさむ	たり形 又是吟詠	くちずさんだり
ない形（否定形） 沒吟詠	くちずさまない	ば形（條件形） 吟詠的話	くちずさめば
なかった形（過去否定形） 過去沒吟詠	くちずさまなかった	させる形（使役形） 予以吟詠	くちずさませる
ます形（連用形） 吟詠	くちずさみます	られる形（被動形） 被吟詠	くちずさまれる
て形 吟詠	くちずさんで	命令形 快吟詠	くちずさめ
た形（過去形） 吟詠了	くちずさんだ	可能形 可以吟詠	くちずさめる
たら形（條件形） 吟詠的話	くちずさんだら	う形（意向形） 吟詠吧	くちずさもう

△今日はご機嫌らしく、父は朝から歌を口ずさんでいる。／
爸爸今天的心情似乎很好，打從大清早就一直哼唱著歌曲。

くちる【朽ちる】 腐朽・腐爛・腐壞；默默無聞而終・埋沒一生；（轉）衰敗・衰亡 　自上一 グループ2

朽ちる・朽ちます

辭書形(基本形) 埋沒一生	くちる	たり形 又是埋沒一生	くちたり
ない形（否定形） 沒埋沒一生	くちない	ば形（條件形） 埋沒一生的話	くちれば
なかった形（過去否定形） 過去沒埋沒一生	くちなかった	させる形（使役形） 任憑埋沒一生	くちさせる
ます形（連用形） 埋沒一生	くちます	られる形（被動形） 被埋沒一生	くちられる
て形 埋沒一生	くちて	命令形 快埋沒一生	くちろ
た形（過去形） 埋沒一生了	くちた	可能形	———
たら形（條件形） 埋沒一生的話	くちたら	う形（意向形） 埋沒一生吧	くちよう

 △校舎が朽ち果てて、廃墟と化している。／校舍已經殘破不堪，變成廢墟。

くつがえす【覆す】 打翻・弄翻・翻轉；（將政權、國家）推翻・打倒；徹底改變・推翻（學說等） 　他五 グループ1

覆す・覆します

辭書形(基本形) 推翻	くつがえす	たり形 又是推翻	くつがえしたり
ない形（否定形） 沒推翻	くつがえさない	ば形（條件形） 推翻的話	くつがえせば
なかった形（過去否定形） 過去沒推翻	くつがえさ なかった	させる形（使役形） 使推翻	くつがえさせる
ます形（連用形） 推翻	くつがえします	られる形（被動形） 被推翻	くつがえされる
て形 推翻	くつがえして	命令形 快推翻	くつがえせ
た形（過去形） 推翻了	くつがえした	可能形 可以推翻	くつがえせる
たら形（條件形） 推翻的話	くつがえしたら	う形（意向形） 推翻吧	くつがえそう

 △一審の判決を覆し、二審では無罪となった。／ 二審改判無罪，推翻了一審的判決結果。

くみあわせる【組み合わせる】 編在一起・交叉在一起・搭在一起;配合・編組

組み合わせる・組み合わせます

辞書形(基本形) 編在一起	くみあわせる	たり形 又是編在一起	くみあわせたり
ない形（否定形） 沒編在一起	くみあわせない	ば形（條件形） 編在一起的話	くみあわせれば
なかった形（過去否定形） 過去沒編在一起	くみあわせ なかった	させる形（使役形） 使編在一起	くみあわせさせる
ます形（連用形） 編在一起	くみあわせます	られる形（被動形） 被編在一起	くみあわせられる
て形 編在一起	くみあわせて	命令形 快編在一起	くみあわせろ
た形（過去形） 編在一起了	くみあわせた	可能形 可以編在一起	くみあわせられる
たら形（條件形） 編在一起的話	くみあわせたら	う形（意向形） 編在一起吧	くみあわせよう

△上と下の数字を組み合わせて、それぞれ合計10になるようにしてください。／請加總上列與下列的數字，使每組數字的總和均為10。

くみこむ【組み込む】 編入；入伙；(印) 排入

組み込む・組み込みます

辞書形(基本形) 編入	くみこむ	たり形 又是編入	くみこんだり
ない形（否定形） 沒編入	くみこまない	ば形（條件形） 編入的話	くみこめば
なかった形（過去否定形） 過去沒編入	くみこまなかった	させる形（使役形） 使編入	くみこませる
ます形（連用形） 編入	くみこみます	られる形（被動形） 被編入	くみこまれる
て形 編入	くみこんで	命令形 快編入	くみこめ
た形（過去形） 編入了	くみこんだ	可能形 可以編入	くみこめる
たら形（條件形） 編入的話	くみこんだら	う形（意向形） 編入吧	くみこもう

△この部品を組み込めば、製品が小型化できる。／
只要將這個零件組裝上去，就可以將產品縮小。

けがす【汚す】 弄髒・玷污；拌和

他五 グループ1

汚す・汚します

辞書形(基本形) 弄髒	けがす	たり形 又是弄髒	けがしたり
ない形（否定形） 沒弄髒	けがさない	ば形（條件形） 弄髒的話	けがせば
なかった形（過去否定形） 過去沒弄髒	けがさなかった	させる形（使役形） 使弄髒	けがさせる
ます形（連用形） 弄髒	けがします	られる形（被動形） 被弄髒	けがされる
て形 弄髒	けがして	命令形 快弄髒	けがせ
た形（過去形） 弄髒了	けがした	可能形 可以弄髒	けがせる
たら形（條件形） 弄髒的話	けがしたら	う形（意向形） 弄髒吧	けがそう

△週刊誌のでたらめな記事で私の名誉が汚された。／
週刊的不實報導玷汙了我的名譽。

けがれる【汚れる】 骯髒；受奸污、失去貞操；不純潔；污染・弄髒

自下一 グループ2

汚れる・汚れます

辞書形(基本形) 弄髒	けがれる	たり形 又是弄髒	けがれたり
ない形（否定形） 沒弄髒	けがれない	ば形（條件形） 弄髒的話	けがれれば
なかった形（過去否定形） 過去沒弄髒	けがれなかった	させる形（使役形） 使弄髒	けがれさせる
ます形（連用形） 弄髒	けがれます	られる形（被動形） 被弄髒	けがれられる
て形 弄髒	けがれて	命令形 快弄髒	けがれろ
た形（過去形） 弄髒了	けがれた	可能形 可以弄髒	けがれられる
たら形（條件形） 弄髒的話	けがれたら	う形（意向形） 弄髒吧	けがれよう

△私がそんな汚れた金を受け取ると思っているんですか。／
難道你認為我會收那種骯髒錢嗎？

けしさる【消し去る】 消滅・消除

他五 グループ1

消し去る・消し去ります

辞書形（基本形） 消滅	けしさる	たり形 又是消滅	けしさったり
ない形（否定形） 沒消滅	けしさらない	ば形（條件形） 消滅的話	けしされば
なかった形（過去否定形） 過去沒消滅	けしさらなかった	させる形（使役形） 予以消滅	けしさらせる
ます形（連用形） 消滅	けしさります	られる形（被動形） 被消滅	けしさられる
て形 消滅	けしさって	命令形 快消滅	けしされ
た形（過去形） 消滅了	けしさった	可能形 可以消滅	けしされる
たら形（條件形） 消滅的話	けしさったら	う形（意向形） 消滅吧	けしさろう

△記憶を消し去る。／消除記憶。

けとばす【蹴飛ばす】 蹴：踢開・踢散・踢倒；拒絶

他五 グループ1

蹴飛ばす・蹴飛ばします

辞書形（基本形） 拒絶	けとばす	たり形 又是拒絶	けとばしたり
ない形（否定形） 沒拒絶	けとばさない	ば形（條件形） 拒絶的話	けとばせば
なかった形（過去否定形） 過去沒拒絶	けとばさなかった	させる形（使役形） 予以拒絶	けとばさせる
ます形（連用形） 拒絶	けとばします	られる形（被動形） 被拒絶	けとばされる
て形 拒絶	けとばして	命令形 快拒絶	けとばせ
た形（過去形） 拒絶了	けとばした	可能形 可以拒絶	けとばせる
たら形（條件形） 拒絶的話	けとばしたら	う形（意向形） 拒絶吧	けとばそう

△ボールを力の限り蹴とばすと、スカッとする。／
将球猛力踢飛出去・可以宣洩情緒。

けなす【貶す】 譏笑・貶低・排斥

他五 グループ1

貶す・貶します

辞書形(基本形) 排斥	けなす	たり形 又是排斥	けなしたり
ない形（否定形） 沒排斥	けなさない	ば形（條件形） 排斥的話	けなせば
なかった形（過去否定形） 過去沒排斥	けなさなかった	させる形（使役形） 任憑排斥	けなさせる
ます形（連用形） 排斥	けなします	られる形（被動形） 被排斥	けなされる
て形 排斥	けなして	命令形 快排斥	けなせ
た形（過去形） 排斥了	けなした	可能形 可以排斥	けなせる
たら形（條件形） 排斥的話	けなしたら	う形（意向形） 排斥吧	けなそう

△彼は確かに優秀だが、すぐ人をけなす嫌いがある。／
他的確很優秀，卻有動不動就挖苦人的毛病。

けむる【煙る】 冒煙；模糊不清・朦朧・看不清楚

自五 グループ1

煙る・煙ります

辞書形(基本形) 模糊不清	けむる	たり形 又是模糊不清	けむったり
ない形（否定形） 沒模糊不清	けむらない	ば形（條件形） 模糊不清的話	けむれば
なかった形（過去否定形） 過去沒模糊不清	けむらなかった	させる形（使役形） 使看不清楚	けむらせる
ます形（連用形） 模糊不清	けむります	られる形（被動形） 在冒煙下	けむられる
て形 模糊不清	けむって	命令形 快模糊不清	けむれ
た形（過去形） 模糊不清了	けむった	可能形	———
たら形（條件形） 模糊不清的話	けむったら	う形（意向形） 模糊不清吧	けむろう

△雨煙る兼六園は非常に趣があります。／煙雨迷濛中的兼六園極具另番風情。

こころがける【心掛ける】 留心・注意・記在心裡 　他下一　グループ2

こころ が
心掛ける・心掛けます

辞書形（基本形） 記在心裡	こころがける	たり形 又是記在心裡	こころがけたり
ない形（否定形） 沒記在心裡	こころがけない	ば形（條件形） 記在心裡的話	こころがければ
なかった形（過去否定形） 過去沒記在心裡	こころがけ なかった	させる形（使役形） 使記在心裡	こころがけさせる
ます形（連用形） 記在心裡	こころがけます	られる形（被動形） 被記在心裡	こころがけられる
て形 記在心裡	こころがけて	命令形 快記在心裡	こころがけろ
た形（過去形） 記在心裡了	こころがけた	可能形 可以記在心裡	こころがけられる
たら形（條件形） 記在心裡的話	こころがけたら	う形（意向形） 記在心裡吧	こころがけよう

△ミスを防ぐため、最低2回はチェックするよう心掛けている。／
為了避免錯誤發生，特別謹慎小心地至少檢查過兩次。

こころざす【志す】 立志・志向・志願；瞄準 　自他五　グループ1

こころざ　　こころざ
志す・志します

辞書形（基本形） 立志	こころざす	たり形 又是立志	こころざしたり
ない形（否定形） 沒立志	こころざさない	ば形（條件形） 立志的話	こころざせば
なかった形（過去否定形） 過去沒立志	こころざさ なかった	させる形（使役形） 使立志	こころざさせる
ます形（連用形） 立志	こころざします	られる形（被動形） 被瞄準	こころざされる
て形 立志	こころざして	命令形 快立志	こころざせ
た形（過去形） 立志了	こころざした	可能形 可以立志	こころざせる
たら形（條件形） 立志的話	こころざしたら	う形（意向形） 立志吧	こころざそう

△幼い時重病にかかり、その後医者を志すようになった。／
小時候曾罹患重病，病癒後就立志成為醫生。

こころみる【試みる】 試試・試驗一下・嘗試

他上一 グループ2

試みる・試みます

辞書形(基本形) 嘗試	こころみる	たり形 又是嘗試	こころみたり
ない形(否定形) 沒嘗試	こころみない	ば形(條件形) 嘗試的話	こころみれば
なかった形(過去否定形) 過去沒嘗試	こころみなかった	させる形(使役形) 使嘗試	こころみさせる
ます形(連用形) 嘗試	こころみます	られる形(被動形) 被嘗試	こころみられる
て形 嘗試	こころみて	命令形 快嘗試	こころみろ
た形(過去形) 嘗試了	こころみた	可能形 可以嘗試	こころみられる
たら形(條件形) 嘗試的話	こころみたら	う形(意向形) 嘗試吧	こころみよう

△突撃取材を試みたが、警備員に阻まれ失敗に終わった。／
儘管試圖突擊採訪，卻在保全人員的阻攔下未能完成任務。

こじれる【拗れる】 彆扭・執拗；(事物)複雜化・惡化・(病)纏綿不癒 自下一 グループ2

拗れる・拗れます

辞書形(基本形) 彆扭	こじれる	たり形 又是彆扭	こじれたり
ない形(否定形) 沒彆扭	こじれない	ば形(條件形) 彆扭的話	こじれれば
なかった形(過去否定形) 過去沒彆扭	こじれなかった	させる形(使役形) 使複雜化	こじれさせる
ます形(連用形) 彆扭	こじれます	られる形(被動形) 被複雜化	こじれられる
て形 彆扭	こじれて	命令形 快彆扭	こじれろ
た形(過去形) 彆扭了	こじれた	可能形	——
たら形(條件形) 彆扭的話	こじれたら	う形(意向形) 彆扭吧	こじれよう

△早いうちに話し合わないから、仲がこじれて取り返しがつかなくなった。／
就因為不趁早協商好，所以才落到關係惡化最後無法收拾的下場。

こだわる【拘る】 拘泥；妨礙・阻礙・抵觸

自五 グループ1

拘る・拘ります

辞書形(基本形) 妨礙	こだわる	たり形 又是妨礙	こだわったり
ない形（否定形） 沒妨礙	こだわらない	ば形（條件形） 妨礙的話	こだわれば
なかった形（過去否定形） 過去沒妨礙	こだわらなかった	させる形（使役形） 使妨礙	こだわらせる
ます形（連用形） 妨礙	こだわります	られる形（被動形） 被妨礙	こだわられる
て形 妨礙	こだわって	命令形 快妨礙	こだわれ
た形（過去形） 妨礙了	こだわった	可能形 可以妨礙	こだわれる
たら形（條件形） 妨礙的話	こだわったら	う形（意向形） 妨礙吧	こだわろう

△これは私の得意分野ですから、こだわらずにはいられません。／
這是我擅長的領域，所以會比較執著。

ことづける【言付ける】 他下一 託付・帶口信 自下一 假託・藉口 グループ2

言付ける・言付けます

辞書形(基本形) 假託	ことづける	たり形 又是假託	ことづけたり
ない形（否定形） 沒假託	ことづけない	ば形（條件形） 假託的話	ことづければ
なかった形（過去否定形） 過去沒假託	ことづけなかった	させる形（使役形） 使假託	ことづけさせる
ます形（連用形） 假託	ことづけます	られる形（被動形） 被假託	ことづけられる
て形 假託	ことづけて	命令形 快假託	ことづけろ
た形（過去形） 假託了	ことづけた	可能形 可以假託	ことづけられる
たら形（條件形） 假託的話	ことづけたら	う形（意向形） 假託吧	ことづけよう

△いつものことなので、あえて彼に言付けるまでもない。／
已經犯過很多次了，無須特地向他告狀。

こみあげる【込み上げる】 往上湧・油然而生・湧現・作嘔 自下一 グループ2

込み上げる・込み上げます

辞書形(基本形) 往上湧	こみあげる	たり形 又是往上湧	こみあげたり
ない形 (否定形) 沒往上湧	こみあげない	ば形 (條件形) 往上湧的話	こみあげれば
なかった形 (過去否定形) 過去沒往上湧	こみあげなかった	させる形 (使役形) 使往上湧	こみあげさせる
ます形 (連用形) 往上湧	こみあげます	られる形 (被動形) 被湧現	こみあげられる
て形 往上湧	こみあげて	命令形 快往上湧	こみあげろ
た形 (過去形) 往上湧了	こみあげた	可能形 可以往上湧	こみあげられる
たら形 (條件形) 往上湧的話	こみあげたら	う形 (意向形) 往上湧吧	こみあげよう

△涙がこみあげる。／淚水盈眶。

こめる【込める】 裝填・包括在內・計算在內・集中(精力)・貫注(全神) 他下一 グループ2

込める・込めます

辞書形(基本形) 集中	こめる	たり形 又是集中	こめたり
ない形 (否定形) 沒集中	こめない	ば形 (條件形) 集中的話	こめれば
なかった形 (過去否定形) 過去沒集中	こめなかった	させる形 (使役形) 使集中	こめさせる
ます形 (連用形) 集中	こめます	られる形 (被動形) 被集中	こめられる
て形 集中	こめて	命令形 快集中	こめろ
た形 (過去形) 集中了	こめた	可能形 可以集中	こめられる
たら形 (條件形) 集中的話	こめたら	う形 (意向形) 集中吧	こめよう

△心を込めてこの歌を歌いたいと思います。／
請容我竭誠為各位演唱這首歌曲。

こもる【籠る】 閉門不出；包含，含蓄；（煙氣等）停滯，充滿，（房間等）不通風

籠る・籠ります

辞書形（基本形） 停滞	こもる	たり形 又是停滞	こもったり
ない形（否定形） 沒停滞	こもらない	ば形（條件形） 停滞的話	こもれば
なかった形（過去否定形） 過去沒停滞	こもらなかった	させる形（使役形） 使停滞	こもらせる
ます形（連用形） 停滞	こもります	られる形（被動形） 被停滞	こもられる
て形 停滞	こもって	命令形 快停滞	こもれ
た形（過去形） 停滞了	こもった	可能形 可以停滞	こもれる
たら形（條件形） 停滞的話	こもったら	う形（意向形） 停滞吧	こもろう

△娘は恥ずかしがって部屋の奥にこもってしまった。／
女兒因為害羞怕生而躲在房裡不肯出來。

こらす【凝らす】 凝集・集中

凝らす・凝らします

辞書形（基本形） 集中	こらす	たり形 又是集中	こらしたり
ない形（否定形） 沒集中	こらさない	ば形（條件形） 集中的話	こらせば
なかった形（過去否定形） 過去沒集中	こらさなかった	させる形（使役形） 使集中	こらさせる
ます形（連用形） 集中	こらします	られる形（被動形） 被集中	こらされる
て形 集中	こらして	命令形 快集中	こらせ
た形（過去形） 集中了	こらした	可能形 可以集中	こらせる
たら形（條件形） 集中的話	こらしたら	う形（意向形） 集中吧	こらそう

△素人なりに工夫を凝らしてみました。／以外行人來講，算是相當費盡心思了。

こりる【懲りる】 （因為吃過苦頭）不敢再嘗試；得…教訓；厭煩 自上一 グループ2

懲りる・懲ります

辞書形(基本形) 不敢再嘗試	こりる	たり形 又是不敢再嘗試	こりたり
ない形（否定形） 沒厭煩	こりない	ば形（條件形） 不敢再嘗試的話	こりれば
なかった形（過去否定形） 過去沒厭煩	こりなかった	させる形（使役形） 使不敢再嘗試	こりさせる
ます形（連用形） 不敢再嘗試	こります	られる形（被動形） 被厭煩	こりられる
て形 不敢再嘗試	こりて	命令形 快厭煩	こりろ
た形（過去形） 不敢再嘗試了	こりた	可能形	——
たら形（條件形） 不敢再嘗試的話	こりたら	う形（意向形） 不敢再嘗試吧	こりよう

△これに懲りて、もう二度と同じ失敗をしないようにしてください。／
請以此為戒，勿再犯同樣的錯誤。

さえぎる【遮る】 遮擋・遮住・遮蔽；遮斷・遮攔・阻擋 他五 グループ1

遮る・遮ります

辞書形(基本形) 阻擋	さえぎる	たり形 又是阻擋	さえぎったり
ない形（否定形） 沒阻擋	さえぎらない	ば形（條件形） 阻擋的話	さえぎれば
なかった形（過去否定形） 過去沒阻擋	さえぎらなかった	させる形（使役形） 使阻擋	さえぎらせる
ます形（連用形） 阻擋	さえぎります	られる形（被動形） 被阻擋	さえぎられる
て形 阻擋	さえぎって	命令形 快阻擋	さえぎれ
た形（過去形） 阻擋了	さえぎった	可能形 可以阻擋	さえぎれる
たら形（條件形） 阻擋的話	さえぎったら	う形（意向形） 阻擋吧	さえぎろう

△彼の話があまりにしつこいので、とうとう遮った。／
他實在講得又臭又長，終於忍不住打斷了。

さえずる (小鳥)婉轉地叫・嘰嘰喳喳地叫・歌唱 自五 グループ1

さえずる・さえずります

辞書形(基本形) 婉轉地叫	さえずる	たり形 又是婉轉地叫	さえずったり
ない形 (否定形) 沒婉轉地叫	さえずらない	ば形 (條件形) 婉轉地叫的話	さえずれば
なかった形 (過去否定形) 過去沒婉轉地叫	さえずらなかった	させる形 (使役形) 使婉轉地叫	さえずらせる
ます形 (連用形) 婉轉地叫	さえずります	られる形 (被動形) 被嘰嘰喳喳地叫	さえずられる
て形 婉轉地叫	さえずって	命令形 快婉轉地叫	さえずれ
た形 (過去形) 婉轉地叫了	さえずった	可能形 可以婉轉地叫	さえずれる
たら形 (條件形) 婉轉地叫的話	さえずったら	う形 (意向形) 婉轉地叫吧	さえずろう

 △小鳥がさえずる声で目が覚めるのは、本当に気持ちがいい。／
在小鳥啁啾聲中醒來，使人感覺十分神清氣爽。

さえる【冴える】 寒冷，冷峭；清澈，鮮明；(心情、目光等) 清醒，
清爽；(頭腦、手腕等) 靈敏，精巧，純熟 自下一 グループ2

冴える・冴えます

辞書形(基本形) 清醒	さえる	たり形 又是清醒	さえたり
ない形 (否定形) 沒清醒	さえない	ば形 (條件形) 清醒的話	さえれば
なかった形 (過去否定形) 過去沒清醒	さえなかった	させる形 (使役形) 使清醒	さえさせる
ます形 (連用形) 清醒	さえます	られる形 (被動形) 被喚醒	さえられる
て形 清醒	さえて	命令形 快清醒	さえろ
た形 (過去形) 清醒了	さえた	可能形	——
たら形 (條件形) 清醒的話	さえたら	う形 (意向形) 清醒吧	さえよう

 △コーヒーの飲みすぎで、頭がさえて眠れません。／
喝了過量的咖啡，頭腦極度清醒，完全無法入睡。

さかえる【栄える】 繁榮・興盛・昌盛；榮華・顯赫

自下一 グループ2

栄える・栄えます

辞書形(基本形) 繁榮	さかえる	たり形 又是繁榮	さかえたり
ない形（否定形） 沒繁榮	さかえない	ば形（條件形） 繁榮的話	さかえれば
なかった形（過去否定形） 過去沒繁榮	さかえなかった	させる形（使役形） 使繁榮	さかえさせる
ます形（連用形） 繁榮	さかえます	られる形（被動形） 得到繁榮	さかえられる
て形 繁榮	さかえて	命令形 快繁榮	さかえろ
た形（過去形） 繁榮了	さかえた	可能形	———
たら形（條件形） 繁榮的話	さかえたら	う形（意向形） 繁榮吧	さかえよう

△どんなに国が栄えようと、栄えまいと、貧富の差はなくならない。／
不論國家繁容與否，貧富之差終究還是會存在。

さかる【盛る】 旺盛；繁榮；（動物）發情

自五 グループ1

盛る・盛ります

辞書形(基本形) 旺盛	さかる	たり形 又是旺盛	さかったり
ない形（否定形） 沒旺盛	さからない	ば形（條件形） 旺盛的話	さかれば
なかった形（過去否定形） 過去沒旺盛	さからなかった	させる形（使役形） 使旺盛	さからせる
ます形（連用形） 旺盛	さかります	られる形（被動形） 得到繁榮	さかられる
て形 旺盛	さかって	命令形 快旺盛	さかれ
た形（過去形） 旺盛了	さかった	可能形 可以旺盛	さかれる
たら形（條件形） 旺盛的話	さかったら	う形（意向形） 旺盛吧	さかろう

△中にいる人を助けようとして、消防士は燃え盛る火の中に飛び込んだ。／
消防員為了救出被困在裡面的人而衝進了熊熊燃燒的火場。

さける【裂ける】 裂・裂開・破裂

裂ける・裂けます

辞書形（基本形）裂開	さける	たり形 又是裂開	さけたり
ない形（否定形）没裂開	さけない	ば形（條件形）裂開的話	さければ
なかった形（過去否定形）過去没裂開	さけなかった	させる形（使役形）使裂開	さけさせる
ます形（連用形）裂開	さけます	られる形（被動形）被裂開	さけられる
て形 裂開	さけて	命令形 快裂開	さけろ
た形（過去形）裂開了	さけた	可能形 可以裂開	さけられる
たら形（條件形）裂開的話	さけたら	う形（意向形）裂開吧	さけよう

△冬になると乾燥のため唇が裂けることがある。／
到了冬天，有時會因氣候乾燥而嘴唇乾裂。

ささげる【捧げる】 雙手抱拳・捧拳・供・供奉・敬獻；獻出・貢獻

他下一 グループ2

捧げる・捧げます

辞書形（基本形）獻出	ささげる	たり形 又是獻出	ささげたり
ない形（否定形）没獻出	ささげない	ば形（條件形）獻出的話	ささげれば
なかった形（過去否定形）過去没獻出	ささげなかった	させる形（使役形）使獻出	ささげさせる
ます形（連用形）獻出	ささげます	られる形（被動形）被獻出	ささげられる
て形 獻出	ささげて	命令形 快獻出	ささげろ
た形（過去形）獻出了	ささげた	可能形 可以獻出	ささげられる
たら形（條件形）獻出的話	ささげたら	う形（意向形）獻出吧	ささげよう

△この歌は、愛する妻に捧げます。／僅以這首歌曲獻給深愛的妻子。

さしかかる【差し掛かる】 來到・路過（某處）・靠近；（日期等）臨近・逼近・緊迫；垂掛・籠罩在…之上 自五 グループ1

差し掛かる・差し掛かります

辞書形(基本形) 垂掛	さしかかる	たり形 又是垂掛	さしかかったり
ない形（否定形） 沒垂掛	さしかからない	ば形（條件形） 垂掛的話	さしかかれば
なかった形（過去否定形） 過去沒垂掛	さしかから なかった	させる形（使役形） 使垂掛	さしかからせる
ます形（連用形） 垂掛	さしかかります	られる形（被動形） 被垂掛	さしかかられる
て形 垂掛	さしかかって	命令形 快垂掛	さしかかれ
た形（過去形） 垂掛了	さしかかった	可能形	———
たら形（條件形） 垂掛的話	さしかかったら	う形（意向形） 垂掛吧	さしかかろう

△企業の再建計画は正念場に差し掛かっている。／
企業的重建計畫正面臨最重要的關鍵時刻。

さしだす【差し出す】 （向前）伸出・探出；（把信件等）寄出・發出；提出・交出・獻出・派出・派遣・打發 他五 グループ1

差し出す・差し出します

辞書形(基本形) 打發	さしだす	たり形 又是打發	さしだしたり
ない形（否定形） 沒打發	さしださない	ば形（條件形） 打發的話	さしだせば
なかった形（過去否定形） 過去沒打發	さしださなかった	させる形（使役形） 使打發	さしださせる
ます形（連用形） 打發	さしだします	られる形（被動形） 被打發	さしだされる
て形 打發	さしだして	命令形 快打發	さしだせ
た形（過去形） 打發了	さしだした	可能形 可以打發	さしだせる
たら形（條件形） 打發的話	さしだしたら	う形（意向形） 打發吧	さしだそう

△彼女は黙って退職願を差し出した。／她不聲不響地提出辭呈。

さしつかえる【差し支える】

(對工作等)妨礙·妨害·有壞影響；感到不方便·發生故障·出問題

自下一 グループ2

差し支える・差し支えます

辞書形(基本形) 妨礙	さしつかえる	たり形 又是妨礙	さしつかえたり
ない形（否定形） 沒妨礙	さしつかえない	ば形（條件形） 妨礙的話	さしつかえれば
なかった形（過去否定形） 過去沒妨礙	さしつかえ なかった	させる形（使役形） 使妨礙	さしつかえさせる
ます形（連用形） 妨礙	さしつかえます	られる形（被動形） 被妨礙	さしつかえられる
て形 妨礙	さしつかえて	命令形 快妨礙	さしつかえろ
た形（過去形） 妨礙了	さしつかえた	可能形 可以妨礙	さしつかえられる
たら形（條件形） 妨礙的話	さしつかえたら	う形（意向形） 妨礙吧	さしつかえよう

△たとえ計画の進行に差し支えても、メンバーを変更せざるを得ない。／
即使會影響到計畫的進度，也得更換組員。

さす【指す】

(用手)指·指示；點名指名；指向；下棋；告密

他五 グループ1

指す・指します

辞書形(基本形) 指示	さす	たり形 又是指示	さしたり
ない形（否定形） 沒指示	ささない	ば形（條件形） 指示的話	させば
なかった形（過去否定形） 過去沒指示	ささなかった	させる形（使役形） 授以指示	させせる
ます形（連用形） 指示	さします	られる形（被動形） 被指示	さされる
て形 指示	さして	命令形 快指示	させ
た形（過去形） 指示了	さした	可能形 可以指示	させる
たら形（條件形） 指示的話	さしたら	う形（意向形） 指示吧	さそう

△こらこら、指で人を指すものじゃないよ。／
喂喂喂，怎麼可以用手指指著別人呢！

さずける【授ける】 授予・賦予・賜給；教授・傳授 他下一 グループ2

授ける・授けます

辞書形(基本形) 傳授	さずける	たり形 又是傳授	さずけたり
ない形（否定形） 沒傳授	さずけない	ば形（條件形） 傳授的話	さずければ
なかった形（過去否定形） 過去沒傳授	さずけなかった	させる形（使役形） 使傳授	さずけさせる
ます形（連用形） 傳授	さずけます	られる形（被動形） 被傳授	さずけられる
て形 傳授	さずけて	命令形 快傳授	さずけろ
た形（過去形） 傳授了	さずけた	可能形 可以傳授	さずけられる
たら形（條件形） 傳授的話	さずけたら	う形（意向形） 傳授吧	さずけよう

△功績が認められて、名誉博士の称号が授けられた。／
由於功績被認可，而被授予名譽博士的稱號。

さする【擦る】 摩・擦・搓・撫摸・摩挲 他五 グループ1

擦る・擦ります

辞書形(基本形) 撫摸	さする	たり形 又是撫摸	さすったり
ない形（否定形） 沒撫摸	さすらない	ば形（條件形） 撫摸的話	さすれば
なかった形（過去否定形） 過去沒撫摸	さすらなかった	させる形（使役形） 使撫摸	さすらせる
ます形（連用形） 撫摸	さすります	られる形（被動形） 被撫摸	さすられる
て形 撫摸	さすって	命令形 快撫摸	さすれ
た形（過去形） 撫摸了	さすった	可能形 可以撫摸	さすれる
たら形（條件形） 撫摸的話	さすったら	う形（意向形） 撫摸吧	さすろう

△膝をぶつけて、思わず手でさすった。／
膝蓋撞了上去，不由得伸手撫了撫。

さだまる【定まる】決定・規定・安定・穩定・固定・確定・明確・(文)安靜 自五 グループ1

定<small>さだ</small>まる・定<small>さだ</small>まります

辞書形(基本形) 固定	さだまる	たり形 又是固定	さだまったり
ない形（否定形） 沒固定	さだまらない	ば形（條件形） 固定的話	さだまれば
なかった形（過去否定形） 過去沒固定	さだまらなかった	させる形（使役形） 使固定	さだまらせる
ます形（連用形） 固定	さだまります	られる形（被動形） 被固定	さだまられる
て形 固定	さだまって	命令形 快固定	さだまれ
た形（過去形） 固定了	さだまった	可能形	———
たら形（條件形） 固定的話	さだまったら	う形（意向形） 固定吧	さだまろう

△このような論点の定<small>さだ</small>まらない議論<small>ぎろん</small>は、時間<small>じかん</small>のむだでなくてなんだろう。／
像這種論點無法聚焦的討論，不是浪費時間又是什麼呢！

さだめる【定める】規定・決定・制定・平定・鎮定・奠定・評定・論定 他下一 グループ2

定<small>さだ</small>める・定<small>さだ</small>めます

辞書形(基本形) 平定	さだめる	たり形 又是平定	さだめたり
ない形（否定形） 沒平定	さだめない	ば形（條件形） 平定的話	さだめれば
なかった形（過去否定形） 過去沒平定	さだめなかった	させる形（使役形） 使平定	さだめさせる
ます形（連用形） 平定	さだめます	られる形（被動形） 被平定	さだめられる
て形 平定	さだめて	命令形 快平定	さだめろ
た形（過去形） 平定了	さだめた	可能形 可以平定	さだめられる
たら形（條件形） 平定的話	さだめたら	う形（意向形） 平定吧	さだめよう

△給料<small>きゅうりょう</small>については、契約書<small>けいやくしょ</small>に明確<small>めいかく</small>に定<small>さだ</small>めてあります。／
關於薪資部份，均載明於契約書中。

さとる【悟る】 醒悟・覺悟・理解・認識；察覺・發覺・看破；(佛)悟道・了悟　他五　グループ1

悟る・悟ります

辞書形(基本形) 察覺	さとる	たり形 又是察覺	さとったり
ない形（否定形） 沒察覺	さとらない	ば形（條件形） 察覺的話	さとれば
なかった形（過去否定形） 過去沒察覺	さとらなかった	させる形（使役形） 使察覺	さとらせる
ます形（連用形） 察覺	さとります	られる形（被動形） 被察覺	さとられる
て形 察覺	さとって	命令形 快察覺	さとれ
た形（過去形） 察覺了	さとった	可能形 可以察覺	さとれる
たら形（條件形） 察覺的話	さとったら	う形（意向形） 察覺吧	さとろう

△その言葉を聞いて、彼にだまされていたことを悟った。／
聽到那番話後，赫然頓悟對方遭到他的欺騙。

さばく【裁く】 裁判・審判；排解・從中調停・評理　他五　グループ1

裁く・裁きます

辞書形(基本形) 審判	さばく	たり形 又是審判	さばいたり
ない形（否定形） 沒審判	さばかない	ば形（條件形） 審判的話	さばけば
なかった形（過去否定形） 過去沒審判	さばかなかった	させる形（使役形） 使審判	さばかせる
ます形（連用形） 審判	さばきます	られる形（被動形） 被審判	さばかれる
て形 審判	さばいて	命令形 快審判	さばけ
た形（過去形） 審判了	さばいた	可能形 可以審判	さばける
たら形（條件形） 審判的話	さばいたら	う形（意向形） 審判吧	さばこう

△人が人を裁くことは非常に難しい。／由人來審判人，是非常困難的。

サボる【sabotage之略】

(俗)怠工；偷懶・逃（學）・曠（課） 他五 グループ1

サボる・サボります

辞書形（基本形）		たり形	
怠工	サボる	又是怠工	サボったり
ない形（否定形）		ば形（條件形）	
沒怠工	サボらない	怠工的話	サボれば
なかった形（過去否定形）		させる形（使役形）	
過去沒怠工	サボらなかった	任憑怠工	サボらせる
ます形（連用形）		られる形（被動形）	
怠工	サボります	被迫怠工	サボられる
て形		命令形	
怠工	サボって	快怠工	サボれ
た形（過去形）		可能形	
怠工了	サボった	可以怠工	サボれる
たら形（條件形）		う形（意向形）	
怠工的話	サボったら	怠工吧	サボろう

△授業をサボりっぱなしで、テストは散々だった。／
一直翹課，所以考試結果慘不忍睹。

さわる【障る】

妨礙・阻礙・障礙；有壞影響・有害 自五 グループ1

障る・障ります

辞書形（基本形）		たり形	
阻礙	さわる	又是阻礙	さわったり
ない形（否定形）		ば形（條件形）	
沒阻礙	さわらない	阻礙的話	さわれば
なかった形（過去否定形）		させる形（使役形）	
過去沒阻礙	さわらなかった	使阻礙	さわらせる
ます形（連用形）		られる形（被動形）	
阻礙	さわります	被阻礙	さわられる
て形		命令形	
阻礙	さわって	快阻礙	さわれ
た形（過去形）		可能形	
阻礙了	さわった		——
たら形（條件形）		う形（意向形）	
阻礙的話	さわったら	阻礙吧	さわろう

△もし気に障ったなら、申し訳ありません。／
假如造成您的不愉快，在此致上十二萬分歉意。

しあげる【仕上げる】 做完・完成・(最後)加工・潤飾・做出成就 他下一 グループ2

仕上げる・仕上げます

辞書形(基本形) 完成	しあげる	たり形 又是完成	しあげたり
ない形(否定形) 沒完成	しあげない	ば形(條件形) 完成的話	しあげれば
なかった形(過去否定形) 過去沒完成	しあげなかった	させる形(使役形) 使完成	しあげさせる
ます形(連用形) 完成	しあげます	られる形(被動形) 被完成	しあげられる
て形 完成	しあげて	命令形 快完成	しあげろ
た形(過去形) 完成了	しあげた	可能形 可以完成	しあげられる
たら形(條件形) 完成的話	しあげたら	う形(意向形) 完成吧	しあげよう

△汗まみれになって何とか課題作品を仕上げた。／
經過汗流浹背的奮戰，總算完成了要繳交的作業。

しいる【強いる】 強迫・強使 他上一 グループ2

強いる・強います

辞書形(基本形) 強迫	しいる	たり形 又是強迫	しいたり
ない形(否定形) 沒強迫	しいない	ば形(條件形) 強迫的話	しいれば
なかった形(過去否定形) 過去沒強迫	しいなかった	させる形(使役形) 使強迫	しいさせる
ます形(連用形) 強迫	しいます	られる形(被動形) 被強迫	しいられる
て形 強迫	しいて	命令形 快強迫	しいろ
た形(過去形) 強迫了	しいた	可能形 可以強迫	しいられる
たら形(條件形) 強迫的話	しいたら	う形(意向形) 強迫吧	しいよう

△その政策は国民に多大な負担を強いることになるでしょう。／
這項政策恐怕會將莫大的負擔，強加於國民的身上。

しいれる【仕入れる】

購入・買進・採購（商品或原料）；
（喩）由他處取得，獲得

仕入れる・仕入れます

辞書形（基本形） 獲得	しいれる	たり形 又是獲得	しいれたり
ない形（否定形） 沒獲得	しいれない	ば形（條件形） 獲得的話	しいれれば
なかった形（過去否定形） 過去沒獲得	しいれなかった	させる形（使役形） 使獲得	しいれさせる
ます形（連用形） 獲得	しいれます	られる形（被動形） 被獲得	しいれられる
て形 獲得	しいれて	命令形 快獲得	しいれろ
た形（過去形） 獲得了	しいれた	可能形 可以獲得	しいれられる
たら形（條件形） 獲得的話	しいれたら	う形（意向形） 獲得吧	しいれよう

△お寿司屋さんは毎朝、市場で新鮮な魚を仕入れる。／
寿司店家每天早晨都會到市場採購新鮮的魚貨。

しかける【仕掛ける】

開始做・著手；做到途中；主動地作；挑
釁，尋釁；裝置，設置，布置；準備，預備

仕掛ける・仕掛けます

辞書形（基本形） 著手	しかける	たり形 又是著手	しかけたり
ない形（否定形） 沒著手	しかけない	ば形（條件形） 著手的話	しかければ
なかった形（過去否定形） 過去沒著手	しかけなかった	させる形（使役形） 使著手	しかけさせる
ます形（連用形） 著手	しかけます	られる形（被動形） 被著手	しかけられる
て形 著手	しかけて	命令形 快著手	しかけろ
た形（過去形） 著手了	しかけた	可能形 可以著手	しかけられる
たら形（條件形） 著手的話	しかけたら	う形（意向形） 著手吧	しかけよう

△社長室に盗聴器が仕掛けられていた。／社長室裡被裝設了竊聽器。

しきる【仕切る】 隔開・間隔開・區分開;結帳・清帳;完結・了結 　自他五　グループ1

仕切る・仕切ります

辞書形(基本形) 了結	しきる	たり形 又是了結	しきったり
ない形 (否定形) 沒了結	しきらない	ば形 (條件形) 了結的話	しきれば
なかった形 (過去否定形) 過去沒了結	しきらなかった	させる形 (使役形) 使了結	しきらせる
ます形 (連用形) 了結	しきります	られる形 (被動形) 被了結	しきられる
て形 了結	しきって	命令形 快了結	しきれ
た形 (過去形) 了結了	しきった	可能形 可以了結	しきれる
たら形 (條件形) 了結的話	しきったら	う形 (意向形) 了結吧	しきろう

△部屋を仕切って、小さな子ども部屋を二部屋作った。／
将原本的房間分隔成兩間較小的兒童房。

しける【湿気る】 潮濕・帶潮氣・受潮 　自下一　グループ2

湿気る・湿気ます

辞書形(基本形) 受潮	しける	たり形 又是受潮	しけたり
ない形 (否定形) 沒受潮	しけない	ば形 (條件形) 受潮的話	しければ
なかった形 (過去否定形) 過去沒受潮	しけなかった	させる形 (使役形) 使受潮	しけさせる
ます形 (連用形) 受潮	しけます	られる形 (被動形) 被弄潮濕	しけられる
て形 受潮	しけて	命令形 快受潮	しけれ
た形 (過去形) 受潮了	しけた	可能形	——
たら形 (條件形) 受潮的話	しけたら	う形 (意向形)	——

△煎餅がしけって、パリパリ感が全くなくなった。／
咬下一口烤米餅，已經完全沒有酥脆的口感了。

しずめる【沈める】 把…沉入水中・使沉没・沒入・埋入 他下一 グループ2

沈_{しず}める・沈_{しず}めます

辞書形（基本形） 埋入	しずめる	たり形 又是埋入	しずめたり
ない形（否定形） 沒埋入	しずめない	ば形（條件形） 埋入的話	しずめれば
なかった形（過去否定形） 過去沒埋入	しずめなかった	させる形（使役形） 使埋入	しずめさせる
ます形（連用形） 埋入	しずめます	られる形（被動形） 被埋入	しずめられる
て形 埋入	しずめて	命令形 快埋入	しずめろ
た形（過去形） 埋入了	しずめた	可能形 可以埋入	しずめられる
たら形（條件形） 埋入的話	しずめたら	う形（意向形） 埋入吧	しずめよう

△潜水カメラを海に沈めて、海水中の様子を撮影した。／
把潛水攝影機沉入海中，拍攝海水中的模樣。

したう【慕う】 愛慕・懷念・思慕；敬慕・敬仰・景仰；追隨・跟隨 他五 グループ1

慕_{した}う・慕_{した}います

辞書形（基本形） 懷念	したう	たり形 又是懷念	したったり
ない形（否定形） 沒懷念	したわない	ば形（條件形） 懷念的話	したえば
なかった形（過去否定形） 過去沒懷念	したわなかった	させる形（使役形） 使懷念	したわせる
ます形（連用形） 懷念	したいます	られる形（被動形） 被懷念	したわれる
て形 懷念	したって	命令形 快懷念	したえ
た形（過去形） 懷念了	したった	可能形 可以懷念	したえる
たら形（條件形） 懷念的話	したったら	う形（意向形） 懷念吧	したおう

△多くの人が彼を慕って遠路はるばるやってきた。／
許多人因為仰慕他，不遠千里長途跋涉來到這裡。

したしまれる【親しまれる】

（「親しむ」的受身形）被喜歡・使接近

自五 グループ1

親<ruby>親<rt>した</rt></ruby>しまれる・<ruby>親<rt>した</rt></ruby>しまれます

辞書形(基本形) 使接近	したしまれる	たり形 又是使接近	したしまれたり
ない形（否定形） 沒使接近	したしまれない	ば形（條件形） 使接近的話	したしまれれば
なかった形（過去否定形） 過去沒使接近	したしまれ なかった	させる形（使役形）	———
ます形（連用形） 使接近	したしまれます	られる形（被動形）	———
て形 使接近	したしまれて	命令形	———
た形（過去形） 使接近了	したしまれた	可能形	———
たら形（條件形） 使接近的話	したしまれたら	う形（意向形）	———

△30年<ruby>年<rt>ねん</rt></ruby>以上<ruby>以<rt>い</rt>上<rt>じょう</rt></ruby>子供<ruby>子<rt>こ</rt>供<rt>ども</rt></ruby>たちに親<ruby>親<rt>した</rt></ruby>しまれてきた長寿番組<ruby>長<rt>ちょう</rt>寿<rt>じゅ</rt>番<rt>ばん</rt>組<rt>ぐみ</rt></ruby>が、今秋<ruby>今<rt>こん</rt>秋<rt>しゅう</rt></ruby>終<ruby>終<rt>お</rt></ruby>わることになった。／
長達三十年以上陪伴兒童們成長的長壽節目，決定將在今年秋天結束了。

したしむ【親しむ】

親近・親密・接近；愛好・喜愛

自五 グループ1

<ruby>親<rt>した</rt></ruby>しむ・<ruby>親<rt>した</rt></ruby>しみます

辞書形(基本形) 接近	したしむ	たり形 又是接近	したしんだり
ない形（否定形） 沒接近	したしまない	ば形（條件形） 接近的話	したしめば
なかった形（過去否定形） 過去沒接近	したしまなかった	させる形（使役形） 使接近	したしませる
ます形（連用形） 接近	したしみます	られる形（被動形） 被接近	したしまれる
て形 接近	したしんで	命令形 快接近	したしめ
た形（過去形） 接近了	したしんだ	可能形 可以接近	したしめる
たら形（條件形） 接近的話	したしんだら	う形（意向形） 接近吧	したしもう

△子<ruby>子<rt>こ</rt></ruby>どもたちが自然<ruby>自<rt>し</rt>然<rt>ぜん</rt></ruby>に親<ruby>親<rt>した</rt></ruby>しめるようなイベントを企画<ruby>企<rt>き</rt>画<rt>かく</rt></ruby>しています。／
我們正在企畫可以讓孩子們親近大自然的活動。

したてる【仕立てる】 縫紉・製作（衣服）；培養・訓練；準備，預備；喬裝・裝扮

他下一 グループ2

仕立てる・仕立てます

辞書形（基本形） 喬裝	したてる	たり形 又是喬裝	したてたり
ない形（否定形） 沒喬裝	したてない	ば形（條件形） 喬裝的話	したてれば
なかった形（過去否定形） 過去沒喬裝	したてなかった	させる形（使役形） 使喬裝	したてさせる
ます形（連用形） 喬裝	したてます	られる形（被動形） 被喬裝	したてられる
て形 喬裝	したてて	命令形 快喬裝	したてろ
た形（過去形） 喬裝了	したてた	可能形 可以喬裝	したてられる
たら形（條件形） 喬裝的話	したてたら	う形（意向形） 喬裝吧	したてよう

△新しいスーツを仕立てるために、オーダーメード専門店に行った。／
我特地去了專門為顧客量身訂做服裝的店鋪做套新的西裝。

したまわる【下回る】 低於・達不到

自五 グループ1

下回る・下回ります

辞書形（基本形） 低於	したまわる	たり形 又是低於	したまわったり
ない形（否定形） 沒低於	したまわらない	ば形（條件形） 低於的話	したまわれば
なかった形（過去否定形） 過去沒低於	したまわら なかった	させる形（使役形） 使低於	したまわらせる
ます形（連用形） 低於	したまわります	られる形（被動形） 被低於	したまわられる
て形 低於	したまわって	命令形 快低於	したまわれ
た形（過去形） 低於了	したまわった	可能形	——
たら形（條件形） 低於的話	したまわったら	う形（意向形） 低於吧	したまわろう

△平年を下回る気温のため、今年の米はできがよくない。／
由於氣溫較往年為低，今年稻米的收穫狀況並不理想。

しつける【躾ける】 教育・培養・管教・教養（子女）

躾ける・躾けます

辭書形（基本形） 管教	しつける	たり形 又是管教	しつけたり
ない形（否定形） 沒管教	しつけない	ば形（條件形） 管教的話	しつければ
なかった形（過去否定形） 過去沒管教	しつけなかった	させる形（使役形） 予以管教	しつけさせる
ます形（連用形） 管教	しつけます	られる形（被動形） 被管教	しつけられる
て形 管教	しつけて	命令形 快管教	しつけろ
た形（過去形） 管教了	しつけた	可能形 可以管教	しつけられる
たら形（條件形） 管教的話	しつけたら	う形（意向形） 管教吧	しつけよう

 △子犬をしつけるのは難しいですか。／調教訓練幼犬是件困難的事嗎？

しなびる【萎びる】 枯萎・乾癟

萎びる・萎びます

辭書形（基本形） 枯萎	しなびる	たり形 又是枯萎	しなびたり
ない形（否定形） 沒枯萎	しなびない	ば形（條件形） 枯萎的話	しなびれば
なかった形（過去否定形） 過去沒枯萎	しなびなかった	させる形（使役形） 使枯萎	しなびさせる
ます形（連用形） 枯萎	しなびます	られる形（被動形） 被凋落	しなびられる
て形 枯萎	しなびて	命令形 快枯萎	しなびろ
た形（過去形） 枯萎了	しなびた	可能形	———
たら形（條件形） 枯萎的話	しなびたら	う形（意向形） 枯萎吧	しなびよう

 △旅行に行っている間に、花壇の花がみな萎びてしまった。／
在外出旅遊的期間，花圃上的花朵全都枯萎凋謝了。

しのぐ【凌ぐ】
忍耐・忍受・抵禦；躲避・排除；闖過・擺脫・應付・冒著；凌駕・超過

凌ぐ・凌ぎます

辞書形(基本形) 闖過	しのぐ	たり形 又是闖過	しのいだり
ない形 (否定形) 沒闖過	しのがない	ば形 (條件形) 闖過的話	しのげば
なかった形 (過去否定形) 過去沒闖過	しのがなかった	させる形 (使役形) 使闖過	しのがせる
ます形 (連用形) 闖過	しのぎます	られる形 (被動形) 被闖過	しのがれる
て形 闖過	しのいで	命令形 快闖過	しのげ
た形 (過去形) 闖過了	しのいだ	可能形 可以闖過	しのげる
たら形 (條件形) 闖過的話	しのいだら	う形 (意向形) 闖過吧	しのごう

△彼は、今では師匠をしのぐほどの腕前だ。／他現在的技藝已經超越師父了。

しのびよる【忍び寄る】
偷偷接近・悄悄地靠近

忍び寄る・忍び寄ります

辞書形(基本形) 偷偷接近	しのびよる	たり形 又是偷偷接近	しのびよったり
ない形 (否定形) 沒偷偷接近	しのびよらない	ば形 (條件形) 偷偷接近的話	しのびよれば
なかった形 (過去否定形) 過去沒偷偷接近	しのびよらなかった	させる形 (使役形) 使偷偷接近	しのびよらせる
ます形 (連用形) 偷偷接近	しのびよります	られる形 (被動形) 被偷偷接近	しのびよられる
て形 偷偷接近	しのびよって	命令形 快偷偷接近	しのびよれ
た形 (過去形) 偷偷接近了	しのびよった	可能形 可以偷偷接近	しのびよれる
たら形 (條件形) 偷偷接近的話	しのびよったら	う形 (意向形) 偷偷接近吧	しのびよろう

△すりは、背後から忍び寄るが早いか、かばんからさっと財布を抜き取った。／扒手才剛從背後靠了過來，立刻就從包包裡扒走錢包了。

しみる【染みる】

染上・沾染・感染；刺・殺・痛；銘刻（在心）・痛（感）

自上一 グループ2

染みる・染みます

辞書形(基本形) 染上	しみる	たり形 又是染上	しみたり
ない形（否定形） 沒染上	しみない	ば形（條件形） 染上的話	しみれば
なかった形（過去否定形） 過去沒染上	しみなかった	させる形（使役形） 使染上	しみさせる
ます形（連用形） 染上	しみます	られる形（被動形） 被染上	しみられる
て形 染上	しみて	命令形 快染上	しみろ
た形（過去形） 染上了	しみた	可能形	———
たら形（條件形） 染上的話	しみたら	う形（意向形） 染上吧	しみよう

△シャツにインクの色が染み付いてしまった。／
襯衫被沾染到墨水，留下了印漬。

しみる【滲みる】

滲透・浸透

自上一 グループ2

滲みる・滲みます

辞書形(基本形) 滲透	しみる	たり形 又是滲透	しみたり
ない形（否定形） 沒滲透	しみない	ば形（條件形） 滲透的話	しみれば
なかった形（過去否定形） 過去沒滲透	しみなかった	させる形（使役形） 使滲透	しみさせる
ます形（連用形） 滲透	しみます	られる形（被動形） 被滲透	しみられる
て形 滲透	しみて	命令形 快滲透	しみろ
た形（過去形） 滲透了	しみた	可能形	———
たら形（條件形） 滲透的話	しみたら	う形（意向形） 滲透吧	しみよう

△この店のおでんはよく味がしみていておいしい。／
這家店的關東煮非常入味可口。

しゃれる【洒落る】

漂亮打扮・打扮得漂亮；說俏皮話・詼諧；別緻・風趣；狂妄・自傲

洒落る・洒落ます

辞書形 (基本形) 打扮漂亮	しゃれる	たり形 又是打扮漂亮	しゃれたり
ない形 (否定形) 沒打扮漂亮	しゃれない	ば形 (條件形) 打扮漂亮的話	しゃれれば
なかった形 (過去否定形) 過去沒打扮漂亮	しゃれなかった	させる形 (使役形) 使打扮漂亮	しゃれさせる
ます形 (連用形) 打扮漂亮	しゃれます	られる形 (被動形) 被迫打扮漂亮	しゃれられる
て形 打扮漂亮	しゃれて	命令形 快打扮漂亮	しゃれろ
た形 (過去形) 打扮漂亮了	しゃれた	可能形	———
たら形 (條件形) 打扮漂亮的話	しゃれたら	う形 (意向形) 打扮漂亮吧	しゃれよう

△しゃれた造りのレストランですから、行けばすぐ見つかりますよ。／
那家餐廳非常獨特有型，只要到那附近，絕對一眼就能夠認出它。

じゅんじる・じゅんずる【準じる・準ずる】

以…為標準・按照；當作…看待

準じる・準じます

辞書形 (基本形) 以…為標準	じゅんじる	たり形 又是以…為標準	じゅんじたり
ない形 (否定形) 沒以…為標準	じゅんじない	ば形 (條件形) 以…為標準的話	じゅんじれば
なかった形 (過去否定形) 過去沒以…為標準	じゅんじなかった	させる形 (使役形) 使以…為標準	じゅんじさせる
ます形 (連用形) 以…為標準	じゅんじます	られる形 (被動形) 被以…為標準	じゅんじられる
て形 以…為標準	じゅんじて	命令形 快以…為標準	じゅんじろ
た形 (過去形) 以…為標準了	じゅんじた	可能形 可以以…為標準	じゅんじられる
たら形 (條件形) 以…為標準的話	じゅんじたら	う形 (意向形) 以…為標準吧	じゅんじよう

△以下の書類を各様式に準じて作成してください。／
請依循各式範例制定以下文件。

しりぞく【退く】 後退；離開；退位

自五 グループ1

退く・退きます

辞書形（基本形）退位	しりぞく	たり形 又是退位	しりぞいたり
ない形（否定形）沒退位	しりぞかない	ば形（條件形）退位的話	しりぞけば
なかった形（過去否定形）過去沒退位	しりぞかなかった	させる形（使役形）命令退位	しりぞかせる
ます形（連用形）退位	しりぞきます	られる形（被動形）被迫退位	しりぞかれる
て形退位	しりぞいて	命令形快退位	しりぞけ
た形（過去形）退位了	しりぞいた	可能形可以退位	しりぞける
たら形（條件形）退位的話	しりぞいたら	う形（意向形）退位吧	しりぞこう

 △第一線から退く。／從第一線退下。

しりぞける【退ける】 斥退；擊退；拒絕；撤銷

他下一 グループ2

退ける・退けます

辞書形（基本形）擊退	しりぞける	たり形 又是擊退	しりぞけたり
ない形（否定形）沒擊退	しりぞけない	ば形（條件形）擊退的話	しりぞければ
なかった形（過去否定形）過去沒擊退	しりぞけなかった	させる形（使役形）使擊退	しりぞけさせる
ます形（連用形）擊退	しりぞけます	られる形（被動形）被擊退	しりぞけられる
て形擊退	しりぞけて	命令形快擊退	しりぞけろ
た形（過去形）擊退了	しりぞけた	可能形可以擊退	しりぞけられる
たら形（條件形）擊退的話	しりぞけたら	う形（意向形）擊退吧	しりぞけよう

 △案を退ける。／撤銷法案。

しるす【記す】 寫・書寫・記述・記載・記住・銘記

他五 グループ1

記す・記します

辞書形（基本形） 記住	しるす	たり形 又是記住	しるしたり
ない形（否定形） 沒記住	しるさない	ば形（條件形） 記住的話	しるせば
なかった形（過去否定形） 過去沒記住	しるさなかった	させる形（使役形） 使記住	しるさせる
ます形（連用形） 記住	しるします	られる形（被動形） 被記住	しるされる
て形 記住	しるして	命令形 快記住	しるせ
た形（過去形） 記住了	しるした	可能形 可以記住	しるせる
たら形（條件形） 記住的話	しるしたら	う形（意向形） 記住吧	しるそう

△資料を転載する場合は、資料出所を明確に記してください。／
擬引用資料時，請務必明確註記原始資料出處。

すえつける【据え付ける】 安裝・安放・安設・裝配・配備・固定・連接

他下一 グループ2

据え付ける・据え付けます

辞書形（基本形） 固定	すえつける	たり形 又是固定	すえつけたり
ない形（否定形） 沒固定	すえつけない	ば形（條件形） 固定的話	すえつければ
なかった形（過去否定形） 過去沒固定	すえつけなかった	させる形（使役形） 使固定	すえつけさせる
ます形（連用形） 固定	すえつけます	られる形（被動形） 被固定	すえつけられる
て形 固定	すえつけて	命令形 快固定	すえつけろ
た形（過去形） 固定了	すえつけた	可能形 可以固定	すえつけられる
たら形（條件形） 固定的話	すえつけたら	う形（意向形） 固定吧	すえつけよう

△このたんすは据え付けてあるので、動かせません。／
這個衣櫥已經被牢牢固定，完全無法移動。

すえる【据える】

安放・安置・設置；擺列・擺放；使坐在…；使就…職位；沉著（不動）；針灸治療；蓋章

他下一　グループ2

据える・据えます

辞書形(基本形) 安置	すえる	たり形 又是安置	すえたり
ない形（否定形） 沒安置	すえない	ば形（條件形） 安置的話	すえれば
なかった形（過去否定形） 過去沒安置	すえなかった	させる形（使役形） 使安置	すえさせる
ます形（連用形） 安置	すえます	られる形（被動形） 被安置	すえられる
て形 安置	すえて	命令形 快安置	すえろ
た形（過去形） 安置了	すえた	可能形 可以安置	すえられる
たら形（條件形） 安置的話	すえたら	う形（意向形） 安置吧	すえよう

 △部屋の真ん中にこたつを据える。／把暖爐桌擺在房間的正中央。

すくう【掬う】

抄取・撈取・掬取・舀・捧；抄起對方的腳使跌倒　他五　グループ1

掬う・掬います

辞書形(基本形) 抄取	すくう	たり形 又是抄取	すくったり
ない形（否定形） 沒抄取	すくわない	ば形（條件形） 抄取的話	すくえば
なかった形（過去否定形） 過去沒抄取	すくわなかった	させる形（使役形） 使抄取	すくわせる
ます形（連用形） 抄取	すくいます	られる形（被動形） 被抄取	すくわれる
て形 抄取	すくって	命令形 快抄取	すくえ
た形（過去形） 抄取了	すくった	可能形 可以抄取	すくえる
たら形（條件形） 抄取的話	すくったら	う形（意向形） 抄取吧	すくおう

 △夏祭りで、金魚を５匹もすくった。／
在夏季祭典市集裡，撈到的金魚多達五條。

すすぐ （用水）刷・洗滌；漱口

すすぐ・すすぎます

辞書形（基本形） 洗滌	すすぐ	たり形 又是洗滌	すすいだり
ない形（否定形） 没洗滌	すすがない	ば形（條件形） 洗滌的話	すすげば
なかった形（過去否定形） 過去没洗滌	すすがなかった	させる形（使役形） 使洗滌	すすがせる
ます形（連用形） 洗滌	すすぎます	られる形（被動形） 被洗滌	すすがれる
て形 洗滌	すすいで	命令形 快洗滌	すすげ
た形（過去形） 洗滌了	すすいだ	可能形 可以洗滌	すすげる
たら形（條件形） 洗滌的話	すすいだら	う形（意向形） 洗滌吧	すすごう

△洗剤を入れて洗ったあとは、最低２回すすいだ方がいい。／
將洗衣精倒入洗衣機裡面後，至少應再以清水沖洗兩次比較好。

すたれる【廃れる】 成為廢物・變成無用・廢除；過時・不再流行；衰微・衰弱・被淘汰

廃れる・廃れます

辞書形（基本形） 廢除	すたれる	たり形 又是廢除	すたれたり
ない形（否定形） 没廢除	すたれない	ば形（條件形） 廢除的話	すたれれば
なかった形（過去否定形） 過去没廢除	すたれなかった	させる形（使役形） 予以廢除	すたれさせる
ます形（連用形） 廢除	すたれます	られる形（被動形） 被廢除	すたれられる
て形 廢除	すたれて	命令形 快廢除	すたれろ
た形（過去形） 廢除了	すたれた	可能形	———
たら形（條件形） 廢除的話	すたれたら	う形（意向形） 廢除吧	すたれよう

△大型デパートの相次ぐ進出で、商店街は廃れてしまった。／
由於大型百貨公司接二連三進駐開幕，致使原本的商店街沒落了。

すねる【拗ねる】 乖戾・鬧彆扭・任性撒野・撒野

自下一 グループ2

拗ねる・拗ねます

辞書形(基本形) 撒野	すねる	たり形 又是撒野	すねたり
ない形（否定形） 沒撒野	すねない	ば形（條件形） 撒野的話	すねれば
なかった形（過去否定形） 過去沒撒野	すねなかった	させる形（使役形） 使撒野	すねさせる
ます形（連用形） 撒野	すねます	られる形（被動形） 被發脾氣	すねられる
て形 撒野	すねて	命令形 快撒野	すねろ
た形（過去形） 撒野了	すねた	可能形 可以撒野	すねられる
たら形（條件形） 撒野的話	すねたら	う形（意向形） 撒野吧	すねよう

△彼女が嫉妬深くて、ほかの子に挨拶しただけですねるからうんざりだ。／
她是個醋桶子，只不過和其他女孩打個招呼就要鬧彆扭，我真是受夠了！

すべる【滑る】 滑行；滑溜・打滑；（俗）不及格、落榜；失去地位、讓位；說溜嘴、失言

自五 グループ1

滑る・滑ります

辞書形(基本形) 打滑	すべる	たり形 又是打滑	すべったり
ない形（否定形） 沒打滑	すべらない	ば形（條件形） 打滑的話	すべれば
なかった形（過去否定形） 過去沒打滑	すべらなかった	させる形（使役形） 使打滑	すべらせる
ます形（連用形） 打滑	すべります	られる形（被動形） 被迫讓位	すべられる
て形 打滑	すべって	命令形 快打滑	すべれ
た形（過去形） 打滑了	すべった	可能形 可以打滑	すべれる
たら形（條件形） 打滑的話	すべったら	う形（意向形） 打滑吧	すべろう

△道が凍っていて滑って転んだ。／由於路面結冰而滑倒了。

すます【澄ます・清ます】

澄清（液體）；使晶瑩・使清澈；洗淨；平心靜氣；集中注意力；裝模作樣・假正經・擺架子；裝作若無其事；（接在其他動詞連用形下面）表示完全成為…

自

自他五 接尾 グループ1

N1

す

すます・すれる

澄ます・澄まします

辞書形(基本形) 洗淨	すます	たり形 又是洗淨	すましたり
ない形（否定形） 沒洗淨	すまさない	ば形（條件形） 洗淨的話	すませば
なかった形（過去否定形） 過去沒洗淨	すまさなかった	させる形（使役形） 使平心靜氣	すまさせる
ます形（連用形） 洗淨	すまします	られる形（被動形） 被洗淨	すまされる
て形 洗淨	すまして	命令形 快洗淨	すませ
た形（過去形） 洗淨了	すました	可能形 可以洗淨	すませる
たら形（條件形） 洗淨的話	すましたら	う形（意向形） 洗淨吧	すまそう

 △耳を澄ますと、虫の鳴く声がかすかに聞こえます。／
只要豎耳傾聽，就可以隱約聽到蟲鳴。

すれる【擦れる】

摩擦；久經世故・（失去純真）變得油滑；磨損・磨破 **自下一** グループ2

擦れる・擦れます

辞書形(基本形) 摩擦	すれる	たり形 又是摩擦	すれたり
ない形（否定形） 沒摩擦	すれない	ば形（條件形） 摩擦的話	すれれば
なかった形（過去否定形） 過去沒摩擦	すれなかった	させる形（使役形） 使摩擦	すれさせる
ます形（連用形） 摩擦	すれます	られる形（被動形） 被摩損	すれられる
て形 摩擦	すれて	命令形 快摩擦	すれろ
た形（過去形） 摩擦了	すれた	可能形	——
たら形（條件形） 摩擦的話	すれたら	う形（意向形） 摩擦吧	すれよう

 △アレルギー体質なので、服が肌に擦れるとすぐ赤くなる。／
由於屬於過敏性體質，只要被衣物摩擦過，肌膚立刻泛紅。

せかす【急かす】 催促

他五 グループ1

急かす・急かします

辞書形(基本形) 催促	せかす	たり形 又是催促	せかしたり
ない形（否定形） 沒催促	せかさない	ば形（條件形） 催促的話	せかせば
なかった形（過去否定形） 過去沒催促	せかさなかった	させる形（使役形） 予以催促	せかさせる
ます形（連用形） 催促	せかします	られる形（被動形） 被催促	せかされる
て形 催促	せかして	命令形 快催促	せかせ
た形（過去形） 催促了	せかした	可能形 可以催促	せかせる
たら形（條件形） 催促的話	せかしたら	う形（意向形） 催促吧	せかそう

△飛行機に乗り遅れてはいけないので、免税品を見ている妻を急かした。／
由於上飛機不能遲到，我急著催正在逛免稅店的妻子快點走。

そう【沿う】 沿著・順著；按照

自五 グループ1

沿う・沿います

辞書形(基本形) 順著	そう	たり形 又是順著	そったり
ない形（否定形） 沒順著	そわない	ば形（條件形） 順著的話	そえば
なかった形（過去否定形） 過去沒順著	そわなかった	させる形（使役形） 使順著	そわせる
ます形（連用形） 順著	そいます	られる形（被動形） 被遵循	そwomen
て形 順著	そって	命令形 快順著	そえ
た形（過去形） 順著了	そった	可能形 可以順著	そえる
たら形（條件形） 順著的話	そったら	う形（意向形） 順著吧	そおう

△アドバイスに沿って、できることから一つ一つ実行していきます。／
謹循建議，由能力所及之事開始，依序地實踐。

そう【添う】 増添·加上·添上;緊跟·不離地跟隨;結成夫妻一起生活·結婚 自五 グループ1

添う・添います

辞書形(基本形) 増添	そう	たり形 又是増添	そったり
ない形（否定形） 沒増添	そわない	ば形（條件形） 増添的話	そえば
なかった形（過去否定形） 過去沒増添	そわなかった	させる形（使役形） 使増添	そわせる
ます形（連用形） 増添	そいます	られる形（被動形） 被増添	そわれる
て形 増添	そって	命令形 快増添	そえ
た形（過去形） 増添了	そった	可能形 可以増添	そえる
たら形（條件形） 増添的話	そったら	う形（意向形） 増添吧	そおう

 △赤ちゃんに添い寝する。／哄寶寶睡覺。

そえる【添える】 添·加·附加·配上;伴隨·陪同 他下一 グループ2

添える・添えます

辞書形(基本形) 附加	そえる	たり形 又是附加	そえたり
ない形（否定形） 沒附加	そえない	ば形（條件形） 附加的話	そえれば
なかった形（過去否定形） 過去沒附加	そえなかった	させる形（使役形） 使附加	そえさせる
ます形（連用形） 附加	そえます	られる形（被動形） 被附加	そえられる
て形 附加	そえて	命令形 快附加	そえろ
た形（過去形） 附加了	そえた	可能形 可以附加	そえられる
たら形（條件形） 附加的話	そえたら	う形（意向形） 附加吧	そえよう

 △プレゼントにカードを添える。／在禮物附上卡片。

そこなう【損なう】
損壊・破損；傷害妨害（健康、感情等）；損傷、死傷；（接在其他動詞連用形下）沒成功・失敗・錯誤；失掉時機・耽誤；差一點・險些

他五
接尾 グループ1

損なう・損ないます

辞書形（基本形） 損壊	そこなう	たり形 又是損壊	そこなったり
ない形（否定形） 沒損壊	そこなわない	ば形（條件形） 損壊的話	そこなえば
なかった形（過去否定形） 過去沒損壊	そこなわなかった	させる形（使役形） 使損壊	そこなわせる
ます形（連用形） 損壊	そこないます	られる形（被動形） 被損壊	そこなわれる
て形 損壊	そこなって	命令形 快損壊	そこなえ
た形（過去形） 損壊了	そこなった	可能形 可以損壊	そこなえる
たら形（條件形） 損壊的話	そこなったら	う形（意向形） 損壊吧	そこなおう

△このままの状態を続けていけば、利益を損なうことになる。／
照這種狀態持續下去，將會造成利益受損。

そなえつける【備え付ける】
設置・備置・裝置・安置・配置 他下一 グループ2

備え付ける・備え付けます

辞書形（基本形） 安置	そなえつける	たり形 又是安置	そなえつけたり
ない形（否定形） 沒安置	そなえつけない	ば形（條件形） 安置的話	そなえつければ
なかった形（過去否定形） 過去沒安置	そなえつけ なかった	させる形（使役形） 使安置	そなえつけさせる
ます形（連用形） 安置	そなえつけます	られる形（被動形） 被安置	そなえつけられる
て形 安置	そなえつけて	命令形 快安置	そなえつけろ
た形（過去形） 安置了	そなえつけた	可能形 可以安置	そなえつけられる
たら形（條件形） 安置的話	そなえつけたら	う形（意向形） 安置吧	そなえつけよう

△この辺りには監視カメラが備え付けられている。／
這附近裝設有監視錄影器。

そなわる【備わる・具わる】 具有・設有・具備 自五 グループ1

備わる・備わります

辞書形(基本形) 具有	そなわる	たり形 又是具有	そなわったり
ない形 (否定形) 沒具有	そなわらない	ば形 (條件形) 具有的話	そなわれば
なかった形 (過去否定形) 過去沒具有	そなわらなかった	させる形 (使役形) 使具有	そなわらせる
ます形 (連用形) 具有	そなわります	られる形 (被動形) 被設有	そなわられる
て形 具有	そなわって	命令形 快具有	そなわれ
た形 (過去形) 具有了	そなわった	可能形	——
たら形 (條件形) 具有的話	そなわったら	う形 (意向形) 具有吧	そなわろう

△教養とは、学び、経験することによって、おのずと備わるものです。／
所謂的教養，是透過學習與體驗後，自然而然展現出來的言行舉止。

そびえる【聳える】 聳立・峙立 自下一 グループ2

聳える・聳えます

辞書形(基本形) 聳立	そびえる	たり形 又是聳立	そびえたり
ない形 (否定形) 沒聳立	そびえない	ば形 (條件形) 聳立的話	そびえれば
なかった形 (過去否定形) 過去沒聳立	そびえなかった	させる形 (使役形) 使聳立	そびえさせる
ます形 (連用形) 聳立	そびえます	られる形 (被動形) 被聳立	そびえられる
て形 聳立	そびえて	命令形 快聳立	そびえろ
た形 (過去形) 聳立了	そびえた	可能形	——
たら形 (條件形) 聳立的話	そびえたら	う形 (意向形) 聳立吧	そびえよう

△雲間にそびえる「世界一高い橋」がついに完成した。／
高聳入雲的「全世界最高的橋樑」終於竣工。

そまる【染まる】 染上；受(壞)影響

自五 グループ1

染まる・染まります

辞書形(基本形) 染上	そまる	たり形 又是染上	そまったり
ない形 (否定形) 沒染上	そまらない	ば形 (條件形) 染上的話	そまれば
なかった形 (過去否定形) 過去沒染上	そまらなかった	させる形 (使役形) 使染上	そまらせる
ます形 (連用形) 染上	そまります	られる形 (被動形) 被染上	そまられる
て形 染上	そまって	命令形 快染上	そまれ
た形 (過去形) 染上了	そまった	可能形 可以染上	そまれる
たら形 (條件形) 染上的話	そまったら	う形 (意向形) 染上吧	そまろう

△夕焼けに染まる街並みを見るのが大好きだった。／
我最喜歡眺望被夕陽餘暉染成淡淡橙黃的街景。

そむく【背く】 背著・背向；違背・不遵守；背叛・辜負；拋棄・背離・離開(家)

自五 グループ1

背く・背きます

辞書形(基本形) 違背	そむく	たり形 又是違背	そむいたり
ない形 (否定形) 沒違背	そむかない	ば形 (條件形) 違背的話	そむけば
なかった形 (過去否定形) 過去沒違背	そむかなかった	させる形 (使役形) 使違背	そむかせる
ます形 (連用形) 違背	そむきます	られる形 (被動形) 被違背	そむかれる
て形 違背	そむいて	命令形 快違背	そむけ
た形 (過去形) 違背了	そむいた	可能形 可以違背	そむける
たら形 (條件形) 違背的話	そむいたら	う形 (意向形) 違背吧	そむこう

△親に背いて芸能界に入った。／瞞著父母進入了演藝圈。

そめる【染める】 染顏色；塗上（映上）顏色；（轉）沾染・著手 他下一 グループ2

染める・染めます

辞書形(基本形) 沾染	そめる	たり形 又是沾染	そめたり
ない形（否定形）沒沾染	そめない	ば形（條件形）沾染的話	そめれば
なかった形（過去否定形）過去沒沾染	そめなかった	させる形（使役形）使沾染	そめさせる
ます形（連用形）沾染	そめます	られる形（被動形）被沾染	そめられる
て形 沾染	そめて	命令形 快沾染	そめろ
た形（過去形）沾染了	そめた	可能形 可以沾染	そめられる
たら形（條件形）沾染的話	そめたら	う形（意向形）沾染吧	そめよう

 △夕日が空を赤く染めた。／夕陽將天空染成一片嫣紅。

そらす【反らす】 向後仰・（把東西）弄彎 他五 グループ1

反らす・反らします

辞書形(基本形) 弄彎	そらす	たり形 又是弄彎	そらしたり
ない形（否定形）沒弄彎	そらさない	ば形（條件形）弄彎的話	そらせば
なかった形（過去否定形）過去沒弄彎	そらさなかった	させる形（使役形）讓弄彎	そらさせる
ます形（連用形）弄彎	そらします	られる形（被動形）被弄彎	そらされる
て形 弄彎	そらして	命令形 快弄彎	そらせ
た形（過去形）弄彎了	そらした	可能形 可以弄彎	そらせる
たら形（條件形）弄彎的話	そらしたら	う形（意向形）弄彎吧	そらそう

 △体をそらす。／身體向後仰。

そらす【逸らす】

（把視線、方向）移開、離開、轉向別方；佚失、錯過；岔開（話題、注意力） 他五 グループ1

逸らす・逸らします

辞書形（基本形） 移開	そらす	たり形 又是移開	そらしたり
ない形（否定形） 沒移開	そらさない	ば形（條件形） 移開的話	そらせば
なかった形（過去否定形） 過去沒移開	そらさなかった	させる形（使役形） 使移開	そらさせる
ます形（連用形） 移開	そらします	られる形（被動形） 被移開	そらされる
て形 移開	そらして	命令形 快移開	そらせ
た形（過去形） 移開了	そらした	可能形 可以移開	そらせる
たら形（條件形） 移開的話	そらしたら	う形（意向形） 移開吧	そらそう

 △この悲劇から目をそらすな。／不准對這樁悲劇視而不見！

そる【反る】

（向後或向外）彎曲、捲曲、翹；身子向後彎、挺起胸膛 自五 グループ1

反る・反ります

辞書形（基本形） 捲曲	そる	たり形 又是捲曲	そったり
ない形（否定形） 沒捲曲	そらない	ば形（條件形） 捲曲的話	それば
なかった形（過去否定形） 過去沒捲曲	そらなかった	させる形（使役形） 使捲曲	そらせる
ます形（連用形） 捲曲	そります	られる形（被動形） 被捲曲	そられる
て形 捲曲	そって	命令形 快捲曲	それ
た形（過去形） 捲曲了	そった	可能形 可以捲曲	それる
たら形（條件形） 捲曲的話	そったら	う形（意向形） 捲曲吧	そろう

 △板は、乾燥すると、多かれ少なかれ反る。／
木板乾燥之後，多多少少會翹起來。

たえる【耐える】
忍耐・忍受・容忍；擔負・禁得住；（堪える）（不）值得・（不）堪

自下一 グループ2

耐える・耐えます

辭書形（基本形） 擔負	たえる	たり形 又是擔負	たえたり
ない形（否定形） 沒擔負	たえない	ば形（條件形） 擔負的話	たえれば
なかった形（過去否定形） 過去沒擔負	たえなかった	させる形（使役形） 使擔負	たえさせる
ます形（連用形） 擔負	たえます	られる形（被動形） 被迫擔負	たえられる
て形 擔負	たえて	命令形 快擔負	たえろ
た形（過去形） 擔負了	たえた	可能形 可以擔負	たえられる
たら形（條件形） 擔負的話	たえたら	う形（意向形） 擔負吧	たえよう

△病気を治すためとあれば、どんなつらい治療にも耐えて見せる。／
只要能夠根治疾病，無論是多麼痛苦的治療，我都會咬牙忍耐。

たえる【絶える】
斷絕・終了・停止・滅絕・消失

自下一 グループ2

絶える・絶えます

辭書形（基本形） 滅絕	たえる	たり形 又是滅絕	たえたり
ない形（否定形） 沒滅絕	たえない	ば形（條件形） 滅絕的話	たえれば
なかった形（過去否定形） 過去沒滅絕	たえなかった	させる形（使役形） 使滅絕	たえさせる
ます形（連用形） 滅絕	たえます	られる形（被動形） 被滅絕	たえられる
て形 滅絕	たえて	命令形 快滅絕	たえろ
た形（過去形） 滅絕了	たえた	可能形	―
たら形（條件形） 滅絕的話	たえたら	う形（意向形） 滅絕吧	たえよう

△病室に駆けつけたときには、彼はもう息絶えていた。／
當趕到病房時，他已經斷氣了。

たずさわる【携わる】 參與・參加・從事・有關係

携わる・携わります

辭書形(基本形) 參與	たずさわる	たり形 又是參與	たずさわったり
ない形（否定形） 沒參與	たずさわらない	ば形（條件形） 參與的話	たずさわれば
なかった形（過去否定形） 過去沒參與	たずさわら なかった	させる形（使役形） 使參與	たずさわらせる
ます形（連用形） 參與	たずさわります	られる形（被動形） 被迫參與	たずさわられる
て形 參與	たずさわって	命令形 快參與	たずさわれ
た形（過去形） 參與了	たずさわった	可能形 可以參與	たずさわれる
たら形（條件形） 參與的話	たずさわったら	う形（意向形） 參與吧	たずさわろう

△私はそのプロジェクトに直接携わっていないので、詳細は存じません。
／我並未直接參與該項計畫，因此不清楚詳細內容。

ただよう【漂う】 漂流・飄蕩；洋溢・充滿；露出

漂う・漂います

辭書形(基本形) 充滿	ただよう	たり形 又是充滿	ただよったり
ない形（否定形） 沒充滿	ただよわない	ば形（條件形） 充滿的話	ただよえば
なかった形（過去否定形） 過去沒充滿	ただよわなかった	させる形（使役形） 使充滿	ただよわせる
ます形（連用形） 充滿	ただよいます	られる形（被動形） 被充滿	ただよわれる
て形 充滿	ただよって	命令形 快充滿	ただよえ
た形（過去形） 充滿了	ただよった	可能形 可以充滿	ただよえる
たら形（條件形） 充滿的話	ただよったら	う形（意向形） 充滿吧	ただよおう

△お正月ならではの雰囲気が漂っている。／
到處洋溢著一股新年特有的賀喜氛圍。

たちさる【立ち去る】 走開・離去・退出

立ち去る・立ち去ります

辞書形(基本形) 退出	たちさる	たり形 又是退出	たちさったり
ない形（否定形） 沒退出	たちさらない	ば形（條件形） 退出的話	たちされば
なかった形（過去否定形） 過去沒退出	たちさらなかった	させる形（使役形） 使退出	たちさらせる
ます形（連用形） 退出	たちさります	られる形（被動形） 被退出	たちさられる
て形 退出	たちさって	命令形 快退出	たちされ
た形（過去形） 退出了	たちさった	可能形 可以退出	たちされる
たら形（條件形） 退出的話	たちさったら	う形（意向形） 退出吧	たちさろう

△彼はコートを羽織ると、何も言わずに立ち去りました。／
他披上外套，不發一語地離開了。

たちよる【立ち寄る】 靠近・走進；順便到・中途落腳

立ち寄る・立ち寄ります

辞書形(基本形) 靠近	たちよる	たり形 又是靠近	たちよったり
ない形（否定形） 沒靠近	たちよらない	ば形（條件形） 靠近的話	たちよれば
なかった形（過去否定形） 過去沒靠近	たちよらなかった	させる形（使役形） 使靠近	たちよらせる
ます形（連用形） 靠近	たちよります	られる形（被動形） 被靠近	たちよられる
て形 靠近	たちよって	命令形 快靠近	たちよれ
た形（過去形） 靠近了	たちよった	可能形 可以靠近	たちよれる
たら形（條件形） 靠近的話	たちよったら	う形（意向形） 靠近吧	たちよろう

△孫を迎えに行きがてら、パン屋に立ち寄った。／
去接孫子的途中順道繞去麵包店。

たつ【断つ】 切・断；絶・断絶；消滅；截斷

他五 グループ1

断つ・断ちます

辭書形(基本形) 截斷	たつ	たり形 又是截斷	たったり
ない形（否定形） 沒截斷	たたない	ば形（條件形） 截斷的話	たてば
なかった形（過去否定形） 過去沒截斷	たたなかった	させる形（使役形） 使截斷	たたせる
ます形（連用形） 截斷	たちます	られる形（被動形） 被截斷	たたれる
て形 截斷	たって	命令形 快截斷	たて
た形（過去形） 截斷了	たった	可能形 可以截斷	たてる
たら形（條件形） 截斷的話	たったら	う形（意向形） 截斷吧	たとう

△医師に厳しく忠告され、父はようやく酒を断つと決めたようだ。／
在醫師嚴詞告誡後，父親好像終於下定決心戒酒。

たてかえる【立て替える】 墊付・代付

他下一 グループ2

立て替える・立て替えます

辭書形(基本形) 墊付	たてかえる	たり形 又是墊付	たてかえたり
ない形（否定形） 沒墊付	たてかえない	ば形（條件形） 墊付的話	たてかえれば
なかった形（過去否定形） 過去沒墊付	たてかえなかった	させる形（使役形） 使墊付	たてかえさせる
ます形（連用形） 墊付	たてかえます	られる形（被動形） 被墊付	たてかえられる
て形 墊付	たてかえて	命令形 快墊付	たてかえろ
た形（過去形） 墊付了	たてかえた	可能形 可以墊付	たてかえられる
たら形（條件形） 墊付的話	たてかえたら	う形（意向形） 墊付吧	たてかえよう

△今手持ちのお金がないなら、私が立て替えておきましょうか。／
如果您現在手頭不方便的話，要不要我先幫忙代墊呢？

たてまつる【奉る】

奉・獻上；恭維・捧；（文）（接動詞連用型）表示謙遜或恭敬

他五・補動・五型　グループ1

奉る・奉ります

辞書形(基本形) 獻上	たてまつる	たり形 又是獻上	たてまつったり
ない形（否定形） 沒獻上	たてまつらない	ば形（條件形） 獻上的話	たてまつれば
なかった形（過去否定形） 過去沒獻上	たてまつら なかった	させる形（使役形） 使獻上	たてまつらせる
ます形（連用形） 獻上	たてまつります	られる形（被動形） 被獻上	たてまつられる
て形 獻上	たてまつって	命令形 快獻上	たてまつれ
た形（過去形） 獻上了	たてまつった	可能形 可以獻上	たてまつれる
たら形（條件形） 獻上的話	たてまつったら	う形（意向形） 獻上吧	たてまつろう

△織田信長を奉っている神社はどこにありますか。／
請問祀奉織田信長的神社位於何處呢？

たどりつく【辿り着く】

好不容易走到・摸索找到・掙扎走到；到達（目的地）

自五　グループ1

辿り着く・辿り着きます

辞書形(基本形) 摸索找到	たどりつく	たり形 又是摸索找到	たどりついたり
ない形（否定形） 沒摸索找到	たどりつかない	ば形（條件形） 摸索找到的話	たどりつけば
なかった形（過去否定形） 過去沒摸索找到	たどりつか なかった	させる形（使役形） 使摸索找到	たどりつかせる
ます形（連用形） 摸索找到	たどりつきます	られる形（被動形） 被摸索找到	たどりつかれる
て形 摸索找到	たどりついて	命令形 快摸索找到	たどりつけ
た形（過去形） 摸索找到了	たどりついた	可能形 可以摸索找到	たどりつける
たら形（條件形） 摸索找到的話	たどりついたら	う形（意向形） 摸索找到吧	たどりつこう

△息も絶え絶えに、家までたどり着いた。／
上氣不接下氣地狂奔，好不容易才安抵家門。

たどる【辿る】

沿路前進，邊走邊找；走難行的路，走艱難的路；追尋，追溯，探索；（事物向某方向）發展，走向

辿る・辿ります

辞書形(基本形) 追尋	たどる	たり形 又是追尋	たどったり
ない形（否定形） 沒追尋	たどらない	ば形（條件形） 追尋的話	たどれば
なかった形（過去否定形） 過去沒追尋	たどらなかった	させる形（使役形） 予以追尋	たどらせる
ます形（連用形） 追尋	たどります	られる形（被動形） 被追尋	たどられる
て形 追尋	たどって	命令形 快追尋	たどれ
た形（過去形） 追尋了	たどった	可能形 可以追尋	たどれる
たら形（條件形） 追尋的話	たどったら	う形（意向形） 追尋吧	たどろう

△自分のご先祖のルーツを辿るのも面白いものですよ。／
溯根尋源也是件挺有趣的事喔。

たばねる【束ねる】

包・捆・扎・束；管理・整飭・整頓

他下一 グループ2

束ねる・束ねます

辞書形(基本形) 整頓	たばねる	たり形 又是整頓	たばねたり
ない形（否定形） 沒整頓	たばねない	ば形（條件形） 整頓的話	たばねれば
なかった形（過去否定形） 過去沒整頓	たばねなかった	させる形（使役形） 使整頓	たばねさせる
ます形（連用形） 整頓	たばねます	られる形（被動形） 被整頓	たばねられる
て形 整頓	たばねて	命令形 快整頓	たばねろ
た形（過去形） 整頓了	たばねた	可能形 可以整頓	たばねられる
たら形（條件形） 整頓的話	たばねたら	う形（意向形） 整頓吧	たばねよう

△チームのリーダーとして、みんなを束ねていくのは簡単じゃない。／
身為團隊的領導人，要領導夥伴們並非容易之事。

たまう【給う】

（敬）給・賜予；（接在動詞連用形下）表示對長上動作的敬意

他五・補動・五型　グループ1

給う・給います

辞書形（基本形） 賜予	たまう	たり形 又是賜予	たまったり
ない形（否定形） 沒賜予	たまわない	ば形（條件形） 賜予的話	たまえば
なかった形（過去否定形） 過去沒賜予	たまわなかった	させる形（使役形） 使賜予	たまわせる
ます形（連用形） 賜予	たまいます	られる形（被動形） 被賜予	たまわれる
て形 賜予	たまって	命令形 快賜予	たまえ
た形（過去形） 賜予了	たまった	可能形 可以賜予	たまえる
たら形（條件形） 賜予的話	たまったら	う形（意向形） 賜予吧	たまおう

△「君死にたまうことなかれ」は与謝野晶子の詩の一節です。／
「你千萬不能死」乃節錄自與謝野晶子所寫的詩。

だまりこむ【黙り込む】

沉默・緘默・一言不發

自五　グループ1

黙り込む・黙り込みます

辞書形（基本形） 沉默	だまりこむ	たり形 又是沉默	だまりこんだり
ない形（否定形） 沒沉默	だまりこまない	ば形（條件形） 沉默的話	だまりこめば
なかった形（過去否定形） 過去沒沉默	だまりこまなかった	させる形（使役形） 使沉默	だまりこませる
ます形（連用形） 沉默	だまりこみます	られる形（被動形） 被迫沉默	だまりこまれる
て形 沉默	だまりこんで	命令形 快沉默	だまりこめ
た形（過去形） 沉默了	だまりこんだ	可能形 可以沉默	だまりこめる
たら形（條件形） 沉默的話	だまりこんだら	う形（意向形） 沉默吧	だまりこもう

△彼は何か思いついたらしく、急に黙り込んだ。／
他似乎想起了什麼，突然閉口不講了。

N1
た
たまう・だまりこむ

たまわる【賜る】 蒙受賞賜；賜・賜予・賞賜 他五 グループ1

賜る・賜ります

辞書形(基本形) 賞賜	たまわる	たり形 又是賞賜	たまわったり
ない形 (否定形) 沒賞賜	たまわらない	ば形 (條件形) 賞賜的話	たまわれば
なかった形 (過去否定形) 過去沒賞賜	たまわらなかった	させる形 (使役形) 使賞賜	たまわらせる
ます形 (連用形) 賞賜	たまわります	られる形 (被動形) 得到賞賜	たまわられる
て形 賞賜	たまわって	命令形 快賞賜	たまわれ
た形 (過去形) 賞賜了	たまわった	可能形 可以賞賜	たまわれる
たら形 (條件形) 賞賜的話	たまわったら	う形 (意向形) 賞賜吧	たまわろう

△この商品は、発売からずっと皆様からのご愛顧を賜っております。／
這項商品自從上市以來，承蒙各位不吝愛用。

たもつ【保つ】 保持不變・保存住；保持・維持・保・保住・支持 自他五 グループ1

保つ・保ちます

辞書形(基本形) 支持	たもつ	たり形 又是支持	たもったり
ない形 (否定形) 沒支持	たもたない	ば形 (條件形) 支持的話	たもてば
なかった形 (過去否定形) 過去沒支持	たもたなかった	させる形 (使役形) 使支持	たもたせる
ます形 (連用形) 支持	たもちます	られる形 (被動形) 被支持	たもたれる
て形 支持	たもって	命令形 快支持	たもて
た形 (過去形) 支持了	たもった	可能形 可以支持	たもてる
たら形 (條件形) 支持的話	たもったら	う形 (意向形) 支持吧	たもとう

△毎日の食事は、栄養バランスを保つことが大切です。／
每天的膳食都必須留意攝取均衡的營養。

たるむ【弛む】 鬆・鬆弛；彎曲・下沉；（精神）不振・鬆懈

弛む・弛みます

辭書形(基本形) 彎曲	たるむ	たり形 又是彎曲	たるんだり
ない形（否定形） 沒彎曲	たるまない	ば形（條件形） 彎曲的話	たるめば
なかった形（過去否定形） 過去沒彎曲	たるまなかった	させる形（使役形） 使彎曲	たるませる
ます形（連用形） 彎曲	たるみます	られる形（被動形） 被彎曲	たるまれる
て形 彎曲	たるんで	命令形 快彎曲	たるめ
た形（過去形） 彎曲了	たるんだ	可能形	———
たら形（條件形） 彎曲的話	たるんだら	う形（意向形） 彎曲吧	たるもう

△急激にダイエットすると、皮膚がたるんでしまいますよ。／
如果急遽減重，將會使皮膚變得鬆垮喔！

たれる【垂れる】 懸垂・掛拉；滴・流・滴答；垂・使下垂・懸掛；垂飾

垂れる・垂れます

辭書形(基本形) 懸掛	たれる	たり形 又是懸掛	たれたり
ない形（否定形） 沒懸掛	たれない	ば形（條件形） 懸掛的話	たれれば
なかった形（過去否定形） 過去沒懸掛	たれなかった	させる形（使役形） 使懸掛	たれさせる
ます形（連用形） 懸掛	たれます	られる形（被動形） 被懸掛	たれられる
て形 懸掛	たれて	命令形 快懸掛	たれろ
た形（過去形） 懸掛了	たれた	可能形	———
たら形（條件形） 懸掛的話	たれたら	う形（意向形） 懸掛吧	たれよう

△頰の肉が垂れると、老けて見えます。／
雙頰的肌肉一旦下垂，看起來就顯得老態龍鍾。

ちがえる【違える】 使不同·改變;弄錯·錯誤;扭到(筋骨)

他下一 グループ2

違える・違えます

辭書形(基本形) 弄錯	ちがえる	たり形 又是弄錯	ちがえたり
ない形 (否定形) 沒弄錯	ちがえない	ば形 (條件形) 弄錯的話	ちがえれば
なかった形 (過去否定形) 過去沒弄錯	ちがえなかった	させる形 (使役形) 使弄錯	ちがえさせる
ます形 (連用形) 弄錯	ちがえます	られる形 (被動形) 被弄錯	ちがえられる
て形 弄錯	ちがえて	命令形 快弄錯	ちがえろ
た形 (過去形) 弄錯了	ちがえた	可能形 可以弄錯	ちがえられる
たら形 (條件形) 弄錯的話	ちがえたら	う形 (意向形) 弄錯吧	ちがえよう

△昨日、首の筋を違えたので、首が回りません。／
昨天頸部落枕，脖子無法轉動。

ちぢまる【縮まる】 縮短·縮小;慌恐·捲曲

自五 グループ1

縮まる・縮まります

辭書形(基本形) 捲曲	ちぢまる	たり形 又是捲曲	ちぢまったり
ない形 (否定形) 沒捲曲	ちぢまらない	ば形 (條件形) 捲曲的話	ちぢまれば
なかった形 (過去否定形) 過去沒捲曲	ちぢまらなかった	させる形 (使役形) 使捲曲	ちぢまらせる
ます形 (連用形) 捲曲	ちぢまります	られる形 (被動形) 被捲曲	ちぢまられる
て形 捲曲	ちぢまって	命令形 快捲曲	ちぢまれ
た形 (過去形) 捲曲了	ちぢまった	可能形 可以捲曲	ちぢまれる
たら形 (條件形) 捲曲的話	ちぢまったら	う形 (意向形) 捲曲吧	ちぢまろう

△アンカーの猛烈な追い上げで、10メートルにまで差が一気に縮まった。／
最後一棒的游泳選手使勁追趕，一口氣縮短到只剩十公尺的距離。

ついやす【費やす】 用掉・耗費・花費；白費・浪費　他五 グループ1

費やす・費やします

辞書形（基本形） 耗費	ついやす	たり形 又是耗費	ついやしたり
ない形（否定形） 沒耗費	ついやさない	ば形（條件形） 耗費的話	ついやせば
なかった形（過去否定形） 過去沒耗費	ついやさなかった	させる形（使役形） 使耗費	ついやさせる
ます形（連用形） 耗費	ついやします	られる形（被動形） 被耗費	ついやされる
て形 耗費	ついやして	命令形 快耗費	ついやせ
た形（過去形） 耗費了	ついやした	可能形 可以耗費	ついやせる
たら形（條件形） 耗費的話	ついやしたら	う形（意向形） 耗費吧	ついやそう

△彼は一日のほとんどを実験に費やしています。／
他幾乎一整天的時間，都耗在做實驗上。

つかいこなす【使いこなす】 運用自如・掌握純熟　他五 グループ1

使いこなす・使いこなします

辞書形（基本形） 運用自如	つかいこなす	たり形 又是運用自如	つかいこなしたり
ない形（否定形） 沒運用自如	つかいこなさない	ば形（條件形） 運用自如的話	つかいこなせば
なかった形（過去否定形） 過去沒運用自如	つかいこなさ なかった	させる形（使役形） 使運用自如	つかいこなさせる
ます形（連用形） 運用自如	つかいこなします	られる形（被動形） 被運用自如	つかいこなされる
て形 運用自如	つかいこなして	命令形 快運用自如	つかいこなせ
た形（過去形） 運用自如了	つかいこなした	可能形 可以運用自如	つかいこなせる
たら形（條件形） 運用自如的話	つかいこなしたら	う形（意向形） 運用自如吧	つかいこなそう

△日本語を使いこなす。／日語能運用自如。

つかえる【仕える】 服侍・侍候・侍奉；（在官署等）當官 自下一 グループ2

仕える・仕えます

辞書形(基本形) 侍奉	つかえる	たり形 又是侍奉	つかえたり
ない形（否定形） 沒侍奉	つかえない	ば形（條件形） 侍奉的話	つかえれば
なかった形（過去否定形） 過去沒侍奉	つかえなかった	させる形（使役形） 使侍奉	つかえさせる
ます形（連用形） 侍奉	つかえます	られる形（被動形） 被侍奉	つかえられる
て形 侍奉	つかえて	命令形 快侍奉	つかえろ
た形（過去形） 侍奉了	つかえた	可能形 可以侍奉	つかえられる
たら形（條件形） 侍奉的話	つかえたら	う形（意向形） 侍奉吧	つかえよう

△私の先祖は上杉謙信に仕えていたそうです。／
據說我的祖先從屬於上杉謙信之麾下。

つかさどる【司る】 管理・掌管・擔任 他五 グループ1

司る・司ります

辞書形(基本形) 掌管	つかさどる	たり形 又是掌管	つかさどったり
ない形（否定形） 沒掌管	つかさどらない	ば形（條件形） 掌管的話	つかさどれば
なかった形（過去否定形） 過去沒掌管	つかさどら なかった	させる形（使役形） 使掌管	つかさどらせる
ます形（連用形） 掌管	つかさどります	られる形（被動形） 被掌管	つかさどられる
て形 掌管	つかさどって	命令形 快掌管	つかさどれ
た形（過去形） 掌管了	つかさどった	可能形 可以掌管	つかさどれる
たら形（條件形） 掌管的話	つかさどったら	う形（意向形） 掌管吧	つかさどろう

△地方機関とは地方行政をつかさどる機関のことです。／
所謂地方機關是指司掌地方行政事務之機構。

つかる【漬かる】 淹・泡；泡在（浴盆裡）洗澡；醃透 自五 グループ1

漬かる・漬かります

辞書形 (基本形) 醃透	つかる	たり形 又是醃透	つかったり
ない形 (否定形) 沒醃透	つからない	ば形 (條件形) 醃透的話	つかれば
なかった形 (過去否定形) 過去沒醃透	つからなかった	させる形 (使役形) 使醃透	つからせる
ます形 (連用形) 醃透	つかります	られる形 (被動形) 被醃透	つかられる
て形 醃透	つかって	命令形 快醃透	つかれ
た形 (過去形) 醃透了	つかった	可能形 可以醃透	つかれる
たら形 (條件形) 醃透的話	つかったら	う形 (意向形) 醃透吧	つかろう

 △お風呂につかる。／泡在浴缸裡。

つきそう【付き添う】 跟隨左右・照料・管照・服侍・護理 自五 グループ1

付き添う・付き添います

辞書形(基本形) 照料	つきそう	たり形 又是照料	つきそったり
ない形 (否定形) 沒照料	つきそわない	ば形 (條件形) 照料的話	つきそえば
なかった形 (過去否定形) 過去沒照料	つきそわなかった	させる形 (使役形) 予以照料	つきそわせる
ます形 (連用形) 照料	つきそいます	られる形 (被動形) 被照料	つきそわれる
て形 照料	つきそって	命令形 快照料	つきそえ
た形 (過去形) 照料了	つきそった	可能形 可以照料	つきそえる
たら形 (條件形) 照料的話	つきそったら	う形 (意向形) 照料吧	つきそおう

 △病人に付き添う。／照料病人。

つきとばす【突き飛ばす】 用力撞倒・撞出很遠 他五 グループ1

突き飛ばす・突き飛ばします

辞書形（基本形） 用力撞倒	つきとばす	たり形 又是用力撞倒	つきとばしたり
ない形（否定形） 沒用力撞倒	つきとばさない	ば形（條件形） 用力撞倒的話	つきとばせば
なかった形（過去否定形） 過去沒用力撞倒	つきとばさ なかった	させる形（使役形） 令用力撞倒	つきとばさせる
ます形（連用形） 用力撞倒	つきとばします	られる形（被動形） 被用力撞倒	つきとばされる
て形 用力撞倒	つきとばして	命令形 快用力撞倒	つきとばせ
た形（過去形） 用力撞倒了	つきとばした	可能形 可以用力撞倒	つきとばせる
たら形（條件形） 用力撞倒的話	つきとばしたら	う形（意向形） 用力撞倒吧	つきとばそう

△老人を突き飛ばす。／撞飛老人。

つきる【尽きる】 盡・光・沒了；到頭・窮盡；枯竭 自上一 グループ2

尽きる・尽きます

辞書形（基本形） 枯竭	つきる	たり形 又是枯竭	つきたり
ない形（否定形） 沒枯竭	つきない	ば形（條件形） 枯竭的話	つきれば
なかった形（過去否定形） 過去沒枯竭	つきなかった	させる形（使役形） 使枯竭	つきさせる
ます形（連用形） 枯竭	つきます	られる形（被動形） 被始終堅持	つきられる
て形 枯竭	つきて	命令形 快枯竭	つきろ
た形（過去形） 枯竭了	つきた	可能形	———
たら形（條件形） 枯竭的話	つきたら	う形（意向形） 枯竭吧	つきよう

△彼にはもうとことん愛想が尽きました。／我已經受夠他了！

つぐ【継ぐ】 繼承・承接・承襲；添・加・續

継ぐ・継ぎます

辞書形(基本形) 承襲	つぐ	たり形 又是承襲	ついだり
ない形（否定形） 沒承襲	つがない	ば形（條件形） 承襲的話	つげば
なかった形（過去否定形） 過去沒承襲	つがなかった	させる形（使役形） 使承襲	つがせる
ます形（連用形） 承襲	つぎます	られる形（被動形） 被承襲	つがれる
て形 承襲	ついで	命令形 快承襲	つげ
た形（過去形） 承襲了	ついだ	可能形 可以承襲	つげる
たら形（條件形） 承襲的話	ついだら	う形（意向形） 承襲吧	つごう

 △彼は父の後を継いで漁師になるつもりだそうです。／
聽說他打算繼承父親的衣鉢成為漁夫。

つぐ【接ぐ】 縫補；接在一起

接ぐ・接ぎます

辞書形(基本形) 縫補	つぐ	たり形 又是縫補	ついだり
ない形（否定形） 沒縫補	つがない	ば形（條件形） 縫補的話	つげば
なかった形（過去否定形） 過去沒縫補	つがなかった	させる形（使役形） 予以縫補	つがせる
ます形（連用形） 縫補	つぎます	られる形（被動形） 被縫補	つがれる
て形 縫補	ついで	命令形 快縫補	つげ
た形（過去形） 縫補了	ついだ	可能形 可以縫補	つげる
たら形（條件形） 縫補的話	ついだら	う形（意向形） 縫補吧	つごう

 △端切れを接いでソファーカバーを作ったことがあります。／
我曾經把許多零碎布料接在一起縫製成沙發套。

つくす【尽くす】 盡・竭盡；盡力

他五 グループ1

尽くす・尽くします

辭書形（基本形） 竭盡	つくす	たり形 又是竭盡	つくしたり
ない形（否定形） 沒竭盡	つくさない	ば形（條件形） 竭盡的話	つくせば
なかった形（過去否定形） 過去沒竭盡	つくさなかった	させる形（使役形） 使竭盡	つくさせる
ます形（連用形） 竭盡	つくします	られる形（被動形） 被耗盡	つくされる
て形 竭盡	つくして	命令形 快竭盡	つくせ
た形（過去形） 竭盡了	つくした	可能形 可以竭盡	つくせる
たら形（條件形） 竭盡的話	つくしたら	う形（意向形） 竭盡吧	つくそう

△最善を尽くしたので、何の悔いもありません。／
因為已經傾力以赴，所以再無任何後悔。

つくろう【繕う】 修補・修繕；修飾・裝飾・擺；掩飾・遮掩

他五 グループ1

繕う・繕います

辭書形（基本形） 裝飾	つくろう	たり形 又是裝飾	つくろったり
ない形（否定形） 沒裝飾	つくろわない	ば形（條件形） 裝飾的話	つくろえば
なかった形（過去否定形） 過去沒裝飾	つくろわなかった	させる形（使役形） 使裝飾	つくろわせる
ます形（連用形） 裝飾	つくろいます	られる形（被動形） 被裝飾	つくろわれる
て形 裝飾	つくろって	命令形 快裝飾	つくろえ
た形（過去形） 裝飾了	つくろった	可能形 可以裝飾	つくろえる
たら形（條件形） 裝飾的話	つくろったら	う形（意向形） 裝飾吧	つくろおう

△何とかその場を繕おうとしたけど、無理でした。／
雖然當時曾經嘗試打圓場，無奈仍然徒勞無功。

つげる【告げる】 通知・告訴・宣布・宣告

他下一 グループ2

告げる・告げます

辞書形 (基本形) 宣告	つげる	たり形 又是宣告	つげたり
ない形 (否定形) 沒宣告	つげない	ば形 (條件形) 宣告的話	つげれば
なかった形 (過去否定形) 過去沒宣告	つげなかった	させる形 (使役形) 予以宣告	つげさせる
ます形 (連用形) 宣告	つげます	られる形 (被動形) 被宣告	つげられる
て形 宣告	つげて	命令形 快宣告	つげろ
た形 (過去形) 宣告了	つげた	可能形 可以宣告	つげられる
たら形 (條件形) 宣告的話	つげたら	う形 (意向形) 宣告吧	つげよう

△病名を告げられたときはショックで言葉も出ませんでした。／
当被告知病名時，由於受到的打擊太大，連話都說不出來了。

つつく【突く】 捅・叉・叨・啄；指責・挑毛病

他五 グループ1

突く・突きます

辞書形 (基本形) 挑毛病	つつく	たり形 又是挑毛病	つついたり
ない形 (否定形) 沒挑毛病	つつかない	ば形 (條件形) 挑毛病的話	つつけば
なかった形 (過去否定形) 過去沒挑毛病	つつかなかった	させる形 (使役形) 任憑挑毛病	つつかせる
ます形 (連用形) 挑毛病	つつきます	られる形 (被動形) 被挑毛病	つつかれる
て形 挑毛病	つついて	命令形 快挑毛病	つつけ
た形 (過去形) 挑毛病了	つついた	可能形 可以挑毛病	つつける
たら形 (條件形) 挑毛病的話	つついたら	う形 (意向形) 挑毛病吧	つつこう

△藪の中に入る前は、棒で辺りをつついた方が身のためですよ。／
在進入草叢之前，先以棍棒撥戳四周，才能確保安全喔！

つつしむ【慎む・謹む】 謹慎・慎重；控制・節制；恭・恭敬 他五 グループ1

慎む・慎みます

辞書形（基本形） 節制	つつしむ	たり形 又是節制	つつしんだり
ない形（否定形） 沒節制	つつしまない	ば形（條件形） 節制的話	つつしめば
なかった形（過去否定形） 過去沒節制	つつしまなかった	させる形（使役形） 使節制	つつしませる
ます形（連用形） 節制	つつしみます	られる形（被動形） 被節制	つつしまれる
て形 節制	つつしんで	命令形 快節制	つつしめ
た形（過去形） 節制了	つつしんだ	可能形 可以節制	つつしめる
たら形（條件形） 節制的話	つつしんだら	う形（意向形） 節制吧	つつしもう

 △何の根拠もなしに人を非難するのは慎んでいただきたい。／
請謹言慎行，切勿擅作不實之指控。

つっぱる【突っ張る】 堅持・固執；（用手）推頂；繃緊・板起；抽筋・劇痛 自他五 グループ1

突っ張る・突っ張ります

辞書形（基本形） 繃緊	つっぱる	たり形 又是繃緊	つっぱったり
ない形（否定形） 沒繃緊	つっぱらない	ば形（條件形） 繃緊的話	つっぱれば
なかった形（過去否定形） 過去沒繃緊	つっぱらなかった	させる形（使役形） 使繃緊	つっぱらせる
ます形（連用形） 繃緊	つっぱります	られる形（被動形） 被繃緊	つっぱられる
て形 繃緊	つっぱって	命令形 快繃緊	つっぱれ
た形（過去形） 繃緊了	つっぱった	可能形 可以繃緊	つっぱれる
たら形（條件形） 繃緊的話	つっぱったら	う形（意向形） 繃緊吧	つっぱろう

 △この石けん、使ったあと肌が突っ張る感じがする。／
這塊肥皂使用完以後感覺皮膚緊繃。

つづる【綴る】縫上・連綴；裝訂成冊；（文）寫・寫作；拼字・拼音　他五　グループ1

綴る・綴ります

辭書形（基本形） 裝訂成冊	つづる	たり形 又是裝訂成冊	つづったり
ない形（否定形） 沒裝訂成冊	つづらない	ば形（條件形） 裝訂成冊的話	つづれば
なかった形（過去否定形） 過去沒裝訂成冊	つづらなかった	させる形（使役形） 使裝訂成冊	つづらせる
ます形（連用形） 裝訂成冊	つづります	られる形（被動形） 被裝訂成冊	つづられる
て形 裝訂成冊	つづって	命令形 快裝訂成冊	つづれ
た形（過去形） 裝訂成冊了	つづった	可能形 可以裝訂成冊	つづれる
たら形（條件形） 裝訂成冊的話	つづったら	う形（意向形） 裝訂成冊吧	つづろう

△いろいろな人に言えない思いを日記に綴っている。／
把各種無法告訴別人的感受寫在日記裡。

つとまる【務まる】勝任　自五　グループ1

務まる・務まります

辭書形（基本形） 勝任	つとまる	たり形 又是勝任	つとまったり
ない形（否定形） 沒勝任	つとまらない	ば形（條件形） 勝任的話	つとまれば
なかった形（過去否定形） 過去沒勝任	つとまらなかった	させる形（使役形） 使勝任	つとまらせる
ます形（連用形） 勝任	つとまります	られる形（被動形） 被勝任	つとまられる
て形 勝任	つとまって	命令形 快勝任	つとまれ
た形（過去形） 勝任了	つとまった	可能形	——
たら形（條件形） 勝任的話	つとまったら	う形（意向形） 勝任吧	つとまろう

△そんな大役が私に務まるでしょうか。／不曉得我是否能夠勝任如此重責大任？

つとまる【勤まる】 勝任・能擔任

勤まる・勤まります

辞書形(基本形) 勝任	つとまる	たり形 又是勝任	つとまったり
ない形（否定形） 沒勝任	つとまらない	ば形（條件形） 勝任的話	つとまれば
なかった形（過去否定形） 過去沒勝任	つとまらなかった	させる形（使役形） 使勝任	つとまらせる
ます形（連用形） 勝任	つとまります	られる形（被動形） 被勝任	つとまられる
て形 勝任	つとまって	命令形 快勝任	つとまれ
た形（過去形） 勝任了	つとまった	可能形	———
たら形（條件形） 勝任的話	つとまったら	う形（意向形） 勝任吧	つとまろう

 △私には勤まりません。／我無法勝任。

つながる【繋がる】 連接・聯繫；(人)列隊・排列；牽連・有關係；(精神)連接在一起；被繫在…上・連成一排

繋がる・繋がります

辞書形(基本形) 連接	つながる	たり形 又是連接	つながったり
ない形（否定形） 沒連接	つながらない	ば形（條件形） 連接的話	つながれば
なかった形（過去否定形） 過去沒連接	つながらなかった	させる形（使役形） 使連接	つながらせる
ます形（連用形） 連接	つながります	られる形（被動形） 被連接	つながられる
て形 連接	つながって	命令形 快連接	つながれ
た形（過去形） 連接了	つながった	可能形 可以連接	つながれる
たら形（條件形） 連接的話	つながったら	う形（意向形） 連接吧	つながろう

 △警察は、この人物が事件につながる情報を知っていると見ています。／警察認為這位人士知道關於這起事件的情報。

つねる【抓る】 抓・抓住

抓る・抓ります

辞書形(基本形) 抓住	つねる	たり形 又是抓住	つねったり
ない形(否定形) 沒抓住	つねらない	ば形(條件形) 抓住的話	つねれば
なかった形(過去否定形) 過去沒抓住	つねらなかった	させる形(使役形) 使抓住	つねらせる
ます形(連用形) 抓住	つねります	られる形(被動形) 被抓住	つねられる
て形 抓住	つねって	命令形 快抓住	つねれ
た形(過去形) 抓住了	つねった	可能形 可以抓住	つねれる
たら形(條件形) 抓住的話	つねったら	う形(意向形) 抓住吧	つねろう

△いたずらすると、ほっぺたをつねるよ！／
膽敢惡作劇的話，就要捏你的臉頰哦！

つのる【募る】 加重・加劇；募集・招募・徴集

募る・募ります

辞書形(基本形) 募集	つのる	たり形 又是募集	つのったり
ない形(否定形) 沒募集	つのらない	ば形(條件形) 募集的話	つのれば
なかった形(過去否定形) 過去沒募集	つのらなかった	させる形(使役形) 使募集	つのらせる
ます形(連用形) 募集	つのります	られる形(被動形) 被募集	つのられる
て形 募集	つのって	命令形 快募集	つのれ
た形(過去形) 募集了	つのった	可能形 可以募集	つのれる
たら形(條件形) 募集的話	つのったら	う形(意向形) 募集吧	つのろう

△新しい市場を開拓せんがため、アイディアを募った。／
為了拓展新市場而蒐集了意見。

つぶやく【呟く】 喃喃自語・嘟囔・嘀咕

呟く・呟きます

辭書形(基本形) 嘀咕	つぶやく	たり形 又是嘀咕	つぶやいたり
ない形 (否定形) 沒嘀咕	つぶやかない	ば形 (條件形) 嘀咕的話	つぶやけば
なかった形 (過去否定形) 過去沒嘀咕	つぶやかなかった	させる形 (使役形) 使嘀咕	つぶやかせる
ます形 (連用形) 嘀咕	つぶやきます	られる形 (被動形) 被嘀咕	つぶやかれる
て形 嘀咕	つぶやいて	命令形 快嘀咕	つぶやけ
た形 (過去形) 嘀咕了	つぶやいた	可能形 可以嘀咕	つぶやける
たら形 (條件形) 嘀咕的話	つぶやいたら	う形 (意向形) 嘀咕吧	つぶやこう

△彼は誰に話すともなしに、ぶつぶつ何やら呟いている。／
他只是兀自嘟囔著，並非想說給誰聽。

つぶる【瞑る】 （把眼睛）閉上・閉眼；裝看不見

瞑る・瞑ります

辭書形(基本形) 閉眼	つぶる	たり形 又是閉眼	つぶったり
ない形 (否定形) 沒閉眼	つぶらない	ば形 (條件形) 閉眼的話	つぶれば
なかった形 (過去否定形) 過去沒閉眼	つぶらなかった	させる形 (使役形) 使閉眼	つぶらせる
ます形 (連用形) 閉眼	つぶります	られる形 (被動形) 被視而不見	つぶられる
て形 閉眼	つぶって	命令形 快閉眼	つぶれ
た形 (過去形) 閉眼了	つぶった	可能形 可以閉眼	つぶれる
たら形 (條件形) 閉眼的話	つぶったら	う形 (意向形) 閉眼吧	つぶろう

△部長は目をつぶって何か考えているようです。／
經理閉上眼睛，似乎在思索著什麼。

つまむ【摘む】 （用手指尖）捏・撮；（用手指尖或筷子）夾・捏 他五 グループ1

摘む・摘みます

辭書形(基本形) 捏	つまむ	たり形 又是捏	つまんだり
ない形（否定形） 沒捏	つままない	ば形（條件形） 捏的話	つまめば
なかった形（過去否定形） 過去沒捏	つままなかった	させる形（使役形） 使捏	つままEる
ます形（連用形） 捏	つまみます	られる形（被動形） 被捏	つままれる
て形 捏	つまんで	命令形 快捏	つまめ
た形（過去形） 捏了	つまんだ	可能形 可以捏	つまめる
たら形（條件形） 捏的話	つまんだら	う形（意向形） 捏吧	つまもう

△彼女は豆を一つずつ箸でつまんで食べています。／
她正以筷子一顆又一顆地夾起豆子送進嘴裡。

つむ【摘む】 夾取・摘・採・掐；（用剪刀等）剪・剪齊 他五 グループ1

摘む・摘みます

辭書形(基本形) 剪齊	つむ	たり形 又是剪齊	つんだり
ない形（否定形） 沒剪齊	つまない	ば形（條件形） 剪齊的話	つめば
なかった形（過去否定形） 過去沒剪齊	つまなかった	させる形（使役形） 使剪齊	つませる
ます形（連用形） 剪齊	つみます	られる形（被動形） 被剪齊	つまれる
て形 剪齊	つんで	命令形 快剪齊	つめ
た形（過去形） 剪齊了	つんだ	可能形 可以剪齊	つめる
たら形（條件形） 剪齊的話	つんだら	う形（意向形） 剪齊吧	つもう

△若い茶の芽だけを選んで摘んでください。／請只擇選嫩茶的芽葉摘下。

つよがる【強がる】 逞強・装硬漢

自五 グループ1

強がる・強がります

辞書形(基本形) 逞強	つよがる	たり形 又是逞強	つよがったり
ない形 (否定形) 沒逞強	つよがらない	ば形 (條件形) 逞強的話	つよがれば
なかった形 (過去否定形) 過去沒逞強	つよがらなかった	させる形 (使役形) 使逞強	つよがらせる
ます形 (連用形) 逞強	つよがります	られる形 (被動形) 被迫逞強	つよがられる
て形 逞強	つよがって	命令形 快逞強	つよがれ
た形 (過去形) 逞強了	つよがった	可能形 可以逞強	つよがれる
たら形 (條件形) 逞強的話	つよがったら	う形 (意向形) 逞強吧	つよがろう

△弱い者に限って強がる。／唯有弱者愛逞強。

つらなる【連なる】 連・連接;列・參加

自五 グループ1

連なる・連なります

辞書形(基本形) 連接	つらなる	たり形 又是連接	つらなったり
ない形 (否定形) 沒連接	つらならない	ば形 (條件形) 連接的話	つらなれば
なかった形 (過去否定形) 過去沒連接	つらならなかった	させる形 (使役形) 使連接	つらならせる
ます形 (連用形) 連接	つらなります	られる形 (被動形) 被連接	つらなられる
て形 連接	つらなって	命令形 快連接	つらなれ
た形 (過去形) 連接了	つらなった	可能形 可以連接	つらなれる
たら形 (條件形) 連接的話	つらなったら	う形 (意向形) 連接吧	つらなろう

△道沿いに赤レンガ造りの家が連なって、異国情緒にあふれています。／
道路沿線有整排紅磚瓦房屋，洋溢著一股異國風情。

つらぬく【貫く】 穿・穿透・穿過・貫穿；貫徹・達到 他五 グループ1

つらぬ・つらぬ
貫く・貫きます

辞書形(基本形) 穿過	つらぬく	たり形 又是穿過	つらぬいたり
ない形 (否定形) 沒穿過	つらぬかない	ば形 (條件形) 穿過的話	つらぬけば
なかった形 (過去否定形) 過去沒穿過	つらぬかなかった	させる形 (使役形) 使穿過	つらぬかせる
ます形 (連用形) 穿過	つらぬきます	られる形 (被動形) 被穿過	つらぬかれる
て形 穿過	つらぬいて	命令形 快穿過	つらぬけ
た形 (過去形) 穿過了	つらぬいた	可能形 可以穿過	つらぬける
たら形 (條件形) 穿過的話	つらぬいたら	う形 (意向形) 穿過吧	つらぬこう

△やると決めたなら、最後まで意志を貫いてやり通せ。／
既然已經決定要做了，就要盡力貫徹始終。

つらねる【連ねる】 排列・連接；聯・列 他下一 グループ2

つら・つら
連ねる・連ねます

辞書形(基本形) 連接	つらねる	たり形 又是連接	つらねたり
ない形 (否定形) 沒連接	つらねない	ば形 (條件形) 連接的話	つらねれば
なかった形 (過去否定形) 過去沒連接	つらねなかった	させる形 (使役形) 使連接	つらねさせる
ます形 (連用形) 連接	つらねます	られる形 (被動形) 被連接	つらねられる
て形 連接	つらねて	命令形 快連接	つらねろ
た形 (過去形) 連接了	つらねた	可能形 可以連接	つらねられる
たら形 (條件形) 連接的話	つらねたら	う形 (意向形) 連接吧	つらねよう

△コンサートの出演者にはかなりの大物アーティストが名を連ねています。／
聲名遠播的音樂家亦名列於演奏會的表演者名單中。

てがける【手掛ける】 親自動手・親手；處理・照顧 　他下一　グループ2

手掛ける・手掛けます

辞書形(基本形) 照顧	てがける	たり形 又是照顧	てがけたり
ない形 (否定形) 沒照顧	てがけない	ば形 (條件形) 照顧的話	てがければ
なかった形 (過去否定形) 過去沒照顧	てがけなかった	させる形 (使役形) 予以照顧	てがけさせる
ます形 (連用形) 照顧	てがけます	られる形 (被動形) 被照顧	てがけられる
て形 照顧	てがけて	命令形 快照顧	てがけろ
た形 (過去形) 照顧了	てがけた	可能形 可以照顧	てがけられる
たら形 (條件形) 照顧的話	てがけたら	う形 (意向形) 照顧吧	てがけよう

△彼が手がけるレストランは、みな大盛況です。／
只要是由他親自經手的餐廳，每一家全都高朋滿座。

でくわす【出くわす】 碰上・碰見　　自五　グループ1

出くわす・出くわします

辞書形(基本形) 碰見	でくわす	たり形 又是碰見	でくわしたり
ない形 (否定形) 沒碰見	でくわさない	ば形 (條件形) 碰見的話	でくわせば
なかった形 (過去否定形) 過去沒碰見	でくわさなかった	させる形 (使役形) 使碰見	でくわさせる
ます形 (連用形) 碰見	でくわします	られる形 (被動形) 被碰見	でくわされる
て形 碰見	でくわして	命令形 快碰見	でくわせ
た形 (過去形) 碰見了	でくわした	可能形	———
たら形 (條件形) 碰見的話	でくわしたら	う形 (意向形) 碰見吧	でくわそう

△山で熊に出くわしたら死んだ振りをするといいと言うのは本当ですか。／
聽人家說，在山裡遇到熊時，只要裝死就能逃過一劫，這是真的嗎？

でっぱる【出っ張る】 （向外面）突出

出っ張る・出っ張ります

辞書形(基本形) 突出	でっぱる	たり形 又是突出	でっぱったり
ない形(否定形) 沒突出	でっぱらない	ば形(條件形) 突出的話	でっぱれば
なかった形(過去否定形) 過去沒突出	でっぱらなかった	させる形(使役形) 使突出	でっぱらせる
ます形(連用形) 突出	でっぱります	られる形(被動形) 被弄突出	でっぱられる
て形 突出	でっぱって	命令形 快突出	でっぱれ
た形(過去形) 突出了	でっぱった	可能形 可以突出	でっぱれる
たら形(條件形) 突出的話	でっぱったら	う形(意向形) 突出吧	でっぱろう

 △出っ張ったおなかを引っ込ませたい。／很想把凸出的小腹縮進去。

でむく【出向く】 前往・前去・奔赴

出向く・出向きます

辞書形(基本形) 奔赴	でむく	たり形 又是奔赴	でむいたり
ない形(否定形) 沒奔赴	でむかない	ば形(條件形) 奔赴的話	でむけば
なかった形(過去否定形) 過去沒奔赴	でむかなかった	させる形(使役形) 使奔赴	でむかせる
ます形(連用形) 奔赴	でむきます	られる形(被動形) 被迫奔赴	でむかれる
て形 奔赴	でむいて	命令形 快奔赴	でむけ
た形(過去形) 奔赴了	でむいた	可能形 可以奔赴	でむける
たら形(條件形) 奔赴的話	でむいたら	う形(意向形) 奔赴吧	でむこう

 △お礼やお願いをするときは、こちらから出向くものだ。／
向對方致謝或請求他人時，要由我們這邊前去拜訪。

てりかえす【照り返す】 反射

他五 グループ1

照り返す・照り返します

辞書形(基本形) 反射	てりかえす	たり形 又是反射	てりかえしたり
ない形 (否定形) 沒反射	てりかえさない	ば形 (條件形) 反射的話	てりかえせば
なかった形 (過去否定形) 過去沒反射	てりかえさ なかった	させる形 (使役形) 使反射	てりかえさせる
ます形 (連用形) 反射	てりかえします	られる形 (被動形) 被反射	てりかえされる
て形 反射	てりかえして	命令形 快反射	てりかえせ
た形 (過去形) 反射了	てりかえした	可能形	———
たら形 (條件形) 反射的話	てりかえしたら	う形 (意向形) 反射吧	てりかえそう

△地面で照り返した紫外線は、日傘では防げません。／
光是撐陽傘仍無法阻擋由地面反射的紫外線曝曬。

てんじる【転じる】 自他上一 轉變・轉換・改變；遷居・搬家 自他サ 轉變

グループ2

転じる・転じます

辞書形(基本形) 改變	てんじる	たり形 又是改變	てんじたり
ない形 (否定形) 沒改變	てんじない	ば形 (條件形) 改變的話	てんじれば
なかった形 (過去否定形) 過去沒改變	てんじなかった	させる形 (使役形) 使改變	てんじさせる
ます形 (連用形) 改變	てんじます	られる形 (被動形) 被改變	てんじられる
て形 改變	てんじて	命令形 快改變	てんじろ
た形 (過去形) 改變了	てんじた	可能形 可以改變	てんじられる
たら形 (條件形) 改變的話	てんじたら	う形 (意向形) 改變吧	てんじよう

△イタリアでの発売を皮切りに、業績が好調に転じた。／
在義大利開賣後，業績就有起色了。

てんずる【転ずる】 改變（方向、狀態）；遷居；調職　自他下一　グループ1

転ずる・転ずります

辭書形(基本形) 改變	てんずる	たり形 又是改變	てんずったり
ない形（否定形） 沒改變	てんずらない	ば形（條件形） 改變的話	てんずれば
なかった形（過去否定形） 過去沒改變	てんずらなかった	させる形（使役形） 使改變	てんずらせる
ます形（連用形） 改變	てんずります	られる形（被動形） 被改變	てんずられる
て形 改變	てんずって	命令形 快改變	てんずれ
た形（過去形） 改變了	てんずった	可能形 可以改變	てんずれる
たら形（條件形） 改變的話	てんずったら	う形（意向形） 改變吧	てんずろう

△ガソリン価格が値下げに転ずる可能性がある。／
汽油的售價有降價變動的可能性。

といあわせる【問い合わせる】 打聽・詢問　他下一　グループ2

問い合わせる・問い合わせます

辭書形(基本形) 打聽	といあわせる	たり形 又是打聽	といあわせたり
ない形（否定形） 沒打聽	といあわせない	ば形（條件形） 打聽的話	といあわせれば
なかった形（過去否定形） 過去沒打聽	といあわせなかった	させる形（使役形） 使打聽	といあわせさせる
ます形（連用形） 打聽	といあわせます	られる形（被動形） 被詢問	といあわせられる
て形 打聽	といあわせて	命令形 快打聽	といあわせろ
た形（過去形） 打聽了	といあわせた	可能形 可以打聽	といあわせられる
たら形（條件形） 打聽的話	といあわせたら	う形（意向形） 打聽吧	といあわせよう

△資料をなくしたので、問い合わせようにも電話番号が分からない。／
由於資料遺失了，就算想詢問也不知道電話號碼。

とう・とうとぶ

とう【問う】
問・打聽；問候；徵詢；做為問題（多用否定形）；追究；問罪　他五　グループ1

と　　　と
問う・問います

辞書形(基本形) 打聽	とう	たり形 又是打聽	とうたり
ない形 (否定形) 沒打聽	とわない	ば形 (條件形) 打聽的話	とえば
なかった形 (過去否定形) 過去沒打聽	とわなかった	させる形 (使役形) 使打聽	とわせる
ます形 (連用形) 打聽	といます	られる形 (被動形) 被追究	とわれる
て形 打聽	とうて	命令形 快打聽	とえ
た形 (過去形) 打聽了	とうた	可能形 可以打聽	とえる
たら形 (條件形) 打聽的話	とうたら	う形 (意向形) 打聽吧	とおう

　　　　　　し じ りつ　　あっ か　　いっ と　　　　　　　　　　　　　　こくみん　しん　と
△支持率も悪化の一途をたどっているので、国民に信を問うたほうがいい。／
支持率一路下滑，此時應當徵詢國民信任支持與否。

とうとぶ【尊ぶ】
尊敬・尊重；重視・珍重　　他五　グループ1

とうと　　　とうと
尊ぶ・尊びます

辞書形(基本形) 尊重	とうとぶ	たり形 又是尊重	とうとんだり
ない形 (否定形) 沒尊重	とうとばない	ば形 (條件形) 尊重的話	とうとべば
なかった形 (過去否定形) 過去沒尊重	とうとばなかった	させる形 (使役形) 予以尊重	とうとばせる
ます形 (連用形) 尊重	とうとびます	られる形 (被動形) 被尊重	とうとばれる
て形 尊重	とうとんで	命令形 快尊重	とうとべ
た形 (過去形) 尊重了	とうとんだ	可能形 可以尊重	とうとべる
たら形 (條件形) 尊重的話	とうとんだら	う形 (意向形) 尊重吧	とうとぼう

　　　　　　し き おりおり　　　し ぜん　　へん か　　とうと
△四季折々の自然の変化を尊ぶ。／珍視四季嬗遞的自然變化。

とおざかる【遠ざかる】

遠離；疏遠；不碰・節制・克制　自五　グループ1

遠ざかる・遠ざかります

辞書形(基本形) 疏遠	とおざかる	たり形 又是疏遠	とおざかったり
ない形 (否定形) 沒疏遠	とおざからない	ば形 (條件形) 疏遠的話	とおざかれば
なかった形 (過去否定形) 過去沒疏遠	とおざから なかった	させる形 (使役形) 使疏遠	とおざからせる
ます形 (連用形) 疏遠	とおざかります	られる形 (被動形) 被疏遠	とおざかられる
て形 疏遠	とおざかって	命令形 快疏遠	とおざかれ
た形 (過去形) 疏遠了	とおざかった	可能形	———
たら形 (條件形) 疏遠的話	とおざかったら	う形 (意向形) 疏遠吧	とおざかろう

△娘は父の車が遠ざかって見えなくなるまで手を振っていました。／
女兒猛揮著手，直到父親的車子漸行漸遠，消失蹤影。

とがめる【咎める】

他下一 責備・挑剔；盤問　自下一 (傷口等)發炎・紅腫　グループ2

咎める・咎めます

辞書形(基本形) 盤問	とがめる	たり形 又是盤問	とがめたり
ない形 (否定形) 沒盤問	とがめない	ば形 (條件形) 盤問的話	とがめれば
なかった形 (過去否定形) 過去沒盤問	とがめなかった	させる形 (使役形) 予以盤問	とがめさせる
ます形 (連用形) 盤問	とがめます	られる形 (被動形) 被盤問	とがめられる
て形 盤問	とがめて	命令形 快盤問	とがめろ
た形 (過去形) 盤問了	とがめた	可能形 可以盤問	とがめられる
たら形 (條件形) 盤問的話	とがめたら	う形 (意向形) 盤問吧	とがめよう

△上からとがめられて、関係ないではすまされない。／
遭到上級責備，不是一句「與我無關」就能撇清。

とがる【尖る】 尖；(神經)緊張；不高興・冒火

とが　　とが
尖る・尖ります

辭書形(基本形) 緊張	とがる	たり形 又是緊張	とがったり
ない形 (否定形) 沒緊張	とがらない	ば形 (條件形) 緊張的話	とがれば
なかった形 (過去否定形) 過去沒緊張	とがらなかった	させる形 (使役形) 使緊張	とがらせる
ます形 (連用形) 緊張	とがります	られる形 (被動形) 被弄緊張	とがられる
て形 緊張	とがって	命令形 快緊張	とがれ
た形 (過去形) 緊張了	とがった	可能形	———
たら形 (條件形) 緊張的話	とがったら	う形 (意向形) 緊張吧	とがろう

えんぴつ　　けず　　　とが
△鉛筆を削って尖らせる。／把鉛筆削尖。

とぎれる【途切れる】 中斷・間斷

と　ぎ　　　　　　と　ぎ
途切れる・途切れます

辭書形(基本形) 間斷	とぎれる	たり形 又是間斷	とぎれたり
ない形 (否定形) 沒間斷	とぎれない	ば形 (條件形) 間斷的話	とぎれれば
なかった形 (過去否定形) 過去沒間斷	とぎれなかった	させる形 (使役形) 使間斷	とぎれさせる
ます形 (連用形) 間斷	とぎれます	られる形 (被動形) 被間斷	とぎれられる
て形 間斷	とぎれて	命令形 快間斷	とぎれろ
た形 (過去形) 間斷了	とぎれた	可能形	———
たら形 (條件形) 間斷的話	とぎれたら	う形 (意向形) 間斷吧	とぎれよう

しゃちょう　きゅう　　　　　　　　　　　　　　　はい　　　　　　　　　　　　　　はなし　と　ぎ
△社長が急にオフィスに入ってきたので、話が途切れてしまった。／
由於社長突然踏進辦公室・話題戛然中斷了。

とく【説く】 説明；說服・勸；宣導・提倡　　他五　グループ1

説く・説きます

辞書形(基本形) 說服	とく	たり形 又是說服	といたり
ない形（否定形） 沒說服	とかない	ば形（條件形） 說服的話	とけば
なかった形（過去否定形） 過去沒說服	とかなかった	させる形（使役形） 使說服	とかせる
ます形（連用形） 說服	ときます	られる形（被動形） 被說服	とかれる
て形 說服	といて	命令形 快說服	とけ
た形（過去形） 說服了	といた	可能形 可以說服	とける
たら形（條件形） 說服的話	といたら	う形（意向形） 說服吧	とこう

△彼は革命の意義を一生懸命我々に説いた。／
他拚命闡述革命的意義，試圖說服我們。

とぐ【研ぐ・磨ぐ】 磨；擦亮・磨光；淘（米等）　　他五　グループ1

研ぐ・研ぎます

辞書形(基本形) 擦亮	とぐ	たり形 又是擦亮	といだり
ない形（否定形） 沒擦亮	とがない	ば形（條件形） 擦亮的話	とげば
なかった形（過去否定形） 過去沒擦亮	とがなかった	させる形（使役形） 使擦亮	とがせる
ます形（連用形） 擦亮	とぎます	られる形（被動形） 被擦亮	とがれる
て形 擦亮	といで	命令形 快擦亮	とげ
た形（過去形） 擦亮了	といだ	可能形 可以擦亮	とげる
たら形（條伸形） 擦亮的話	といだら	う形（意向形） 擦亮吧	とごう

△切れ味が悪くなってきたので、包丁を研いでください。／
菜刀已經鈍了，請重新磨刀。

とげる【遂げる】 完成・實現・達到；終於 他下一 グループ2

遂げる・遂げます

辞書形(基本形) 完成	とげる	たり形 又是完成	とげたり
ない形（否定形） 沒完成	とげない	ば形（條件形） 完成的話	とげれば
なかった形（過去否定形） 過去沒完成	とげなかった	させる形（使役形） 予以完成	とげさせる
ます形（連用形） 完成	とげます	られる形（被動形） 被完成	とげられる
て形 完成	とげて	命令形 快完成	とげろ
た形（過去形） 完成了	とげた	可能形 可以完成	とげられる
たら形（條件形） 完成的話	とげたら	う形（意向形） 完成吧	とげよう

△両国の関係はここ５年間で飛躍的な発展を遂げました。／
近五年來，兩國之間的關係終於有了大幅的正向發展。

とじる【綴じる】 訂起來・訂綴；（把衣的裡和面）縫在一起 他上一 グループ2

綴じる・綴じます

辞書形(基本形) 縫在一起	とじる	たり形 又是縫在一起	とじたり
ない形（否定形） 沒縫在一起	とじない	ば形（條件形） 縫在一起的話	とじれば
なかった形（過去否定形） 過去沒縫在一起	とじなかった	させる形（使役形） 使縫在一起	とじさせる
ます形（連用形） 縫在一起	とじます	られる形（被動形） 被縫在一起	とじられる
て形 縫在一起	とじて	命令形 快縫在一起	とじろ
た形（過去形） 縫在一起了	とじた	可能形 可以縫在一起	とじられる
たら形（條件形） 縫在一起的話	とじたら	う形（意向形） 縫在一起吧	とじよう

△提出書類は全てファイルにとじてください。／
請將所有申請文件裝訂於檔案夾中。

とだえる【途絶える】 断絶・杜絶・中断

途絶える・途絶えます

辞書形(基本形) 中断	とだえる	たり形 又是中断	とだえたり
ない形（否定形） 没中断	とだえない	ば形（条件形） 中断的話	とだえれば
なかった形（過去否定形） 過去没中断	とだえなかった	させる形（使役形） 使中断	とだえさせる
ます形（連用形） 中断	とだえます	られる形（被動形） 被中断	とだえられる
て形 中断	とだえて	命令形 快中断	とだえろ
た形（過去形） 中断了	とだえた	可能形	———
たら形（条件形） 中断的話	とだえたら	う形（意向形） 中断吧	とだえよう

△途絶えることなしに、祖先から脈々と受け継がれている。／
祖先代代相傳，至今從未中斷。

とどこおる【滞る】 拖延・耽擱・遅延；拖欠

滞る・滞ります

辞書形(基本形) 拖延	とどこおる	たり形 又是拖延	とどこおったり
ない形（否定形） 没拖延	とどこおらない	ば形（条件形） 拖延的話	とどこおれば
なかった形（過去否定形） 過去没拖延	とどこおら なかった	させる形（使役形） 使拖延	とどこおらせる
ます形（連用形） 拖延	とどこおります	られる形（被動形） 被拖延	とどこおられる
て形 拖延	とどこおって	命令形 快拖延	とどこおれ
た形（過去形） 拖延了	とどこおった	可能形	———
たら形（条件形） 拖延的話	とどこおったら	う形（意向形） 拖延吧	とどこおろう

△収入がないため、電気代の支払いが滞っています。／
因為沒有收入，致使遲繳電費。

ととのえる【整える・調える】 整理・整頓；準備；達成 協議・談妥

他下一 グループ2

整える・整えます

辞書形（基本形） 整頓	ととのえる	たり形 又是整頓	ととのえたり
ない形（否定形） 沒整頓	ととのえない	ば形（條件形） 整頓的話	ととのえれば
なかった形（過去否定形） 過去沒整頓	ととのえなかった	させる形（使役形） 使整頓	ととのえさせる
ます形（連用形） 整頓	ととのえます	られる形（被動形） 被整頓	ととのえられる
て形 整頓	ととのえて	命令形 快整頓	ととのえろ
た形（過去形） 整頓了	ととのえた	可能形 可以整頓	ととのえられる
たら形（條件形） 整頓的話	ととのえたら	う形（意向形） 整頓吧	ととのえよう

△快適に仕事ができる環境を整えましょう。／
讓我們共同創造一個舒適的工作環境吧！

とどめる【留める】 停住；阻止；留下・遺留；止於（某限度） 他下一 グループ2

留める・留めます

辞書形（基本形） 阻止	とどめる	たり形 又是阻止	とどめたり
ない形（否定形） 沒阻止	とどめない	ば形（條件形） 阻止的話	とどめれば
なかった形（過去否定形） 過去沒阻止	とどめなかった	させる形（使役形） 使阻止	とどめさせる
ます形（連用形） 阻止	とどめます	られる形（被動形） 被阻止	とどめられる
て形 阻止	とどめて	命令形 快阻止	とどめろ
た形（過去形） 阻止了	とどめた	可能形 可以阻止	とどめられる
たら形（條件形） 阻止的話	とどめたら	う形（意向形） 阻止吧	とどめよう

△交際費を月々2万円以内にとどめるようにしています。／
將每個月的交際應酬費用控制在兩萬元以內的額度。

となえる【唱える】 唸，頌；高喊；提倡；提出・聲明；喊價・報價 他下一 グループ2

唱える・唱えます

辭書形(基本形) 提倡	となえる	たり形 又是提倡	となえたり
ない形(否定形) 沒提倡	となえない	ば形(條件形) 提倡的話	となえれば
なかった形(過去否定形) 過去沒提倡	となえなかった	させる形(使役形) 使提倡	となえさせる
ます形(連用形) 提倡	となえます	られる形(被動形) 被提倡	となえられる
て形 提倡	となえて	命令形 快提倡	となえろ
た形(過去形) 提倡了	となえた	可能形 可以提倡	となえられる
たら形(條件形) 提倡的話	となえたら	う形(意向形) 提倡吧	となえよう

△彼女が呪文を唱えると、木々が動物に変身します。／
當她唸誦咒語之後，樹木全都化身為動物。

とぼける【惚ける・恍ける】 (腦筋)遲鈍・發呆；裝糊塗・裝傻；出洋相・做滑稽愚蠢的言行 自下一 グループ2

惚ける・惚けます

辭書形(基本形) 出洋相	とぼける	たり形 又是出洋相	とぼけたり
ない形(否定形) 沒出洋相	とぼけない	ば形(條件形) 出洋相的話	とぼければ
なかった形(過去否定形) 過去沒出洋相	とぼけなかった	させる形(使役形) 使出洋相	とぼけさせる
ます形(連用形) 出洋相	とぼけます	られる形(被動形) 被要賴	とぼけられる
て形 出洋相	とぼけて	命令形 快出洋相	とぼけろ
た形(過去形) 出洋相了	とぼけた	可能形 可以出洋相	とぼけられる
たら形(條件形) 出洋相的話	とぼけたら	う形(意向形) 出洋相吧	とぼけよう

△君がやったことは分かっているんだから、とぼけたって無駄ですよ。／
我很清楚你幹了什麼好事，想裝傻也沒用！

とまどう【戸惑う】

（夜裡醒來）迷迷糊糊・不辨方向・迷失方向；找不到門；不知所措・困惑

自五　グループ1

戸惑う・戸惑います

辭書形(基本形) 困惑	とまどう	たり形 又是困惑	とまどったり
ない形 (否定形) 沒困惑	とまどわない	ば形 (條件形) 困惑的話	とまどえば
なかった形 (過去否定形) 過去沒困惑	とまどわなかった	させる形 (使役形) 使困惑	とまどわせる
ます形 (連用形) 困惑	とまどいます	られる形 (被動形) 被弄困惑	とまどわれる
て形 困惑	とまどって	命令形 快困惑	とまどえ
た形 (過去形) 困惑了	とまどった	可能形 可以困惑	とまどえる
たら形 (條件形) 困惑的話	とまどったら	う形 (意向形) 困惑吧	とまどおう

△急に質問されて戸惑う。／突然被問不知如何回答。

とむ【富む】

有錢・富裕；豐富

自五　グループ1

富む・富みます

辭書形(基本形) 富裕	とむ	たり形 又是富裕	とんだり
ない形 (否定形) 沒富裕	とまない	ば形 (條件形) 富裕的話	とめば
なかった形 (過去否定形) 過去沒富裕	とまなかった	させる形 (使役形) 使富裕	とませる
ます形 (連用形) 富裕	とみます	られる形 (被動形) 被迫富於…	とまれる
て形 富裕	とんで	命令形 快富裕	とめ
た形 (過去形) 富裕了	とんだ	可能形 可以富裕	とめる
たら形 (條件形) 富裕的話	とんだら	う形 (意向形) 富裕吧	ともう

△彼の作品はみな遊び心に富んでいます。／他所有的作品都饒富童心。

ともなう【伴う】 随同・伴随；随著；相符

自他五 グループ1

伴う・伴います

辞書形(基本形) 伴随	ともなう	たり形 又是伴随	ともなったり
ない形（否定形） 沒伴随	ともなわない	ば形（條件形） 伴随的話	ともなえば
なかった形（過去否定形） 過去沒伴随	ともなわなかった	させる形（使役形） 使伴随	ともなわせる
ます形（連用形） 伴随	ともないます	られる形（被動形） 被迫陪同	ともなわれる
て形 伴随	ともなって	命令形 快伴随	ともなえ
た形（過去形） 伴随了	ともなった	可能形 可以伴随	ともなえる
たら形（條件形） 伴随的話	ともなったら	う形（意向形） 伴随吧	ともなおう

△役職が高くなるに伴って、責任も大きくなります。／
随著官職愈高，責任亦更為繁重。

N1
と
ともなう・ともる

ともる【灯る】 （燈火）亮・點著

自五 グループ1

灯る・灯ります

辞書形(基本形) 點著	ともる	たり形 又是點著	ともったり
ない形（否定形） 沒點著	ともらない	ば形（條件形） 點著的話	ともれば
なかった形（過去否定形） 過去沒點著	ともらなかった	させる形（使役形） 使點著	ともらせる
ます形（連用形） 點著	ともります	られる形（被動形） 被點著	ともられる
て形 點著	ともって	命令形 快點著	ともれ
た形（過去形） 點著了	ともった	可能形	——
たら形（條件形） 點著的話	ともったら	う形（意向形） 點著吧	ともろう

△日が西に傾き、街には明かりがともり始めた。／
太陽西斜，街上也開始亮起了燈。

とりあつかう【取り扱う】

對待・接待；(用手)操縱・使用；處理；管理・經辦

他五 グループ1

取り扱う・取り扱います

辞書形(基本形) 操縱	とりあつかう	たり形 又是操縱	とりあつかったり
ない形 (否定形) 沒操縱	とりあつかわない	ば形 (條件形) 操縱的話	とりあつかえば
なかった形 (過去否定形) 過去沒操縱	とりあつかわなかった	させる形 (使役形) 予以操縱	とりあつかわせる
ます形 (連用形) 操縱	とりあつかいます	られる形 (被動形) 被操縱	とりあつかわれる
て形 操縱	とりあつかって	命令形 快操縱	とりあつかえ
た形 (過去形) 操縱了	とりあつかった	可能形 可以操縱	とりあつかえる
たら形 (條件形) 操縱的話	とりあつかったら	う形 (意向形) 操縱吧	とりあつかおう

△下記の店舗では生菓子は取り扱っていません。／
以下這些店舖沒有販賣日式生菓子甜點。

とりくむ【取り組む】

(相撲)互相扭住；和…交手；開(匯票)；簽訂(合約)；埋頭研究

自五 グループ1

取り組む・取り組みます

辞書形(基本形) 簽訂	とりくむ	たり形 又是簽訂	とりくんだり
ない形 (否定形) 沒簽訂	とりくまない	ば形 (條件形) 簽訂的話	とりくめば
なかった形 (過去否定形) 過去沒簽訂	とりくまなかった	させる形 (使役形) 予以簽訂	とりくませる
ます形 (連用形) 簽訂	とりくみます	られる形 (被動形) 被簽訂	とりくまれる
て形 簽訂	とりくんで	命令形 快簽訂	とりくめ
た形 (過去形) 簽訂了	とりくんだ	可能形 可以簽訂	とりくめる
たら形 (條件形) 簽訂的話	とりくんだら	う形 (意向形) 簽訂吧	とりくもう

△環境問題はひとり環境省だけでなく、各省庁が協力して取り組んでいくべきだ。／環境保護問題不該只由環保署獨力處理，應由各部會互助合作共同面對。

とりこむ【取り込む】

（因喪事或意外而）忙碌；拿進來；騙取、侵吞；拉攏、籠絡

取り込む・取り込みます

辞書形(基本形) 籠絡	とりこむ	たり形 又是籠絡	とりこんだり
ない形 (否定形) 沒籠絡	とりこまない	ば形 (条件形) 籠絡的話	とりこめば
なかった形 (過去否定形) 過去沒籠絡	とりこまなかった	させる形 (使役形) 予以籠絡	とりこませる
ます形 (連用形) 籠絡	とりこみます	られる形 (被動形) 被籠絡	とりこまれる
て形 籠絡	とりこんで	命令形 快籠絡	とりこめ
た形 (過去形) 籠絡了	とりこんだ	可能形	———
たら形 (条件形) 籠絡的話	とりこんだら	う形 (意向形) 籠絡吧	とりこもう

△突然の不幸で取り込んでいる。／因突如其來的喪事而忙亂。

とりしまる【取り締まる】

管束・監督・取締

取り締まる・取り締まります

辞書形(基本形) 取締	とりしまる	たり形 又是取締	とりしまったり
ない形 (否定形) 沒取締	とりしまらない	ば形 (条件形) 取締的話	とりしまれば
なかった形 (過去否定形) 過去沒取締	とりしまらなかった	させる形 (使役形) 使取締	とりしまらせる
ます形 (連用形) 取締	とりしまります	られる形 (被動形) 被取締	とりしまられる
て形 取締	とりしまって	命令形 快取締	とりしまれ
た形 (過去形) 取締了	とりしまった	可能形 可以取締	とりしまれる
たら形 (条件形) 取締的話	とりしまったら	う形 (意向形) 取締吧	とりしまろう

△夜になるとあちこちで警官が飲酒運転を取り締まっています。／入夜後，到處都有警察取締酒駕。

とりしらべる【取り調べる】 調査・偵査

他下一 グループ2

取り調べる・取り調べます

辞書形(基本形) 調査	とりしらべる	たり形 又是調査	とりしらべたり
ない形（否定形） 沒調査	とりしらべない	ば形（條件形） 調査的話	とりしらべれば
なかった形（過去否定形） 過去沒調査	とりしらべ なかった	させる形（使役形） 使調査	とりしらべさせる
ます形（連用形） 調査	とりしらべます	られる形（被動形） 被調査	とりしらべられる
て形 調査	とりしらべて	命令形 快調査	とりしらべろ
た形（過去形） 調査了	とりしらべた	可能形 可以調査	とりしらべられる
たら形（條件形） 調査的話	とりしらべたら	う形（意向形） 調査吧	とりしらべよう

△否応なしに、警察の取り調べを受けた。／被迫接受了警方的偵訊調査。

とりたてる【取り立てる】 催繳・索取；提拔

他下一 グループ2

取り立てる・取り立てます

辞書形(基本形) 提拔	とりたてる	たり形 又是提拔	とりたてたり
ない形（否定形） 沒提拔	とりたてない	ば形（條件形） 提拔的話	とりたてれば
なかった形（過去否定形） 過去沒提拔	とりたてなかった	させる形（使役形） 使提拔	とりたてさせる
ます形（連用形） 提拔	とりたてます	られる形（被動形） 被提拔	とりたてられる
て形 提拔	とりたてて	命令形 快提拔	とりたてろ
た形（過去形） 提拔了	とりたてた	可能形 可以提拔	とりたてられる
たら形（條件形） 提拔的話	とりたてたら	う形（意向形） 提拔吧	とりたてよう

△毎日のようにヤミ金融業者が取り立てにやって来ます。／
地下錢莊幾乎每天都來討債。

とりつぐ【取り次ぐ】

傳達；(在門口)通報・傳遞；經銷・代購・代辦；轉交

取り次ぐ・取り次ぎます

辞書形(基本形) 傳遞	とりつぐ	たり形 又是傳遞	とりついだり
ない形 (否定形) 沒傳遞	とりつがない	ば形 (條件形) 傳遞的話	とりつげば
なかった形 (過去否定形) 過去沒傳遞	とりつがなかった	させる形 (使役形) 使傳遞	とりつがせる
ます形 (連用形) 傳遞	とりつぎます	られる形 (被動形) 被傳遞	とりつがれる
て形 傳遞	とりついで	命令形 快傳遞	とりつげ
た形 (過去形) 傳遞了	とりついだ	可能形 可以傳遞	とりつげる
たら形 (條件形) 傳遞的話	とりついだら	う形 (意向形) 傳遞吧	とりつごう

△お取り込み中のところを恐れ入りますが、伊藤さんにお取り次ぎいただけますか。／很抱歉在百忙之中打擾您，可以麻煩您幫我傳達給伊藤先生嗎？

とりつける【取り付ける】

安裝(機器等)；經常光顧；(商)擠兌；取得

取り付ける・取り付けます

辞書形(基本形) 取得	とりつける	たり形 又是取得	とりつけたり
ない形 (否定形) 沒取得	とりつけない	ば形 (條件形) 取得的話	とりつければ
なかった形 (過去否定形) 過去沒取得	とりつけなかった	させる形 (使役形) 使取得	とりつけさせる
ます形 (連用形) 取得	とりつけます	られる形 (被動形) 被取得	とりつけられる
て形 取得	とりつけて	命令形 快取得	とりつけろ
た形 (過去形) 取得了	とりつけた	可能形 可以取得	とりつけられる
たら形 (條件形) 取得的話	とりつけたら	う形 (意向形) 取得吧	とりつけよう

△クーラーなど必要な設備はすでに取り付けてあります。／空調等所有必要的設備，已經全數安裝完畢。

とりのぞく【取り除く】 除掉・清除；拆除 　他五 グループ1

取り除く・取り除きます

辞書形(基本形) 清除	とりのぞく	たり形 又是清除	とりのぞいたり
ない形（否定形） 沒清除	とりのぞかない	ば形（條件形） 清除的話	とりのぞけば
なかった形（過去否定形） 過去沒清除	とりのぞか なかった	させる形（使役形） 予以清除	とりのぞかせる
ます形（連用形） 清除	とりのぞきます	られる形（被動形） 被清除	とりのぞかれる
て形 清除	とりのぞいて	命令形 快清除	とりのぞけ
た形（過去形） 清除了	とりのぞいた	可能形 可以清除	とりのぞける
たら形（條件形） 清除的話	とりのぞいたら	う形（意向形） 清除吧	とりのぞこう

△この薬を飲めば、痛みを取り除くことができますか。／
只要吃下這種藥，疼痛就會消失嗎？

とりまく【取り巻く】 圍住・圍繞；奉承・奉迎 　他五 グループ1

取り巻く・取り巻きます

辞書形(基本形) 圍繞	とりまく	たり形 又是圍繞	とりまいたり
ない形（否定形） 沒圍繞	とりまかない	ば形（條件形） 圍繞的話	とりまけば
なかった形（過去否定形） 過去沒圍繞	とりまかなかった	させる形（使役形） 使圍繞	とりまかせる
ます形（連用形） 圍繞	とりまきます	られる形（被動形） 被圍繞	とりまかれる
て形 圍繞	とりまいて	命令形 快圍繞	とりまけ
た形（過去形） 圍繞了	とりまいた	可能形 可以圍繞	とりまける
たら形（條件形） 圍繞的話	とりまいたら	う形（意向形） 圍繞吧	とりまこう

△わが国を取り巻く国際環境は決して楽観できるものではありません。／
我國周遭的國際局勢決不能樂觀視之。

とりまぜる【取り混ぜる】 攪混・混在一起

他下一 グループ2

取り混ぜる・取り混ぜます

辞書形(基本形) 混在一起	とりまぜる	たり形 又是混在一起	とりまぜたり
ない形 (否定形) 沒混在一起	とりまぜない	ば形 (條件形) 混在一起的話	とりまぜれば
なかった形 (過去否定形) 過去沒混在一起	とりまぜなかった	させる形 (使役形) 使混在一起	とりまぜさせる
ます形 (連用形) 混在一起	とりまぜます	られる形 (被動形) 被混在一起	とりまぜられる
て形 混在一起	とりまぜて	命令形 快混在一起	とりまぜろ
た形 (過去形) 混在一起了	とりまぜた	可能形 可以混在一起	とりまぜられる
たら形 (條件形) 混在一起的話	とりまぜたら	う形 (意向形) 混在一起吧	とりまぜよう

N1 と

△新旧の映像を取り混ぜて、再編集します。／將新影片與舊影片重新混合剪輯。

とりもどす【取り戻す】 拿回・取回；恢復・挽回

他五 グループ1

取り戻す・取り戻します

辞書形(基本形) 取回	とりもどす	たり形 又是取回	とりもどしたり
ない形 (否定形) 沒取回	とりもどさない	ば形 (條件形) 取回的話	とりもどせば
なかった形 (過去否定形) 過去沒取回	とりもどさ なかった	させる形 (使役形) 使取回	とりもどさせる
ます形 (連用形) 取回	とりもどします	られる形 (被動形) 被取回	とりもどされる
て形 取回	とりもどして	命令形 快取回	とりもどせ
た形 (過去形) 取回了	とりもどした	可能形 可以取回	とりもどせる
たら形 (條件形) 取回的話	とりもどしたら	う形 (意向形) 取回吧	とりもどそう

△遅れを取り戻すためとあれば、徹夜してもかまわない。／
如為趕上進度・就算熬夜也沒問題。

157

とりよせる【取り寄せる】 請(遠方)送來·寄來;訂貨;函購 他下一 グループ2

取り寄せる・取り寄せます

辞書形(基本形) 送來	とりよせる	たり形 又是送來	とりよせたり
ない形 (否定形) 沒送來	とりよせない	ば形 (條件形) 送來的話	とりよせれば
なかった形 (過去否定形) 過去沒送來	とりよせなかった	させる形 (使役形) 使送來	とりよせさせる
ます形 (連用形) 送來	とりよせます	られる形 (被動形) 被送來	とりよせられる
て形 送來	とりよせて	命令形 快送來	とりよせろ
た形 (過去形) 送來了	とりよせた	可能形 可以送來	とりよせられる
たら形 (條件形) 送來的話	とりよせたら	う形 (意向形) 送來吧	とりよせよう

 △インターネットで各地の名産を取り寄せることができます。／
可以透過網路訂購各地的名產。

とろける【蕩ける】 溶化·溶解;心盪神馳 自下一 グループ2

蕩ける・蕩けます

辞書形(基本形) 溶化	とろける	たり形 又是溶化	とろけたり
ない形 (否定形) 沒溶化	とろけない	ば形 (條件形) 溶化的話	とろければ
なかった形 (過去否定形) 過去沒溶化	とろけなかった	させる形 (使役形) 使溶化	とろけさせる
ます形 (連用形) 溶化	とろけます	られる形 (被動形) 被溶化	とろけられる
て形 溶化	とろけて	命令形 快溶化	とろけろ
た形 (過去形) 溶化了	とろけた	可能形	———
たら形 (條件形) 溶化的話	とろけたら	う形 (意向形) 溶化吧	とろけよう

 △このスイーツは、口に入れた瞬間とろけてしまいます。／
這個甜點送進口中的瞬間，立刻在嘴裡化開了。

なぐる【殴る】 殴打・揍

他五　グループ1

殴る・殴ります

辞書形 (基本形) 殴打	なぐる	たり形 又是殴打	なぐったり
ない形 (否定形) 沒殴打	なぐらない	ば形 (條件形) 殴打的話	なぐれば
なかった形 (過去否定形) 過去沒殴打	なぐらなかった	させる形 (使役形) 任憑殴打	なぐらせる
ます形 (連用形) 殴打	なぐります	られる形 (被動形) 被殴打	なぐられる
て形 殴打	なぐって	命令形 快殴打	なぐれ
た形 (過去形) 殴打了	なぐった	可能形 可以殴打	なぐれる
たら形 (條件形) 殴打的話	なぐったら	う形 (意向形) 殴打吧	なぐろう

△態度が悪いからといって、殴る蹴るの暴行を加えてよいわけがない。／
就算態度不好，也不能對他又打又踢的施以暴力。

なげく【嘆く】 嘆氣；悲嘆；嘆惋・慨嘆

自五　グループ1

嘆く・嘆きます

辞書形 (基本形) 慨嘆	なげく	たり形 又是慨嘆	なげいたり
ない形 (否定形) 沒慨嘆	なげかない	ば形 (條件形) 慨嘆的話	なげけば
なかった形 (過去否定形) 過去沒慨嘆	なげかなかった	させる形 (使役形) 使傷悲	なげかせる
ます形 (連用形) 慨嘆	なげきます	られる形 (被動形) 被感慨	なげかれる
て形 慨嘆	なげいて	命令形 快慨嘆	なげけ
た形 (過去形) 慨嘆了	なげいた	可能形	———
たら形 (條件形) 慨嘆的話	なげいたら	う形 (意向形) 慨嘆吧	なげこう

△ないものを嘆いてもどうにもならないでしょう。／
就算嘆惋那不存在的東西也是無濟於事。

なげだす【投げ出す】 抛出・扔下・抛棄・放棄・拿出・豁出・獻出 他五 グループ1

投げ出す・投げ出します

辞書形(基本形) 抛出	なげだす	たり形 又是抛出	なげだしたり
ない形（否定形） 沒抛出	なげださない	ば形（條件形） 抛出的話	なげだせば
なかった形（過去否定形） 過去沒抛出	なげださなかった	させる形（使役形） 使抛出	なげださせる
ます形（連用形） 抛出	なげだします	られる形（被動形） 被抛出	なげだされる
て形 抛出	なげだして	命令形 快抛出	なげだせ
た形（過去形） 抛出了	なげだした	可能形 可以抛出	なげだせる
たら形（條件形） 抛出的話	なげだしたら	う形（意向形） 抛出吧	なげだそう

△彼は、つまずいても投げ出すことなく、最後までやり遂げた。／
他就算受挫也沒有自暴自棄，堅持到最後一刻完成了。

なごむ【和む】 平靜下來・溫和起來・緩和 自五 グループ1

和む・和みます

辞書形(基本形) 緩和	なごむ	たり形 又是緩和	なごんだり
ない形（否定形） 沒緩和	なごまない	ば形（條件形） 緩和的話	なごめば
なかった形（過去否定形） 過去沒緩和	なごまなかった	させる形（使役形） 使緩和	なごませる
ます形（連用形） 緩和	なごみます	られる形（被動形） 被緩和	なごまれる
て形 緩和	なごんで	命令形 快緩和	なごめ
た形（過去形） 緩和了	なごんだ	可能形	——
たら形（條件形） 緩和的話	なごんだら	う形（意向形） 緩和吧	なごもう

△孫と話していると、心が和む。／和孫兒聊天以後，心情就平靜下來了。

なじる【詰る】 責備・責問

詰る・詰ります

辞書形（基本形） 責備	なじる	たり形 又是責備	なじったり
ない形（否定形） 沒責備	なじらない	ば形（条件形） 責備的話	なじれば
なかった形（過去否定形） 過去沒責備	なじらなかった	させる形（使役形） 予以責備	なじらせる
ます形（連用形） 責備	なじります	られる形（被動形） 被責備	なじられる
て形 責備	なじって	命令形 快責備	なじれ
た形（過去形） 責備了	なじった	可能形 可以責備	なじれる
たら形（条件形） 責備的話	なじったら	う形（意向形） 責備吧	なじろう

△人の失敗をいつまでもなじるものではない。／不要一直責備別人的失敗。

なつく【懐く】 親近；喜歡；馴服

懐く・懐きます

辞書形（基本形） 馴服	なつく	たり形 又是馴服	なついたり
ない形（否定形） 沒馴服	なつかない	ば形（条件形） 馴服的話	なつけば
なかった形（過去否定形） 過去沒馴服	なつかなかった	させる形（使役形） 使馴服	なつかせる
ます形（連用形） 馴服	なつきます	られる形（被動形） 被馴服	なつかれる
て形 馴服	なついて	命令形 快馴服	なつけ
た形（過去形） 馴服了	なついた	可能形 可以馴服	なつける
たら形（条件形） 馴服的話	なついたら	う形（意向形） 馴服吧	なつこう

△彼女の犬は誰彼かまわずすぐなつきます。／
她所養的狗與任何人都能很快變得友好親密。

なづける【名付ける】 命名；叫做・稱呼為 他下一 グループ2

名_な付_づける・名_な付_づけます

辞書形(基本形) 命名	なづける	たり形 又是命名	なづけたり
ない形（否定形） 沒命名	なづけない	ば形（條件形） 命名的話	なづければ
なかった形（過去否定形） 過去沒命名	なづけなかった	させる形（使役形） 予以命名	なづけさせる
ます形（連用形） 命名	なづけます	られる形（被動形） 被命名	なづけられる
て形 命名	なづけて	命令形 快命名	なづけろ
た形（過去形） 命名了	なづけた	可能形 可以命名	なづけられる
たら形（條件形） 命名的話	なづけたら	う形（意向形） 命名吧	なづけよう

△娘_{むすめ}は三月_{さんがつ}に生_うまれたので、「弥生_{やよい}」と名付_{なづ}けました。／
女兒因為是在三月出生的，所以取了名字叫「彌生」。

なめる【嘗める】 舔；嚐；經歷；小看・輕視；（比喻火）燃燒・蔓延 他下一 グループ2

嘗_なめる・嘗_なめます

辞書形(基本形) 舔	なめる	たり形 又是舔	なめたり
ない形（否定形） 沒舔	なめない	ば形（條件形） 舔的話	なめれば
なかった形（過去否定形） 過去沒舔	なめなかった	させる形（使役形） 使舔	なめさせる
ます形（連用形） 舔	なめます	られる形（被動形） 被舔	なめられる
て形 舔	なめて	命令形 快舔	なめろ
た形（過去形） 舔了	なめた	可能形 可以舔	なめられる
たら形（條件形） 舔的話	なめたら	う形（意向形） 舔吧	なめよう

△お皿_{さら}のソースをなめるのは、行儀_{ぎょうぎ}が悪_{わる}いからやめなさい。／
用舌頭舔舐盤子上的醬汁是非常不禮貌的舉動，不要再這樣做！

なやます【悩ます】 使煩惱・煩擾・折磨；惱人・迷人 他五 グループ1

なや
悩ます・悩まします

辞書形(基本形) 折磨	なやます	たり形 又是折磨	なやましたり
ない形（否定形） 沒折磨	なやまさない	ば形（條件形） 折磨的話	なやませば
なかった形（過去否定形） 過去沒折磨	なやまさなかった	させる形（使役形） 使折磨	なやまさせる
ます形（連用形） 折磨	なやまします	られる形（被動形） 被折磨	なやまされる
て形 折磨	なやまして	命令形 快折磨	なやませ
た形（過去形） 折磨了	なやました	可能形 可以折磨	なやませる
たら形（條件形） 折磨的話	なやましたら	う形（意向形） 折磨吧	なやまそう

△暴走族の騒音に毎晩悩まされています。／
每一個夜裡都深受飆車族所發出的噪音所苦。

ならす【慣らす】 使習慣・使適應・使馴服 他五 グループ1

な
慣らす・慣らします

辞書形(基本形) 使馴服	ならす	たり形 又是使馴服	ならしたり
ない形（否定形） 沒使馴服	ならさない	ば形（條件形） 使馴服的話	ならせば
なかった形（過去否定形） 過去沒使馴服	ならさなかった	させる形（使役形） 使適應	ならさせる
ます形（連用形） 使馴服	ならします	られる形（被動形） 被馴服	ならされる
て形 使馴服	ならして	命令形 快使馴服	ならせ
た形（過去形） 使馴服了	ならした	可能形 可以使馴服	ならせる
たら形（條件形） 使馴服的話	ならしたら	う形（意向形） 使馴服吧	ならそう

△外国語を学ぶ場合、まず耳を慣らすことが大切です。／
學習外語時，最重要的就是先由習慣聽這種語言開始。

ならす【馴らす】 馴養・調馴

他五 グループ1

馴らす・馴らします

辞書形(基本形) 調馴	ならす	たり形 又是調馴	ならしたり
ない形（否定形） 沒調馴	ならさない	ば形（條件形） 調馴的話	ならせば
なかった形（過去否定形） 過去沒調馴	ならさなかった	させる形（使役形） 使順應	ならさせる
ます形（連用形） 調馴	ならします	られる形（被動形） 被調馴	ならされる
て形 調馴	ならして	命令形 快調馴	ならせ
た形（過去形） 調馴了	ならした	可能形 可以調馴	ならせる
たら形（條件形） 調馴的話	ならしたら	う形（意向形） 調馴吧	ならそう

△どうしたらウサギを飼い馴らすことができますか。／
該如何做才能馴養兔子呢？

なりたつ【成り立つ】 成立；談妥・達成協議；划得來・有利 可圖；能維持；（古）成長

自五 グループ1

成り立つ・成り立ちます

辞書形(基本形) 達成協議	なりたつ	たり形 又是達成協議	なりたったり
ない形（否定形） 沒達成協議	なりたたない	ば形（條件形） 達成協議的話	なりたてば
なかった形（過去否定形） 過去沒達成協議	なりたたなかった	させる形（使役形） 使達成協議	なりたたせる
ます形（連用形） 達成協議	なりたちます	られる形（被動形） 被達成協議	なりたたれる
て形 達成協議	なりたって	命令形 快達成協議	なりたて
た形（過去形） 達成協議了	なりたった	可能形	———
たら形（條件形） 達成協議的話	なりたったら	う形（意向形） 達成協議吧	なりたとう

△基金会の運営はボランティアのサポートによって成り立っています。／
在義工的協助下，方能維持基金會的運作。

にかよう【似通う】 類似・相似；切近 自五 グループ1

似通(にかよ)う・似通(にかよ)います

辞書形(基本形) 切近	にかよう	たり形 又是切近	にかよったり
ない形（否定形） 沒切近	にかよわない	ば形（條件形） 切近的話	にかよえば
なかった形（過去否定形） 過去沒切近	にかよわなかった	させる形（使役形） 使切近	にかよわせる
ます形(連用形) 切近	にかよいます	られる形（被動形） 被切近	にかよわれる
て形 切近	にかよって	命令形 快切近	にかよえ
た形（過去形） 切近了	にかよった	可能形	———
たら形（條件形） 切近的話	にかよったら	う形（意向形） 切近吧	にかよおう

△さすが双子(ふたご)とあって、考(かんが)え方(かた)も似通(にかよ)っています。／
不愧是雙胞胎的關係，就連思考模式也非常相似。

にぎわう【賑わう】 熱鬧・擁擠；繁榮・興盛 自五 グループ1

賑(にぎ)わう・賑(にぎ)わいます

辞書形(基本形) 擁擠	にぎわう	たり形 又是擁擠	にぎわったり
ない形（否定形） 沒擁擠	にぎわわない	ば形（條件形） 擁擠的話	にぎわえば
なかった形（過去否定形） 過去沒擁擠	にぎわわなかった	させる形（使役形） 使擁擠	にぎわわせる
ます形(連用形) 擁擠	にぎわいます	られる形（被動形） 得到興盛	にぎわわれる
て形 擁擠	にぎわって	命令形 快繁榮	にぎわえ
た形（過去形） 擁擠了	にぎわった	可能形	———
たら形（條件形） 擁擠的話	にぎわったら	う形（意向形） 擁擠吧	にぎわおう

△不況(ふきょう)の影響(えいきょう)をものともせず、お店(みせ)はにぎわっている。／
店家未受不景氣的影響，高朋滿座。

にげだす【逃げ出す】 逃出・溜掉；拔腿就跑・開始逃跑　自五　グループ1

逃げ出す・逃げ出します

辞書形(基本形) 溜掉	にげだす	たり形 又是溜掉	にげだしたり
ない形 (否定形) 沒溜掉	にげださない	ば形 (條件形) 溜掉的話	にげだせば
なかった形 (過去否定形) 過去沒溜掉	にげださなかった	させる形 (使役形) 使溜掉	にげださせる
ます形 (連用形) 溜掉	にげだします	られる形 (被動形) 被溜掉	にげだされる
て形 溜掉	にげだして	命令形 快溜掉	にげだせ
た形 (過去形) 溜掉了	にげだした	可能形 可以溜掉	にげだせる
たら形 (條件形) 溜掉的話	にげだしたら	う形 (意向形) 溜掉吧	にげだそう

△逃げ出したかと思いきや、すぐ捕まった。／
本以為脫逃成功，沒想到立刻遭到逮捕。

にじむ【滲む】 （顏色等）滲出・滲入；（汗水、眼淚、血等）慢慢滲出來　自五　グループ1

滲む・滲みます

辞書形(基本形) 滲出	にじむ	たり形 又是滲出	にじんだり
ない形 (否定形) 沒滲出	にじまない	ば形 (條件形) 滲出的話	にじめば
なかった形 (過去否定形) 過去沒滲出	にじまなかった	させる形 (使役形) 使滲出	にじませる
ます形 (連用形) 滲出	にじみます	られる形 (被動形) 被滲出	にじまれる
て形 滲出	にじんで	命令形 快滲出	にじめ
た形 (過去形) 滲出了	にじんだ	可能形	————
たら形 (條件形) 滲出的話	にじんだら	う形 (意向形) 滲出吧	にじもう

△水性のペンは雨にぬれると滲みますよ。／
以水性筆所寫的字只要遭到雨淋就會暈染開來喔。

になう【担う】 擔・挑；承擔・肩負・擔負

担う・担います

辞書形（基本形） 擔負	になう	たり形 又是擔負	になったり
ない形（否定形） 沒擔負	になわない	ば形（條件形） 擔負的話	になえば
なかった形（過去否定形） 過去沒擔負	になわなかった	させる形（使役形） 使擔負	になわせる
ます形（連用形） 擔負	になります	られる形（被動形） 被迫擔負	になわれる
て形 擔負	になって	命令形 快擔負	になえ
た形（過去形） 擔負了	になった	可能形 可以擔負	になえる
たら形（條件形） 擔負的話	になったら	う形（意向形） 擔負吧	になおう

△同財団法人では国際交流を担う人材を育成しています。／
該財團法人負責培育肩負國際交流重任之人才。

にぶる【鈍る】 不利・變鈍；變遲鈍・減弱

鈍る・鈍ります

辞書形（基本形） 減弱	にぶる	たり形 又是減弱	にぶったり
ない形（否定形） 沒減弱	にぶらない	ば形（條件形） 減弱的話	にぶれば
なかった形（過去否定形） 過去沒減弱	にぶらなかった	させる形（使役形） 使減弱	にぶらせる
ます形（連用形） 減弱	にぶります	られる形（被動形） 被減弱	にぶられる
て形 減弱	にぶって	命令形 快減弱	にぶれ
た形（過去形） 減弱了	にぶった	可能形	——
たら形（條件形） 減弱的話	にぶったら	う形（意向形） 減弱吧	にぶろう

△しばらく運動していなかったので、体が鈍ってしまいました。／
好一陣子沒有運動，身體反應變得比較遲鈍。

ぬかす【抜かす】 遺漏・跳過・省略 他五 グループ1

抜かす・抜かします

辞書形(基本形) 省略	ぬかす	たり形 又是省略	ぬかしたり
ない形（否定形） 沒省略	ぬかさない	ば形（條件形） 省略的話	ぬかせば
なかった形（過去否定形） 過去沒省略	ぬかさなかった	させる形（使役形） 使省略	ぬかさせる
ます形（連用形） 省略	ぬかします	られる形（被動形） 被省略	ぬかされる
て形 省略	ぬかして	命令形 快省略	ぬかせ
た形（過去形） 省略了	ぬかした	可能形 可以省略	ぬかせる
たら形（條件形） 省略的話	ぬかしたら	う形（意向形） 省略吧	ぬかそう

 △次のページは抜かします。／下一頁跳過。

ぬけだす【抜け出す】 溜走・逃脱・擺脱；(髪・牙)開始脱落・掉落 自五 グループ1

抜け出す・抜け出します

辞書形(基本形) 逃脱	ぬけだす	たり形 又是逃脱	ぬけだしたり
ない形（否定形） 沒逃脱	ぬけださない	ば形（條件形） 逃脱的話	ぬけだせば
なかった形（過去否定形） 過去沒逃脱	ぬけださなかった	させる形（使役形） 使逃脱	ぬけださせる
ます形（連用形） 逃脱	ぬけだします	られる形（被動形） 被逃脱	ぬけだされる
て形 逃脱	ぬけだして	命令形 快逃脱	ぬけだせ
た形（過去形） 逃脱了	ぬけだした	可能形 可以逃脱	ぬけだせる
たら形（條件形） 逃脱的話	ぬけだしたら	う形（意向形） 逃脱吧	ぬけだそう

 △授業を勝手に抜け出してはいけません。／不可以在上課時擅自溜出教室。

ねかす【寝かす】 使睡覺・使躺下；存起來；放倒

<ruby>寝<rt>ね</rt></ruby>かす・<ruby>寝<rt>ね</rt></ruby>かします

辞書形(基本形) 放倒	ねかす	たり形 又是放倒	ねかしたり
ない形（否定形） 沒放倒	ねかさない	ば形（條件形） 放倒的話	ねかせば
なかった形（過去否定形） 過去沒放倒	ねかさなかった	させる形（使役形） 使放倒	ねかさせる
ます形（連用形） 放倒	ねかします	られる形（被動形） 被放倒	ねかされる
て形 放倒	ねかして	命令形 快放倒	ねかせ
た形（過去形） 放倒了	ねかした	可能形 可以放倒	ねかせる
たら形（條件形） 放倒的話	ねかしたら	う形（意向形） 放倒吧	ねかそう

△<ruby>赤<rt>あか</rt></ruby>ん<ruby>坊<rt>ぼう</rt></ruby>を<ruby>寝<rt>ね</rt></ruby>かす。／哄嬰兒睡覺。

ねかせる【寝かせる】 使睡覺・使躺下；使平倒；存放著・賣不出去；使發酵

<ruby>寝<rt>ね</rt></ruby>かせる・<ruby>寝<rt>ね</rt></ruby>かせます

辞書形(基本形) 存放著	ねかせる	たり形 又是存放著	ねかせたり
ない形（否定形） 沒存放著	ねかせない	ば形（條件形） 存放著的話	ねかせれば
なかった形（過去否定形） 過去沒存放著	ねかせなかった	させる形（使役形） 使存放著	ねかせさせる
ます形（連用形） 存放著	ねかせます	られる形（被動形） 被存放著	ねかせられる
て形 存放著	ねかせて	命令形 快存放著	ねかせろ
た形（過去形） 存放著了	ねかせた	可能形 可以存放著	ねかせられる
たら形（條件形） 存放著的話	ねかせたら	う形（意向形） 存放著吧	ねかせよう

△<ruby>暑<rt>あつ</rt></ruby>すぎて、<ruby>子<rt>こ</rt></ruby>どもを<ruby>寝<rt>ね</rt></ruby>かせようにも<ruby>寝<rt>ね</rt></ruby>かせられない。／
天氣太熱了，想讓孩子睡著也都睡不成。

ねじれる【捩じれる】 彎曲・歪扭・扭曲；(個性)乖僻・彆扭 自下一 グループ2

捩じれる・捩じれます

辭書形(基本形) 扭曲	ねじれる	たり形 又是扭曲	ねじれたり
ない形 (否定形) 沒扭曲	ねじれない	ば形 (條件形) 扭曲的話	ねじれれば
なかった形 (過去否定形) 過去沒扭曲	ねじれなかった	させる形 (使役形) 使扭曲	ねじれさせる
ます形 (連用形) 扭曲	ねじれます	られる形 (被動形) 被扭曲	ねじれられる
て形 扭曲	ねじれて	命令形 快扭曲	ねじれろ
た形 (過去形) 扭曲了	ねじれた	可能形 可以扭曲	ねじれられる
たら形 (條件形) 扭曲的話	ねじれたら	う形 (意向形) 扭曲吧	ねじれよう

△電話のコードがいつもねじれるので困っています。／
電話聽筒的電線總是纏扭成一團，令人困擾極了。

ねたむ【妬む】 忌妒・吃醋；妒恨 他五 グループ1

妬む・妬みます

辭書形(基本形) 妒恨	ねたむ	たり形 又是妒恨	ねたんだり
ない形 (否定形) 沒妒恨	ねたまない	ば形 (條件形) 妒恨的話	ねためば
なかった形 (過去否定形) 過去沒妒恨	ねたまなかった	させる形 (使役形) 使妒恨	ねたませる
ます形 (連用形) 妒恨	ねたみます	られる形 (被動形) 被妒恨	ねたまれる
て形 妒恨	ねたんで	命令形 快妒恨	ねため
た形 (過去形) 妒恨了	ねたんだ	可能形 可以妒恨	ねためる
たら形 (條件形) 妒恨的話	ねたんだら	う形 (意向形) 妒恨吧	ねたもう

△彼みたいな人は妬むにはあたらない。／用不著忌妒他那種人。

ねばる【粘る】 黏；有耐性・堅持

自五 グループ1

粘る・粘ります

辞書形(基本形) 黏	ねばる	たり形 又是黏	ねばったり
ない形（否定形） 沒黏	ねばらない	ば形（條件形） 黏的話	ねばれば
なかった形（過去否定形） 過去沒黏	ねばらなかった	させる形（使役形） 使黏	ねばらせる
ます形（連用形） 黏	ねばります	られる形（被動形） 被黏	ねばられる
て形 黏	ねばって	命令形 快黏	ねばれ
た形（過去形） 黏了	ねばった	可能形 可以黏	ねばれる
たら形（條件形） 黏的話	ねばったら	う形（意向形） 黏吧	ねばろう

△コンディションが悪いにもかかわらず、最後までよく粘った。／
雖然狀態不佳，還是盡力堅持到最後。

ねる【練る】 （用灰汁、肥皂等）熬成熟絲・熟絹；推敲，錘鍊（詩文等）；修養，鍛鍊

他五 グループ1

練る・練ります

辞書形(基本形) 鍛鍊	ねる	たり形 又是鍛鍊	ねったり
ない形（否定形） 沒鍛鍊	ねらない	ば形（條件形） 鍛鍊的話	ねれば
なかった形（過去否定形） 過去沒鍛鍊	ねらなかった	させる形（使役形） 予以鍛鍊	ねらせる
ます形（連用形） 鍛鍊	ねります	られる形（被動形） 被鍛鍊	ねられる
て形 鍛鍊	ねって	命令形 快鍛鍊	ねれ
た形（過去形） 鍛鍊了	ねった	可能形 可以鍛鍊	ねれる
たら形（條件形） 鍛鍊的話	ねったら	う形（意向形） 鍛鍊吧	ねろう

△じっくりと作戦を練り直しましょう。／
讓我們審慎地重新推演作戰方式吧！

のがす【逃す】 錯過・放過；（接尾詞用法）放過・漏掉 他五 グループ1

逃す・逃します

辞書形(基本形) 放過	のがす	たり形 又是放過	のがしたり
ない形 (否定形) 沒放過	のがさない	ば形 (條件形) 放過的話	のがせば
なかった形 (過去否定形) 過去沒放過	のがさなかった	させる形 (使役形) 使放過	のがさせる
ます形 (連用形) 放過	のがします	られる形 (被動形) 被放過	のがされる
て形 放過	のがして	命令形 快放過	のがせ
た形 (過去形) 放過了	のがした	可能形 可以放過	のがせる
たら形 (條件形) 放過的話	のがしたら	う形 (意向形) 放過吧	のがそう

△彼はわずか10秒差で優勝を逃しました。／
他以僅僅十秒之差，不幸痛失了冠軍頭銜。

のがれる【逃れる】 逃跑・逃脱；逃避・避免・躲避 自下一 グループ2

逃れる・逃れます

辞書形(基本形) 逃避	のがれる	たり形 又是逃避	のがれたり
ない形 (否定形) 沒逃避	のがれない	ば形 (條件形) 逃避的話	のがれれば
なかった形 (過去否定形) 過去沒逃避	のがれなかった	させる形 (使役形) 使逃逸	のがれさせる
ます形 (連用形) 逃避	のがれます	られる形 (被動形) 被脱逃	のがれられる
て形 逃避	のがれて	命令形 快逃避	のがれろ
た形 (過去形) 逃避了	のがれた	可能形 可以逃避	のがれられる
たら形 (條件形) 逃避的話	のがれたら	う形 (意向形) 逃避吧	のがれよう

△警察の追跡を逃れようとして、犯人は追突事故を起こしました。／
嫌犯試圖甩掉警察追捕而駕車逃逸，卻發生了追撞事故。

のぞむ【臨む】 面臨・面對；瀕臨；遭逢；蒞臨；君臨・統治 自五 グループ1

臨<ruby>のぞ<rt>のぞ</rt></ruby>む・臨<ruby>のぞ<rt>のぞ</rt></ruby>みます

辞書形（基本形）面臨	のぞむ	たり形 又是面臨	のぞんだり
ない形（否定形）沒面臨	のぞまない	ば形（條件形）面臨的話	のぞめば
なかった形（過去否定形）過去沒面臨	のぞまなかった	させる形（使役形）使面臨	のぞませる
ます形（連用形）面臨	のぞみます	られる形（被動形）被面臨	のぞまれる
て形 面臨	のぞんで	命令形 快面臨	のぞめ
た形（過去形）面臨了	のぞんだ	可能形 可以面臨	のぞめる
たら形（條件形）面臨的話	のぞんだら	う形（意向形）面臨吧	のぞもう

△決勝戦<ruby>けっしょうせん<rt>けっしょうせん</rt></ruby>に臨<ruby>のぞ<rt>のぞ</rt></ruby>む意気込<ruby>いきご<rt>いきご</rt></ruby>みを一言<ruby>ひとこと<rt>ひとこと</rt></ruby>お願<ruby>ねが<rt>ねが</rt></ruby>いします。／
請您在冠亞軍決賽即將開始前，對觀眾們說幾句展現鬥志的話。

のっとる【乗っ取る】 （「のりとる」的音便）侵占・奪取・劫持 他五 グループ1

乗<ruby>の<rt>の</rt></ruby>っ取<ruby>と<rt>と</rt></ruby>る・乗<ruby>の<rt>の</rt></ruby>っ取<ruby>と<rt>と</rt></ruby>ります

辞書形（基本形）奪取	のっとる	たり形 又是奪取	のっとったり
ない形（否定形）沒奪取	のっとらない	ば形（條件形）奪取的話	のっとれば
なかった形（過去否定形）過去沒奪取	のっとらなかった	させる形（使役形）使奪取	のっとらせる
ます形（連用形）奪取	のっとります	られる形（被動形）被奪取	のっとられる
て形 奪取	のっとって	命令形 快奪取	のっとれ
た形（過去形）奪取了	のっとった	可能形 可以奪取	のっとれる
たら形（條件形）奪取的話	のっとったら	う形（意向形）奪取吧	のっとろう

△タンカーが海賊<ruby>かいぞく<rt>かいぞく</rt></ruby>に乗<ruby>の<rt>の</rt></ruby>っ取<ruby>と<rt>と</rt></ruby>られたという知<ruby>し<rt>し</rt></ruby>らせが飛<ruby>と<rt>と</rt></ruby>び込<ruby>こ<rt>こ</rt></ruby>んできた。／
油輪遭到海盜強佔挾持的消息傳了進來。

ののしる【罵る】 自五 大聲吵鬧 他五 罵・說壞話　　グループ1

罵る・罵ります

辞書形(基本形) 罵	ののしる	たり形 又是罵	ののしったり
ない形 (否定形) 沒罵	ののしらない	ば形 (條件形) 罵的話	ののしれば
なかった形 (過去否定形) 過去沒罵	ののしらなかった	させる形 (使役形) 予以斥罵	ののしらせる
ます形 (連用形) 罵	ののしります	られる形 (被動形) 被罵	ののしられる
て形 罵	ののしって	命令形 快罵	ののしれ
た形 (過去形) 罵了	ののしった	可能形 可以罵	ののしれる
たら形 (條件形) 罵的話	ののしったら	う形 (意向形) 罵吧	ののしろう

△顔を見るが早いか、お互いにののしり始めた。／
雙方才一照面，就互罵了起來。

のみこむ【飲み込む】 咽下・吞下；領會・熟悉　　他五 グループ1

飲み込む・飲み込みます

辞書形(基本形) 吞下	のみこむ	たり形 又是吞下	のみこんだり
ない形 (否定形) 沒吞下	のみこまない	ば形 (條件形) 吞下的話	のみこめば
なかった形 (過去否定形) 過去沒吞下	のみこまなかった	させる形 (使役形) 使吞下	のみこませる
ます形 (連用形) 吞下	のみこみます	られる形 (被動形) 被吞下	のみこまれる
て形 吞下	のみこんで	命令形 快吞下	のみこめ
た形 (過去形) 吞下了	のみこんだ	可能形 可以吞下	のみこめる
たら形 (條件形) 吞下的話	のみこんだら	う形 (意向形) 吞下吧	のみこもう

△噛み切れなかったら、そのまま飲み込むまでだ。／
沒辦法咬斷的話，也只能直接吞下去了。

のりこむ【乗り込む】 坐進・乗上（車）；開進・進入；（和大家）一起搭乘；（軍隊）開入；（劇團・體育團體等）到達

乗り込む・乗り込みます

辞書形(基本形) 開進	のりこむ	たり形 又是開進	のりこんだり
ない形（否定形） 沒開進	のりこまない	ば形（條件形） 開進的話	のりこめば
なかった形（過去否定形） 過去沒開進	のりこまなかった	させる形（使役形） 使開進	のりこませる
ます形（連用形） 開進	のりこみます	られる形（被動形） 被開進	のりこまれる
て形 開進	のりこんで	命令形 快開進	のりこめ
た形（過去形） 開進了	のりこんだ	可能形 可以開進	のりこめる
たら形（條件形） 開進的話	のりこんだら	う形（意向形） 開進吧	のりこもう

△みんなでミニバンに乗り込んでキャンプに行きます。／
大家一同搭乗迷你廂型車去露營。

はえる【映える】 照・映照；（顯得）好看；顯眼・奪目 自下一 グループ2

映える・映えます

辞書形(基本形) 照	はえる	たり形 又是照	はえたり
ない形（否定形） 沒照	はえない	ば形（條件形） 照的話	はえれば
なかった形（過去否定形） 過去沒照	はえなかった	させる形（使役形） 使顯眼	はえさせる
ます形（連用形） 照	はえます	られる形（被動形） 獲得注目	はえられる
て形 照	はえて	命令形 快照	はえろ
た形（過去形） 照了	はえた	可能形	
たら形（條件形） 照的話	はえたら	う形（意向形） 照吧	はえよう

△紅葉が青空に映えてとてもきれいです。／
湛藍天空與楓紅相互輝映，景致極為優美。

はかどる【捗る】 （工作、工程等）有進展・順利進行

自五 グループ1

捗る・捗ります

辞書形(基本形) 順利進行	はかどる	たり形 又是順利進行	はかどったり
ない形（否定形） 沒順利進行	はかどらない	ば形（條件形） 順利進行的話	はかどれば
なかった形（過去否定形） 過去沒順利進行	はかどらなかった	させる形（使役形） 使順利進行	はかどらせる
ます形（連用形） 順利進行	はかどります	られる形（被動形） 在順利進行下	はかどられる
て形 順利進行	はかどって	命令形 快順利進行	はかどれ
た形（過去形） 順利進行了	はかどった	可能形	———
たら形（條件形） 順利進行的話	はかどったら	う形（意向形） 順利進行吧	はかどろう

△病み上がりで仕事がはかどっていないことは、察するにかたくない。／
可以體諒才剛病癒，所以工作沒什麼進展。

はかる【諮る】 商量・協商；諮詢

他五 グループ1

諮る・諮ります

辞書形(基本形) 諮詢	はかる	たり形 又是諮詢	はかったり
ない形（否定形） 沒諮詢	はからない	ば形（條件形） 諮詢的話	はかれば
なかった形（過去否定形） 過去沒諮詢	はからなかった	させる形（使役形） 予以諮詢	はからせる
ます形（連用形） 諮詢	はかります	られる形（被動形） 被諮詢	はかられる
て形 諮詢	はかって	命令形 快諮詢	はかれ
た形（過去形） 諮詢了	はかった	可能形 可以諮詢	はかれる
たら形（條件形） 諮詢的話	はかったら	う形（意向形） 諮詢吧	はかろう

△答弁が終われば、議案を会議に諮って採決をします。／
俟答辯終結，法案將提送會議進行協商後交付表決。

はかる【図る・謀る】 圖謀・策劃；謀算・欺騙；意料；謀求 他五 グループ1

図る・図ります

辞書形(基本形) 欺騙	はかる	たり形 又是欺騙	はかったり
ない形（否定形） 沒欺騙	はからない	ば形（條件形） 欺騙的話	はかれば
なかった形（過去否定形） 過去沒欺騙	はからなかった	させる形（使役形） 任憑欺瞞	はからせる
ます形（連用形） 欺騙	はかります	られる形（被動形） 被欺騙	はかられる
て形 欺騙	はかって	命令形 快欺騙	はかれ
た形（過去形） 欺騙了	はかった	可能形 可以欺騙	はかれる
たら形（條件形） 欺騙的話	はかったら	う形（意向形） 欺騙吧	はかろう

△当社は全力で顧客サービスの改善を図って参りました。／
本公司將不遺餘力謀求顧客服務之改進。

はぐ【剥ぐ】 剝下；強行扒下・揭掉；剝奪 他五 グループ1

剥ぐ・剥ぎます

辞書形(基本形) 剝奪	はぐ	たり形 又是剝奪	はいだり
ない形（否定形） 沒剝奪	はがない	ば形（條件形） 剝奪的話	はげば
なかった形（過去否定形） 過去沒剝奪	はがなかった	させる形（使役形） 使剝奪	はがせる
ます形（連用形） 剝奪	はぎます	られる形（被動形） 被剝奪	はがれる
て形 剝奪	はいで	命令形 快剝奪	はげ
た形（過去形） 剝奪了	はいだ	可能形 可以剝奪	はげる
たら形（條件形） 剝奪的話	はいだら	う形（意向形） 剝奪吧	はごう

△イカは皮を剥いでから刺身にします。／先剝除墨魚的表皮之後，再切片生吃。

はげます【励ます】 鼓勵・勉勵；激發；提高嗓門・聲音・厲聲 他五 グループ1

励ます・励まします

辞書形(基本形) 鼓勵	はげます	たり形 又是鼓勵	はげましたり
ない形（否定形） 沒鼓勵	はげまさない	ば形（條件形） 鼓勵的話	はげませば
なかった形（過去否定形） 過去沒鼓勵	はげまさなかった	させる形（使役形） 使提高嗓門	はげまさせる
ます形（連用形） 鼓勵	はげまします	られる形（被動形） 被鼓勵	はげまされる
て形 鼓勵	はげまして	命令形 快鼓勵	はげませ
た形（過去形） 鼓勵了	はげました	可能形 可以鼓勵	はげませる
たら形（條件形） 鼓勵的話	はげましたら	う形（意向形） 鼓勵吧	はげまそう

 △あまりに落ち込んでいるので、励ます言葉が見つからない。／
由於太過沮喪，連鼓勵的話都想不出來。

はげむ【励む】 努力・勤勉・奮勉 自五 グループ1

励む・励みます

辞書形(基本形) 努力	はげむ	たり形 又是努力	はげんだり
ない形（否定形） 沒努力	はげまない	ば形（條件形） 努力的話	はげめば
なかった形（過去否定形） 過去沒努力	はげまなかった	させる形（使役形） 使致力於…	はげませる
ます形（連用形） 努力	はげみます	られる形（被動形） 被鼓舞	はげまれる
て形 努力	はげんで	命令形 快努力	はげめ
た形（過去形） 努力了	はげんだ	可能形 可以努力	はげめる
たら形（條件形） 努力的話	はげんだら	う形（意向形） 努力吧	はげもう

 △退院してからは自宅でリハビリに励んでいます。／
自從出院之後，就很努力地在家自行復健。

はげる【剝げる】 剝落；褪色

自下一 グループ2

剝げる・剝げます

辞書形(基本形) 剝落	はげる	たり形 又是剝落	はげたり
ない形（否定形） 沒剝落	はげない	ば形（條件形） 剝落的話	はげれば
なかった形（過去否定形） 過去沒剝落	はげなかった	させる形（使役形） 使剝落	はげさせる
ます形（連用形） 剝落	はげます	られる形（被動形） 被剝落	はげられる
て形 剝落	はげて	命令形 快剝落	はげろ
た形（過去形） 剝落了	はげた	可能形	———
たら形（條件形） 剝落的話	はげたら	う形（意向形） 剝落吧	はげよう

△マニキュアは大体1週間で剝げてしまいます。／
擦好的指甲油，通常一個星期後就會開始剝落。

ばける【化ける】 變成・化成；喬裝・扮裝；突然變成

自下一 グループ2

化ける・化けます

辞書形(基本形) 變成	ばける	たり形 又是變成	ばけたり
ない形（否定形） 沒變成	ばけない	ば形（條件形） 變成的話	ばければ
なかった形（過去否定形） 過去沒變成	ばけなかった	させる形（使役形） 予以喬裝	ばけさせる
ます形（連用形） 變成	ばけます	られる形（被動形） 被變成	ばけられる
て形 變成	ばけて	命令形 快變成	ばけろ
た形（過去形） 變成了	ばけた	可能形 可以變成	ばけられる
たら形（條件形） 變成的話	ばけたら	う形（意向形） 變成吧	ばけよう

△日本語の文字がみな数字や記号に化けてしまいました。／
日文文字全因亂碼而變成了數字或符號。

はじく【弾く】 彈；打算盤；防抗・排斥

他五 グループ1

弾く・弾きます

辞書形(基本形) 排斥	はじく	たり形 又是排斥	はじいたり
ない形（否定形） 沒排斥	はじかない	ば形（條件形） 排斥的話	はじけば
なかった形（過去否定形） 過去沒排斥	はじかなかった	させる形（使役形） 予以排斥	はじかせる
ます形（連用形） 排斥	はじきます	られる形（被動形） 被排斥	はじかれる
て形 排斥	はじいて	命令形 快排斥	はじけ
た形（過去形） 排斥了	はじいた	可能形 可以排斥	はじける
たら形（條件形） 排斥的話	はじいたら	う形（意向形） 排斥吧	はじこう

△レインコートは水を弾く素材でできています。／
雨衣是以撥水布料縫製而成的。

はじらう【恥じらう】 害羞・羞澀

他五 グループ1

恥じらう・恥じらいます

辞書形(基本形) 害羞	はじらう	たり形 又是害羞	はじらったり
ない形（否定形） 沒害羞	はじらわない	ば形（條件形） 害羞的話	はじらえば
なかった形（過去否定形） 過去沒害羞	はじらわなかった	させる形（使役形） 讓…丟臉	はじらわせる
ます形（連用形） 害羞	はじらいます	られる形（被動形） 被弄羞澀	はじらわれる
て形 害羞	はじらって	命令形 快害羞	はじらえ
た形（過去形） 害羞了	はじらった	可能形 可以害羞	はじらえる
たら形（條件形） 害羞的話	はじらったら	う形（意向形） 害羞吧	はじらおう

△女の子は恥じらいながらお菓子を差し出しました。／
那個女孩子害羞地送上甜點。

はじる【恥じる】 害羞；慚愧；遜色

自上一 グループ2

恥じる・恥じます

辞書形（基本形）慚愧	はじる	たり形 又是慚愧	はじたり
ない形（否定形）沒慚愧	はじない	ば形（條件形）慚愧的話	はじれば
なかった形（過去否定形）過去沒慚愧	はじなかった	させる形（使役形）讓…慚愧	はじさせる
ます形（連用形）慚愧	はじます	られる形（被動形）被感慚愧	はじられる
て形 慚愧	はじて	命令形 快慚愧	はじろ
た形（過去形）慚愧了	はじた	可能形	———
たら形（條件形）慚愧的話	はじたら	う形（意向形）慚愧吧	はじよう

△失敗あっての成功だから、失敗を恥じなくてもよい。／
没有失敗就不會成功，不用因為失敗而感到羞恥。

はずむ【弾む】 自五 跳・蹦・彈；（情緒）高漲；提高（聲音）；（呼吸）急促 他五 （狠下心來）花大筆錢買

グループ1

弾む・弾みます

辞書形（基本形）彈	はずむ	たり形 又是彈	はずんだり
ない形（否定形）沒彈	はずまない	ば形（條件形）彈的話	はずめば
なかった形（過去否定形）過去沒彈	はずまなかった	させる形（使役形）使提高	はずませる
ます形（連用形）彈	はずみます	られる形（被動形）被提高	はずまれる
て形 彈	はずんで	命令形 快彈	はずめ
た形（過去形）彈了	はずんだ	可能形 可以彈	はずめる
たら形（條件形）彈的話	はずんだら	う形（意向形）彈吧	はずもう

△特殊なゴムで作られたボールとあって、大変よく弾む。／
不愧是採用特殊橡膠製成的球，因此彈力超強。

はたく【叩く】 撣；拍打；傾囊・花掉所有的金錢

他五 グループ1

叩く・叩きます

辞書形(基本形) 拍打	はたく	たり形 又是拍打	はたいたり
ない形（否定形） 沒拍打	はたかない	ば形（條件形） 拍打的話	はたけば
なかった形（過去否定形） 過去沒拍打	はたかなかった	させる形（使役形） 使拍打	はたかせる
ます形（連用形） 拍打	はたきます	られる形（被動形） 被拍打	はたかれる
て形 拍打	はたいて	命令形 快拍打	はたけ
た形（過去形） 拍打了	はたいた	可能形 可以拍打	はたける
たら形（條件形） 拍打的話	はたいたら	う形（意向形） 拍打吧	はたこう

 △ほっぺをはたいたな！ママにもはたかれたことないのに！／
竟敢甩我耳光！就連我媽都沒打過我！

はたす【果たす】 完成・實現・履行；（接在動詞連用形後）表示完了・全部等；（宗）還願；（舊）結束生命

他五 グループ1

果たす・果たします

辞書形(基本形) 實現	はたす	たり形 又是實現	はたしたり
ない形（否定形） 沒實現	はたさない	ば形（條件形） 實現的話	はたせば
なかった形（過去否定形） 過去沒實現	はたさなかった	させる形（使役形） 使實現	はたさせる
ます形（連用形） 實現	はたします	られる形（被動形） 被實現	はたされる
て形 實現	はたして	命令形 快實現	はたせ
た形（過去形） 實現了	はたした	可能形 可以實現	はたせる
たら形（條件形） 實現的話	はたしたら	う形（意向形） 實現吧	はたそう

 △父親たる者、子どもとの約束は果たすべきだ。／
身為人父，就必須遵守與孩子的約定。

はてる【果てる】 自下一 完畢・終；去世；長眠 接尾 （接在特定動詞連用形後）達到極點

果てる・果てます

辭書形（基本形） 長眠	はてる	たり形 又是長眠	はてたり
ない形（否定形） 沒長眠	はてない	ば形（條件形） 長眠的話	はてれば
なかった形（過去否定形） 過去沒長眠	はてなかった	させる形（使役形） 使長眠	はてさせる
ます形（連用形） 長眠	はてます	られる形（被動形） 被結束	はてられる
て形 長眠	はてて	命令形 快長眠	はてろ
た形（過去形） 長眠了	はてた	可能形	———
たら形（條件形） 長眠的話	はてたら	う形（意向形） 長眠吧	はてよう

△悩みは永遠に果てることがない。／所謂的煩惱將會是永無止境的課題。

ばてる （俗）精疲力倦・累到不行 自下一 グループ2

ばてる・ばてます

辭書形（基本形） 累到不行	ばてる	たり形 又是累到不行	ばてたり
ない形（否定形） 沒累到不行	ばてない	ば形（條件形） 累到不行的話	ばてれば
なかった形（過去否定形） 過去沒累到不行	ばてなかった	させる形（使役形） 使累到不行	ばてさせる
ます形（連用形） 累到不行	ばてます	られる形（被動形） 被累到不行	ばてられる
て形 累到不行	ばてて	命令形 快累到不行	ばてろ
た形（過去形） 累到不行了	ばてた	可能形	———
たら形（條件形） 累到不行的話	ばてたら	う形（意向形） 累到不行吧	ばてよう

△日頃運動しないから、ちょっと歩くと、すぐにばてる始末だ。／
平常都沒有運動，才會走一小段路就精疲力竭了。

はばむ【阻む】 阻礙・阻止

他五　グループ1

阻<ruby>む<rt>ば</rt></ruby>・阻<ruby>みます<rt>ば</rt></ruby>

辭書形(基本形) 阻止	はばむ	たり形 又是阻止	はばんだり
ない形（否定形） 沒阻止	はばまない	ば形（條件形） 阻止的話	はばめば
なかった形（過去否定形） 過去沒阻止	はばまなかった	させる形（使役形） 使阻止	はばませる
ます形（連用形） 阻止	はばみます	られる形（被動形） 被阻止	はばまれる
て形 阻止	はばんで	命令形 快阻止	はばめ
た形（過去形） 阻止了	はばんだ	可能形 可以阻止	はばめる
たら形（條件形） 阻止的話	はばんだら	う形（意向形） 阻止吧	はばもう

△公園をゴルフ場に変える計画は、住民達に阻まれた。／
居民們阻止了擬將公園變更為高爾夫球場的計畫。

はまる【嵌まる】 吻合・嵌入；剛好合適；中計・掉進；陷入；(俗)沉迷

他五　グループ1

嵌<ruby>まる<rt>は</rt></ruby>・嵌<ruby>まります<rt>は</rt></ruby>

辭書形(基本形) 沉迷	はまる	たり形 又是沉迷	はまったり
ない形（否定形） 沒沉迷	はまらない	ば形（條件形） 沉迷的話	はまれば
なかった形（過去否定形） 過去沒沉迷	はまらなかった	させる形（使役形） 使沉迷	はまらせる
ます形（連用形） 沉迷	はまります	られる形（被動形） 被沉迷	はまられる
て形 沉迷	はまって	命令形 快沉迷	はまれ
た形（過去形） 沉迷了	はまった	可能形 可以沉迷	はまれる
たら形（條件形） 沉迷的話	はまったら	う形（意向形） 沉迷吧	はまろう

△母の新しい指輪には大きな宝石がはまっている。／
母親的新戒指上鑲嵌著一顆碩大的寶石。

はみだす【はみ出す】 溢出；超出範圍 自五 グループ1

はみ出す・はみ出します

辞書形(基本形) 溢出	はみだす	たり形 又是溢出	はみだしたり
ない形（否定形） 沒溢出	はみださない	ば形（條件形） 溢出的話	はみだせば
なかった形（過去否定形） 過去沒溢出	はみださなかった	させる形（使役形） 使溢出	はみださせる
ます形（連用形） 溢出	はみだします	られる形（被動形） 被溢出	はみだされる
て形 溢出	はみだして	命令形 快溢出	はみだせ
た形（過去形） 溢出了	はみだした	可能形 可以溢出	はみだせる
たら形（條件形） 溢出的話	はみだしたら	う形（意向形） 溢出吧	はみだそう

 △引き出しからはみ出す。／滿出抽屜外。

はやまる【早まる】 倉促・輕率・貿然；過早・提前 自五 グループ1

早まる・早まります

辞書形(基本形) 提前	はやまる	たり形 又是提前	はやまったり
ない形（否定形） 沒提前	はやまらない	ば形（條件形） 提前的話	はやまれば
なかった形（過去否定形） 過去沒提前	はやまらなかった	させる形（使役形） 使提前	はやまらせる
ます形（連用形） 提前	はやまります	られる形（被動形） 被提前	はやまられる
て形 提前	はやまって	命令形 快提前	はやまれ
た形（過去形） 提前了	はやまった	可能形	——
たら形（條件形） 提前的話	はやまったら	う形（意向形） 提前吧	はやまろう

 △予定が早まる。／預定提前。

はやめる【早める・速める】 加速・加快；提前・提早 他下一 グループ2

早める・早めます

辞書形(基本形) 提前	はやめる	たり形 又是提前	はやめたり
ない形（否定形） 沒提前	はやめない	ば形（條件形） 提前的話	はやめれば
なかった形（過去否定形） 過去沒提前	はやめなかった	させる形（使役形） 使提前	はやめさせる
ます形（連用形） 提前	はやめます	られる形（被動形） 被提前	はやめられる
て形 提前	はやめて	命令形 快提前	はやめろ
た形（過去形） 提前了	はやめた	可能形 可以提前	はやめられる
たら形（條件形） 提前的話	はやめたら	う形（意向形） 提前吧	はやめよう

△研究を早めるべく、所長は研究員を３人増やした。／
所長為了及早完成研究，増加三名研究人員。

ばらまく【ばら撒く】 撒播・撒；到處花錢・散財 他五 グループ1

ばら撒く・ばら撒きます

辞書形(基本形) 撒播	ばらまく	たり形 又是撒播	ばらまいたり
ない形（否定形） 沒撒播	ばらまかない	ば形（條件形） 撒播的話	ばらまけば
なかった形（過去否定形） 過去沒撒播	ばらまかなかった	させる形（使役形） 使撒播	ばらまかせる
ます形（連用形） 撒播	ばらまきます	られる形（被動形） 被撒播	ばらまかれる
て形 撒播	ばらまいて	命令形 快撒播	ばらまけ
た形（過去形） 撒播了	ばらまいた	可能形 可以撒播	ばらまける
たら形（條件形） 撒播的話	ばらまいたら	う形（意向形） 撒播吧	ばらまこう

△レジでお金を払おうとして、うっかり小銭をばら撒いてしまった。／
在收銀台正要付錢時，一不小心把零錢撒了一地。

はる【張る】

伸展；覆蓋；膨脹‧（負擔）過重‧（價格）過高；拉；設置；盛滿（液體等）

自他五 **グループ1**

張る・張ります

辭書形(基本形) 膨脹	はる	たり形 又是膨脹	はったり
ない形（否定形） 沒膨脹	はらない	ば形（條件形） 膨脹的話	はれば
なかった形（過去否定形） 過去沒膨脹	はらなかった	させる形（使役形） 使膨脹	はらせる
ます形（連用形） 膨脹	はります	られる形（被動形） 被膨脹	はられる
て形 膨脹	はって	命令形 快膨脹	はれ
た形（過去形） 膨脹了	はった	可能形 可以膨脹	はれる
たら形（條件形） 膨脹的話	はったら	う形（意向形） 膨脹吧	はろう

△湖に氷が張った。／湖面結冰。

はれる【腫れる】 腫‧脹

自下一 **グループ2**

腫れる・腫れます

辭書形(基本形) 脹	はれる	たり形 又是脹	はれたり
ない形（否定形） 沒脹	はれない	ば形（條件形） 脹的話	はれれば
なかった形（過去否定形） 過去沒脹	はれなかった	させる形（使役形） 使脹	はれさせる
ます形（連用形） 脹	はれます	られる形（被動形） 被脹	はれられる
て形 脹	はれて	命令形 快脹	はれろ
た形（過去形） 脹了	はれた	可能形	——
たら形（條件形） 脹的話	はれたら	う形（意向形） 脹吧	はれよう

△30キロからある道を走ったので、足が腫れている。／由於走了長達三十公里的路程，腳都腫起來了。

ばれる （俗）暴露・散露；破裂

自下一 グループ2

ばれる・ばれます

辞書形(基本形) 暴露	ばれる	たり形 又是暴露	ばれたり
ない形（否定形） 沒暴露	ばれない	ば形（條件形） 暴露的話	ばれれば
なかった形（過去否定形） 過去沒暴露	ばれなかった	させる形（使役形） 使暴露	ばれさせる
ます形（連用形） 暴露	ばれます	られる形（被動形） 被暴露	ばれられる
て形 暴露	ばれて	命令形 快暴露	ばれろ
た形（過去形） 暴露了	ばれた	可能形	———
たら形（條件形） 暴露的話	ばれたら	う形（意向形） 暴露吧	ばれよう

 △うそがばれる。／揭穿謊言。

ひかえる【控える】

自下一 在旁等候・待命 他下一 拉住・勒住；控制・抑制；節制；暫時不…；面臨・靠近；（備忘）記下；（言行）保守・穩健

グループ2

控える・控えます

辞書形(基本形) 控制	ひかえる	たり形 又是控制	ひかえたり
ない形（否定形） 沒控制	ひかえない	ば形（條件形） 控制的話	ひかえれば
なかった形（過去否定形） 過去沒控制	ひかえなかった	させる形（使役形） 使控制	ひかえさせる
ます形（連用形） 控制	ひかえます	られる形（被動形） 被控制	ひかえられる
て形 控制	ひかえて	命令形 快控制	ひかえろ
た形（過去形） 控制了	ひかえた	可能形 可以控制	ひかえられる
たら形（條件形） 控制的話	ひかえたら	う形（意向形） 控制吧	ひかえよう

 △医者に言われるまでもなく、コーヒーや酒は控えている。／
不待醫師多加叮嚀，已經自行控制咖啡以及酒類的攝取量。

ひきあげる【引き上げる】 他下一 吊起；打撈；撤走；提拔；提高（物價）；收回 自下一 歸還，返回 グループ2

引き上げる・引き上げます

辞書形 (基本形) 提拔	ひきあげる	たり形 又是提拔	ひきあげたり
ない形 (否定形) 沒提拔	ひきあげない	ば形 (條件形) 提拔的話	ひきあげれば
なかった形 (過去否定形) 過去沒提拔	ひきあげなかった	させる形 (使役形) 使提拔	ひきあげさせる
ます形 (連用形) 提拔	ひきあげます	られる形 (被動形) 被提拔	ひきあげられる
て形 提拔	ひきあげて	命令形 快提拔	ひきあげろ
た形 (過去形) 提拔了	ひきあげた	可能形 可以提拔	ひきあげられる
たら形 (條件形) 提拔的話	ひきあげたら	う形 (意向形) 提拔吧	ひきあげよう

 △2014年４月１日、日本の消費税は５％から８％に引き上げられた。／
從2014年４月１日起，日本的消費稅從５％增加為８％了。

ひきいる【率いる】 帶領；率領 他上一 グループ2

率いる・率います

辞書形 (基本形) 率領	ひきいる	たり形 又是率領	ひきいたり
ない形 (否定形) 沒率領	ひきいない	ば形 (條件形) 率領的話	ひきいれば
なかった形 (過去否定形) 過去沒率領	ひきいなかった	させる形 (使役形) 使率領	ひきいさせる
ます形 (連用形) 率領	ひきいます	られる形 (被動形) 被率領	ひきいられる
て形 率領	ひきいて	命令形 快率領	ひきいろ
た形 (過去形) 率領了	ひきいた	可能形 可以率領	ひきいられる
たら形 (條件形) 率領的話	ひきいたら	う形 (意向形) 率領吧	ひきいよう

 △市長たる者、市民を率いて街を守るべきだ。／
身為市長，就應當帶領市民守護自己的城市。

ひきおこす【引き起こす】 引起・引發；扶起・拉起 他五　グループ1

引き起こす・引き起こします

辞書形(基本形) 拉起	ひきおこす	たり形 又是拉起	ひきおこしたり
ない形 (否定形) 沒拉起	ひきおこさない	ば形 (條件形) 拉起的話	ひきおこせば
なかった形 (過去否定形) 過去沒拉起	ひきおこさ なかった	させる形 (使役形) 予以拉起	ひきおこさせる
ます形 (連用形) 拉起	ひきおこします	られる形 (被動形) 被拉起	ひきおこされる
て形 拉起	ひきおこして	命令形 快拉起	ひきおこせ
た形 (過去形) 拉起了	ひきおこした	可能形 可以拉起	ひきおこせる
たら形 (條件形) 拉起的話	ひきおこしたら	う形 (意向形) 拉起吧	ひきおこそう

△小さい誤解が殺人を引き起こすとは、恐ろしい限りだ。／
小小的誤會竟然引發成兇殺案，實在可怕至極。

ひきさげる【引き下げる】 降低；使後退；撤回 他下一　グループ2

引き下げる・引き下げます

辞書形(基本形) 撤回	ひきさげる	たり形 又是撤回	ひきさげたり
ない形 (否定形) 沒撤回	ひきさげない	ば形 (條件形) 撤回的話	ひきさげれば
なかった形 (過去否定形) 過去沒撤回	ひきさげなかった	させる形 (使役形) 使撤回	ひきさげさせる
ます形 (連用形) 撤回	ひきさげます	られる形 (被動形) 被撤回	ひきさげられる
て形 撤回	ひきさげて	命令形 快撤回	ひきさげろ
た形 (過去形) 撤回了	ひきさげた	可能形 可以撤回	ひきさげられる
たら形 (條件形) 撤回的話	ひきさげたら	う形 (意向形) 撤回吧	ひきさげよう

△文句を言ったところで、運賃は引き下げられないだろう。／
就算有所抱怨，也不可能少收運費吧！

ひきずる【引きずる】 拖・拉；硬拉著走；拖延

引きずる・引きずります

辞書形 (基本形) 拖延	ひきずる	たり形 又是拖延	ひきずったり
ない形 (否定形) 沒拖延	ひきずらない	ば形 (條件形) 拖延的話	ひきずれば
なかった形 (過去否定形) 過去沒拖延	ひきずらなかった	させる形 (使役形) 使拖延	ひきずらせる
ます形 (連用形) 拖延	ひきずります	られる形 (被動形) 被拖延	ひきずられる
て形 拖延	ひきずって	命令形 快拖延	ひきずれ
た形 (過去形) 拖延了	ひきずった	可能形 可以拖延	ひきずれる
たら形 (條件形) 拖延的話	ひきずったら	う形 (意向形) 拖延吧	ひきずろう

△足を引きずりながら走る選手の姿は、見るにたえない。／
選手硬拖著蹣跚腳步奔跑的身影，實在讓人不忍卒睹。

ひきたてる【引き立てる】 提拔・關照；穀粒；使…顯眼；(強行)拉走・帶走；關門(拉門)

引き立てる・引き立てます

辞書形 (基本形) 提拔	ひきたてる	たり形 又是提拔	ひきたてたり
ない形 (否定形) 沒提拔	ひきたてない	ば形 (條件形) 提拔的話	ひきたてれば
なかった形 (過去否定形) 過去沒提拔	ひきたてなかった	させる形 (使役形) 使提拔	ひきたてさせる
ます形 (連用形) 提拔	ひきたてます	られる形 (被動形) 被提拔	ひきたてられる
て形 提拔	ひきたてて	命令形 快提拔	ひきたてろ
た形 (過去形) 提拔了	ひきたてた	可能形 可以提拔	ひきたてられる
たら形 (條件形) 提拔的話	ひきたてたら	う形 (意向形) 提拔吧	ひきたてよう

△後輩を引き立てる。／提拔晩輩。

ひきとる【引き取る】

自五 退出・退下；離開・回去
他五 取回・領取；收購；領來照顧

グループ1

引き取る・引き取ります

辞書形(基本形) 退出	ひきとる	たり形 又是退出	ひきとったり
ない形（否定形） 沒退出	ひきとらない	ば形（條件形） 退出的話	ひきとれば
なかった形（過去否定形） 過去沒退出	ひきとらなかった	させる形（使役形） 使退出	ひきとらせる
ます形（連用形） 退出	ひきとります	られる形（被動形） 被退出	ひきとられる
て形 退出	ひきとって	命令形 快退出	ひきとれ
た形（過去形） 退出了	ひきとった	可能形 可以退出	ひきとれる
たら形（條件形） 退出的話	ひきとったら	う形（意向形） 退出吧	ひきとろう

△今日は客の家へ50キロからある荷物を引き取りに行く。／
今天要到客戶家收取五十公斤以上的貨物。

ひく【引く】

後退；辭退；（潮）退・平息

自五 グループ1

引く・引きます

辞書形(基本形) 平息	ひく	たり形 又是平息	ひいたり
ない形（否定形） 沒平息	ひかない	ば形（條件形） 平息的話	ひけば
なかった形（過去否定形） 過去沒平息	ひかなかった	させる形（使役形） 使平息	ひかせる
ます形（連用形） 平息	ひきます	られる形（被動形） 被平息	ひかれる
て形 平息	ひいて	命令形 快平息	ひけ
た形（過去形） 平息了	ひいた	可能形 可以平息	ひける
たら形（條件形） 平息的話	ひいたら	う形（意向形） 平息吧	ひこう

△身を引く。／引退。

ひずむ【歪む】 變形・歪斜

歪む・歪みます

辭書形(基本形) 變形	ひずむ	たり形 又是變形	ひずんだり
ない形 (否定形) 沒變形	ひずまない	ば形 (條件形) 變形的話	ひずめば
なかった形 (過去否定形) 過去沒變形	ひずまなかった	させる形 (使役形) 使變形	ひずませる
ます形 (連用形) 變形	ひずみます	られる形 (被動形) 被變形	ひずまれる
て形 變形	ひずんで	命令形 快變形	ひずめ
た形 (過去形) 變形了	ひずんだ	可能形	———
たら形 (條件形) 變形的話	ひずんだら	う形 (意向形) 變形吧	ひずもう

△そのステレオは音がひずむので、返品した。／
由於這台音響的音質不穩定，所以退了貨。

ひたす【浸す】 浸・泡

浸す・浸します

辭書形(基本形) 泡	ひたす	たり形 又是泡	ひたしたり
ない形 (否定形) 沒泡	ひたさない	ば形 (條件形) 泡的話	ひたせば
なかった形 (過去否定形) 過去沒泡	ひたさなかった	させる形 (使役形) 使浸泡	ひたさせる
ます形 (連用形) 泡	ひたします	られる形 (被動形) 被浸泡	ひたされる
て形 泡	ひたして	命令形 快泡	ひたせ
た形 (過去形) 泡了	ひたした	可能形 可以泡	ひたせる
たら形 (條件形) 泡的話	ひたしたら	う形 (意向形) 泡吧	ひたそう

△泥まみれになったズボンは水に浸しておきなさい。／
去沾滿污泥的褲子拿去泡在水裡。

ひっかく【引っ掻く】 搔・抓 　他五 グループ1

引っ掻く・引っ掻きます

辭書形(基本形) 抓	ひっかく	たり形 又是抓	ひっかいたり
ない形（否定形） 沒抓	ひっかかない	ば形（條件形） 抓的話	ひっかけば
なかった形（過去否定形） 過去沒抓	ひっかかなかった	させる形（使役形） 使抓	ひっかかせる
ます形（連用形） 抓	ひっかきます	られる形（被動形） 被抓	ひっかかれる
て形 抓	ひっかいて	命令形 快抓	ひっかけ
た形（過去形） 抓了	ひっかいた	可能形 可以抓	ひっかける
たら形（條件形） 抓的話	ひっかいたら	う形（意向形） 抓吧	ひっかこう

△猫じゃあるまいし、人を引っ掻くのはやめなさい。／
你又不是猫，別再用指甲搔抓人了！

ひっかける【引っ掛ける】 掛起來；披上；欺騙　他下一 グループ2

引っ掛ける・引っ掛けます

辭書形(基本形) 掛起來	ひっかける	たり形 又是掛起來	ひっかけたり
ない形（否定形） 沒掛起來	ひっかけない	ば形（條件形） 掛起來的話	ひっかければ
なかった形（過去否定形） 過去沒掛起來	ひっかけなかった	させる形（使役形） 使掛起來	ひっかけさせる
ます形（連用形） 掛起來	ひっかけます	られる形（被動形） 被掛起來	ひっかけられる
て形 掛起來	ひっかけて	命令形 快掛起來	ひっかけろ
た形（過去形） 掛起來了	ひっかけた	可能形 可以掛起來	ひっかけられる
たら形（條件形） 掛起來的話	ひっかけたら	う形（意向形） 掛起來吧	ひっかけよう

△コートを洋服掛けに引っ掛ける。／將外套掛在衣架上。

ひやかす【冷やかす】

冰鎮・冷卻・使變涼；嘲笑・開玩笑；
只問價錢不買

他五　グループ1

冷やかす・冷やかします

辞書形(基本形) 冷卻	ひやかす	たり形 又是冷卻	ひやかしたり
ない形 (否定形) 沒冷卻	ひやかさない	ば形 (條件形) 冷卻的話	ひやかせば
なかった形 (過去否定形) 過去沒冷卻	ひやかさなかった	させる形 (使役形) 使冷卻	ひやかさせる
ます形 (連用形) 冷卻	ひやかします	られる形 (被動形) 被冷卻	ひやかされる
て形 冷卻	ひやかして	命令形 快冷卻	ひやかせ
た形 (過去形) 冷卻了	ひやかした	可能形 可以冷卻	ひやかせる
たら形 (條件形) 冷卻的話	ひやかしたら	う形 (意向形) 冷卻吧	ひやかそう

△父ときたら、酒に酔って、新婚夫婦を冷やかしてばかりだ。／
說到我父親，喝得醉醺醺的淨對新婚夫婦冷嘲熱諷。

ふくれる【膨れる・脹れる】

脹・腫・鼓起來

自下一　グループ2

膨れる・膨れます

辞書形(基本形) 鼓起來	ふくれる	たり形 又是鼓起來	ふくれたり
ない形 (否定形) 沒鼓起來	ふくれない	ば形 (條件形) 鼓起來的話	ふくれれば
なかった形 (過去否定形) 過去沒鼓起來	ふくれなかった	させる形 (使役形) 使鼓起來	ふくれさせる
ます形 (連用形) 鼓起來	ふくれます	られる形 (被動形) 被鼓起來	ふくれられる
て形 鼓起來	ふくれて	命令形 快鼓起來	ふくれろ
た形 (過去形) 鼓起來了	ふくれた	可能形	——
たら形 (條件形) 鼓起來的話	ふくれたら	う形 (意向形) 鼓起來吧	ふくれよう

△10キロからある本を入れたので、鞄がこんなに膨れた。／
把重達十公斤的書本放進去後，結果袋子就被撐得鼓成這樣了。

ふける【耽る】 沉溺・耽於；埋頭・専心

自五 グループ1

耽る・耽ます

辞書形(基本形) 沉溺	ふける	たり形 又是沉溺	ふけたり
ない形（否定形） 沒沉溺	ふけない	ば形（条件形） 沉溺的話	ふければ
なかった形（過去否定形） 過去沒沉溺	ふけなかった	させる形（使役形） 使沉溺	ふけさせる
ます形（連用形） 沉溺	ふけます	られる形（被動形） 被沉溺	ふけられる
て形 沉溺	ふけて	命令形 快沉溺	ふけろ
た形（過去形） 沉溺了	ふけた	可能形	———
たら形（条件形） 沉溺的話	ふけたら	う形（意向形） 沉溺吧	ふけよう

△大学受験をよそに、彼は毎日テレビゲームに耽っている。／
他把準備大學升學考試這件事完全拋在腦後，每天只沉迷於玩電視遊樂器之中。

ふまえる【踏まえる】 踏・踩；根據・依據

他下一 グループ2

踏まえる・踏まえます

辞書形(基本形) 踩	ふまえる	たり形 又是踩	ふまえたり
ない形（否定形） 沒踩	ふまえない	ば形（条件形） 踩的話	ふまえれば
なかった形（過去否定形） 過去沒踩	ふまえなかった	させる形（使役形） 使踩	ふまえさせる
ます形（連用形） 踩	ふまえます	られる形（被動形） 被踩	ふまえられる
て形 踩	ふまえて	命令形 快踩	ふまえろ
た形（過去形） 踩了	ふまえた	可能形 可以踩	ふまえられる
たら形（条件形） 踩的話	ふまえたら	う形（意向形） 踩吧	ふまえよう

△自分の経験を踏まえて、彼なりに後輩を指導している。／
他將自身經驗以自己的方式傳授給後進。

ふみこむ【踏み込む】 陥入・走進・跨進；闖入・擅自進入 自五 グループ1

踏み込む・踏み込みます

辞書形（基本形） 闖入	ふみこむ	たり形 又是闖入	ふみこんだり
ない形（否定形） 沒闖入	ふみこまない	ば形（條件形） 闖入的話	ふみこめば
なかった形（過去否定形） 過去沒闖入	ふみこまなかった	させる形（使役形） 使闖入	ふみこませる
ます形（連用形） 闖入	ふみこみます	られる形（被動形） 被闖入	ふみこまれる
て形 闖入	ふみこんで	命令形 快闖入	ふみこめ
た形（過去形） 闖入了	ふみこんだ	可能形 可以闖入	ふみこめる
たら形（條件形） 闖入的話	ふみこんだら	う形（意向形） 闖入吧	ふみこもう

△警察は、家に踏み込むが早いか、証拠を押さえた。／
警察才剛踏進家門，就立即找到了證據。

ふりかえる【振り返る】 回頭看・向後看；回顧 他五 グループ1

振り返る・振り返ります

辞書形（基本形） 向後看	ふりかえる	たり形 又是向後看	ふりかえったり
ない形（否定形） 沒向後看	ふりかえらない	ば形（條件形） 向後看的話	ふりかえれば
なかった形（過去否定形） 過去沒向後看	ふりかえら なかった	させる形（使役形） 使向後看	ふりかえらせる
ます形（連用形） 向後看	ふりかえります	られる形（被動形） 被回顧	ふりかえられる
て形 向後看	ふりかえって	命令形 快向後看	ふりかえれ
た形（過去形） 向後看了	ふりかえった	可能形 可以向後看	ふりかえれる
たら形（條件形） 向後看的話	ふりかえったら	う形（意向形） 向後看吧	ふりかえろう

△「自信を持て。振り返るな。」というのが父の生き方だ。／
父親的座右銘是「自我肯定・永不回頭。」

ふるわす【震わす】 使哆嗦・發抖・震動　他五 グループ1

震わす・震わします

辞書形(基本形) 震動	ふるわす	たり形 又是震動	ふるわしたり
ない形（否定形） 沒震動	ふるわさない	ば形（條件形） 震動的話	ふるわせば
なかった形（過去否定形） 過去沒震動	ふるわさなかった	させる形（使役形） 使震動	ふるわさせる
ます形（連用形） 震動	ふるわします	られる形（被動形） 被震動	ふるわされる
て形 震動	ふるわして	命令形 快震動	ふるわせ
た形（過去形） 震動了	ふるわした	可能形	———
たら形（條件形） 震動的話	ふるわしたら	う形（意向形） 震動吧	ふるわそう

△肩を震わして泣く。／哭得渾身顫抖。

ふるわせる【震わせる】 使震驚（哆嗦、發抖），震動　他下一 グループ2

震わせる・震わせます

辞書形(基本形) 震動	ふるわせる	たり形 又是震動	ふるわせたり
ない形（否定形） 沒震動	ふるわせない	ば形（條件形） 震動的話	ふるわせれば
なかった形（過去否定形） 過去沒震動	ふるわせなかった	させる形（使役形） 使震動	ふるわせさせる
ます形（連用形） 震動	ふるわせます	られる形（被動形） 被震動	ふるわせられる
て形 震動	ふるわせて	命令形 快震動	ふるわせろ
た形（過去形） 震動了	ふるわせた	可能形 可以震動	ふるわせられる
たら形（條件形） 震動的話	ふるわせたら	う形（意向形） 震動吧	ふるわせよう

△姉は電話を受けるなり、声を震わせて泣きだした。／
姉姉一接起電話，立刻聲音顫抖泣不成聲。

ふれあう【触れ合う】 相互接觸・相互靠著；相通

自五 グループ1

触れ合う・触れ合います

辞書形(基本形) 相通	ふれあう	たり形 又是相通	ふれあったり
ない形 (否定形) 沒相通	ふれあわない	ば形 (條件形) 相通的話	ふれあえば
なかった形 (過去否定形) 過去沒相通	ふれあわなかった	させる形 (使役形) 使相通	ふれあわせる
ます形 (連用形) 相通	ふれあいます	られる形 (被動形) 被相通	ふれあわれる
て形 相通	ふれあって	命令形 快相通	ふれあえ
た形 (過去形) 相通了	ふれあった	可能形 可以相通	ふれあえる
たら形 (條件形) 相通的話	ふれあったら	う形 (意向形) 相通吧	ふれあおう

△人ごみで、体が触れ合う。／在人群中身體相互擦擠。

ぶれる （攝）按快門時（照相機）彈動；脫離，背離

自下一 グループ2

ぶれる・ぶれます

辞書形(基本形) 脫離	ぶれる	たり形 又是脫離	ぶれたり
ない形 (否定形) 沒脫離	ぶれない	ば形 (條件形) 脫離的話	ぶれれば
なかった形 (過去否定形) 過去沒脫離	ぶれなかった	させる形 (使役形) 使脫離	ぶれさせる
ます形 (連用形) 脫離	ぶれます	られる形 (被動形) 被脫離	ぶれられる
て形 脫離	ぶれて	命令形 快脫離	ぶれろ
た形 (過去形) 脫離了	ぶれた	可能形 可以脫離	ぶれられる
たら形 (條件形) 脫離的話	ぶれたら	う形 (意向形) 脫離吧	ぶれよう

△ぶれてしまった写真をソフトで補正した。／
拍得模糊的照片用軟體修片了。

へりくだる

謙虚・謙遜・謙卑　　　　　　　　　自五　グループ1

へりくだる・へりくだります

辞書形(基本形) 謙遜	へりくだる	たり形 又是謙遜	へりくだったり
ない形（否定形) 沒謙遜	へりくだらない	ば形（條件形) 謙遜的話	へりくだれば
なかった形（過去否定形) 過去沒謙遜	へりくだら なかった	させる形（使役形) 讓…謙虚	へりくだらせる
ます形（連用形) 謙遜	へりくだります	られる形（被動形) 在謙恭之下	へりくだられる
て形 謙遜	へりくだって	命令形 快謙遜	へりくだれ
た形（過去形) 謙遜了	へりくだった	可能形 可以謙遜	へりくだれる
たら形（條件形) 謙遜的話	へりくだったら	う形（意向形) 謙遜吧	へりくだろう

△生意気な弟にひきかえ、兄はいつもへりくだった話し方をする。／
比起那狂妄自大的弟弟，哥哥說話時總是謙恭有禮。

ほうじる【報じる】

通知・告訴・告知・報導；報答・報復　　他上一　グループ2

報じる・報じます

辞書形(基本形) 報答	ほうじる	たり形 又是報答	ほうじたり
ない形（否定形) 沒報答	ほうじない	ば形（條件形) 報答的話	ほうじれば
なかった形（過去否定形) 過去沒報答	ほうじなかった	させる形（使役形) 使報答	ほうじさせる
ます形（連用形) 報答	ほうじます	られる形（被動形) 被報答	ほうじられる
て形 報答	ほうじて	命令形 快報答	ほうじろ
た形（過去形) 報答了	ほうじた	可能形 可以報答	ほうじられる
たら形（條件形) 報答的話	ほうじたら	う形（意向形) 報答吧	ほうじよう

△ダイエットに効果があるかもしれないとテレビで報じられてから、爆発的に売れている。／由於電視節目報導或許具有瘦身功效，使得那東西立刻狂銷熱賣。

N1 へ
へりくだる・ほうじる

ほうむる【葬る】 葬・埋葬；隠瞞・掩蓋；葬送・抛棄

他五 グループ1

葬る・葬ります

辞書形(基本形) 抛棄	ほうむる	たり形 又是抛棄	ほうむったり
沒抛棄	ほうむらない	ば形(條件形) 抛棄的話	ほうむれば
なかった形(過去否定形) 過去沒抛棄	ほうむらなかった	させる形(使役形) 使抛棄	ほうむらせる
ます形(連用形) 抛棄	ほうむります	られる形(被動形) 被抛棄	ほうむられる
て形 抛棄	ほうむって	命令形 快抛棄	ほうむれ
た形(過去形) 抛棄了	ほうむった	可能形 可以抛棄	ほうむれる
たら形(條件形) 抛棄的話	ほうむったら	う形(意向形) 抛棄吧	ほうむろう

 △古代の王は高さ150メートルからある墓に葬られた。／
古代的君王被葬於一百五十公尺高的陵墓之中。

ほうりこむ【放り込む】 扔進・抛入

他五 グループ1

放り込む・放り込みます

辞書形(基本形) 扔進	ほうりこむ	たり形 又是扔進	ほうりこんだり
沒扔進	ほうりこまない	ば形(條件形) 扔進的話	ほうりこめば
なかった形(過去否定形) 過去沒扔進	ほうりこま なかった	させる形(使役形) 使扔進	ほうりこませる
ます形(連用形) 扔進	ほうりこみます	られる形(被動形) 被扔進	ほうりこまれる
て形 扔進	ほうりこんで	命令形 快扔進	ほうりこめ
た形(過去形) 扔進了	ほうりこんだ	可能形 可以扔進	ほうりこめる
たら形(條件形) 扔進的話	ほうりこんだら	う形(意向形) 扔進吧	ほうりこもう

 △犯人は、殺害したあと、遺体の足に石を結びつけ、海に放り込んだと供述
している。／犯嫌供稱，在殺死人之後，在遺體的腳部綁上石頭，扔進了海裡。

ほうりだす【放り出す】 (胡亂)扔出去・抛出去・擱置・丟開・扔下 他五 グループ1

放り出す・放り出します

辭書形(基本形) 擱置	ほうりだす	たり形 又是擱置	ほうりだしたり
ない形 (否定形) 沒擱置	ほうりださない	ば形 (條件形) 擱置的話	ほうりだせば
なかった形 (過去否定形) 過去沒擱置	ほうりださ なかった	させる形 (使役形) 予以擱置	ほうりださせる
ます形 (連用形) 擱置	ほうりだします	られる形 (被動形) 被擱置	ほうりだされる
て形 擱置	ほうりだして	命令形 快擱置	ほうりだせ
た形 (過去形) 擱置了	ほうりだした	可能形 可以擱置	ほうりだせる
たら形 (條件形) 擱置的話	ほうりだしたら	う形 (意向形) 擱置吧	ほうりだそう

△彼はいやなことをすぐ放り出すきらいがある。／
他總是一遇到不如意的事，就馬上放棄了。

ぼける【惚ける】 (上了年紀)遲鈍・糊塗；(形象或顏色等)褪色・模糊 自下一 グループ2

惚ける・惚けます

辭書形(基本形) 褪色	ぼける	たり形 又是褪色	ぼけたり
ない形 (否定形) 沒褪色	ぼけない	ば形 (條件形) 褪色的話	ぼければ
なかった形 (過去否定形) 過去沒褪色	ぼけなかった	させる形 (使役形) 使褪色	ぼけさせる
ます形 (連用形) 褪色	ぼけます	られる形 (被動形) 被弄糊塗	ぼけられる
て形 褪色	ぼけて	命令形 快褪色	ぼけろ
た形 (過去形) 褪色了	ぼけた	可能形	———
たら形 (條件形) 褪色的話	ぼけたら	う形 (意向形) 褪色吧	ぼけよう

△写真のピントがぼけてしまった。／拍照片時的焦距沒有對準。

ほころびる【綻びる】 （逢接處線斷開）開線・開綻；微笑・露出笑容

綻びる・綻びます

辞書形(基本形) 開綻	ほころびる	たり形 又是開綻	ほころびたり
ない形（否定形） 沒開綻	ほころばない	ば形（條件形） 開綻的話	ほころべば
なかった形（過去否定形） 過去沒開綻	ほころばなかった	させる形（使役形） 使露出笑容	ほころばせる
ます形（連用形） 開綻	ほころびます	られる形（被動形） 被弄開綻	ほころばれる
て形 開綻	ほころびて	命令形 快開綻	ほころべ
た形（過去形） 開綻了	ほころびた	可能形	———
たら形（條件形） 開綻的話	ほころびたら	う形（意向形） 開綻吧	ほころぼう

 △彼ときたら、ほころびた制服を着て登校しているのよ。／
說到他這個傢伙呀，老穿著破破爛爛的制服上學呢。

ほどける【解ける】 解開・鬆開

解ける・解けます

辞書形(基本形) 鬆開	ほどける	たり形 又是鬆開	ほどけたり
ない形（否定形） 沒鬆開	ほどけない	ば形（條件形） 鬆開的話	ほどければ
なかった形（過去否定形） 過去沒鬆開	ほどけなかった	させる形（使役形） 予以鬆開	ほどけさせる
ます形（連用形） 鬆開	ほどけます	られる形（被動形） 被鬆開	ほどけられる
て形 鬆開	ほどけて	命令形 快鬆開	ほどけろ
た形（過去形） 鬆開了	ほどけた	可能形	———
たら形（條件形） 鬆開的話	ほどけたら	う形（意向形） 鬆開吧	ほどけよう

 △あ、靴ひもがほどけてるよ。／啊，鞋帶鬆了喔！

ほどこす【施す】 施・施捨・施予

他五 グループ1

施す・施します

辭書形(基本形) 施捨	ほどこす	たり形 又是施捨	ほどこしたり
ない形 (否定形) 沒施捨	ほどこさない	ば形 (條件形) 施捨的話	ほどこせば
なかった形 (過去否定形) 過去沒施捨	ほどこさなかった	させる形 (使役形) 予以施捨	ほどこさせる
ます形 (連用形) 施捨	ほどこします	られる形 (被動形) 被施捨	ほどこされる
て形 施捨	ほどこして	命令形 快施捨	ほどこせ
た形 (過去形) 施捨了	ほどこした	可能形 可以施捨	ほどこせる
たら形 (條件形) 施捨的話	ほどこしたら	う形 (意向形) 施捨吧	ほどこそう

 △解決するために、できる限りの策を施すまでだ。／
為解決問題只能善盡人事。

ぼやく 發牢騷

自他五 グループ1

ぼやく・ぼやきます

辭書形(基本形) 發牢騷	ぼやく	たり形 又是發牢騷	ぼやいたり
ない形 (否定形) 沒發牢騷	ぼやかない	ば形 (條件形) 發牢騷的話	ぼやけば
なかった形 (過去否定形) 過去沒發牢騷	ぼやかなかった	させる形 (使役形) 使發牢騷	ぼやかせる
ます形 (連用形) 發牢騷	ぼやきます	られる形 (被動形) 被發牢騷	ぼやかれる
て形 發牢騷	ぼやいて	命令形 快發牢騷	ぼやけ
た形 (過去形) 發牢騷了	ぼやいた	可能形 可以發牢騷	ぼやける
たら形 (條件形) 發牢騷的話	ぼやいたら	う形 (意向形) 發牢騷吧	ぼやこう

 △父ときたら、仕事がおもしろくないとぼやいてばかりだ。／
說到我那位爸爸，成天嘴裡老是叨唸著工作無聊透頂。

ぼやける

(物體的形狀或顔色) 模糊・不清楚

ぼやける・ぼやけます

辞書形(基本形) 模糊	ぼやける	たり形 又是模糊	ぼやけたり
ない形（否定形） 沒模糊	ぼやけない	ば形（條件形） 模糊的話	ぼやければ
なかった形（過去否定形） 過去沒模糊	ぼやけなかった	させる形（使役形） 任憑模糊	ぼやけさせる
ます形（連用形） 模糊	ぼやけます	られる形（被動形） 被弄模糊	ぼやけられる
て形 模糊	ぼやけて	命令形 快模糊	ぼやけろ
た形（過去形） 模糊了	ぼやけた	可能形	———
たら形（條件形） 模糊的話	ぼやけたら	う形（意向形） 模糊吧	ぼやけよう

△この写真家の作品は全部ぼやけていて、見るにたえない。／
這位攝影家的作品全都模糊不清，讓人不屑一顧。

ほろびる【滅びる】

滅亡・淪亡・消亡

滅びる・滅びます

辞書形(基本形) 滅亡	ほろびる	たり形 又是滅亡	ほろびたり
ない形（否定形） 沒滅亡	ほろびない	ば形（條件形） 滅亡的話	ほろびれば
なかった形（過去否定形） 過去沒滅亡	ほろびなかった	させる形（使役形） 遭受滅亡	ほろびさせる
ます形（連用形） 滅亡	ほろびます	られる形（被動形） 被滅亡	ほろびられる
て形 滅亡	ほろびて	命令形 快滅亡	ほろびろ
た形（過去形） 滅亡了	ほろびた	可能形	———
たら形（條件形） 滅亡的話	ほろびたら	う形（意向形） 滅亡吧	ほろびよう

△恐竜はなぜみな滅びてしまったのですか。／恐龍是因為什麼原因而全滅亡的？

ほろぶ【滅ぶ】 滅亡・滅絶

自五 グループ1

滅ぶ・滅びます

辞書形(基本形) 滅絶	ほろぶ	たり形 又是滅絶	ほろんだり
ない形（否定形） 沒滅絶	ほろばない	ば形（條件形） 滅絶的話	ほろべば
なかった形（過去否定形） 過去沒滅絶	ほろばなかった	させる形（使役形） 遭受滅亡	ほろばせる
ます形（連用形） 滅絶	ほろびます	られる形（被動形） 被滅亡	ほろばれる
て形 滅絶	ほろんで	命令形 快滅絶	ほろべ
た形（過去形） 滅絶了	ほろんだ	可能形	———
たら形（條件形） 滅絶的話	ほろんだら	う形（意向形） 滅絶吧	ほろぼう

 △人類もいつかは滅ぶ。／人類終究會滅亡。

ほろぼす【滅ぼす】 消滅・毀滅

他五 グループ1

滅ぼす・滅ぼします

辞書形(基本形) 毀滅	ほろぼす	たり形 又是毀滅	ほろぼしたり
ない形（否定形） 沒毀滅	ほろぼさない	ば形（條件形） 毀滅的話	ほろぼせば
なかった形（過去否定形） 過去沒毀滅	ほろぼさなかった	させる形（使役形） 遭受毀滅	ほろぼさせる
ます形（連用形） 毀滅	ほろぼします	られる形（被動形） 被毀滅	ほろぼされる
て形 毀滅	ほろぼして	命令形 快毀滅	ほろぼせ
た形（過去形） 毀滅了	ほろぼした	可能形 可以毀滅	ほろぼせる
たら形（條件形） 毀滅的話	ほろぼしたら	う形（意向形） 毀滅吧	ほろぼそう

 △彼女は滅ぼされた民族のために涙ながらに歌った。／
她邊流著眼淚，為慘遭滅絶的民族歌唱。

まかす【任す】 委託・託付

他五 グループ1

まか
任す・任します

辞書形(基本形) 託付	まかす	たり形 又是託付	まかしたり
ない形 (否定形) 沒託付	まかさない	ば形 (條件形) 託付的話	まかせれば
なかった形 (過去否定形) 過去沒託付	まかさなかった	させる形 (使役形) 予以託付	まかせる
ます形 (連用形) 託付	まかします	られる形 (被動形) 被託付	まかされる
て形 託付	まかして	命令形 快託付	まかせろ
た形 (過去形) 託付了	まかした	可能形 可以託付	まかせる
たら形 (條件形) 託付的話	まかしたら	う形 (意向形) 託付吧	まかそう

△「全部任すよ。」と言うが早いか、彼は出て行った。／
他才說完：「全都交給你囉！」就逕自出去了。

まかす【負かす】 打敗・戰勝

他五 グループ1

ま
負かす・負かします

辞書形(基本形) 戰勝	まかす	たり形 又是戰勝	まかしたり
ない形 (否定形) 沒戰勝	まかさない	ば形 (條件形) 戰勝的話	まかせば
なかった形 (過去否定形) 過去沒戰勝	まかさなかった	させる形 (使役形) 使戰勝	まかさせる
ます形 (連用形) 戰勝	まかします	られる形 (被動形) 被打敗	まかされる
て形 戰勝	まかして	命令形 快戰勝	まかせ
た形 (過去形) 戰勝了	まかした	可能形 可以戰勝	まかせる
たら形 (條件形) 戰勝的話	まかしたら	う形 (意向形) 戰勝吧	まかそう

△金太郎は、すもうで熊を負かすくらい強かったということになっている。／
據說金太郎力大無比，甚至可以打贏一頭熊。

まぎれる【紛れる】

混入・混進；(因受某事物吸引)注意力分散・暫時忘掉・消解

自下一 グループ2

紛れる・紛れます

辞書形(基本形) 混入	まぎれる	たり形 又是混入	まぎれたり
ない形 (否定形) 沒混入	まぎれない	ば形 (條件形) 混入的話	まぎれれば
なかった形 (過去否定形) 過去沒混入	まぎれなかった	させる形 (使役形) 予以混入	まぎれさせる
ます形 (連用形) 混入	まぎれます	られる形 (被動形) 被混入	まぎれられる
て形 混入	まぎれて	命令形 快混入	まぎれろ
た形 (過去形) 混入了	まぎれた	可能形 可以混入	まぎれられる
たら形 (條件形) 混入的話	まぎれたら	う形 (意向形) 混入吧	まぎれよう

△騒ぎに紛れて金を盗むとは、とんでもない奴だ。／
這傢伙實在太可惡了，竟敢趁亂偷黃金。

まごつく

慌張・驚慌失措・不知所措；徘徊・徬徨

自五 グループ1

まごつく・まごつきます

辞書形(基本形) 驚慌失措	まごつく	たり形 又是驚慌失措	まごついたり
ない形 (否定形) 沒驚慌失措	まごつかない	ば形 (條件形) 驚慌失措的話	まごつけば
なかった形 (過去否定形) 過去沒驚慌失措	まごつかなかった	させる形 (使役形) 使驚慌失措	まごつかせる
ます形 (連用形) 驚慌失措	まごつきます	られる形 (被動形) 受到驚嚇	まごつかれる
て形 驚慌失措	まごついて	命令形 快驚慌失措	まごつけ
た形 (過去形) 驚慌失措了	まごついた	可能形	——
たら形 (條件形) 驚慌失措的話	まごついたら	う形 (意向形) 驚慌失措吧	まごつこう

△緊張のあまり、客への挨拶さえまごつく始末だ。／
因為緊張過度，竟然連該向顧客打招呼都不知所措。

まさる【勝る】 勝於・優於・強於

自五　グループ1

勝る・勝ります

辞書形(基本形) 勝於	まさる	たり形 又是勝於	まさったり
ない形（否定形） 沒勝於	まさらない	ば形（條件形） 勝於的話	まされば
なかった形（過去否定形） 過去沒勝於	まさらなかった	させる形（使役形） 使勝於	まさらせる
ます形（連用形） 勝於	まさります	られる形（被動形） 被凌駕	まさられる
て形 勝於	まさって	命令形 快勝於	まされ
た形（過去形） 勝於了	まさった	可能形	————
たら形（條件形） 勝於的話	まさったら	う形（意向形） 勝於吧	まさろう

 △条件では勝りながらも、最終的には勝てなかった。／
雖然佔有優勢，最後卻遭到敗北。

まじえる【交える】 夾雜・摻雜；(使細長的東西)交叉；互相接觸

他下一　グループ2

交える・交えます

辞書形(基本形) 交叉	まじえる	たり形 又是交叉	まじえたり
ない形（否定形） 沒交叉	まじえない	ば形（條件形） 交叉的話	まじえれば
なかった形（過去否定形） 過去沒交叉	まじえなかった	させる形（使役形） 促使交叉	まじえさせる
ます形（連用形） 交叉	まじえます	られる形（被動形） 被摻雜	まじえられる
て形 交叉	まじえて	命令形 快交叉	まじえろ
た形（過去形） 交叉了	まじえた	可能形 可以交叉	まじえられる
たら形（條件形） 交叉的話	まじえたら	う形（意向形） 交叉吧	まじえよう

 △仕事なんだから、私情を交えるな。／這可是工作，不准摻雜私人情感！

まじわる【交わる】 （線狀物）交・交叉；（與人）交往・交際 自五 グループ1

交わる・交わります

辭書形(基本形) 交叉	まじわる	たり形 又是交叉	まじわったり
ない形（否定形） 沒交叉	まじわらない	ば形（條件形） 交叉的話	まじわれば
なかった形（過去否定形） 過去沒交叉	まじわらなかった	させる形（使役形） 促使交叉	まじわらせる
ます形（連用形） 交叉	まじわります	られる形（被動形） 被交叉	まじわられる
て形 交叉	まじわって	命令形 快交叉	まじわれ
た形（過去形） 交叉了	まじわった	可能形 可以交叉	まじわれる
たら形（條件形） 交叉的話	まじわったら	う形（意向形） 交叉吧	まじわろう

△当ホテルは、幹線道路が交わるアクセス至便な立地にございます。／
本旅館位於幹道交會處，交通相當便利。

またがる【跨がる】 （分開兩腿）騎・跨；跨越・橫跨 自五 グループ1

跨がる・跨がります

辭書形(基本形) 跨越	またがる	たり形 又是跨越	またがったり
ない形（否定形） 沒跨越	またがらない	ば形（條件形） 跨越的話	またがれば
なかった形（過去否定形） 過去沒跨越	またがらなかった	させる形（使役形） 予以跨越	またがらせる
ます形（連用形） 跨越	またがります	られる形（被動形） 被跨越	またがられる
て形 跨越	またがって	命令形 快跨越	またがれ
た形（過去形） 跨越了	またがった	可能形 可以跨越	またがれる
たら形（條件形） 跨越的話	またがったら	う形（意向形） 跨越吧	またがろう

△富士山は、静岡・山梨の２県にまたがっている。／
富士山位於静岡和山梨兩縣的交界。

まちのぞむ【待ち望む】 期待・盼望　　他五　グループ1

待ち望む・待ち望みます

辞書形(基本形)期待	まちのぞむ	たり形 又是期待	まちのぞんだり
ない形 (否定形)沒期待	まちのぞまない	ば形 (條件形)期待的話	まちのぞめば
なかった形 (過去否定形)過去沒期待	まちのぞまなかった	させる形 (使役形)使期待	まちのぞませる
ます形 (連用形)期待	まちのぞみます	られる形 (被動形)被期待	まちのぞまれる
て形 期待	まちのぞんで	命令形 快期待	まちのぞめ
た形 (過去形)期待了	まちのぞんだ	可能形 可以期待	まちのぞめる
たら形 (條件形)期待的話	まちのぞんだら	う形 (意向形)期待吧	まちのぞもう

△娘がコンサートをこんなに待ち望んでいるとは知らなかった。／
實在不知道女兒竟然如此期盼著演唱會。

まぬがれる【免れる】 免・避免・擺脱　　他下一　グループ2

免れる・免れます

辞書形(基本形)擺脱	まぬがれる	たり形 又是擺脱	まぬがれたり
ない形 (否定形)沒擺脱	まぬがれない	ば形 (條件形)擺脱的話	まぬがれれば
なかった形 (過去否定形)過去沒擺脱	まぬがれなかった	させる形 (使役形)使擺脱	まぬがれさせる
ます形 (連用形)擺脱	まぬがれます	られる形 (被動形)被擺脱	まぬがれられる
て形 擺脱	まぬがれて	命令形 快擺脱	まぬがれろ
た形 (過去形)擺脱了	まぬがれた	可能形 可以擺脱	まぬがれられる
たら形 (條件形)擺脱的話	まぬがれたら	う形 (意向形)擺脱吧	まぬがれよう

△先日、山火事があったが、うちの別荘はなんとか焼失を免れた。／
日前發生了山林大火，所幸我家的別墅倖免於難。

まるめる【丸める】 弄圓・糅成團・攏絡・拉攏・剃成光頭・出家 他下一 グループ2

丸める・丸めます

辞書形(基本形) 拉攏	まるめる	たり形 又是拉攏	まるめたり
ない形（否定形） 沒拉攏	まるめない	ば形（條件形） 拉攏的話	まるめれば
なかった形（過去否定形） 過去沒拉攏	まるめなかった	させる形（使役形） 予以拉攏	まるめさせる
ます形（連用形） 拉攏	まるめます	られる形（被動形） 被拉攏	まるめられる
て形 拉攏	まるめて	命令形 快拉攏	まるめろ
た形（過去形） 拉攏了	まるめた	可能形 可以拉攏	まるめられる
たら形（條件形） 拉攏的話	まるめたら	う形（意向形） 拉攏吧	まるめよう

△農家のおばさんが背中を丸めて草取りしている。／
農家的阿桑正在彎腰除草。

みあわせる【見合わせる】 （面面）相視・放下・暫停・暫不進行・對照 他下一 グループ2

見合わせる・見合わせます

辞書形(基本形) 放下	みあわせる	たり形 又是放下	みあわせたり
ない形（否定形） 沒放下	みあわせない	ば形（條件形） 放下的話	みあわせれば
なかった形（過去否定形） 過去沒放下	みあわせなかった	させる形（使役形） 使放下	みあわせさせる
ます形（連用形） 放下	みあわせます	られる形（被動形） 被放下	みあわせられる
て形 放下	みあわせて	命令形 快放下	みあわせろ
た形（過去形） 放下了	みあわせた	可能形 可以放下	みあわせられる
たら形（條件形） 放下的話	みあわせたら	う形（意向形） 放下吧	みあわせよう

△多忙ゆえ、会議への出席は見合わせたいと思います。／
因為忙碌得無法分身，容我暫不出席會議。

みうしなう【見失う】 迷失・看不見・看丟 他五 グループ1

見失う・見失います

辞書形（基本形） 迷失	みうしなう	たり形 又是迷失	みうしなったり
ない形（否定形） 沒迷失	みうしなわない	ば形（條件形） 迷失的話	みうしなえば
なかった形（過去否定形） 過去沒迷失	みうしなわ なかった	させる形（使役形） 使迷失	みうしなわせる
ます形（連用形） 迷失	みうしないます	られる形（被動形） 被弄丟	みうしなわれる
て形 迷失	みうしなって	命令形 快迷失	みうしなえ
た形（過去形） 迷失了	みうしなった	可能形 可以迷失	みうしなえる
たら形（條件形） 迷失的話	みうしなったら	う形（意向形） 迷失吧	みうしなおう

△目標を見失う。／迷失目標。

みおとす【見落とす】 看漏・忽略・漏掉 他五 グループ1

見落とす・見落とします

辞書形（基本形） 看漏	みおとす	たり形 又是看漏	みおとしたり
ない形（否定形） 沒看漏	みおとさない	ば形（條件形） 看漏的話	みおとせば
なかった形（過去否定形） 過去沒看漏	みおとさなかった	させる形（使役形） 使看漏	みおとさせる
ます形（連用形） 看漏	みおとします	られる形（被動形） 被看漏	みおとされる
て形 看漏	みおとして	命令形 快看漏	みおとせ
た形（過去形） 看漏了	みおとした	可能形	——
たら形（條件形） 看漏的話	みおとしたら	う形（意向形） 看漏吧	みおとそう

△目指す店の看板は、危うく見落とさんばかりにひっそりと掲げられて
いた。／想要找的那家店所掛的招牌很不顯眼・而且搖搖欲墜。

213

みくだす【見下す】 軽視・藐視・看不起；往下看・俯視 他五 グループ1

見下す・見下します

辞書形(基本形) 軽視	みくだす	たり形 又是軽視	みくだしたり
ない形（否定形） 没軽視	みくださない	ば形（條件形） 軽視的話	みくだせば
なかった形（過去否定形） 過去没軽視	みくださなかった	させる形（使役形） 使軽視	みくださせる
ます形（連用形） 軽視	みくだします	られる形（被動形） 被軽視	みくだされる
て形 軽視	みくだして	命令形 快軽視	みくだせ
た形（過去形） 軽視了	みくだした	可能形 可以軽視	みくだせる
たら形（條件形） 軽視的話	みくだしたら	う形（意向形） 軽視吧	みくだそう

△奴は人を見下したように笑った。／那傢伙輕蔑地冷笑了。

みせびらかす【見せびらかす】 炫耀・賣弄・顯示 他五 グループ1

見せびらかす・見せびらかします

辞書形(基本形) 賣弄	みせびらかす	たり形 又是賣弄	みせびらかしたり
ない形（否定形） 没賣弄	みせびらかさない	ば形（條件形） 賣弄的話	みせびらかせば
なかった形（過去否定形） 過去没賣弄	みせびらかさなかった	させる形（使役形） 使賣弄	みせびらかさせる
ます形（連用形） 賣弄	みせびらかします	られる形（被動形） 被賣弄	みせびらかされる
て形 賣弄	みせびらかして	命令形 快賣弄	みせびらかせ
た形（過去形） 賣弄了	みせびらかした	可能形 可以賣弄	みせびらかせる
たら形（條件形） 賣弄的話	みせびらかしたら	う形（意向形） 賣弄吧	みせびらかそう

△花子は新しいかばんを友達に見せびらかしている。／
花子正將新皮包炫耀給朋友們看。

みたす【満たす】 裝滿・填滿・倒滿；滿足

満たす・満たします

辞書形（基本形） 裝滿	みたす	たり形 又是裝滿	みたしたり
ない形（否定形） 沒裝滿	みたさない	ば形（條件形） 裝滿的話	みたせば
なかった形（過去否定形） 過去沒裝滿	みたさなかった	させる形（使役形） 予以裝滿	みたさせる
ます形（連用形） 裝滿	みたします	られる形（被動形） 被裝滿	みたされる
て形 裝滿	みたして	命令形 快裝滿	みたせ
た形（過去形） 裝滿了	みたした	可能形 可以裝滿	みたせる
たら形（條件形） 裝滿的話	みたしたら	う形（意向形） 裝滿吧	みたそう

△顧客の要求を満たすべく、機能の改善に努める。／
為了滿足客戶的需求，盡力改進商品的功能。

みだす【乱す】 弄亂・攪亂

乱す・乱します

辞書形（基本形） 弄亂	みだす	たり形 又是弄亂	みだしたり
ない形（否定形） 沒弄亂	みださない	ば形（條件形） 弄亂的話	みだせば
なかった形（過去否定形） 過去沒弄亂	みださなかった	させる形（使役形） 使弄亂	みださせる
ます形（連用形） 弄亂	みだします	られる形（被動形） 被弄亂	みだされる
て形 弄亂	みだして	命令形 快弄亂	みだせ
た形（過去形） 弄亂了	みだした	可能形 可以弄亂	みだせる
たら形（條件形） 弄亂的話	みだしたら	う形（意向形） 弄亂吧	みだそう

△列を乱さずに、行進しなさい。／請不要將隊形散掉前進。

みだれる【乱れる】 乱・凌乱；紊乱・混乱・錯乱

自下一 グループ2

乱れる・乱れます

辞書形(基本形) 錯亂	みだれる	たり形 又是錯亂	みだれたり
ない形（否定形） 沒錯亂	みだれない	ば形（條件形） 錯亂的話	みだれれば
なかった形（過去否定形） 過去沒錯亂	みだれなかった	させる形（使役形） 使錯亂	みだれさせる
ます形（連用形） 錯亂	みだれます	られる形（被動形） 被紊亂	みだれられる
て形 錯亂	みだれて	命令形 快錯亂	みだれろ
た形（過去形） 錯亂了	みだれた	可能形 可以錯亂	みだれられる
たら形（條件形） 錯亂的話	みだれたら	う形（意向形） 錯亂吧	みだれよう

 △カードの順序が乱れているよ。／卡片的順序已經錯亂囉！

みちがえる【見違える】 看錯・看差

他下一 グループ2

見違える・見違えます

辞書形(基本形) 看錯	みちがえる	たり形 又是看錯	みちがえたり
ない形（否定形） 沒看錯	みちがえない	ば形（條件形） 看錯的話	みちがえれば
なかった形（過去否定形） 過去沒看錯	みちがえなかった	させる形（使役形） 使看錯	みちがえさせる
ます形（連用形） 看錯	みちがえます	られる形（被動形） 被看錯	みちがえられる
て形 看錯	みちがえて	命令形 快看錯	みちがえろ
た形（過去形） 看錯了	みちがえた	可能形 可以看錯	みちがえられる
たら形（條件形） 看錯的話	みちがえたら	う形（意向形） 看錯吧	みちがえよう

 △髪型を変えたら、見違えるほど変わった。／
換了髮型之後，簡直變了一個人似的。

みちびく【導く】 引路・導遊；指導・引導；導致・導向 　他五　グループ1

導く・導きます

辞書形(基本形) 指導	みちびく	たり形 又是指導	みちびいたり
ない形（否定形） 沒指導	みちびかない	ば形（條件形） 指導的話	みちびけば
なかった形（過去否定形） 過去沒指導	みちびかなかった	させる形（使役形） 予以指導	みちびかせる
ます形（連用形） 指導	みちびきます	られる形（被動形） 被指導	みちびかれる
て形 指導	みちびいて	命令形 快指導	みちびけ
た形（過去形） 指導了	みちびいた	可能形 可以指導	みちびける
たら形（條件形） 指導的話	みちびいたら	う形（意向形） 指導吧	みちびこう

△彼は我々を成功に導いた。／他引導我們走上成功之路。

みつもる【見積もる】 估計・估算 　他五　グループ1

見積もる・見積もります

辞書形(基本形) 估算	みつもる	たり形 又是估算	みつもったり
ない形（否定形） 沒估算	みつもらない	ば形（條件形） 估算的話	みつもれば
なかった形（過去否定形） 過去沒估算	みつもらなかった	させる形（使役形） 使估算	みつもらせる
ます形（連用形） 估算	みつもります	られる形（被動形） 被估算	みつもられる
て形 估算	みつもって	命令形 快估算	みつもれ
た形（過去形） 估算了	みつもった	可能形	———
たら形（條件形） 估算的話	みつもったら	う形（意向形） 估算吧	みつもろう

△予算を見積もる。／估計預算。

みとどける【見届ける】 看到・看清；看到最後；預見　他下一　グループ2

見届ける・見届けます

辞書形(基本形) 看清	みとどける	たり形 又是看清	みとどけたり
ない形（否定形） 沒看清	みとどけない	ば形（條件形） 看清的話	みとどければ
なかった形（過去否定形） 過去沒看清	みとどけなかった	させる形（使役形） 使看清	みとどけさせる
ます形（連用形） 看清	みとどけます	られる形（被動形） 被看清	みとどけられる
て形 看清	みとどけて	命令形 快看清	みとどけろ
た形（過去形） 看清了	みとどけた	可能形 可以看清	みとどけられる
たら形（條件形） 看清的話	みとどけたら	う形（意向形） 看清吧	みとどけよう

△孫が結婚するのを見届けてから死にたい。／
我希望等親眼看到孫兒結婚以後再死掉。

みなす【見なす】 視為・認為・看成；當作　他五　グループ1

見なす・見なします

辞書形(基本形) 視為	みなす	たり形 又是視為	みなしたり
ない形（否定形） 沒視為	みなさない	ば形（條件形） 視為的話	みなせば
なかった形（過去否定形） 過去沒視為	みなさなかった	させる形（使役形） 使視為	みなさせる
ます形（連用形） 視為	みなします	られる形（被動形） 被視為	みなされる
て形 視為	みなして	命令形 快視為	みなせ
た形（過去形） 視為了	みなした	可能形 可以視為	みなせる
たら形（條件形） 視為的話	みなしたら	う形（意向形） 視為吧	みなそう

△オートバイに乗る少年を不良と見なすのはどうかと思う。／
我認為不應該將騎摩托車的年輕人全當作不良少年。

みならう【見習う】 學習・見習・熟習；模仿

他五　グループ1

見習う・見習います

辭書形(基本形) 模仿	みならう	たり形 又是模仿	みならったり
ない形（否定形） 沒模仿	みならわない	ば形（條件形） 模仿的話	みならえば
なかった形（過去否定形） 過去沒模仿	みならわなかった	させる形（使役形） 予以模仿	みならわせる
ます形（連用形） 模仿	みならいます	られる形（被動形） 被模仿	みならわれる
て形 模仿	みならって	命令形 快模仿	みならえ
た形（過去形） 模仿了	みならった	可能形 可以模仿	みならえる
たら形（條件形） 模仿的話	みならったら	う形（意向形） 模仿吧	みならおう

　△また散らかして！お姉ちゃんを見習いなさい！／
又到處亂丟了！跟姐姐好好看齊！

みのがす【見逃す】 看漏；饒過・放過；錯過；沒看成

他五　グループ1

見逃す・見逃します

辭書形(基本形) 錯過	みのがす	たり形 又是錯過	みのがしたり
ない形（否定形） 沒錯過	みのがさない	ば形（條件形） 錯過的話	みのがせば
なかった形（過去否定形） 過去沒錯過	みのがさなかった	させる形（使役形） 使錯過	みのがさせる
ます形（連用形） 錯過	みのがします	られる形（被動形） 被錯過	みのがされる
て形 錯過	みのがして	命令形 快錯過	みのがせ
た形（過去形） 錯過了	みのがした	可能形 可以錯過	みのがせる
たら形（條件形） 錯過的話	みのがしたら	う形（意向形） 錯過吧	みのがそう

　△一生に一度のチャンスとあっては、ここでうかうか見逃すわけにはいかない。／
因為是個千載難逢的大好機會，此時此刻絕不能好整以暇地坐視它從眼前溜走。

みはからう【見計らう】 斟酌・看著辦・選擇

他五 グループ1

見計らう・見計らいます

辭書形(基本形)		たり形	
選擇	みはからう	又是選擇	みはからったり
ない形（否定形）		ば形（條件形）	
沒選擇	みはからわない	選擇的話	みはからえば
なかった形（過去否定形）		させる形（使役形）	
過去沒選擇	みはからわなかった	予以選擇	みはからわせる
ます形（連用形）		られる形（被動形）	
選擇	みはからいます	被選擇	みはからわれる
て形		命令形	
選擇	みはからって	快選擇	みはからえ
た形（過去形）		可能形	
選擇了	みはからった	可以選擇	みはからえる
たら形（條件形）		う形（意向形）	
選擇的話	みはからったら	選擇吧	みはからおう

△タイミングを見計らって、彼女を食事に誘った。／
看準好時機，邀了她一起吃飯。

みわたす【見渡す】 瞭望・遠望；看一遍・環視

他五 グループ1

見渡す・見渡します

辭書形(基本形)		たり形	
看一遍	みわたす	又是看一遍	みわたしたり
ない形（否定形）		ば形（條件形）	
沒看一遍	みわたさない	看一遍的話	みわたせば
なかった形（過去否定形）		させる形（使役形）	
過去沒看一遍	みわたさなかった	使看一遍	みわたさせる
ます形（連用形）		られる形（被動形）	
看一遍	みわたします	被看一遍	みわたされる
て形		命令形	
看一遍	みわたして	快看一遍	みわたせ
た形（過去形）		可能形	
看一遍了	みわたした	可以看一遍	みわたせる
たら形（條件形）		う形（意向形）	
看一遍的話	みわたしたら	看一遍吧	みわたそう

△ここからだと神戸の街並みと海を見渡すことができる。／
從這裡放眼看去，可以將神戶的街景與海景盡收眼底。

むくむ【浮腫む】 浮腫・虚腫；鼓起・鼓脹 自五 グループ1

浮腫む・浮腫みます

辞書形 (基本形) 鼓起	むくむ	たり形 又是鼓起	むくんだり
ない形 (否定形) 没鼓起	むくまない	ば形 (條件形) 鼓起的話	むくめば
なかった形 (過去否定形) 過去没鼓起	むくまなかった	させる形 (使役形) 使鼓起	むくませる
ます形 (連用形) 鼓起	むくみます	られる形 (被動形) 被鼓起	むくまれる
て形 鼓起	むくんで	命令形 快鼓起	むくめ
た形 (過去形) 鼓起了	むくんだ	可能形 可以鼓起	むくめる
たら形 (條件形) 鼓起的話	むくんだら	う形 (意向形) 鼓起吧	むくもう

△久しぶりにたくさん歩いたら、足がパンパンにむくんでしまった。／
好久没走那麼久了，腿腫成了硬邦邦的。

むしる【毟る】 揪・拔；撕・剔 (骨頭)；奪取 他五 グループ1

毟る・毟ります

辞書形 (基本形) 撕	むしる	たり形 又是撕	むしったり
ない形 (否定形) 没撕	むしらない	ば形 (條件形) 撕的話	むしれば
なかった形 (過去否定形) 過去没撕	むしらなかった	させる形 (使役形) 使奪取	むしらせる
ます形 (連用形) 撕	むしります	られる形 (被動形) 被撕	むしられる
て形 撕	むしって	命令形 快撕	むしれ
た形 (過去形) 撕了	むしった	可能形 可以撕	むしれる
たら形 (條件形) 撕的話	むしったら	う形 (意向形) 撕吧	むしろう

△夏になると雑草がどんどん伸びてきて、むしるのが大変だ。／
一到夏天，雑草冒個不停，除起草來非常辛苦。

むすびつく・むすびつける

むすびつく【結び付く】 連接・結合・繋；密切相關・有聯繫・有關連 自五 グループ1

結び付く・結び付きます

辞書形（基本形）結合	むすびつく	たり形 又是結合	むすびついたり
ない形（否定形）沒結合	むすびつかない	ば形（条件形）結合的話	むすびつけば
なかった形（過去否定形）過去沒結合	むすびつかなかった	させる形（使役形）使結合	むすびつかせる
ます形（連用形）結合	むすびつきます	られる形（被動形）被結合	むすびつかれる
て形結合	むすびついて	命令形快結合	むすびつけ
た形（過去形）結合了	むすびついた	可能形	———
たら形（條件形）結合的話	むすびついたら	う形（意向形）結合吧	むすびつこう

△仕事に結びつく資格には、どのようなものがありますか。／
請問有哪些證照是與工作密切相關的呢？

むすびつける【結び付ける】 繋上・拴上；結合・聯繫 他下一 グループ2

結び付ける・結び付けます

辞書形（基本形）結合	むすびつける	たり形 又是結合	むすびつけたり
ない形（否定形）沒結合	むすびつけない	ば形（条件形）結合的話	むすびつければ
なかった形（過去否定形）過去沒結合	むすびつけなかった	させる形（使役形）使結合	むすびつけさせる
ます形（連用形）結合	むすびつけます	られる形（被動形）被結合	むすびつけられる
て形結合	むすびつけて	命令形快結合	むすびつけろ
た形（過去形）結合了	むすびつけた	可能形可以結合	むすびつけられる
たら形（條件形）結合的話	むすびつけたら	う形（意向形）結合吧	むすびつけよう

△環境問題を自分の生活と結びつけて考えてみましょう。／
讓我們來想想，該如何將環保融入自己的日常生活中。

むせる【噎せる】 噎・嗆

むせる【噎せる】 噎・嗆　　自下一　グループ2

噎せる・噎せます

辞書形（基本形） 噎	むせる	たり形 又是嗆	むせたり
ない形（否定形） 沒嗆	むせない	ば形（條件形） 嗆的話	むせれば
なかった形（過去否定形） 過去沒嗆	むせなかった	させる形（使役形） 使嗆著	むせさせる
ます形（連用形） 嗆	むせます	られる形（被動形） 被嗆	むせられる
て形 嗆	むせて	命令形 快嗆	むせろ
た形（過去形） 嗆了	むせた	可能形	———
たら形（條件形） 嗆的話	むせたら	う形（意向形） 嗆吧	むせよう

△煙が立ってむせてしようがない。／直冒煙，嗆得厲害。

むらがる【群がる】 聚集・群集・密集・林立　　自五　グループ1

群がる・群がります

辞書形（基本形） 群集	むらがる	たり形 又是群集	むらがったり
ない形（否定形） 沒群集	むらがらない	ば形（條件形） 群集的話	むらがれば
なかった形（過去否定形） 過去沒群集	むらがらなかった	させる形（使役形） 使群集	むらがらせる
ます形（連用形） 群集	むらがります	られる形（被動形） 被群集於…	むらがられる
て形 群集	むらがって	命令形 快群集	むらがれ
た形（過去形） 群集了	むらがった	可能形 可以群集	むらがれる
たら形（條件形） 群集的話	むらがったら	う形（意向形） 群集吧	むらがろう

△子どもといい、大人といい、みな新製品に群がっている。／
無論是小孩或是大人，全都在新產品的前面擁成一團。

めぐむ【恵む】 同情・憐憫；施捨，周濟

他五 グループ1

恵む・恵みます

辞書形(基本形) 憐憫	めぐむ	たり形 又是憐憫	めぐんだり
ない形 (否定形) 沒憐憫	めぐまない	ば形 (條件形) 憐憫的話	めぐめば
なかった形 (過去否定形) 過去沒憐憫	めぐまなかった	させる形 (使役形) 使憐憫	めぐませる
ます形 (連用形) 憐憫	めぐみます	られる形 (被動形) 被憐憫	めぐまれる
て形 憐憫	めぐんで	命令形 快憐憫	めぐめ
た形 (過去形) 憐憫了	めぐんだ	可能形 可以憐憫	めぐめる
たら形 (條件形) 憐憫的話	めぐんだら	う形 (意向形) 憐憫吧	めぐもう

△財布をなくし困っていたら、見知らぬ人が1万円恵んでくれた。／
當我正因弄丟了錢包而不知所措時，有陌生人同情我並給了一萬日幣。

めざめる【目覚める】 醒・睡醒；覺悟・覺醒・發現

自下一 グループ2

目覚める・目覚めます

辞書形(基本形) 覺醒	めざめる	たり形 又是覺醒	めざめたり
ない形 (否定形) 沒覺醒	めざめない	ば形 (條件形) 覺醒的話	めざめれば
なかった形 (過去否定形) 過去沒覺醒	めざめなかった	させる形 (使役形) 使覺醒	めざめさせる
ます形 (連用形) 覺醒	めざめます	られる形 (被動形) 被覺醒	めざめられる
て形 覺醒	めざめて	命令形 快覺醒	めざめろ
た形 (過去形) 覺醒了	めざめた	可能形 可以覺醒	めざめられる
たら形 (條件形) 覺醒的話	めざめたら	う形 (意向形) 覺醒吧	めざめよう

△今朝は鳥の鳴き声で目覚めました。／今天早晨被鳥兒的啁啾聲喚醒。

めす【召す】

（敬語）召見・召喚；吃；喝；穿；乘；入浴；感冒；購買 他五 グループ1

召す・召します

辞書形（基本形） 召見	めす	たり形 又是召見	めしたり
ない形（否定形） 沒召見	めさない	ば形（條件形） 召見的話	めせば
なかった形（過去否定形） 過去沒召見	めさなかった	させる形（使役形） 使召見	めさせる
ます形（連用形） 召見	めします	られる形（被動形） 被召見	めされる
て形 召見	めして	命令形 快召見	めせ
た形（過去形） 召見了	めした	可能形	———
たら形（條件形） 召見的話	めしたら	う形（意向形） 召見吧	めそう

△母は昨年82歳で神に召されました。／家母去年以八十二歳的高齡蒙主寵召了。

もうける【設ける】

預備・準備・設立・設置・制定 他下一 グループ2

設ける・設けます

辞書形（基本形） 設置	もうける	たり形 又是設置	もうけたり
ない形（否定形） 沒設置	もうけない	ば形（條件形） 設置的話	もうければ
なかった形（過去否定形） 過去沒設置	もうけなかった	させる形（使役形） 使設置	もうけさせる
ます形（連用形） 設置	もうけます	られる形（被動形） 被設置	もうけられる
て形 設置	もうけて	命令形 快設置	もうけろ
た形（過去形） 設置了	もうけた	可能形 可以設置	もうけられる
たら形（條件形） 設置的話	もうけたら	う形（意向形） 設置吧	もうけよう

△弊社は日本語のサイトも設けています。／敝公司也有架設日文網站。

もうしいれる【申し入れる】 提議・（正式）提出 他下一 グループ2

もう い
申し入れる・申し入れます

辞書形（基本形） 提出	もうしいれる	たり形 又是提出	もうしいれたり
ない形（否定形） 沒提出	もうしいれない	ば形（條件形） 提出的話	もうしいれれば
なかった形（過去否定形） 過去沒提出	もうしいれ なかった	させる形（使役形） 使提出	もうしいれさせる
ます形（連用形） 提出	もうしいれます	られる形（被動形） 被提出	もうしいれられる
て形 提出	もうしいれて	命令形 快提出	もうしいれろ
た形（過去形） 提出了	もうしいれた	可能形 可以提出	もうしいれられる
たら形（條件形） 提出的話	もうしいれたら	う形（意向形） 提出吧	もうしいれよう

△再三交渉を申し入れたが、会社からの回答はまだ得られていない。／
儘管已經再三提出交渉，卻尚未得到公司的回應。

もうしでる【申し出る】 提出・申述・申請 他下一 グループ2

もう で
申し出る・申し出ます

辞書形（基本形） 提出	もうしでる	たり形 又是提出	もうしでたり
ない形（否定形） 沒提出	もうしでない	ば形（條件形） 提出的話	もうしでれば
なかった形（過去否定形） 過去沒提出	もうしでなかった	させる形（使役形） 使提出	もうしでさせる
ます形（連用形） 提出	もうしでます	られる形（被動形） 被提出	もうしでられる
て形 提出	もうしでて	命令形 快提出	もうしでろ
た形（過去形） 提出了	もうしでた	可能形 可以提出	もうしでられる
たら形（條件形） 提出的話	もうしでたら	う形（意向形） 提出吧	もうしでよう

△ほかにも薬を服用している場合は、必ず申し出てください。／
假如還有服用其他藥物請務必告知。

もがく （痛苦時）掙扎・折騰；焦急・著急・掙扎

もがく・もがきます

辞書形 (基本形) 折騰	もがく	たり形 又是折騰	もがいたり
ない形 (否定形) 沒折騰	もがかない	ば形 (條件形) 折騰的話	もがけば
なかった形 (過去否定形) 過去沒折騰	もがかなかった	させる形 (使役形) 任憑折騰	もがかせる
ます形 (連用形) 折騰	もがきます	られる形 (被動形) 被折騰	もがかれる
て形 折騰	もがいて	命令形 快折騰	もがけ
た形 (過去形) 折騰了	もがいた	可能形 可以折騰	もがける
たら形 (條件形) 折騰的話	もがいたら	う形 (意向形) 折騰吧	もがこう

△誘拐された被害者は、必死にもがいて縄をほどき、自力で脱出したそうだ。／聽說遭到綁架的被害人拚命掙脫繩索，靠自己的力量逃出來了。

もくろむ【目論む】 計畫・籌畫・企圖・圖謀

目論む・目論みます

辞書形 (基本形) 籌畫	もくろむ	たり形 又是籌畫	もくろんだり
ない形 (否定形) 沒籌畫	もくろまない	ば形 (條件形) 籌畫的話	もくろめば
なかった形 (過去否定形) 過去沒籌畫	もくろまなかった	させる形 (使役形) 使籌畫	もくろませる
ます形 (連用形) 籌畫	もくろみます	られる形 (被動形) 被籌畫	もくろまれる
て形 籌畫	もくろんで	命令形 快籌畫	もくろめ
た形 (過去形) 籌畫了	もくろんだ	可能形 可以籌畫	もくろめる
たら形 (條件形) 籌畫的話	もくろんだら	う形 (意向形) 籌畫吧	もくろもう

△わが国は、軍備増強をもくろむ某隣国の脅威にさらされている。／我國目前受到鄰近某國企圖提升軍備的威脅。

もたらす【齎す】 帶來；造成・引發・引起；帶來（好處） 他五 グループ1

齎^{もたら}す・齎^{もたら}します

辞書形(基本形) 引起	もたらす	たり形 又是引起	もたらしたり
ない形 (否定形) 沒引起	もたらさない	ば形 (條件形) 引起的話	もたらせば
なかった形 (過去否定形) 過去沒引起	もたらさなかった	させる形 (使役形) 使引起	もたらさせる
ます形 (連用形) 引起	もたらします	られる形 (被動形) 被引起	もたらされる
て形 引起	もたらして	命令形 快引起	もたらせ
た形 (過去形) 引起了	もたらした	可能形 可以引起	もたらせる
たら形 (條件形) 引起的話	もたらしたら	う形 (意向形) 引起吧	もたらそう

△お金^{かね}が幸^{しあわ}せをもたらしてくれるとは限^{かぎ}らない。／金錢未必會帶來幸福。

もちこむ【持ち込む】 攜入・帶入；提出（意見・建議・問題） 他五 グループ1

持^もち込^こむ・持^もち込^こみます

辞書形(基本形) 提出	もちこむ	たり形 又是提出	もちこんだり
ない形 (否定形) 沒提出	もちこまない	ば形 (條件形) 提出的話	もちこめば
なかった形 (過去否定形) 過去沒提出	もちこまなかった	させる形 (使役形) 使提出	もちこませる
ます形 (連用形) 提出	もちこみます	られる形 (被動形) 被提出	もちこまれる
て形 提出	もちこんで	命令形 快提出	もちこめ
た形 (過去形) 提出了	もちこんだ	可能形 可以提出	もちこめる
たら形 (條件形) 提出的話	もちこんだら	う形 (意向形) 提出吧	もちこもう

△飲食物^{いんしょくぶつ}をホテルに持^もち込^こむ。／將外食攜入飯店。

もてなす【持て成す】 接待・招待・款待；（請吃飯）宴請・招待　他五　グループ1

持て成す・持て成します

辞書形（基本形）接待	もてなす	たり形 又是接待	もてなしたり
ない形（否定形）沒接待	もてなさない	ば形（條件形）接待的話	もてなせば
なかった形（過去否定形）過去沒接待	もてなさなかった	させる形（使役形）使接待	もてなさせる
ます形（連用形）接待	もてなします	られる形（被動形）被接待	もてなされる
て形 接待	もてなして	命令形 快接待	もてなせ
た形（過去形）接待了	もてなした	可能形 可以接待	もてなせる
たら形（條件形）接待的話	もてなしたら	う形（意向形）接待吧	もてなそう

△来賓をもてなすため、ホテルで大々的に歓迎会を開いた。／
為了要接待來賓，在飯店舉辦了盛大的迎賓會。

もてる【持てる】 受歡迎；能維持；能有・能拿　自下一　グループ2

持てる・持てます

辞書形（基本形）能拿	もてる	たり形 又是能拿	もてたり
ない形（否定形）沒能拿	もてない	ば形（條件形）能拿的話	もてれば
なかった形（過去否定形）過去沒能拿	もてなかった	させる形（使役形）使受歡迎	もてさせる
ます形（連用形）能拿	もてます	られる形（被動形）得到歡喜	もてられる
て形 能拿	もてて	命令形 快能拿	もてろ
た形（過去形）能拿了	もてた	可能形	
たら形（條件形）能拿的話	もてたら	う形（意向形）能拿吧	もてよう

△持てる力を存分に発揮して、悔いのないように試合に臨みなさい。／
不要留下任何後悔，在比賽中充分展現自己的實力吧！

もめる【揉める】 發生糾紛・擔心・擔憂

自下一 グループ2

揉める・揉めます

辞書形(基本形) 擔憂	もめる	たり形 又是擔憂	もめたり
ない形（否定形） 沒擔憂	もめない	ば形（條件形） 擔憂的話	もめれば
なかった形（過去否定形） 過去沒擔憂	もめなかった	させる形（使役形） 使擔憂	もめさせる
ます形（連用形） 擔憂	もめます	られる形（被動形） 被擔憂	もめられる
て形 擔憂	もめて	命令形 快擔憂	もめろ
た形（過去形） 擔憂了	もめた	可能形	———
たら形（條件形） 擔憂的話	もめたら	う形（意向形） 擔憂吧	もめよう

△遺産相続などでもめないように遺言を残しておいた方がいい。／
最好先寫下遺言，以免遺族繼承財產時發生爭執。

もよおす【催す】 舉行・舉辦；產生・引起

他五 グループ1

催す・催します

辞書形(基本形) 引起	もよおす	たり形 又是引起	もよおしたり
ない形（否定形） 沒引起	もよおさない	ば形（條件形） 引起的話	もよおせば
なかった形（過去否定形） 過去沒引起	もよおさなかった	させる形（使役形） 使引起	もよおさせる
ます形（連用形） 引起	もよおします	られる形（被動形） 被引起	もよおされる
て形 引起	もよおして	命令形 快引起	もよおせ
た形（過去形） 引起了	もよおした	可能形 可以引起	もよおせる
たら形（條件形） 引起的話	もよおしたら	う形（意向形） 引起吧	もよおそう

△来月催される演奏会のために、毎日遅くまでピアノの練習をしていま
す。／為了即將於下個月舉辦的演奏會，每天都練習鋼琴至深夜時分。

もらす【漏らす】

（液體、氣體、光等）漏・漏出；（秘密等）洩漏；遺漏；發洩；尿褲子

漏らす・漏らします

辭書形(基本形) 洩漏	もらす	たり形 又是洩漏	もらしたり
ない形（否定形） 沒洩漏	もらさない	ば形（條件形） 洩漏的話	もらせば
なかった形（過去否定形） 過去沒洩漏	もらさなかった	させる形（使役形） 使洩漏	もらさせる
ます形（連用形） 洩漏	もらします	られる形（被動形） 被洩漏	もらされる
て形 洩漏	もらして	命令形 快洩漏	もらせ
た形（過去形） 洩漏了	もらした	可能形 可以洩漏	もらせる
たら形（條件形） 洩漏的話	もらしたら	う形（意向形） 洩漏吧	もらそう

 △社員が情報をもらしたと知って、社長は憤慨にたえない。／
當社長獲悉員工洩露了機密，不由得火冒三丈。

もりあがる【盛り上がる】

（向上或向外）鼓起・隆起；（情緒、要求等）沸騰・高漲

盛り上がる・盛り上がります

辭書形(基本形) 沸騰	もりあがる	たり形 又是沸騰	もりあがったり
ない形（否定形） 沒沸騰	もりあがらない	ば形（條件形） 沸騰的話	もりあがれば
なかった形（過去否定形） 過去沒沸騰	もりあがらなかった	させる形（使役形） 使沸騰	もりあがらせる
ます形（連用形） 沸騰	もりあがります	られる形（被動形） 被沸騰	もりあがられる
て形 沸騰	もりあがって	命令形 快沸騰	もりあがれ
た形（過去形） 沸騰了	もりあがった	可能形 可以沸騰	もりあがれる
たら形（條件形） 沸騰的話	もりあがったら	う形（意向形） 沸騰吧	もりあがろう

 △決勝戦とあって、異様な盛り上がりを見せている。／
因為是冠亞軍賽，選手們的鬥志都異常高昂。

もる【漏る】 （液體、氣體、光等）漏・漏出 　自五 グループ1

漏る・漏ります

辞書形(基本形) 漏出	もる	たり形 又是漏出	もったり
ない形（否定形） 沒漏出	もらない	ば形（條件形） 漏出的話	もれば
なかった形（過去否定形） 過去沒漏出	もらなかった	させる形（使役形） 使漏出	もらせる
ます形（連用形） 漏出	もります	られる形（被動形） 被洩漏	もられる
て形 漏出	もって	命令形 快漏出	もれ
た形（過去形） 漏出了	もった	可能形 可以漏出	もれる
たら形（條件形） 漏出的話	もったら	う形（意向形） 漏出吧	もろう

△お茶が漏ると思ったら、湯飲みにひびが入っていた。／
正想著茶湯怎麼露出來了，原來是茶壺有裂縫了。

もれる【漏れる】 （液體、氣體、光等）漏・漏出；（秘密等）洩漏；落選・被淘汰 　自下一 グループ2

漏れる・漏れます

辞書形(基本形) 洩漏	もれる	たり形 又是洩漏	もれたり
ない形（否定形） 沒洩漏	もれない	ば形（條件形） 洩漏的話	もれれば
なかった形（過去否定形） 過去沒洩漏	もれなかった	させる形（使役形） 使洩漏	もれさせる
ます形（連用形） 洩漏	もれます	られる形（被動形） 被洩漏	もれられる
て形 洩漏	もれて	命令形 快洩漏	もれろ
た形（過去形） 洩漏了	もれた	可能形	———
たら形（條件形） 洩漏的話	もれたら	う形（意向形） 洩漏吧	もれよう

△この話はいったいどこから漏れたのですか。／
這件事到底是從哪裡洩露出去的呢？

やしなう【養う】

（子女）養育・撫育；養活・扶養；餵養；培養；保養・休養

他五 グループ1

養う・養います

辞書形(基本形) 扶養	やしなう	たり形 又是扶養	やしなったり
ない形（否定形） 沒扶養	やしなわない	ば形（條件形） 扶養的話	やしなえば
なかった形（過去否定形） 過去沒扶養	やしなわなかった	させる形（使役形） 使扶養	やしなわせる
ます形（連用形） 扶養	やしないます	られる形（被動形） 被扶養	やしなわれる
て形 扶養	やしなって	命令形 快扶養	やしなえ
た形（過去形） 扶養了	やしなった	可能形 可以扶養	やしなえる
たら形（條件形） 扶養的話	やしなったら	う形（意向形） 扶養吧	やしなおう

△どんな困難や苦労にもたえる精神力を養いたい。／
希望能夠培養出足以面對任何困難與艱辛的堅忍不拔毅力。

やすめる【休める】

（活動等）使休息・使停歇；（身心等）使休息・使安靜；放下

他下一 グループ2

休める・休めます

辞書形(基本形) 放下	やすめる	たり形 又是放下	やすめたり
ない形（否定形） 沒放下	やすめない	ば形（條件形） 放下的話	やすめれば
なかった形（過去否定形） 過去沒放下	やすめなかった	させる形（使役形） 使放下	やすめさせる
ます形（連用形） 放下	やすめます	られる形（被動形） 被放下	やすめられる
て形 放下	やすめて	命令形 快放下	やすめろ
た形（過去形） 放下了	やすめた	可能形 可以放下	やすめられる
たら形（條件形） 放下的話	やすめたら	う形（意向形） 放下吧	やすめよう

△パソコンやテレビを見るときは、ときどき目を休めた方がいい。／
看電腦或電視的時候，最好經常讓眼睛休息一下。

やっつける

(俗)幹完；(狠狠的)教訓一頓・整一頓；打敗・撃敗

 他下一 グループ2

やっつける・やっつけます

辞書形(基本形) 撃敗	やっつける	たり形 又是撃敗	やっつけたり
ない形 (否定形) 沒撃敗	やっつけない	ば形 (條件形) 撃敗的話	やっつければ
なかった形 (過去否定形) 過去沒撃敗	やっつけなかった	させる形 (使役形) 使撃敗	やっつけさせる
ます形 (連用形) 撃敗	やっつけます	られる形 (被動形) 被撃敗	やっつけられる
て形 撃敗	やっつけて	命令形 快撃敗	やっつけろ
た形 (過去形) 撃敗了	やっつけた	可能形 可以撃敗	やっつけられる
たら形 (條件形) 撃敗的話	やっつけたら	う形 (意向形) 撃敗吧	やっつけよう

 △相手チームをやっつける。／撃敗對方隊伍。

やりとおす【遣り通す】

做完・完成

他五 グループ1

遣り通す・遣り通します

辞書形(基本形) 完成	やりとおす	たり形 又是完成	やりとおしたり
ない形 (否定形) 沒完成	やりとおさない	ば形 (條件形) 完成的話	やりとおせば
なかった形 (過去否定形) 過去沒完成	やりとおさなかった	させる形 (使役形) 予以完成	やりとおさせる
ます形 (連用形) 完成	やりとおします	られる形 (被動形) 被完成	やりとおされる
て形 完成	やりとおして	命令形 快完成	やりとおせ
た形 (過去形) 完成了	やりとおした	可能形 可以完成	やりとおせる
たら形 (條件形) 完成的話	やりとおしたら	う形 (意向形) 完成吧	やりとおそう

 △難しい仕事だったが、何とかやり通した。／
雖然是一份艱難的工作，總算完成了。

やりとげる【遣り遂げる】 徹底做到完・進行到底・完成　他下一　グループ2

遣り遂げる・遣り遂げます

辞書形（基本形）完成	やりとげる	たり形 又是完成	やりとげたり
ない形（否定形）沒完成	やりとげない	ば形（條件形）完成的話	やりとげれば
なかった形（過去否定形）過去沒完成	やりとげなかった	させる形（使役形）予以完成	やりとげさせる
ます形（連用形）完成	やりとげます	られる形（被動形）被完成	やりとげられる
て形 完成	やりとげて	命令形 快完成	やりとげろ
た形（過去形）完成了	やりとげた	可能形 可以完成	やりとげられる
たら形（條件形）完成的話	やりとげたら	う形（意向形）完成吧	やりとげよう

 △10年越しのプロジェクトをやり遂げた。／終於完成了歷經十年的計畫。

やわらぐ【和らぐ】 變柔和・和緩起來　自五　グループ1

和らぐ・和らぎます

辞書形（基本形）變柔和	やわらぐ	たり形 又是變柔和	やわらいだり
ない形（否定形）沒變柔和	やわらがない	ば形（條件形）變柔和的話	やわらげば
なかった形（過去否定形）過去沒變柔和	やわらがなかった	させる形（使役形）使變柔和	やわらがせる
ます形（連用形）變柔和	やわらぎます	られる形（被動形）被緩和	やわらがれる
て形 變柔和	やわらいで	命令形 快變柔和	やわらげ
た形（過去形）變柔和了	やわらいだ	可能形 可以變柔和	やわらげる
たら形（條件形）變柔和的話	やわらいだら	う形（意向形）變柔和吧	やわごう

 △怒りが和らぐ。／讓憤怒的心情平靜下來。

やわらげる【和らげる】 緩和；使明白；沖淡

他下一 グループ2

和らげる・和らげます

辞書形(基本形) 沖淡	やわらげる	たり形 又是沖淡	やわらげたり
ない形（否定形） 沒沖淡	やわらげない	ば形（條件形） 沖淡的話	やわらげれば
なかった形（過去否定形） 過去沒沖淡	やわらげなかった	させる形（使役形） 使沖淡	やわらげさせる
ます形（連用形） 沖淡	やわらげます	られる形（被動形） 被沖淡	やわらげられる
て形 沖淡	やわらげて	命令形 快沖淡	やわらげろ
た形（過去形） 沖淡了	やわらげた	可能形 可以沖淡	やわらげられる
たら形（條件形） 沖淡的話	やわらげたら	う形（意向形） 沖淡吧	やわらげよう

△彼は忙しいながら、冗談でみんなの緊張を和らげてくれる。／
他雖然忙得不可開交，還是會用說笑來緩和大家的緊張情緒。

ゆがむ【歪む】 歪斜，歪扭；（性格等）乖僻，扭曲

自五 グループ1

歪む・歪みます

辞書形(基本形) 扭曲	ゆがむ	たり形 又是扭曲	ゆがんだり
ない形（否定形） 沒扭曲	ゆがまない	ば形（條件形） 扭曲的話	ゆがめば
なかった形（過去否定形） 過去沒扭曲	ゆがまなかった	させる形（使役形） 使扭曲	ゆがませる
ます形（連用形） 扭曲	ゆがみます	られる形（被動形） 被扭曲	ゆがまれる
て形 扭曲	ゆがんで	命令形 快扭曲	ゆがめ
た形（過去形） 扭曲了	ゆがんだ	可能形	———
たら形（條件形） 扭曲的話	ゆがんだら	う形（意向形） 扭曲吧	ゆがもう

△柱も梁もゆがんでいる。いいかげんに建てたのではあるまいか。／
柱和樑都已歪斜，當初蓋的時候是不是有偷工減料呢？

ゆさぶる【揺さぶる】 搖晃；震撼

揺さぶる・揺さぶります

辞書形(基本形) 搖晃	ゆさぶる	たり形 又是搖晃	ゆさぶったり
ない形 (否定形) 沒搖晃	ゆさぶらない	ば形 (條件形) 搖晃的話	ゆさぶれば
なかった形 (過去否定形) 過去沒搖晃	ゆさぶらなかった	させる形 (使役形) 使搖晃	ゆさぶらせる
ます形 (連用形) 搖晃	ゆさぶります	られる形 (被動形) 被搖晃	ゆさぶられる
て形 搖晃	ゆさぶって	命令形 快搖晃	ゆさぶれ
た形 (過去形) 搖晃了	ゆさぶった	可能形 可以搖晃	ゆさぶれる
たら形 (條件形) 搖晃的話	ゆさぶったら	う形 (意向形) 搖晃吧	ゆさぶろう

△彼のスピーチに、聴衆はみな心を揺さぶられた。／
他的演說撼動了每一個聽眾。

ゆすぐ【濯ぐ】 洗滌・刷洗・洗濯；漱

濯ぐ・濯ぎます

辞書形(基本形) 刷洗	ゆすぐ	たり形 又是刷洗	ゆすいだり
ない形 (否定形) 沒刷洗	ゆすがない	ば形 (條件形) 刷洗的話	ゆすげば
なかった形 (過去否定形) 過去沒刷洗	ゆすがなかった	させる形 (使役形) 使刷洗	ゆすがせる
ます形 (連用形) 刷洗	ゆすぎます	られる形 (被動形) 被刷洗	ゆすがれる
て形 刷洗	ゆすいで	命令形 快刷洗	ゆすげ
た形 (過去形) 刷洗了	ゆすいだ	可能形 可以刷洗	ゆすげる
たら形 (條件形) 刷洗的話	ゆすいだら	う形 (意向形) 刷洗吧	ゆすごう

△ゆすぐ時は、水を出しっぱなしにしないでくださいね。／
在刷洗的時候，請記得關上水龍頭，不要任由自來水流個不停喔！

ゆびさす【指差す】 （用手指）指・指示

指差す・指差します

辞書形（基本形） 指示	ゆびさす	たり形 又是指示	ゆびさしたり
ない形（否定形） 沒指示	ゆびささない	ば形（條件形） 指示的話	ゆびさせば
なかった形（過去否定形） 過去沒指示	ゆびささなかった	させる形（使役形） 使指示	ゆびさささせる
ます形（連用形） 指示	ゆびさします	られる形（被動形） 被指示	ゆびさされる
て形 指示	ゆびさして	命令形 快指示	ゆびさせ
た形（過去形） 指示了	ゆびさした	可能形 可以指示	ゆびさせる
たら形（條件形） 指示的話	ゆびさしたら	う形（意向形） 指示吧	ゆびさそう

△地図の上を指差しながら教えれば、よくわかるだろう。／
用手指著地圖教對方的話，應該就很清楚明白吧！

ゆらぐ【揺らぐ】 搖動・搖晃；意志動搖；搖搖欲墜・岌岌可危

揺らぐ・揺らぎます

辞書形(基本形) 搖晃	ゆらぐ	たり形 又是搖晃	ゆらいだり
ない形（否定形） 沒搖晃	ゆらがない	ば形（條件形） 搖晃的話	ゆらげば
なかった形（過去否定形） 過去沒搖晃	ゆらがなかった	させる形（使役形） 使搖晃	ゆらがせる
ます形（連用形） 搖晃	ゆらぎます	られる形（被動形） 被搖晃	ゆらがれる
て形 搖晃	ゆらいで	命令形 快搖晃	ゆらげ
た形（過去形） 搖晃了	ゆらいだ	可能形 可以搖晃	ゆらげる
たら形（條件形） 搖晃的話	ゆらいだら	う形（意向形） 搖晃吧	ゆらごう

△家族の顔を見たが最後、家を出る決心が揺らいだ。／
一看到家人們之後，離家出走的決心就被動搖了。

ゆるむ【緩む】 鬆散・緩和・鬆弛

ゆる ゆる
緩む・緩みます

辞書形(基本形) 緩和	ゆるむ	たり形 又是緩和	ゆるんだり
ない形 (否定形) 沒緩和	ゆるまない	ば形 (條件形) 緩和的話	ゆるめば
なかった形 (過去否定形) 過去沒緩和	ゆるまなかった	させる形 (使役形) 使緩和	ゆるませる
ます形 (連用形) 緩和	ゆるみます	られる形 (被動形) 被緩和	ゆるまれる
て形 緩和	ゆるんで	命令形 快緩和	ゆるめ
た形 (過去形) 緩和了	ゆるんだ	可能形	———
たら形 (條件形) 緩和的話	ゆるんだら	う形 (意向形) 緩和吧	ゆるもう

△寒さが緩み、だんだん春めいてきました。／
嚴寒逐漸退去，春天的腳步日漸踏近。

ゆるめる【緩める】 放鬆・使鬆懈；鬆弛；放慢速度

ゆる ゆる
緩める・緩めます

辞書形(基本形) 放鬆	ゆるめる	たり形 又是放鬆	ゆるめたり
ない形 (否定形) 沒放鬆	ゆるめない	ば形 (條件形) 放鬆的話	ゆるめれば
なかった形 (過去否定形) 過去沒放鬆	ゆるめなかった	させる形 (使役形) 使放鬆	ゆるめさせる
ます形 (連用形) 放鬆	ゆるめます	られる形 (被動形) 被放鬆	ゆるめられる
て形 放鬆	ゆるめて	命令形 快放鬆	ゆるめろ
た形 (過去形) 放鬆了	ゆるめた	可能形 可以放鬆	ゆるめられる
たら形 (條件形) 放鬆的話	ゆるめたら	う形 (意向形) 放鬆吧	ゆるめよう

じだい そく きそく ゆる おも しゃいん ふ
△時代に即して、規則を緩めてほしいと思う社員が増えた。／
期望順應時代放寬規定的員工與日俱增。

よける【避ける】 躲避・避開；防備　他下一 グループ2

避ける・避けます

辞書形(基本形) 避開	よける	たり形 又是避開	よけたり
ない形（否定形） 沒避開	よけない	ば形（條件形） 避開的話	よければ
なかった形（過去否定形） 過去沒避開	よけなかった	させる形（使役形） 使避開	よけさせる
ます形（連用形） 避開	よけます	られる形（被動形） 被避開	よけられる
て形 避開	よけて	命令形 快避開	よけろ
た形（過去形） 避開了	よけた	可能形 可以避開	よけられる
たら形（條件形） 避開的話	よけたら	う形（意向形） 避開吧	よけよう

△木の下に入って雨をよける。／到樹下躲雨。

よせあつめる【寄せ集める】 收集・匯集・聚集・拼湊　他下一 グループ2

寄せ集める・寄せ集めます

辞書形(基本形) 聚集	よせあつめる	たり形 又是聚集	よせあつめたり
ない形（否定形） 沒聚集	よせあつめない	ば形（條件形） 聚集的話	よせあつめれば
なかった形（過去否定形） 過去沒聚集	よせあつめ なかった	させる形（使役形） 使聚集	よせあつめさせる
ます形（連用形） 聚集	よせあつめます	られる形（被動形） 被聚集於…	よせあつめられる
て形 聚集	よせあつめて	命令形 快聚集	よせあつめろ
た形（過去形） 聚集了	よせあつめた	可能形 可以聚集	よせあつめられる
たら形（條件形） 聚集的話	よせあつめたら	う形（意向形） 聚集吧	よせあつめよう

△素人を寄せ集めたチームだから、優勝なんて到底無理だ。／
畢竟是由外行人組成的隊伍，實在沒有獲勝的希望。

よびとめる【呼び止める】 叫住 　　他下一　グループ2

呼び止める・呼び止めます

辭書形(基本形) 叫住	よびとめる	たり形 又是叫住	よびとめたり
ない形 (否定形) 沒叫住	よびとめない	ば形 (條件形) 叫住的話	よびとめれば
なかった形 (過去否定形) 過去沒叫住	よびとめなかった	させる形 (使役形) 予以叫住	よびとめさせる
ます形 (連用形) 叫住	よびとめます	られる形 (被動形) 被叫住	よびとめられる
て形 叫住	よびとめて	命令形 快叫住	よびとめろ
た形 (過去形) 叫住了	よびとめた	可能形 可以叫住	よびとめられる
たら形 (條件形) 叫住的話	よびとめたら	う形 (意向形) 叫住吧	よびとめよう

△彼を呼び止めようと、大声を張り上げて叫んだ。／
為了要叫住他而大聲地呼喊。

よみあげる【読み上げる】 朗讀；讀完 　　他下一　グループ2

読み上げる・読み上げます

辭書形(基本形) 讀完	よみあげる	たり形 又是讀完	よみあげたり
ない形 (否定形) 沒讀完	よみあげない	ば形 (條件形) 讀完的話	よみあげれば
なかった形 (過去否定形) 過去沒讀完	よみあげなかった	させる形 (使役形) 讓…讀完	よみあげさせる
ます形 (連用形) 讀完	よみあげます	られる形 (被動形) 被讀完	よみあげられる
て形 讀完	よみあげて	命令形 快讀完	よみあげろ
た形 (過去形) 讀完了	よみあげた	可能形 可以讀完	よみあげられる
たら形 (條件形) 讀完的話	よみあげたら	う形 (意向形) 讀完吧	よみあげよう

△式で私の名が読み上げられたときは、光栄の極みだった。／
當我在典禮中被唱名時，實在光榮極了。

よみとる【読み取る】 領會・讀懂・看明白・理解 自五 グループ1

読み取る・読み取ります

辞書形(基本形) 理解	よみとる	たり形 又是理解	よみとったり
ない形 (否定形) 沒理解	よみとらない	ば形 (條件形) 理解的話	よみとれば
なかった形 (過去否定形) 過去沒理解	よみとらなかった	させる形 (使役形) 使理解	よみとらせる
ます形 (連用形) 理解	よみとります	られる形 (被動形) 被理解	よみとられる
て形 理解	よみとって	命令形 快理解	よみとれ
た形 (過去形) 理解了	よみとった	可能形 可以理解	よみとれる
たら形 (條件形) 理解的話	よみとったら	う形 (意向形) 理解吧	よみとろう

 △真意を読み取る。／理解真正的涵意。

よりかかる【寄り掛かる】 倚・靠；依賴・依靠 自五 グループ1

寄り掛かる・寄り掛かります

辞書形(基本形) 依靠	よりかかる	たり形 又是依靠	よりかかったり
ない形 (否定形) 沒依靠	よりかからない	ば形 (條件形) 依靠的話	よりかかれば
なかった形 (過去否定形) 過去沒依靠	よりかから なかった	させる形 (使役形) 予以依靠	よりかからせる
ます形 (連用形) 依靠	よりかかります	られる形 (被動形) 被依靠	よりかかられる
て形 依靠	よりかかって	命令形 快依靠	よりかかれ
た形 (過去形) 依靠了	よりかかった	可能形 可以依靠	よりかかれる
たら形 (條件形) 依靠的話	よりかかったら	う形 (意向形) 依靠吧	よりかかろう

 △ドアに寄り掛かったとたん、ドアが開いてひっくりかえった。／
才剛靠近門邊，門扉突然打開，害我翻倒在地。

よりそう【寄り添う】 挨近・貼近・靠近

自五 グループ1

寄り沿う・寄り沿います

辞書形（基本形） 靠近	よりそう	たり形 又是靠近	よりそったり
ない形（否定形） 沒靠近	よりそわない	ば形（條件形） 靠近的話	よりそえば
なかった形（過去否定形） 過去沒靠近	よりそわなかった	させる形（使役形） 使靠近	よりそわせる
ます形（連用形） 靠近	よりそいます	られる形（被動形） 被靠近	よりそわれる
て形 靠近	よりそって	命令形 快靠近	よりそえ
た形（過去形） 靠近了	よりそった	可能形 可以靠近	よりそえる
たら形（條件形） 靠近的話	よりそったら	う形（意向形） 靠近吧	よりそおう

△父を早くに亡くしてから、母と私は寄り添いながら生きてきた。／
父親早年過世了以後，母親和我從此相依為命。

よわる【弱る】 衰弱・軟弱；困窘・為難

自五 グループ1

弱る・弱ります

辞書形（基本形） 為難	よわる	たり形 又是為難	よわったり
ない形（否定形） 沒為難	よわらない	ば形（條件形） 為難的話	よわれば
なかった形（過去否定形） 過去沒為難	よわらなかった	させる形（使役形） 使為難	よわらせる
ます形（連用形） 為難	よわります	られる形（被動形） 被為難	よわられる
て形 為難	よわって	命令形 快為難	よわれ
た形（過去形） 為難了	よわった	可能形	——
たら形（條件形） 為難的話	よわったら	う形（意向形） 為難吧	よわろう

△犬が病気で弱ってしまい、餌さえ食べられない始末だ。／
小狗的身體因生病而變得衰弱，就連飼料也無法進食。

わりあてる【割り当てる】

分配・分擔，分配額；
分派・分擔（的任務）

割り当てる・割り当てます

辞書形（基本形） 分配	わりあてる	たり形 又是分配	わりあてたり
ない形（否定形） 沒分配	わりあてない	ば形（條件形） 分配的話	わりあてれば
なかった形（過去否定形） 過去沒分配	わりあてなかった	させる形（使役形） 予以分配	わりあてさせる
ます形（連用形） 分配	わりあてます	られる形（被動形） 被分配	わりあてられる
て形 分配	わりあてて	命令形 快分配	わりあてろ
た形（過去形） 分配了	わりあてた	可能形 可以分配	わりあてられる
たら形（條件形） 分配的話	わりあてたら	う形（意向形） 分配吧	わりあてよう

△費用を等分に割り当てる。／費用均等分配。

する 做・幹

する・します

辞書形（基本形） 做	する	たり形 又是做	したり
ない形（否定形） 沒做	しない	ば形（條件形） 做的話	すれば
なかった形（過去否定形） 過去沒做	しなかった	させる形（使役形） 使做	させる
ます形（連用形） 做	します	られる形（被動形） 被做	される
て形 做	して	命令形 快做	しろ
た形（過去形） 做了	した	可能形 可以做	できる
たら形（條件形） 做的話	したら	う形（意向形） 做吧	しよう

△ゆっくりしてください／請慢慢做。

あたいする　　值・相當於；值得・有…的價值　　　　　　　　　　＊自サ◎グループ3
　【値する】　△彼のことはこれ以上の議論に値しない。／
　　　　　　　他的事不值得再繼續討論下去。

あっか　　惡化・變壞　　　　　　　　　　　　　　　　　　　　　＊名・自サ◎グループ3
　【悪化】　△景気は急速に悪化している。／
　　　　　　景氣急速地惡化中。

あっさり　　（口味）輕淡；（樣式）樸素・不花俏；（個性）坦率・淡泊；簡單・輕鬆
　　　　　　　　　　　　　　　　　　　　　　　　　　　　　　　＊副・自サ◎グループ3
　　　△あっさりした食べ物とこってりした食べ物では、どっちが好
　　　　きですか。／
　　　　請問您喜歡吃的食物口味，是清淡的還是濃郁的呢？

あっせん　　幫助；關照；居中調解・斡旋；介紹　　　　　　　　　＊名・他サ◎グループ3
　【斡旋】　△この仕事を斡旋していただけませんか。／
　　　　　　這件案子可以麻煩您居中協調嗎？

あっとう　　壓倒；勝過；超過　　　　　　　　　　　　　　　　　＊名・他サ◎グループ3
　【圧倒】　△勝利を重ねる相手チームの勢いに圧倒されっぱなしだった。／
　　　　　　一路被屢次獲勝的敵隊之氣勢壓倒了。

あっぱく　　壓力；壓迫　　　　　　　　　　　　　　　　　　　　＊名・他サ◎グループ3
　【圧迫】　△胸に圧迫を感じて息苦しくなった。／
　　　　　　胸部有壓迫感，呼吸變得很困難。

アプローチ　　接近・靠近；探討・研究　　　　　　　　　　　　　＊名・自サ◎グループ3
　【approach】　△比較政治学における研究アプローチにはどのような方法が
　　　　　　　ありますか。／
　　　　　　　關於比較政治學的研究探討有哪些方法呢？

アンコール　　（要求）重演・再來（演・唱）一次；呼聲　　　　　　＊名・自サ◎グループ3
　【encore】　△ J-POP 歌手がアンコールに応じて2曲歌った。／
　　　　　　　J-POP 歌手應安可歡呼聲的要求，又唱了兩首歌曲。

あんさつ　　暗殺・行刺　　　　　　　　　　　　　　　　　　　　＊名・他サ◎グループ3
　【暗殺】　△龍馬は 33 歳の誕生日に暗殺されました。／
　　　　　　坂本龍馬於三十三歲生日當天遭到暗殺。

あんざん　【暗算】

心算　*名・他サ◎グループ3

△私は暗算が苦手なので二ケタ越えるともうだめです。／
我不善於心算，只要一超過兩位數就不行了。

あんじ　【暗示】

暗示，示意，提示　*名・他サ◎グループ3

△父を殺す夢を見た。何かの暗示だろうか。／
我做了殺死父親的夢。難道這代表某種暗示嗎？

いいわけ　【言い訳】

辯解，分辯；道歉，賠不是；語言用法上的分別　*名・自サ◎グループ3

△下手な言い訳なら、しない方が賢明ですよ。／
不作無謂的辯解，才是聰明。

いえで　【家出】

逃出家門，逃家；出家為僧　*名・自サ◎グループ3

△警官は家出をした少女を保護した。／
警察將離家出走的少女帶回了警局庇護。

いくせい　【育成】

培養，培育，扶植，扶育　*名・他サ◎グループ3

△彼は多くのエンジニアを育成した。／
他培育出許多工程師。

いこう　【移行】

轉變，移位，過渡　*名・自サ◎グループ3

△経営陣は新体制に移行した。／
經營團隊重整為全新的陣容了。

いじゅう　【移住】

移居；（候鳥）定期遷徙　*名・自サ◎グループ3

△暖かい南の島へ移住したい。／
好想搬去溫暖的南方島嶼居住。

いそん・いぞん　【依存】

依存，依靠，賴以生存　*名・自サ◎グループ3

△この国の経済は農作物の輸出に依存している。／
這個國家的經濟倚賴農作物的出口。

いたく　【委託】

委託，託付；（法）委託，代理人　*名・他サ◎グループ3

△新しい商品の販売は代理店に委託してある。／
新商品的販售委由經銷商處理。

N1
サ変
いちべつ・いどう

いちべつ
【一瞥】
一瞥，看一眼　　　　　　　　　　　　　　　　　*名・サ変◎グループ3
△彼女は、持ち込まれた絵を一べつしただけで、偽物だと断言した。／
她只朝送上門來的那幅畫瞥了一眼，就斷定是假畫了。

いちもく
【一目】
一隻眼睛；一看，一目；（項目）一項・一款　　　*名・自サ◎グループ3
△この問題集は出題頻度とレベルが一目して分かる。／
這本參考書的命中率與程度一目瞭然。

いっかつ
【一括】
總括起來，全部　　　　　　　　　　　　　　　*名・他サ◎グループ3
△お支払い方法については、一括または分割払い、リボ払いがご利用いただけます。／
支付方式包含：一次付清、分期付款、以及定額付款等三種。

いっけん
【一見】
看一次，一看；一瞥，看一眼；乍看，初看　　*名・副・他サ◎グループ3
△これは一見写真に見えますが、実は絵です。／
這個乍看之下是照片，其實是一幅畫作。

いっしん
【一新】
刷新，革新　　　　　　　　　　　　　　　　*名・自他サ◎グループ3
△部屋の模様替えをして気分を一新した。／
改了房間的布置，讓心情煥然一新。

いっそう
【一掃】
掃盡，清除　　　　　　　　　　　　　　　　*名・他サ◎グループ3
△世界から全ての暴力を一掃しよう。／
讓我們終止世界上的一切暴力吧！

いっぺん
【一変】
一變，完全改變；突然改變　　　　　　　　　*名・自他サ◎グループ3
△親友に裏切られてから、彼の性格は一変した。／
自從遭到摯友的背叛以後，他的性情勃然巨變。

いと
【意図】
心意，主意，企圖，打算　　　　　　　　　　*名・他サ◎グループ3
△彼の発言の意図は誰にも理解できません。／
沒有人能瞭解他發言的意圖。

いどう
【異動】
異動，變動，調動　　　　　　　　　　　　　*名・自他サ◎グループ3
△今回の異動で彼は九州へ転勤になった。／
他在這次的職務調動中，被派到九州去了。

いみん 【移民】	移民；（移往外國的）僑民	＊名・自サ◎グループ3

△彼らは日本からカナダへ移民した。／
他們從日本移民到加拿大了。

いんきょ 【隠居】	隱居・退休・閒居；（閒居的）老人	＊名・自サ◎グループ3

△定年になったら年金で静かに質素な隠居生活を送りたいですね。／
真希望退休之後，能夠以退休金度過靜謐簡樸的隱居生活。

うわがき 【上書き】	寫在（信件等）上（的文字）；（電腦用語）數據覆蓋	＊名・自サ◎グループ3

△わーっ、間違って上書きしちゃった。／
哇，不小心（把檔案）覆蓋過去了！

うわき 【浮気】	見異思遷・心猿意馬；外遇	＊名・自サ・形動◎グループ3

△浮気現場を週刊誌の記者に撮られてしまった。／
外遇現場，被週刊記者給拍著了。

うんえい 【運営】	領導（組織或機構使其發揮作用），經營・管理	＊名・他サ◎グループ3

△この組織は30名からなる理事会によって運営されている。／
這個組織的經營管理是由三十人組成的理事會負責。

うんざり	厭膩・厭煩，（興趣）索性	＊副・形動・自サ◎グループ3

△彼のひとりよがりの考えにはうんざりする。／
實在受夠了他那種自以為是的想法。

うんそう 【運送】	運送・運輸・搬運	＊名・他サ◎グループ3

△アメリカまでの運送費用を見積もってくださいませんか。／
麻煩您幫我估算一下到美國的運費。

えいしゃ 【映写】	放映（影片、幻燈片等）	＊名・他サ◎グループ3

△平和をテーマにした映写会が開催されました。／
舉辦了以和平為主題的放映會。

エスカレート 【escalate】	逐步上升，逐步升級	＊名・自他サ◎グループ3

△紛争がエスカレートする。／
衝突與日俱增。

えつらん 【閲覧】	閲覧；査閲	*名・他サ◎グループ3

△新聞は禁帯出です。閲覧室内でお読みください。／
報紙禁止攜出，請在閲覧室裡閲讀。

えんしゅつ 【演出】	（劇）演出，上演；導演	*名・他サ◎グループ3

△ミュージカルの演出には素晴らしい工夫が凝らされていた。／
舞台劇的演出，可是煞費心思製作的。

おうしん 【往診】	（醫生的）出診	*名・自サ◎グループ3

△先生はただ今往診中です。／
醫師現在出診了。

おうぼ 【応募】	報名參加；認購（公債，股票等），認捐；投稿應徵	*名・自サ◎グループ3

△会員募集に応募する。／
參加會員招募。

オーケー 【OK】	好・行・對・可以；同意	*名・自サ・感◎グループ3

△それなら、それでオーケーです。／
既然如此，那這樣就OK。

オーバー 【over】	超過，超越；外套	*名・自他サ◎グループ3

△そんなにスピード出さないで、制限速度をオーバーするよ。／
不要開那麼快，會超過速限喔！

おどおど	提心吊膽，忐忑不安	*副・自サ◎グループ3

△彼はおどおどして何も言えずに立っていた。／
他心裡忐忑不安，不發一語地站了起來。

おとも 【お供】	陪伴，陪同，跟隨；陪同的人，隨員	*名・自サ◎グループ3

△僕は社長の海外旅行のお供をした。／
我陪同社長去了國外旅遊。

オファー 【offer】	提出，提供；開價，報價	*名・他サ◎グループ3

△オファーが来る。／
報價單來了。

おまけ
【お負け】
（作為贈品）另外贈送；另外附加（的東西）；算便宜　　＊名・他サ◎グループ3

△きれいなお姉さんだから、500円おまけしましょう。／
小姐真漂亮，就少算五百元吧！

おんぶ
（幼兒語）背・背負；（俗）讓他人負擔費用，依靠別人　　＊名・他サ◎グループ3

△その子は「おんぶして」とせがんだ。／
那小孩央求著說：「背我嘛！」。

かいあく
【改悪】
危害・壊影響・毒害　　＊名・他サ◎グループ3

△憲法を改正すべきだという声もあれば、改悪になるとして反対する声もある。／
既有人大力疾呼應該修憲，也有人認為修憲將導致無法挽回的結果。

かいけん
【会見】
會見・會面・接見　　＊名・自サ◎グループ3

△オリンピックに参加する選手が会見を開いて抱負を語った。／
即將出賽奧運的選手舉行記者會，以宣示其必勝決心。

かいご
【介護】
照顧病人或老人　　＊名・他サ◎グループ3

△彼女は老いた両親の介護のため地元に帰った。／
她為了照護年邁的雙親而回到了故鄉。

かいさい
【開催】
開會・召開；舉辦　　＊名・他サ◎グループ3

△雨であれ、晴れであれ、イベントは予定通り開催される。／
無論是雨天，還是晴天，活動依舊照預定舉行。

かいしゅう
【回収】
回收・收回　　＊名・他サ◎グループ3

△事故の発生で、商品の回収を余儀なくされた。／
發生意外之後，只好回收了商品。

かいしゅう
【改修】
修理・修復；修訂　　＊名・他サ◎グループ3

△私の家は、築35年を超えているので、改修が必要です。／
我家的屋齡已經超過三十五年，因此必須改建。

かいじょ
【解除】
解除；廢除　　＊名・他サ◎グループ3

△本日午後5時を限りに、契約を解除します。／
合約將於今日下午5點解除。

がいせつ
【概説】
概説・概述・概論　　　　　　　　　　　　＊名・他サ◎グループ3
△次のページは東南アジアの歴史についての概説です。／
下一頁的內容提及東南亞歷史概論。

かいそう
【回送】
（接人、裝貨等）空車調回；轉送，轉遞；運送　　　＊名・他サ◎グループ3
△やっとバスが来たと思ったら、回送車だった。／
心想巴士總算來了，沒想到居然是回場的空車。

かいたく
【開拓】
開墾，開荒；開闢　　　　　　　　　　　　＊名・他サ◎グループ3
△顧客の新規開拓なくして、業績は上げられない。／
不開發新客戶，就無法提升業績。

かいだん
【会談】
面談，會談；（特指外交等）談判　　　　　＊名・自サ◎グループ3
△文書への署名をもって、会談を終了いたします。／
最後以在文件上簽署，劃下會談的句點。

かいてい
【改定】
重新規定　　　　　　　　　　　　　　　　＊名・他サ◎グループ3
△弊社サービスの利用規約を 2014 年1月1日をもって改定いたします。／
本公司的服務條款將自 2014 年1月1日起修訂施行。

かいてい
【改訂】
修訂　　　　　　　　　　　　　　　　　　＊名・他サ◎グループ3
△実情に見合うようにマニュアルを改訂する必要がある。／
操作手冊必須依照實際狀況加以修訂。

ガイド
【guide】
導遊；指南・入門書；引導・導航　　　　　＊名・他サ◎グループ3
△今回のツアーガイドときたら、現地の情報について何も知らなかった。／
說到這次的導遊啊，他完全不知道任何當地的相關訊息。

かいとう
【解凍】
解凍　　　　　　　　　　　　　　　　　　＊名・他サ◎グループ3
△解凍してから焼く。／
先解凍後烘烤。

がいとう
【該当】
相當・適合・符合（某規定、條件等）　　　＊名・自サ◎グループ3
△この条件に該当する人物を探しています。／
我正在尋找符合這項資格的人士。

かいにゅう
【介入】

介入・干預・參與・染指　　　　　　　　　　　　　　＊名・自サ◎グループ3

△民事事件とはいえ、今回ばかりは政府が介入せずにはすまないだろう。／

雖說是民事事件，但這次政府總不能不介入干涉了吧！

かいはつ
【開発】

開發・開墾；啟發；（經過研究而）實用化；開創・發展　　＊名・他サ◎グループ3

△開発の遅れにより、発売開始日の変更を余儀なくされた。／

基於開發上的延誤，不得不更改上市販售的日期。

かいほう
【介抱】

護理・服侍・照顧（病人、老人等）　　　　　　　　　＊名・他サ◎グループ3

△ご主人の入院中、彼女の熱心な介抱ぶりには本当に頭が下がりました。／

她在先生住院期間無微不至的看護，實在令人敬佩。

かいぼう
【解剖】

（醫）解剖；（事物、語法等）分析　　　　　　　　　＊名・他サ◎グループ3

△解剖によって死因を明らかにする必要がある。／

必須藉由解剖以查明死因。

かいめい
【解明】

解釋清楚　　　　　　　　　　　　　　　　　　　　＊名・他サ◎グループ3

△真相を解明したところで、済んだことは取り返しがつかない。／

就算找出了真相，也無法挽回已經發生的事了。

かいらん
【回覧】

傳閱；巡視・巡覽　　　　　　　　　　　　　　　　＊名・他サ◎グループ3

△忘年会の開催について、社内回覧を回します。／

在公司內部傳閱有關舉辦年終聯歡會的通知。

かいりょう
【改良】

改良・改善　　　　　　　　　　　　　　　　　　　＊名・他サ◎グループ3

△土壌を改良して栽培に適した環境を整える。／

透過土壤改良，整頓出適合栽種的環境。

かくさん
【拡散】

擴散；（理）擴散作用　　　　　　　　　　　　　　＊名・自サ◎グループ3

△細菌が周囲に拡散しないように、消毒しなければならない。／

一定要消毒傷口，以避免細菌蔓延至周圍組織。

かくしん
【確信】

確信・堅信・有把握　　　　　　　　　　　　　　　＊名・他サ◎グループ3

△彼女は無実だと確信しています。／

我們確信她是無辜的。

かくしん
【革新】
革新　　　　　　　　　　　　　　　　　　＊名・他サ◎グループ3
△評価するに足る革新的なアイディアだ。／
　真是個值得嘉許的創新想法呀！

かくてい
【確定】
確定・決定　　　　　　　　　　　　　　　＊名・自他サ◎グループ3
△このプロジェクトの担当者は伊藤さんに確定した。／
　已經確定由伊藤先生擔任這個企畫案的負責人。

かくとく
【獲得】
獲得・取得，爭得　　　　　　　　　　　　＊名・他サ◎グループ3
△ただ伊藤さんのみ5ポイント獲得し、予選を突破した。／
　只有伊藤先生拿到5分，初選闖關成功了。

かくほ
【確保】
牢牢保住・確保　　　　　　　　　　　　　＊名・他サ◎グループ3
△生活していくに足る収入源を確保しなければならない。／
　必須確保維持生活機能的收入來源。

かくりつ
【確立】
確立・確定　　　　　　　　　　　　　　　＊名・自他サ◎グループ3
△子どものときから正しい生活習慣を確立したほうがいい。／
　最好從小就養成良好的生活習慣。

かけあし
【駆け足】
快跑・快步；跑步似的，急急忙忙；策馬飛奔　＊名・自サ◎グループ3
△待っていたとばかりに、子どもが駆け足でこちらに向かって
　くる。／
　小孩子迫不及待般地衝來這裡呀。

かけっこ
【駆けっこ】
賽跑　　　　　　　　　　　　　　　　　　＊名・自サ◎グループ3
△幼稚園の運動会の駆けっこで、娘は一等になった。／
　我的女兒在幼稚園的賽跑中獲得第一名。

かこう
【加工】
加工　　　　　　　　　　　　　　　　　　＊名・他サ◎グループ3
△この色は天然ではなく加工されたものです。／
　這種顏色是經由加工而成的，並非原有的色彩。

かごう
【化合】
（化）化合　　　　　　　　　　　　　　　＊名・自サ◎グループ3
△鉄と硫黄を合わせて加熱し化合すると、悪臭が発生する。／
　當混合鐵與硫磺且加熱化合後，就會產生惡臭。

かせき 【化石】	（地）化石；變成石頭	*名・自サ◎グループ3

△4万年前の化石が発見された。／
發現了四萬年前的化石。

がっくり	頹喪・突然無力地	*副・自サ◎グループ3

△企画書が通らず、彼はがっくりと肩を落とした。／
企劃案沒能通過，他失望地垂頭喪氣。

がっしり	健壯・堅實；嚴密・緊密	*副・自サ◎グループ3

△あの一家はみながっしりした体格をしている。／
那家人的身材體格，個個精壯結實。

がっち 【合致】	一致・符合・吻合	*名・自サ◎グループ3

△顧客のニーズに合致したサービスでなければ意味がない。／
如果不是符合顧客需求的服務，就沒有任何意義。

がっちり	嚴密吻合	*副・自サ◎グループ3

△2社ががっちり手を組めば苦境も脱することができるでしょう。／
只要兩家公司緊密攜手合作，必定能夠擺脫困境。

カット 【cut】	切・削掉・刪除；剪頭髮；插圖	*名・他サ◎グループ3

△今日はどんなカットにしますか。／
請問您今天想剪什麼樣的髮型呢？

がっぺい 【合併】	合併	*名・自他サ◎グループ3

△合併ともなれば、様々な問題を議論する必要がある。／
一旦遭到合併，就有必要議論種種的問題點。

かにゅう 【加入】	加上・參加	*名・自サ◎グループ3

△社会人になってから生命保険に加入した。／
自從我開始工作後，就投保了人壽保險。

かみ 【加味】	調味・添加調味料；添加・放進・採納	*名・他サ◎グループ3

△その点を加味すると、計画自体を再検討せざるを得ない。／
整個計畫在加入那項考量之後，不得不重新全盤檢討。

カムバック
【comeback】

（名聲、地位等）重新恢復，重回政壇；東山再起　　　＊名・自サ◎グループ3

△カムバックはおろか、退院の目処も立っていない。／
　別說是復出，就連能不能出院也都沒頭緒。

かんがい
【灌漑】

灌漑　　　　　　　　　　　　　　　　　　　　　＊名・他サ◎グループ3

△灌漑設備の建設によって、稲の収量は大幅に伸びた。／
　灌漑系統建設完成之後，稻米的收穫量有了大幅的提升。

がんがん

噹噹，震耳的鐘聲；強烈的頭痛或耳鳴聲；喋喋不休的責備貌
　　　　　　　　　　　　　　　　　　　　　　　＊副・自サ◎グループ3

△風邪で頭ががんがんする。／
　因感冒而頭痛欲裂。

かんげん
【還元】

（事物的）歸還，回復原樣；（化）還原　　　　＊名・自他サ◎グループ3

△社員あっての会社だから、利益は社員に還元するべきだ。／
　沒有職員就沒有公司，因此應該將利益回饋到職員身上。

かんご
【看護】

護理（病人），看護，看病　　　　　　　　　　　＊名・他サ◎グループ3

△看護の仕事は大変ですが、その分やりがいもありますよ。／
　雖然照護患者的工作非常辛苦，正因為如此，更能凸顯其價值所在。

かんこう
【刊行】

刊行；出版、發行　　　　　　　　　　　　　　　＊名・他サ◎グループ3

△インターネットの発達に伴い、電子刊行物が増加してきた。／
　隨著網路的發達，電子刊物的數量也越來越多。

かんこく
【勧告】

勸告，說服　　　　　　　　　　　　　　　　　　＊名・他サ◎グループ3

△大型の台風が上陸し、多くの自治体が避難勧告を出した。／
　強烈颱風登陸，多數縣市政府都宣布了居民應該預防性撤離。

かんさん
【換算】

換算・折合　　　　　　　　　　　　　　　　　　＊名・他サ◎グループ3

△1,000 ドルを日本円に換算するといくらになりますか。／
　一千元美金換算為日圓，是多少錢呢？

かんし
【監視】

監視；監視人　　　　　　　　　　　　　　　　　＊名・他サ◎グループ3

△どれほど監視しようが、どこかに抜け道はある。／
　無論怎麼監視，都還會疏漏的地方。

かんしょう
【干渉】

干預・參與・干渉；（理）（音波・光波的）干擾　　　＊名・自サ◎グループ3

△度重なる内政干渉に反発の声が高まっている。／

過度的干涉內政引發了愈來愈強烈的抗議聲浪。

かんせん
【感染】

感染；受影響　　　　　　　　　　　　　　　　＊名・自サ◎グループ3

△インフルエンザに感染しないよう、手洗いとうがいを頻繁にしています。／

時常洗手和漱口，以預防流行性感冒病毒入侵。

カンニング
【cunning】

（考試時的）作弊　　　　　　　　　　　　　　＊名・自サ◎グループ3

△ほかの人の答案をカンニングするなんて、許すまじき行為だ。／

竟然偷看別人的答案，這行為真是不可原諒。

カンパ
【(俄)kampanija】

（「カンパニア」之略）勸募・募集的款項募集金；應募捐款
　　　　　　　　　　　　　　　　　　　　　　＊名・他サ◎グループ3

△その福祉団体は、資金をカンパに頼っている。／

那個社福團體靠著募款獲得資金。

かんべん
【勘弁】

饒恕・原諒・容忍；明辨是非　　　　　　　　　＊名・他サ◎グループ3

△今回だけは勘弁してあげよう。／

這次就饒了你吧！

かんゆう
【勧誘】

勸誘・勸說；邀請　　　　　　　　　　　　　　＊名・他サ◎グループ3

△消費者生活センターには、悪質な電話勧誘に関する相談が寄せられている。／

消費者諮詢中心受理民眾遭強行電話推銷的求助事宜。

かんよ
【関与】

干與・參與　　　　　　　　　　　　　　　　　＊名・自サ◎グループ3

△事件に関与しているなら、事実を正直に話した方がいい。／

若是參與了那起事件，還是誠實說出真相比較好。

かんよう
【寛容】

容許・寬容・容忍　　　　　　　　　　＊名・形動・他サ◎グループ3

△たとえ聖職者であれ、寛容ではいられないこともある。／

就算身為聖職人員，還是會遇到無法寬恕的狀況。

かんよう
【慣用】

慣用・慣例　　　　　　　　　　　　　　　　　＊名・他サ◎グループ3

△慣用句を用いると日本語の表現がさらに豊かになる。／

使用日語時加入成語，將使語言的表達更為豐富多采。

かんらん
【観覧】
観覧，参観 　　　　　　　　　　　　　　　　　　*名・他サ◎グループ3
△紅白歌合戦をNHKの会場で観覧した。／
我是在NHK的會場觀賞紅白歌唱大賽的。

かんわ
【緩和】
緩和，放寬 　　　　　　　　　　　　　　　　　*名・自他サ◎グループ3
△規制を緩和しようと、緩和しまいと、大した違いはない。／
不管放不放寬限制，其實都沒有什麼差別。

きかく
【企画】
規劃，計畫 　　　　　　　　　　　　　　　　　　*名・他サ◎グループ3
△あなたの協力なくしては、企画は実現できなかったでしょう。／
沒有你的協助，應該無法實踐企劃案吧。

きがね
【気兼ね】
多心，客氣，拘束 　　　　　　　　　　　　　　*名・自サ◎グループ3
△彼女は気兼ねなく何でも話せる親友です。／
她是我的摯友，任何事都可對她毫無顧忌地暢所欲言。

ききょう
【帰京】
回首都，回東京 　　　　　　　　　　　　　　　*名・自サ◎グループ3
△単身赴任を終え、3年ぶりに帰京することになった。／
結束了單身赴任的生活，決定回到睽違三年的東京。

ぎけつ
【議決】
議決，表決 　　　　　　　　　　　　　　　　　　*名・他サ◎グループ3
△次の条項は、委員会による議決を経なければなりません。／
接下來的條款，必須經由委員會表決。

きけん
【棄権】
棄權 　　　　　　　　　　　　　　　　　　　　　*名・他サ◎グループ3
△マラソンがスタートするや否や、足の痛みで棄権を強いられた。／
馬拉松才剛起跑，就因為腳痛而立刻被迫棄權了。

きさい
【記載】
刊載，寫上，刊登 　　　　　　　　　　　　　　*名・他サ◎グループ3
△賞味期限は包装右上に記載してあります。／
食用期限標註於外包裝的右上角。

きじゅつ
【記述】
描述，記述；闡明 　　　　　　　　　　　　　　*名・他サ◎グループ3
△記述式の問題が苦手だ。／
不擅長解答說明類型的問題。

きせい
【規制】
規定（章則），規章；限制，控制　　　　　　　*名・他サ◎グループ3

△昨年、飲酒運転に対する規制が強化された。／
自去年起，酒後駕車的相關規範已修訂得更為嚴格。

きぞう
【寄贈】
捐贈，贈送　　　　　　　　　　　　　　　　　*名・他サ◎グループ3

△これは私の恩師が大学に寄贈した貴重な書籍です。／
這些寶貴的書籍是由我的恩師捐贈給大學的。

ぎぞう
【偽造】
偽造，假造　　　　　　　　　　　　　　　　　*名・他サ◎グループ3

△偽造貨幣を見分ける機械はますます精密になってきている。／
偽鈔辨識機的鑑別力越來越精確。

きっちり
正好，恰好　　　　　　　　　　　　　　　　　*副・自サ◎グループ3

△1円まできっちりミスなく計算してください。／
請仔細計算帳目至分毫不差。

きっぱり
乾脆，斬釘截鐵；清楚，明確　　　　　　　　*副・自サ◎グループ3

△いやなら、きっぱり断った方がいいですよ。／
如果不願意的話，斷然拒絕比較好喔！

きてい
【規定】
規則，規定　　　　　　　　　　　　　　　　　*名・他サ◎グループ3

△法律で定められた規定に則り、適切に処理します。／
依循法定規範採取適切處理。

きふく
【起伏】
起伏，凹凸；榮枯，盛衰，波瀾，起落　　　　*名・自サ◎グループ3

△感情の起伏は自分でどうしようもできないものでもない。／
感情起伏並非無法自我掌控。

きめい
【記名】
記名，簽名　　　　　　　　　　　　　　　　　*名・自サ◎グループ3

△記名式のアンケートは、回収率が悪い。／
記名式問卷的回收率很低。

きゃくしょく
【脚色】
（小說等）改編成電影或戲劇；添枝加葉，誇大其詞　*名・他サ◎グループ3

△脚色によって作品は良くも悪くもなる。／
戲劇改編之良莠會影響整部作品的優劣。

ぎゃくてん 【逆転】	倒轉・逆轉；反過來；惡化・倒退　　　　　　　　　　　　　*名・自他サ◎グループ3 △残り2分で逆転負けするなんて、悔しいといったらない。／ 在最後兩分鐘被對方反敗為勝，真是難以言喻的悔恨。
キャッチ 【catch】	捕捉・抓住；（棒球）接球　　　　　　　　　　　　　　　*名・他サ◎グループ3 △ボールを落とさずキャッチした。／ 在球還沒有落地之前就先接住了。
きゅうえん 【救援】	救援；救濟　　　　　　　　　　　　　　　　　　　　　*名・他サ◎グループ3 △被害の状況が明らかになるや否や、たくさんの救援隊が相 次いで現場に駆けつけた。／ 一得知災情，許多救援團隊就接續地趕到了現場。
きゅうがく 【休学】	休學　　　　　　　　　　　　　　　　　　　　　　　　*名・自サ◎グループ3 △交通事故に遭ったので、しばらく休学を余儀なくされた。／ 由於遇上了交通意外，不得不暫時休學了。
きゅうきょく 【究極】	畢竟・究竟・最終　　　　　　　　　　　　　　　　　　*名・自サ◎グループ3 △私にとって、これは究極の選択です。／ 對我而言，這是最終的選擇。
きゅうさい 【救済】	救濟　　　　　　　　　　　　　　　　　　　　　　　　*名・他サ◎グループ3 △政府が打ち出した救済措置をよそに、株価は大幅に下落した。／ 儘管政府提出救濟措施，股價依然大幅下跌。
きゅうじ 【給仕】	伺候（吃飯）；服務生　　　　　　　　　　　　　　　　*名・自サ◎グループ3 △官邸には専門の給仕スタッフがいる。／ 官邸裡有專事服侍的雜役工友。
きゅうしょく 【給食】	（學校、工廠等）供餐・供給飲食　　　　　　　　　　　*名・自サ◎グループ3 △私が育った地域では、給食は小学校しかありませんでした。／ 在我成長的故鄉，只有小學才會提供營養午餐。
きゅうせん 【休戦】	休戰・停戰　　　　　　　　　　　　　　　　　　　　　*名・自サ◎グループ3 △両国は12月31日をもって休戦することで合意した。／ 兩國達成協議，將於12月31日停戰。

259

きゅうぼう
【窮乏】
貧窮・貧困　　　　　　　　　　　　＊名・自サ◎グループ3
△彼女は涙ながらに一家の窮乏ぶりを訴えた。／
她邊哭邊描述家裡的貧窮窘境。

きよ
【寄与】
貢獻・奉獻・有助於…　　　　　　　＊名・自サ◎グループ3
△首相は祝辞で「平和と発展に寄与していきたい」と語った。／
首相在賀辭中提到「期望本人能對和平與發展有所貢獻」。

きょうかん
【共感】
同感・同情・共鳴　　　　　　　　　＊名・自サ◎グループ3
△相手の気持ちに共感することも時には大切です。／
有些時候，設身處地為對方著想是相當重要的。

きょうぎ
【協議】
協議・協商・磋商　　　　　　　　　＊名・他サ◎グループ3
△協議の結果、計画を見合わせることになった。／
協商的結果，該計畫暫緩研議。

きょうくん
【教訓】
教訓・規戒　　　　　　　　　　　　＊名・他サ◎グループ3
△あの時の教訓なしに、今の私は存在しないだろう。／
要是沒有那時的教訓，就不會有現在的我。

きょうこう
【強行】
強行・硬幹　　　　　　　　　　　　＊名・他サ◎グループ3
△航空会社の社員が賃上げを求めてストライキを強行した。／
航空公司員工因要求加薪而強行罷工。

きょうじゅ
【享受】
享受；享有　　　　　　　　　　　　＊名・他サ◎グループ3
△経済発展の恩恵を享受できるのは一部の国の人々だ。／
僅有少數國家的人民得以享受到經濟發展的好處。

きょうしゅう
【教習】
訓練・教習　　　　　　　　　　　　＊名・他サ◎グループ3
△運転免許を取るため3ヶ月間も自動車教習所に通った。／
為取得駕照，已經去駕駛訓練中心連續上了三個月的課程。

きょうせい
【強制】
強制・強迫　　　　　　　　　　　　＊名・他サ◎グループ3
△パソコンがフリーズしたので、強制終了した。／
由於電腦當機，只好強制關機了。

きょうせい
【矯正】
矯正，糾正　　　　　　　　　　　　　　　　　　　　＊名・他サ◎グループ3
△笑うと歯の矯正器具が見える。／
笑起來的時候會看到牙齒的矯正器。

きょうそん・きょうぞん
【共存】
共處，共存　　　　　　　　　　　　　　　　　　　　＊名・自サ◎グループ3
△人間と動物が共存できるようにしなければならない。／
人類必須要能夠與動物共生共存。

きょうちょう
【協調】
協調；合作　　　　　　　　　　　　　　　　　　　　＊名・自サ◎グループ3
△協調性に欠けていると、人間関係はうまくいかない。／
如果缺乏互助合作精神，就不會有良好的人際關係。

きょうてい
【協定】
協定　　　　　　　　　　　　　　　　　　　　　　　＊名・他サ◎グループ3
△圧力に屈し、結ぶべからざる協定を締結した。／
屈服於壓力而簽署了不應簽訂的協定。

きょうはく
【脅迫】
脅迫，威脅，恐嚇　　　　　　　　　　　　　　　　　＊名・他サ◎グループ3
△知らない男に電話で脅迫されて、怖いといったらない。／
陌生男子來電恐嚇，令人心生恐懼至極點。

きょうめい
【共鳴】
（理）共鳴，共振；共鳴，同感，同情　　　　　　　　＊名・自サ◎グループ3
△冷蔵庫の音が壁に共鳴してうるさい。／
冰箱的聲響和牆壁產生共鳴，很吵。

きょくげん
【局限】
侷限，限定　　　　　　　　　　　　　　　　　　　　＊名・他サ◎グループ3
△早急に策を講じたので、被害は局限された。／
由於在第一時間就想出對策，得以將受害程度減到最低。

きょじゅう
【居住】
居住；住址，住處　　　　　　　　　　　　　　　　　＊名・自サ◎グループ3
△チャイナタウン周辺には華僑が多く居住している。／
許多華僑都住在中國城的周邊。

きょぜつ
【拒絶】
拒絕　　　　　　　　　　　　　　　　　　　　　　　＊名・他サ◎グループ3
△拒絶されなかったまでも、見通しは明るくない。／
就算沒遭到拒絕，前途並不樂觀。

きょひ
【拒否】

拒絶・否決　　　　　　　　　　　　　　　*名・他サ◎グループ3

△拒否するなら、理由を説明してしかるべきだ。／
如果拒絶，就應該說明理由。

きょよう
【許容】

容許，允許，寬容　　　　　　　　　　　*名・他サ◎グループ3

△あなたの要求は我々の許容範囲を大きく超えている。／
你的要求已經遠超過我們的容許範圍了。

きんこう
【均衡】

均衡，平衡，平均　　　　　　　　　　　*名・自サ◎グループ3

△両足への荷重を均衡に保って歩いたほうが、足の負担が
軽減できる。／
行走時，將背負物品的重量平均分配於左右雙腳，可以減輕腿部的承
重負荷。

ぎんみ
【吟味】

(吟頌詩歌)仔細體會，玩味；(仔細)斟酌・考慮　*名・他サ◎グループ3

△低価格であれ、高価格であれ、品質を吟味する必要がある。／
不管價格高低，都必須審慎考量品質。

きんむ
【勤務】

工作，勤務，職務　　　　　　　　　　　*名・自サ◎グループ3

△勤務時間に私用の電話はしないでください。／
上班時，請不要撥打或接聽私人電話。

きんろう
【勤労】

勤勞，勞動(狹意指體力勞動)　　　　　*名・自サ◎グループ3

△11月23日は勤労感謝の日で祝日です。／
11月23日是勤勞感謝日，當天為國定假日。

くじびき
【籤引き】

抽籤　　　　　　　　　　　　　　　　　*名・自サ◎グループ3

△商店街のくじ引きで、温泉旅行を当てた。／
我參加市集商家所舉辦的抽獎活動，抽中了溫泉旅行獎項。

くっきり

特別鮮明，清楚　　　　　　　　　　　　*副・自サ◎グループ3

△銀の皿のような月が空にくっきりと浮かんでいた。／
像銀盤似的皎潔明月懸在天際。

くっせつ
【屈折】

彎曲，曲折；歪斜，不正常，不自然　　　*名・自サ◎グループ3

△理科の授業で光の屈折について実験した。／
在自然科的課程中，進行光線折射的實驗。

ぐったり　虚軟無力・虚脱　　　　　　　　　　　*副・自サ◎グループ3

△ぐったりと横たわる。／
虚脱躺平。

くよくよ　鬧彆扭；放在心上・想不開・煩惱　　　　*副・自サ◎グループ3

△小さいことにくよくよするな。／
別為小事想不開。

ぐんしゅう　群集・聚集；人群・群　　　　　　　　*名・自サ◎グループ3
【群集】
△この事件に群集心理が働いていたであろうことは想像に難
くない。／
不難想像這起事件對群眾心理所造成的影響。

けいか　（時間的）經過・流逝，度過；過程・經過　　*名・自サ◎グループ3
【経過】
△あの会社が経営破綻して、一ヶ月が経過した。／
那家公司自經營失敗以來，已經過一個月了。

けいかい　警戒・預防・防範；警惕・小心　　　　　*名・他サ◎グループ3
【警戒】
△通報を受け、一帯の警戒を強めている。／
在接獲報案之後，加強了這附近的警力。

けいげん　減輕　　　　　　　　　　　　　　　*名・自他サ◎グループ3
【軽減】
△足腰への負担を軽減するため、体重を減らさなければなら
ない。／
為了減輕腰部與腿部的負擔，必須減重才行。

けいさい　刊登・登載　　　　　　　　　　　　　*名・他サ◎グループ3
【掲載】
△著者の了解なしに、勝手に掲載してはいけない。／
不可在未經作者的同意下擅自刊登。

けいしゃ　傾斜・傾斜度；傾向　　　　　　　　　*名・自サ◎グループ3
【傾斜】
△45度以上の傾斜の急な坂道は、歩くだけでも息が上がる。／
在傾斜度超過45度的陡峭坡上，光是行走就足以讓人呼吸急促。

けいせい　形成　　　　　　　　　　　　　　　*名・他サ◎グループ3
【形成】
△台風が形成される過程を収めたビデオがある。／
有支錄影帶收錄了颱風形成的過程。

けいべつ
【軽蔑】

軽視・藐視・看不起　　　　　　　　　　　　　　　*名・他サ◎グループ3

△噂を耳にしたのか、彼女は軽蔑の眼差しで僕を見た。／
不曉得她是不是聽過關於我的流言，她以輕蔑的眼神瞅了我。

げきれい
【激励】

激勵・鼓勵・鞭策　　　　　　　　　　　　　　　*名・他サ◎グループ3

△皆さんからたくさんの激励をいただき、気持ちも新たに出直します。／
在得到大家的鼓勵打氣後，讓我整理心情，重新出發。

けつい
【決意】

決心・決意；下決心　　　　　　　　　　　　　　*名・自他サ◎グループ3

△どんなに苦しかろうが、最後までやり通すと決意した。／
不管有多辛苦，我都決定要做到完。

けつぎ
【決議】

決議・決定；議決　　　　　　　　　　　　　　　*名・他サ◎グループ3

△国連の決議に則って、部隊をアフガニスタンに派遣した。／
依據聯合國決議，已派遣軍隊至阿富汗。

けっこう
【決行】

斷然實行・決定實行　　　　　　　　　　　　　　*名・他サ◎グループ3

△無理に決行したところで、成功するとは限らない。／
即使勉強斷然實行，也不代表就會成功。

けつごう
【結合】

結合；黏接　　　　　　　　　　　　　　　　　　*名・自他サ◎グループ3

△原子と原子の結合によって多様な化合物が形成される。／
藉由原子與原子之間的鍵結，可形成各式各樣的化合物。

けっさん
【決算】

結帳；清算　　　　　　　　　　　　　　　　　　*名・自他サ◎グループ3

△3月は決算期であるがゆえに、非常に忙しい。／
因為3月是結算期，所以非常忙碌。

けっしょう
【結晶】

結晶；（事物的）成果・結晶　　　　　　　　　　*名・自サ◎グループ3

△氷は水の結晶です。／
冰是水的結晶。

けっせい
【結成】

結成・組成　　　　　　　　　　　　　　　　　　*名・他サ◎グループ3

△離党した国会議員数名が、新たに党を結成した。／
幾位已經退黨的國會議員，組成了新的政黨。

けっそく 【結束】	捆綁・捆束；團結；準備行裝・穿戴（衣服或盔甲）　　　＊名・自他サ◎グループ3

△チームの結束こそが勝利の鍵です。／
團隊的致勝關鍵在於團結一致。

げっそり	突然減少；突然消瘦很多；（突然）灰心・無精打采　　＊副・自サ◎グループ3

△病気のため、彼女はここ2ヶ月余りでげっそり痩せてしまった。／
這兩個多月以來，她因罹病而急遽消瘦憔悴。

ゲット 【get】	（籃球、兵上曲棍球等）得分；（俗）取得・獲得　　＊名・他サ◎グループ3

△欲しいものをゲットする。／
取得想要的東西。

けつぼう 【欠乏】	缺乏・不足　　　　　　　　　　　　　　　　　＊名・自サ◎グループ3

△鉄分が欠乏すると貧血を起こしやすくなる。／
如果身體缺乏鐵質，將容易導致貧血。

げり 【下痢】	（醫）瀉肚子・腹瀉　　　　　　　　　　　　　＊名・自サ◎グループ3

△食あたりで、今朝から下痢が止まらない。／
因為食物中毒，從今天早晨開始就不停地腹瀉。

けんぎょう 【兼業】	兼營・兼業　　　　　　　　　　　　　　　　　＊名・他サ◎グループ3

△日本には依然として兼業農家がたくさんいます。／
日本迄今仍有許多兼營農業的農民。

げんしょう 【減少】	減少　　　　　　　　　　　　　　　　　　　＊名・自他サ◎グループ3

△子どもの数が減少し、少子化が深刻になっている。／
兒童總人數逐年遞減，少子化的問題正日趨惡化。

げんぞう 【現像】	顯影、顯像、沖洗　　　　　　　　　　　　　　＊名・他サ◎グループ3

△カメラ屋で写真を現像する。／
在沖印店沖洗照片。

げんてい 【限定】	限定・限制（數量・範圍等）　　　　　　　　　＊名・他サ◎グループ3

△限定品なので、手に入れようにも手に入れられない。／
因為是限定商品，想買也買不到。

げんてん
【減点】
扣分；減少的分數 　　　　　　　　　　　　　　　　＊名・他サ◎グループ3
△テストでは、正しい漢字を書かなければ1点減点されます。／
在這場考試中，假如沒有書寫正確的漢字，就會被扣一分。

けんやく
【倹約】
節省，節約，儉省 　　　　　　　　　　　　　　　　＊名・他サ◎グループ3
△マイホームを買わんがために、一家そろって倹約に努めている。／
為了要買下屬於自己的家，一家人都很努力節儉。

けんよう
【兼用】
兼用，兩用 　　　　　　　　　　　　　　　　　　　＊名・他サ◎グループ3
△この傘は男女兼用です。／
這把傘是男女通用的中性款式。

こいする
【恋する】
戀愛，愛 　　　　　　　　　　　　　　　　　　　　＊自他サ◎グループ3
△恋したがさいご、君のことしか考えられない。／
一旦墜入愛河，就滿腦子想的都是你。

ごうい
【合意】
同意，達成協議，意見一致 　　　　　　　　　　　　＊名・自サ◎グループ3
△双方が合意に達しようと達しまいと、業績に影響はないと考えられる。／
不管雙方有無達成共識，預計都不會影響到業績。

こうえき
【交易】
交易，貿易；交流 　　　　　　　　　　　　　　　　＊名・自サ◎グループ3
△海上交易が盛んになったのは何世紀ごろからですか。／
請問自西元第幾世紀起，航海交易開始變得非常熱絡興盛呢？

こうえん
【公演】
公演，演出 　　　　　　　　　　　　　　　　　　　＊名・自他サ◎グループ3
△公演したといえども、聴衆はわずか20人でした。／
雖說要公演，但是聽眾僅有20人而已。

こうかい
【後悔】
後悔，懊悔 　　　　　　　　　　　　　　　　　　　＊名・他サ◎グループ3
△もう少し早く駆けつけていればと、後悔してやまない。／
如果再早一點趕過去就好了，對此我一直很後悔。

こうかい
【公開】
公開，開放 　　　　　　　　　　　　　　　　　　　＊名・他サ◎グループ3
△似顔絵が公開されるや、犯人はすぐ逮捕された。／
一公開了肖像畫，犯人馬上就被逮捕了。

こうかい
【航海】
航海 　　　　　　　　　　　　　　　　　　　　＊名・自サ◎グループ3
△大西洋を航海して、アメリカ大陸に上陸した。／
航行於大西洋，然後在美洲大陸登陸上岸。

こうぎ
【抗議】
抗議 　　　　　　　　　　　　　　　　　　　　＊名・自サ◎グループ3
△自分がリストラされようとされまいと、みんなで団結して
会社に抗議する。／
不管自己是否會被裁員，大家都團結起來向公司抗議。

ごうぎ
【合議】
協議，協商，集議 　　　　　　　　　　　　　＊名・自他サ◎グループ3
△提案の内容がほかの課に関係する場合、関係する課長に合
議する必要がある。／
假若提案的內容牽涉到其他課別，必須與相關課長共同商討研議。

こうさく
【工作】
（機器等）製作；（土木工程等）修理工程；（小學生的）手工；（暗中計
畫性的）活動 　　　　　　　　　　　　　　　＊名・他サ◎グループ3
△夏休みは工作の宿題がある。／
暑假有工藝作業。

こうさく
【耕作】
耕種 　　　　　　　　　　　　　　　　　　　　＊名・他サ◎グループ3
△彼は、不法に土地を耕作したとして、起訴された。／
他因違法耕作土地而遭到起訴。

こうしゅう
【講習】
講習，學習 　　　　　　　　　　　　　　　　　＊名・他サ◎グループ3
△夏期講習に参加して、英語をもっと磨くつもりです。／
我去參加暑期講習，打算加強英語能力。

こうじゅつ
【口述】
口述 　　　　　　　　　　　　　　　　　　　　＊名・他サ◎グループ3
△口述試験はおろか、筆記試験も通らなかった。／
連筆試都沒通過，遑論口試。

こうじょ
【控除】
扣除 　　　　　　　　　　　　　　　　　　　　＊名・他サ◎グループ3
△医療費が多くかかった人は、所得控除が受けられる。／
花費較多醫療費用者得以扣抵所得稅。

こうしょう
【交渉】
交渉，談判；關係，聯繫 　　　　　　　　　　　＊名・自サ◎グループ3
△彼は交渉を急ぐべきでないと警告している。／
他警告我們談判時切勿操之過急。

こうじょう　【向上】

向上，進步，提高　　　　　　　　　　　　　　＊名・自サ◎グループ3

△科学技術が向上して、家事にかかる時間は少なくなった。／
随著科學技術的提升，花在做家事上的時間變得愈來愈少了。

こうしん　【行進】

（列隊）進行，前進　　　　　　　　　　　　　　＊名・自サ◎グループ3

△運動会が始まり、子どもたちが行進しながら入場してきた。／
小朋友們行進入場，揭開了運動會的序幕。

ごうせい　【合成】

（由兩種以上的東西合成）合成（一個東西）；（化）（元素或化合物）合成（化合物）　　　　　　　　　　　　　　　　　　　　　＊名・他サ◎グループ3

△現代の技術を駆使すれば、合成写真を作るのは簡単だ。／
只要採用現代科技，簡而易舉就可做出合成照片。

こうそう　【抗争】

抗爭，對抗，反抗　　　　　　　　　　　　　　＊名・自サ◎グループ3

△内部で抗争があろうがあるまいが、表面的には落ち着いている。／
不管內部有沒有在對抗，表面上看似一片和平。

こうそく　【拘束】

約束，束縛，限制；截止　　　　　　　　　　　　＊名・他サ◎グループ3

△警察に拘束されて5時間が経つが、依然事情聴取が行われているようだ。／
儘管嫌犯已經遭到警方拘留五個小時，至今似乎仍然持續進行偵訊。

こうたい　【後退】

後退，倒退　　　　　　　　　　　　　　　　　　＊名・自サ◎グループ3

△全体的な景気の後退が何ヶ月も続いている。／
全面性的景氣衰退已經持續了好幾個月。

こうどく　【講読】

講解（文章）　　　　　　　　　　　　　　　　　＊名・他サ◎グループ3

△祖母は毎週、古典の講読会に参加している。／
祖母每星期都去參加古文讀書會。

こうどく　【購読】

訂閱，購閱　　　　　　　　　　　　　　　　　　＊名・他サ◎グループ3

△昨年から英字新聞を購読している。／
我從去年開始訂閱英文報紙。

こうにゅう　【購入】

購入，買進，購置，採購　　　　　　　　　　　　＊名・他サ◎グループ3

△インターネットで切符を購入すると500円引きになる。／
透過網路訂購票券可享有五百元優惠。

こうにん【公認】	公認，國家機關或政黨正式承認 *名・他サ◎グループ3

△党からの公認を得んがため、支持集めに奔走している。／
為了得到黨內的正式認可而到處奔走爭取支持。

こうはい【荒廃】	荒廢，荒蕪；（房屋）失修；（精神）頹廢，散漫 *名・自サ◎グループ3

△このあたりは土地が荒廃し、住人も次々に離れていった。／
這附近逐漸沒落荒廢，居民也陸續搬離。

こうばい【購買】	買，購買 *名・他サ◎グループ3

△消費者の購買力は景気の動向に大きな影響を与える。／
消費者購買力的強弱對景氣影響甚鉅。

こうふ【交付】	交付，交給，發給 *名・他サ◎グループ3

△年金手帳を紛失したので、再交付を申請した。／
我遺失了養老金手冊，只得去申辦重新核發。

こうふく【降伏】	降服，投降 *名・自サ◎グループ3

△敵の姿を見るが早いか、降伏した。／
才看到敵人，就馬上投降了。

こうぼ【公募】	公開招聘，公開募集 *名・他サ◎グループ3

△公募を始めたそばから、希望者が殺到した。／
才開放公開招募，應徵者就蜂擁而至。

こうり【小売り】	零售，小賣 *名・他サ◎グループ3

△小売り価格は卸売り価格より高い。／
零售價格較批發價格為高。

ごえい【護衛】	護衛，保衛，警衛（員） *名・他サ◎グループ3

△大統領の護衛にはどのくらいの人員が動員されますか。／
大約動用多少人力擔任總統的隨扈呢？

ゴールイン【(和)goal＋in】	抵達終點，跑到終點；（足球）射門；結婚 *名・自サ◎グループ3

△7年付き合って、とうとうゴールインした。／
交往七年之後，終於要步入禮堂了。

こくち　【告知】

通知・告訴　　　　　　　　　　　　　　　　　　　　＊名・他サ◎グループ3

△患者に病名を告知する。／
告知患者疾病名稱。

こくはく　【告白】

坦白・自白；懺悔；坦白自己的感情　　　　　　　　　＊名・他サ◎グループ3

△水野君、あんなにもてるんだもん。告白なんて、できないよ。／
水野那麼多女生喜歡他，我怎麼敢向他告白嘛！

こちょう　【誇張】

誇張・誇大　　　　　　　　　　　　　　　　　　　　＊名・他サ◎グループ3

△視聴率を上げんがため、誇張した表現を多く用いる傾向にある。／
媒體為了要提高收視率，有傾向於大量使用誇張的手法。

こてい　【固定】

固定　　　　　　　　　　　　　　　　　　　　　　　＊名・自他サ◎グループ3

△会議に出席するメンバーは固定しています。／
出席會議的成員是固定的。

コメント　【comment】

評語・解說・註釋　　　　　　　　　　　　　　　　　＊名・自サ◎グループ3

△ファンの皆さんに、一言コメントをいただけますか。／
可以麻煩您對影迷們講幾句話嗎？

こよう　【雇用】

雇用；就業　　　　　　　　　　　　　　　　　　　　＊名・他サ◎グループ3

△不況の影響を受けて、雇用不安が高まっている。／
受到不景氣的影響，就業不穩定的狀況愈趨嚴重。

こりつ　【孤立】

孤立　　　　　　　　　　　　　　　　　　　　　　　＊名・自サ◎グループ3

△孤立が深まって、彼はいよいよ会社にいられなくなった。／
在公司，他被孤立到就快待不下去了。

こんけつ　【混血】

混血　　　　　　　　　　　　　　　　　　　　　　　＊名・自サ◎グループ3

△この地域では、新生児の30人に一人が混血児です。／
這個地區的新生兒，每三十人有一個是混血兒。

こんどう　【混同】

混同・混淆・混為一談　　　　　　　　　　　　　　　＊名・自他サ◎グループ3

△公職に就いている人は公私混同を避けなければならない。／
擔任公職者必須極力避免公私不分。

コントロール 【control】	支配・控制・節制・調節 *名・他サ◎グループ3 △いかなる状況でも、自分の感情をコントロールすることが 大切です。／ 無論身處什麼樣的情況，重要的是能夠控制自己的情緒。
さいかい 【再会】	重逢・再次見面 *名・自サ◎グループ3 △20年ぶりに再会できて喜びにたえない。／ 相隔20年後的再會，真是令人掩飾不住歡喜。
さいく 【細工】	精細的手藝(品)・工藝品；耍花招・玩弄技巧・搞鬼 *名・自他サ◎グループ3 △一度ガラス細工体験をしてみたいです。／ 我很想體驗一次製作玻璃手工藝品。
さいくつ 【採掘】	採掘・開採・採礦 *名・他サ◎グループ3 △アフリカ南部のレソト王国で世界最大級のダイヤモンドが 採掘された。／ 在非洲南部的萊索托王國，挖掘到世界最大的鑽石。
さいけつ 【採決】	表決 *名・自サ◎グループ3 △その法案は起立多数で強行採決された。／ 那一法案以起立人數較多，而強行通過了。
さいけん 【再建】	重新建築・重新建造；重新建設 *名・他サ◎グループ3 △再建の手を早く打たなかったので、倒産するしまつだ。／ 因為沒有及早設法重新整頓公司，結果公司竟然倒閉了。
さいげん 【再現】	再現・再次出現・重新出現 *名・自他サ◎グループ3 △東京の街をリアルに再現した3D仮想空間が今冬に公開さ れる。／ 東京街道逼真再現的3D假想空間，將在今年冬天公開。
さいこん 【再婚】	再婚・改嫁 *名・自サ◎グループ3 △お袋が死んでもう15年だよ。親父、そろそろ再婚したら？／ 老媽死了都已經有十五年啦。老爸，要不要考慮再婚啊？
さいしゅう 【採集】	採集・搜集 *名・他サ◎グループ3 △夏休みは昆虫採集をするつもりだ。／ 我打算暑假去採集昆蟲喔。

さいせい
【再生】

重生，再生，死而復生；新生，（得到）改造；（利用廢物加工，成為新產品）
再生；（已錄下的聲音影像）重新播放　　　　　　　*名・自他サ◎グループ3

△重要な個所を見過ごしたので、もう一度再生してください。／
我沒看清楚重要的部分，請倒帶重新播放一次。

さいたく
【採択】

採納，通過；選定，選擇　　　　　　　　　　　　　*名・他サ◎グループ3

△採択された決議に基づいて、プロジェクトグループを立ち
上げた。／
依據作成之決議，組成專案小組。

さいばい
【栽培】

栽培，種植　　　　　　　　　　　　　　　　　　　*名・他サ◎グループ3

△栽培方法によっては早く成長する。／
採用不同的栽培方式可以提高生長速率。

さいはつ
【再発】

（疾病）復發，（事故等）又發生；（毛髮）再生　　*名・他サ◎グループ3

△病気の再発は避けられないものでもない。／
並非無法避免症狀復發。

さいよう
【採用】

採用（意見），採取；錄用（人員）　　　　　　　　*名・他サ◎グループ3

△採用試験では、筆記試験の成績もさることながら、面接が
重視される傾向にある。／
在錄用考試中，不單要看筆試成績，更有重視面試的傾向。

さかだち
【逆立ち】

（體操等）倒立，倒豎；顛倒　　　　　　　　　　　*名・自サ◎グループ3

△体育の授業で逆立ちの練習をした。／
在體育課中練習了倒立。

さくげん
【削減】

削減，縮減；削弱，使減色　　　　　　　　　　　　*名・自他サ◎グループ3

△景気が悪いので、今年のボーナスが削減されてしまった。／
由於景氣差，今年的年終獎金被削減了。

さしず
【指図】

指示，吩咐，派遣，發號施令；指定，指明；圖面，設計圖
　　　　　　　　　　　　　　　　　　　　　　　　*名・自サ◎グループ3

△彼はもうベテランなので、私がひとつひとつ指図するまでも
ない。／
他已經是老手了，無需我一一指點。

さしひき 【差し引き】	扣除，減去；（相抵的）餘額，結算（的結果）；（潮水的）漲落，（體溫的）升降 *名・自他サ◎グループ3
	△電話代や電気代といった諸経費は事業所得から差し引きしてもいい。／ 電話費與電費等各項必要支出經費，可自企業所得中予以扣除。

さっかく 【錯覚】	錯覺；錯誤的觀念；誤會，誤認為 *名・自サ◎グループ3
	△左の方が大きく見えるのは目の錯覚で、実際は二つとも同じ大きさです。／ 左邊的圖案看起來比較大，是因為眼睛的錯覺，其實兩個圖案的大小完全相同。

さっする 【察する】	推測，觀察，判斷，想像；體諒，諒察 *他サ◎グループ3
	△娘を嫁にやる父親の気持ちは察するに難くない。／ 不難猜想父親出嫁女兒的心情。

ざつだん 【雑談】	閒談，說閒話，閒聊天 *名・自サ◎グループ3
	△久しぶりの再会で雑談に花が咲いて、2時間以上も話してしまいました。／ 與久逢舊友聊得十分起勁，結果足足談了兩個多小時。

さよう 【作用】	作用；起作用 *名・自サ◎グループ3
	△レモンには美容作用があるといわれています。／ 聽說檸檬具有美容功效。

さんか 【酸化】	（化）氧化 *名・自サ◎グループ3
	△リンゴは、空気に触れて酸化すると、表面が黒くなる。／ 蘋果被切開後接觸到空氣，果肉表面會因氧化而泛深褐色。

さんしゅつ 【産出】	生產；出產 *名・他サ◎グループ3
	△石油を産出する国は、一般的に豊かな生活を謳歌している。／ 石油生產國家的生活，通常都極盡享受之能事。

さんしょう 【参照】	參照，參看，參閱 *名・他サ◎グループ3
	△詳細については、添付ファイルをご参照ください。／ 相關詳細內容請參考附檔。

さんじょう
【参上】
拜訪，造訪 　　　　　　　　　　　　　　　　＊名・自サ◎グループ3

△いよいよ、冬の味覚牡蠣参上！／
冬季珍饈的代表——牡蠣，終於開始上市販售！

さんび
【賛美】
讚美，讚揚，歌頌 　　　　　　　　　　　　　＊名・他サ◎グループ3

△大自然を賛美する。／
讚美大自然。

しあげ
【仕上げ】
做完，完成；做出的結果；最後加工，潤飾 　　＊名・他サ◎グループ3

△仕上げに醤油をさっと回しかければ、一品出来上がりです。／
在最後起鍋前，再迅速澆淋少許醬油，即可完成一道美味佳餚。

しいく
【飼育】
飼養（家畜） 　　　　　　　　　　　　　　　＊名・他サ◎グループ3

△野生動物の飼育は決して容易なものではない。／
飼養野生動物絕非一件容易之事。

じかく
【自覚】
自覺，自知，認識；覺悟；自我意識 　　　　　＊名・他サ◎グループ3

△胃に潰瘍があると診断されたが、全く自覚症状がない。／
儘管被診斷出胃部有潰瘍，卻完全沒有自覺。

しき
【指揮】
指揮 　　　　　　　　　　　　　　　　　　　＊名・他サ◎グループ3

△合唱コンクールで指揮をすることになった。／
我當上了合唱比賽的指揮。

しこう
【志向】
志向；意向 　　　　　　　　　　　　　　　　＊名・他サ◎グループ3

△頭から足までブランド品で固めて、あれがブランド志向でなくてなんだろう。／
從頭到腳一身名牌裝扮，如果那不叫崇尚名牌，又該叫什麼呢？

しこう・
せこう
【施行】
施行，實施；實行 　　　　　　　　　　　　　＊名・他サ◎グループ3

△この法律は昨年 12 月より施行されています。／
這項法令自去年十二月起實施。

しこう
【嗜好】
嗜好，愛好，興趣 　　　　　　　　　　　　　＊名・他サ◎グループ3

△コーヒーカンパニーは定期的に消費者の嗜好調査を行っている。／
咖啡公司會定期舉辦消費者的喜好調查。

しさつ
【視察】　視察，考察　　　　　　　　　　　　　　　　　*名・他サ◎グループ3

△関係者の話を直接聞くため、社長は工場を視察した。／
社長為直接聽取相關人員的說明，親自前往工廠視察。

しじ
【支持】　支撐；支持・擁護・贊成　　　　　　　　　　　*名・他サ◎グループ3

△選挙に勝てたのは皆さんに支持していただいたおかげです。／
能夠獲得勝選都是靠各位鄉親的支持！

じしゅ
【自首】　（法）自首　　　　　　　　　　　　　　　　　*名・自サ◎グループ3

△犯人が自首して来なかったとしても、遅かれ早かれ逮捕されただろう。／
就算嫌犯沒來自首，也遲早會遭到逮捕的吧。

ししゅう
【刺繍】　刺繍　　　　　　　　　　　　　　　　　　　　*名・他サ◎グループ3

△ベッドカバーにはきれいな刺繍がほどこしてある。／
床罩上綴飾著精美的刺繡。

じしょく
【辞職】　辭職　　　　　　　　　　　　　　　　　　　　*名・自他サ◎グループ3

△内閣不信任案が可決され、総理は内閣総辞職を決断した。／
內閣不信任案通過，總理果斷決定了內閣總辭。

しせつ
【施設】　設施，設備；（兒童，老人的）福利設施　　　*名・他サ◎グループ3

△この病院は、最先端の医療施設です。／
這家醫院擁有最尖端的醫療設備。

じぞく
【持続】　持續，繼續，堅持　　　　　　　　　　　　　*名・自他サ◎グループ3

△このバッテリーの持続時間は15時間です。／
這顆電池的電力可維持十五個小時。

じたい
【辞退】　辭退，謝絕　　　　　　　　　　　　　　　　　*名・他サ◎グループ3

△自分で辞退を決めたとはいえ、あっさり思い切れない。／
雖說是自己決定婉拒的，心裡還是感到有點可惜。

したしらべ
【下調べ】　預先調查，事前考察；預習　　　　　　　　　*名・他サ◎グループ3

△明日に備えて、十分に下調べしなければならない。／
為了明天，必須先做好完備的事前調查才行。

したどり 【下取り】
（把舊物）折價貼錢換取新物　　　　　　　　　*名・他サ◎グループ3

△この車の下取り価格を見積もってください。／
請估算賣掉這輛車子，可折抵多少購買新車的金額。

しっかく 【失格】
失去資格　　　　　　　　　　　　　　　　　*名・自サ◎グループ3

△ファウルを3回して失格になった。／
他在比賽中犯規届滿三次，被取消出賽資格。

しつぎ 【質疑】
質疑・疑問・提問　　　　　　　　　　　　　*名・自サ◎グループ3

△発表の内容もさることながら、その後の質疑応答がまたすば
らしかった。／
發表的內容當然沒話說，在那之後的回答問題部份更是精采。

しっきゃく 【失脚】
失足（落水、跌跤）；喪失立足地，下台；賠錢　　*名・自サ◎グループ3

△軍部の反乱によって、大統領はあえなく失脚した。／
在遭到軍隊叛變後，總統大位瞬間垮台。

しっこう 【執行】
執行　　　　　　　　　　　　　　　　　　　*名・他サ◎グループ3

△死刑を執行する。／
執行死刑。

じっせん 【実践】
實踐・自己實行　　　　　　　　　　　　　　*名・他サ◎グループ3

△この本ならモデル例に即してすぐ実践できる。／
如果是這本書，可以作為範例立即實行。

しっと 【嫉妬】
嫉妒　　　　　　　　　　　　　　　　　　　*名・他サ◎グループ3

△欲しいものを全て手にした彼に対し、嫉妬を禁じえない。／
看到他想要什麼就有什麼，不禁讓人忌妒。

しっとり
寧靜・沈靜；濕潤・潤澤　　　　　　　　　　*副・サ変◎グループ3

△このシャンプーは、洗い上がりがしっとりしてぱさつかない。／
這種洗髮精洗完以後髮質很潤澤，不會乾澀。

してき 【指摘】
指出・指摘・揭示　　　　　　　　　　　　　*名・他サ◎グループ3

△指摘を受けるなり、彼の態度はコロッと変わった。／
他一遭到指責，頓時態度丕變。

じてん	（地球等的）自轉；自行轉動	*名・自サ◎グループ3
【自転】	△地球の自転はどのように証明されましたか。／	
	請問地球的自轉是透過什麼樣的方式被證明出來的呢？	

じにん	辭職	*名・自サ◎グループ3
【辞任】	△大臣を辞任する。／	
	請辭大臣職務。	

しぼう	志願・希望	*名・他サ◎グループ3
【志望】	△志望大学に受験の願書を送付した。／	
	已經將入學考試申請書送達擬報考的大學了。	

しまつ	（事情的）始末・原委；情況・狀況；處理・應付；儉省・節約	
		*名・他サ◎グループ3
【始末】	△この後の始末は自分でしてくださいね。／	
	接下來的殘局你就自己收拾吧！	

しゃざい	謝罪；賠禮	*名・自他サ◎グループ3
【謝罪】	△失礼を謝罪する。／	
	為失禮而賠不是。	

しゃぜつ	謝絕・拒絕	*名・他サ◎グループ3
【謝絶】	△面会謝絶と聞いて、彼は不安にならずにはいられなかった。／	
	一聽到謝絕會面，他心裡感到了強烈的不安。	

ジャンプ	（體）跳躍；（商）物價暴漲	*名・自サ◎グループ3
【jump】	△彼のジャンプは技の極みです。／	
	他的跳躍技巧可謂登峰造極。	

しゆう	私有	*名・他サ◎グループ3
【私有】	△これより先は私有地につき、立ち入り禁止です。／	
	前方為私有土地，禁止進入。	

しゅうがく	學習・求學・修學	*名・自サ◎グループ3
【就学】	△就学資金を貸与する制度があります。／	
	備有助學貸款制度。	

しゅうぎょう
【就業】
開始工作，上班；就業（有一定職業），有工作　　　　＊名・自サ◎グループ 3
△入社した以上、就業規則に従わなければなりません。／
既然已經進入公司工作，就應當遵循從業規則。

しゅうけい
【集計】
合計，總計　　　　　　　　　　　　　　　　　＊名・他サ◎グループ 3
△選挙結果の集計にはほぼ半日かかるでしょう。／
應當需要耗費約莫半天時間，才能彙集統計出投票結果。

しゅうげき
【襲撃】
襲擊　　　　　　　　　　　　　　　　　　　　＊名・他サ◎グループ 3
△襲撃されるが早いか、あっという間に逃げ出した。／
才剛被襲擊，轉眼間就逃掉了。

しゅうし
【終始】
末了和起首；從頭到尾，一貫　　　　　　　　　＊副・自サ◎グループ 3
△マラソンは終始、抜きつ抜かれつの好レースだった。／
這場馬拉松從頭至尾互見輸贏，賽程精彩。

じゅうじ
【従事】
作，從事　　　　　　　　　　　　　　　　　　＊名・自サ◎グループ 3
△叔父は 30 年間、金融業に従事してきた。／
家叔已投身金融業長達三十年。

じゅうじつ
【充実】
充實，充沛　　　　　　　　　　　　　　　　　＊名・自サ◎グループ 3
△仕事も、私生活も充実している。／
不只是工作，私生活也很充實。

しゅうしゅう
【収集】
收集，蒐集　　　　　　　　　　　　　　　　　＊名・他サ◎グループ 3
△私は記念切手の収集が趣味です。／
我的興趣是蒐集紀念郵票。

しゅうしょく
【修飾】
修飾，裝飾；（文法）修飾　　　　　　　　　　＊名・他サ◎グループ 3
△この部分はどの言葉を修飾しているのですか。／
這部分是用來修飾哪個語詞呢？

しゅうちゃく
【執着】
迷戀，留戀、不肯捨棄，固執　　　　　　　　　＊名・自サ◎グループ 3
△自分の意見ばかりに執着せず、人の意見も聞いた方がいい。／
不要總是固執己見，也要多聽取他人的建議比較好。

しゅうとく
【習得】
學習，學會 　　　　　　　　　　　　　　*名・他サ◎グループ3
△日本語を習得する。／
學會日語。

しゅうよう
【収容】
収容，容納；拘留 　　　　　　　　　　　*名・他サ◎グループ3
△このコンサートホールは最高何人まで収容できますか。／
請問這間音樂廳最多可以容納多少聽眾呢？

しゅうりょう
【修了】
學完（一定的課程） 　　　　　　　　　　*名・他サ◎グループ3
△博士課程を修了してから、研究職に就こうと考えている。／
目前計畫等取得博士學位後，能夠從事研究工作。

しゅえん
【主演】
主演，主角 　　　　　　　　　　　　　　*名・自サ◎グループ3
△彼女が主演する映画はどれも大成功を収めている。／
只要是由她所主演的電影，每一部的票房均十分賣座。

しゅぎょう
【修行】
修（學），練（武），學習（技藝） 　　　*名・自サ◎グループ3
△悟りを目指して修行する。／
修行以期得到頓悟。

しゅくが
【祝賀】
祝賀，慶祝 　　　　　　　　　　　　　　*名・他サ◎グループ3
△開校150周年を記念して、祝賀パーティーが開かれた。／
舉辦派對以慶祝創校一百五十周年紀念。

しゅさい
【主催】
主辦，舉辦 　　　　　　　　　　　　　　*名・他サ◎グループ3
△県主催の作文コンクールに応募したところ、最優秀賞を受賞した。／
去參加由縣政府主辦的作文比賽後，獲得了第一名。

しゅざい
【取材】
（藝術作品等）取材；（記者）採訪 　　　*名・自他サ◎グループ3
△今号の特集記事とあって、取材に力を入れている。／
因為是這個月的特別報導，採訪時特別賣力。

しゅつえん
【出演】
演出，登台 　　　　　　　　　　　　　　*名・自サ◎グループ3
△テレビといわず映画といわず、さまざまな作品に出演している。／
他在電視也好電影也好，演出各種類型的作品。

しゅっけつ 【出血】	出血；（戰時士兵的）傷亡、死亡；虧本、犧牲血本	＊名・自サ◎グループ3

△出血を止めるために、腕をタオルで縛った。／
為了止血而把毛巾綁在手臂上。

しゅつげん 【出現】	出現	＊名・自サ◎グループ3

△パソコンの出現により、手で文字を書く機会が大幅に減少した。／
自從電腦問世後，就大幅降低了提筆寫字的機會。

しゅっさん 【出産】	生育、生產、分娩	＊名・自他サ◎グループ3

△難産だったが、無事に元気な女児を出産した。／
雖然是難產，總算順利生下健康的女寶寶了。

しゅっしゃ 【出社】	到公司上班	＊名・自サ◎グループ3

△朝礼の10分前には必ず出社します。／
一定會在朝會開始前十分鐘到達公司。

しゅっしょう・ しゅっせい 【出生】	出生、誕生；出生地	＊名・自サ◎グループ3

△週刊誌が彼女の出生の秘密を暴いた。／
八卦雜誌揭露了關於她出生的秘密。

しゅっせ 【出世】	下凡；出家、入佛門；出生；出息、成功、發跡	＊名・自サ◎グループ3

△彼は部長に出世するなり、態度が大きくなった。／
他才榮升經理就變跩了。

しゅつだい 【出題】	（考試、詩歌）出題	＊名・自サ◎グループ3

△期末試験では、各文法からそれぞれ1題出題します。／
期末考試內容將自每種文法類別中各出一道題目。

しゅつどう 【出動】	（消防隊、警察等）出動	＊名・自サ◎グループ3

△110番通報を受け警察が出動した。／
警察接獲民眾電話撥打110報案後立刻出動。

しゅっぴ 【出費】	費用、出支、開銷	＊名・自サ◎グループ3

△出費を抑えるため、できるだけ自炊するようにしています。／
盡量在家烹煮三餐以便削減開支。

しゅっぴん 【出品】	展出作品・展出産品	*名・自サ◎グループ3

△展覧会に出品する作品の作成に追われている。／
正在忙著趕製即將於展覽會中展示的作品。

しゅどう 【主導】	主導；主動	*名・他サ◎グループ3

△このプロジェクトは彼が主導したものです。／
這個企畫是由他所主導的。

しゅび 【守備】	守備・守衛；（棒球）防守	*名・他サ◎グループ3

△守備を固めんがために、監督はメンバーの変更を決断した。／
為了要加強防禦，教練決定更換隊員。

じゅりつ 【樹立】	樹立・建立	*名・自他サ◎グループ3

△彼はマラソンの世界新記録を樹立した。／
他創下馬拉松的世界新紀錄。

しよう 【私用】	私事；私用・個人使用；私自使用・盗用	*名・他サ◎グループ3

△勤務中に私用のメールを送っていたことが上司にばれてしまった。／
被上司發現了在上班時間寄送私人電子郵件。

じょうえん 【上演】	上演	*名・他サ◎グループ3

△この芝居はいつまで上演されますか。／
請問這部戲上演到什麼時候呢？

しょうきょ 【消去】	消失・消去・塗掉；（數）消去法	*名・自他サ◎グループ3

△保存してあるファイルを整理して、不必要なものは消去してください。／
請整理儲存的檔案，將不需要的部分予以刪除。

しょうげん 【証言】	證言・證詞・作證	*名・他サ◎グループ3

△彼はこみ上げる怒りに声を震わせながら証言した。／
他作證時的聲音由於湧升的怒火而顫抖了。

しょうごう 【照合】	對照・校對・核對（帳目等）	*名・他サ◎グループ3

△これは身元を確認せんがための照合作業です。／
這是為確認身分的核對作業。

じょうしょう 【上昇】
上升・上漲・提高　　　　　　　　　　　　　　　　　*名・自サ◎グループ 3

△株式市場は三日ぶりに上昇した。／
股票市場已連續下跌三天，今日終於止跌上揚。

しょうしん 【昇進】
升遷・晉升・高昇　　　　　　　　　　　　　　　　　*名・自サ◎グループ 3

△昇進のためとあれば、何でもする。／
只要是為了升遷，我什麼都願意做。

しょうする 【称する】
稱做名字叫…；假稱・偽稱；稱讚　　　　　　　　　　*他サ◎グループ 3

△孫の友人と称する男から不審な電話がかかってきた。／
有個男人自稱是孫子的朋友，打來一通可疑的電話。

しょうだく 【承諾】
承諾・應允・允許　　　　　　　　　　　　　　　　　*名・他サ◎グループ 3

△あとは両親の承諾待ちというところです。／
只等父母答應而已。

しょうちょう 【象徴】
象徴　　　　　　　　　　　　　　　　　　　　　　　*名・他サ◎グループ 3

△消費社会が豊かさの象徴と言わんばかりだが、果たしてそうであろうか。／
說什麼高消費社會是富裕的象徵，但實際上果真是如此嗎？

じょうほ 【譲歩】
讓步　　　　　　　　　　　　　　　　　　　　　　　*名・自サ◎グループ 3

△交渉では一歩たりとも譲歩しない覚悟だ。／
我決定在談判時絲毫不能讓步。

しょうり 【勝利】
勝利　　　　　　　　　　　　　　　　　　　　　　　*名・自サ◎グループ 3

△地元を皮切りとして選挙区をくまなく回り、圧倒的な勝利を収めた。／
從他的老家開始出發，踏遍整個選區的每個角落拜票，終於獲得了壓倒性的勝利。

じょうりく 【上陸】
登陸・上岸　　　　　　　　　　　　　　　　　　　　*名・自サ◎グループ 3

△今夜、台風は九州南部に上陸する見込みです。／
今天晚上，颱風將由九州南部登陸。

じょうりゅう　蒸餾　　　　　　　　　　　　　　　　　*名・他サ◎グループ3
【蒸留】　△蒸留して作られた酒は一般的にアルコール度数が高いのが特徴です。／
　　　　一般而言，採用蒸餾法製成的酒類，其特徵為酒精濃度較高。

しょうれい　獎勵，鼓勵　　　　　　　　　　　　　　　*名・他サ◎グループ3
【奨励】　△政府は省エネを奨励しています。／
　　　　政府鼓勵節能。

じょがい　除外，免除，不在此例　　　　　　　　　　　*名・他サ◎グループ3
【除外】　△20歳未満の人は適用の対象から除外されます。／
　　　　未滿二十歲者非屬適用對象。

じょげん　建議，忠告；從旁教導，出主意　　　　　　　*名・自サ◎グループ3
【助言】　△先生の助言なくして、この発見はできませんでした。／
　　　　沒有老師的建議，就無法得到這項發現。

じょこう　（電車，汽車等）慢行，徐行　　　　　　　　*名・自サ◎グループ3
【徐行】　△駐車場内では徐行してください。／
　　　　在停車場內請慢速行駛。

しょじ　所持，所有；攜帶　　　　　　　　　　　　　　*名・他サ◎グループ3
【所持】　△パスポートを所持していますか。／
　　　　請問您持有護照嗎？

しょぞく　所屬；附屬　　　　　　　　　　　　　　　　*名・自サ◎グループ3
【所属】　△私の所属はマーケティング部です。／
　　　　我隸屬於行銷部門。

しょち　處理，處置，措施；（傷、病的）治療　　　　　*名・他サ◎グループ3
【処置】　△適切な処置を施さなければ、後で厄介なことになる。／
　　　　假如沒有做好適切的處理，後續事態將會變得很棘手。

しょばつ　處罰，懲罰，處分　　　　　　　　　　　　　*名・他サ◎グループ3
【処罰】　△野球部の生徒が不祥事を起こし、監督も処罰された。／
　　　　棒球隊的學生們闖下大禍，教練也因而接受了連帶處罰。

しょぶん
【処分】
處理，處置；賣掉，丟掉；懲處，處罰　　　　　　　　＊名・他サ◎グループ3

△反省の態度いかんによって、処分が軽減されることもある。／
看反省的態度如何，也有可能減輕處分。

しょゆう
【所有】
所有　　　　　　　　　　　　　　　　　　　　　　　＊名・他サ◎グループ3

△車を何台所有していますか。／
請問您擁有幾輛車子呢？

じりつ
【自立】
自立・獨立　　　　　　　　　　　　　　　　　　　　＊名・自サ◎グループ3

△金銭的な自立なくしては、一人立ちしたとは言えない。／
在經濟上無法獨立自主，就不算能獨當一面。

しれい
【指令】
指令・指示・通知・命令　　　　　　　　　　　　　　＊名・他サ◎グループ3

△指令を受けたがさいご、従うしかない。／
一旦接到指令，就必須遵從。

しんか
【進化】
進化・進歩　　　　　　　　　　　　　　　　　　　　＊名・自サ◎グループ3

△ＩＴ業界はここ10年余りのうちに目覚ましい進化を遂げた。／
近十餘年來，資訊產業已有日新月異的演進。

しんぎ
【審議】
審議　　　　　　　　　　　　　　　　　　　　　　　＊名・他サ◎グループ3

△専門家による審議の結果、原案通り承認された。／
專家審議的結果為通過原始提案。

しんこう
【進行】
前進・行進；進展；（病情等）發展・惡化　　　　　　＊名・自他サ◎グループ3

△治療しようと、治療しまいと、いずれ病状は進行します。／
不管是否進行治療，病情還是會惡化下去。

しんこう
【振興】
振興（使事物更為興盛）　　　　　　　　　　　　　　＊名・自他サ◎グループ3

△観光局は、さまざまな事業を通じて観光業の振興を図っています。／
觀光局尋求藉由各種產業來振興觀光業。

しんこく
【申告】
申報・報告　　　　　　　　　　　　　　　　　　　　＊名・他サ◎グループ3

△毎年1回、所得税を申告する。／
每年申報一次所得稅。

しんさ
【審査】

審査 　　　　　　　　　　　　　　　　　＊名・他サ◎グループ3

△審査の進み具合のいかんによって、紛争が長引くかもしれない。／
根據審查的進度，可能糾紛會拖長了。

しんしゅつ
【進出】

進入・打入・擠進・參加；向…發展 　　　　　＊名・自サ◎グループ3

△彼は政界への進出をもくろんでいるらしい。／
聽說他始終謀圖進軍政壇。

しんちく
【新築】

新建・新蓋；新建的房屋 　　　　　　　　　　＊名・他サ◎グループ3

△来年、新築のマンションを購入する予定です。／
預計於明年購置全新完工的大廈。

しんてい
【進呈】

贈送・奉送 　　　　　　　　　　　　　　　　＊名・他サ◎グループ3

△優勝チームには豪華賞品が進呈されることになっている。／
優勝隊伍將可獲得豪華獎品。

しんてん
【進展】

發展・進展 　　　　　　　　　　　　　　　　＊名・自サ◎グループ3

△その後の調査で何か進展はありましたか。／
請問後續的調查有無進展呢？

しんどう
【振動】

搖動・振動；擺動 　　　　　　　　　　　　　＊名・自他サ◎グループ3

△マンションの上層からの振動と騒音に悩まされている。／
一直深受樓上傳來的震動與噪音所苦。

しんにん
【信任】

信任 　　　　　　　　　　　　　　　　　　　＊名・他サ◎グループ3

△彼は我々が信任するに値する人物だと思う。／
我認為他值得我們信賴。

しんぼう
【辛抱】

忍耐・忍受；（在同一處）耐・耐心工作 　　　＊名・自サ◎グループ3

△彼はやや辛抱強さに欠けるきらいがある。／
他有點缺乏耐性。

しんりゃく
【侵略】

侵略 　　　　　　　　　　　　　　　　　　　＊名・他サ◎グループ3

△侵略の歴史を消し去ることはできない。／
侵略的歷史是無法被抹滅的。

しんりょう
【診療】
診療，診察治療　*名・他サ◎グループ3
△午後の診療は2時から開始します。／
下午的診療時間從兩點鐘開始。

すいしん
【推進】
推進，推動　*名・他サ◎グループ3
△あの大学は交換留学の推進に力を入れている。／
那所大學致力於推展交換國際留學生計畫。

すいせん
【水洗】
水洗，水沖；用水沖洗　*名・他サ◎グループ3
△ここ30年で水洗トイレが各家庭に普及した。／
近三十年來，沖水馬桶的裝設已經普及於所有家庭。

すいそう
【吹奏】
吹奏　*名・他サ◎グループ3
△娘は吹奏楽部に所属し、トランペットを吹いている。／
小女隸屬於管樂社，擔任小號手。

すいそく
【推測】
推測，猜測，估計　*名・他サ◎グループ3
△双方の意見がぶつかったであろうことは、推測に難くない。／
不難猜想雙方的意見應該是有起過爭執。

すいり
【推理】
推理，推論，推斷　*名・他サ◎グループ3
△私の推理ではあの警官が犯人です。／
依照我的推理，那位警察就是犯案者。

すうはい
【崇拝】
崇拜；信仰　*名・他サ◎グループ3
△古代エジプトでは猫を崇拝していたという説がある。／
有此一說，古代埃及人將貓奉為神祇崇拜。

ストライキ
【strike】
罷工；（學生）罷課　*名・自サ◎グループ3
△賃上げを求めて、労働組合はストライキを起こした。／
工會要求加薪，發動了罷工。

ずるずる
拖拉貌；滑溜；拖拖拉拉　*副・自サ◎グループ3
△死体をずるずる引きずってやぶの中に隠した。／
把屍體一路拖行到草叢裡藏了起來。

すんなり(と)	苗條，細長，柔軟又有彈力；順利，容易，不費力　　*副・自サ◎グループ3

△何も面倒なことはなく、すんなりと審査を通過した。／

没有發生任何麻煩，很順利地通過了審查。

せいいく 【生育・成育】	生育，成長，發育，繁殖（寫「生育」主要用於植物，寫「成育」則用於動物）　　　　　　　　　　　　　　　　　　　　　　*名・自他サ◎グループ3

△土が栄養豊富であればこそ、野菜はよく生育する。／

正因為土壤富含營養，所以能栽培出優質蔬菜。

せいかい 【正解】	正確的理解，正確答案　　　　　　　　　　　　　　　*名・他サ◎グループ3

△四つの選択肢の中から、正解を一つ選びなさい。／

請由四個選項中，挑出一個正確答案。

せいさい 【制裁】	制裁，懲治　　　　　　　　　　　　　　　　　　　*名・他サ◎グループ3

△妻の浮気相手に制裁を加えずにおくものか。／

非得懲罰妻子的外遇對象不可！

せいさん 【清算】	計算，精算；結算；清理財產；結束　　　　　　　　*名・他サ◎グループ3

△10年かけてようやく借金を清算した。／

花費了十年的時間，終於把債務給還清了。

せいし 【静止】	静止　　　　　　　　　　　　　　　　　　　　　　*名・自サ◎グループ3

△静止画像で見ると、盗塁は明らかにセーフです。／

只要查看停格静止畫面，就知道毫無疑問的是成功盜壘。

せいじゅく 【成熟】	（果實的）成熟；（植）發育成樹；（人的）發育成熟　　*名・自サ◎グループ3

△今回の選挙は、この国の民主主義が成熟してきた証です。／

這次選舉證明這個國家的民主主義已經成熟了。

せいする 【制する】	制止，壓制，控制；制定　　　　　　　　　　　　　　*他サ◎グループ3

△見事に接戦を制して首位に返り咲いた。／

經過短兵相接的激烈競爭後，終於打了一場漂亮的勝仗，得以重返冠軍寶座。

せいそう 【盛装】	盛裝，華麗的裝束　　　　　　　　　　　　　　　　*名・自サ◎グループ3

△式の参加者はみな盛装してきた。／

參加典禮的賓客們全都盛裝出席。

せいてい 【制定】	制定	＊名・他サ◎グループ3

△法案の制定を皮切りにして、各種ガイドラインの策定を進めている。／
以制定法案作為開端，推展制定各項指導方針。

せいとうか 【正当化】	使正當化・使合法化	＊名・他サ◎グループ3

△自分の行動を正当化する。／
把自己的行為合理化。

せいふく 【征服】	征服・克服・戰勝	＊名・他サ◎グループ3

△このアニメは悪魔が世界征服を企てるというストーリーです。／
這部卡通的故事情節是描述惡魔企圖征服全世界。

せいめい 【声明】	聲明	＊名・自サ◎グループ3

△財務大臣が声明を発表するや、市場は大きく反発した。／
當財政部長發表聲明後，股市立刻大幅回升。

せいやく 【制約】	（必要的）條件・規定；限制・制約	＊名・他サ◎グループ3

△時間的な制約を設けると、かえって効率が上がることもある。／
在某些情況下，當訂定時間限制後，反而可以提昇效率。

せいれつ 【整列】	整隊・排隊・排列	＊名・自他サ◎グループ3

△あいうえお順に整列しなさい。／
請依照日文五十音的順序排列整齊。

ぜせい 【是正】	更正・糾正・訂正・矯正	＊名・他サ◎グループ3

△社会格差を是正するための政策の検討が迫られている。／
致力於匡正社會階層差異的政策檢討，已然迫在眉睫。

せっかい 【切開】	（醫）切開・開刀	＊名・他サ◎グループ3

△父は、胃を切開して、腫瘍を摘出した。／
父親接受了手術，切開胃部取出腫瘤。

せっきょう 【説教】	說教；教誨	＊名・自サ◎グループ3

△先生に説教される。／
被老師說教。

せっしょく
【接触】
接觸；交往、交際　　　　　　　　　　　　　　　*名・自サ◎グループ3

△バスと接触事故を起こしたが、幸い軽症ですんだ。／
雖然發生與巴士擦撞的意外事故，幸好只受到輕傷。

せっち
【設置】
設置，安裝；設立　　　　　　　　　　　　　　*名・他サ◎グループ3

△全国に会場を設置する。／
在全國各處設置會場。

せっちゅう
【折衷】
折中、折衷　　　　　　　　　　　　　　　　　*名・他サ◎グループ3

△与野党は折衷案の検討に入った。／
朝野各黨已經開始討論折衷方案。

せってい
【設定】
制定，設立，確定　　　　　　　　　　　　　　*名・他サ◎グループ3

△クーラーの温度は24度に設定してあります。／
冷氣的溫度設定在二十四度。

せっとく
【説得】
說服，勸導　　　　　　　　　　　　　　　　　*名・他サ◎グループ3

△彼との結婚を諦めさせようと、家族や友人が代わる代わる
説得している。／
簡直就像要我放棄與他結婚似的，家人與朋友輪番上陣不停勸退我。

ぜつぼう
【絶望】
絕望，無望　　　　　　　　　　　　　　　　　*名・自サ◎グループ3

△彼は人生に絶望してからというもの、家に引きこもっている。／
自從他對人生感到絕望後，就一直躲在家裡不出來。

せつりつ
【設立】
設立，成立　　　　　　　　　　　　　　　　　*名・他サ◎グループ3

△設立されたかと思いきや、2ヶ月で運営に行き詰まった。／
才剛成立而已，誰知道僅僅2個月，經營上就碰到了瓶頸。

ぜんかい
【全快】
痊癒，病全好　　　　　　　　　　　　　　　　*名・自サ◎グループ3

△体調が全快してからというもの、あちこちのイベントに参加
している。／
自從身體痊癒之後，就到處參加活動。

せんきょう
【宣教】
傳教，佈道　　　　　　　　　　　　　　　　　*名・自サ◎グループ3

△かつて日本ではキリスト教の宣教が禁じられていた。／
日本過去曾經禁止過基督教的傳教。

せんげん 【宣言】
宣言，宣布，宣告　　　　　　　　　　　　　　　　　　＊名・他サ◎グループ3

△各地で軍事衝突が相次ぎ、政府は非常事態宣言を出した。／
各地陸續發生軍事衝突，政府宣布進入緊急狀態。

せんこう 【先行】
先走，走在前頭；領先，佔先；優先施行，領先施行　　＊名・自サ◎グループ3

△会員のみなさまにはチケットを先行販売いたします。／
各位會員將享有優先購買票券的權利。

せんこう 【選考】
選拔，權衡　　　　　　　　　　　　　　　　　　　　＊名・他サ◎グループ3

△選考基準は明確に示されていない。／
沒有明確訂定選拔之合格標準。

せんしゅう 【専修】
主修，専攻　　　　　　　　　　　　　　　　　　　　＊名・他サ◎グループ3

△志望する専修によってカリキュラムが異なります。／
依照選擇之主修領域不同，課程亦有所差異。

せんちゃく 【先着】
先到達，先來到　　　　　　　　　　　　　　　　　　＊名・自サ◎グループ3

△先着5名様まで、豪華景品を差し上げます。／
最先來店的前五名顧客，將獲贈豪華贈品。

せんとう 【戦闘】
戰鬥　　　　　　　　　　　　　　　　　　　　　　　＊名・自サ◎グループ3

△戦闘を始めないうちから、すでに勝負は見えていた。／
在戰鬥還沒展開之前，勝負已經分曉了。

せんにゅう 【潜入】
潛入，溜進；打進　　　　　　　　　　　　　　　　　＊名・自サ◎グループ3

△三ヶ月に及ぶ潜入調査の末、ようやく事件を解決した。／
經過長達三個月秘密調查，案件總算迎刃而解了。

ぜんめつ 【全滅】
全滅，徹底消滅　　　　　　　　　　　　　　　　　＊名・自他サ◎グループ3

△台風のため、収穫間近のりんごが全滅した。／
颱風來襲，造成即將採收的蘋果全數落果。

せんよう 【専用】
専用，獨佔，壟斷，專門使用　　　　　　　　　　　　＊名・他サ◎グループ3

△都心の電車は、時間帯によって女性専用車両を設けている。／
市區的電車，會在特定的時段設置女性専用車廂。

せんりょう
【占領】
（軍）武力佔領；佔據　　　　　　　　　　　　　＊名・他サ◎グループ3
△これは占領下での生活を収めたドキュメンタリー映画です。／
這部紀錄片是拍攝該國被占領時期人民的生活狀況。

そうかん
【創刊】
創刊　　　　　　　　　　　　　　　　　　　　＊名・他サ◎グループ3
△創刊50周年を迎えることができ、慶賀の至りです。／
恭逢貴社創刊五十周年大慶，僅陳祝賀之意。

ぞうきょう
【増強】
（人員・設備的）増強，加強　　　　　　　　　　＊名・他サ◎グループ3
△政府は災害地域への救援隊の派遣を増強すると決めた。／
政府決定加派救援團隊到受災地區。

そうきん
【送金】
匯款，寄錢　　　　　　　　　　　　　　　　＊名・自他サ◎グループ3
△銀行で、息子への送金かたがた、もろもろの支払いをすませた。／
去銀行匯款給兒子時，順便付了種種的款項。

そうこう
【走行】
（汽車等）行車・行駛　　　　　　　　　　　　　＊名・自サ◎グループ3
△今回の旅行で、一日の平均走行距離は100キロを超えた。／
這趟旅行每天的移動距離平均超過一百公里。

そうごう
【総合】
綜合・總合・集合　　　　　　　　　　　　　　＊名・他サ◎グループ3
△うちのチームは総合得点がトップになった。／
本隊的總積分已經躍居首位。

そうさ
【捜査】
捜査（犯人、罪狀等）；查訪・查找　　　　　　　＊名・他サ◎グループ3
△事件が発覚し、警察の捜査を受けるしまつだ。／
因該起事件被揭發，終於遭到警方的捜索調査。

そうさく
【捜索】
尋找・捜；（法）捜査（犯人、罪狀等）　　　　　＊名・他サ◎グループ3
△彼は銃刀法違反の疑いで家宅捜索を受けた。／
他因違反《槍砲彈藥刀械管制條例》之嫌而住家遭到捜索調査。

そうじゅう
【操縦】
駕駛；操縦・駕馭・支配　　　　　　　　　　　＊名・他サ◎グループ3
△飛行機を操縦する免許はアマチュアでも取れる。／
飛機的駕駛執照，即使不是專業人士也可以考取。

そうしょく
【装飾】
装飾 　　　　　　　　　　　　　　　　　　　　　　　　　　*名・他サ◎グループ3
△クリスマスに向けて店内を装飾する。／
把店裡裝飾得充滿耶誕氣氛。

ぞうしん
【増進】
（體力・能力）増進・増加 　　　　　　　　　　　　　*名・自他サ◎グループ3
△彼女は食欲も増進し、回復の兆しを見せている。／
她的食慾已經變得比較好，有日漸康復的跡象。

そうどう
【騒動】
騒動・風潮・鬧事・暴亂 　　　　　　　　　　　　　　*名・自サ◎グループ3
△大統領が声明を発表するなり、各地で騒動が起きた。／
總統才發表完聲明，立刻引發各地暴動。

そうなん
【遭難】
罹難・遇險 　　　　　　　　　　　　　　　　　　　　　*名・自サ◎グループ3
△台風で船が遭難した。／
船隻遇上颱風而發生了船難。

そうび
【装備】
装備・配備 　　　　　　　　　　　　　　　　　　　　　*名・他サ◎グループ3
△その戦いにおいて、兵士たちは完全装備ではなかった。／
在那場戰役中，士兵們身上的裝備並不齊全。

そうりつ
【創立】
創立・創建・創辦 　　　　　　　　　　　　　　　　　*名・他サ◎グループ3
△会社は創立以来、10年間発展し続けてきた。／
公司創立十年以來，業績持續蒸蒸日上。

そくしん
【促進】
促進 　　　　　　　　　　　　　　　　　　　　　　　　*名・他サ◎グループ3
△これを機に、双方の交流がますます促進されることを願って
やみません。／
盼望藉此契機，更加促進雙方的交流。

そくする
【即する】
就・適應・符合・結合 　　　　　　　　　　　　　　　　*自サ◎グループ3
△現状に即して戦略を練り直す必要がある。／
有必要修改戰略以因應現狀。

そくばく
【束縛】
束縛・限制 　　　　　　　　　　　　　　　　　　　　　*名・他サ◎グループ3
△束縛された状態にあって、行動範囲が限られている。／
在身體受到捆縛的狀態下，行動範圍受到侷限。

そし　【阻止】　阻止，攔住，阻塞　　　　　　　　　*名・他サ◎グループ3

△警官隊は阻止しようとしたが、デモ隊は前進した。／
雖然警察隊試圖阻止，但示威隊伍依然繼續前進了。

そしょう　【訴訟】　訴訟・起訴　　　　　　　　　*名・自サ◎グループ3

△和解できないなら訴訟を起こすまでだ。／
倘若無法和解，那麼只好法庭上見。

そち　【措置】　措施，處理，處理方法　　　　　　*名・他サ◎グループ3

△事件を受けて、政府は制裁措置を発動した。／
在事件發生後，政府啟動了制裁措施。

たいおう　【対応】　對應，相對，對立；調和，均衡；適應，應付　　*名・自サ◎グループ3

△何事も変化に即して臨機応変に対応していかなければならない。／
無論發生任何事情，都必須視當時的狀況臨機應變才行。

たいか　【退化】　（生）退化；退步，倒退　　　　*名・自サ◎グループ3

△その器官は使用しないので退化した。／
那個器官由於沒有被使用，因而退化了。

たいがく　【退学】　退學　　　　　　　　　　　　*名・自サ◎グループ3

△退学してからというもの、仕事も探さず毎日ぶらぶらしている。／
自從退學以後，連工作也不找，成天遊手好閒。

たいぐう　【待遇】　接待，對待，服務；工資，報酬　　*名・他サ・接尾◎グループ3

△いかに待遇が良かろうと、あんな会社で働きたくない。／
不管薪資再怎麼高，我也不想在那種公司裡工作。

たいけつ　【対決】　對證，對質；較量，對抗　　　*名・自サ◎グループ3

△話し合いが物別れに終わり、法廷で対決するに至った。／
協商終告破裂，演變為在法庭上對決的局面。

たいけん　【体験】　體驗，體會，（親身）經驗　　*他サ◎グループ3

△貴重な体験をさせていただき、ありがとうございました。／
非常感激給我這個寶貴的體驗機會。

たいこう　【対抗】
對抗・抵抗・相爭・對立　　　　　　　　　　　　　　＊名・自サ◎グループ3

△相手の勢力に対抗すべく、人員を総動員した。／
為了與對方的勢力相抗衡而動員了所有的人力。

たいじ　【退治】
打退・討伐・征服；消滅・肅清；治療　　　　　　　　＊他サ◎グループ3

△病気と貧困を根こそぎ退治するぞ、と政治家が叫んだ。／
政治家聲嘶力竭呼喊：「矢志根除疾病與貧窮！」。

たいしょ　【対処】
妥善處置・應付・應對　　　　　　　　　　　　　　　＊名・自サ◎グループ3

△新しい首相は緊迫した情勢にうまく対処している。／
新任首相妥善處理了緊張的情勢。

だいする　【題する】
題名・標題・命名；題字・題詞　　　　　　　　　　　＊他サ◎グループ3

△入社式で社長が初心忘るべからずと題するスピーチを行った。／
社長在新進員工歡迎會上，以「莫忘初衷」為講題做了演說。

たいだん　【対談】
對談・交談・對話　　　　　　　　　　　　　　　　　＊名・自サ◎グループ3

△次号の巻頭特集は俳優と映画監督の対談です。／
下一期雜誌的封面特輯為演員與電影導演之對談。

たいのう　【滞納】
（税款，會費等）滯納・拖欠・逾期未繳　　　　　　　＊名・他サ◎グループ3

△彼はリストラされてから、5ヶ月間も家賃を滞納しています。／
自從他遭到裁員後，已經有五個月繳不出房租。

たいひ　【対比】
對比・對照　　　　　　　　　　　　　　　　　　　　＊名・他サ◎グループ3

△春先の山は、残雪と新緑の対比が非常に鮮やかで美しい。／
初春時節，山巔殘雪與鮮嫩綠芽的對比相映成趣。

だいべん　【代弁】
替人辯解・代言　　　　　　　　　　　　　　　　　　＊名・他サ◎グループ3

△彼の気持ちを代弁すると、お金よりも謝罪の一言がほしいということだと思います。／
如果由我來傳達他的心情，我認為他想要的不是錢，而是一句道歉。

たいぼう　【待望】
期待・渇望・等待　　　　　　　　　　　　　　　　　＊名・他サ◎グループ3

△待望の孫が生まれて、母はとてもうれしそうです。／
家母企盼已久的金孫終於誕生，開心得合不攏嘴。

たいめん	會面，見面	*名・自サ◎グループ3
【対面】	△初めて両親と彼が対面するとあって、とても緊張しています。／ 因為男友初次跟父母見面，我非常緊張。	

だいよう	代用	*名・他サ◎グループ3
【代用】	△蜂蜜がなければ、砂糖で代用しても大丈夫ですよ。／ 如果沒有蜂蜜的話，也可以用砂糖代替喔。	

たいわ	談話，對話，會話	*名・自サ◎グループ3
【対話】	△対話を続けていけば、相互理解が促進できるでしょう。／ 只要繼續保持對話窗口通暢無阻，想必能對促進彼此的瞭解有所貢獻吧。	

ダウン	下・倒下・向下・落下；下降・減退；（棒）出局；（拳擊）擊倒	
【down】		*名・自他サ◎グループ3
	△あのパンチにもう少しでダウンさせられるところだった。／ 差點就被對方以那拳擊倒在地了。	

だかい	打開，開闢（途徑），解決（問題）	*名・他サ◎グループ3
【打開】	△状況を打開するために、双方の大統領が直接協議することになった。／ 兩國總統已經直接進行協商以求打破僵局。	

だきょう	妥協，和解	*名・自サ◎グループ3
【妥協】	△双方の妥協なくして、合意に達することはできない。／ 雙方若不互相妥協，就無法達成協議。	

だけつ	妥協，談妥	*名・自サ◎グループ3
【妥結】	△労働組合と会社は、ボーナスを3％上げることで協議を妥結しました。／ 工會與公司雙方的妥協結果為增加3%的獎金。	

だっこ	抱	*名・他サ◎グループ3
【抱っこ】	△赤ん坊が泣きやまないので、抱っこするしかなさそうです。／ 因為小嬰兒哭鬧不休，只好抱起他安撫。	

だっしゅつ 【脱出】	逃出・逃脱・逃亡　　　　　　　　　　　　　　　　＊名・自サ◎グループ3 △もし火災報知器が鳴ったら、慌てずに非常口から脱出しなさい。／ 假如火災警報器響了，請不要慌張，冷靜地由緊急出口逃生即可。

だっすい
【脱水】
脱水；（醫）脱水　　　　　　　　　　　　　　　　　＊名・自サ◎グループ3
△脱水してから干す。／
脱水之後曬乾。

だっする
【脱する】
逃出・逃脱；脱離・離開；脱落・漏掉；脱稿；去掉・除掉　　　＊自他サ◎グループ3
△医療チームの迅速な処置のおかげで、どうやら危機は脱したようです。／
多虧醫療團隊的即時治療，看來已經脱離生死交關的險境了。

たっせい
【達成】
達成・成就・完成　　　　　　　　　　　　　　　　＊名・他サ◎グループ3
△地道な努力があればこそ、達成できる。／
正因為努力不懈，方能獲取最後的成功。

だったい
【脱退】
退出・脱離　　　　　　　　　　　　　　　　　　　＊名・自サ◎グループ3
△会員としての利益が保証されないなら、会から脱退するまでだ。／
倘若會員的權益無法獲得保障，大不了辦理退會而已。

だぶだぶ
（衣服等）寬大・肥大；（人）肥胖・肌肉鬆弛；（液體）滿・盈
　　　　　　　　　　　　　　　　　　　　　　　　　＊副・自サ◎グループ3
△一昔前の不良は、だぶだぶのズボンを履いていたものです。／
以前的不良少年常穿著褲管寬大鬆垮的長褲。

だぼく
【打撲】
打・碰撞　　　　　　　　　　　　　　　　　　　　＊名・他サ◎グループ3
△手を打撲した。／
手部挫傷。

だらだら
滴滴答答地・冗長・磨磨蹭蹭的；斜度小而長　　　　＊副・自サ◎グループ3
△汗がだらだらと流れる。／
汗流夾背。

だんけつ
【団結】
團結　　　　　　　　　　　　　　　　　　　　　　＊名・自サ◎グループ3
△人々の賞賛に値するすばらしい団結力を発揮した。／
他們展現了值得人們稱讚的非凡團結。

たんけん【探検】	探険・探査 *名・他サ◎グループ3

△夏休みになると、お父さんと一緒に山を探検します。／
到了暑假，就會跟父親一起去山裡探險。

だんげん【断言】 断言・断定・肯定   *名・他サ◎グループ3

△今日から禁煙すると断言したものの、止められそうにありません。／
儘管信誓旦旦地說要從今天開始戒菸，恐怕不可能說戒就戒。

たんしゅく【短縮】 縮短・縮減   *名・他サ◎グループ3

△時間が押しているので、発言者のコメント時間を一人2分に短縮します。／
由於時間緊湊，將每位發言者陳述意見的時間各縮短為每人兩分鐘。

たんてい【探偵】 偵探；偵查   *名・他サ◎グループ3

△探偵を雇って夫の素行を調査してもらった。／
雇用了偵探請他調查丈夫的日常行為。

チェンジ【change】 交換・兌換；變化；（網球・排球等）交換場地   *名・自他サ◎グループ3

△ヘアースタイルをチェンジしたら、気分もすっきりしました。／
換了個髮型後，心情也跟著變得清爽舒暢。

ちくせき【蓄積】 積蓄・積累・儲蓄・儲備   *名・他サ◎グループ3

△疲労が蓄積していたせいか、ただの風邪なのになかなか治りません。／
可能是因為積勞成疾，只不過是個小感冒，卻遲遲無法痊癒。

ちっそく【窒息】 窒息   *名・自サ◎グループ3

△検死の結果、彼の死因は窒息死だと判明しました。／
驗屍的結果判定他死於窒息。

ちゃくしゅ【着手】 著手・動手・下手；（法）（罪行的）開始   *名・自サ◎グループ3

△経済改革というが、一体どこから着手するのですか。／
高談闊論經濟改革云云，那麼到底應從何處著手呢？

ちゃくしょく【着色】 著色・塗顏色   *名・自サ◎グループ3

△母は、着色してあるものはできるだけ食べないようにしている。／
家母盡量不吃添加色素的食物。

ちゃくせき【着席】

就坐・入座・入席　　　　　　　　　　　　　*名・自サ◎グループ3

△学級委員の掛け声で、みな着席することになっています。／
在班長的一聲口令下，全班同學都回到各自的座位就坐。

ちゃくもく【着目】

著眼・注目；著眼點　　　　　　　　　　　　*名・自サ◎グループ3

△そこに着目するとは、彼ならではだ。／
不愧只有他才會注意到那一點！

ちゃくりく【着陸】

（空）降落・著陸　　　　　　　　　　　　　*名・自サ◎グループ3

△機体に異常が発生したため、緊急着陸を余儀なくされた。／
由於飛機發生異常狀況，不得不被迫緊急降落。

ちゃっこう【着工】

開工・動工　　　　　　　　　　　　　　　　*名・自サ◎グループ3

△駅前のビルは10月1日の着工を予定しています。／
車站前的大樓預定於十月一日動工。

ちやほや

溺愛・嬌寵；捧・奉承　　　　　　　　　　*副・他サ◎グループ3

△ちやほやされて調子に乗っている彼女を見ると、苦笑を禁じえない。／
看到她被百般奉承而得意忘形，不由得讓人苦笑。

ちゅうがえり【宙返り】

（在空中）旋轉・翻筋斗　　　　　　　　　*名・自サ◎グループ3

△宙返りの練習をするときは、床にマットをひかないと危険です。／
如果在練習翻筋斗的時候，地面沒有預先鋪設緩衝墊，將會非常危險。

ちゅうけい【中継】

中繼站・轉播站；轉播　　　　　　　　　　*名・他サ◎グループ3

△機材が壊れてしまったので、中継しようにも中継できない。／
器材壞掉了，所以就算想轉播也轉播不成。

ちゅうこく【忠告】

忠告・勸告　　　　　　　　　　　　　　　*名・自サ◎グループ3

△いくら忠告しても、彼は一向に聞く耳を持ちません。／
再怎麼苦口婆心勸告，他總是當作耳邊風。

ちゅうしょう【中傷】

重傷・毀謗・污衊　　　　　　　　　　　　*名・他サ◎グループ3

△根拠もない中傷については、厳正に反駁せずにはすまない。／
對於毫無根據的毀謗，非得嚴厲反駁不行。

ちゅうせん
【抽選】
抽籤
*名・自サ◎グループ3
△どのチームと対戦するかは、抽選で決定します。／
以抽籤決定將與哪支隊伍比賽。

ちゅうだん
【中断】
中断・中輟
*名・自他サ◎グループ3
△ひどい雷雨のため、サッカーの試合は一時中断された。／
足球比賽因傾盆雷雨而暫時停賽。

ちゅうどく
【中毒】
中毒
*名・他サ◎グループ3
△真夏は衛生に気をつけないと、食中毒になることもあります。／
溽暑時節假如不注意飲食衛生，有時會發生食物中毒。

ちゅうりつ
【中立】
中立
*名・自サ◎グループ3
△中立的な立場にあればこそ、客観的な判断ができる。／
正因為秉持中立，才能客觀判斷。

ちゅうわ
【中和】
中正溫和；（理・化）中和，平衡
*名・自サ◎グループ3
△魚にレモンをかけると生臭さが消えるのも中和の結果です。／
把檸檬汁淋在魚上可以消除魚腥味，也屬於中和作用的一種。

ちょういん
【調印】
簽字，蓋章，簽署
*名・自サ◎グループ3
△両国はエネルギー分野の協力文書に調印した。／
兩國簽署了能源互惠條約。

ちょうこう
【聴講】
聽講，聽課；旁聽
*名・他サ◎グループ3
△大学で興味のある科目を聴講している。／
正在大學裡聽講有興趣的課程。

ちょうしゅう
【徴収】
徵收・收費
*名・他サ◎グループ3
△政府は国民から税金を徴収する。／
政府向百姓課稅。

ちょうせん
【挑戦】
挑戰
*名・自サ◎グループ3
△司法試験は、私にとっては大きな挑戦です。／
對我而言，參加律師資格考試是項艱鉅的挑戰。

ちょうてい　調停　　　　　　　　　　　　　　　　＊名・他サ◎グループ3
【調停】　△離婚話がもつれたので、離婚調停を申し立てることにした。／
　　　　　両人因離婚的交涉談判陷入膠著狀態，所以提出「離婚調解」的申請。

ちょうふく・　重複
じゅうふく　　　　　　　　　　　　　　　　　　　　＊名・自サ◎グループ3
【重複】　△5ページと7ページの内容が重複していますよ。／
　　　　　第五頁跟第七頁的內容重複了。

ちょうほう　珍寶・至寶；便利・方便；珍視・愛惜　　＊名・形動・他サ◎グループ3
【重宝】　△このノートパソコンは軽くて持ち運びが便利なので、重宝し
　　　　　ています。／
　　　　　這台筆記型電腦輕巧又適合隨身攜帶，讓我愛不釋手。

ちょうり　烹調・作菜；調理・整理・管理　　　　　　＊名・他サ◎グループ3
【調理】　△牛肉を調理する時は、どんなことに注意すべきですか。／
　　　　　請問在烹調牛肉時，應該注意些什麼呢？

ちょうわ　調和・（顔色・聲音等）和諧・（關係）協調　＊名・自サ◎グループ3
【調和】　△仕事が忙しすぎて、仕事と生活の調和がとれていない気が
　　　　　します。／
　　　　　公務忙得焦頭爛額，感覺工作與生活彷彿失去了平衡。

ちょくめん　面對・面臨　　　　　　　　　　　　　　＊名・自サ◎グループ3
【直面】　△自分を信じればこそ、苦難に直面しても乗り越えられる。／
　　　　　正因為有自信，才能克服眼前的障礙。

ちょくやく　直譯　　　　　　　　　　　　　　　　　＊名・他サ◎グループ3
【直訳】　△英語の文を直訳する。／
　　　　　直譯英文的文章。

ちょっかん　直覺・直感；直接觀察到　　　　　　　　＊名・他サ◎グループ3
【直感】　△気に入った絵を直感で一つ選んでください。／
　　　　　請以直覺擇選一幅您喜愛的畫。

ちんでん
【沈澱】
沈澱　　　　　　　　　　　　　　　　　　　　　＊名・自サ◎グループ3
△瓶の底に果実成分が沈澱することがあります。よく振ってお飲みください。／
水果成分會沉澱在瓶底，請充分搖勻之後飲用。

ちんぼつ
【沈没】
沈没；醉得不省人事；（東西）進了當鋪　　　　＊名・自サ◎グループ3
△漁船が沈没したので、救助隊が捜索のため直ちに出動しました。／
由於漁船已經沈沒，救難隊立刻出動前往搜索。

ちんもく
【沈黙】
沈黙，默不作聲，沈寂　　　　　　　　　　　　＊名・自サ◎グループ3
△白熱する議論をよそに、彼は沈黙を守っている。／
他無視於激烈的討論，保持一貫的沉默作風。

ちんれつ
【陳列】
陳列　　　　　　　　　　　　　　　　　　　　　＊名・他サ◎グループ3
△ワインは原産国別に棚に陳列されています。／
紅酒依照原產國別分類陳列在酒架上。

ついきゅう
【追及】
追上，趕上；追究　　　　　　　　　　　　　　＊名・他サ◎グループ3
△警察の追及をよそに、彼女は沈黙を保っている。／
她對警察的追問充耳不聞，仍舊保持緘默。

ついせき
【追跡】
追蹤，追緝，追趕　　　　　　　　　　　　　　＊名・他サ◎グループ3
△警察犬はにおいを頼りに犯人を追跡します。／
警犬藉由嗅聞氣味追蹤歹徒的去向。

ついほう
【追放】
流逐，驅逐（出境）；肅清，流放；洗清，開除　＊名・他サ◎グループ3
△ドーピング検査で陽性となったため、彼はスポーツ界から追放された。／
他沒有通過藥物檢測，因而被逐出體壇。

ついらく
【墜落】
墜落・掉下　　　　　　　　　　　　　　　　　　＊名・自サ◎グループ3
△シャトルの打ち上げに成功したかと思いきや、墜落してしまった。／
原本以為火箭發射成功，沒料到立刻墜落了。

つうかん
【痛感】
痛感；深切地感受到　　　　　　　　　　　　　＊名・他サ◎グループ3
△事の重大さを痛感している。／
不得不深感事態嚴重之甚。

つうわ
【通話】

（電話）通話　　　　　　　　　　　　　　　　　　　*名・自サ◎グループ3

△通話時間が長い方には、お得なプランもございます。／
對於通話時間較長的客戶也有優惠專案。

つげぐち
【告げ口】

嚼舌根，告密，搬弄是非　　　　　　　　　　　　　　*名・他サ◎グループ3

△先生に告げ口をする。／
向老師打小報告。

つやつや

光潤，光亮，晶瑩剔透　　　　　　　　　　　　　　　*副・自サ◎グループ3

△肌がつやつやと光る。／
皮膚晶瑩剔透。

てあて
【手当て】

準備，預備；津貼；生活福利；醫療，治療；小費　　*名・他サ◎グループ3

△保健の先生が手当てしてくれたおかげで、出血はすぐに止まりました。／
多虧有保健老師的治療，傷口立刻止血了。

ていぎ
【定義】

定義　　　　　　　　　　　　　　　　　　　　　　　*名・他サ◎グループ3

△あなたにとって幸せの定義は何ですか。／
對您而言，幸福的定義是什麼？

ていきょう
【提供】

提供・供給　　　　　　　　　　　　　　　　　　　　*名・他サ◎グループ3

△政府が提供する情報は誰でも無料で閲覧できますよ。／
任何人都可以免費閲覧由政府所提供的資訊喔！

ていけい
【提携】

提攜・攜手；協力・合作　　　　　　　　　　　　　　*名・自サ◎グループ3

△業界2位と3位の企業が提携して、業界トップに躍り出た。／
在第二大與第三大的企業攜手合作下，躍升為業界的龍頭。

ていじ
【提示】

提示・出示　　　　　　　　　　　　　　　　　　　　*名・他サ◎グループ3

△学生証を提示すると、博物館の入場料は半額になります。／
只要出示學生證，即可享有博物館入場券之半價優惠。

ていせい
【訂正】

訂正・改正・修訂　　　　　　　　　　　　　　　　　*名・他サ◎グループ3

△ご迷惑をおかけしたことを深くお詫びし、ここに訂正いたします。／
造成您的困擾，謹致上十二萬分歉意，在此予以訂正。

ていたい　【停滞】
停滞，停頓；（貨物的）滯銷　*名・自サ◎グループ3

△日本列島上空に、寒冷前線が停滞しています。／
冷鋒滯留於日本群島上空。

てきおう　【適応】
適應，適合，順應　*名・自サ◎グループ3

△引越ししてきたばかりなので、まだ新しい環境に適応できません。／
才剛剛搬家，所以還沒有適應新環境。

てはい　【手配】
籌備，安排；（警察逮捕犯人的）部署，布置　*名・自他サ◎グループ3

△チケットの手配はもう済んでいますよ。／
我已經買好票囉！

てびき　【手引き】
（輔導）初學者，啟蒙；入門，初級；推薦，介紹；引路，導向
*名・他サ◎グループ3

△傍聴を希望される方は、申し込みの手引きに従ってください。／
想旁聽課程的人，請依循導引說明申請辦理。

てわけ　【手分け】
分頭做，分工　*名・自サ◎グループ3

△学校から公園に至るまで、手分けして子どもを捜した。／
分頭搜尋小孩，從學校一路找到公園。

てんか　【点火】
點火　*名・自サ◎グループ3

△最終ランナーによってオリンピックの聖火が点火されました。／
由最後一位跑者點燃了奧運聖火。

てんかい　【転回】
回轉，轉變　*名・自他サ◎グループ3

△フェリーターミナルが見え、船は港に向けゆっくり転回しはじめた。／
接近渡輪碼頭時，船舶開始慢慢迴轉準備入港停泊。

てんかん　【転換】
轉換，轉變，調換　*名・自他サ◎グループ3

△気分を転換するために、ちょっとお散歩に行ってきます。／
我出去散步一下轉換心情。

てんきょ　【転居】
搬家，遷居　*名・自サ◎グループ3

△転居するときは、郵便局に転居届を出しておくとよい。／
在搬家時應當向郵局申請改投。

てんきん
【転勤】

調職・調動工作　　　　　　　　　　　　　　　　＊名・自サ◎グループ3

△彼が転勤するという話は、うわさに聞いている。／
關於他換工作的事，我已經耳聞了。

てんけん
【点検】

檢點・檢查　　　　　　　　　　　　　　　　　　＊名・他サ◎グループ3

△機械を点検して、古い部品は取り換えました。／
檢查機器的同時，順便把老舊的零件給換掉了。

てんこう
【転校】

轉校・轉學　　　　　　　　　　　　　　　　　　＊名・自サ◎グループ3

△父の仕事で、この春転校することになった。／
由於爸爸工作上的需要，我今年春天就要轉學了。

てんじ
【展示】

展示・展出・陳列　　　　　　　　　　　　　　　＊名・他サ◎グループ3

△展示方法いかんで、売り上げは大きく変わる。／
商品陳列的方式如何，將大幅影響其銷售量。

てんそう
【転送】

轉寄　　　　　　　　　　　　　　　　　　　　　＊名・他サ◎グループ3

△Eメールを転送する。／
轉寄 e-mail。

でんたつ
【伝達】

傳達・轉達　　　　　　　　　　　　　　　　　　＊名・他サ◎グループ3

△警報や避難の情報はどのように住民に伝達されますか。／
請問是透過什麼方式，將警報或緊急避難訊息轉告通知當地居民呢？

てんにん
【転任】

轉任・調職・調動工作　　　　　　　　　　　　　＊名・自サ◎グループ3

△4月から生まれ故郷の小学校に転任することとなりました。／
自四月份起，將調回故鄉的小學任職。

てんぼう
【展望】

展望；眺望・瞭望　　　　　　　　　　　　　　　＊名・他サ◎グループ3

△フォーラムでは新大統領就任後の国内情勢を展望します。／
論壇中將討論新任總統就職後之國內情勢的前景展望。

でんらい
【伝来】

（從外國）傳來・傳入；祖傳・世傳　　　　　　　＊名・自サ◎グループ3

△日本で使われている漢字のほとんどは中国から伝来したものです。／
日語中的漢字幾乎大部分都是源自於中國。

てんらく
【転落】
掉落，滾下；墜落，淪落；暴跌，突然下降　　　　＊名・自サ◎グループ3
△不祥事が明るみになり、本年度の最終損益は赤字に転落した。／
醜聞已暴露，致使今年度末損益掉落為赤字。

どうい
【同意】
同義；同一意見，意見相同；同意，賛成　　　　＊名・自サ◎グループ3
△社長の同意が得られない場合、計画は白紙に戻ります。／
如果未能取得社長的同意，將會終止整個計畫。

どういん
【動員】
動員，調動，發動　　　　＊名・他サ◎グループ3
△動員される警備員は 10 人から 20 人というところです。／
要動員的保全人力差不多是十名至二十名而已。

どうかん
【同感】
同感，同意，賛同，同一見解　　　　＊名・自サ◎グループ3
△基本的にはあなたの意見に同感です。／
原則上我同意你的看法。

とうぎ
【討議】
討論，共同研討　　　　＊名・自他サ◎グループ3
△それでは、グループ討議の結果をそれぞれ発表してください。／
那麼現在就請各個小組發表分組討論的結果。

どうきょ
【同居】
同居；同住，住在一起　　　　＊名・自サ◎グループ3
△統計によると、二世帯同居の家は徐々に減ってきています。／
根據統計，父母與已婚子女同住的家戶數正逐漸減少中。

とうこう
【登校】
（學生）上學校，到校　　　　＊名・自サ◎グループ3
△子どもの登校を見送りがてら、お隣へ回覧板を届けてきます。／
在目送小孩上學的同時，順便把傳閱板送到隔壁去。

とうごう
【統合】
統一，綜合，合併，集中　　　　＊名・他サ◎グループ3
△今日、一部の事業部門を統合することが発表されました。／
今天公司宣布了整併部分事業部門。

とうし
【投資】
投資　　　　＊名・他サ◎グループ3
△投資をするなら、始める前にしっかり下調べしたほうがいいですよ。／
如果要進行投資，在開始之前先確實做好調查研究方為上策喔！

どうじょう
【同情】
同情 　　　　　　　　　　　　　　　　　　　＊名・自サ◎グループ 3

△同情を誘わんがための芝居にころっと騙された。／
軽而易舉地就被設法博取同情的演技給騙了。

とうせい
【統制】
統治，統歸，統一管理；控制能力 　　　　　　　＊名・他サ◎グループ 3

△どうも経営陣内部の統制が取れていないようです。／
經營團隊內部的管理紊亂，猶如群龍無首。

とうせん
【当選】
當選，中選 　　　　　　　　　　　　　　　　　＊名・自サ◎グループ 3

△スキャンダルの逆風をものともせず、当選した。／
儘管選舉時遭逢醜聞打擊，依舊順利當選。

とうそう
【逃走】
逃走・逃跑 　　　　　　　　　　　　　　　　　＊名・自サ◎グループ 3

△犯人は、パトカーを見るや否や逃走した。／
犯嫌一看到巡邏車就立刻逃走了。

とうそつ
【統率】
統率 　　　　　　　　　　　　　　　　　　　　＊名・他サ◎グループ 3

△ 30 名もの部下を統率するのは容易ではありません。／
統御多達三十名部屬並非容易之事。

とうたつ
【到達】
到達・達到 　　　　　　　　　　　　　　　　　＊名・自サ◎グループ 3

△先頭集団はすでに折り返し地点に到達したそうです。／
據說領先群已經來到折返點了。

とうち
【統治】
統治 　　　　　　　　　　　　　　　　　　　　＊名・他サ◎グループ 3

△台湾には日本統治時代の建物がたくさん残っている。／
台灣保留著非常多日治時代的建築物。

どうちょう
【同調】
調整音調；同調，同一步調，同意 　　　　　　　＊名・自他サ◎グループ 3

△周りと同調すれば、人間関係がスムーズになると考える人もいる。／
某些人認為，只要表達與周圍人們具有同樣的看法，人際關係就會比較和諧。

とうにゅう
【投入】
投入，扔進去；投入（資本、勞力等） 　　　　　　＊名・他サ◎グループ 3

△中国を皮切りにして、新製品を各市場に投入する。／
以中國作為起點，將新產品推銷到各國市場。

どうにゅう 【導入】	引進・引入・輸入；（為了解決懸案）引用（材料、證據） ＊名・他サ◎グループ3 △新しいシステムを導入したため、慣れるまで操作に時間がかかります。／ 由於引進新系統，花費了相當長的時間才習慣其操作方式。
どうふう 【同封】	隨信附寄・附在信中 ＊名・他サ◎グループ3 △商品のパンフレットを同封させていただきます。／ 隨信附上商品的介紹小冊。
とうぼう 【逃亡】	逃走・逃跑・逃遁；亡命 ＊名・自サ◎グループ3 △犯人は逃亡したにもかかわらず、わずか15分で再逮捕された。／ 歹徒雖然衝破警網逃亡，但是不到十五分鐘就再度遭到逮捕。
とうみん 【冬眠】	冬眠；停頓 ＊名・自サ◎グループ3 △冬眠した状態の熊が上野動物園で一般公開されています。／ 在上野動物園可以觀賞到冬眠中的熊。
どうめい 【同盟】	同盟・聯盟・聯合 ＊名・自サ◎グループ3 △同盟国ですら反対しているのに、強行するのは危険だ。／ 連同盟國都予以反對，若要強制進行具有危險性。
どうよう 【動揺】	動搖・搖動・搖擺；（心神）不安・不平靜；異動 ＊名・自他サ◎グループ3 △知らせを聞くなり、動揺して言葉を失った。／ 一聽到傳來的消息後，頓時驚慌失措無法言語。
とうろん 【討論】	討論 ＊名・自サ◎グループ3 △こんなくだらない問題は討論するに値しない。／ 如此無聊的問題不值得討論。
とおまわり 【遠回り】	使其繞道・繞遠路 ＊名・自サ・形動◎グループ3 △ちょっと遠回りですが、デパートに寄ってから家に帰ります。／ 雖然有點繞遠路，先去百貨公司一趟再回家。
とかく	種種・這樣那樣（流言、風聞等）；動不動・總是；不知不覺就・沒一會就 ＊副・自サ◎グループ3 △データの打ち込みミスは、とかくありがちです。／ 輸入資料時出現誤繕是很常見的。

どくさい
【独裁】

獨斷，獨行；獨裁，專政　　　　　　　　　　　　　＊名・自サ◎グループ3

△独裁体制は50年を経てようやく終わりを告げました。／
歴經五十年，獨裁體制終告結束。

とくしゅう
【特集】

特輯，專輯　　　　　　　　　　　　　　　　　　　＊名・他サ◎グループ3

△来月号では春のガーデニングについて特集します。／
下一期月刊將以春季園藝作為專輯的主題。

どくせん
【独占】

獨占，獨斷；壟斷，專營　　　　　　　　　　　　　＊名・他サ◎グループ3

△続いての映像は、ニコニコテレビが独占入手したものです。／
接下來的這段影片，是笑瞇瞇電視台獨家取得的畫面。

どくそう
【独創】

獨創　　　　　　　　　　　　　　　　　　　　　　＊名・他サ◎グループ3

△作品は彼ならではの独創性にあふれている。／
這件作品散發出他的獨創風格。

とくは
【特派】

特派，特別派遣　　　　　　　　　　　　　　　　　＊名・他サ◎グループ3

△海外特派員が現地の様子を随時レポートします。／
海外特派員會將當地的最新情況做即時轉播。

どげざ
【土下座】

跪在地上；低姿態　　　　　　　　　　　　　　　　＊名・自サ◎グループ3

△土下座して謝る。／
下跪道歉。

とっきょ
【特許】

（法）（政府的）特別許可；專利特許，專利權　　　＊名・他サ◎グループ3

△特許を取得するには、どのような手続きが必要ですか。／
請問必須辦理什麼樣的手續，才能取得專利呢？

とっぱ
【突破】

突破；超過　　　　　　　　　　　　　　　　　　　＊名・他サ◎グループ3

△本年度の自動車の売上台数は20万台を突破しました。／
本年度的汽車銷售數量突破了二十萬輛。

とほ
【徒歩】

步行，徒步　　　　　　　　　　　　　　　　　　　＊名・自サ◎グループ3

△ここから駅まで徒歩でどれぐらいかかりますか。／
請問從這裡步行至車站，大約需要多少時間呢？

| とまどい | 困惑・不知所措 | *名・自サ◎グループ3 |

【戸惑い】 △戸惑いを隠せない。／
掩不住困惑。

| ともかせぎ | 夫妻都上班 | *名・自サ◎グループ3 |

【共稼ぎ】 △共稼ぎながらも、給料が少なく生活は苦しい。／
雖然夫妻都有工作，但是收入微弱，生活清苦。

| ともばたらき | 夫妻都工作 | *名・自サ◎グループ3 |

【共働き】 △借金を返済すべく、共働きをしている。／
為了償還負債，夫妻倆都去工作。

| とりひき | 交易・貿易 | *名・自サ◎グループ3 |

【取引】 △金融商品取引法は有価証券の売買を公正なものとするよう
定めています。／
《金融商品交易法》明訂有價證券的買賣必須基於公正原則。

| どわすれ | 一時記不起來，一時忘記 | *名・自サ◎グループ3 |

【度忘れ】 △約束を度忘れして、しょうがないではすまない。／
一時忘了約定，並非說句「又不是故意的」就可以得到原諒。

| ないぞう | 裡面包藏・內部裝有；內庫・宮中的府庫 | *名・他サ◎グループ3 |

【内蔵】 △そのハードディスクはすでにパソコンに内蔵されています。／
那個硬碟已經安裝於電腦主機裡面了。

| にづくり | 準備行李・捆行李・包裝 | *名・自他サ◎グループ3 |

【荷造り】 △旅行の荷造りはもうすみましたか。／
請問您已經準備好旅遊所需的行李了嗎？

| にゅうしゅ | 得到・到手・取得 | *名・他サ◎グループ3 |

【入手】 △現段階で情報の入手ルートを明らかにすることはできません。／
現階段還無法公開獲得資訊的管道。

| にゅうしょう | 得獎・受賞 | *名・自サ◎グループ3 |

【入賞】 △体調不良をものともせず、見事に入賞を果たした。／
儘管體能狀況不佳，依舊精彩地奪得獎牌。

にゅうよく
【入浴】

沐浴・入浴・洗澡 　　　　　　　　　　　　　　　　　　　 ＊名・自サ◎グループ3

△ゆっくり入浴すると、血流が良くなって体が温まります。／
好整以暇地泡澡，可以促進血液循環，使身體變得暖和。

にんしき
【認識】

認識、理解 　　　　　　　　　　　　　　　　　　　　　　 ＊名・他サ◎グループ3

△交渉が決裂し、認識の違いが浮き彫りになりました。／
協商破裂，彼此的認知差異愈見明顯。

にんしん
【妊娠】

懐孕 　　　　　　　　　　　　　　　　　　　　　　　　　　 ＊名・自サ◎グループ3

△妊娠5ヶ月ともなると、おなかが目立つようになってくる。／
如果懷孕五個月時，肚子會變得很明顯。

にんめい
【任命】

任命 　　　　　　　　　　　　　　　　　　　　　　　　　　 ＊名・他サ◎グループ3

△明日、各閣僚が任命されることになっています。／
明天將會任命各內閣官員。

ねびき
【値引き】

打折・減價 　　　　　　　　　　　　　　　　　　　　　　 ＊名・他サ◎グループ3

△3点以上お買い求めいただくと、更なる値引きがあります。／
如果購買三件以上商品，還可享有更佳優惠。

ねんがん
【念願】

願望・心願 　　　　　　　　　　　　　　　　　　　　　　 ＊名・他サ◎グループ3

△念願かなって、マーケティング部に配属されることになりました。／
終於如願以償，被分派到行銷部門了。

ねんしょう
【燃焼】

燃燒；竭盡全力 　　　　　　　　　　　　　　　　　　　　 ＊名・自サ◎グループ3

△レースは不完全燃焼のまま終わってしまいました。／
比賽在雙方均未充分展現實力的狀態下就結束了。

のうにゅう
【納入】

繳納・交納 　　　　　　　　　　　　　　　　　　　　　　 ＊名・他サ◎グループ3

△期日までに授業料を納入しなければ、除籍となります。／
如果在截止日期之前尚未繳納學費，將會被開除學籍。

はあく
【把握】

掌握・充分理解・抓住 　　　　　　　　　　　　　　　　 ＊名・他サ◎グループ3

△正確な実態をまず把握しなければ、何の策も打てません。／
倘若未能掌握正確的實況，就無法提出任何對策。

はいき
【廃棄】
廃除
＊名・他サ◎グループ3
△パソコンはリサイクル法の対象なので、勝手に廃棄してはいけません。／
個人電腦被列為《資源回收法》中的應回收廢棄物，不得隨意棄置。

はいきゅう
【配給】
配給・配售・定量供應
＊名・他サ◎グループ3
△かつて、米や砂糖はみな配給によるものでした。／
過去，米與砂糖曾屬於配給糧食。

はいし
【廃止】
廃止・廃除・作廢
＊名・他サ◎グループ3
△今年に入り、各新聞社では夕刊の廃止が相次いでいます。／
今年以來，各報社的晚報部門皆陸續吹起熄燈號。

はいしゃく
【拝借】
（謙）拝借
＊名・他サ◎グループ3
△ちょっと辞書を拝借してもよろしいでしょうか。／
請問可以借用一下您的辭典嗎？

はいじょ
【排除】
排除・消除
＊名・他サ◎グループ3
△先入観を排除すると新しい一面が見えるかもしれません。／
摒除先入為主的觀念，或許就能窺見嶄新的一面。

ばいしょう
【賠償】
賠償
＊名・他サ◎グループ3
△原告は和解に応じ、1,000万円の賠償金を払うことになった。／
原告答應和解，決定支付一千萬的賠償金。

はいすい
【排水】
排水
＊名・自サ◎グループ3
△排水溝が詰まってしまった。／
排水溝堵塞住了。

はいせん
【敗戦】
戦敗
＊名・自サ◎グループ3
△ドイツや日本は敗戦からどのように立ち直ったのですか。／
請問德國和日本是如何於戰敗後重新崛起呢？

はいち
【配置】
配置・安置・部署・配備；分派點
＊名・他サ◎グループ3
△家具の配置いかんで、部屋が大きく見える。／
家具的擺放方式如何，可以讓房間看起來很寬敞。

はいはい （幼兒語）爬行　　　　　　　　　　　　　　　*名・自サ◎グループ3

△はいはいができるようになった。／
小孩會爬行了。

はいふ 散發　　　　　　　　　　　　　　　　　　　　*名・他サ◎グループ3
【配布】△お手元に配布した資料をご覧ください。／
請大家閱讀您手上的資料。

はいぶん 分配・分割　　　　　　　　　　　　　　　　　*名・他サ◎グループ3
【配分】△大学の規則にのっとり、各教授には一定の研究費が配分さ
れます。／
依據大學校方的規定，各教授可以分配到定額的研究經費。

はいぼく （戰爭或比賽）敗北，戰敗；被擊敗；敗逃　　　*名・自サ◎グループ3
【敗北】△わがチームは歴史的な一戦で屈辱的な敗北を喫しました。／
在這場具有歷史關鍵的一役，本隊竟然吃下了令人飲恨的敗仗。

はいりょ 關懷，照料，照顧，關照　　　　　　　　　　*名・他サ◎グループ3
【配慮】△いつも格別なご配慮を賜りありがとうございます。／
萬分感謝總是給予我們特別的關照。

はいれつ 排列　　　　　　　　　　　　　　　　　　　　*名・他サ◎グループ3
【配列】△キーボードのキー配列はパソコンによって若干違います。／
不同廠牌型號的電腦，其鍵盤的配置方式亦有些許差異。

はかい 破壊　　　　　　　　　　　　　　　　　　　*名・自他サ◎グループ3
【破壊】△環境破壊がわれわれに与える影響は計り知れません。／
環境遭到破壞之後，對我們人類造成無可估計的影響。

はき （文件、契約、合同等）廢棄，廢除，撕毀　　　*名・他サ◎グループ3
【破棄】△せっかくここまで準備したのに、今更計画を破棄したいでは
すまされない。／
好不容易已準備就緒，不許現在才說要取消計畫。

はくがい 迫害・虐待　　　　　　　　　　　　　　　　*名・他サ◎グループ3
【迫害】△迫害された歴史を思い起こすと、怒りがこみ上げてやまない。／
一想起遭受迫害的那段歷史，就令人怒不可遏。

| はくじょう | 坦白・招供・招認・認罪 | *名・他サ◎グループ3 |

はくじょう
【白状】
△すべてを白状したら許してくれますか。／
假如我將一切事情全部從實招供，就會原諒我嗎？

ばくは
【爆破】
爆破・炸毀　　　　　　　　　　　　　　　　*名・他サ◎グループ3
△炭鉱採掘現場では爆破処理が行われることも一般的です。／
在採煤礦場中進行爆破也是稀鬆平常的事。

ばくろ
【暴露】
曝曬・風吹日曬；暴露・揭露・洩漏　　　　　*名・自他サ◎グループ3
△元幹部がことの真相を暴露した。／
以前的幹部揭發了事情的真相。

はけん
【派遣】
派遣；派出　　　　　　　　　　　　　　　　*名・他サ◎グループ3
△不況のあまり、派遣の仕事ですら見つけられない。／
由於經濟太不景氣，就連派遣的工作也找不到。

はそん
【破損】
破損・損壊　　　　　　　　　　　　　　　　*名・自他サ◎グループ3
△ここにはガラスといい、陶器といい、破損しやすい物が多くある。／
這裡不管是玻璃還是陶器，多為易碎之物。

はつが
【発芽】
発芽　　　　　　　　　　　　　　　　　　　*名・自サ◎グループ3
△モヤシは種を発芽させた野菜のことだが、普通は緑豆モヤシを指す。／
豆芽菜是指發芽後的蔬菜，一般指的是綠豆芽菜。

はっくつ
【発掘】
発掘・挖掘；発現　　　　　　　　　　　　　*名・他サ◎グループ3
△遺跡を発掘してからというもの、彼は有名人になった。／
自從他挖掘出考古遺跡後，就成了名人。

はつげん
【発言】
発言　　　　　　　　　　　　　　　　　　　*名・自サ◎グループ3
△首相ともなれば、いかなる発言にも十分な注意が必要だ。／
既然已經當上首相了，就必須特別謹言慎行。

はっせい
【発生】
発生；（生物等）出現・蔓延　　　　　　　　*名・自サ◎グループ3
△小さい地震だったとはいえ、やはり事故が発生した。／
儘管只是一起微小的地震，畢竟還是引發了災情。

はっそく・ **ほっそく** 【発足】	開始（活動），成立	＊名・自サ◎グループ3

△新プロジェクトが発足する。／
開始進行新企畫。

はつびょう 【発病】	病發，得病	＊名・自サ◎グループ3

△発病3年目にして、やっと病名がわかった。／
直到發病的第三年，才終於查出了病名。

バトンタッチ 【（和）baton ＋touch】	（接力賽跑中）交接接力棒；（工作、職位）交接	＊名・他サ◎グループ3

△次の選手にバトンタッチする。／
交給下一個選手。

はらはら	（樹葉、眼淚、水滴等）飄落或是簌簌落下貌；非常擔心的樣子	＊副・自サ◎グループ3

△池に紅葉がはらはらと落ちる様子は、美の極みだ。／
楓葉片片簌簌地飄落於池面，簡直美得令人幾乎屏息。

はれつ 【破裂】	破裂	＊名・自サ◎グループ3

△袋は破裂せんばかりにパンパンだ。／
袋子鼓得快被撐破了。

はんえい 【繁栄】	繁榮，昌盛，興旺	＊名・自サ◎グループ3

△ビルを建てたところで、町が繁栄するとは思えない。／
即使興建了大樓，我也不認為鎮上就會因而繁榮。

はんきょう 【反響】	迴響，回音；反應，反響	＊名・自サ◎グループ3

△視聴者の反響いかんでは、この番組は打ち切らざるを得ない。／
照觀眾的反應來看，這個節目不得不到此喊停了。

はんげき 【反撃】	反擊，反攻，還擊	＊名・自サ◎グループ3

△相手がひるんだのを見て、ここぞとばかりに反撃を始めた。／
當看到對手面露退怯之色，旋即似乎抓緊機會開始展開反擊。

はんけつ 【判決】	（法）判決；（是非直曲的）判斷，鑑定，評價	＊名・他サ◎グループ3

△判決いかんでは、控訴する可能性もある。／
視判決結果如何，不排除提出上訴的可能性。

はんしゃ
【反射】
（光、電波等）折射・反射；（生理上的）反射（機能）　＊名・自他サ◎グループ3
△光の反射によって、青く見えることもある。／
依據光線的反射情況，看起來也有可能是藍色的。

はんじょう
【繁盛】
繁榮昌茂，興隆，興旺　　　　　　　　　　　　　＊名・自サ◎グループ3
△繁盛しているとはいえ、去年ほどの売り上げはない。／
雖然生意興隆，但營業額卻比去年少。

はんしょく
【繁殖】
繁殖；滋生　　　　　　　　　　　　　　　　　　＊名・自サ◎グループ3
△実験で細菌が繁殖すると思いきや、そうではなかった。／
原本以為這個實驗可使細菌繁殖，沒有想到結果卻非如此。

はんする
【反する】
違反；相反；造反　　　　　　　　　　　　　　　＊自サ◎グループ3
△天気予報に反して、急に春めいてきた。／
與氣象預報相反的，天氣忽然變得風和日麗。

はんてい
【判定】
判定，判斷，判決　　　　　　　　　　　　　　　＊名・他サ◎グループ3
△判定のいかんによって、試合結果が逆転することもある。／
依照的判定方式不同，比賽結果有時會出現大逆轉。

はんのう
【反応】
（化學）反應；（對刺激的）反應；反響・效果　　＊名・自サ◎グループ3
△この計画を進めるかどうかは、住民の反応いかんだ。／
是否要推行這個計畫，端看居民的反應而定。

はんぱつ
【反発】
排斥・彈回；抗拒・不接受；反抗；（行情）回升　＊名・自他サ◎グループ3
△党内に反発があるとはいえ、何とかまとめられるだろう。／
即使黨內有反彈聲浪，但終究會達成共識吧。

はんらん
【氾濫】
氾濫；充斥・過多　　　　　　　　　　　　　　　＊名・自サ◎グループ3
△この河は今は水が少ないが、夏にはよく氾濫する。／
這條河雖然現在流量不大，但是在夏天常會氾濫。

ひかん
【悲観】
悲觀　　　　　　　　　　　　　　　　　　　　　＊名・自他サ◎グループ3
△世界の終わりじゃあるまいし、そんなに悲観する必要はない。／
又不是世界末日，不需要那麼悲觀。

ひけつ
【否決】
否決　　　　　　　　　　　　　　　　　　＊名・他サ◎グループ3

△議会で否決されたとはいえ、これが最終決定ではない。／
雖然在議會遭到否決，卻非最終定案。

びしょう
【微笑】
微笑　　　　　　　　　　　　　　　　　　＊名・自サ◎グループ3

△彼女は天使のごとき微笑で、みんなを魅了した。／
她以那宛若天使般的微笑，把大家迷惑得如癡如醉。

ひってき
【匹敵】
匹敵・比得上　　　　　　　　　　　　　　＊名・自サ◎グループ3

△あのコックは、若いながらもベテランに匹敵する料理を作る。／
那位廚師雖然年輕，但是做的菜和資深廚師不相上下。

ひとくろう
【一苦労】
費一些力氣・費一些力氣・操一些心　　　　＊名・自サ◎グループ3

△説得するのに一苦労する。／
費了一番功夫說服。

ひとちがい
【人違い】
認錯人・弄錯人　　　　　　　　　　　　　＊名・自他サ◎グループ3

△後ろ姿がそっくりなので人違いしてしまった。／
因為背影相似所以認錯了人。

ひとねむり
【一眠り】
睡一會兒・打個盹　　　　　　　　　　　　＊名・自サ◎グループ3

△車中で一眠りする。／
在車上打了個盹。

ひとめぼれ
【一目惚れ】
（俗）一見鍾情　　　　　　　　　　　　　＊名・自サ◎グループ3

△受付嬢に一目惚れする。／
對櫃臺小姐一見鍾情。

ひなん
【非難】
責備・譴責・責難　　　　　　　　　　　　＊名・他サ◎グループ3

△嘘まみれの弁解に非難ごうごうだった。／
大家聽到連篇謊言的辯解就噓聲四起。

ひなん
【避難】
避難　　　　　　　　　　　　　　　　　　＊名・自サ◎グループ3

△サイレンを聞くと、みんな一目散に避難しはじめた。／
聽到警笛的鳴聲，大家就一溜煙地避難去了。

ひやけ
【日焼け】
（皮膚）曬黑；（因為天旱田裡的水被）曬乾　　　＊名・自サ◎グループ3
△日向で一日中作業をしたので、日焼けしてしまった。／
在陽光下工作一整天，結果曬傷了。

びょうしゃ
【描写】
描寫・描繪・描述　　　＊名・他サ◎グループ3
△作家になり立てのころはこんな稚拙な描写をしていたかと
思うと、赤面の至りです。／
每當想到剛成為作家時描寫手法的青澀拙劣，就感到羞愧難當。

ひれい
【比例】
（數）比例；均衡，相稱，成比例關係　　　＊名・自サ◎グループ3
△労働時間と収入が比例しないことは、言うまでもない。／
工作時間與薪資所得不成比例，自是不在話下。

ひろう
【披露】
披露；公布；發表　　　＊名・他サ◎グループ3
△腕前を披露する。／
大展身手。

ひろう
【疲労】
疲勞・疲乏　　　＊名・自サ◎グループ3
△まだ疲労がとれないとはいえ、仕事を休まなければならない
ほどではない。／
雖然還很疲憊，但不至於必須請假休息。

ひんけつ
【貧血】
（醫）貧血　　　＊名・自サ◎グループ3
△ほうれん草は貧血に効く。／
菠菜能有效改善貧血。

ぴんぴん
用力跳躍的樣子；健壯的樣子　　　＊副・自サ◎グループ3
△魚がぴんぴん（と）はねる。／
魚活蹦亂跳。

びんぼう
【貧乏】
貧窮・貧苦　　　＊名・形動・自サ◎グループ3
△たとえ貧乏であれ、盗みは正当化できない。／
就算貧窮，也不能當作偷竊的正當理由。

ふうさ
【封鎖】
封鎖；凍結　　　＊名・他サ◎グループ3
△今頃道を封鎖したところで、犯人は捕まらないだろう。／
事到如今才封鎖馬路，根本來不及圍堵歹徒！

ぶかぶか

（帽、褲）太大不合身；漂浮貌；（人）肥胖貌；（笛子、喇叭等）大吹特吹貌
＊副・自サ◎グループ3

△この靴はぶかぶかで、走るのはおろか歩くのも困難だ。／
這雙鞋太大了，別說是穿著它跑，就連走路都有困難。

ふくごう
【複合】

複合・合成
＊名・自他サ◎グループ3

△複合機1台あれば、印刷、コピー、スキャン、ファックスができる。／
只要有一台多功能複合機，就能夠印刷、複製、掃描和傳真。

ふくめん
【覆面】

蒙上臉；不出面・不露面
＊名・自サ◎グループ3

△銀行強盗ではあるまいし、覆面なんかつけて歩くなよ。／
又不是銀行搶匪，不要蒙面走在路上啦！

ふこく
【布告】

佈告・公告；宣告・宣布
＊名・他サ◎グループ3

△宣戦布告すると思いきや、2国はあっさり和解した。／
原本以為兩國即將宣戰，竟然如此簡單地就談和了。

ふしょう
【負傷】

負傷・受傷
＊名・自サ◎グループ3

△あんな小さな事故で負傷者が出たとは、信じられない。／
那麼微不足道的意外竟然出現傷患，實在令人不敢置信。

ぶじょく
【侮辱】

侮辱・凌辱
＊名・他サ◎グループ3

△この言われようは、侮辱でなくてなんだろう。／
被說成這樣子，若不是侮辱又是什麼？

ぶそう
【武装】

武裝・軍事裝備
＊名・自サ◎グループ3

△核武装について、私達なりに討論して教授に報告した。／
我們針對「核子武器」這個主題自行討論後，向教授報告結果了。

ふたん
【負担】

背負；負擔
＊名・他サ◎グループ3

△実際に離婚ともなると、精神的負担が大きい。／
一旦離婚之後，精神壓力就變得相當大。

ふっかつ
【復活】

復活・再生；恢復・復興・復辟
＊名・自他サ◎グループ3

△社員の協力なくして、会社は復活できなかった。／
沒有上下員工的齊心協力，公司絕對不可能重振雄風。

ふっきゅう
【復旧】

恢復原狀；修復　　　　　　　　　　　　　　＊名・自他サ◎グループ3

△新幹線が復旧するのに5時間もかかるとは思わなかった。／
萬萬沒想到竟然要花上5個小時才能修復新幹線。

ふっこう
【復興】

復興，恢復原狀；重建　　　　　　　　　　　＊名・自他サ◎グループ3

△復興作業にはひとり自衛隊のみならず、多くのボランティア
の人が関わっている。／
重建工程不只得到自衛隊的協助，還有許多義工的熱心參與。

ふっとう
【沸騰】

沸騰；群情激昂，情緒高漲　　　　　　　　　＊名・自サ◎グループ3

△液体が沸騰する温度は、液体の成分いかんで決まる。／
液體的沸點視其所含成分而定。

ふにん
【赴任】

赴任，上任　　　　　　　　　　　　　　　　＊名・自サ◎グループ3

△オーストラリアに赴任してからというもの、家族とゆっくり
過ごす時間がない。／
打從被派到澳洲之後，就沒有閒暇與家人相處共度。

ふはい
【腐敗】

腐敗，腐壞；墮落　　　　　　　　　　　　　＊名・自サ◎グループ3

△腐敗が明るみに出てからというもの、支持率が低下している。／
自從腐敗醜態遭到揭發之後，支持率就一路下滑。

ふよう
【扶養】

扶養，撫育　　　　　　　　　　　　　　　　＊名・他サ◎グループ3

△お嫁にいった娘は扶養家族にあたらない。／
已婚的女兒不屬於撫養家屬。

ふらふら

蹣跚，搖晃；（心情）遊蕩不定，悠悠蕩蕩；恍惚，神不守己；蹓躂
　　　　　　　　　　　　　　　　　　＊名・自サ・形動◎グループ3

△「できた」と言うなり、課長はふらふらと立ち上がった。／
課長剛大喊一聲：「做好了！」就搖晃晃地從椅子上站起來。

ぶらぶら

（懸空的東西）晃動，搖晃；蹓躂；沒工作；（病）拖長，纏綿
　　　　　　　　　　　　　　　　　　　　　＊副・自サ◎グループ3

△息子ときたら、手伝いもしないでぶらぶらしてばかりだ。／
說到我兒子，連個忙也不幫，成天遊手好閒，蹓躂閒晃。

ブレイク
【break】
（拳撃）抱持後分開；休息；突破・爆紅　　　　　　　　＊名・サ変◎グループ 3

△16歳で芸能界に入ったが全く売れず、41歳になってブレイクした。／

十六歳就進了演藝圈，但是完全沒有受到矚目，直到四十一歲才爆紅了。

ふろく
【付録】
附録・臨時増刊　　　　　　　　　　　　　　　　　　　＊名・他サ◎グループ 3

△付録を付けてからというもの、雑誌がよく売れている。／

自從增加附錄之後，雜誌的銷售量就一路長紅。

ふんがい
【憤慨】
憤慨・氣憤　　　　　　　　　　　　　　　　　　　　　＊名・自サ◎グループ 3

△社長の独善的なやり方に、社員の多くは憤慨している。／

總經理獨善其身的做法使得多數員工深感憤慨。

ぶんぎょう
【分業】
分工；專業分工　　　　　　　　　　　　　　　　　　　＊名・他サ◎グループ 3

△会議が終わるが早いか、みんな分業して作業を進めた。／

會議才剛結束，大家立即就開始分工作業。

ぶんさん
【分散】
分散・開散　　　　　　　　　　　　　　　　　　　　　＊名・自サ◎グループ 3

△ここから山頂までは分散しないで、列を組んで登ろう。／

從這裡開始直到完成攻頂，大夥兒不要散開，整隊一起往上爬吧！

ふんしつ
【紛失】
遺失・丟失・失落　　　　　　　　　　　　　　　　　　＊名・自他サ◎グループ 3

△重要な書類を紛失してしまった。／

竟然遺失了重要文件，確實該深切反省。

ふんしゅつ
【噴出】
噴出・射出　　　　　　　　　　　　　　　　　　　　　＊名・自他サ◎グループ 3

△蒸気が噴出して危ないので、近づくことすらできない。／

由於會噴出蒸汽極度危險，就連想要靠近都辦不到。

ふんそう
【紛争】
紛爭・糾紛　　　　　　　　　　　　　　　　　　　　　＊名・自サ◎グループ 3

△文化が多様であればこそ、対立や紛争が生じる。／

正因為文化多元，更易產生對立或爭端。

ふんとう
【奮闘】
奮鬥；奮戰　　　　　　　　　　　　　　　　　　　　　＊名・自サ◎グループ 3

△試合終了後、監督は選手たちの奮闘ぶりをたたえた。／

比賽結束後，教練稱讚了選手們奮鬥到底的精神。

| ぶんぱい【分配】 | 分配・分給・配給 | *名・他サ◎グループ3 |

△少ないながらも、社員に利益を分配しなければならない。／
即使獲利微薄，亦必須編列員工分紅。

| ぶんべつ【分別】 | 分別・區別・分類 | *名・他サ◎グループ3 |

△ごみは分別して出しましょう。／
倒垃圾前要分類喔。

| ぶんり【分離】 | 分離・分開 | *名・自他サ◎グループ3 |

△この薬品は、水に入れるそばから分離してしまう。／
這種藥物只要放入水中，立刻會被水溶解。

| ぶんれつ【分裂】 | 分裂・裂變・裂開 | *名・自サ◎グループ3 |

△党内の分裂をものともせず、選挙で圧勝した。／
他不受黨内派系分裂之擾，在選舉中取得了壓倒性的勝利。

| へいこう【並行】 | 並行；並進、同時舉行 | *名・自サ◎グループ3 |

△私なりに考え、学業と仕事を並行してやることにした。／
我經過充分的考量，決定學業與工作二者同時並行。

| へいこう【閉口】 | 閉口（無言）；為難、受不了；認輸 | *名・自サ◎グループ3 |

△むちゃな要求ばかりして来る部長に、副部長ですら閉口している。／
對於總是提出荒唐要求的經理，就連副經理也很為難。

| へいさ【閉鎖】 | 封閉、關閉、封鎖 | *名・自他サ◎グループ3 |

△2年連続で赤字となったため、工場を閉鎖するに至った。／
因為連續2年的虧損，導致工廠關門大吉。

| へいれつ【並列】 | 並列・並排 | *名・自他サ◎グループ3 |

△この川は800メートルからある並木道と並列している。／
這條河川與長達八百公尺兩旁種滿樹木的道路並行而流。

| へきえき【辟易】 | 畏縮、退縮、屈服；感到為難、感到束手無策 | *名・自サ◎グループ3 |

△今回の不祥事には、ファンですら辟易した。／
這次發生的醜聞鬧得就連影迷也無法接受。

ぺこぺこ

瘻・不鼓；空腹；諂媚　　　　　　　　　　　　　　＊名・自サ・形動・副◎グループ3

△客が激しく怒るので、社長までぺこぺこし出す始末だ。／
由於把顧客惹得火冒三丈，到最後不得不連社長也親自出面，鞠躬哈腰再三道歉。

べっきょ
【別居】

分居　　　　　　　　　　　　　　　　　　　　　　＊名・自サ◎グループ3

△愛人を囲っていたのがばれて、妻と別居することになった。／
被發現養了情婦，於是和妻子分居了。

べんかい
【弁解】

辯解・分辯・辯明　　　　　　　　　　　　　　　　＊名・自他サ◎グループ3

△さっきの言い方は弁解でなくてなんだろう。／
如果剛剛說的不是辯解，那麼又算是什麼呢？

へんかく
【変革】

變革・改革　　　　　　　　　　　　　　　　　　　＊名・自他サ◎グループ3

△効率を上げるため、組織を変革する必要がある。／
為了提高效率，有必要改革組織系統。

へんかん
【返還】

退還・歸還（原主）　　　　　　　　　　　　　　　＊名・他サ◎グループ3

△今月を限りに、借りていた土地を返還することにした。／
直到這個月底之前必須歸還借用的土地。

へんきゃく
【返却】

還・歸還　　　　　　　　　　　　　　　　　　　　＊副・他サ◎グループ3

△図書館の本の返却期限は2週間です。／
圖書館的書籍借閱歸還期限是兩星期。

べんご
【弁護】

辯護・辯解；（法）辯護　　　　　　　　　　　　　＊名・他サ◎グループ3

△この種の裁判の弁護なら、大山さんをおいて他にいない。／
假如要辯護這種領域的案件，除了大山先生不作第二人想。

へんさい
【返済】

償還・還債　　　　　　　　　　　　　　　　　　　＊名・他サ◎グループ3

△借金の返済を迫られる奥さんを見て、同情を禁じえない。／
看到那位太太被債務逼得喘不過氣，不由得寄予無限同情。

べんしょう
【弁償】

賠償　　　　　　　　　　　　　　　　　　　　　　＊名・他サ◎グループ3

△壊した花瓶は高価だったので、弁償を余儀なくされた。／
打破的是一只昂貴的花瓶，因而不得不賠償。

へんせん
【変遷】
變遷　　　　　　　　　　　　　　　　　*名・自サ◎グループ3
△この村ならではの文化も、時代とともに変遷している。／
就連這個村落的獨特文化，也隨著時代變遷而有所改易。

へんとう
【返答】
回答・回信・回話　　　　　　　　　　　*名・他サ◎グループ3
△言い訳めいた返答なら、しないほうがましだ。／
如果硬要說這種強詞奪理的回話，倒不如不講來得好！

へんどう
【変動】
變動・改變・變化　　　　　　　　　　　*名・自サ◎グループ3
△為替相場の変動いかんによっては、本年度の業績が赤字に転じる可能性がある。／
根據匯率的變動，這年度的業績有可能虧損。

べんぴ
【便秘】
便秘・大便不通　　　　　　　　　　　　*名・自サ◎グループ3
△生活が不規則で便秘しがちだ。／
因為生活不規律有點便秘的傾向。

べんろん
【弁論】
辯論；（法）辯護　　　　　　　　　　　*名・自サ◎グループ3
△弁論大会がこんなに白熱するとは思わなかった。／
作夢都沒有想到辯論大會的氣氛居然會如此劍拔弩張。

ほいく
【保育】
保育　　　　　　　　　　　　　　　　　*名・他サ◎グループ3
△デパートに保育室を作るべく、設計事務所に依頼した。／
百貨公司為了要增設一間育嬰室，委託設計事務所協助設計。

ぼうえい
【防衛】
防衛・保衛　　　　　　　　　　　　　　*名・他サ◎グループ3
△防衛のためとはいえ、これ以上税金を使わないでほしい。／
雖是為了保疆衛土，卻不希望再花人民稅金增編國防預算。

ほうかい
【崩壊】
崩潰・垮台；（理）衰變・蛻變　　　　　*名・自サ◎グループ3
△アメリカの経済が崩壊したがさいご、世界中が巻き添えになる。／
一旦美國的經濟崩盤，世界各國就會連帶受到影響。

ぼうがい
【妨害】
妨礙・干擾　　　　　　　　　　　　　　*名・他サ◎グループ3
△いくらデモを計画したところで、妨害されるだけだ。／
無論事前再怎麼精密籌畫示威抗議活動，也勢必會遭到阻撓。

ほうき 【放棄】	放棄・喪失　　　　　　　　　　　　　　　＊名・他サ◎グループ3 △あの生徒が学業を放棄するなんて、残念の極みです。／ 那個學生居然放棄學業，實在可惜。
ほうし 【奉仕】	（不計報酬而）效勞，服務；廉價賣貨　　　　＊名・自サ◎グループ3 △彼女は社会に奉仕できる職に就きたいと言っていた。／ 她說想要從事服務人群的職業。
ほうしゃ 【放射】	放射・輻射　　　　　　　　　　　　　　　＊名・他サ◎グループ3 △放射線による治療を受けるべく、大きな病院に移った。／ 轉至大型醫院以便接受放射線治療。
ほうしゅつ 【放出】	放出・排出・噴出；（政府）發放・投放　　＊名・他サ◎グループ3 △冷蔵庫は熱を放出するので、壁から十分離して置いた方がよい。／ 由於冰箱會放熱，因此擺放位置最好與牆壁保持一段距離。
ほうずる 【報ずる】	通知，告訴・告知・報導；報答，報復　　　＊自他サ◎グループ3 △同じトピックでも、どう報ずるかによって、与える印象が大きく変わる。／ 即使是相同的話題，也會因報導方式的不同而給人大有不一樣的感受。
ほうち 【放置】	放置不理，置之不顧　　　　　　　　　　　＊名・他サ◎グループ3 △庭を放置しておいたら、草ぼうぼうになった。／ 假如對庭園置之不理，將會變得雜草叢生。
ぼうちょう 【膨張】	（理）膨脹；增大・增加・擴大發展　　　　＊名・自サ◎グループ3 △宇宙が膨張を続けているとは、不思議なことだ。／ 宇宙竟然還在繼續膨脹，真是不可思議。
ほうどう 【報道】	報導　　　　　　　　　　　　　　　　　　＊名・他サ◎グループ3 △小さなニュースなので、全国ニュースとして報道するにあたらない。／ 這只是一則小新聞，不可能會被當作全國新聞報導。
ほうべい 【訪米】	訪美　　　　　　　　　　　　　　　　　　＊名・自サ◎グループ3 △首相が訪米する。／ 首相出訪美國。

ほうわ	（理）飽和；最大限度，極限	*名・自サ◎グループ3

【飽和】 △飽和状態になった街の交通事情は、見るにたえない。／
街頭車滿為患的路況，實在讓人看不下去。

ほおん	保温	*名・自サ◎グループ3

【保温】 △ご飯が炊き終わると、自動で保温になる。／
將米飯煮熟以後會自動切換成保溫狀態。

ほかん	保管	*名・他サ◎グループ3

【保管】 △倉庫がなくて、重要な書類の保管すらできない。／
由於沒有倉庫，就連重要文件也無法保管。

ほきゅう	補給・補充・供應	*名・他サ◎グループ3

【補給】 △水分を補給することなしに、運動することは危険だ。／
在沒有補充水分的狀況下運動是很危險的事。

ほきょう	補強・増強・強化	*名・他サ◎グループ3

【補強】 △載せる物の重さいかんによっては、台を補強する必要がある。／
依據承載物品的重量多少而需要補強底座。

ぼきん	募捐	*名・自サ◎グループ3

【募金】 △親を亡くした子供たちのために街頭で募金しました。／
為那些父母早逝的孩童在街頭募款了。

ほご	保護	*名・他サ◎グループ3

【保護】 △みんなの協力なくしては、動物を保護することはできない。／
沒有大家的協助，就無法保護動物。

ほしゅ	保守；保養	*名・他サ◎グループ3

【保守】 △お客様あっての会社だから、製品の保守も徹底している。／
有顧客才有公司（顧客至上），因此這家公司極度重視產品的維修。

ほじゅう	補充	*名・他サ◎グループ3

【補充】 △社員を補充したところで、残業が減るわけがない。／
雖然增聘了員工，但還是無法減少加班時間。

ほじょ	補助	*名・他サ◎グループ3
【補助】	△父は、市からの補助金をもらうそばから全部使っている。／ 家父才剛領到市政府的補助金旋即盡數花光。	

ほしょう	保障	*名・他サ◎グループ3
【保障】	△失業保険で当面の生活は保障されているとはいえ、早く次の仕事を見つけたい。／ 雖說失業保険可以暫時維持生活，但還是希望能盡快找到下一份工作。	

ほしょう	補償、賠償	*名・他サ◎グループ3
【補償】	△補償額のいかんによっては、告訴も見合わせる。／ 撤不撤回告訴，要看賠償金的多寡了。	

ほそく	補足・補充	*名・他サ◎グループ3
【補足】	△遠藤さんの説明に何か補足することはありますか。／ 對於遠藤先生的說明有沒有什麼想補充的？	

ほっさ	（醫）發作	*名・自サ◎グループ3
【発作】	△42度以上のおふろに入ると、心臓発作の危険が高まる。／ 浸泡在四十二度以上的熱水裡會增加心肌梗塞的風險。	

ぼっしゅう	（法）（司法處分的）沒收・查抄・充公	*名・他サ◎グループ3
【没収】	△授業中に雑誌を見ていたら、先生に没収された。／ 在上課時看雜誌，結果被老師沒收了。	

ほっそく	出發・動身；（團體、會議等）開始活動	*名・自サ◎グループ3
【発足】	△会を発足させるには、法律に即して手続きをするべきだ。／ 想要成立協會，必須依照法律規定辦理相關程序。	

ぼつらく	沒落・衰敗；破產	*名・自サ◎グループ3
【没落】	△元は裕福な家だったが、祖父の代に没落した。／ 原本是富裕的家庭，但在祖父那一代沒落了。	

ほよう	保養・（病後）修養・療養；（身心的）修養；消遣	*名・自サ◎グループ3
【保養】	△軽井沢に会社の保養施設がある。／ 公司在輕井澤有一棟員工休閒別墅。	

マーク
【mark】
（劃）記號・符號・標記；商標；標籤・標示・徽章　　　　＊名・他サ◎グループ3
△「 〒 」は、日本で郵便を表すマークとして使われている。／
「〒」在日本是代表郵政的符號。

まいぞう
【埋蔵】
埋藏・蘊藏　　　　＊名・他サ◎グループ3
△埋蔵されている宝を独占するとは、許されない。／
竟敢試圖獨吞地底的寶藏，不可原諒！

まえうり
【前売り】
預售　　　　＊名・他サ◎グループ3
△前売り券は 100 円 off、さらにオリジナルバッジが付いてきます！／
預售票享有一百圓的優惠，還附贈獨家徽章！

まえがり
【前借り】
借・預支　　　　＊名・他サ◎グループ3
△給料を前借りする。／
預支工錢。

まえばらい
【前払い】
預付　　　　＊名・他サ◎グループ3
△工事費の一部を前払いする。／
預付一部份的施工費。

マッサージ
【massage】
按摩・指壓・推拿　　　　＊名・他サ◎グループ3
△サウナに行ったとき、体をマッサージしてもらった。／
前往三溫暖時請他們按摩了身體。

**まばたき・
またたき**
【瞬き】
瞬・眨眼　　　　＊名・自サ◎グループ3
△あいつは瞬きする間にラーメンを全部食った。／
那個傢伙眨眼間，就將拉麵全都掃進肚裡去了。

まひ
【麻痺】
麻痺・麻木；癱瘓　　　　＊名・自サ◎グループ3
△はい、終わりましたよ。まだ麻酔が残っていますが、数時間したら麻痺が取れます。／
好了，結束囉。麻醉現在還沒退，過幾小時就恢復正常了。

みっしゅう
【密集】
密集・雲集　　　　＊名・自サ◎グループ3
△丸の内には日本のトップ企業のオフィスが密集している。／
日本各大頂尖企業辦公室密集在丸之內（東京商業金融中心）。

みっせつ 【密接】	密接・緊連；密切　　　　　　　　　　＊名・自サ・形動◎グループ3
	△あの二人は密接な関係にあるともっぱら噂です。／ 那兩人有密切的接觸這件事傳得滿城風雨的。

みんしゅく 【民宿】	（觀光地的）民宿・家庭旅店；（旅客）在民家投宿　　＊名・自サ◎グループ3
	△民宿には民宿ゆえの良さがある。／ 民宿有民宿的獨特優點。

むかむか	噁心・作嘔；怒上心頭・火冒三丈　　　　　　　＊副・自サ◎グループ3
	△揚げ物を食べ過ぎて、胸がむかむかする。／ 炸的東西吃太多了，胸口覺得有點噁心。

むだづかい 【無駄遣い】	浪費・亂花錢　　　　　　　　　　　　　　　　＊名・自サ◎グループ3
	△またこんなくだらない物を買って。無駄遣いにもほどがある。／ 又買這種沒有用的東西了！亂花錢也該適可而止！

めいちゅう 【命中】	命中　　　　　　　　　　　　　　　　　　　　＊名・自サ◎グループ3
	△ダーツを何度投げても、なかなか10点に命中しない。／ 無論射多少次飛鏢，總是無法命中10分值區。

めつぼう 【滅亡】	滅亡　　　　　　　　　　　　　　　　　　　　＊名・自サ◎グループ3
	△これはローマ帝国の始まりから滅亡までの変遷を追った年 表です。／ 這張年表記述了羅馬帝國從創立到滅亡的變遷。

めんかい 【面会】	會見・會面　　　　　　　　　　　　　　　　　＊名・自サ◎グループ3
	△面会できるとはいえ、面会時間はたったの10分しかない。／ 縱使得以會面，但會見時間亦只有區區十分鐘而已。

めんじょ 【免除】	免除（義務、責任等）　　　　　　　　　　　　＊名・他サ◎グループ3
	△成績が優秀な学生は、授業料が免除されます。／ 成績優異的學生得免繳學費。

めんする 【面する】	（某物）面向・面對著・對著；（事件等）面對　　＊自サ◎グループ3
	△申し訳ありませんが、海に面している席はもう満席です。／ 非常抱歉，面海的座位已經客滿了。

もさく
【模索】
摸索；探尋　　　　　　　　　　　　　　＊名・自サ◎グループ3
△まだ妥協点を模索している段階です。／
現階段仍在試探彼此均能妥協的平衡點。

もほう
【模倣】
模仿・仿照・仿效　　　　　　　　　　　＊名・他サ◎グループ3
△各国は模倣品の取り締まりを強化している。／
世界各國都在加強取締仿冒品。

やせい
【野生】
野生；鄙人　　　　　　　　　　　　＊名・自サ・代◎グループ3
△このサルにはまだ野生めいた部分がある。／
這隻猴子還有點野性。

ゆうえつ
【優越】
優越　　　　　　　　　　　　　　　　　＊名・自サ◎グループ3
△小学生のとき、クラスで一番背が高いことに優越感を抱いていたが、中学になったら次々にクラスメートに抜かれた。／
讀小學的時候是全班最高的，並且對此頗具優越感，但是自從上了中學以後，班上同學卻一個接一個都長得比我高了。

ゆうかい
【誘拐】
拐騙・誘拐・綁架　　　　　　　　　　　＊名・他サ◎グループ3
△子供を誘拐し、身代金を要求する。／
綁架孩子要求贖金。

ゆうし
【融資】
（經）通融資金・貸款　　　　　　　　　＊名・自サ◎グループ3
△融資にかかわる情報は、一切外部に漏らしません。／
相關貸款資訊完全保密。

ゆうずう
【融通】
暢通（錢款）・通融；腦筋靈活・臨機應變　＊名・他サ◎グループ3
△知らない仲じゃあるまいし、融通をきかせてくれるでしょう。／
我們又不是不認識，應該可以通融一下吧。

ゆうする
【有する】
有・擁有　　　　　　　　　　　　　　　　＊他サ◎グループ3
△新しい会社とはいえ、無限の可能性を有している。／
雖是新公司，卻擁有無限的可能性。

ゆうせん
【優先】
優先　　　　　　　　　　　　　　　　　＊名・自サ◎グループ3
△会員様は、一般発売の1週間前から優先でご予約いただけます。／
會員於公開發售的一星期前可優先預約。

ユーターン 【U-turn】	（汽車的）U字形轉彎，180度迴轉	*名・自サ◎グループ3

△この道路では U ターン禁止だ。／
這條路禁止迴轉。

| ゆうどう
【誘導】 | 引導，誘導；導航 | *名・他サ◎グループ3 |

△観光客が予想以上に来てしまい、誘導がうまくいかなかった。／
前來的觀光客超乎預期，引導的動線全都亂了。

| ゆうぼく
【遊牧】 | 游牧 | *名・自サ◎グループ3 |

△これだけ広い土地ともなると、遊牧でもできそうだ。／
要是有如此寬廣遼闊的土地，就算要游牧也應該不成問題。

| ゆうわく
【誘惑】 | 誘惑；引誘 | *名・他サ◎グループ3 |

△負けるべからざる誘惑に、負けてしまった。／
受不了邪惡的誘惑而無法把持住。

| ようご
【養護】 | 護養；扶養；保育 | *名・他サ◎グループ3 |

△彼は大学を卒業すると、養護学校で働きはじめた。／
他大學畢業後就立刻到特教學校開始工作。

| ようする
【要する】 | 需要；埋伏；摘要，歸納 | *他サ◎グループ3 |

△若い人は、手間を要する作業を嫌がるきらいがある。／
年輕人多半傾向於厭惡從事費事的工作。

| ようせい
【要請】 | 要求，請求 | *名・他サ◎グループ3 |

△地元だけでは解決できず、政府に支援を要請するに至りました。／
由於靠地方無法完全解決，最後演變成請求政府支援的局面。

| ようせい
【養成】 | 培養，培訓；造就 | *名・他サ◎グループ3 |

△一流の会社ともなると、社員の養成システムがよく整っている。／
既為一流的公司，即擁有完善的員工培育系統。

| ようぼう
【要望】 | 要求，迫切希望 | *名・他サ◎グループ3 |

△空港建設にかかわる要望については、回答いたしかねます。／
恕難奉告機場建設之相關需求。

| **よかん**【予感】 | 預感・先知・預兆 | *名・他サ◎グループ3 |

△さっきの電話から、いやな予感がしてやまない。／
剛剛那通電話令我心中湧起一股不祥的預感。

| **よきん**【預金】 | 存款 | *名・自他サ◎グループ3 |

△預金があるとはいえ、別荘が買えるほどではありません。／
雖然有存款，卻沒有多到足以購買別墅。

| **よくあつ**【抑圧】 | 壓制・壓迫 | *名・他サ◎グループ3 |

△抑圧された女性達の声を聞くのみならず、記事にした。／
不止聆聽遭到壓迫的女性們的心聲，還將之報導出來。

| **よくせい**【抑制】 | 抑制・制止 | *名・他サ◎グループ3 |

△食事の量を制限して、肥満を抑制しようと試みた。／
嘗試以限制食量來控制體重。

| **よげん**【予言】 | 預言・預告 | *名・他サ◎グループ3 |

△予言するそばから、現実に起こってしまった。／
剛預言就馬上應驗了。

| **よこく**【予告】 | 預告・事先通知 | *名・他サ◎グループ3 |

△テストを予告する。／
預告考期。

| **よそみ**【余所見】 | 往旁處看；給他人看見的樣子 | *名・自サ◎グループ3 |

△みんな早く帰りたいと言わんばかりによそ見している。／
大家幾乎像歸心似箭般地，全都左顧右盼心不在焉。

| **よふかし**【夜更かし】 | 熬夜 | *名・自サ◎グループ3 |

△明日から出張だから、今日は夜更かしは止めるよ。／
明天起要出差幾天，所以至少今晚就不熬夜囉！

| **らいじょう**【来場】 | 到場・出席 | *名・自サ◎グループ3 |

△小さな展覧会です。散歩がてら、ご来場ください。／
只是一個小小的展覽會，如果出門散步的話，請不吝順道參觀。

らち
【拉致】
擄人劫持，強行帶走　　　　　　　　　　　　＊名・他サ◎グループ3
△社長が拉致される。／
社長被綁架。

らっか
【落下】
下降，落下；從高處落下　　　　　　　　　　＊名・自サ◎グループ3
△何日も続く大雨で、岩が落下しやすくなっている。／
由於連日豪雨，岩石容易崩落。

らっかん
【楽観】
樂觀　　　　　　　　　　　　　　　　　　　＊名・他サ◎グループ3
△熱は下がりましたが、まだ楽観できない状態です。／
雖然燒退了，但病況還不樂觀。

らんよう
【濫用】
濫用，亂用　　　　　　　　　　　　　　　　＊名・他サ◎グループ3
△彼の行為は職権の濫用に当たらない。／
他的作為不算是濫用職權。

りゅうつう
【流通】
（貨幣、商品的）流通，物流　　　　　　　　＊名・自サ◎グループ3
△商品の汚染が明らかになれば、流通停止を余儀なくさせられる。／
如果證明商品確實受到汙染，只能停止銷售。

りょうかい
【了解】
了解，理解；領會，明白；諒解　　　　　　　＊名・他サ◎グループ3
△何度もお願いしたあげく、やっと了解していただけた。／
在多次請託之下，總算得到同意了。

りょうしょう
【了承】
知道，曉得，諒解，體察　　　　　　　　　　＊名・他サ◎グループ3
△価格いかんによっては、取り引きは了承しかねる。／
交易與否將視價格決定。

りょうりつ
【両立】
兩立，並存　　　　　　　　　　　　　　　　＊名・自サ◎グループ3
△プレッシャーにたえながら、家庭と仕事を両立している。／
在承受壓力下，兼顧家庭與事業。

るいじ
【類似】
類似，相似　　　　　　　　　　　　　　　　＊名・自サ◎グループ3
△N1ともなれば、類似した単語も使い分けられるようにしたい。／
既然到了N1級，希望連相似的語詞也知道如何區分使用。

るいすい【類推】	類推；類比推理　　　　　　　　　　　*名・他サ◎グループ3	

△人に尋ねなくても、過去の例から類推できる。／
就算不用問人，由過去的例子也能夠類推得出結果。

れいぞう【冷蔵】	冷藏・冷凍　　　　　　　　　　　　*名・他サ◎グループ3

△買った野菜を全部冷蔵するには、冷蔵庫が小さすぎる。／
假如要將買回來的所有蔬菜都冷藏保存的話，這台冰箱實在太小了。

れんあい【恋愛】	戀愛　　　　　　　　　　　　　　*名・自サ◎グループ3

△恋愛について彼は本当に鈍感きわまりない。／
在戀愛方面他真的遲鈍到不行。

れんたい【連帯】	團結・協同合作；（法）連帶・共同負責　　*名・自サ◎グループ3

△会社の信用にかかわる損失は、連帯で責任を負わせる。／
牽涉到公司信用的相關損失，必會使之負起連帶責任。

ろうすい【老衰】	衰老　　　　　　　　　　　　　　*名・自サ◎グループ3

△祖父は、苦しむことなしに、老衰でこの世を去った。／
先祖父在沒有受到折磨的情況下，因衰老而壽終正寢了。

ろうどく【朗読】	朗讀・朗誦　　　　　　　　　　　*名・他サ◎グループ3

△朗読は、話す速度や声の調子いかんで、印象が変わる。／
朗讀時，會因為讀頌的速度與聲調不同，給人不一樣的感覺。

ろうひ【浪費】	浪費；糟蹋　　　　　　　　　　　*名・他サ◎グループ3

△部長に逆らうのは時間の浪費だ。／
違抗經理的指令只是浪費時間而已。

ろんぎ【論議】	議論，討論，辯論，爭論　　　　　*名・他サ◎グループ3

△君なしでは、論議は進められない。ぜひ参加してくれ。／
倘若沒有你在場，就無法更進一步地討論，務請出席。

情境×活用（朗讀 QR碼）1起來 就這樣搶高分啦！

日檢 N1 單字

（25K+附QR碼線上音檔+實戰MP3）

合格魔法書 02

▌發行人／林德勝

▌著者／吉松由美, 田中陽子, 西村惠子,
千田晴夫, 山田社日檢題庫小組

▌出版發行／山田社文化事業有限公司
地址　臺北市大安區安和路一段112巷17號7樓
電話　02-2755-7622　02-2755-7628
傳真　02-2700-1887

▌郵政劃撥／19867160號　大原文化事業有限公司

▌總經銷／聯合發行股份有限公司
地址　新北市新店區寶橋路235巷6弄6號2樓
電話　02-2917-8022
傳真　02-2915-6275

▌印刷／上鎰數位科技印刷有限公司

▌法律顧問／林長振法律事務所　林長振律師

▌初版／2022年 03 月

▌書+QR碼+MP3／定價　新台幣 699 元

ISBN 978-986-246-670-4
2022, Shan Tian She Culture Co. , Ltd.

「情境分類」QR碼

「動詞活用」QR碼